Again My Life

어게인 마이 라이프

어게인 마이 라이프 Ⅲ

2022년 3월 28일 초판 1쇄 인쇄
2022년 3월 31일 초판 1쇄 발행

지은이 이해날
발행인 김정수 강준규

기획 이기헌 왕소현 박경무 강민구
편집 이세종 백승미 최전경
마케팅지원 이원선

발행처 (주)로크미디어
출판등록 2003년 3월 24일
주소 서울시 마포구 성암로 330 DMC첨단산업센터 3층 318호
Tel (02)3273-5135 **편집** (070)7863-8593 Fax (02)3273-5134
홈페이지 rokmedia.com **E-mail** rokmedia@empas.com

ⓒ 이해날, 2022

값 25,000원

ISBN 979-11-354-7629-7 (3권)
ISBN 979-11-354-7625-9 04810 (세트)

Again My Life

어게인 마이 라이프

이해날 현대 판타지 장편소설

III

ROK
MEDIA

차례

Again My Life

CHAPTER 34

중앙 지검 검사들의 이름이 실시간으로 올라가고 있는 그 현장, 그것을 김석훈도 확인했다. 하지만 뒤늦은 확인이었다. 이미 늦었다. 지금 김석훈이 대응할 수 있는 것은 없었다.

김석훈의 눈동자는 흔들리고 있었다.

"또 서부 지검이라고?"

-네, 서부 지검입니다.

"알았다."

김석훈은 떨리는 손으로 전화를 내려놨다.

중앙 지검 검사들이 또 서부 지검에 털렸다는 보고였다. 최강진에 이어 이번에는 다수가 털렸다.

그놈의 스폰.

그놈의 봐주기 수사.

몇 가지가 한꺼번에 걸렸는지 모른다.

보통 이런 상황이면 죄를 저지른 검사를 욕해야 하지만…….

"윤종기!"

김석훈이 부른 이름은 서부 지검 지검장의 이름이었다.

윤종기는 지금껏 특별하게 이름이 거론된 적 없는 사람이다. 조용히 살다가 조용히 진급을 해서 지검장을 달고 있던 사람이었다. 모든 사람이 생각했다. 윤종기는 욕심이 없다고. 그래서 김석훈도 윤종기가 지금처럼 살다가 조용히 변호사 사무실이나 개업할 줄 알았다.

그런데, 갑자기 툭 튀어나와 김석훈의 발목을 잡고 있었다.

"같잖은 놈이."

김석훈의 입에서 욕지거리가 흘러나왔다.

윤종기가 총을 겨눴고 그 총구가 향하는 곳은 정확히 중앙 지검이었다. 아니, 김석훈의 머리였다.

방아쇠는 당겨지고 있었다. 두 번의 총성에 최강진이 쓰러졌고 지금은 여러 검사들이 무너졌다. 그다음은? 김석훈이 될 수도 있었다.

김석훈은 지금 이 모든 일은 윤종기가 계획했고 실행했다고 생각했다.

그리고 김석훈에게 총구를 겨눈 이유는 뻔하고 뻔한 일이었다. 바로 다음 총장 때문이다. 차기 검찰총장에 가장 유력한 김석훈이 사라진다면 검찰은 혼돈에 휩싸일 것이다. 혼돈 속에서는 누가 검찰총장에 내정되어도 이상하지 않다. 그 자리에는 윤종기도 가능성이 있다.

게다가 윤종기를 의심하는 게 또 하나 있다. 바로 김석훈을 바라보는 다른 검사들의 시선이었다. 그들은 김석훈을 곱게 보지 않았다. 그 안에는 윤종기도 있었다. 김석훈이 지금까지 걸어온 길이 행정적 관료였기 때문이다. 앞에 나서서 진두지휘하는 역할이 아니었다.

중앙 지검장에 오른 뒤에는 장일현과 최강진이 구속되었고 이번엔 다른 검사들의 문제가 터졌다. 리더십에 문제가 있다는 소리마저 들려오고 있다. 이런 상황에서는 검찰총장에 오를 수 없다.

"젠장!"

김석훈의 눈에 분노가 가득했다. 그 주먹이 다시 한번 꽝! 하고 책상을 내려쳤다. 지금 그가 할 수 있는 건 애꿎은 책상을 두들기는 것 외에는 없었다.

잠시 후, 김석훈은 초조한 걸음으로 지검장실을 서성였다. 그러다가 책상 위에 놓인 파일을 들어 올렸다. 파일에는 구승혁이라는 이름이 적혀 있었다.

"구승혁?"

구승혁이 중앙 지검의 검사들을 건드렸다. 김석훈이 구승혁의 신상 파일을 손에 쥐고 있는 것은 당연했다.

"이놈이 윤종기의 애완견인가? 이런 애송이를 저격수로 사용했나?"

김석훈의 입에서 헛웃음이 나왔다.

김석훈에게도 저격수는 있었다. 없어서 안 쓴 게 아니다. 필요가 없으니까 안 쓴 거다.

"일을 하려면 범죄자를 잡아야지 같은 동료를 잡고 있어? 못난 놈들."

김석훈의 입에서는 계속해서 욕설이 흘렀다. 어떻게든 서부 지검 윤종기를 쪼잔한 사람으로 만들며 스스로 위안을 가졌다. 지금 그가 할 수 있는 전부였다.

한참의 욕설이 멈춘 후 그는 전화기를 들었다. 믿을 수 있는 사람은 오직 조태섭뿐이었다. 지금까지는 조태섭이 황진용의 발언으로 바쁠까 봐 연락을 하지 못했었다. 하지만 더 이상 지체할 수 없었다. 김석훈의 발등에 불이 떨어졌기 때문이다.

그 시각, 희우는 지검으로 들어가고 있었다. 지검의 분위기는 예상하던 것 이상으로 좋지 않았다. 부서로 들어간 희우는 아무것도 모르는 척 옆에 앉은 검사에게 물었다.

"무슨 일 있나요?"

희우의 질문에 그는 손가락으로 입을 가리며 조용히 하라는 표시를 했다. 그리고 조용히 말했다.

"서부 지검에서 또 쐈어. 이번에 아홉 명 정도 넘어갈 거 같아."

"예?"

희우의 놀랐다는 표시에 그는 다시 손가락으로 입을 가렸다. 조용히 하라는 말이었다. 희우는 알았다는 듯 고개를 끄덕인 후 컴퓨터를 켰다.

잠시 자리에 앉아 있던 희우에게 전화가 걸려 왔다. 민수였다.

자리에서 일어선 희우가 휴게실로 나갔다. 휴게실에는 아무도 없었다. 지점의 분위기가 좋지 않은 상태에서 자유롭게 휴게실을 이용할 수 있는 사람은 모두의 눈 밖에 난 희우와 민수 둘뿐이었다.

민수가 말했다.

"음료수 마실래?"

"네."

민수는 자판기에서 차가운 음료를 꺼내 희우의 손에 건넸다. 그리고 말했다.

"그 친구, 일 빠르더라?"

그 친구란 구승혁을 가리키는 말이었다. 단둘이 있는 휴게실이었지만 지금은 무조건 입을 조심해야 할 시기였다. 희우가 고개를 끄덕였다.

"네. 앞뒤 가리는 것 없는 친구예요."

희우가 살던 이전의 삶에서도 그랬고 지금도 그랬다. 구승혁은 언제나 뒤를 보지 않았다. 그러다 사망했었다.

생각하던 희우는 인상을 찌푸렸다.

구승혁의 죽음, 그동안 생각하지 않고 있었다. 곁에서 항상 지켜봤기에 구승혁이 죽을 거란 생각을 잊었던 거다. 인간은 망각의 동물이다. 죽음은 익숙해지지 않는 것이며, 함께 있는 사람이 언젠가 떠날 것이란 것을 알면서도 애써 외면한다. 그래서 희우도 놓치고 있었다.

"하!"

희우의 입에서 헛웃음이 나왔다. 멍청하게, 중요한 일을 빠뜨릴 뻔했다.

희우는 이전의 삶을 떠올렸다. 구승혁이 어떤 권력자를 노리다가 죽었는지는 알지 못한다. 게다가 구승혁에 대한 기억은 단편적인 게 전부다. 함께 근무한 적도 없었고 기사로만 소식을 들었다.

생각하던 희우의 눈이 차가워졌다.

희우가 살던 세상과 지금은 많은 것이 변해 있었다. 하지만 죽음도 그럴까? 물론 희우의 부모님이 죽음 직전까지 갔었던 것은 사실이지만 그것은 이 세상에 희우의 개입이 거의 없었을 때였다. 하지만 지금은 다르다.

희우의 머릿속이 복잡해지기 시작했다.

당시 부모님이 살아남고 죽었던 두 사람이 있다. 그것은 조태섭의 아들과, 동승하고 있던 여자였다. 두 명이 살았고 두 명이 죽었다. 이번에도 그럴 수 있다. 구승혁이 죽음을 피하면, 또 다른 누군가가 사망할 수도 있다는 생각이 들었다.

아니, 그 전에 죽음을 피하는 것 자체가 쉽지 않은 일이다. 부모님의 경우는 희우가 정확한 날짜와 대략적인 시간을 알고 있었다. 그 모든 정보를 알고 있었으면서도 위험했다. 하지만 구승혁의 죽음에 대해서 아는 것은 거의 없다.

희우의 입에서 깊은 한숨이 나왔다.

올해였나? 아니, 내년이었나? 희우의 머리가 복잡했다. 살리고 싶었다. 정의롭고 저돌적인 검사를 잃는다는 건 국가의 큰 손해일 수도 있었다.

희우가 생각을 이어 가고 있을 때, 민수가 물었다.

"왜 그래?"

"아, 아닙니다. 갑자기 골치 아픈 일이 떠올라서요."

그렇게 말했지만 희우는 계속해서 구승혁을 생각하고 있었다. 민수와 헤어진 후 부서로 돌아가서도, 그리고 퇴근을 해서도 계속해서 생각했다. 그리고 몇 가지를 정리했다.

구승혁은 이미 위험하다.

구승혁은 최강진에 이어 중앙 지검 검사를 저격한 장본인이었다. 그리고 그것은 매우 위험한 일이다. 김석훈이 알고 있다면 조태섭이라고 모를까? 조태섭은 구승혁의 이름뿐 아니라 모든 것을 조사하고 있을 게 분명하다. 하지만 이것만으로 살해당하기에는 모자랐다. 조태섭에게 구승혁은 그저 겁 없이 날뛰는 피라미일 뿐이다.

생각하던 희우는 두 번째 가설을 세웠다.

구승혁이 희우도 모르게 어떤 인물을 조사하고 있을 것이다. 그 인물이 어떤 권력자일 수도 있고, 재력가일 수도 있다. 그리고 그것 역시 상대에게 드러나 있다. 아니, 아직 들키지 않았더라도 조만간 드러날 것이다.

희우의 입에서 깊은 한숨이 나왔다. 그리고 구승혁에게 전화를 걸었다. 대략의 가설을 세워 놓은 상태에서 만나서 이야기를 해 본다면 확실해질 것이라고 생각했다.

통화 연결음이 두세 번 흐른 후 구승혁이 전화를 받았다.

"어디야?"

-난 아직 퇴근 못 했지.

중앙 지검을 상대로 전쟁을 선포한 서부 지검이었다. 바쁘지 않을 수 없었다.

"잠깐 보자. 내가 앞으로 갈게."

통화를 종료하려 할 때였다. 휴대폰 너머에서 구승혁의 목소리가 다급히 들려왔다.

-희우야!

"말해."

구승혁의 목소리는 말 그대로 긴장이 가득했다. 뭔가 중요한 말을 할 것 같았다. 희우가 눈에 힘을 주며 물었다.

"무슨 일인데?"

-올 때 떡볶이 사 오래.

"어?"

-김규리 검사님이 출출하다고 사 오라고 하셔. 매운맛.

희우는 피식 웃었다. 구승혁은 저돌적인 검사였다. 하지만 욕쟁이 규리에게는 약했다.

희우는 전화를 끊고 택시에 올라탔다.

택시가 이동하는 순간에도 희우의 머릿속은 끊임없이 움직이고 있었다. 죽을 사람을 살리는 일이었다. 뇌세포 하나까지 움직여서 생각해야 했다.

어느덧 서부 지검 앞에 도착한 희우는 검찰청이 보이는 버스 정류장에 앉아 그를 기다렸다. 잠시 후 구승혁이 밖으로 나왔다. 그의 얼굴은 몹시 피곤해 보였다. 희우는 가지고 온 캔 커피를 그의 손에 건넸다.

"떡볶이는?"

희우가 검은 봉지를 들어 올렸다.

"사 왔어."

"고맙다. 네가 이거 안 사 왔으면 하루 종일 시달릴 뻔했다. 매운맛 맞지?"

"어."

구승혁이 빙긋이 웃으며 희우 옆에 앉았다. 그리고 캔 커피의 뚜껑을 따서 열었다. 커피를 마시며 구승혁이 물었다.

"무슨 일이야? 부탁한 일은 잘되고 있잖아? 지금은 우리 서로 만나지 않는 게 좋지 않아?"

"맞아. 만나지 않는 게 좋지."

당연한 말이었다. 지금은 만나지 않는 게 좋았다.

중앙 지검을 저격한 구승혁과 저격당한 중앙 지검의 검사가 나란히 앉아 있는 건 그림이 좋지 않다. 어떤 식으로 미행을 당할지도 모른다. 낮에도 김석훈이 붙여 놓은 사람에게 미행을 당했으니 더욱 몸가짐을 조심해야 할 시기였다. 하지만 상관없었다.

김석훈이 구승혁을 왜 만났는지 물어봐도 핑곗거리는 많았다. 희우와 구승혁은 동기였고 '구승혁 검사가 제 동기입니다. 더 이상 중앙 지검을 건들지 말라고 전했습니다.' 이런 말을 해도 누구도 의심하지는 않을 거다. 그리고 희우에게 중요한 건 구승혁의 목숨이었다.

희우가 말했다.

"하나 물어볼 게 있는데."

"뭐든."

구승혁은 희우의 말에 대수롭지 않게 대답했다.

희우의 시선이 잠시 구승혁을 향했다. 그리고 조심스럽게 물었다.

"혹시, 지금 따로 준비하고 있는 사건 있어?"

희우의 말에 구승혁의 눈썹이 순간 꿈틀거렸다. 그 시간은 워낙 짧았지만 희우는 그 순간을 놓치지 않았다. 분명 뭔가 있다. 희우의 가설이 맞아 들어가는 순간이었다. 희우가 알지 못하는 어떤 권력자나 재력가를 쫓고 있다는 뜻이다. 하지만 구승혁은 고개를 저었다.

"지금 하는 일도 바쁜데 뭔 사건을 만들고 있어? 네 친구 김규리 검사가 시키는 일이 얼마나 많은 줄 아냐? 떡볶이 사 오라고 하지, 커피 타라고 하지, 어제는 컴퓨터 고장 났다고 빨리 고치라고 하더라. 내가 컴퓨터 고치려고 검사 된 건 아니잖아?"

구승혁은 말을 돌리고 있었다. 사건을 따로 준비하냐는 질문에 굳이 하지 않아도 될 변명을 하고 있다. 일이 바쁘다거나 규리가 일을 많이 시킨다는 것은 옹색한 변명이다.

하지만 희우는 더 이상 묻지 않았다. 대신 그가 한 말에 맞장구를 쳐 줄 뿐이었다.

"규리가 컴퓨터도 고쳐 달라고 해?"

구승혁이 피식 웃었다. 그리고 말했다.

"응. 껐다 켜니까 해결되더라."

어이없는 해결 방법에 두 사람은 말없이 웃었다.

커피를 목으로 넘기며 희우가 말을 이었다.

"좋은 사건 있으면 하나만 넘겨 달라고 물어본 거야. 난 어제 너랑 만났던 커피숍에서 죽치고 앉아 있는 게 일이야."

"넌 좀 쉴 필요가 있을 거 같아. 그러니까 이 기회에 커피숍에서 음악 감상이나 실컷 하지 그래?"

"그래야겠지?"

희우는 자리에서 일어나 기지개를 펴며 말을 이었다.

"얼굴이나 한번 보려고 왔어. 그럼 간다."

"그게 전부야?"

"응."

"그 말 하려고 여기까지 왔다고?"

"겸사겸사."

그런 희우의 모습을 구승혁이 미심쩍게 바라봤다.

시답잖은 소리를 하기 위해 이곳까지 올 희우가 아니었다. 하지만 자신이 아무것도 말하지 않았듯, 희우 역시 입을 열 것 같지는 않았다.

버스가 다가왔다. 희우가 버스에 오르며 구승혁에게 말했다.

"규리한테 안부 전해 줘."

그리고 희우는 버스를 타고 떠났다.

버스를 타고 이동을 하던 희우는 전화기를 들었다. 그의 전화가 향하는 곳은 규리였다. 구승혁이 들어가기 전에 물어볼 것이 있었다.

"요즘에 구승혁 검사가 따로 만지고 있는 사건 있어?"

-응? 오늘 뉴스 터진 중앙 지검 검사 빼고는 없어. 왜?

예상했던 대로 규리도 모르고 있었다. 구승혁은 아무도 모르게 준비하는 중이었다. 하지만 희우는 이 사건의 결말을 알고 있다. 구승혁은 결국 죽는다.

생각하던 희우가 규리에게 말했다.

"승혁이가 눈치채지 못하게, 요즘 뭘 하고 돌아다니는지 알아봐 줄래?"

뒷조사를 해 달라는 희우의 말투는 평소와 다른 억양이었다.

-어? 무슨 소리야?

"느낌이 안 좋아서 그래. 분명히 뭔가 있는데 잘 모르겠어."

-구승혁 들어온다. 일단 알았어. 지켜볼게.

그녀는 서둘러 전화를 끊었다.

희우는 버스에 앉아 창밖을 내다봤다. 네온사인 속에서 오가는 사람들이 눈에 들어왔다.

희우는 다시 전화기를 들었다. 이번에는 상만이었다.

"퇴근했으면 집으로 와."

-네!

상만은 시원하게 대답을 했다.

버스에서 내린 희우는 집으로 걸어갔다. 퇴근을 하고 서부 지검까지 다녀오느라 어느덧 상당히 늦은 시간이 되었다. 가로등이 어른거리는 골목을 지나 지하로 내려가는 계단에 섰을 때, 삼겹살 굽는 냄새가 진동을 했다. 아마도 상만이 삼겹살을 굽고 있는 것 같았다.

희우는 피식 웃으며 계단을 걸어 내려갔다. 문을 열고 들어가자 역시나 상만이 삼겹살을 굽고 있었다.

"사장님, 식사 안 하셨죠?"

"먹었는데."

물론 먹지 않았다. 하지만 상만을 보면 왠지 장난을 치고 싶어졌다.

희우의 말에 상만이 어색하게 웃으며 말했다.

"배불러도 또 드세요, 하하하."

식탁 위에 삼겹살과 상추 등이 놓였다. 그리고 앞에 놓인 희우의 잔에 상만이 들고 온 소주가 채워졌다.

상만이 말했다.

"명령하실 거 있으면 빨리 하세요. 술 들어가면 기억 못 합니다."

쓸데없는 일로 오라 가라 말할 희우가 아니었다. 오랜 시간 함께 일을 하며 상만은 척 하면 척 알아들었다. 상만의 말에 희우가 입을 열었다.

"서부 지검에 구승혁 검사라고 있어. 미행 좀 해라."

잠깐 생각을 하던 상만이 순순히 고개를 끄덕였다.

"알겠습니다."

지금 희우의 명령을 받고 중앙 지검장의 마누라를 캐고 있는 상만이었다. 일개 검사의 뒤를 캐는 일이야 어려울 것도 없다는 투였다.

희우가 고개를 저었다.

"뒤를 캐라는 게 아니라 감시하라는 거야. 조만간에 위험한 일이 생길 수도 있는데, 그럴 때 나서지 말고 바로 나한테 연락하라고 하고."

"그건 더 쉽겠네요."

상만이 능글맞게 웃었다. 두 사람의 잔이 부딪쳤다. 희우가 물었다.

"페이퍼 컴퍼니 쪽 일은 잘되고 있어?"

"네. 여전해요."

희우가 김산에 있을 때 상만이 왔던 적이 있었다. 그때 희우는 상만에게 페이퍼 컴퍼니를 만들라고 말했었다. 불법적인, 어쩌면 위험한 일을 하기 위해서였다. 그리고 그 일은 잘되고 있다는 상만의 대답이 나왔다.

희우는 고개를 끄덕이며 소주병을 들어 상만의 잔을 채웠다.

"김석훈 지검장의 아내는 어때?"

상만의 표정이 순간 굳어졌다. 그리고 입을 열었다.

"확실히 사장님 말씀처럼 뭔가 있기는 한 거 같아요. 그런데……."

"그런데?"

"확실해지면 말씀드리려고 했는데, 너무 대놓고 남자를 만나니까 이게 불륜의 현장인지 아니면 사촌 동생인지를 모르겠어요."

희우의 눈에 순간 빛이 돌았다.

김석훈의 아내는 한미를 알고 있다. 정상적인 결혼 생활을 하기는 어려웠을 거다. 희우가 말했다.

"최대한 더 조사해 보도록 해."

"그럼요. 제가 또 사진 찍기의 달인이잖아요."

물론 상만이 직접 나서서 그 사람들을 감시하고 미행하는 건 아니었다. 어디까지나 상만이 고용한 흥신소 사람들이 움직이고 있었다. 하지만 상만은 마치 자신이 직접 움직이는 것처럼 입을 열었다.

상만과 희우가 삼겹살을 먹고 있을 때였다. 서울 외곽의 한정식집에서는 조태섭과 김석훈이 만나고 있었다.

김석훈은 조태섭의 앞에서 무릎을 꿇고 있었다. 지금껏 조태섭의 앞에서 그런 모습은 보인 적이 없는 김석훈이었다. 여당, 야당 의원들도 서재에 가서 무릎을 꿇었지만 김석훈은 언제나 당당했다. 예의는 갖췄지만 비굴하지는 않았다. 하지만 지금 김석훈은 조태섭의 앞에서 무릎을 꿇고 있었다. 그리고 말했다.

"살려 주십시오."

고개를 숙이고 있는 김석훈, 조태섭은 보지 못했지만 그의 치아는 꽉 물려 있었다. 굴욕도 이런 굴욕이 없었다.

하지만 조태섭은 심드렁하게 물었다.

"살려 달라니?"

"서부 지검에서 시작된 수사가 제 리더십을 문제 삼고 있습니다. 검찰총장으로 가는 마지막 가시밭길이라고 생각합니다."

"그래서?"

김석훈은 다시 입술을 꽉 물었다. 그리고 다시 굴욕적인 말을 내뱉었다.

"지금 저로서는 막을 방법이 없습니다."

김석훈도 몇 가지 생각을 한 게 있었다.

저격수를 모아 서부 지검을 공격하는 것, 하지만 어려운 일이었다. 검찰총장에 오를 사람이 자신의 아래에 있을 검사를 공격하는 것만큼 우스운 일도 없었다.

그래서 또 생각했다.

더 큰 사건을 만들어 이슈를 덮어 버리는 것. 하지만 검찰총장이 되기까지 두 달여 남은 상황이다. 이럴 때 '짠' 하고 자랑할 만한 사건이 터진다는 건 어려운 일이었다. 물론 희우가 말한, 박대호가 가지고 있는 은행을 털어 버리는 방법도 있었다. 하지만 그건 조태섭을 적으로 돌리는 것이다. 김석훈은 조태섭을 적으로 돌릴 수 없었다.

그래서 마지막으로 생각했다. 이런저런 방법을 쓰느니 조태섭에게 고개 숙이는 게 가장 편하고 쉬운 방법이라고.

김석훈의 숙여진 고개를 보며 조태섭은 말없이 술잔을 들어 올렸다.

그렇게 한 잔 두 잔 술을 마시던 조태섭은 오늘 낮의 일을 떠올리고 있었다.

오늘 낮이었다. 조태섭에게 한 통의 전화가 왔다. 서부 지검 윤종기였다.

-의원님의 옆에 서고 싶습니다.

윤종기도 조태섭이 대통령조차 쥐락펴락하는 확실한 권력자라는 걸 알고 있었다.

사실 윤종기는 검찰총장에 욕심이 없었다. 하지만 구승혁이 가지고 온 사건에 김석훈이 휘청거리는 것을 봤다. 그리고 윤종기는 자신 스스로가 김석훈과 동급이라고 생각해 버렸다. 김석훈이 노리는 검찰총장을 자신도 노려 볼 수 있다고 여긴 거다. 그게 조태섭에게 전화를 걸 수 있었던 힘이었다. 김석훈과 동급이니 나도 조태섭에게 전화를 걸 수 있다는 생각.

옆에 서고 싶다는 윤종기의 말에 조태섭은 대답했다.

"하하하, 저는 언제나 모든 검사분들이 제 옆에 있다고 생각합니다."

그렇게 윤종기와의 통화를 기억하던 조태섭은 다시 김석훈을 바라봤다. 고개를 숙이고 있는 김석훈의 뒤통수가 눈에 들어왔다.

조태섭은 다시 술을 따라서 입으로 넘겼다.

사실, 조태섭은 누가 검찰총장이 되든 상관이 없었다. 그저 말만 잘 들으면 될 일이었다. 그리고 조태섭은 그동안 김석훈이 마음에 들지 않았다.

김석훈이 그동안 조태섭의 앞에서 보인 행동은 부하라고 하기에는 무리가 있었다. 그가 조태섭에게 의견을 구할 때도 부하로서 '여쭙는다'는 느낌보다는 인생의 선배에게 답을 구한다는 느낌이 컸다. 검찰을 개혁하고 싶다는 꿈을 가진 김석훈이기에 국가를 개혁히고 싶은 조태섭과 의견이 맞아 손을 잡고 있었을 뿐이다.

하지만 오늘로서 바뀌었다.

김석훈은 단 한 번의 고개 숙임으로 일을 편하게 진행하려고 했지만 조태섭이 보기에는 아니었다. 언제나 조태섭이 입에 달고 사는 말이 있었다.

─꼬리를 말아 버린 개는 더 이상 무섭지 않다.

조태섭이 보기에 지금 김석훈은 꼬리를 말아 버린 것을 넘어 배를 까뒤집고 만져 달라 애원하고 있었다.

자존심은 한번 굽히는 순간 싸구려가 되어 버린다. 한 번이 두 번이 되고 두 번이 세 번이 되며, 그렇게 자신도 모르게 부하가 되어 버리는 게 사람 사는 세계. 조태섭의 입에 슬쩍 미소가 떠올랐다.

하지만 조태섭은 아직 결정하지 않았다.

새로운 개를 기르느냐 아니면 키우던 개를 계속 키우느냐에 대한 선택, 그것은 천천히 하면 될 일이라고 생각했다.

잠시 생각을 이어 가던 조태섭이 말했다.

"서부 지검에 연락하면 되겠는가?"

"감사합니다!"

김석훈은 다시 한번 머리를 조아리며 큰 소리로 말했다.

다음 날.

희우는 운동장을 달리고 땀을 닦으며 집 문을 열었다. 집 안의 현관에서 상만이 기분 좋게 웃고 있었다.

"어서 씻고 오십시오. 남은 삼겹살로 볶음밥 했습니다. 아침부터 든든하게 드시고 출근하시라고요. 아, 국은 물론 3분 북엇국입니다."

희우는 운동화를 벗고 거실로 들어갔다.

욕실로 향하며 식탁에 있는 북엇국의 브랜드를 확인하고 물었다.

"부필식품이네?"

"하하, 그래도 인연이 있던 곳이잖아요. 인연 있는 회사의 제품을 사 줘야죠."

잠시 후, 수건을 목에 걸고 희우가 나오자 상만은 곧장 보글보글 끓고 있는 국을 식탁 위에 올렸다. 희우가 자리에 앉아 수저를 들며 상만에게 말했다.

"구승혁 검사 감시 잘하라고 해."

"네."

"어쩌면 내년까지도 계속 감시하게 될 수도 있으니까 얼굴 익숙해지지 않게 사람 바꿔 가면서 하라고 하고."

같은 사람이 계속 미행을 할 경우 어느 순간 인상이 눈에 익을 수 있다. 미행을 하는 입장에서는 가장 치명적인 일이다. 그래서 사람을 바꿔 가며 감시할 것을 이야기했고, 상만은 바로 알았다고 대답했다.

희우가 말을 이었다.

"그리고 강영범 사장님한테서 이야기 없었어?"

"무슨 이야기요?"

"송파 재개발 조합장님 만나기로 했잖아. 다른 변경된 사항 없었냐고."

희우의 말에 상만의 얼굴이 굳었다.

"아!"

그는 외마디 말만 한 채 뭔가 기억을 더듬었다. 그리고 박수를 치며 말했다.

"원래 강영범 사장님 사무실에서 보기로 했잖아요? 그런데 자리가 별로인가 봐요. 시장에서 만나자고 하던데요?"

"시장에서?"

조용한 대화를 나누는 걸 원했다. 사람이 많고 듣는 귀가 많은 곳에서 할 수 있는 이야기가 아니었다.

잠시 생각을 하던 희우가 상만에게 말했다.

"내가 강영범 사장님께 다시 한번 전화 넣을게."

대답을 한 희우가 밥을 떠서 한입 먹자 상만이 물었다.

"볶음밥 맛 어떠세요?"

"북엇국이 제일 맛있네."

"그건 인스턴트고 이건 제 손맛이 들어갔는데요?"

출근 시간이었다. 희우는 지검으로 향하지 않았다. 바로 횡령 의혹이 있는 회사, 그곳의 커피숍으로 향했다. 뒤숭숭한 분위기의 지검에서 얻을 것도 없었고, 김석훈에게 신뢰를 받기 위해서였다. 김석훈의 지시를 최선을 다해 하고 있다는 인식을 심어 줘야 했다. 또한 사건이 손에 들어온 이상 쉽게 넘어갈 생각도 없었다. 희우는 어디까지나 검사였다.

커피숍의 문을 열고 들어간 희우는 가장 중앙의 자리에 앉아 노트북을 꺼냈다.

희우는 고민하고 있었다. 이 사건을 어떻게 짜고 만들어 갈지.

회사의 대표 오진영 정도는 마음만 먹으면 언제든지 잡을 수 있었다. 지금 당장이라도 영장을 받고 들어가 잡아 오면 끝이었다. 자금이 흘러들어 가고 빠져나오는 루트는 모두 예상하고 있었다. 어려운 일은 아니었다. 하지만 희우는 움직이지 않았다.

이 사건이 어떻게 하면 김석훈의 입맛에 꼭 맞을 수 있을까?

어떻게 하면 김석훈에게 다시 한번 신뢰를 받을 수 있을까?

희우의 머릿속에 있는 생각이었다. 사건을 해결하는 것보다 더욱 어려운 일이었다.

생각을 하던 희우에게 전화가 걸려 왔다. 호랑이도 제 말 하면 온다더니 김석훈이었다.

-어디야?

"말씀드렸던 곳입니다."

회사 바로 아래의 커피숍이었다. 사건에 대한 이야기를 할 수는 없었다. 듣는 귀가 많았고 보는 눈이 많았다. 커피숍에 앉아 있는 대부분의 사람들이 다른 사람에게 신경을 쓰지 않는다고 해도 조심할 건 해야 했다.

김석훈의 목소리가 침울하게 들려왔다.

-그래, 할 수 있겠어?

"만들면 만들 수 있을 것 같습니다. 하지만 그 뒤에 터뜨리는 건 지검장님의 힘이 큽니다."

-알았다. 천천히 만들어 봐.

통화가 종료됐다. 희우는 커피를 손에 쥐며 조용히 웃었다.

보지 않아도 알 수 있었다.

김석훈은 조태섭을 만나고 왔다. 그리고 뭔가에 대한 확답을 받았을 거다. 김석훈은 분명 '천천히 만들어 봐.'라는 말을 했고 그 말은 희우의 생각에 확신을 줬다. 조태섭이 확답을 주지 않고서는 김석훈의 입에서 그런 말이 나올 수 없기 때문이다.

하지만 김석훈의 목소리는 침울하기도 했다. 희우는 그 이유도 알 것 같았다. 김석훈이 조태섭에게 무릎을 꿇었다는 의미다. 예상하건대, 절이라도 하면서 살려 달라고 애원했을 게 분명했다. 희우의 머릿속에 자존심 강한 김석훈이 고개를 처박고 애원하는 그 모습이 그려지고 있었다.

그럼, 다음 계획으로 넘어갈 차례였다.

희우가 전화기를 들었다.

"의혹 정도로 살짝 흘리셔도 좋을 것 같습니다."

전석규와 지성호는 김석훈의 아들 김석영에 대해 조사를 하는 중이다. 가지고 있는 자료만 해도 어마했다. 그리고 그 시각, 희우에게 전화를 받은 지성호가 장난스러운 목소리로 대답했다.

"네네, 후배가 말씀하시는데 선배가 돼서 당연히 따라야죠."

전화를 끊은 지성호가 전석규에게 말했다.

"희우가 살짝만 흘려 달라는데요?"

전석규가 고개를 끄덕였다.

"나도 그렇게 생각했어."

김석영의 문제를 알린다고 해서 김석훈이라는 거인을 무너뜨릴 수는 없다. 김석훈은 물론이고 김석영조차 구속시키기 힘들다. 이들이 가진 것은 김석영의 도덕적 문제가 전부였기 때문이다.

하지만 지금 중앙 지검은 연이어 사건이 터지는 중이었다. 이 상황에 아들의 문제까지 불거지면 김석훈의 멘탈은 흔들릴 거다. 정상적인 사고를 하기 힘들 게 분명하다. 희우와 전석규 그리고 지성호는 김석훈의 멘탈을 극한까지 몰아붙일 계획이었다.

지성호가 즐거운 듯 파일을 만지며 입을 열었다.

"어떤 것을 터뜨려야 사람들이 즐거워할까요?"

지성호가 고민을 하고 있을 때였다. 핸드폰으로 희우에게서 문자가 왔다.

-여자 문제를 던졌으면 좋겠습니다.

문자를 본 지성호가 피식 웃으며 전석규에게 말했다.

"김희우 대장님이 여자 문제 건드려 보라고 하십니다."

희우는 평검사 주제에 전석규와 지성호에게 이래라저래라 지시를 하고 있었다. 하지만 전석규와 지성호의 얼굴에 싫은 기색은 없었다. 희우가 작전을 주도하는 중이지만, 언제나 예의 있게 행동했기 때문이다.

여전히 희우는 커피숍에 앉아 있었다. 지성호에게 김석영의 여자 문제를 거론하라고 문자를 보낸 직후였다.

김석영의 아버지는 중앙 지검장이고 어머니는 재벌이다. 그런 김석영이 여자를 노리개 취급했다는 사실은 모든 사람을 분노하게 만들 거다. 물론 김석영을 여자 문제로 구속시킬 수는 없었다. 그저 김석훈을 괴롭히기 위한 계획일 뿐이다. 하지만 이번 괴롭힘으로 김석훈의 멘탈이 어디까지 흔들릴까? 그것이 승부를 결정할 것이다.

커피숍에 앉아 노트북을 두들기던 희우에게 문자가 왔다. 상만이었다. 구승혁에 대한 미행을 시작했다는 보고였다.

일은 차근차근 진행되기 시작했다.

한동안 조태섭에게 모든 계획이 막혀 버리며 당황했었지만 희우는 금세 다른 계획을 세웠다. 그리고 그 계획은 다시 시작되는 중이었다.

그때, 커피숍의 문이 열리고 희우를 미행하던 남자가 들어왔다. 그의 등장에 희우는 피식 웃어 버렸다.

희우는 오늘 아침 지검으로 출근을 하지 않고 바로 이곳으로 왔다. 목표를 잃은 남자는 밖에서 헤맸을 테고 김석훈에게 전화를 해서 희우의 위치를 물어봤을 거다. 그 과정을 생각하자 헛웃음이 나왔다.

'너도 참 빡빡하게 산다.'

남자는 김석영의 오른팔과 마찬가지였지만, 어차피 월급쟁이였다. 그들의 삶은 까라면 까야 하는 것이었다.

희우가 생각을 이어 가고 있을 때였다. 오진영의 자금을 관리해 주는 걸로 추측되는 경리 김송희가 나타났다.

김송희는 희우의 얼굴과 신분을 모르고 있다.

희우는 그녀의 동선을 살피며 손목을 들어 시간을 확인했다. 13시 10

분이었다.

'점심을 먹고 커피를 마시기 위해 왔나?'

희우는 그녀를 한번 훑었다.

그녀는 머리를 하나로 질끈 묶고 있었고 옅은 붉은색 립스틱을 했다. 옷은 흰색 블라우스에 달라붙는 청바지를 입고 있었다. 신발은 굽이 없는 구두였고 손가락에 반지는 없어 보였다. 팔목에 얇은 팔찌만 있을 뿐이었다. 주문하는 커피는 아메리카노였다.

희우가 그녀를 훑어보는 것은 전체적인 분위기를 파악하기 위해서다.

단순히 범죄자를 잡아 집어넣는 사건이 아니었다. 김석훈의 입맛에 맞는 사건을 만들어야 했다. 그러기 위해서는 김송희의 역할이 컸다. 그녀의 도움을 받기 위해서는 그녀가 어떤 사람인지 확실히 알아야 했다.

지금 살펴본 김송희는 화려하지 않았다. 수수한 여성이었다. 멋을 과하게 부리지 않았고 편한 복장을 갖추고 있었다.

희우는 노트북으로 작업을 하는 척, 그녀의 목소리에 귀를 기울였다. 그녀는 함께 일하는 것으로 추정되는 또 다른 여성과 함께 커피숍에 와 있었다. 하지만 특별한 이야기는 없었다. 누가 결혼한다더라, 축의금은 얼마나 할 거냐 등의 이야기로 시작해서 난 언제쯤 남자 친구가 생길까 등의 시시콜콜한 이야기가 전부였다.

하지만 잠시 후, 두 사람의 이야기는 회사에 대한 말로 바뀌었다.

"그런데 정말 '대치학습지'랑 합친대?"

"네. 합친다고 하던데요?"

희우의 눈에 의혹이 일었다.

이들은 분명 노인복지 사업을 하는 회사다. 그런데, 아이들 학습지 회사랑 합친다? 뭔가 앞뒤가 맞지 않았다.

'학습지 회사?'

김송희가 커피숍을 떠난 후, 희우도 자리에서 일어나 지검으로 돌아갔다. 그리고 사무실에 앉아 컴퓨터를 켜고 '대치학습지'라는 이름을 검색했다.

대치학습지는 큰 규모의 회사가 아니었다. 그 전에, 회사가 생긴 지도 얼마 되지 않았다. 즉, 이제 시작된 회사라 수익이 나지 않는 상태였다. 게다가 학습지 시장은 이미 선점한 업체가 존재했고 새로운 회사가 비집고 들어갈 틈은 없어 보였다. 매력적인 부분이 없는데, 이 회사와 합친다? 서로의 분야가 전혀 다른데?

희우의 눈에 의혹이 생겼다.

그렇게 잠시 생각을 하던 희우는 지검장실로 향했다.

"그래, 이야기해 봐."

김석훈의 말에 희우가 입을 열었다.

"오늘 우연히 들은 이야기입니다. '대치학습지'라는 곳과 합쳐진다고 합니다."

"학습지?"

김석훈이 고개를 갸웃거렸다. 상식적으로 말이 안 되는 조합이기 때문이다.

"네, 제 생각에는……."

희우가 말을 이으려고 할 때 김석훈이 손을 들었다. 그만하라는 표시였다. 희우는 바로 입을 닫고 김석훈의 눈을 바라봤다.

김석훈이 입을 열었다.

"동기 중에 구승혁이라고 있지?"

김석훈의 눈빛은 희우의 눈동자를 파고들었다.

김석훈은 구승혁의 이름과 함께 동기라는 것까지 물어봤다. 김석훈이 어디까지 파고들어 왔을지는 모른다. 하지만 이런 경우 거짓말을 하면 안 된다는 건 분명했다.

"네, 있습니다."

김석훈이 차가운 눈빛으로 다시 한번 희우를 살폈다. 그 눈빛은 희우의 모든 것을 끄집어내려는 듯 매서웠다.

하지만 희우는 당황하지 않았다. 이런 상황이 올 것을 예상하고 있었고 수십 번, 아니 수천 번의 시뮬레이션을 끝낸 상태였다. 지금 보여야 할 표정은 김석훈이 왜 구승혁을 물어봤는지, 도저히 모르겠다는 표정을 짓는 거다. 희우는 어수룩한 얼굴로 김석훈의 눈을 바라봤다.

김석훈이 피식 웃었다. 그 웃음의 의미는 '그럼 그렇지'라는 표현이었다.

김석훈이 입을 열었다.

"연락은 하고 있나?"

희우는 김석훈의 질문에 거짓말할 생각은 조금도 없었다. 섣부른 거짓말은 독이 될 뿐이다.

"네. 연락하고 있습니다."

"만나는 건?"

"가끔 만나기도 합니다. 서부 지검에 제 대학 동기도 함께 있습니다."

김석훈은 무거운 한숨을 내쉬었다. 그리고 희우에게 말했다.

"구승혁, 그 녀석이 너무 까불고 있어. 네가 동기라면 가서 조심하라고 일러 주도록 해. 튀어나온 못은 망치에 찍히기 마련이니까."

"네?"

희우는 정말 놀란 척 눈을 크게 떴다. 물론 김석훈의 눈에 보이기 위한 행동이었다.

김석훈은 다시 한번 희우를 물끄러미 바라봤다. 그리고 말을 이었다.

"우리 지검의 검사들이 서부 지검으로 달려가는 건 알고 있지?"

"……네."

"구승혁이 시작한 일이야."

그 말과 동시에 희우는 한숨을 내뱉었다.

"하……."

희우의 행동을 보며 김석훈은 생각했다.

'이놈은 정말 아무것도 모르고 있었나? 하긴······.'

희우는 얼마 전까지 경기도의 지청에 있었다. 서울에 와서는 김석훈이 지시한 일에 매진하는 중이었다. 구승혁의 일을 모르는 것은 어쩌면 당연한 일이었다. 생각을 이어 가던 김석훈이 입을 열었다.

"그때 말했던 은행."

"네?"

김석훈의 입에서 '은행'이라는 단어가 나올 줄은 희우도 예상 못 했다.

희우는 김석훈이 조태섭에게 어떤 확답을 받고 왔을 것이라고 생각하고 있었다. 그런데, 은행에 대한 말을 다시 꺼낸다?

희우가 물끄러미 바라보자 김석훈이 계속해서 말을 이었다.

"일단 조사해 봐. 절대 상대측에 들켜서는 안 된다는 건 알고 있지?"

"네, 알고 있습니다."

"옆에 있는 동료 검사에게도 숨겨. 나 말고는 아무도 모르게 해야 해. 원한다면 방을 따로 배치해 주지."

김석훈의 목소리는 어두웠고 습했다.

희우는 다시 김석훈을 바라봤다. 그리고 알아차렸다.

지금 김석훈은 조태섭과 은행을 법정에 세우려 하는 게 아니다. 상대의 목줄을 쥐려 하고 있다. 지금 김석훈은 조태섭의 약점을 갖고 싶어 했다. 조태섭의 앞에서 어떤 행동을 했는지 모르지만, 그 자존심에 큰 스크래치가 난 게 분명하다.

희우가 김석훈의 눈을 마주 보며 대답했다.

"네, 따로 방을 배치해 주셨으면 합니다."

"그래, 바로 처리하도록 하지. 단, 이번에는 장일현 때처럼 혼자 브리핑을 하거나 멋대로 행동하지 마. 모든 걸 나에게 보고하고 움직이도록 해."

"알겠습니다."

"그리고 만약 네가 상대에게 발각되었을 경우 나는 아무것도 몰랐다고 발뺌할 거야."

도마뱀 꼬리 자르기를 하겠다는 거다. 그런 말을 대놓고 하고 있다. 김석훈에게 회우는 멋대로 가지고 놀 수 있는 힘없는 신입 검사이기 때문이다. 하지만 상관없었다. 원하던 일이었다.

회우의 대답이 들려오지 않자 김석훈이 슬쩍 미소를 지으며 말했다.

"대신 성공한다면 내가 네 미래가 되어 주마."

"네?"

김석훈이 지금 한 말은 엄청난 약속이었다. 지금껏 김석훈이 걸어온 길을 그대로 회우에게 주겠다는 것이었다. 즉, 자신이 검찰총장이 된다면 회우 역시 훗날 검찰총장이 될 수 있도록 길을 터 준다는 약속과 같았다.

회우는 김석훈을 향해 허리를 90도로 숙였다.

"감사합니다. 열심히 해 보겠습니다."

회우가 허리를 굽히자 김석훈의 입가에 미소가 떠올랐다.

"결과를 가지고 와."

"네!"

그렇게 회우는 지검장실을 떠났다.

김석훈은 자리에서 일어나 창밖을 보았다. 지검을 오가는 차량들이 눈에 보였다. 하지만 눈동자만 차량들을 보고 있을 뿐이었다. 김석훈의 생각은 조태섭과 만났던 자리를 향해 있었다.

조태섭은 서부 지검에 압력을 넣겠다고 말했었다.

'압력?'

그것은 해결해 주겠다는 말이 아니었다. 김석훈의 입이 꽉 다물렸다.

'조태섭!'

조태섭의 의중에서 확실한 것은 없다. 하지만 분명한 것은 있다. 조태섭은 언제든 김석훈을 버릴 수 있다는 거다. 그래서 김석훈은 생각했다.

자신 역시 조태섭의 비리를 들고 있어야 한다고. 그렇지 않으면 조태섭의 생각에 따라 언제든 사라질 수 있다.

김석훈이 조용히 웃으며 중얼거렸다.

"진작 만들어 놨어야 했어."

희우는 계단을 내려오고 있었다.

지검장실에서 나온 후, 희우는 많은 생각을 정리했다.

희우가 예측한 것은 두 가지였다.

하나, 조태섭과 김석훈의 관계가 무너지고 있다는 것.

둘, 김석훈의 정신이 올바른 판단을 하지 못하고 있다는 것.

평소의 김석훈이라면 '미래가 되어 준다.' 등의 입에 발린 소리를 지껄이지 않았을 거다. 김석훈이 말한 미래는 자신이 걷고 있는 검찰총장의 길을 희우에게 내주겠다는 것이었다.

그런데, 그 미래는 수십 년 후다. 그사이 어떤 일이 어떻게 될지 아무도 모른다. 심지어 미래의 단편을 알고 있는 희우도 예상하지 못하는 것이 미래였다. 그런데 그런 미래가 되어 주겠다고? 위험한 일을 혼자 떠안는 대신 미래를 준다?

희우의 입에 잔인한 미소가 흘렀다. 그가 중얼거렸다.

"내일 한 번 더 정신없으시겠네요, 지검장님."

다음 날.

신문은 김석훈의 아들 김석영에 관한 기사로 도배가 되었다.

중앙 지검 지검장실, 김석훈의 책상은 요즘 남아나지 않았다.

쾅! 쾅!

계속해서 치고 있었다.

주위에서 연이어 터지는 사건들.

이번에는 아들 김석영이 문제를 일으켰다.

신문의 1면에는 김석영과 함께 김석훈의 이름이 대문짝만 하게 실려 있었다.

서울 중앙 지검 지검장 김석훈의 아들 김석영
재벌의 사생활, 이래도 되나?

김석훈의 시선이 신문으로 향했다. 눈동자는 분노로 붉게 물들어 있었다.

그 시각, 희우는 새로 배치된 사무실을 둘러보고 있었다. 수사관도 없었고 어떤 사람도 없이 혼자였다. 그 누구도 알 수 없게 혼자서 일을 처리하라는 김석훈의 배려였다. 네 평 정도의 작은 공간에는 책상과 의자 그리고 컴퓨터가 전부였다.

창문을 열어 공기를 환기시키던 희우는 자신도 모르게 웃고 말았다. 검사로 임관을 하고 짧은 시간 동안 이렇게 많은 사무실을 경험해 본 사람은 분명 없을 것이다. 하지만 희우는 즐거웠다. 희우에게 있어서 자유롭게 일할 수 있는 상황은 언제나 감사한 것이었기 때문이다.

희우는 주머니를 만지작거렸다. 주머니 안에는 예전에 샀던 무선송신 음성 탐지 장비가 있었다. 혹시 모른다. 김석훈은 전석규의 옆에도 몰래 카메라를 넣고 감시했던 사람이다. 조심은 백번을 해도 모자라지 않았다.

희우는 주머니 속의 장비를 ON 시켰다. 이제 몰래카메라나 도청기가 있다면 진동으로 반응할 것이다. 하지만 조용했다. 어떤 신호도 잡히지 않았다. 의심이 많고 사람을 믿지 못하는 김석훈이 아무런 방비를 하지 않은 채 희우를 혼자 내버려 뒀다. 희우의 입가에 다시 한번 미소가 떠올랐다. 경기도 지청에서도 감시하고 이곳에 돌아와서도 감시를 당했는데 결국 어떤 감시도 없다? 아직까지 확신할 수는 없었지만 만약 정말 그렇다고 한다면 시시한 게임이 될 것이다.

희우는 그제야 의자에 앉았다. 하지만 컴퓨터를 켜지는 않았다. 대신 신문을 꺼내 책상 위에 올려 뒀다. 신문은 하나가 아니었다. 가판대에서 팔고 있는 모든 신문을 종류별로 사 왔기 때문이다.

희우는 첫 번째 신문을 펼쳐 들었다.

헤드라인 기사는 김석영과 김석훈을 겨냥하고 있었다. 다음 신문도 마찬가지였고, 심지어 경제 신문에서도 김석영을 메인으로 다루고 있었다.

그런데, 신문을 읽던 희우의 고개가 갸웃거려졌다.

'뭐지?'

김석영은 세상에 알려지지 않은 사람이었다. 모든 신문의 메인에 오를 인물이 절대 아니었다는 거다. 그런데, 메인에 올랐다. 이상한 일이었다. 그리고 이런 일을 만들어 낼 수 있는 것은 어떤 한 사람이 움직였기 때문이다.

'조태섭!'

조태섭이 김석훈을 버렸다? 그건 아직 확정 지을 수 없다.

하지만 확실한 건 조태섭이 김석영을 세상의 중심에 세웠다는 거다.

희우는 그 이유를 추측해 봤다.

아직 황진용이 청문회에서 폭로했던 사건이 완벽히 지워지지 않은 상태였다. 조태섭은 국민의 시선을 다른 곳으로 돌리기 위해 애를 쓰고 있었다.

'조태섭이 김석영도 이용했나?'

희우의 생각이 조태섭에게 향해 있을 때였다.

조태섭은 서재에 앉아 업무를 보는 중이었다.

똑똑똑.

문 두들기는 소리와 함께 문이 열리고 한지현이 들어왔다. 그녀는 조태섭에게 고개 숙여 인사한 후 입을 열었다.

"박대호 대표가 왔습니다."

"들어오라고 해."

그 말에 박대호가 한지현의 뒤에서 나타났다.

그는 조태섭에게 고개를 숙여 예를 갖춘 후 앞으로 걸어왔다. 그리고 일정 거리 앞에서 걸음을 멈추고 그 자리에 꿇어앉았다. 조태섭의 책상 앞까지 다가올 수 있는 사람은 최측근인 한지현과 몇몇이 전부였다. 조태섭은 가족조차 책상 앞으로는 끌어들이지 않았다.

조태섭이 한지현에게 말했다.

"술 좀 가지고 와. 오늘 해야 할 이야기가 많아."

"항상 드시는 걸로 챙겨 오겠습니다."

"그렇게 해."

"네, 알겠습니다."

그녀는 살짝 고개를 숙이고 밖으로 나갔다.

술상을 기다리며 박대호가 물었다.

"김석훈 지검장을 버릴 생각이십니까?"

조태섭의 미간이 좁혀졌다.

"내가 질문을 허락했나?"

"죄송합니다."

박대호는 고개를 숙였다. 어떤 상황인지 모르는 사람의 눈에는 박대호가 혼이 나는 걸로 보였을 것이다.

그리고 여전히 책상에 앉아 있던 조태섭은 바닥에 무릎을 꿇고 앉아 쩔쩔매는 박대호를 훑었다. 박대호는 무척 죄송스러운 표정으로 조태섭을 바라보고 있었다. 말 그대로 고양이 앞의 쥐였다.

조태섭이 조용히 입을 열었다.

"버릴 생각이냐고? 내가 사람을 버리는 걸 본 적이 있나? 나는 사람을 버리지 않아. 그 사람이 나를 버릴 때까지는."

박대호는 조태섭의 말이 무슨 뜻인지 이해하지 못했다. 하지만 질문할 수는 없었다. 조태섭은 박대호에게 질문할 수 있는 권한을 주지 않았기 때문이다.

문이 열리고 한지현이 들어왔다. 그녀는 조태섭의 앞으로 걸어가 책상 위에 술잔과 술 그리고 안주를 놓았다. 그리고 다음으로 박대호의 앞에 작은 상을 놓아두고 술잔을 올렸다.

술을 마시자고 했지만, 같은 상에서 마시는 게 아니었다. 멀리 떨어진 채 술을 나누는 것이었다. 아마도 조태섭과 겸상을 한 사람은 김석훈밖에 없었을 거다.

조태섭이 나가라고 말하자 한지현은 고개를 숙이고 밖으로 나갔다.

문이 닫히자 조태섭이 박대호에게 물었다.

"그래, 재개발은 어떻게 되어 가고 있나?"

그들이 대화를 나누고 있을 때였다. 희우는 노트북이 든 가방을 어깨에 걸치고 사무실을 나서고 있었다.

조태섭과 김석훈의 신경전이 이렇게 빨리 시작될 줄은 희우도 예상하지 못했다. 어쨌든, 다음 계획을 실수 없이 진행해야 했다.

희우는 중앙 지검 건물을 벗어나서 밖으로 향하며 휴대폰을 귀에 댔다. 전화가 가는 상대는 기자로 일하고 있는 박유빈이었다.

"바쁘세요?"

-바쁘지. 요즘에 계속 일이 터지잖아.

"잠깐 뵐 수 있을까요? 제가 신문사 앞으로 갈게요."

-그래, 와서 전화해.

희우는 오는 버스에 올랐다. 비어 있는 좌석에 앉으며 희우는 창밖을 보고 있었다. 그리고 누군가 달려오는 것을 확인했다.

'어?'

서둘러 버스에 오르는 남자는 희우를 미행하는 사람이었다. 희우는 자신도 모르게 웃고 말았다. 김석훈은 희우에게 사무실을 혼자 사용하게 했고 사건은 마음대로 할 수 있는 자유를 줬다. 그런데, 희우가 이동하는 행보는 궁금했나 보다.

남자는 헉헉거리며 희우의 뒤에 앉았고 희우는 계속해서 생각을 이어 갔다. 그런데, 희우의 머릿속에 한 가지 의문이 떠올랐다. 김석훈이 정말 사무실에 어떤 방비도 하지 않았을까?

희우는 고개를 저었다. 김석훈은 절대 그럴 사람이 아니었다.

희우는 곁눈질로 남자를 슬쩍 바라봤다. 그에게 끝까지 미행을 당할 수는 없었다. 자신이 유빈을 만나는 것은 누구도 알아서는 안 되는 일이었다.

희우는 평소대로 횡령 사건이 일어나고 있는 커피숍 앞에서 내렸다. 남자도 희우의 뒤를 따라 내렸다.

그때였다. 희우가 몸을 뒤로 돌려 남자를 바라봤다. 희우와 눈이 마주친 남자는 당황했는지 딸꾹질을 해 버렸다. 희우가 뚜벅뚜벅 남자 앞으로 걸어갔다. 남자는 주춤주춤 뒤로 물러섰다. 그는 이런 상황을 전혀 예상하지 못한 것 같았다. 남자의 앞에서 걸음을 멈춘 희우가 그 귀에 대고 작게 말했다.

"따라와."

그리고 희우는 남자의 손목을 꽉 잡았다. 남자의 미간이 찌푸려졌다. 아팠다. 희우의 힘이 이렇게 셀 줄은 생각하지 못했다.

희우에게 잡혀 사람이 없는 골목으로 끌려온 남자는 떨고 있었다. 모든 게 들통난 것만 같아서. 희우가 물었다.

"어디서 왔냐?"

"네?"

"너 나 미행한 거 맞지?"

직접적인 질문에 남자는 고개를 저었다. 하지만 희우는 여전히 그의 손목을 놓아주지 않았다. 남자가 떨면서 말했다.

"……증거 있어요?"

희우가 피식 웃었다. 저놈의 '증거 있냐?'라는 말과 '영장 가지고 왔어?'라는 허세는 언제 끝날지 알 수가 없었다.

희우가 남자의 몸을 쓱 훑어봤다. 그리고 무겁게 말했다.

"증거 있냐고? 거봐, 내가 검사인 줄은 어떻게 알았어? 나 미행한 거 맞지?"

남자는 고개를 저었다. 하지만 늦었다. 희우의 눈빛은 남자의 영혼까지 끄집어낼 정도로 날카로웠다. 희우가 말을 이었다.

"증거 없어도 상관없어. 지금부터 네 사돈에 팔촌까지 조사하면 뭐라도 나오겠지."

"네? 사돈에 팔촌이라뇨?"

"안 나와도 상관없어, 적당한 사건 만들어서 엮으면 되니까."

"네? 사건을 만들어요?"

남자의 눈동자는 겁에 질려 있었다.

희우는 검사다. 그리고 세상에 먼지 안 나는 사람은 없다. 어떻게든 죄를 만들어 괴롭히면 힘들어지는 것은 남자였다. 남자의 겁에 질린 눈동자를 보던 희우가 어이없다는 듯 고개를 저으며 물었다.

"모르고 미행했어? 이렇게 할 수 있는 게 검사야."

희우는 그의 손목을 잡고 핸드폰을 들어 민수에게 전화를 걸었다.

"한 놈 잡았습니다. 조사 좀 부탁드릴게요."

-누군데?

"저도 잘 모르겠어요. 뒤를 미행하더라고요. 김산에서 보낸 폭력 조직일 수도 있고, 아니면 마약이나 인신매매 애들일 수도 있겠네요. 장애인 착취했던 놈들일 수도 있고요."

희우의 말이 계속될수록 남자의 얼굴은 사색이 되었다. 하지만 그는 사실을 밝힐 수는 없었다. 남자는 지금 몹시 괴로웠다. 어떻게 해야 할지 도무지 모르겠다는 표정이었다.

그가 어떻게 할지 몰라 고민을 하고 있을 때였다. 희우가 통화를 종료하며 남자에게 말했다.

"수사관들 온다고 하니까, 잠시만 기다리자."

"네?"

"그 전에 확인은 해 봐야겠지? 핸드폰 꺼내 봐."

"핸드폰요?"

남자는 망설였다. 하지만 희우는 그의 핸드폰을 빼앗아 통화 기록을 확인했다. 김석훈의 연락처를 찾는 것이었다. 그런데, 없었다.

'없어?'

남자는 희우의 뒤를 쫓으며 김석훈과 연락을 하고 있었다. 그런데, 통화 목록에 김석훈의 연락처는 보이지 않았다.

'다른 연락 체계가 있다는 뜻인가?'

희우는 통화 기록을 확인하며 과거를 회상했다.

남자만 희우를 관찰하고 있던 게 아니다. 희우도 남자를 관찰했었다. 남자는 희우를 찾아내면 언제나 김석훈에게 희우의 위치를 보고했었다. 그리고 희우는 그 시간을 기록하고 있었다.

통화 기록을 되돌려 보던 희우의 손이 멎었다. 그곳에 남자가 통화했던 사람의 전화번호가 있었다. 희우는 전화번호를 머릿속으로 입력해 놓고 남자의 핸드폰 전원을 껐다.

희우가 겁에 질려 있는 남자를 슬쩍 바라봤다. 물론 이 남자를 구속시킬 생각은 전혀 없었다. 남자는 까라면 까는 직장인일 뿐이다. 하지만 봐 줄 수는 없었다. 놔줬다가는 계속해서 미행을 당할 수도 있었다.

잠시 후, 수사관 두 명이 타고 있는 차량이 희우 앞에 섰다.

"네, 수고하십니다. 그럼 잘 부탁드리겠습니다."

남자는 이제 희우의 손에서 수사관에게 건네져 차량에 올라탔다.

차량이 멀리 사라지는 걸 보며 희우는 다가오는 택시를 향해 손을 흔들었다.

택시에서 내린 희우는 유빈에게 전화를 걸었다. 그 전화에 유빈은 서둘러 내려왔다.

"밥 먹었어? 식사 전이면 밥 먹을까?"

"좋아요."

"샤브샤브 어때?"

"조용한가요?"

"어."

"네, 좋아요."

가게는 기자들이 자주 출입하는 곳이었다. 룸으로 이뤄졌기에 비밀 이야기를 하기에 좋았다. 자리에 앉으며 희우가 물었다.

"황진용 의원님은 요즘 어떠세요?"

청문회의 일이 터지고, 희우와 황진용은 서로 연락하지 않고 있었다. 황진용은 권력자들의 시선을 한 몸에 받는 중이었고 자칫 희우가 노출될 수도 있기 때문이다. 유빈이 말했다.

"청문회 사건 이후로 확실히 힘이 생기셨어."

청문회 이후 황진용의 이름은 국민의 입에서 한 번씩 회자되었다.

사람들은 말했다.

"황진용 덕분에 속이 시원하다!"

"청렴한 사람이야!"

그렇게 다시 인지도가 올라가며 황진용의 옆으로 붙는 의원들이 생겼다. 이전까지는 황진용에게 관심을 보이지 않던 의원들이 시답잖은 농담을 하는 등 가까워지기 위해 애를 쓰고 있던 거다. 그렇게 황진용의 세력이 구축되고 있었다.

하지만 유빈의 말은 끝나지 않았다.

"그런데, 조대섭 의원의 힘은 훨씬 더 기졌어."

조태섭의 힘 역시 걷잡을 수 없이 커지고 있었다.

사람들은 힘들 때 도와주는 사람을 기억한다. 조태섭은 황진용의 폭로에 담긴 인물들을 구제하기 위해 동분서주했고 그 모습에 권력자들은 감동을 받고 있었다.

유빈의 말이 이어졌다.

"오늘 김석영 스캔들 있지? 그것도 조태섭 의원 작품이야. 크게 확대시키라고 지시가 들어왔대."

역시 예상대로였다. 김석영이 모든 신문의 메인에 오른 것은 조태섭의 힘이 있었던 거다. 희우가 물었다.

"질문 하나만 할게요."

"뭐든."

"황진용 의원님이 터뜨린 사건이 쉽게 묻힐 거 같나요?"

유빈이 씁쓸하게 웃으며 고개를 끄덕였다.

"쉽게 묻히는 것을 떠나서 이미 묻혔어."

황진용의 폭로 이후, 연이어 사건이 터졌다. 오늘 김석영 사건은 사람들의 기억을 완벽히 매장하는 마지막 삽질이었던 거다.

희우도 인정한다는 듯 고개를 끄덕였다. 그리고 다시 천천히 물었다.

"그럼 또다시 국회의원의 비리가 터지면 어떻게 될까요?"

"어?"

"황진용 의원님의 폭로가 다시 수면 위로 오를까요?"

유빈은 대답하지 않았다. 깊은 생각에 빠진 것 같았다. 하지만 잠시다. 유빈이 입을 열었다.

"아니. 조태섭 의원이라면 또 막아 낼 거야."

희우가 고개를 끄덕였다.

지난 청문회 사건 때도 그랬다. 희우는 황진용의 폭로로 대한민국이 정지할 것이라고 생각했었다. 행정 관료가 모두 잡혀간 상황에서 대한민국이 정상적으로 돌아가는 것 자체가 이상하기 때문이다. 하지만 조태섭은 막아 냈다.

생각하던 희우가 입을 열었다.

"저도 그렇게 생각해요. 조태섭 의원이라면 막아 내겠죠. 그런데, 이번처럼 쉽게 될까요?"

아무리 조태섭이라도 쉽지 않을 거다.

국민은 바보가 아니다. 국회의원의 비리가 터진 뒤 연예인 동영상과 재벌의 스캔들이 느닷없이 튀어나왔다. 그런데 그런 일이 또 반복되면 사람들은 생각할 거다.

"이 새끼들이 이걸로 덮으려는 거 아니야?"

이미 불신으로 가득한 시선을 다른 곳으로 돌리는 것은 절대 쉽지 않다. 그리고 그것은 유빈도 동의했다.

"쉽지 않겠지."

희우는 다시 깊은 생각에 빠졌다.

또 사건이 터지면, 조태섭은 더 큰 이벤트를 준비해야 한다. 그럼, 그 제물로 무엇을 선택할까? 어떤 제물로 사람들의 시선을 돌리려 할까? 희우는 조태섭이 김석훈을 선택할 것이라고 예상했다.

이미 김석훈의 이미지는 망가지는 중이다. 이미지가 망가진 김석훈을 데리고 있는 것보다 제물로 사용하는 게 효용 가치가 높을 것이다.

유빈이 희우에게 물었다.

"그런데 비리를 더 가지고 있어?"

희우는 고개를 끄덕였다.

CHAPTER 35

"김산 사건 기억하시죠?"

희우의 말에 유빈은 고개를 끄덕였다. 마약과 인신매매가 복잡하게 얽혀 있던 사건을 기자가 기억 못 할 리가 없다. 그리고 유빈은 그때 어떤 정치인이 연루되어 있었다는 소문을 들은 적이 있었다.

생각하던 유빈이 눈을 크게 떴다.

"너 그때 김산에 있었잖아!"

"네."

"정치인도 잡혔었다는 게 사실이야?"

"구욱청 의원이라고 있어요."

구욱청 의원은 군수, 경찰서장과 함께 희우가 조사했던 인물이다. 하지만 구속 직전에 김석훈의 지시로 그를 놓아줬었다. 그것은 서울로 향하기 위한 더러운 거래였고, 희우는 언젠가 구욱청을 다시 잡아넣을 생각을 가지고 있었다. 그리고 그때가 가까워졌다.

"구욱청 의원?"

유빈이 물었고 희우가 고개를 끄덕였다.

유빈도 구욱청에 대해 알고 있었다. 구욱청은 강원도를 텃밭으로 벌써 몇 번이나 당선된 인물이다. 희우가 말을 이었다.

"구욱청 의원, 압력이 들어와서 놔줬었거든요."

유빈이 마른침을 삼키며 물었다.

"압력?"

희우는 그녀에게 추가적인 설명은 하지 않았다. 아직 김석훈이나 조태섭에 대한 이야기를 할 때는 아니었다. 대신 희우가 물었다.

"선배한테 구욱청 의원에 대한 제보가 간다면 터뜨릴 수 있나요?"

그녀는 단호히 고개를 저었다.

"아니, 난 못 해."

할 수 있는 일과 할 수 없는 일이 있었다. 지금의 시기에 국회의원을 건든다는 건 그녀의 힘으로는 어려운 일이었다. 그녀가 말을 이었다.

"기사를 쓰려고 노트북 전원 버튼 누르는 순간 위로 끌려갈걸."

희우는 예상했다는 듯 고개를 끄덕였다.

"그럼 황진용 의원에게 전화 좀 해 주시겠어요?"

"응?"

"제가 전화하기는 어려워서요."

유빈은 이해했다는 듯 고개를 끄덕였다.

지금 희우와 황진용은 서로 연락할 수 있는 상황이 아니었다. 그리고 유빈이 황진용 의원에게 들은 이야기가 있었다. 황진용은 '요즘 누가 자꾸 감시를 하고 있는 것 같아.'라고 말했었다. 이 상황에 희우가 황진용에게 전화를 건다는 것은 말이 안 된다.

유빈이 핸드폰을 들어 황진용의 전화번호를 찾을 때였다. 희우는 노트를 꺼내 몇 가지 단어를 써 내려갔다. 그리고 그녀에게 건네며 말했다.

"의원님께 이 문장들을 넣어서 전해 주세요."

"이게 뭐야?"

"그대로 전해 주시면 됩니다."

유빈은 희우의 말을 이해할 수 없었지만 일단 고개를 끄덕였다. 그리고 통화 버튼을 눌렀다.

신호가 이어지고 황진용이 전화를 받았다. 유빈이 입을 열었다.

"의원님, 박유빈입니다."

유빈의 목소리에 황진용이 반갑게 맞았다.

-아, 박 기자. 어쩐 일이에요?

"요즘 의원님의 호감도가 올라가고 있잖아요. 혹시 기삿거리가 없나 해서요. 요즘에 국회에 재밌는 일 없나요?"

-어?

순간 황진용은 당황했다. 청문회 사건이 일어나기 전 희우와 나눈 이야기가 있었기 때문이다.

희우는 말했었다.

-혹시나 박유빈 기자가 국회에 재밌는 일 없냐고 물어본다면 제가 옆에 있는 걸로 생각해 주십시오. 집이고 어디고, 아무도 믿지 마십시오. 일이 터지고 난 후에는 도청이나 감청 또는 지켜보는 시선이 항상 있을 겁니다.

그 말을 기억하며 황진용은 침을 삼켰다. 그리고 말했다.

-재밌는 게 뭐 있겠나? 항상 똑같지.

하지만 유빈은 느꼈다. 상대의 숨소리에서 긴장이 느껴졌다.

황진용이 물었다.

-그런데 김 기자랑 같이 있나? 둘이 사귀는 것 같던데.

"네?"

분명 김 기자라고 했다.

유빈의 시선이 희우에게 틀어졌다. 희우의 성은 '김'이다. 희우와 함께 있냐는 걸 황진용이 우회해서 물어본 것이다. 유빈이 웃으며 답했다.

"김 기자하고 같이 있는 건 맞는데요, 남자 친구는 아니에요. 제가 선배입니다."

황진용은 긴장의 한숨을 내쉬었다.

황진용은 긴장하고 있었다. 희우가 유빈을 통해 연락을 했다는 것은 분명 다른 이유가 있기 때문이다. 그리고 그 긴장된 숨소리를 듣던 유빈이 말했다.

"총선이 얼마 남지 않았는데요. 같은 지역구에서 한 번 더 하실 생각 있으십니까?"

-한 번 더?

"네."

수화기 너머에서 꿀꺽, 침 넘어가는 소리가 들렸다. 황진용이 희우의 의도를 알아차린 거다. '한 번 더'라는 건 또 다른 비리를 터뜨리자는 뜻이었다.

-잠시만.

그 말을 끝으로 황진용은 잠시 입을 닫았다.

황진용은 지금 예전의 힘을 다시 얻는 중이다. 그 계기는 분명 청문회에서 각 인사들의 비리를 폭로했기 때문이다. 그런데 또 누군가의 비리를 터뜨리면, 자칫 분란의 아이콘이라는 부정적인 이미지를 얻을 수도 있다. 국회의원에게 이미지란 생명과도 같은 것이었고 황진용은 망설일 수밖에 없었다.

한참을 고민하던 그가 "끄음." 하고 침음성을 흘렸다. 쉽지 않은 결정에 어려움을 느꼈다. 그리고 핸드폰을 꽉 쥐고는 무거운 목소리로 말했다.

-해야죠. 지금 제가 아니면 누가 우리 지역구의 일을 하겠습니까?

전화기를 들고 있던 유빈이 희우를 향해 고개를 끄덕였다. 황진용의 결정을 알려 준 것이다.

그녀의 표시에 희우가 피식 웃었다.

지금보다 더 큰 힘을 얻고 싶은 인간의 욕심이었다. 모 아니면 도. 황진용은 지금의 인기를 끌어가기 위해 한 번 더 도박을 해야 한다고 판단한 것이다.

황진용이 떨리는 목소리로 물었다.

-이번에는 내가 박 기자에게 물어보고 싶군요. 제가 계속 국회의원으로 있을 방법이 있습니까?

"네, 있지요. 그런데 공짜로는 알려 드릴 수 없고요, 조만간에 밥 한번 사 주신다면 그때 알려 드릴게요."

-하하, 기대하지요. 나는 내일 시간이 괜찮은데 박 기자는 어때요?

"저도 좋습니다."

그렇게 두 사람은 전화를 끊었다. 옆에서 누가 들었다 해도 일상적인, 아니 조금 친한 기자와 국회의원의 통화였을 뿐이다.

희우가 그녀에게 말했다.

"조만간에 자료를 건네도록 하겠습니다. 황진용 의원에게 전달해 주세요."

유빈이 고개를 끄덕였고 희우가 말을 이었다.

"대신 황진용 의원께 해 주셔야 할 일이 있다고 전해 주세요."

"해야 할 일?"

"네, 강원도에 한번 다녀오셔야 합니다."

"강원도?"

뜬금없는 말에 그녀가 반문했지만 희우는 자세한 설명은 하지 않았다. 앞으로 시간이 지나면 알게 될 일이었다.

유빈이 그제야 다시 음식을 뜨며 희우에게 물었다. 두 사람은 샤브샤브를 먹고 있었다. 하지만 국물에 들어간 야채는 이미 푹 퍼져 버린 상태였다.

"그런데 구욱청 의원으로 다시 이슈를 만들 수 있을까?"

희우는 고개를 끄덕였다.

"가라앉은 것처럼 보이지만 그렇지 않은 사건입니다. 애매하게 수면을 떠다니고 있지요. 툭 치면 떠오를 것 같습니다. 그리고 떠올랐을 때 낚아

채야죠."

말을 하는 희우의 눈빛이 매서웠다.

그 눈빛에 유빈은 순간 오한을 느꼈다. 그리고 그녀는 멍하니 희우를 바라봤다. 그녀는 정치부 기자로서 대한민국의 막강한 권력자들을 만나 왔다. 그런데, 앞에 있는 희우는 일개 검사다. 국회의원들에 비할 바는 아니었다. 하지만 그녀는 생각했다, 앞에 있는 희우가 어쩌면 그들보다 더 큰 힘을 가지고 있지 않을까 하고.

유빈과 식사를 마친 희우는 지검으로 향하지 않고 상만에게 향했다. 사무실 앞 커피숍으로 들어가자 기다리고 있던 상만이 자리에서 일어서서 희우를 맞이했다.

"출근 안 하셨어요? 아직 점심시간이잖아요?"

"어, 안 했어."

"그럼 이제 다시 같이 일하겠네요?"

상만은 장난스럽게 말하며 커피를 주문해서 가지고 와 앉았다.

그가 다시 자리하자 희우가 말했다.

"강원도에 출장 좀 다녀올래?"

"네? 강원도요? 언제 갈까요?"

상만은 생각도 하지 않고 대답을 했다. 일이 바쁘기는 했지만 상만에 게는 희우가 시키는 일이 언제나 1번이었다.

"잠깐만."

희우는 핸드폰을 꺼냈다. 그리고 김산 지청의 오민국 수사관에게 전화 를 걸었다. 전화벨이 몇 번 울리고 오민국이 바로 전화를 받았다. 그는 퉁 명스러운 목소리로 대뜸 말했다.

-하고 싶은 말 어서 하십시오.

"그간 잘 계셨습니까?"

-편하게 잘 있었는데 검사님 전화에 일거리가 생겼다는 느낌이 듭니다.

"네, 일거리 드리려고 전화했습니다."

두 사람은 퉁명스럽지만 장난스럽게 대화를 이어 갔다.

서로의 안부를 물은 후 희우가 말했다.

"부탁 좀 드리겠습니다. 교도소에 있는 군수 박동서과 경찰서장 도재석을 만나려고 합니다."

-네?

그 말에 오민국은 화들짝 놀랐다. 오민국이 그들을 기억하지 못할 리 없었다. 희우가 말을 이었다.

"제가 직접 가지는 못하고, 사람을 하나 보내겠습니다. 보는 눈 없고 듣는 귀 없게 그 사람들과 만나야 해서 힘 좀 써 달라고 연락드렸습니다."

오민국은 한동안 대답이 없었다. 그러다가 잠시 후 조심스럽게 물었다.

-왜 그러시나요?

"구욱청을 잡으려고 합니다."

오민국은 대답하지 않았다.

오민국이 인생에서 가장 열심히 일을 했던 순간이 희우가 김산 지청에 있던 그 시기였다. 그렇게 일을 했는데도 놓쳤던 인물이 구욱청이다. 아쉬울 수밖에 없었다. 구욱청은 권력에 붙어 검찰을 무시했고 사법 체계를 비웃으며 유유히 빠져나간 장본인이었다. 지금도 탈 없이 국회의원을 지내며 떵떵거리고 잘 살고 있는 그를 보면 오민국은 피가 거꾸로 솟는 것 같았다. 오민국 역시 구욱청만큼은 꼭 잡고 싶었다.

그가 단호한 목소리로 말했다.

-네, 알겠습니다. 준비하도록 하겠습니다. 시간은 언제로 할까요?

오민국과의 전화를 끊은 후 희우가 상만을 바라보며 말했다.

"내일 바로 다녀와."

"네."

희우는 가방에서 노트와 펜을 꺼냈다. 그리고 상만이 해 나갈 일에 대해 적어 나갔다.

"내일 가면 먼저 경찰서장이었던 도재석을 만날 거야. 그럼……."

희우는 상만에게 어떤 행동과 말을 해야 할지 알려 주고 있었다.

사전에 알아본 결과 국회의원 구욱청은 김산 비리 사건 이후로 도재석과 박동석을 찾지 않았다. 어찌 보면 당연한 일이었다. 도재석과 박동석은 죄인이다. 국회의원인 구욱청이 그들에게 연락을 취할 이유는 없었다. 그럼 도재석과 박동석은 구욱청에게 어떤 생각을 가지고 있을까?

희우가 입을 열었다.

"도재석과 박동석은 구욱청을 동아줄로 여기고 있었을 거야. 하지만 동아줄이 내려오지 않는다면?"

당연하겠지만 그들은 구욱청에게 큰 불만을 가지고 있을 것이 분명했다. 희우는 그 틈을 파고들려고 했다.

"도재석과 박동석에게 전해. 우리의 계획을 돕는다면 황진용 의원과 만날 수 있는 자리를 마련해 주겠다고."

도재석과 박동석은 희우가 내민 카드를 덥석 쥘 게 분명했다.

희우의 목소리가 이어졌다.

"이 정도만 던져도 미끼를 물 거야. 그다음에는 구욱청이 저지른 일에 대해 말을 듣고 녹음을 해."

"네. 이번에 갈 때 연석이도 함께 데려갈게요. 공부하다가 바람 쐬고 오는 것도 나쁘지는 않잖아요. 고향 간다고 좋아하겠네요."

"그래, 가서 바람도 쐬고 맛있는 것도 사 먹여."

"비싼 거 먹고 오겠습니다."

"아, 그리고 주말에 송파 재개발 조합원장 만나기로 했잖아. 내가 지금 따로 조사하고 있는 것도 있기는 한데, 홍신소 애들한테 조금 더 알아보라고 해 봐."

희우는 조합원장의 비리를 알아보라고 지시한 뒤 몸을 일으켰다.

그리고 다시 지검으로 돌아와 사무실 책상에 앉았다. 고요했다. 아무도 없는 사무실은 적막하기까지 했다. 희우는 한참 동안 전원이 꺼진 모니터만 바라봤다.

구욱청 사건이 터지면, 황진용 의원이 폭로했던 대한민국 유명 인사들의 비리가 다시 수면 위로 오를 수도 있다. 희우는 이번 일로 조태섭이 무리수를 두기를 간절히 바라고 있었다. 그러면서 조태섭의 주변 인물들의 면면을 기억했다. 김석훈을 치기 위해 장일현과 최강진을 무너뜨렸던 것처럼, 조태섭의 주변에 있는 사람을 쳐 내야 조태섭에게 접근할 수 있기 때문이다.

한참 무언가 생각하던 희우의 시선이 책상 위로 틀어졌다. 휴대폰에 문자가 왔다. 민수였다.

-너도 잡아넣을 생각 없는 거 같은데, 그만 풀어 준다.

낮에 희우를 미행하던 남자에 대한 이야기였다.

희우는 피식 웃었다. 애초에 직장인에 불과한 남자를 잡을 생각도 없었다. 희우는 그렇게 해 달라는 문자를 민수에게 보낸 뒤, 컴퓨터의 전원 버튼을 눌렀다.

다음 날.

잠에서 깨어난 희우가 핸드폰을 손에 들었다. 김산으로 출발했다는 상만의 문자가 와 있었다. 희우는 바로 오민국 수사관에게 상만이 가고 있다는 문자를 넣고 자리에서 일어났다.

상만이 강원도에서 소식을 듣고 오기 전에 해야 할 일이 있었다. 바로 DHP머니와 한반도은행에 관한 일을 찾아내야 했다.

예상대로 이번 사건이 터진다면, 그래서 정계 인사들의 비리가 다시 수면 위로 올라온다면 조태섭은 반드시 김석훈을 언론의 정면에 내세울 게 분명했다. 하지만 김석훈도 가만히 있을 사람은 아니었다. 그 역시 조태섭을 믿지 못하고 은행권 조사를 희우에게 맡긴 상태였다.

와이셔츠의 단추를 채우는 희우의 눈이 차가워졌다.

희우는 간절히 원하고 있었다, 김석훈과 조태섭이 정면으로 붙는 것을.

물론 두 사람의 싸움에서 승자는 조태섭이 될 것이다. 하지만 김석훈도 만만치 않은 사람이었다. 그 싸움에서 조태섭도 큰 상처를 입을 것이 분명했다. 희우는 조태섭이 무리수에 무리수를 두며 스스로를 벼랑 끝으로 내몰기를 바라고 있었다. 희우의 입에 미소가 걸렸다. 적과 적이 싸우는 것만큼 즐겁고 재밌는 일도 없었다.

희우는 출근을 하지 않고 한반도은행 본점으로 향했다.

지금은 김석훈을 돕는다. 김석훈이 조태섭에게 쉽게 당하지 않도록 하는 게 1번이었다.

김석훈에게 한반도은행으로 간다는 연락을 하자 그는 흔쾌히 허락을 했다.

한반도은행의 본점, 그 1층은 일반인들이 업무를 볼 수 있는 일반적인 은행이었고 그 위층부터는 본사의 행정적 업무를 보는 공간이었다. 영장이 없는 상태에서 본사로 들어갈 수는 없었다.

희우는 1층으로 들어갔다. 많은 사람이 오가고 있었다. 희우가 앉아 있는다고 해서 신경 쓰는 사람은 아무도 없었다.

희우는 적당한 자리에 앉아 노트북을 켜고 인터넷을 연결했다. 그리고 송파 재건축 현장의 등기부 등본을 확인했다. 그러면서도 시선은 VIP실로 이동하는 계단을 보고 있었다.

다른 이유는 없었다. 이곳의 분위기를 읽기 위해서였다.

그렇게 은행의 문을 닫을 시간에 상만에게서 전화가 걸려 왔다.

-녹음했습니다. 그리고 다 협조하겠다고 합니다.

희우의 입에 미소가 걸렸다.

"그래, 편히 쉬다가 올라오도록 해."

-아니요. 바로 올라갈게요. 연석이 밥도 먹였고, 저도 올라가서 할 일이 많거든요.

상만을 다시 만난 건 늦은 밤이었다. 집에 돌아가자 상만이 피곤한 얼굴로 희우를 기다리고 있었다.

"20분 전에 막 도착했습니다."

"고생했어."

상만은 희우에게 도재석과 박동석의 녹음 파일이 들어 있는 USB를 건넸다. 희우가 USB를 받으며 말했다.

"황진용 의원이 보냈다고 말했지?"

"네, 당연하죠. 구욱청 의원 잡으라고 응원까지 해 주던데요?"

도재석과 박동석은 구욱청에게 배신당했다고 느끼고 있다. 그들은 진심으로 구욱청이 잡히기를 간절히 바라고 있었다.

희우는 상만의 말을 들으며 컴퓨터의 전원을 켰다. 그리고 USB를 꽂았다. 잠시 후 목소리가 들려왔다.

-저는 전 김산군 군수 박동석입니다. 저는 구욱청 의원을 폭로하기 위해 이 음성을 남깁니다. 지금 제가 하는 말에는 어떤 조작도 없으며, 사실만을 말할 것을 말씀드립니다. 구욱청 의원은 저 박동석 그리고 전 김산군 경찰서장 도재석과 함께 조직폭력배 문구준의 뒤를 봐줬습니다.

모든 건 희우가 적은 대사였다. 그의 목소리가 계속 흘렀다.

-저희는 잡혔지만 구욱청 의원은 무혐의로 풀려났습니다. 그 이유는 저희가 입을 맞춰 구욱청 의원에게는 죄가 없다고 했기 때문입니다. 잘못된 생각인 줄은 알지만, 당시 저희는 구욱청 의원이 형량을 줄여 줄 것이라고 생각했습니다.

물론 거짓말이었다. 김석훈으로부터 외압이 들어와 중간에 놓아줬었다. 하지만 전 군수 박동석과 전 경찰서장 도재석은 그런 말은 전혀 하지 않았다. 희우가 적어 놓은 대본에 없는 말이기도 했고, 그들도 중앙 지검장을 도발하는 행위는 도움이 되지 않는다고 판단했기 때문이다.

도재석의 말까지 모두 들은 희우는 만족한 표정으로 녹음 파일을 컴퓨터에 저장한 후 USB를 빼냈다. 그리고 바로 유빈에게 전화를 걸었다.

"지금 당장 만났으면 합니다."

늦은 시간이었지만 그녀는 흔쾌히 좋다고 대답을 했다.

상만이 희우를 보며 눈을 껌뻑였다.

"바로 나가세요?"

"그래야지."

"회는요? 사장님하고 먹으려고 김산에서 사 왔는데요?"

"나중에."

청문회의 여파가 수면 아래로 가라앉는 중이었다. 조금이라도 빨리 터뜨릴수록 좋았다. 희우는 나갈 채비를 한 후 상만의 자동차 키를 들었다.

"잠깐 좀 빌린다. 자고 있어."

"네."

희우는 밖으로 나왔다.

저녁의 바람은 이제 꽤 차가웠다. 하지만 희우는 아랑곳하지 않고 차량에 올라 시동을 걸었다. 지난번 부필식품의 안현채와 어울릴 때 사용하라고 희우가 사 준 차였다. 고급스러운 차인 만큼 엔진의 시동음이 조용하게 울렸다. 액셀을 밟아 좁은 골목길을 빠져나갔다. 헤드라이트가 도로를 비췄다.

유빈의 집은 희우가 사는 동네와 가까웠다. 그녀 역시 희우와 같은 고등학교를 나왔고, 그곳에서 이사를 가지 않았다. 유빈은 자신의 집 앞에서 희우를 기다리고 있었다. 그녀는 희우가 내린 차를 이상하게 바라봤다. 천하자동차에서 나오는 것 중에서도 최고급의 차량이었다. 그녀가 물었다.

"검사 월급으로 이런 차를 살 수 있어?"

"아, 후배 차예요."

희우는 대수롭지 않게 대답을 한 후 그녀에게 USB를 건넸다.

"황진용 의원에게 전해 줄 수 있을까요?"

USB를 본 그녀의 눈빛이 차가워졌다. 그녀가 가진 기자의 감이 말하고 있었다. 희우의 손에 있는 USB가 예사롭지 않다고.

그녀는 USB를 들어 올려 희우에게 보이며 확인했다.

"이게 말했던 그거야?"

"네. 그런데 최대한 빨리 터뜨려 주셨으면 좋겠어요."

그녀는 희우의 말에 동의했다. 불씨가 꺼져 가고 있을 때 바람을 불어야 했다. 그래야 다시 활활 타오를 수 있었다. 그녀는 자신의 손에 있는 USB를 다시 물끄러미 바라봤다.

희우가 그녀에게 웃으며 말했다.

"어떤 내용인지 궁금하면 확인하셔도 돼요."

물론 그 안에 들어 있는 내용이 가벼운 사건은 아니었다. 하지만 그녀에게 넘긴 이상 선택의 기회는 그녀에게 준 것이고, 믿어야 했다.

유빈은 고개를 저었다.

"안 볼래. 나 기자야. 어떤 내용인지 알면 기사를 작성하고 싶을 거야."

그렇게 말한 후 그녀는 핸드폰을 꺼내 들었다. 그리고 바로 황진용에게 연락을 취했다.

"박유빈입니다. 시간이 늦었지만 지금도 괜찮다면 저녁을 사 주실 수 있겠습니까? 가볍게 맥주도 좋습니다."

황진용이 바로 보자는 답을 했고, 그녀는 전화를 끊었다.

그녀가 희우에게 말했다.

"내일 바로 터뜨리실 거야."

희우가 그녀에게 살짝 고개를 숙였다.

"그럼 부탁드리겠습니다."

다음 날.

황진용이 기자들 앞에 섰다. 긴급 기자회견이었다. 지난 청문회에서 스타가 된 정치인이었기에 기자들은 그의 회견을 거부하지 않았다.

황진용이 노트북에 USB를 꽂았다. 전 김산군 군수 박동석의 목소리가 회견실 전체에 흐르기 시작했다.

-저는 전 김산군 군수 박동석입니다. 저는 구욱청 의원을 폭로하기 위해······.

똑똑똑.

서재에 앉아 있는 조태섭의 귀에 문을 두드리는 소리가 들렸다.

"들어와."

조태섭의 목소리에 문이 열리고 한지현이 들어왔다.

"황진용 의원이 기자회견을 시작했습니다."

"뭐?"

그녀는 더 이상 말하지 않고 리모컨을 들어 올렸다. 그리고 책상의 맞은편에 있는 텔레비전을 향해 전원 버튼을 눌렀다.

텔레비전이 켜지고 황진용이 나타났다. 그의 아래에는 푸른 바탕에 흰 글씨로 '황진용 의원 긴급 기자회견. 국회의원 구욱청 비리'라는 타이틀이 올랐다.

조태섭의 짙은 눈썹이 꿈틀거렸다.

"황진용이 저놈이 무슨 짓을 하는 거야?"

황진용은 희우와의 약속대로 구욱청에 대해 터뜨렸다. 기습적인 기자회견이었기에 조태섭 측으로부터 어떤 방해도 받지 않았다.

다시 한번 세상이 흔들렸다.

세금 인상 등, 국회의원에게 불만을 가지고 있던 시기였다. 국민들의 분노가 터져 나오는 것은 당연했다. 거기에 청문회 자리에서 대한민국 유명 인사들의 비리를 터뜨렸던 황진용이 나선 일이었다. 자연스럽게 사람들의 기억 속에 청문회가 다시 떠올랐다. 그 바람에 지금껏 수면 아래로 내려가고 있던 사건이 급부상했다.

조태섭의 미간이 좁혀졌다. 그는 짜증이 가득한 표정으로 벌떡 일어나 한지현에게 말했다.

"방송국에 연락 넣어."

한지현이 고개를 저었다.

"이미 늦었습니다."

실시간 검색어에서는 국회의원 구욱청의 이름과 더불어 '청문회 비리'라는 글자 역시 쉬지 않고 올라오는 중이었다.

조태섭이 의자에 등을 파묻었다. 그리고 그의 입에서 깊고도 깊은 한숨이 흘렀다.

"대선 끝나고 방송국이랑 신문사 물갈이 한번 해야겠어. 전적으로 내 지시를 따르는 놈들로 해야 해."

지금도 언론은 조태섭의 눈치를 보고 있었다. 메이저 방송사와 신문사는 조태섭의 말 한마디 한마디에 따라 기사를 내고 이슈를 만들어 냈다.

하지만 조태섭은 그것도 탐탁지 않았다.

훗날 그가 원하는 대한민국을 만들기 위해서는 국민들의 힘을 하나로 모아야 했다. 조태섭은 국민의 힘이 모여야 세상을 끌어갈 수 있는 강력한 힘이 나타난다고 생각했다. 그래야 과거의 그 어떤 역사보다 찬란한 기록을 남길 수 있다고 생각했다. 그리고 그 기록을 쓰는 건 자신이어야 한다.

그러기 위해서는 언론을 손에 쥐어야 했다. 언론은 조태섭이 통제 가능한 수준에 있어야 했다. 지금도 조태섭이 내지 말라는 기사는 만들지 않았지만, 그가 원하는 것은 그 수준이 아니었다. 어떤 작은 기사라도 세상에 나오기 전에 조태섭의 명령을 받고 낼지 안 낼지 선택하는 수준의 것이었다.

뉴스를 보고 있던 조태섭이 한지현에게 말했다.

"꺼."

그 말에 그녀는 리모컨의 전원 버튼을 눌렀다.

조태섭의 미간은 여전히 좁혀져 있었다. 그가 물었다.

"황진용의 뒤에 누가 있을까? 저놈 혼자서는 절대 이런 일을 할 수 없어. 머리가 나쁘거든."

"알아보겠습니다."

조태섭이 고개를 저었다.

"아니야, 알아볼 필요 없어. 청문회 이후로 벌써 며칠이나 지났는데 황진용의 꼬리를 잡지 못했잖아? 구욱청을 직접 만나 보도록 해."

"알겠습니다."

한지현이 서재를 빠져나가고, 조태섭은 한동안 생각에 빠져 있었다.

이번 사건을 덮기 위한 또 다른 사건이 필요했다. 하지만 한번 가라앉았다가 다시 떠오른 사건이었다. 어중간한 사건으로는 어려웠다. 황진용이 어느 정도의 비리를 가지고 있는지 모르는 이상 어중간하게 덮을 수는 없었다. 이번에 덮는다고 해도 황진용이 또 새로운 비리를 터뜨리면 또 도돌이표다.

몇 사람의 이름을 떠올리던 조태섭이 중얼거렸다.

"김석훈……."

조태섭의 머릿속에 김석훈의 얼굴이 떠오르고 있었다.

김석훈은 중앙 지검장이며 차기 검찰총장으로 가장 유력한 사람이다.

그걸 국민들도 알고 있었다. 게다가 중앙 지검에서는 계속해서 문제가 터져 나오고 있다. 이 기회에 중앙 지검에 한차례 더 태풍을 몰아쳐서 잊게 할 것인가?

생각하던 조태섭이 고개를 저었다. 김석훈은 아니라고 생각했다. 그는 전화를 들어 올렸다.

희우는 한반도은행에 앉아 한편에 마련된 텔레비전에 눈을 대고 있었다. 황진용의 얼굴과 함께 아래에 있는 '구욱청'의 이름이 보였다.

희우의 입에 슬쩍 미소가 떠올랐다.

하지만 그 미소가 걷히기까지는 오래 걸리지 않았다.

바로 아래에 뜬 속보라는 기사.

천하그룹 김건영 회장 탈세 혐의 수사

희우는 자리에서 벌떡 일어났다.

"천하그룹?"

조태섭이 천하그룹을 건드렸다.

조태섭이 선택한 인물은 김석훈 중앙 지검장 따위가 아니었다. 대한민국 경제 대통령이라고 불리는 천하그룹이었다. 김건영 회장의 탈세 혐의는 국민들의 시선을 확실하게 돌릴 수 있는 건수였다.

"하!"

희우의 입에서 자신도 모르게 헛웃음이 터져 나왔다. 조태섭은 더 이상 비리에 대해서 건들 수 없도록 최강의 카드를 제시한 거다.

아나운서는 계속해서 입을 열고 있었다.

-대검찰청은 천하그룹 김건영 회장 탈세 혐의를 서울 중앙 지검에 배당했습니다. 대

검 관계자는 최근 천하홀딩스 전환사채와 1998년 3월 천하카드 신규 인수권부사채를 저가 발행하여 김건영 회장의 자녀 등 다섯 명에게 저가로 매각 후 엄청난 차익을 제공한 것에 대한 의혹을 제기했습니다.

희우는 고개를 저었다. 조태섭에게 또 당해 버렸다.

희우가 은행에서 일어섰다. 더 이상 이곳에 있을 필요가 없었다. 중앙지검에 김건영 회장이 배당되었다는 건 김석훈의 위신을 세워 준다는 뜻이었다. 그럼, 김석훈 역시 조태섭과 싸우려 하지 않을 거다.

밖으로 나가며 희우의 시선이 다시 텔레비전을 향했다. 희우의 입에서 작게 한숨이 흘렀다.

은행에서 나오며 희우는 깊은 생각에 빠졌다.

분명 이전의 삶에서도 김건영 회장의 탈세에 대한 의혹은 있었다. 하지만 그게 지금의 시기는 아니었다. 그것은 몇 년 후였다. 물론 불거져 나온 이유도 지금과 달랐다.

버스에 올라타면서도 희우의 생각은 계속 이어졌다.

이유가 어찌 되었든 이 문제는 흐지부지 끝나게 될 거라고 예상되었다. 지병으로 계속해서 입원과 퇴원을 반복하는 김건영 회장을 상대로 장기간의 취조는 어려운 일이기 때문이다. 그리고 미국 경기의 영향으로 국가 경제가 어려워지는 상황이었다. 돈을 벌 수 있는 경제인에 대한 압박을 계속해서 할 수는 없을 것이다.

희우가 생각하고 있는 건 김건영이 구속되느냐 마느냐의 문제가 아니라 다른 문제였다. 조태섭이 김건영에게 총구를 겨눴다는 것!

그게 의미하는 바는 컸다.

지금껏 정계와 재계를 양분하며 손을 잡고 있던 그들이었다. 그런데 조태섭 측에서 일방적으로 손을 놓았다. 조태섭은 천하그룹과 등을 돌리려 하는 건가? 아니면 이것마저도 짜고 치는 고스톱인가?

희우는 고개를 저었다. 짜고 치는 고스톱이라고 하기에는 김건영 회장의 손해가 너무 컸다. 명예가 땅으로 떨어지는 것은 둘째 치고, 법정에 서야 하는 수모를 겪을지도 모를 일이었다.

그럼, 조태섭이 희우가 바라는 대로 무리수를 두었는가?

희우의 눈이 차갑게 가라앉았다. 그리고 상만에게 전화를 걸었다.

"다시 모든 걸 현금화시키도록 해."

-네?

굵직한 물건은 이미 모두 정리했다. 지금은 계속해서 단타로 경매를 하는 중이었다. 희우는 상만에게 그마저도 모두 현금으로 만들라는 지시를 내렸다.

전화를 끊은 희우는 천하그룹을 떠올렸다.

희우가 알고 있기로 김건영 회장의 삶은 이제 5년 남았다. 김건영 회장의 죽음, 그 이후 천하그룹은 혼란의 시대로 들어간다.

김건영 회장은 20년 넘게 천하그룹의 왕좌에 앉아 절대 권력을 누렸고 회사는 크게 성장했다. 하지만 태평성대 이후에는 혼란의 시대가 온다. 그것은 역사의 가르침이다. 세종대왕 이후 단종은 삼촌인 세조에게 죽임을 당했고 성종의 후계자는 연산군이었다. 그런 일은 역사적으로 반복되었고 천하그룹에서도 일어날 것이다. 그런 징후는 이미 보이기 시작했다.

김건영 회장은 아직 재산 증여를 해결하지 못했다. 본격적으로 증여가 시작된다면, 천문학적인 금액을 세금으로 내야 하기 때문이다.

그리고 가장 큰 문제는 김건영 회장의 자식들이다.

첫째 김용준부터 막내 김희아까지, 세 남매는 모두 사업 수완과 경영 등 모든 것에서 대단한 능력을 보여 주고 있었다. 그들은 모두 맹수였고, 대장이 죽으면 서열 싸움을 하는 것이 맹수의 법칙이다.

희우의 입가에 비릿한 미소가 걸렸다.

조태섭이 천하그룹 김건영 회장을 끄집어낸 게 무리수인지 아닌지는 알 수 없었다. 하지만 상대가 공격을 했으면 이번에는 희우가 움직일 차례였다. 원래 5년 후의 계획이었지만 조금은 앞당길 생각을 가졌다.

희우의 입가에 시린 미소가 걸렸다.

희우는 유빈에게 전화를 걸었다.

"부탁드릴 일이 있습니다."

적당한 시간에 황진용 의원에게 전화를 달란 말을 전했다.

유빈과의 전화를 끊자 바로 황진용 의원에게서 전화가 걸려 왔다.

–내가 살다가 공중전화도 사용해 보게 되네요. 편하게 말씀하세요.

유빈에게 연락을 받고, 황진용 의원은 공중전화를 찾았다고 했다. 공중전화를 찾은 이유는 단 하나다. 도청 또는 누군가의 감시를 피하기 위해서다. 희우가 입을 열었다.

"서부 지검에 김규리 검사라고 있습니다. 이번 김건영 회장의 탈세 혐의 팀에 넣어 줄 수 있습니까?"

–김규리 검사요? 서부 지검?

"네."

–알겠어요. 바로 조치하지.

황진용은 아무렇지도 않게 그의 부탁을 받아들였다. 황진용의 권력은 다시 커지는 중이었다. 서부 지검에 있는 규리를 중앙 지검의 수사 팀에 넣는다는 게 쉬운 일은 아니었지만, 어떻게든 해 볼 게 분명했다.

희우는 지검으로 들어갔다. 김석훈이 바로 그를 호출했다.

"은행 일은 잠시 멈추도록 해."

예상하고 있던 일이었다.

"네, 알겠습니다."

보통은 왜 그러냐고 반문하기 마련이었다. 하지만 더 이상의 질문 없이 대답을 하는 희우를 보며 김석훈은 기분 좋은 미소를 보였다.

김석훈이 말을 이었다.

"멈추라는 말은 아니야. 당분간 조심해야 해서 그래. 지금 천하그룹의 사건이 우리 지검으로 넘어온 건 알지?"

"네."

김석훈의 입에 다시 미소가 떠올랐다.

대한민국을 뒤흔들고 있는 큰 사건이었다. 그 사건을 맡은 것 하나만으로 지금까지 장일현이나 최강진으로 이어져 온 중앙 지검에 대한 불신은 많이 사라졌다.

그런데, 김석훈 역시 알고 있었다. 천하그룹 김건영 회장의 사건은 흐지부지될 거라는 것. 하지만 상관하지 않았다. 조태섭이 이 일을 김석훈에게 맡겼다는 것은 조태섭이 그의 날개가 되어 준다는 뜻이었다. 그것은 조태섭이 김석훈을 버리지 않았다는 뜻이기도 했다.

하지만 김석훈은 희우에게 은행 비리를 찾는 일을 멈추라는 말은 아니라고 했다. 완벽하게 조태섭을 믿고 있지는 않다는 말이었다.

그런데 김석훈은 희우를 천하그룹 탈세 혐의 팀에 넣지는 않았다. 당연한 일이었다. 김석훈은 자신이 개인적으로 사용하고 있는 희우를 어느 한 곳에 소속시키고 싶은 마음이 없었다.

희우도 이미 예측한 상황이었기에 별다른 말 없이 고개를 숙여 인사를 하고 지검장실을 빠져나갔다.

주말이 되었다. 희우는 택시를 타고 강영범의 사무실로 향했다.

일전에 희우가 강영범에게 송파 재개발 조합원장을 만날 수 있는지 물어봤고 주말에 만나기로 약속이 되어 있었다. 희우는 약속 시간보다 한 시간 전에 도착했고 앞에는 상만이 먼저 와서 기다리고 있었다.

두 사람은 건물 아래 커피숍으로 들어갔다. 자리에 앉자 상만은 희우에게 서류 봉투 하나를 건넸다.

며칠 전 희우는 상만에게 말했다.

－주말에 송파 재개발 조합원장 만나기로 했잖아. 내가 지금 따로 조사하고 있는 것도 있기는 한데, 흥신소 애들한테 조금 더 알아보라고 해 봐.

그리고 지금 상만이 희우에게 건네는 자료는 조합원장의 비리에 관한 내용이었다. 자료를 펴서 살펴본 희우가 상만에게 말했다.

"고생했어. 이 정도면 말은 잘 듣겠네. 그럼 들어가자."

두 사람은 커피숍에서 나와 건물로 들어갔다. 사무실로 들어가자 기다리고 있던 재개발 조합원장이 자리에서 일어났고 희우가 인사를 했다.

"안녕하세요?"

"네."

재개발 조합장의 이름은 김권진. 그는 희우가 검사라는 건 모르고 있었다.

네다섯 명이 앉을 수 있는 작은 테이블과 소파였다. 희우가 김권진의 앞에 앉았다. 그리고 입을 열었다.

"단도직입적으로 말씀드리겠습니다. 제 생각에 재개발은 시행되지 못합니다. 아마 시행이 된다고 해도 15년 후에나 가능할 겁니다."

"네?"

김권진의 얼굴에 황당하며 불편한 기색이 떠올랐다.

지금도 집값이 떨어지는 중이라고, 또는 왜 이리 진척이 느리냐고 조합원들의 입에서 불만의 소리가 나오는 중이었다. 아니, 무엇보다 처음본 희우가 재개발 시행 시기를 15년 후로 이야기하니 기분이 좋을 수 없었다.

김권진이 물었다.

"무슨 근거로 그렇게 말씀하시죠?"

"미국 금융 위기가 우리나라까지 덮을 겁니다."

미국의 금융 위기에 대해서는 김권진도 알고 있었다. 텔레비전에서는 미국의 주택 가격이 폭락하고 있다는 내용, 월세를 내지 못해 노숙자가 늘어나고 있다는 내용 등, 미국의 암울한 현실을 자주 보여 주고 있었다.

희우가 말을 이었다.

"우리나라는 수출에 의존하고 있습니다. 미국이 무너지고 유럽이 무너지면 경제는 하락할 수밖에 없습니다. 당연히 그 기간에 부동산 거래는 어렵고요. 재개발이 계획대로 간다고 해도 어느 건설사도 하겠다는 말을 하지는 않을 겁니다."

김권진은 고개를 저었다.

"부동산 비관론자들이 항상 하는 말이죠."

"논리적으로 설명 드리고 싶었는데 어렵겠네요."

희우는 슬쩍 웃었다. 그리고 조용히 그의 앞에 서류 하나를 던졌다.

"읽어 보세요."

김권진은 서류 봉투를 열었다. 그것은 조합원장 김권진에 대해 상만이 조사한 자료였다.

자료를 보는 김권진의 눈이 커졌다. 그 안에는 그가 조합장을 하며 이뤄 낸 비리들이 가득했다. 김권진의 눈이 원망을 담아 강영범을 노려봤다. 하지만 강영범은 자신은 모르는 일이라며 고개를 저었다.

김권진은 더 생각을 이어 가지 못했다. 희우가 입을 열었기 때문이다.

"강영범 사장님하고는 관계가 없는 자료입니다. 그리고 중요한 건 그 자료를 누가 만들었냐가 아니라 그 자료가 검찰에 들어가면 어떻게 될지를 궁금해해야 하지 않을까요?"

"뭐요?"

"저와 협상을 하시겠습니까?"

그가 떨리는 목소리로 입을 열었다.

"도대체 무엇을 바라고 있습니까?"

확실히 논리적으로 사람을 설득하는 건 오랜 시간이 걸릴 일이었지만 상대의 치부를 잡고 협박을 하는 건 빠른 시간에 가능한 일이었다.

희우가 말했다.

"조만간에 국가에서 재개발을 빨리 하자는 소리가 나올 겁니다. 그때 조합원들에게 전하세요. 팔 수 있는 물건은 다 던지라고."

"네?"

"다시 말씀드리겠습니다. 재개발은 실패합니다. 저는 여러분의 재산을 최대한으로 보호해 드리고 싶어서 이러는 겁니다."

조합원장이 조심스럽게 입을 열었다.

"사람들이 제 말을 따를까요? 제가 조합원장이기는 하지만 각자의 재산이에요."

"모두를 구제할 수는 없습니다. 욕심 많은 사람은 끝까지 가지고 가겠죠. 그리고……."

희우는 가방에서 서류 봉투 하나를 더 꺼내 그의 앞으로 던지며 말했다.

"읽어 보세요."

봉투를 보고 있는 조합원장 김권진의 눈에는 이제 망설임이 가득했다.

방금도 서류 봉투를 열었다가 자신의 비리가 잘 정리되어 있는 걸 본 그였다. 또 서류 봉투를 열어 보고 싶지는 않았다. 하지만 희우의 눈빛에 그는 마지못해 봉투를 들어 열었다. 그리고 어이없다는 표정으로 웃었다.

"하하하."

그 안에는 일대 부동산 사장들이 저질렀던 비리가 가득했다.

희우가 입을 열었다.

"별거 없어요. 광고 규정 위반, 깡통 주택 임대 사업 사기, 탈세, 그런 겁니다."

김권진이 한숨을 내쉬었다.

"그러니까 이걸로 협박을 해서 여론 조작을 해 보라는 건가요?"

희우가 피식 웃었다.

"이제야 말이 통하는군요. 맞습니다, 제가 지금 조합원장님께 하는 것
과 같이 협박을 하세요. 지금은 협박이지만 나중에는 조합원장님께 감사
하다고 할 사람들입니다."

조합원장의 얼굴에 계속해서 망설임이 일었다. 하지만 그는 결국 고개
를 끄덕였다.

조합원장이 떠나고, 희우가 상만에게 서류를 건네며 말했다.

"차명 거래야. 조사해 보도록 해."

"차명 거래요?"

상만도 강영범도 놀랐다. 그들의 의구심을 희우가 해소해 주었다.

"송파 재개발 지역의 주택을 꾸준히 매입하는 사람들, 그 사람들을 조
사해 봤습니다. 그런데 노숙자들의 주민번호입니다. 그 사람들이 무슨 돈
이 있어서 몇억씩이나 하는 집을 사겠습니까?"

노숙자의 이름을 빌려 사는 집. 뒤를 밝히기 싫은 어떤 권력자 또는 재
력가가 있다는 소리였다.

그리고 강영범은 이제야 희우의 말을 이해했다.

조합원들이 주택을 팔면, 누군가는 그 주택을 사게 된다. 그럼 그 누군
가가 피해를 보게 되는 거다. 하지만 어떤 권력자가 노숙자의 이름을 빌
려 주택을 매입하고 있다면, 손해는 그 권력자만 보게 된다는 뜻이다.

하지만 강영범에게는 아직 남은 의문이 있었다.

"권력자가 나섰다는 거죠?"

"아마도요."

"그럼, 재개발은 무조건 된다는 것 아닙니까? 지금이라도 사 두는 게
이득 같은데요."

희우가 고개를 저었다.

"말씀드렸잖아요, 안 된다고요. 그리고 만약 진행이 된다고 해도 손해만 볼 겁니다."

강영범은 계속해서 재개발을 아쉬워하고 있었다. 희우가 말을 이었다.

"아파트가 아닌 주택이에요. 공통적인 실거래가를 조사하기는 어려워요. 아마도 재개발이 실제로 진행된다고 하면 공시지가에 맞춰서 감정을 할 겁니다."

감정가가 공시지가에 맞춰서 나온다면 지금 2억짜리 집은 1억에 가까울 정도로 떨어질 수밖에 없었다. 거기에 분양가가 송파 평균으로 잡혀 만들어진다면? 웬만한 사람은 들어갈 수 없다.

강영범이 잠시 생각을 이었다.

"그래도 어려울 것 같습니다. 부동산으로 한몫 잡아 보자고 하는 사람들이 얼마나 많은데요. 그 사람들이 집을 팔 거라고 생각하나요?"

"네."

"어떻게요?"

"제가 하잖아요."

"네?"

강영범은 어이없다는 표정으로 희우를 바라봤다. 그의 표정을 보며 희우가 입을 열었다.

"지금부터 소문을 만들 생각입니다."

강영범이 고개를 갸웃거릴 때, 희우가 상만에게 말했다.

"집값이 폭락을 거듭할 거라는 소문을 내. 논리적일 필요는 없어. 그냥 부동산 시장이 끝났다는 내용으로 계속 내도록 해."

"네, 알겠습니다."

논리적일 필요는 없었다. 사람들은 1만 원, 2만 원짜리 물건을 사고팔 때는 정말 신중하게 행동한다. 최저가를 찾으며 단 1원도 손해 보지 않으려 한다. 하지만 억이 넘어가는 물건에 대해서는 다르다. 그때는 심각할 정도로 감정에 의존하는 경우가 많았다.

희우가 말을 이었다.

"그리고 조합원장이 주변 부동산을 움직일 거니까 같이 확산되도록 만들어."

"네."

희우와 상만을 보며 강영범은 혀를 내둘렀다.

월요일부터 상만에 의해 소문이 나기 시작했다. 재산에 관련된 소문이었기에 그 확산은 빨랐다. 그리고 그 소문은 박대호도 들었다. 하지만 그는 어떤 행동도 하지 않았다. 박대호는 집을 매수하고 싶어서 애가 탄 사람이었다. 부동산 가격의 하락은 박대호에게 즐거운 일이었다.

며칠 후, 규리는 희우와 황진용의 계획대로 중앙 지검으로 발령을 받았다. 그 시점에 맞춰서 희우는 상만에게 전화를 걸었다.

"그때, 서부 지검 검사 구승혁 있잖아? 더 집중적으로 마크하라고 해."

규리가 중앙 지검으로 온 이상 서부 지검의 내부에서 구승혁을 주시할 눈이 하나 사라지는 것과 마찬가지였다. 그에게 어떤 위험이 생겨날지 더욱 유심히 지켜봐야 했다.

희우는 지검 앞 등나무 아래에서 민수와 만나고 있었다. 둘의 손에는 따뜻한 커피가 담긴 종이컵이 들렸다. 민수가 말했다.

"날이 많이 추워졌어, 흘흘흘."

"네."

"네가 올 때는 여름이었는데."

민수의 눈이 하늘을 바라봤다. 어딘지 모르게 그의 눈빛은 쓸쓸해 보였다. 민수가 말을 이었다.

"독방은 살 만해?"

"그럭저럭요."

희우가 혼자 사용하는 사무실을 지검의 사람들은 독방이라고 부르고 있었다. 그리고 희우 역시도 독방이라고 불렀다. 그것 말고는 마땅한 이름이 떠오르지 않았다.

희우가 말했다.

"횡령 사건이 있어요."

"응, 알아."

"혼자 하기는 버거운데 시간 되면 같이 해 주시겠어요?"

"버거워?"

희우가 고개를 끄덕였다.

민수는 모르지만 희우는 지금 두세 가지 일을 한꺼번에 하는 중이었다. 그리고 김석훈의 신뢰를 받기 위해서라도 지금의 일을 김석훈이 원하는 방향으로 완벽하게 처리해야 했다. 희우가 말을 이었다.

"지검장님은 이 사건으로 영화를 만들 계획을 가지고 계세요."

"감독은 김희우, 투자자는 지검장이겠네, 흘흘흘."

"네, 그런데 배우를 캐스팅할 캐스팅 감독이 없네요."

민수가 커피를 홀짝이며 희우를 바라봤다.

"배우를 만나 달라?"

희우가 고개를 끄덕였다.

"네, 당연히 저도 만날 겁니다. 그런데 각자 만나는 시간이 동시에 진행되었으면 해서요. 상대가 예측하지 못하도록."

"네가 좋아하는 방법이지. 상대가 예측하기 어려운 시점을 만들고 움직이는 거."

희우와 몇 번의 사건을 함께한 민수였다. 희우가 어떤 식으로 상대를 쥐고 들어가는지 잘 알고 있었다. 희우는 앞뒤 통로를 막아 둔 상태에서 상대가 반응할 수 없도록 치고 들어가는 것을 즐겨 했다.

민수가 기분 좋게 웃으며 물었다.

"그래, 이번에는 어떤 인물을 만나 줄까? 여자면 좋겠는데. 흘흘흘."

"그럼 선배가 여자를 만나세요."

"예뻐?"

희우가 어깨를 으쓱했다.

횡령을 하고 있는 대표 오진영, 그의 자산을 관리하는 경리 김송희를 말하는 것이었다. 예쁘기보다는 수수한 얼굴의 여자였다. 그리고 희우는 연예인보다 예쁜 한미와 가까이 지내고 있다. 웬만한 여자에게 예쁘다는 말은 쉽게 나오지 않았다.

민수의 입에 미소가 더욱 짙어졌다.

"못생겼다는 말은 안 하는구나. 그때 보니까 아버지 병원비를 갚고 있는 여자 맞지?"

그때 희우가 민수에게 조사를 해 달라고 지원을 요청했었다. 그리고 그녀에 대한 조사는 민수가 직접 했다.

희우가 고개를 끄덕이자 민수는 묘한 미소를 지으며 커피를 마셨다.

며칠 후, 차가운 바람이 불어올 때 희우는 규리와 만날 약속을 했다.

규리가 중앙 지검으로 이동했기에 같은 건물에 있었지만 만나기는 서부 지검에 있을 때보다 더 어려웠다. 다른 사람들에게 그녀와 만나는 광경을 보이고 싶지 않아서다.

희우의 만나자는 말에 그녀는 바쁜 시간을 쪼개고 쪼개 겨우 틈을 만들었다. 규리는 말했다.

"나 새벽 2시에나 끝날 거 같은데?"

"그럼, 너희 집 앞에 있을게."

규리는 아직 희우가 얻어 준 아파트에 살고 있었다. 물론 지금 집의 명의는 완벽하게 그녀의 이름으로 변경되었다.

희우는 규리의 집 앞 호프집에서 그녀를 기다리며 생각에 빠져 있었다.

희우는 규리에게 천하그룹 사건이 어디까지 파헤쳐졌는지를 물어보려 했다. 이전의 삶에서 희우가 김건영 회장의 탈세 혐의에 대한 기록을 뒤졌을 때, 남아 있는 자료는 비자금 관련 5천만 원의 뇌물이 전부였다. 그것이 전체가 아닐 것이다. 분명 뭔가가 더 있을 것이다. 그리고 희우가 예상하는 게 있었다.

'조태섭의 자금줄.'

조태섭의 뒤에는 대부업계의 큰손 박대호가 있다. 하지만 그것만으로 조태섭의 재산을 설명하기는 어려웠다. 그래서 생각했다. 천하그룹과 조태섭이 어떤 연관이 있다고. 하지만 추측뿐이다. 천하그룹과 조태섭의 관계에 대한 100% 확신은 없었다.

'만약 내 예상과 달리, 조태섭의 돈줄이 천하그룹이 아니라면?'

계획을 다시 세워야 했다.

그때, 규리가 들어왔다.

"늦었지?"

"아니, 괜찮아."

규리가 자리에 앉았다. 희우는 물끄러미 그녀를 바라봤다.

규리는 지금 천하그룹 전담 팀에 들어가 있고 김건영 회장과 조태섭의 관계를 알고 있을 수도 있다. 하지만 알고 있다고 해서 쉽게 말해 줄까?

사건의 진행 상황을 외부인에게 발설하는 건 금기 사항이었다. 같은 검사여도 그것은 지켜야 할 일이었다.

희우가 그녀를 향해 입을 열었다.

"힘들지?"

"아니, 나 튼튼하잖아."

그렇게 말했지만 그녀의 얼굴에는 피곤이 가득했다. 희우는 그녀를 보며 슬쩍 미소를 지었다. 그녀는 희우가 황진용 의원에게 부탁한 덕에 중앙 지검에 와서 그 팀에 들어갔다는 사실은 전혀 알지 못했다.

두 사람 사이에 적막이 흘렀다. 더 이상의 대화가 끊겼다. 먼저 입을 연 사람은 규리였다.

"무슨 말을 하려고 뜸을 들여?"

희우는 굳은 눈빛으로 그녀를 바라보다가 피식 웃었다.

"힘들지?"

같은 말의 반복에 그녀는 물끄러미 희우를 바라봤다. 그러다가 고개를 끄덕였다.

"안 힘들다니까. 새벽 2시에 퇴근했지만 너하고 맥주도 마시고 있잖아."

하고 싶은 말이 있으면 어서 하란 뜻이었다.

희우가 무겁게 말했다.

"그럼 바로 직접적으로 말할게. 이번 천하그룹 사건, 흐지부지 끝날 거야."

규리의 눈빛이 흔들렸다. 희우가 계속 말했다.

"그렇게 시작되었고 그렇게 끝나도록 짜인 사건이야."

규리는 대답하지 않았다. 이렇게 고생을 하고 있는데 아무것도 아닌 채 끝나 버리면 억울할 수밖에 없었다. 희우가 말을 이었다.

"하나만 물어볼게."

"말해."

"천하그룹과 연관된 정치인이 있지?"

규리는 이번에도 대답하지 않았다.

하지만 희우는 이미 규리의 모든 것을 살핀 뒤였다. 떨리는 눈동자. 살짝 다물리는 입술. 맥주잔을 들고 있는 손의 움직임. 희우의 눈에 그녀의 동작은 한순간에 머릿속에 집어넣어졌다.

뭔가 있다. 확실히 있다.

희우는 고민했다. 여기서 어떻게 나가야 그녀의 입을 열게 할 수 있을까? 아니, 계속해서 물어봐야 하나?

답은 없었다. 그럼, 답을 찾기 위해 직접적으로 물어봐야 한다. 적어도 규리는 진실 앞에서 거짓을 말할 사람은 아니었다.

희우는 규리만 들을 수 있는 낮은 목소리로 입을 열었다.

"조태섭 의원이야?"

규리의 눈동자가 커졌다. 이미 피곤한 기색은 없어졌다.

희우의 목소리가 다시 그녀의 귀를 파고들어 갔다.

"천하그룹의 지분을 차명 계좌로 관리하고 있어?"

규리는 자신도 모르게 침을 꿀꺽 삼켰다.

"무슨 소리야?"

애써 모르는 척하고 있다. 만약 평범한 사람이 그녀의 연기를 봤다면 믿고 넘어갔을 것이다. 하지만 상대는 희우였다.

희우의 눈빛을 보던 그녀가 고개를 가로저었다. 그녀는 희우가 자신을 꿰뚫고 있다는 걸 느꼈다. 하지만 그녀는 끝까지 대답하지 않았다. 희우의 머릿속이 다시 회전하기 시작했다.

그녀의 행동을 보면 이미 조태섭이 뒤에 있다는 건 확인이 되었다. 그가 고민하고 있는 건 이제 다른 일이었다. 그녀를 이 싸움에 끌어들여도 될까? 정의로운 검사가 되고 싶은 규리였다. 조태섭과의 싸움은 구정물이 튈 것이 분명했다. 하지만 정의로운 검사라면 당연히 조태섭을 잡아야 했다.

희우의 목소리가 더욱 낮아졌다.

"말했잖아, 전쟁을 준비한다고. 그리고 할 거라고. 그 대상이야."

"뭐?"

"난 조태섭을 잡고 싶어."

규리의 눈이 순식간에 커졌다. 희우는 흔들리지 않고 그녀의 동공을 바라봤다.

"잡고 싶다고. 조태섭을."

희우의 말에 그녀의 눈동자는 심하게 흔들리고 있었다.

전쟁의 상대가 조태섭이라니. 상대가 강해도 너무 강했다.

조태섭은 대한민국의 행정을 쥐고 있는 자다. 그런 사람을 어떻게 이길 수 있을까?

그녀는 입이 바짝 마르는 듯했다.

"그, 그게 무슨 소리야?"

그녀의 목소리를 듣는 희우의 입에 잠시 슬픈 미소가 걸렸다. 희우가 속삭이듯 말했다.

"난 그놈을 잡고 싶어. 네가 도와줬으면 해."

"무슨 소리냐니까!"

"너희 팀의 팀장, 손상수 검사. 그 사람은 김석훈 지검장의 지시를 따르고 있어. 김석훈 지검장은 조태섭의 명령을 받고 있지. 손상수는 조사에 열심히 임하지 않고 있을 거야. 알고 있었으니까. 이 조사가 어떻게 막을 내릴지."

희우의 목소리가 이어질수록 규리의 표정은 참담하게 변했다. 하지만 희우는 멈추지 않고 잔인한 현실을 전했다.

"이 사건에 열심히 나선 건…… 딱 한 명. 김규리, 너야."

희우는 마치 다 보고 있었다는 듯 말을 했다.

그리고 그건 맞았다. 팀의 장을 맡고 있는 손상수. 그는 아래 검사들에게 지시만 내리고 열심히 하지 않았다. 유유자적 시간만 보낼 뿐이다. 그리고 이 팀의 수사 내용은 고스란히 조태섭의 손으로 들어가고 있었다. 언젠가 조태섭이 천하그룹을 꿀꺽할 그날을 위해.

희우는 그 뒷이야기까지 알고 있었지만 거기까지는 말하지 않았다.

규리는 아무 말 하지 못한 채 마른침만 삼켰다. 그녀의 눈동자는 놀라움으로 가득 차 있었다.

희우가 맥주를 들어 마시며 말을 이었다.

"그러니까 지금 검찰에서는 절대 못 잡아."

규리의 눈빛이 흔들렸다. 희우가 계속 말했다.

"잡고 싶지 않아? 김건영 회장, 아니 그 뒤에 서 있는 조태섭."

희우는 규리의 마음을 정확히 간파해 들어갔다.

조사를 하다가 비리를 밝혀냈다. 잡고 싶지 않을 검사가 어디 있을까? 게다가 규리는 높은 자리에 오르는 것이 꿈이 아니었다. 정의로운 검사가 되고 싶어 했다.

그녀의 눈동자를 지켜보던 희우는 나직하니 다시 말했다.

"넌 잡을 거야. 조태섭이고 김석훈이고 손상수고, 다 잡을 거야."

희우의 말에 그녀가 고개를 끄덕이며 입을 열었다.

"나도 다 바꾸고 싶어."

"그럼, 대답해 줘. 천하그룹이 조태섭과 연관이 있어?"

이미 예상하고 있었지만 그것만으로는 부족했다. 희우에게는 확신할 무언가가 필요한 상태였다. 예상과 확신은 다르다. 그리고 희우는 확실한 일을 손에 쥐고 몇 번이나 조태섭에게 도전했었다. 하지만 모두 막혀 버렸다. 이런 상황에서 확실하지 않은 일은 건들 수 없었다.

희우의 질문에 그녀는 한숨을 쉬었다. 그리고 오랫동안 아무 말을 하지 않았다. 한참이 지난 후에 규리는 천천히 입을 열었다.

"천하그룹이 맞기도 하고 아니기도 해. 그 뒤에 박대호라는 사람이 있어."

그건 알고 있었다. 그녀의 말이 계속 이어졌다.

"차명 계좌를 통해 천하홀딩스의 주식을 15% 가지고 있는 사람이야.

이 사람을 통해 천하그룹 비자금이 조태섭 의원에게 전해지고 있어."

희우의 눈썹이 꿈틀거렸다. 이건 모르고 있던 일이었다.

이전의 삶에서 희우가 추적했던 조태섭의 비리는 살인 교사와 무기 중개 로비가 전부였다. 비자금에 관해서는 당시 어떤 자료도 없었다. 조태섭이 흔적을 모두 지워 버렸던 거다.

그렇게 규리의 이야기를 듣던 희우가 다시 낮게 말했다.

"지금부터 이 사건에서 너도 손을 떼."

"잡는다며?"

희우는 고개를 끄덕였다.

"잡을 거야. 하지만 지금은 절대 못 잡아. 하나하나 부숴야지."

그때까지는 몸을 낮추고 발톱을 숨기고 송곳니를 감추고 있어야 했다. 희우는 때가 되면 규리에게 이야기할 것을 약속하며 그녀를 향해 빙긋 웃었다.

"나를 믿어 봐."

규리는 그를 노려봤다.

"뭘 믿고?"

"이미 믿고 있잖아."

"……."

"그리고 나도 널 믿어."

믿기 때문에 조태섭에 관해 이야기를 한 것이었다. 그리고 그녀가 다른 곳에 이 말을 전해도 상관은 없었다. 이미 제2, 제3의 계획은 짜이고 있었다.

희우는 잠시 생각을 하다가 다시 입을 열었다.

"박대호에 대해서 집중 조사해 줘. 아니, 한반도은행에 대해서 조사를 해 봐."

"어?"

희우가 말을 이었다.

"내가 조사하기에는 무리가 있어. 하지만 너는 가능할 거야. 지금 자료가 나온다고 해도 윗선에서도 상관하지 않을 거고."

지금까지 나온 모든 자료는 폐기 대상이었다. 하지만 그 폐기 자료가 희우에게 넘어온다면? 조태섭의 자금줄을 자를 수 있었다.

희우가 말을 이었다.

"한반도은행의 자금 흐름이 이상할 거야. 그 부분에 대해 알려 주면 돼."

그녀는 고개를 끄덕였다.

CHAPTER 36

다음 날, 희우의 독방에 민수가 들어왔다.

"나가자."

민수가 이 방에 온 이유는 재미 교포의 돈을 사용한 오진영을 수사하기 위해서다. 이제 희우는 가방을 어깨에 걸치고 민수와 함께 나가면 된다. 그런데, 희우는 일어서지 않았다. 대신 민수에게 서류를 건네며 말했다.

"이거부터 읽어 보세요."

"응?"

민수가 고개를 갸웃거리자 희우가 말을 이었다.

"오진영의 회사에서 두 명이 일을 그만뒀다고 하거든요?"

"그런데?"

"석 달 치 월급을 못 받았대요."

"미친! 투자금을 멋대로 쓴 놈이 월급을 안 준 거야?"

"네."

민수가 헛웃음을 지으며 고개를 저을 때다. 희우가 시간을 확인하며 말했다.

"저는 노동청 가서 자세한 이야기를 들어 볼게요."

"나는 예정대로 김송희를 만나라?"

"네."

민수가 기지개를 쭉 켜며 대답했다.

"오케이."

그제야 희우는 자리에서 일어나 가방을 어깨에 걸쳤다.

잠시 후, 희우는 경찰병원 앞에 있는 노동청에 도착했다. 희우는 곧장 담당 감독관을 찾아갔다. 안경을 쓰고 있는 40대의 여자였다. 뭔가 서류를 작성하며 바삐 움직이고 있는 그녀에게 희우가 신분증을 꺼내 보이며 말했다.

"중앙 지검 김희우 검사입니다."

"네? 검사요?"

그녀가 황당한 표정을 지었다.

어제였다. 그녀는 사건에 대한 걸 검찰에 넘겼다. 그것은 평범한 업무였다. 검찰에서는 사건을 검토하고 해당 대표에게 출석 요구를 한다. 사실관계 여부를 찾아내는 일련의 과정일 뿐이었다.

그런데 검사가 직접 노동청에 찾아왔다. 정말 이례적인 일이었다. 적어도 그녀는 노동청까지 찾아오는 검사를 본 적이 없었다.

"자세한 내용을 듣고 싶어서 찾아왔습니다."

희우의 말에 그녀는 희우를 작은 회의실로 안내했다. 그리고 몇 가지 서류를 테이블에 올리며 입을 열었다.

"이게 일이 복잡해요. 원래 대표가 있고 또 다른 대표가 있어요."

"대표가 둘이라는 건가요?"

감독관이 고개를 끄덕이며 설명했다.

희우가 알고 있는 것처럼 해당 회사는 얼마 전 대치학습지라는 회사와 합병했다. 그리고 오진영은 합병과 동시에 대표 자리에서 물러났다.

"공식적으로는 어떤 직함도 가지고 있지 않았던 거죠."

그런데, 여기서 문제가 있었다.

두 회사가 합병이 되기 전부터 오진영은 어떤 결재도 하지 않은 거다. 모든 결재는 학습지 대표의 이름으로 작성됐고…….

"오진영 대표의 이름은 어떤 문서에도 존재하지 않아요."

직원들이 월급을 받지 못했다고 노동청에 신고를 했지만 오진영과 학습지 대표는 상반된 주장을 하고 있다는 거다.

먼저 학습지 대표는 말하고 있다.

─저 사람들은 내 직원이 아니었어요. 난 지시를 내린 적이 없어요. 그리고 나는 돈이 없으니까요. 구속을 하든지 어쩌든지, 마음대로 하세요.

오진영도 마찬가지로 주장하고 있다.

─보세요. 제 이름으로 결재된 게 있습니까? 아니잖아요. 저는 실질적인 대표가 아니었습니다. 그런데, 제 돈으로 직원들의 월급을 챙겨 주라고요?

감독관이 골치 아픈 표정을 지으며 희우를 바라봤다. 그리고 계속 말했다.

"오진영 대표는 문서상 대표가 아니었고요. 학습지 대표는 실제적으로 운영을 하지 않았어요."

증거는 문서가 전부다. 직원들의 목소리보다 문서가 우선된다. 결재된 서류가 없다면 오진영에게 죄를 물을 수 없다.

희우는 미간을 찌푸렸다. 머릿속에서 한 가지 가설이 떠오르고 있었다. 만약 오진영이 모든 문서에서 빠져 있다면? 그리고 재미 교포 박재철이 투자를 한 것도 오진영의 이름이 아니었다면? 오진영을 잡을 수 없게 된다.

생각하던 희우가 그녀에게 물었다.

"공문 보내 주신 거 말고 실제적으로 직원분들이랑 이야기할 때 사용한 문서들이 있으면 제가 가지고 가도 좋을까요?"

"그럼요."

그녀는 서류를 뒤적거려 몇 장의 종이를 꺼냈다. 그리고 희우에게 건넸다.

"감사합니다."

희우는 그녀에게 서류를 받아 들고 노동청을 빠져나와 다시 전철에 올랐다. 그리고 시간을 확인했다.

약속이 있었다. 오진영에게 투자한 재미 교포 박재철과의 만남이다.

약속 장소는 김포공항 근처의 한 호텔.

희우는 그곳으로 향하며 노동청에서 받아 온 서류를 넘겼다. 그리고 오진영에게 투자한 또 하나의 회사, '대한벤처투자협회'에 전화를 걸었다. 희우는 자신의 신분을 간단히 밝히며 물었다.

"투자를 받은 대표의 이름이 무엇인가요?"

-오진영인데요.

질문에 대한 답을 듣고 전화를 끊은 희우는 눈을 가늘게 떴다.

'상황을 정리해 보면······.'

오진영은 투자를 받은 후 회사를 만들었고 그 회사를 학습지 회사에 넘겼다. 넘기기 두 달 전부터 모든 결재 서류에 학습지 대표의 이름을 사용했다. 공식적인 합병은 최근이었지만 비공식적으로 합병된 건 그보다 오래전이라는 뜻이다.

'어쩌면······.'

김석훈이 원하는 영화가 만들어질 수도 있다는 느낌이 들었다. 그렇다면 이 사건을 어떻게 이용할 것인가에 대해 고민해야 한다. 희우는 이 사건을 통해 김석훈에게 확실한 신임을 얻고 그들의 내부 깊숙이 들어가는 것을 목표로 세웠다.

김포공항역에서 내린 희우는 재미 교포 박재철이 묵고 있는 호텔로 가기 위해 다시 택시에 올랐다. 공항에서 5분 정도 거리에 있는 호텔이었다. 택시에서 내린 희우는 호텔의 입구로 들어갔다.

호텔의 건물은 이국적이었고 젊은 부부와 세 살 정도의 아이가 푸른 잔디를 뛰어다니는 모습이 보였다. 희우는 잠시 걸음을 멈춰 서서 그들을 바라봤다. 부러웠다. 왜인지는 모르지만 그들의 모습이 부러웠다.

희우의 입가에 슬쩍 미소가 떠올랐다. 그리고 왜인지 모르지만 희우의 머릿속에 한 여성이 떠올랐다. 함께 저런 사진을 찍고 싶은 여성, 희우는 그 여성과 함께 아이를 안고 다른 걱정 없이 카메라 셔터를 누르고 싶었다. 그런데, 생각하던 희우가 말도 안 된다는 표정을 지으며 고개를 저었다.

'됐다.'

희우는 계속해서 걸었다. 그리고 박재철과 만나기로 한 호텔의 차이나 레스토랑을 찾았다. 식당은 2층에 있었다. 데스크에 서 있는 여직원에게 박재철의 이름을 말하자 그녀는 따라오라는 말과 함께 희우를 안내했다.

널찍한 공간에 커다란 창 그리고 중국의 분위기를 한껏 내기 위해 붉은색 커튼이 드리워져 있었다. 그 중앙의 둥근 식탁에 재미 교포 박재철이 앉아 있었다.

희우가 들어가자 박재철이 자리에서 일어났다. 희우는 가볍게 고개를 숙여 인사를 하고 그의 앞으로 다가가 신분증을 꺼내 들었다.

"중앙 지검 김희우 검사입니다."

"아, 네. 박재철이라고 합니다."

두 사람이 자리에 앉자 잠시 후 식탁에 중국 음식들이 놓였다. 직원들이 문을 닫고 나가자 희우는 녹음기를 꺼내 테이블 위에 올려 두며 말했다.

"지금부터 우리가 대화하는 내용은 녹음이 될 것입니다. 그리고 이 내용은 법적 증거로 사용될 수도 있습니다. 동의하지 않으시면 끄도록 하겠습니다."

박재철은 잠시 부담스러운 눈길로 녹음기를 확인했다. 하지만 그는 동의한다는 표시로 고개를 끄덕였다.

"괜찮습니다. 제가 잘못을 한 건 없으니까요."

희우는 그의 표정 전체를 살피며 입을 열었다.

"먼저, 오진영 씨가 박재철 씨의 자금을 개인 용도로 사용한 건 모르셨 다고요?"

"네, 전혀 몰랐습니다."

내부 고발로 시작된 사건이었다. 박재철은 오진영에게 투자를 했지만 깊게 관여하지 않았다. 그는 거의 미국에서 체류를 했고, 한국에 온다고 해도 다른 사업 때문에 바빴다. 오진영과는 식사만 했다고 했다.

희우가 물었다.

"오진영 씨에게 투자를 한 이유가 무엇입니까?"

박재철은 잠시 한숨을 내쉬며 물컵을 들었다. 그리고 목이 탄지 물을 한 모금 마신 후에야 입을 열었다.

"한국에 와서 종종 봉사활동을 했습니다. 오진영하고는 우연히 만나게 되었는데 노인복지 사업을 한다고 했습니다. 앞으로 사람들의 수명이 길 어지면서 독거노인도 늘어날 거라고요. 그런데 그 사람들이 모두 시설이 좋은 실버타운으로 들어갈 수는 없지 않습니까?"

희우는 동의한다는 듯 고개를 끄덕였다. 요양원에서 봉사 활동을 한 적도 있지만 시설이 좋을수록 가격이 비싼 건 당연했다.

박재철의 목소리가 이어졌다.

"오진영은 여러 가지를 생각하고 있었어요. 그중 하나가 저렴한 비용 으로 노인들의 건강 상태를 확인하고 관리를 해 줄 프로그램이었죠. 저는 미국에서 모은 돈으로 좋은 일을 하고 싶었어요. 그리고 오진영과 사업에 대한 이야기를 했고 사업 계획서도 확인했습니다. 그런데, 지금까지 진행 되는 과정도 그렇고, 문제 될 소지는 없어 보였습니다."

희우는 박재철의 말을 들으며 생각했다.

오진영은 완벽할 정도로 박재철을 속이고 있었던 걸까? 박재철은 정말 아무것도 모르고 있었나? 생각할 때였다. 박재철이 물었다.

"정말 오진영이 제 돈을 개인적으로 사용했나요?"

희우가 어깨를 으쓱해 보였다.

"그건 아직 확신할 수는 없습니다. 저희도 신원을 밝히지 않은 사람의 신고가 들어와서 조사를 하는 중입니다."

박재철의 입에서 한숨이 흘렀다. 그리고 그가 말을 이었다.

"처음에는 10억 원이 필요하다고 했고 그다음에는 프로그램이 만들어지는 데 생각보다 돈이 많이 든다고 해서 추가적으로 20억 원을 지원했습니다. 그게 다 개인적으로 사용되었다면, 정말 답답하네요."

"학습지 회사와 합병한 건 알고 계시나요?"

"네, 그건 알고 있어요. 학습지 회사라 아이들의 정보를 많이 가지고 있고 그 아이들을 돌보는 게 또 노인들이라면서요."

"네, 알겠습니다."

그때, 희우의 핸드폰이 울렸다. 민수였다. 박재철에게 양해를 구하고 희우는 민수의 전화를 받았다.

-복잡하게 되겠어. 김송희 씨를 만났는데 어떤 증언도 없어. 묵비권이야.

"제가 지금 갈게요. 한 시간만 잡아 두고 계세요."

호텔에서 나와 잠실로 향하는 희우의 눈이 차가워졌다.

노동청에서부터 가지고 있던 미심쩍은 마음이 박재철을 만나고 와서 더 커졌다. 박재철의 눈빛은 돈을 잃은 사람의 그것이 아니었다. 물을 마시는 등, 그리고 안타까워하는 연기를 하고 있었지만, 그건 돈을 잃은 투자자의 눈빛이 아니었다.

박재철은 미국에서 금융업으로 많은 돈을 벌었다. 직업 자체가 돈을 좇는 투자자였다. 그런 사람이 한국에서 좋은 일을 하기 위해 묻지 마 투자를 했다? 그런 건 있을 수 없는 일이었다. 희우는 투자자의 눈빛을 누구보다 잘 알고 있었다.

잠시 후, 희우는 민수와 김송희가 있는 커피숍으로 들어갔다.

"안녕하세요. 기다리시게 해서 죄송합니다."

희우는 그녀에게 인사를 하고 맞은편에 앉았다.

김송희는 억울한 얼굴로 민수에게 말했다.

"그런데 저 정말 할 말이 없어요. 제가 아는 건 아무것도 없다니까요."

희우가 그녀를 보며 천천히 입을 열었다.

"검찰에서 얘기하면 생각나는 게 있을까요?"

"네?"

김송희를 검찰에 끌고 갈 수도 있다는 말이었다. 커피숍에서 자유롭게 있을 때 편하게 말하라는 뜻이기도 했다.

민수와 희우의 분위기는 완벽히 달랐다. 민수는 외모와 어울리지 않게 부드러운 목소리로 그녀를 설득하려 했지만 희우는 강압적이었다. 희우의 그 눈빛에 김송희의 눈동자가 순간적으로 떨렸다. 그 순간을 놓치지 않고 희우가 말했다.

"박재철 씨가 투자금 전부 회수했죠?"

"네?"

당황한 목소리, 흔들리는 눈동자, 떨리는 손가락, 모든 것이 그녀가 가진 진실을 이야기했다. 희우가 계속 말을 이었다.

"제가 생각한 소설을 말해 볼까요? '대한벤처투자협회'에서 투자를 받기 위해 오진영은 박재철과 공모했다, 맞나요?"

그녀는 입을 닫았다. 어떤 말도 하지 않겠다는 의지가 보였다. 하지만 커피가 들어 있는 잔을 잡고 있는 그녀의 손은 여전히 떨리는 중이었다.

희우가 그녀의 손가락을 보며 입을 열었다.

"처음에는 가벼운 사건이라고 생각했는데 그게 아니에요. '대한벤처투자협회'에서 거액의 돈을 투자받으려고 노력을 했어요. 오진영이 말했겠죠. 우리는 미국의 엔젤 투자자에게 투자금을 받은 경쟁력 있는 회사다,

자금력이 튼튼한 회사다, 이렇게요."

"……."

"그리고 투자금을 받고 그 돈은 박재철이랑 둘이 나눠 가졌으려나?"

"……."

그녀가 아무 말도 하지 않자 희우는 점점 더 확신을 가졌다. 희우가 말을 이었다.

"직원들을 고용한 것도, 처음부터 월급을 주지 않을 계획을 가지고 있었나 봐요?"

이들은 대한벤처투자에서 투자를 받았다. 당연히 일하는 모양새는 보여 줘야 했다. 그래서 그 직원들을 뽑은 거다. 월급 줄 생각은 애초에 없었다.

희우가 계속 말했다.

"물론 자금을 관리하는 김송희 씨는 월급을 받았을 테고요."

"……."

"저번에 보니까 회사 동료들이랑 친한 것 같던데."

"네?"

"이 사건 조사하느라고 몇 번이나 회사 아래 커피숍에 가 있었어요. 김송희 씨도 몇 번 본 적이 있고요."

그녀가 고개를 숙였다. 몇 달이나마 함께 일한 직원들이 월급을 받지 못했다는 건 그녀도 미안했다.

희우가 그녀의 미안한 마음을 더욱 건들고 들어갔다.

"월급을 받지 못한 두 명의 직원 중 한 명, 이름이 김진선 씨죠? 그분은 어린 딸과 단둘이서만 살고 있던데요. 월급을 받지 못하면 생활이 어렵지 않을까요?"

김송희의 머릿속에 김진선과 그녀의 딸이 떠올랐다. 아이가 자주 아파 걱정을 하던 김진선.

희우는 김송희의 눈을 바라봤다. 그녀의 감정이 흔들리고 있었다. 진짜 나쁜 사람이 아닌 한 동료의 아픔을 외면할 수 없었다. 감정이 흔들릴 때 쐐기를 박아야 했다. 희우가 말했다.

"우리는 김송희 씨의 통장을 확인할 수 있습니다. 거기서도 나오지 않는다면 압수수색도 들어갈 겁니다. 물론 압수수색을 하는 곳은 지금 다니는 회사뿐만 아니라 김송희 씨의 집도 포함이 됩니다. 그리고 확실히 말하죠. 우리는 오진영의 자금을 관리하는 사람이 김송희 씨라는 증거를 잡았습니다."

그녀는 잠시 동안 말이 없었다. 그러다가 이를 꽉 물고 힘겹게 대답했다.

"전 정말 아무것도 몰라요."

"월급은 얼마나 받으세요?"

"네?"

뜬금없는 질문에 놀라서 묻는 그녀.

"병원비가 꽤 나오지 않나요?"

"네?"

그녀는 희우가 아버지의 병원비까지 알고 있다는 것에 두려움을 느끼는 중이었다. 도대체 어디까지 조사를 하고 왔을까? 그녀는 조심스럽게 희우를 바라봤다.

희우가 말했다.

"다 알고 왔어요. 오진영은 잡힐 겁니다. 영장 치기 전에 김송희 씨의 입에서 마지막 확인을 받고 싶을 뿐입니다. 그게 편하게 가는 길이니까요."

그녀는 고개를 숙였다. 희우가 말을 이었다.

"그리고 검사라고 해서 다 사람들 잡고 그런 거 아니에요. 어차피 사람 사는 세상이고, 진짜 악독한 사람이 아니면 적당히 눈감아 주기도 해요. 그 전문이 제 옆에 있는 이민수 검사고요."

감정을 흔든 다음 겁을 준다. 그리고 회유를 한다. 희우가 종종 사용하는 방법이었고, 함께 일을 했던 민수는 바로 맞장구를 쳤다.

"그렇지, 내가 사람이 좋지. 흘흘흘."

김송희의 입에서 한숨이 흘렀다. 그리고 조심스럽게 말했다.

"일단 출국 금지부터 해야 하지 않을까요? 오늘 해외로 나간다고 했어요."

됐다. 드디어 김송희가 협조적으로 나왔다.

희우의 눈에 힘이 들어갔다. 조용히 앉아 있던 민수는 핸드폰을 들고 자리에서 일어섰다. 출국 금지 명령을 신청하기 위해서였다. 민수가 통화를 하고 있을 때, 희우는 품에서 녹음기를 꺼내 테이블 위에 올렸다.

"보다시피 녹음기입니다. 법정에서 사용될 수 있고요, 동의하지 않으신다면 다시 집어넣겠습니다."

"아니에요. 말씀드릴게요."

그녀도 월급을 받지 못한 직원들에게 미안한 마음을 가지고 있었다. 노동청에 신고를 한 건 둘뿐이었지만 나머지 사람들도 받지 못했다. 회사에서 월급을 받고 있는 건 그녀뿐이었다. 그녀가 입을 열었다.

"대한벤처투자협회에서 돈을 받아 사용하기 위해 벌인 일이에요. 재미교포 박재철은 그 공모자고요. 대한벤처투자협회에서 돈을 받은 즉시 박재철의 투자금은 회수되었어요. 나머지 돈은 둘이 나눴고요. 저도 입막음을 하는 대가로 천만 원을 받았습니다."

자신의 치부까지 당당히 드러내는 그녀였다. 하지만 자신의 죄를 말하며 그녀는 고개를 숙였다.

"아버지 수술비 때문에 어쩔 수 없었어요."

그녀의 눈에서 굵은 눈물방울이 떨어졌다. 희우는 그녀의 눈물을 보며 물었다.

"증거는 가지고 계시죠?"

"네. 오진영 대표가 대포 통장을 사용하는데 그 통장에 대한 관리를 제가 쭉 해 왔어요. 돈이 들어오면 대포 통장으로 들어가고, 그 돈은 다시 오진영 대표 동생의 통장으로 들어갑니다. 그 통장이 오진영이 실질적으로 소유하고 있는 통장이고요. 핸드폰 거래 내역이나 은행 CCTV를 확인하면 사실로 밝혀질 거예요."

희우는 전화를 들었다. 그의 전화가 향하는 곳은 김석훈이었다.

"바로 압수수색 영장 부탁드립니다. 그리고 기자들 모으셔도 좋을 것 같습니다."

희우의 말에 김석훈의 목소리가 커졌다.

-드라마 될 수 있겠어?

"네. 자세한 건 들어가서 말씀드리겠습니다."

희우는 전화를 끊었다. 그리고 그녀에게 말했다.

"오진영에게 받은 천만 원은 회수될 겁니다."

"네."

그녀는 고개를 들지 못했다. 희우가 말을 이었다.

"하지만 법정에서 이야기를 잘해 주신다면 아버님의 병원비는 제가 책임져 드리겠습니다."

"네?"

"제 친구 중에 남 돕기 좋아하는 녀석이 있어서요."

물론 나중 일이지만 희우가 병원비를 주라고 했을 때 상만은 길길이 날뛰었다.

희우와 민수는 커피숍 밖으로 나왔다. 민수가 말했다.

"방금 전화 왔는데, 오진영이랑 박재철 모두 인천공항에서 잡혔대. 그쪽 가서 얼굴 좀 보고 올 테니까 먼저 들어가 있어."

박재철은 희우와 만난 후 미국으로 도주하기 위해 인천공항으로 갔다가 검거되었다고 했다. 희우가 민수에게 말했다.

"오늘도 퇴근이 늦겠네요."

"언제는 빨랐나? 흘흘."

민수와 헤어진 희우는 바로 지검으로 들어갔다.

소파에 앉아 희우에게 사건의 전말을 들은 김석훈의 입은 찢어질 듯 벌어졌다. 사회적으로 미국에 대한 이미지가 좋지 않을 때였다. 그 시기에 검은 머리 외국인 박재철이 대한민국을 상대로 사기를 치려고 했으니 충분히 크게 불릴 수 있는 사건이었다. 김석훈이 크게 웃으며 말했다.

"오늘은 즐거운 일만 있어. 나도 방금 2주 뒤에 청문회 준비하라는 전화를 받았어."

"축하드립니다!"

김석훈이 검찰 총장 후보가 되었다. 희우는 축하를 하며 허리를 굽혔다. 하지만 희우의 얼굴은 굳어져 있었다.

김석훈이 말했다.

"이번 사건 확실하게 하도록. 청문회 들어가기 전에 큰 거 하나 주머니에 넣어 가야지."

"네, 알겠습니다."

희우의 대답에 김석훈이 기분 좋게 웃었다.

"너도 또 발령 나게 생겼어. 대검 가야지?"

"감사합니다."

희우가 꾸벅 고개를 숙이자 김석훈이 크게 웃으며 말했다.

"초임 검사가 몇 번을 이동하는 거야?"

그렇게 잠시 후, 김석훈의 가벼운 농담은 끝났다.

김석훈이 찻잔을 들어 기울이며 진지한 목소리로 입을 열었다.

"난 검찰의 완벽한 독립을 원해. 권력이나 재력에 흔들리지 않고 진정으로 수사를 진행할 수 있는 검찰을 만드는 것이 내 꿈이야. 그리고 이제 그 꿈이 가까워져 왔어. 내가 만들 검찰에서 김희우 너 같은 유능한 검사들이 자유롭게 뛰어다니는 걸 보고 싶어."

희우가 다시 고개를 숙였다. 그리고 말했다.

"지검장님은 반드시 그런 검찰을 만들 수 있을 겁니다."

하지만 희우는 조태섭에게 붙어서 검찰총장에 오르는 김석훈이 독립을 원한다는 말을 내뱉는 건 정말 말도 안 되는 일이라고 생각했다.

그때, 김석훈의 핸드폰이 울렸다. 그는 통화 버튼을 누르며 반갑게 인사를 했다.

"아, 의원님. 그렇지 않아도 전화 드리려고 했습니다."

희우는 꾸벅 인사를 한 후, 지검장실을 떠났다.

복도를 걷는 희우의 입에 조소가 서렸다.

조태섭이 김석훈을 검찰총장으로 올린 이유는 단 하나다. 조태섭이 김석훈을 충실한 애완견으로 확정 지었다는 거다.

희우는 지검에서 나와 집으로 향하고 있었다. 그때 희우의 핸드폰이 울렸다. 상만이었다.

-사장님! 그 사장님 동기 구승혁 검사요.

구승혁이라는 이름이 상만의 입에서 나오자 희우는 긴장했다. 그가 다급히 말했다.

"말해."

-지금 누가 뒤를 쫓고 있다고 합니다. 구승혁 검사는 눈치채지 못한 것 같고요. 가는 곳은 외곽순환도로 쪽요!

희우는 바로 택시에 올랐다. 그리고 일단 외곽순환도로로 가 달라고 말했다. 택시가 움직였지만 희우의 마음과 달리 택시의 속도는 더뎠다. 잠시 후, 외곽순환도로에 올라섰을 때다. 희우는 다시 상만의 번호를 찾아 전화를 걸었다.

"어디로 가고 있어?"

-지금 안산 지나고 있다고 합니다!

"안산?"

희우의 눈살이 찌푸려졌다. 구승혁이 그 방향으로 향하는 이유가 도대체 무엇일까? 알 수 없었다. 하지만 일단 쫓아야 한다.

희우가 택시 기사에게 말했다.

"안산 쪽요."

"네? 안산요?"

"지금부터 속도위반 걸리는 거 모두 두 배로 쳐 드리겠습니다. 달려 주세요."

희우의 말에 택시 기사가 밟고 있는 액셀에 힘을 줬다. 엔진에서 굉음이 울리기 시작했다. 다행히 야간의 도로에는 차량이 없었다.

택시가 달리는 도중 희우는 계속해서 상만과 통화했다.

구승혁은 안산을 지났고 평택에서 빠졌다. 택시도 곧장 그곳으로 향했다. 그리고 또 상만에게 전화가 걸려 왔다.

-사장님, 산업 단지 개발 장소 아시죠? 그 옆의 JS건설 아파트 부지에서 섰다고 합니다.

JS건설?

그곳은 JS그룹의 계열사였다. 그리고 JS그룹은 김석훈의 처가가 경영진으로 있는 곳이었다. 그렇다면 지금 구승혁이 노리고 있는 사람은 김석훈이라는 뜻이다. 희우의 머릿속이 복잡하게 움직이기 시작했다.

구승혁의 차량이 아파트 부지에 섰다. 그는 차 문을 열고 밖으로 내렸다. 아직 아파트가 들어설 예정이었지 공사가 시작된 건 아니었다. 비춰지는 가로등에서 메마른 풀잎만이 을씨년스럽게 바람에 흔들리고 있었다. 차가운 바람이 구승혁의 몸을 스치고 지나갔다.

구승혁은 아파트 부지를 훑어보며 주머니에서 담배를 꺼내 들었다. 틱! 라이터가 울리는 소리가 들리며 그의 입에서 회색 연기가 흘렀다.

그의 걸음이 천천히 아파트 부지 안으로 향했다.

눈으로 주변을 둘러보던 그가 주머니에서 핸드폰을 꺼내 들었다. 전화가 온 곳은 없었다. 구승혁은 지금 누군가를 기다리고 있는 것 같았다.

그때, 저벅저벅, 구승혁의 뒤에서 발소리가 들렸다. 구승혁이 회색 담배 연기를 뿜으며 뒤를 돌아봤다. 그의 눈에 검은 양복을 입은 다섯 명의 남자가 비쳤다. 그중 가운데 있는 남자가 앞으로 나왔다. 보통 사람보다 머리 하나는 큰 거구, 단단한 체격과 어두운 밤에도 잔인하게 보이는 눈빛은 그가 만만한 사람이 아니라는 걸 보여 주고 있었다.

구승혁은 자신도 모르게 한 발 뒤로 물러섰다. 차가운 바람이 다시 한 번 불며 마른 풀잎을 흔들어 댔다.

풀잎이 움직이는 소리와 함께 무서운 눈빛의 남자가 입을 열었다.

"여기서 그만한다고 말씀하시면 저희는 그냥 가겠습니다."

그 말에 구승혁은 자신도 모르게 '그만하겠습니다.'라고 말할 뻔했다. 강한 성격을 가지고 있는 구승혁에게도 남자의 존재는 두려웠다.

하지만 구승혁은 힘을 내서 바짝 마르는 입을 열었다.

"누, 누구야?"

남자는 구승혁의 말은 듣지 않았다. 그는 자신이 하고 싶은 말만 계속했다.

"그만하겠다, 라는 그 말이 어렵지는 않습니다. 그냥 말해 주세요. 여기서 그만하겠다."

"웃기는 소리 하지 마. 내가 깡패 새끼들을 무서워할 거 같아?"

남자가 한 걸음 더 구승혁을 향해 발을 내디뎠다. 가까워질수록 가로등 불빛에 남자의 얼굴이 더 또렷이 드러났다. 구승혁은 침을 꿀꺽 삼켰다.

남자가 말했다.

"깡패라뇨? 제가 겨우 그 정도로 보였습니까?"

"……."

남자가 품에서 담배를 꺼내 들어 입에 물었다. 시린 바람이 구승혁을 스칠 때 남자가 다시 입을 열었다.

"제 담배가 타들어 갈 때까지 결정할 시간을 드리지요. 사람을 죽이는 걸 좋아하지 않으니 좋은 결정 해 주셨으면 좋겠습니다."

그 시각, 서울 외곽의 고급 술집이었다. 방음이 잘되었고 각방마다 기밀을 유지하기 좋아 정재계 인사들의 출입이 많은 곳이었다. 그곳으로 검은 승용차 두 대가 나란히 도착을 했다.

한 승용차에서 내린 남자는 김석훈이었다. 그는 아직 열리지 않은 다른 승용차의 문으로 서둘러 달려갔다. 그 문이 열리며 내린 사람은 당연히 조태섭이었다.

김석훈이 조태섭을 향해 90도로 고개를 숙였다.

"오셨습니까?"

그의 행동에 조태섭이 기분 좋은 미소를 걸쳤다.

원래 김석훈은 이런 사람이 아니었다. 조태섭을 대우해 주긴 했지만 굽실거리지는 않았다. 하지만 일련의 사건을 막아 주고 검찰총장에 내정시킨 것은 물론 통과까지 시켜 주니 태도가 변해 버렸다. 욕심이 많은 사람은 언제나 다루기 쉬운 법이었다.

조태섭이 흐뭇한 미소를 지으며 말했다.

"고개 들어요. 차기 총장이 왜 이러시나?"

"다 의원님 덕분입니다."

"하하하하, 내 덕이기는. 다 김석훈 지검장이 잘난 덕이지."

그들은 서로 인사를 나누며 함께 널찍한 방으로 안내되어 들어갔다.

고풍스러운 분위기의 방이었다. 그곳에 두 사람이 앉았다. 그들의 앞

94

에는 색색별로 예쁜 안주들이 놓여 있었다.

조태섭이 김석훈의 잔에 술을 따르며 말했다.

"그거 알고 있나?"

김석훈은 양손으로 공손히 술을 받으며 조태섭을 바라봤다. 그는 지금 조태섭이 무슨 이야기를 하는지 알지 못했다.

"어떤 일 말씀이십니까?"

술병이 조태섭에게서 김석훈에게 건네지고, 이번에는 김석훈이 조태섭의 잔에 술을 따랐다. 조태섭이 잔에 차오르는 술을 보며 다시 입을 열었다.

"아주 유능하고 또 유능한 검사 한 명이 있어. 얼마나 정의감이 넘치는지, 동료 검사들을 감옥으로 보내 버린 검사야."

"……!"

"그 검사가 잘못된 판단을 했어요. 죄가 있으면 무조건 감옥에 가야 한다고 생각을 하고 있나 봐."

김석훈의 눈빛이 변했다.

"무슨 말씀이십니까?"

"구승혁이라고, 모르나? 서부 지검에 있는 초임 검사인데."

김석훈의 눈썹이 꿈틀거렸다.

구승혁이라면 김석훈도 알고 있었다. 서부 지검에서 중앙 지검을 타깃으로 삼아 최강진은 물론 다른 검사들을 보내 버렸던 인물이다.

조태섭이 계속 말했다.

"서부 지검장 윤종기를 만나 봤는데, 어째 돌아가는 판이 마음에 들지 않더라고. 이상했어. 그 전부터 뭔가 찜찜한 마음을 지우지 못하고 있었는데 알아보니까 그게 구승혁이라는 미꾸라지였어."

"……."

"그 미꾸라지가 중앙 지검을 흔들고 국민이 검찰을 신뢰하지 못하게 했던 거야. 검찰은 법을 수호하는 집단이야. 그런데 국민이 그 집단을 믿지 못하면 이 사회가 어떻게 되겠는가? 법이 무너지는 거야. 국가의 근간이 되는 헌법, 국가를 유지하는 형법, 민초를 지키는 민법, 상인을 보호하는 상법. 이 모든 걸 믿지 못하는 순간 대한민국은 끝이에요."

김석훈은 아무 말도 하지 못했다. 지금 그는 조태섭의 입에서 왜 구승혁의 이름이 나왔는지 궁금할 뿐이었다.

조태섭은 평소 자신이 하는 일을 남에게 알리는 것을 좋아하지 않았다. 그런데, 왜 이런 말을 하고 있을까?

생각을 이어 가던 김석훈이 조태섭의 눈을 바라봤다.

조태섭이 구승혁의 이야기를 굳이 꺼내고 있는 이유! 바로 조태섭의 입에서 정답이 나왔다.

"놈이 김석훈 차기 총장을 노리고 있었어."

"……."

"자네가 처갓집 도와준다고 무슨 일 했던 모양인데, 놈이 그걸 파헤치고 있더라고."

조태섭은 묘하게 웃으며 김석훈을 향해 술잔을 들어 올렸다. 김석훈이 양손으로 공손히 잔을 들어 조태섭의 잔에 대었다. 조태섭이 잔을 입으로 가져갔다. 술을 한 모금 마신 그가 계속해서 말을 이었다.

"자네가 총장 자리를 떠나면, 그 자리 윤종기 지검장에게 넘겨주기로 했어."

"네?"

"윤종기 지검장이 이번에 도와준 게 많아. 구승혁에 관한 일도 윤종기 지검장이 다 알려 준 일이야."

"……."

"그래서, 대검 차장검사는 윤종기 지검장으로 올릴 거야."

김석훈의 얼굴이 굳어졌다. 조태섭이 검찰의 인사에 관여하겠다는 뜻으로 들렸기 때문이다.

그 표정을 본 조태섭이 빙긋이 웃으며 고개를 저었다.

"나머지 인사에 관해서는 어떤 간섭도 하지 않겠네. 윤종기 지검장이나 차장으로 올리고 나머지는 조직 구성이 완성되면 명단이나 보내 줘."

"네, 알겠습니다."

김석훈이 고개를 숙여 대답했다.

하지만 고개를 숙인 그의 입은 씰룩였다. 대검 차장검사가 가진 힘은 그렇게 많지 않았다. 하지만 그 중요성은 두말하면 입이 아플 정도였다.

총장의 바로 아래인 대검 차장검사.

그 역할은 총장에게 사고가 있을 시 그 직무를 대리하는 것이었다.

조태섭의 생각이 뻔히 눈에 보였다. 김석훈을 총장 자리에 앉혀 두지만 윤종기를 통해 감시하겠다는 의도였다. 그리고 여차하면 그 자리를 빼앗아 윤종기를 앉히겠다는 협박이었다. 조태섭은 분명 말했다. 김석훈이 총장 자리를 떠나면, 그 자리 윤종기 지검장에게 넘겨주기로 했다고. 그 말에 김석훈이 임기를 채운다는 말은 없었다.

'젠장.'

하지만 김석훈은 조태섭을 거역할 수 없었다.

조태섭은 구승혁이 어떤 이유로 김석훈을 쫓고 있는지 알고 있다. 그것은 숨겼던 비리가 조태섭의 손에 들어갔다는 거다. 즉, 김석훈의 목줄은 조태섭이 쥐고 있는 것이나 마찬가지였다.

조태섭은 웃고 있었고, 고개를 숙이고 있는 김석훈의 낯빛은 참담했다.

같은 시각, JS건설 아파트 부지에는 가로등 불빛이 흔들리고 있었다. 그곳에 둔탁한 소리가 울렸다.

구승혁은 비틀거렸다. 얼굴은 이미 피로 물들어 있었다. 구승혁이 비명에 가까운 소리를 내질렀다.

"누가 보냈냐? 김석훈이냐?"

"누가 보냈냐 하는 것은 중요하지 않습니다. 지금이라도 멈추겠다고 말을 하세요."

무서운 눈빛의 남자는 움직이지도 않고 있었다. 구승혁을 에워싸고 있는 것은 다른 남자들이었다. 구승혁이 피 묻은 입술을 닦으며 말했다.

"멈추기는."

그 말과 동시에 한 사람의 발이 구승혁의 복부를 찍어 들어갔다.

뻐어억!

구승혁의 몸이 출렁거렸다.

두 다리가 후들거리며 결국 구승혁의 무릎은 땅에 닿았다. 구승혁의 눈빛이 고통에 휩싸여 붉게 물들었다. 그 입에서 괴로운 소리가 흘러나왔다.

"끄어어어."

하지만 그들의 폭력은 멈추지 않았다. 발이 강하게 구승혁의 안면을 치고 들어왔다.

콰직!

구승혁의 목이 들렸다. 그 순간을 놓치지 않고 누군가의 주먹이 그의 안면을 가격했다.

잔인한 소리가 들리고 있을 때 무서운 눈빛의 남자는 품에서 담배를 꺼내 들었다. 라이터로 불을 붙여 연기를 내뿜던 그가 한 사람에게 말했다.

"너는 그만하고 가서 검사님 자동차 좀 만져 드려라."

"네."

교통사고로 위장할 계획이었다. 폭력에 당한 상처와 교통사고가 났을 때의 상처는 전혀 달랐지만 그런 것까지 신경 쓸 그들이 아니었다. 어차피 뒷수습은 윗선에서 알아서 처리해 준다.

그사이 구승혁은 땅에 엎어져 있었다.

무서운 눈빛을 가진 남자가 구승혁의 앞으로 걸어왔다. 그리고 그의 머리를 발로 툭툭 차며 말했다.

"이제 마지막 기회입니다. 멈추겠다고 말하세요. 아니면 정말로 죽습니다. 정의니 법이니 그런 게 다 무슨 소용입니까? 일단은 살아야 하지 않겠습니까?"

남자는 구승혁의 머리채를 잡아 들었다.

고개가 들린 구승혁의 얼굴은 끔찍할 정도였다. 코와 입술 그리고 눈, 얼굴의 그 어떤 부위도 알아볼 수 없을 만큼 부어 있었다.

남자가 물었다.

"대답하기가 어려우면 몸만 움직여도 좋습니다. 끄덕이세요, 개처럼."

"……내가 만약 여기서…… 멈춘다고 하고…… 일을 진행하면…… 어쩌려고 그래?"

"상관없습니다. 어차피 꼬리를 감춘 개는 무섭지 않으니까요."

그때였다. 멀리 구승혁의 차가 서 있던 자리, 그곳에서 '쫘지지지직!' 잔인한 소리가 울렸다.

남자의 시선이 그곳으로 틀어졌다. 한 사람이 허공으로 튕겨 오르는 게 보였다. 튕겨 오른 사람은 방금 구승혁의 자동차를 만지러 갔던 자였다.

그리고 그들을 향해 여유롭게 걸어오는 사람.

희우였다.

남자가 구승혁의 머리를 잡고 있던 손을 천천히 놓았다. 구승혁은 힘 없이 땅에 쓰러졌고 남자가 희우에게 물었다.

"누구죠? 누구냐고 물었습니다."

"지나가던 행인."

희우는 건조한 목소리로 대답했다.

스산한 바람이 불어왔다. 그들을 향해 걷는 희우의 다리를 풀잎이 스쳐 왔다. 그리고 아주 잠깐의 시간에, 희우는 그들의 앞에 섰다.

희우의 얼굴에 긴장한 표정은 전혀 보이지 않았다. 그는 여유롭게 주변을 살펴봤다.

쓰러져 있는 구승혁. 그리고 네 명의 남자.

희우의 시선이 방금 전까지 구승혁의 머리를 쥐고 있던 남자에게 향했다. 무서운 눈빛을 가지고 있는 남자. 그는 바로 이전의 삶에서 희우의 목숨을 빼앗았던 검은 양복이었다.

검은 양복이 말했다.

"못 본 척하고 갔으면 좋았을걸."

희우가 고개를 저었다.

"어쩌지? 용감한 시민이라 모른 척할 수가 없었네."

희우는 자신이 검사라는 사실을 말하지 않았다.

검은 양복에게 검사라고 밝혀 봤자 겁을 먹을 인물도 아니었고, 놈에게 신분을 밝히는 건 미련한 짓이었다. 지금은 끝까지 신분을 숨기는 게 앞으로의 행보에 유리할 것이라고 판단했다.

희우가 손목을 들어 시계를 확인하며 말을 이었다.

"그런데 말해 줄 게 있어. 내가 경찰을 불렀거든. 요즘 경찰 출동해서 현장에 도착하는 데 보통 5분쯤 걸리나? 그 정도 시간이라면 내가 그때까지는 너희를 잡아 두고 싶은데."

경찰을 불렀다는 말에 검은 양복의 눈썹이 꿈틀거렸다. 그리고 그가 조용히 말했다.

"용감한 시민이네요. 신고를 했다는 말을 하지 않았으면 좋았을걸. 그럼 그냥 갈 수 있는 기회를 줬을 겁니다. 하지만 이제 그런 기회는 없습니다."

검은 양복이 눈짓을 하자 그 옆에 있던 세 명의 남자가 희우에게 달려들었다.

희우는 망설이지 않았다. 가장 먼저 다가온 놈의 목을 향해 왼팔을 쭉 뻗었다.

꽈직!

남자는 '컥!' 소리를 내며 고통스러워했다.

하지만 아직 남은 놈들이 많다. 놈들은 계속해서 희우에게 달려들었다. 희우는 놈들의 공격을 피했고 놈들의 얼굴에 주먹을 꽂았다.

쩌억!

코뼈 뭉개지는 소리가 공터를 울렸다. 희우는 쉬지 않고 움직였다.

꽈직! 꽈직! 꽈직!

그런데, 그때였다.

"잡았다!"

한 놈이 희우의 허리를 잡고 땅으로 굴렀다. 남자의 입에서 슬쩍 비릿한 미소가 흘렀다. 하지만 그 미소는 오래가지 못했다.

희우는 이종격투기 선수로 활동했던 기억이 있다. 그라운드도 약하지 않았다. 희우는 땅을 구르며 상대의 팔을 잡고 가차 없이 꺾어 버렸다.

까드드득!

뼈가 뒤틀리는 소리와 함께.

"끄아아아아아악!"

비명 소리가 공터를 울렸다.

희우는 재빨리 몸을 일으켰고 남은 놈들을 빠르게 제압했다. 둔탁한 소리와 함께 놈들의 비명이 이어졌다.

그리고 그들의 비명이 사라지자 공터에는 다시 바람에 흔들리는 풀 소리만 들렸다. 그곳은 다시 적막해졌다.

희우가 몸에 묻은 흙먼지를 털며 물었다.

"더 할 거냐?"

검은 양복의 표정은 변함이 없었다. 그는 방금 희우의 움직임을 보고도 놀란 표정 하나 짓지 않았다. 그가 물었다.

"운동을 했나요?"

"옛날에."

"대단하군요. 하지만 저도 일을 해야 해서 그냥 갈 수는 없습니다."

그와 대화를 하며 희우는 생각을 하고 있었다.

지금의 희우와 이전의 삶에서의 희우. 누가 더 강할까?

그건 알 수 없었다.

분명한 것은 이전의 삶에서 검은 양복에게 패배했었다는 거다. 그것도 비참하게 죽었다. 놈을 앞에 두고 긴장이 되는 것은 당연했다. 하지만 피할 수 없다면 싸워야 했다.

검은 양복이 천천히 희우에게로 다가왔다. 그 한 걸음, 한 걸음에 묵직함이 담겨 있었다. 희우의 몸에서 찌릿찌릿한 긴장감이 올랐다.

희우는 그 짧은 순간에 놈과 싸웠던 일을 복기했다.

그때도 검은 양복은 대여섯 명의 남자들을 끌고 왔다. 그들을 눕히는 시간은 얼마 걸리지 않았다. 하지만 문제는 그다음이었다. 놈에게 완벽히 밀렸었다. 힘도 기술도 희우는 놈의 상대가 될 수 없었다. 다리의 난간에 기대 놈의 팔을 부러뜨렸지만 거기까지였다. 놈은 팔이 부러지는 고통도 참으며 희우의 얼굴에 주먹을 꽂았었다.

그 생각을 이어 가고 있을 때였다.

부아아아악!

공기를 가르는 거친 소리가 들렸다. 검은 양복의 주먹이 움직이는 소리였다.

콰직!

그리고 그것은 희우의 안면에 들어와 박혔다.

휘청거리는 희우의 몸.

보이지도 않았다.

하지만 희우의 손은 검은 양복의 허리춤에 가 있었다. 희우는 상대의 다리를 걸어 균형을 무너뜨리기 위해 중심을 이동했다.

검은 양복도 가만히 있지 않았다. 바로 희우의 복부에 그리고 이어서 안면에 연속으로 주먹을 집어넣었다. 하지만 희우는 충격을 버티며 상대의 다리를 휘감았다.

콰아아아!

두 사람이 땅으로 쓰러졌다.

성공이었다.

희우가 옛 기억을 떠올렸을 때 놈은 관절기에 전혀 대처하지 못했다. 어쩌면 그라운드 쪽의 기술이 전무할지도 모른다는 추측을 할 수 있었고, 그것은 사실이었다. 희우는 너무도 쉽게 상대의 위로 올라탔다.

그라운드의 경험이 없는 사람이 올라탄 희우를 견딜 수는 없었다. 곧바로 희우의 주먹이 검은 양복의 얼굴에 박혀 들어갔다.

꽈직!

그리고 그다음은 팔꿈치였다.

꽈지지직!

희우는 주먹과 팔꿈치로 연속해서 검은 양복의 얼굴을 가격했다. 하지만 검은 양복은 어떤 충격도 받지 않은 듯 멀쩡한 표정이었다.

희우는 당황하지 않았다. 놈이 고통에 강하다는 사실은 익히 알고 있었다. 그리고 한 번으로 안 되면 두 번 세 번 집어넣으면 되는 일이었다.

다시 희우의 주먹이 꽉 쥐였다.

순간.

쩌어억!

거센 소리!

피피핏!

튀기는 핏방울.

휘청인 건 희우였다. 희우의 이마에서 주르르륵 피가 흘러내렸다.

이것은 시합이 아니었다. 싸움이었다. 검은 양복이 손에 쥐고 있는 건 주먹만 한 돌이었다. 야간이라 어두운 상태였고 바닥으로 쓰러져 움직이며 풀 때문에 그리고 희우의 몸 때문에 가로등의 빛이 가려졌다. 희우의 시야에 검은 양복의 손은 보이지 않았다. 놈은 그것을 놓치지 않았고 돌을 들어 희우의 얼굴을 찍어 버렸던 거다.

검은 양복이 희우를 밀치고 다시 자리에서 일어났다. 고개를 까딱거리며 희우를 바라봤다.

"솔직히 놀랐습니다. 내가 이렇게 당황한 건 처음이니까요."

희우는 이마에서 흘러내리는 피를 닦으며 검은 양복을 노려봤다.

"당황하면 사람을 돌로 찍고 그러나?"

"이기면 됩니다."

희우는 고개를 끄덕이며 말했다.

"맞는 소리야."

희우는 다시 검은 양복을 향해 달려들었다. 놈의 벨트에 손을 가져갔다.

콱!

벨트를 잡고 상대의 다리 사이로 발을 집어넣었다.

순간, 검은 양복이 말했다.

"두 번은 통하지 않습니다."

"헛소리!"

희우가 체중을 이동하며 힘을 주는 순간 검은 양복의 손이 희우의 눈을 향해 찔러 들어왔다. 찰나의 시간에 희우는 고개를 숙여 겨우 피해 냈다. 섬뜩한 기운이 등줄기에서 솟았다.

하나, 그게 끝이 아니었다. 다시 눈을 노리고 들어오는 검은 양복의 손!

희우가 고개를 틀어 피했지만 그의 손가락은 돌에 찍혀 찢어진 희우의 이마를 후비고 지나갔다.

"끄으으읍!"

핏! 핏! 핏!

굵은 핏방울이 투투툭 허공으로 치솟았다.

희우가 눈을 찌푸리고 있을 때 검은 양복이 주먹을 꽉 쥐었다. 그리고 그 주먹이 희우를 향해 날아왔다. 희우는 두 손으로 상대의 벨트를 잡고 체중을 이동하고 있었기에 그 짧은 순간에 방어를 할 수는 없었다.

콰앙!

희우의 머리가 흔들렸다.

검은 양복이 말했다.

"싸움은 시합과 다릅니다. 지금처럼 눈을 노리거나 상처에 손가락을 집어넣을 수도 있고, 박치기도 할 수 있어요."

그 말이 끝나자마자 놈의 이마가 희우의 얼굴에 박혔다.

꽈지지직!

얼굴에서 느껴지는 극심한 통증.

결국 희우는 상대를 잡고 있던 벨트를 놓고 주춤주춤 뒤로 물러났다.

후두두두두둑!

코뼈가 어긋났는지 걸쭉한 피가 떨어져 내렸다.

검은 양복이 희우를 보며 말을 이었다.

"그리고 칼을 사용할 수도 있지요."

"……!"

놈의 품에서 나온 건 가로등 불빛에 번쩍이는 서슬 퍼런 칼이었다.

"평소에는 칼을 사용하는 걸 좋아하지 않아요. 사고를 처리하는데 칼자국이 있으면 골치 아프거든요. 하지만 당신의 개입으로 어쩔 수 없게 되었습니다."

"하……."

칼을 들고 있는 상대를 보며 희우의 입에서 한숨이 흘렀다. 그리고 희우는 빠른 시간에 자신의 몸 상태를 확인했다. 이마에서 피가 흐르고 있기에 시야가 좁아졌다. 그리고 코뼈가 부러졌는지 호흡을 하기도 어려웠다. 하지만 다행히도 팔과 다리 등 싸움을 하는 데 반드시 필요한 부분에는 이상이 없었다. 야간에 칼을 상대하며 얼마나 버틸지는 자신이 없었다. 하지만 그래도 상대의 발을 묶어 놓을 수는 있다고 생각했다. 경찰이 올 때까지만 버티면 되는 거다.

희우가 주변을 살폈다. 그리고 자신의 이마를 찍었던 돌을 주워 들었다.

"네가 칼 들고 있으니까 나도 돌 들어도 되지?"

여유를 부리는 희우의 모습이 마음에 들지 않았나 보다. 지금까지 평정심을 유지하던 검은 양복의 눈썹이 찌푸려졌다.

"끝까지 허세 부리기는."

놈의 손이 쑤우우욱! 앞으로 튀어나왔다.

그것은 순간적으로 희우의 배를 노리고 들어왔다. 일촉즉발의 순간, 희우는 가까스로 피할 수 있었다.

희우는 일단 거리를 벌리기 위해 빠르게 뒤로 물러났다. 희우의 입에서 긴장된 숨이 쉬어졌다. 검은 양복은 분명 희우보다 강했다. 거기에 칼까지 들고 있는 상태였다. 희우의 등에서 식은땀이 주르륵 흘러내렸다. 상대를 이길 수 있는 방법을 찾아야 했다. 적어도 경찰이 올 때까지는 버텨야 했다. 그런데, 생각하던 희우의 눈이 찌푸려졌다.

경찰이 올까? 놈들이 이렇게까지 일을 벌이고 있는데 경찰이 출동을 할까?

검은 양복은 신고를 했다는 말에만 반응을 했지 경찰이 온다는 것에 대한 두려움은 보이지 않았다. 믿고 있는 게 있다는 뜻이었다.

희우의 입이 까득 다물렸다.

모든 일의 근원은 조태섭이었다.

'젠장.'

싸움 중에 쓸데없는 생각은 금물이었다.

이기면 된다. 이기고 나서 생각하면 되는 일이었다.

희우가 손에 쥐고 있던 돌을 놈에게 집어 던졌다.

"쓸데없는 짓!"

검은 양복은 한 발 뒤로 빼며 몸을 기울여 돌을 피했다.

하지만 희우가 노린 건 그게 아니었다.

한달음에 그의 지근거리까지 날듯이 뛰어간 희우, 그 주먹이 상대의 얼굴을 향했다.

퍼억!

주먹이 정확히 들어갔다.

하지만!

희번덕거리며 커진 눈의 흰자가 보이며 검은 양복의 손이 희우의 팔을 잡았다.

"알고 있었다, 쥐새끼!"

희우가 돌을 던진 의도를 알고 있던 검은 양복이었다.

"……!"

촤아아악!

놈의 칼이 희우의 몸으로 날아왔다.

터억!

하지만 그 칼은 더 이상 다가오지 못했다.

희우가 칼을 쥔 놈의 손목을 잡았기 때문이다.

희우가 말했다.

"미안, 나도 알고 있었어."

희우는 빠르게 상대의 손목을 비틀었다.

두두두둑!

뼈가 돌아가는 소리와 함께 땅으로 떨어진 서슬 퍼런 칼. 그리고 검은 양복의 입에서 침음성이 들렸다.

"*끄으으으으윽!*"

희우는 멈추지 않았다.

이전의 삶에서 놈의 팔을 꺾고도 죽었던 기억이 선명하게 남아 있었다. 꽉 쥐인 희우의 주먹이 놈의 코를 찍어 들어갔다.

꽈직! 꽈직! 꽈직!

오른손과 왼손이 번갈아 얼굴을 강타했다.

하지만!

얼굴에서는 선혈이 떨어지고 있었음에도 불구하고 상대는 꿈쩍도 하지 않았다. 오히려 그 상황에서도 희우를 노리고 날아드는 상대의 발!

퍼어억!

복부를 가격당한 희우가 뒤로 물러났다.

희우의 얼굴에 쓰린 미소가 떠올랐다.

강했다. 10년 가까이 상상으로 싸워 왔던 상대지만 직접 마주한 그는 더 강했다.

희우는 머리에 흐르는 피를 슥 닦으며 자세를 낮췄다. 주먹과 발로 상대를 이길 수 없는 건 확실했다. 이제는 상대를 눕히고 뼈를 꺾어 버리는 수밖에 없었다. 팔목으로 안 되면 팔꿈치, 발까지, 부러뜨릴 수 있는 곳은 모두 부러뜨려야 한다고 생각했다.

검은 양복은 얼굴에서 흐르는 피를 닦지 않고 희우를 노려보며 천천히 걸어왔다. 그가 입을 열었다.

"봐주는 건 없다, 쥐새끼야. 넌 이제 정말 죽어."

"설마."

희우는 여유를 잃지 않기 위해 노력했다. 그리고 다가오는 상대와의 거리를 계산했다. 상대가 반응할 수 없는 거리에서 승부를 걸어야 했다. 앞으로 두 발자국만 더 걸어오면 희우의 거리였다. 그 찰나를 놓치지 않고 튀어 나가기 위해 온 신경을 집중했다. 하지만.

"잡았습니다!"

희우는 잡혔다. 어느새 일어난 검은 양복의 부하가 희우의 몸을 잡은 거다. 희우는 빠져나가려 했지만 늦었다.

콰앙!

희우의 복부에 검은 양복의 주먹이 들어왔다.

"쿨럭!"

희우의 입에서 기침이 토해졌다. 갈비뼈가 나간 것 같았다.

검은 양복은 후들거리는 희우의 다리를 보며 웃고 있었다. 흐르는 피를 닦지 않아 얼굴이 피범벅인 검은 양복은 흡사 악귀 같았다.

놈이 말했다.

"말했잖아, 넌 이제 정말 죽어."

희우가 억지로 웃어 보였다.

"설마."

그때, 멀리서 경찰차의 사이렌 소리가 들려왔다. 그것은 빠른 속도로 가까워져 오고 있었다.

검은 양복의 눈썹이 꿈틀거렸다. 그가 알고 있기로 경찰은 절대 올 수 없었다. 조태섭이 이 지역의 경찰들이 이곳으로 출동을 할 수 없게 만들어 놓았을 것이다. 뭔가 일이 잘못된 걸 느꼈다.

희우가 검은 양복의 얼굴을 보며 말했다.

"감옥 가겠네?"

검은 양복은 희우의 말을 듣지 않고 주변을 둘러봤다.

쓰러져 있는 구승혁, 그를 처리할 시간은 부족했다. 그리고 여전히 이죽거리고 있는 희우. 하지만 그는 희우를 일반 시민이라고만 생각하고 있었다.

주변을 살피던 그의 눈에 땅에 쓰러져 일어나지 못하고 있는 자신의 부하들이 들어왔다. 경찰차가 왜 오는지는 의문이었지만 계속해서 생각을 이어 나갈 시간은 점차 부족해졌다. 그가 희우를 노려봤다.

"앞으로 보지 않도록 하지."

그 말을 끝으로 그의 주먹이 희우의 얼굴을 가격했다.

콰앙!

희우는 몸이 잡혀 있는 상태였다. 그리고 복부에 충격이 가해진 상태였다. 놈의 공격을 피할 수 없었다.

희우의 몸에서 힘이 빠지는 걸 느낀 검은 양복의 부하가 손을 놓았다. 그러자 희우의 몸이 스르르륵 땅으로 쓰러졌다.

검은 양복이 쓰러진 희우를 노려봤다. 애초에 신고를 했다는 말에 협박만 할 생각이었다. 경찰이 오지 않을 것이라 알고 있었지만 신고를 하고 혈혈단신 나타난 사람은 골치 아플 수도 있었다. 나중에 사건 현장에 왜 경찰이 오지 않았느냐고 들고일어나는 사람은 입막음이 쉽지 않았기 때문이다. 그는 지금 희우도 그런 부류 중 하나라고 생각했다.

잠시 희우를 바라보던 검은 양복이 자신의 부하에게 말했다.

"그만 가자."

"네."

하지만 쓰러져 있던 희우의 손이 검은 양복의 발목을 잡았다.

"어딜 가려고 해?"

검은 양복의 입가에 쓴 미소가 걸렸다.

"가만히 있었으면 덜 고통스러웠을 것을."

그의 발이 천천히 들리며 '콰직!' 희우의 머리를 찍어 내렸다.

그렇게 검은 양복은 떠났다.

그리고 잠시 후, 차량 한 대가 나타나 구승혁의 차 옆으로 나란히 세워졌다. 경찰차가 아니었다. 일반 차량의 지붕에 경보기만 달려 있을 뿐이었다.

차량의 문을 열고 세 사람이 밖으로 나왔다. 그들은 모두 일반 사복을 입고 있었다. 조수석에서 내린 남자가 말했다.

"봐요, 없잖아요. 아파트 부지에서 무슨 살인 사건이에요? 살인을 해서 여기까지 끌고 와서 묻어 버리는 건 말이 되지만 여기에서 싸우는 건 말이 안 된다니까요."

남자는 무척 불만이 많아 보였다. 그의 말을 들으며 뒷좌석에서 내린 사람이 입을 열었다.

"그래도 신고가 들어왔으니까 와 봐야죠. 저는 저쪽을 확인할 테니까 두 분은 공터로 들어가서 한번 살펴봐 주시겠어요? 여기에 다른 차량도 있고, 의심스러운 점은 충분히 있습니다."

"네~네~."

두 사람은 대충 대답을 하고 손에 든 플래시를 켰다. 그리고 공터로 들어왔다. 차가운 바람이 그들을 스쳐 지나갔다.

운전을 하고 온 남자가 말했다.

"장난 전화 아냐? 아무도 없잖아?"

"없네? 아, 오늘 다른 사람들은 다 다른 곳으로 출동해서 꿀 빨고 있을 텐데 우리만 이게 뭐야? 그리고 오늘 지원 요청 있을 수도 있으니까 웬만하면 출동하지 말라고 명령 내려왔다며? 나와서 쌩고생하는 게 다 새로 온 저놈 때문이야."

중얼거리던 그의 눈이 홀로 다른 곳을 확인하고 있는 남자를 노려봤다. 그리고 다시 말을 이었다.

"막 경위 달고 온 놈한테 폭력계 반장을 시키는 경우가 어디 있냐? 이게 다 위에서 현장을 모르고 일을 해서 그래. 한 번이라도 현장이 얼마나 힘든지 확인을 했으면 이런 쓸데없는 인사 명령은 안 내리지."

그들의 플래시가 어지럽게 흔들리고 있는 풀숲을 스쳤다.

"없다. 가자."

한 남자가 말을 할 때 멀리서 어떤 소리가 들렸다.

"잠깐."

그들은 소리가 나는 곳으로 귀를 기울였다.

"여기 좀 도와줘요."

두 사람은 사람의 목소리가 들리는 곳으로 조심스럽게 발걸음을 옮겼다.

"……!"

그곳에는 피투성이가 되어 앉아 있는 희우와 아직 정신을 잃은 구승혁이 있었다.

그들을 보고서는 희우가 자리에서 일어났다. 아직 다리가 후들거리기는 하지만 못 일어설 정도는 아니었다. 하지만 구승혁을 옮길 정도의 여력은 없어서 그들에게 도움을 요청한 것이다.

희우의 앞에 선 남자가 물었다.

"무슨 일이세요?"

"글쎄요."

희우가 뭐라고 대답을 해야 할지 몰라 한숨만 내쉬고 있을 때 그제야 정신을 차린 구승혁이 입을 열었다.

"폭력배를 만났습니다."

"네?"

"아주 거대한 폭력배니까 더 이상은 묻지 마세요."

구승혁의 말에 남자가 인상을 구기며 말했다.

"아, 선생님께서 지금 어떤 기분인지는 알겠는데요, 일단 서에 가서, 아니지, 병원부터 가셔야 하나? 일단은 얘기를 들어 봐야 하거든요."

구승혁은 남자의 말을 듣는 둥 마는 둥 슬쩍 희우를 바라보며 물었다.

"왜 왔나?"

"여기 들어설 아파트가 괜찮다고 해서."

구승혁은 주머니를 뒤져 담배를 꺼냈다. 그리고 틱, 틱, 라이터에 힘을 줘서 불을 붙이며 입을 열었다.

"미친놈."

두 사람의 대화를 듣던 남자가 어이없다는 표정으로 말했다.

"도대체 뭐 하시는 겁니까? 일단 도로로 나갑시다."

구승혁은 남자의 부축을 받아 공터를 벗어나 길가로 나갔다.

길가로 나온 후에 희우와 구승혁은 그대로 인도에 주저앉았다.

그 모습을 잠시 바라보던 남자가 그들에게 물었다.

"구급차 부를 테니까 잠깐만 상황 설명 좀 부탁드립니다."

그때, 구승혁이 품을 뒤적거렸다. 그리고 지갑을 꺼내 남자에게 건넸다.

지갑을 열어 신분증을 확인한 남자. 그가 의아한 표정으로 희우와 구승혁을 번갈아 바라보다가 중얼거렸다.

"검사예요?"

구승혁이 말했다.

"구급차 부를 필요 없고요, 우리도 일하는 중이니까 피차 조사하지 맙시다."

"네? 네, 그러죠."

"저희 잠깐 이야기 좀 할 수 있게 자리 좀 피해 주시겠어요?"

"네? 네."

남자는 아직 얼떨떨한 기분이었다. 살인 사건이라는 신고를 받고 출동을 했더니 아파트 부지에 검사가 피투성이로 쓰러져 있었다. 뭔가 이해하기 어려운 상황이었다.

그들은 자리를 비켜 자신들의 차량 앞으로 걸어갔다.

구승혁은 떨어져 있는 그들을 잠시 바라보다가 희우에게 입을 열었다.

"김석훈을 잡으려고 해."

희우는 고개를 끄덕였다. 이미 예상하던 일이었다.

구승혁이 계속 말했다.

"JS건설이 이 땅을 분양받을 때 공무원과 결탁한 비리가 있어. 그 연결다리를 만들어 준 게 김석훈이고, 그 비리가 새어 나오지 못하게 누른 것도 김석훈이야."

"......!"

"그런데 결정적인 증거가 부족해. 그것만 있으면 충분히 끌어내릴 수 있는데."

구승혁의 설명을 듣고 있던 희우의 눈이 떨려 왔다.

구승혁의 말이 사실이라면, 정말로 김석훈을 잡을 수 있다.

그때.

"김희우?"

희우는 자신의 이름이 들려오는 방향으로 고개를 돌렸다.

"어?"

희우가 그를 손가락으로 가리켰다.

두 남자와 달리 다른 곳을 조사하러 갔다 온 남자였다. 그리고 그 남자는 희우가 알고 있는 사람이었다.

이름은 유재호. 고등학교 때 경찰의 꿈을 가지고 있던 친구였다.

CHAPTER 37

재호가 희우의 앞으로 걸어왔다. 그의 목소리는 점점 더 격양되어 갔다.

"김희우 맞지?"

그를 보며 희우도 웃었다. 피가 흐르고 고통스러운 얼굴이었지만 웃을 수밖에 없었다. 반가웠다. 몇 년 만에 만나는 친구인지 모른다.

희우가 재호의 앞으로 다가갔다.

재호는 키가 작고 왜소했는데 대학 때 컸는지 훌쩍 자라 희우와 비슷하게 느껴졌다. 하지만 가로등에 비치는 얼굴은 고등학교 때 그대로였다.

두 사람은 반가움에 부둥켜안았다. 잠시 옛 추억을 떠올린 두 사람이었다.

안고 있던 팔을 풀며 희우가 말했다.

"말쑥해 보인다?"

재호가 피식 웃으며 말했다.

"넌 아파 보인다?"

피 흘리는 얼굴을 보며 한 말이었다.

재호가 희우를 보며 말을 이었다.

"그런데 무슨 일이야? 살인 사건이라고 신고가 들어왔는데, 그거 네가 한 거야?"

희우가 고개를 끄덕였다. 그리고 슬쩍 구승혁을 바라본 후 입을 열었다.

"우리가 기밀로 하고 있는 일이 있는데 조금 위험한 상황이었거든. 바쁠 텐데 허위 신고해서 미안하다."

재호가 괜찮다는 듯 고개를 저었다.

희우가 말을 이었다.

"혹시 상부에서 지금 일에 대해 물어보면 내가 여기 있었다는 말은 하지 말아 줄래?"

희우가 한 말은 이 신고한 사실을 전혀 없었던 일로 해 달라는 게 아니라 이 자리에 구승혁만 있었던 것으로 해 달라는 것이었다. 혹시라도 조태섭이 이 사건에 대해 조사를 할 경우 구승혁에 대한 기록은 남아 있어야 의심을 받지 않을 수 있었다.

희우의 말을 이해한 재호가 고개를 끄덕였다.

"좋아. 네가 하는 일이면 나쁜 일은 아니라고 믿어."

오랜만에 만났지만 재호는 희우에 대한 믿음을 가지고 있었다. 고등학교 시절 희우와 함께했던 기억이 강하게 남아 있기 때문이었다.

재호는 같이 왔던 남자들, 즉 형사들에게 다가가 입을 열었다.

"오늘 신고에 대한 기록은 제가 작성할게요. 저기 있는 검사들도 따로 하고 있는 일이 있는 것 같고, 괜히 파고들어서 사건 물어 봤자 피곤하기만 하잖아요."

형사들은 흔쾌히 고개를 끄덕였다.

"혼자 처리하신다는 거죠?"

"네, 제가 할게요."

"그럼 좋죠, 하하하."

재호가 말을 이었다.

"그럼 먼저 들어가세요. 저는 저분들하고 있다가 나중에 들어가겠습니다."

"네, 알겠습니다."

그들이 떠나고 재호가 다시 희우와 구승혁의 앞으로 걸어왔다.

"병원 가야지? 나하고 함께 가면 병원에서 따로 신고를 하지 않을 거니까 걱정하지 말고."

희우는 재호를 따라 병원으로 향했다.

병원에서 검사 결과 다행히 희우는 갈비뼈만 골절되었고 구승혁 역시 큰 이상은 보이지 않았다. 재호는 희우가 검사를 마칠 때까지 기다려 주었다. 희우는 검사를 받고 나오며 손목을 들어 시간을 확인했다. 그리고 재호에게 입을 열었다.

"시간이 늦은 것도 알고 내 몸이 성하지 않은 것도 알고 너 바쁜 것도 아는데, 술 한잔할 수 있겠어?"

재호가 피식 웃었다. 기다리고 있던 말이었다.

"좋아."

재호의 말을 들은 희우가 구승혁을 바라봤다.

"한잔할래? 술 마시고 자면 내일 더 아프겠지만 술 안 마시고는 분해서 못 잘 거 같은데."

구승혁이 한숨을 내쉬었다. 그 역시 오늘만큼은 술을 한잔하고 싶은 밤이었다.

"그래, 분해서 잠을 못 자겠다."

세 사람은 평택 시청 출장소 앞에 있는 작은 선술집으로 향했다.

재호가 말했다.

"여기가 껍데기가 맛있어."

돼지껍데기가 지글지글 익는 소리가 들리며 희우의 잔에 소주가 따라졌다. 희우가 잔을 받으며 말했다.

"소개가 늦었지? 이쪽은 내 고등학교 때 친구 유재호고 이쪽은 연수원 동기 구승혁이야."

"안녕하세요?"

그들은 서로 어색한 인사를 나눴다.

어색한 시간에는 술이 약이었다. 서로 잔을 부딪쳐 입으로 넘기는 반복적인 행위들. 취기가 올랐을 때 재호가 다시 입을 열었다.

"장일현이었나? 그 검사 잡았다는 브리핑 네가 했잖아? 텔레비전에 아는 얼굴 나와서 깜짝 놀랐어."

희우가 웃으면서 답했다.

"하하하, 잘생겼지?"

"아니."

농담까지 하는 희우의 모습에, 구승혁이 의아하게 바라봤다.

"김희우, 너 농담하고 그런 거 안 어울려."

"하하하하, 그래?"

세 사람이 마시는 잔은 정다웠다. 방금 전까지 희우와 구승혁이 싸움의 현장에 있었다는 사실이 기억이 나지 않을 정도였다.

술을 한껏 마신 후 희우가 구승혁과 함께 근처 여관방에 들어갔을 때는 이미 해가 뜨고 있을 시간이었다. 침대에 앉아 양말을 벗으며 희우가 말했다.

"이제 일 얘기 해야지?"

희우의 얼굴에 방금 전까지 웃고 떠들던 모습은 더 이상 보이지 않았다. 구승혁이 고개를 끄덕였다.

"해야지."

구승혁은 침대 옆, 화장대 의자에 앉아 말을 이었다.

"김석훈 지검장의 아들 김석영이라고 있어. 지금 JS무역 대표. 알지?"

희우는 고개를 끄덕였다.

김석영은 최근 언론에 얼굴이 실리며 곤욕을 치른 인물이다. 희우가 그 일을 계획했었기 때문에 김석영의 이름을 모를 리 없었다.

그런데, 이상한 점이 있었다. 김석영은 JS무역의 대표 자리에 앉아 있는 인물이다. 건설사와는 어떤 관계도 없었다.

하지만 이어진 구승혁의 말.

"그런데 JS무역에서 건설 지분을 상당수 가지고 있어. 아마도 따져 보면 건설은 무역의 자회사나 다름없을 거야. 물론 공식적인 건 아니야. 그런데 파악된 걸로만 보면 지들끼리 뒤로 빼돌리고 난리를 쳐 놨더라."

"……!"

김석영이 JS건설까지 가지고 있었다는 건 희우도 모르고 있던 일이었다. 하지만 확실한 사항이 아니니 일단 확정된 사실로 집어넣지는 않았다.

희우가 고개를 끄덕이자 구승혁이 계속 말했다.

"김석훈 지검장은, 건설 회사가 지 아들놈 장난감이니까 도와주고 싶었나 봐. 주변 땅 평 단가가 당시에 300만 원이었는데 100만 원에 분양받았어. 200만 원이나 싸게."

구승혁의 말에 점차 힘이 들어갔다. 그의 말이 이어졌다.

"그런데 그 가격을 적어 냈는데 낙찰받은 게 이상하지 않아? 다른 건설사에서 아무도 손을 대지 않은 거야."

희우가 고개를 끄덕였다. 여러 일이 복잡하게 일어나고 있다는 생각이 들었다. 구승혁이 계속 말했다.

"그리고 아파트 부지 앞에 있는 공터 역시 JS건설이 가져갈 거라고 소문이 돌아. 아직 아무 일도 일어나지 않았는데 거의 확정된 분위기야. 감정가가 싸게 들어간 것과 주변 땅의 매입. 고위 공무원의 결탁이 없으면 어려운 일이지? 그런데 JS건설이 그렇게 대단한 회사가 아니잖아?"

JS그룹 내에서 JS건설은 혹 같은 존재였다. 대기업의 계열사라고 하지만 변변한 아파트 하나 제대로 건설해 보지 못한, 구색만 갖춘 건설 회사였다. 즉, 고위 공직자를 움직일 수 있을 만큼의 파워는 없었다.

구승혁이 계속 말했다.

"내가 예상하는 건 김석훈이 움직였다는 거야. 김석훈이 움직이지 않고는 고위 공무원들이 이렇게까지 움직일 수는 없으니까. 그런데 흔적이 없잖아. 분명 누굴 시켰다는 건데."

구승혁이 슬쩍 희우를 바라봤다. 희우가 입을 열었다.

"둘 중 한 명이겠지?"

구승혁이 고개를 끄덕이며 말했다.

"응, 최강진 아니면 장일현."

"두 사람은 내가 만나 볼게."

"네가 집어넣었는데 장일현이 너한테 입을 열까?"

희우는 빙긋 웃기만 했다.

구승혁이 자리에서 일어나 씻기 위해 화장실로 이동하며 말했다.

"그 조사를 하다가 오늘 공무원 중 한 명의 제보를 받았어. 그런데 함정일 줄은 몰랐네. 그래서 이런 일이 벌어진 거야."

"……."

"JS그룹에서 내 뒤를 잡았나 봐."

구승혁은 마지막 말을 남긴 채 화장실의 문을 닫았다.

희우의 시선은 닫힌 문을 향해 있었다. 희우는 구승혁에게 조태섭과 검은 양복에 대한 말은 하지 않았다. 자세한 상황을 모르는 구승혁은 그들을 JS에서 보낸 사람들이라고 추측하고 있었다.

희우의 눈이 차가워졌다.

이 사건으로 김석훈이나 김석영을 잡아넣을 수 있을까? 어려웠다. 김석훈의 뒤에는 조태섭이 있었다. 그리고 조태섭은 지금 김석훈을 검찰총장으로 올리려는 계획을 가지고 있었다. 조태섭이 이 사건을 모르고 있었다면 놈이 예상하지 못한 순간에 터뜨릴 수 있겠지만, 놈은 이미 모든 것을 알고 있다. 당연히 어떤 방식으로든 김석훈을 지키려고 할 게 분명했다.

하지만 해야 한다. 김석훈을 총장에 올릴 수는 없다.

희우의 머릿속에 김석훈을 끌어내리기 위한 계획이 수없이 움직여 나갔다.

두 사람은 늦은 오후가 되어서야 일어났다.

남자와 한 침대에서 자기 싫다고 바닥에서 잤던 구승혁은 허리를 잡고 아파하고 있었다. 가뜩이나 검은 양복 일당에게 맞아 몸이 좋지 않은 상태였다. 희우가 구승혁에게 말했다.

"난 이 얼굴로 지검에 들어가면 의심받을 수 있으니까 너 먼저 올라가."

구승혁은 여전히 고통스러운 표정으로 허리를 부여잡고 희우를 슬쩍 바라봤다.

"너?"

"난 출근 안 해도 뭐라고 안 해."

구승혁의 눈에 처음으로 부러움이 끼었다. 출근을 하지 않아도 된다는 말은 누구에게나 크나큰 부러움이었다.

구승혁이 한숨을 쉬며 자리에서 일어났다. 그가 옷을 입고 있을 때 희우가 말했다.

"여기 있으면서 시청 한번 가 볼게. 너한테 전화했던 사람 신상 적어 놓고 가."

"좋아."

"그리고 지검에 올라가서는 이 일에서 완전히 손 뗀 것처럼 행동해. 잘못하면 정말 위험한 일이 벌어질 수 있어."

구승혁이 고개를 끄덕이며 대답했다.

"그래야겠지. 한동안 숨어서 움직여야지."

"걱정하지 마, 내가 움직일게. 나는 김석훈의 아래에 있으니까 의심받지 않을 거야."

구승혁이 움직이지 않는 모습을 보인다면 조태섭 측에서도 더 이상 접근하지는 않을 것이다. 그들은 겁을 먹고 피한 사람은 철저할 정도로 건

들지 않았다.

"그럼 나 먼저 간다."

구승혁이 서울로 올라갔고 희우는 여관 침대에 누워 천장을 바라보며 다시 계획을 세워 나갔다. 섣부른 움직임은 자칫 큰일을 초래할 수도 있었다.

생각을 이어 가던 희우가 벌떡 일어났다. 희우의 입가에 슬며시 미소가 걸렸다. 방법이 있었다. 하지만 그 전에 해야 할 일이 있었다. 구승혁이 했던 말이 어디까지 진실이고 허위인지 확인해야 했다.

희우가 전화기를 들었다. 전화가 향하는 곳은 상만이었다.

-사장님!

무척이나 걱정하는 목소리였다.

-어떻게 된 거예요?

어제 희우는 평택에 도착하며 상만에게 말했었다. 구승혁을 지켜보고 있던 흥신소, 그들을 다른 곳으로 보내라고. 경찰을 부른 상태였기에 흥신소가 그곳에 있으면 안 된다고 생각해서다. 상만은 희우의 말을 충실히 따랐는데…….

-왜 지금까지 연락이 없으셨어요!

상만은 심각할 정도로 희우를 걱정하고 있었다. 다시 흥신소를 시켜 사건 현장에 가 보라고 했지만, 그들은 그곳에 아무도 없다는 말을 전했을 뿐이었다.

희우가 입을 열었다.

"연락 못 해 줘서 미안. 친구를 좀 만났거든."

-네?

"됐고. 구승혁 나갔으니까 다시 미행 시작하라고 하고. 지금부터 JS건설에 대해서 알아봐."

-네, 알겠습니다.

걱정을 덜어 낸 상만은 여느 때와 마찬가지로 희우의 말에 간단히 대답했다. 희우의 목소리를 들었으니 별일 없었던 걸로 생각하는 것이다.

희우가 계속 말했다.

"그리고 우리 집에 가서 내 옷 좀 가지고 평택에 좀 올래? 모자도 하나 챙겨 오고."

-네? 옷을 가지고 오라고요?

상만은 지금 희우가 무슨 이야기를 하는지 알아들을 수 없었다. 뜬금없이 집에 가서 옷을 가지고 오라니? 희우로서는 지금 피투성이가 된 옷을 입고 돌아다닐 수 없어서 한 말이었지만 어제의 상황을 잘 모르는 상만에게는 이해할 수 없는 말일 뿐이었다. 상만의 멍한 목소리를 들으며 희우가 말했다.

"와서 보면 알아."

희우는 상만과의 전화를 끊고 이번엔 김석훈에게 전화를 걸었다. 출근을 하지 않는 것에 대한 명분을 만들어야 했다.

"김희우입니다."

-어디야?

출근을 왜 하지 않았느냐는 질문은 없었다. 총장이 된다는 것에 들떠 있는 김석훈은 희우가 어딘가에서 뭔가 사건을 만들고 있다고 생각할 뿐이었다. 그의 말에 희우는 아무렇게나 대답했다.

"경기도 시흥입니다."

-시흥?

"네, 죄송합니다. 괜찮은 사건이 있는 것 같아서 보고 없이 이쪽에 오게 됐습니다. 오진영과 재미 교포 박재철은 이민수 검사에게 인계했습니다. 지검장님께서 이민수 검사에게 언론 쪽으로 조금만 서포트해 주신다면 좋은 그림이 나올 것 같습니다."

김석훈의 입에 미소가 걸렸다. 희우가 진행하던 사건까지 다른 검사에게 맡기고 움직일 정도라면 평범한 사건은 아니라고 판단되었기 때문이다.

김석훈이 물었다.

-그래? 그럼 그건 이민수 검사에게 하라고 하고, 괜찮은 사건? 그 동네에 좋은 드라마 있나?

"네."

-소재는?

"확실하지는 않지만, 마약 밀매와 성매매를 하는 외국인 조직이 있다는 이야기를 들었습니다."

김석훈의 입이 귀까지 걸렸다. 검찰총장 청문회 전에 중앙 지검에서 하나만 제대로 터뜨릴 수 있다면 어떤 걱정도 할 필요 없었다.

김석훈이 뿌듯한 목소리로 말했다.

-좋아, 잘 만져 봐.

"네. 계속 보고 드리겠습니다."

삑, 전화가 꺼졌다.

희우는 잠시 핸드폰을 바라보다가 피식 웃었다. 그리고 조용히 중얼거렸다.

"청문회 가는 길에 좋은 선물 하겠습니다."

정상에 올라갔다 그대로 땅으로 처박히는 기분, 희우는 그 느낌을 김석훈에게 선물해 주고 싶었다. 그리고 그건 충분히 가능한 일이라고 생각했다.

잠시 후, 상만이 여관으로 들어왔다. 그리고 그는 희우의 얼굴을 보고 크게 놀랐다. 희우의 얼굴은 피딱지가 앉아 있었고 퉁퉁 부어 있었다.

"사장님 왜 이러세요? 설마, 어제 이렇게 되신 거예요?"

"호들갑 떨지 말고 앉아."

상만은 인상을 찌푸리며 침대에 앉았고 희우는 그의 손에서 쇼핑백을 건네받았다. 모자를 쓰고 거울을 보며 희우가 입을 열었다.

"구승혁은 계속 미행하라고 시켰지?"

"네. 그러니까 걱정 마세요."

"송파 재개발은 어떻게 되고 있어?"

"잘요."

대답을 하는 상만의 말이 짧아졌다.

희우가 거울을 바라보다가 슬쩍 상만을 바라봤다. 상만은 희우가 다친 것이 못내 마음에 들지 않는 모양이었다. 희우가 말했다.

"원래 일하다 보면 다치기도 하고 그러는 거야. 밥이나 먹으러 가자."

그렇게 말을 해 줬어도 상만의 표정은 좋지 않았다.

"위험한 일은 왜 하세요? 그냥 저랑 땅이나 팔러 다니세요."

"너 예전에 칼 맞은 건 기억 안 나? 뭘 하든 위험한 일은 있는 거야."

한마디도 지지 않는 희우를 보며 상만은 입을 쭈우욱 내밀었다.

희우와 상만은 여관에서 빠져나왔다. 그리고 그들은 국밥집으로 향했다. 뜨끈뜨끈한 국밥이 나오고, 희우가 상만에게 다시 물었다.

"송파 재개발은 어때?"

"사장님 말대로 되고 있어요. 부동산이 떨어질 거라는 소문을 누가 내고 있는지 몰라도 소문이 잘 나서, 집을 내놓는 사람들이 많아졌어요."

물론 소문은 상만이 내고 있었다. 상만이 계속 말을 이었다.

"그런데 나오는 족족 사는 사람이 있더라고요. 물론 조사해 보니까 그 사람들은 노숙자들이고요."

희우가 고개를 끄덕였다. 예상한 일이었다. 물론 그 집들은 노숙자의 명의로 되어 있겠지만 실질적인 주인은 박대호였다. 아니, 조태섭이었다.

상만이 계속 입을 열었다.

"그런데 이상한 게 있어요. 세력이 하나가 아닌 것 같아요."

"뭐?"

세력은 박대호만 있는 게 아니었다. 또 다른 세력이 재개발 지역에 붙었다는 거다. 상만이 말을 이었다.

"네. 한쪽은 사장님 말대로 노숙자 명의를 쓰는 쪽이고요, 다른 한쪽은 실제 자기 이름을 쓰고 있어요."

희우의 눈살이 찌푸려졌다. 박대호를 잡으려고 둔 미끼에 다른 사람이 끼어 버린 형국이었다. 희우가 입을 열었다.

"그 사람 조사해 봐."

"이미 해 뒀습니다."

상만은 메고 온 가방에서 서류를 꺼내 희우에게 건넸다.

희우는 밥을 먹다 말고 서류를 꺼내 확인했다. 서류를 보던 희우의 눈이 커졌다. 그리고 자신도 모르게 웃음이 나와 버렸다.

"하하."

서류 속에 있는 인물은 희우가 익히 잘 알고 있는 사람이었다. 바로 우용수였다. 상만은 희우가 어떤 고수에게 부동산을 배웠다는 것만 알지 그 사람이 우용수라는 것까지는 모르고 있었다. 그러니 큰돈을 움직이며 집을 사 들이고 있는 우용수가 어떤 세력이라고만 생각하고 있었을 것이다.

희우는 어이없다는 듯 고개를 저었다.

지금 송파의 재개발 이슈로 뜨거운 곳은 우용수 그리고 희우와 관계가 깊은 자리였다. 몇 년 전, 박대호가 노리고 있을 때 팔았던 그 땅이었기 때문이다. 그때 땅을 팔고 난 후 우용수는 말했었다. 다시는 땅장사에 손을 대지 않겠다고. 그런데, 또 그곳을 건들고 있었다.

식사를 하고 밖으로 나온 뒤, 희우는 상만의 차량에 올랐다.

"가자."

처음 계획은 며칠 평택에 남아 조사를 하는 것이었다. 하지만 재개발 지역에 우용수가 끼어 있다는 사실을 알아 버린 상태에서 이곳에 계속 있을 수는 없었다. 일단은 서울로 올라가 우용수를 만나야 했다.

지금의 계획이 조금 늦춰진다고 해도 상관은 없었다. 어쩌면 잘되었다는 생각도 들었다. 평택에 대한 일은 어디까지나 구승혁이 조사를 했었지 희우는 제대로 알지 못하는 일이었다. 잘 모르는 일에 급히 달려드는 것보다, 빙 돌아가더라도 주변 파악을 하고 움직이는 편이 좋았다.

서울로 향하는 차 안에서 희우는 핸드폰을 들었다. 그리고 김산의 오민국 수사관에게 전화를 걸었다.

"김희우입니다."

-말씀하세요.

희우가 전화를 하면 일을 시킨다는 것을 알고 있는 오민국은 장난스럽게 힘 빠진 목소리를 내며 대답했다.

"그럼 편하게 말씀드릴게요. 평택 시청 출장소 토지보상 팀에 나진호라는 사람이 있습니다. 전화번호는 010-××××-××××를 쓰고 있어요. 이분에 대해서, 신상 파악 좀 부탁드릴게요."

희우가 말한 것은 구승혁에게 전화를 걸어 만나자는 약속을 했던 사람의 인적 사항이었다.

-영장 없이요?

"네."

-물론 지금 제 담당 검사님 몰래요?

"네."

-나중에 제가 서울 가면 정말 좋은 곳에서 밥 사야 할 겁니다.

"하하."

두 사람은 기분 좋게 전화를 끊었다.

희우는 다시 통화 버튼을 눌렀다. 이번에는 중앙 지검의 지성호였다. 전석규와 지성호 역시 김석훈을 조사하고 있는 중이었기에 정보의 공유는 나쁘지 않은 일이었다.

-너 출근 안 했다며?

전화를 받은 지성호가 다짜고짜 말했다.

"네, 그럴 일이 있어서요."

-나도 밖에 있으니까 말 편하게 해도 돼.

전석규와 지성호가 있는 사무실에는 아직도 도청 장치가 있었기에 그곳에서는 말을 편하게 할 수 없었다.

"김석훈 지검장에 관해서 새로 나온 게 있나요?"

-아, 하나 있다. 그런데 전화로 말하기는 좀 그렇고, 만나서 이야기하도록 하자.

희우의 입에 미소가 걸렸다. 지성호 역시 어떤 한 가지를 잡았다는 것. 그것은 희우에게 있어서는 호재였다.

상만의 차량은 어느새 서울로 진입하고 있었다. 희우가 말했다.

"나는 올림픽 공원 쪽에 세워 줘."

"네? 집으로 안 가시고요?"

"응. 할 일이 있어."

"네."

올림픽 공원 앞에 선 희우는 우용수의 사무실이 있는 아파트 단지 내 상가를 향해 갔다. 사무실 앞에 선 희우는 문을 열고 들어갔다. 우용수는 역시 그곳에 없었다. 희우가 물었다.

"사장님은 노인정 가셨나요?"

"네, 지금 노인정에 계세요."

안에서 컴퓨터를 하고 있던 실장이 머쓱하게 웃으며 고개를 끄덕였다. 희우가 찾아올 때마다 사장이 사무실에 없다는 게 조금 창피했나 보다.

하지만 노인정에서 만난 우용수는 당당했다.

"나랏밥 먹는 놈이 일은 안 하고 왜 왔어?"

"저는 제 일을 하고 있는데 스승님이 놀고 있는 거 같아서 왔습니다."

"난 이게 일하는 거야."

우용수는 말을 하고 나서 희우의 얼굴을 슬쩍 바라봤다. 여기저기 멍이 심하게 들어 있는 희우의 얼굴이 정상으로 보일 수는 없었다.

128

우용수가 물었다.

"요즘에 조폭 잡는 일 해?"

그의 목소리에는 진심으로 걱정이 묻어 있었다.

희우는 자신의 얼굴을 매만지며 어깨를 으쓱해 보였다. 그리고 말했다.

"오랜만에 스승님하고 소주 한잔 마시고 싶은데 어떠세요?"

우용수는 고개를 끄덕거렸다. 희우가 허투루 술을 마시자는 말을 할 사람은 아니었다.

희우는 우용수와 함께 택시에 올랐다. 우용수가 물었다.

"무슨 좋은 술을 마시려고 택시까지 타나?"

"세상에서 제일 비싼 술집요."

"제자가 돈을 많이 버니까 호사도 누려 보네."

하지만 택시가 선 곳은 희우의 집 근처였다. 그리고 그들은 천천히 뒷산으로 걸어 올라갔다. 희우의 손에는 두부와 김치, 그리고 소주 두 병이 들려 있었다.

뒷산을 오르며 우용수의 눈이 조금씩 굳어졌다. 이곳은 희우가 우용수에게 처음 부동산을 배우기 시작했을 무렵에 두 사람이 술을 마셨던 산이었다.

그렇게 산 중턱에 올랐을 때다. 송파의 주택가가 한눈에 내려다보였다. 그 경치를 바라보며 우용수가 소주를 까득, 소리와 함께 열었다.

희우가 물었다.

"두부 김치 만들까요?"

"해 봐."

희우는 검은 봉지에 두부와 김치를 넣고 봉지의 겉면에서 안의 내용물을 으깼다.

희우가 우용수에게 나무젓가락을 건네고 우용수는 희우에게 소주병을 건넸다. 두 사람은 말없이 소주를 병째 마셨다.

우용수가 말했다.

"키워 놔서 검사 시켰더니 데리고 온 곳이 또 산이네. 이놈아, 여기가 제일 비싼 술집이냐?"

희우는 피식 웃으며 입을 열었다.

"여기가 좋아하는 곳이라고 하지 않으셨나요? 그리고 제일 비싼 술집 맞죠. 제게 주신 유산이니까요."

우용수는 잠시 아무 말도 하지 않았다. 두 사람은 오래전의 대화를 기억하고 있었다. 우용수가 잠시 주택을 내려다보며 다시 말했다.

"그러고 보니 이제는 내가 네 집도 알고 너도 내 집을 아는구나."

말을 마친 우용수는 소주를 병째 입에 대고 꿀꺽꿀꺽 마셨다.

옛날, 두 사람이 이곳에 올라와 소주를 마실 때 우용수가 했던 말이 있었다. "그러고 보니 나도 네 집을 모르고 너도 내 집을 모르는구나. 남이네, 남이야."라는 말.

희우는 그의 목소리를 들으며 소주병을 입에 대었다.

그들의 얼굴로 시원한 바람이 흘러 지나갔다. 우용수가 말했다.

"좋구나."

그리고 그는 먼 곳을 바라보고 있었다. 그의 얼굴을 슬쩍 본 희우가 말했다.

"제가 왜 이곳에 모시고 왔는지 아세요?"

우용수는 희우의 목소리를 가만히 듣고 있었다.

희우가 다시 앞을 바라보며 말했다.

"지금 눈에 보이는 저 주택들이 모두 아파트 단지로 변할 거라고 믿는 사람들이 있어요. 우리가 앉아 있는 산은 유럽처럼 테라스가 있는 고급 빌라가 될 거라고 생각을 하고요."

우용수의 눈이 떨려 왔다. 희우가 계속 말을 이었다.

"여기 주택단지는 상당히 넓어요. 초등학교가 네 개, 중학교가 두 개나 있어요. 단시간 내에 재개발이 되기는 어렵습니다."

희우의 말은 우용수와 이곳에 앉아 했던 예전의 그때와 비슷하게 흘러 나오고 있었다. 예전과 다른 점은, 지금 우용수의 눈이 흔들리고 있다는 것이었다. 희우가 계속 말을 이었다.

"스승님께서는 안정적인 미래를 보라고 하셨어요. 이 동네를 에워싼 도시의 개발 속도를 보라고요. 이곳의 개발 속도는 더디지만 주변은 엄청 나다고 했지요. 그리고 그 뜻은, 이곳이 서울의 마지막 남은 금싸라기 땅 이 될 수도 있다는 거라고 하셨습니다."

희우가 말을 마치고 우용수를 바라봤다. 우용수는 말없이 소주를 마셨 다. 희우가 이어서 말했다.

"그리고 재개발이 되지 않는다고 해도 주변 상권이 좋으니 전세나 월 세 놓기도 좋다고 하셨죠."

우용수는 고개를 끄덕였다. 그리고 입을 열었다.

"이번에 내가 투자한 걸 알고 있었나?"

"오늘 알았어요."

"에이, 그렇게 몰래 하려고 했는데."

우용수는 아쉽다는 듯 고개를 가로저었다. 그리고 말을 이었다.

"말리지 말아 줬으면 좋겠어. 여기는 내 한평생의 꿈이었던 곳이야. 내 가 나이가 많아. 이제 죽어 갈 때가 돼서야 이곳이 변할 수 있다는 희망이 보였어."

희우는 고개를 저었다. 하지만 입을 열지는 않았다.

우용수가 계속 말했다.

"내가 예전에 말했지? 내가 가진 돈 모두 사회에 환원할 거라고."

우용수는 지금도 막대한 돈을 어려운 사람들을 위해 기부하고 있었다.

희우가 소주병을 입에 대었다. 꼴꼴꼴, 소주가 목으로 넘어가는 소리 가 들려올 때 우용수가 말을 이었다.

"생각보다 어려운 친구들이 더 많더라고. 난 돈이 더 필요해. 그리고 이 땅이 변해 가는 걸 보고 싶어. 알겠지만 내가 보고 싶다는 건 신문이나 아니면 이곳에 구경을 와서 보고 싶다는 게 아니야. 내가 이곳 재개발의 일원이 되어 주인이 되고 싶다는 말이야."

"……."

"그리고 그렇게 번 돈은 모두 네놈에게 줄 거야."

이건 희우가 예상하지 못한 말이었다. 우용수가 말을 이었다.

"고민을 많이 했어. 하지만 그냥 기부 단체에 맡기기는 찝찝하지 않나? 내가 믿을 만한 사람은 네놈뿐이야."

희우는 말없이 다시 소주를 들어 입에 대었다. 우용수 역시 소주병을 들었다. 희우가 말했다.

"제게 주신다면 스승님의 돈은 말씀하셨던 대로 사회에 환원도 하고 어려운 사람도 도울게요. 물론 투명한 방법으로 정말 필요한 사람에게요. 그렇게 되면 어려운 아이도, 홀로된 노인도 도울 수 있겠지요."

말을 한 희우는 우용수를 빤히 바라봤다. 그리고 입을 열었다.

"예전에 이곳이 재개발된다는 말이 있었을 때 스승님은 예상이 틀린 적이 없다고 좋아하셨지요? 하지만 그때 이곳은 재개발되지 못했습니다. 그리고 이번에도 이곳은 개발되지 못할 겁니다."

우용수의 눈썹이 꿈틀거렸다. 하지만 희우는 개의치 않고 말을 이었다.

"앞으로도 오랜 시간 이 지역이 바뀌는 일은 없을 겁니다."

"……!"

"제가 막을 겁니다. 땅과 건물을 사고팔고 할 때 감정이 들어가면 필패라고 하셨지만, 이건 싸움이니까요."

우용수는 아직 희우의 말이 무슨 뜻인지 이해를 못 하고 있었다. 희우가 계속 말했다.

"그러니까 이번에도 손을 떼시는 게 좋을 것 같습니다."

"······!"

"그때 스승님의 땅을 노렸던 DHP머니가 이곳을 다시 사들이고 있어요. 하지만 결국 끝까지 진행되지는 못할 겁니다. DHP머니 자체에 불법적인 막대한 대출이 들어가 있으니까요."

우용수의 입에서 괴로운 신음 소리가 '끄음.' 하고 흘렀다. 희우가 이어 말했다.

"DHP머니는 결국 자금의 압박을 견디지 못하고 이곳을 하나씩 처분하게 될 겁니다. 하지만 사람들은 사지 않을 거예요. 경기가 어려워지고 있다는 걸 다들 알고 있으니까요."

"······."

"팔리지는 않고 자금의 압박은 계속 들어오고, 거기에 미국발 금융 위기가 한국을 덮치면? 대한민국 부동산 폭락의 시발점은 이 지역이 될 겁니다."

우용수가 한숨을 내쉬었다.

"내가 어떻게 하기를 바라지?"

"지금은 DHP머니에서 공격적으로 매입을 하는 중이니까 웃돈을 불러서 파세요. 적당한 웃돈이라면 앞뒤 보지 않고 사들일 겁니다."

"알았다, 알았어. 내가 제자 하나 잘못 뒀다가 사고 싶은 걸 하나도 못 사고 떠나게 생겼네."

"하하, 죄송합니다."

희우는 웃으면서 말했지만 마음속으로는 진심으로 그에게 사죄를 했다.

우용수가 한평생 바라보던 재개발사업이었다. 그 일이 또 실패를 하게 생겼으니 얼마나 가슴이 쓰릴지 알 수 없었다.

그들은 다시 소주를 들어 마셨다. 그리고 한동안 아무 말도 없었다.

다음 날.

희우는 집에서 일어나 거울을 바라봤다. 얼굴의 부기는 어제보다는 많이 빠져 있었다. 희우가 거울을 보고 있을 때 전화가 울렸다. 오민국이었다.

–나진호에 대해 알아봤습니다. 특이한 사항이 몇 개 있는데요.

특이한 사항이라는 말에 희우는 귀를 쫑긋 세워 집중했다. 오민국이 계속 말했다.

–얼마 전에 평택 청북이라는 동네에 1억으로 땅을 사 뒀어요. 그런데 이 사람의 통장 거래 내역을 보면, 목돈을 모을 스타일의 사람이 아니거든요.

땅을 샀다? 자기 돈으로 땅을 샀다고 뭐라 할 수는 없었다. 하지만 시기가 절묘했다. 그리고 돈을 모은 적도 없는 사람이 뜬금없이 목돈으로 뭔가를 했다는 것 자체가 이상했다. 오민국이 말을 이었다.

–그리고 알려 주셨던 전화번호가 나진호의 번호가 아닙니다.

"……!"

번호가 나진호의 것이 아니다? 나진호라는 사람이 실재하며 비리를 저질렀을지도 모른다고 추측은 되고 있는데 전화번호가 다르다니?

오민국이 계속해서 말했다.

–검사님이 주신 해당 번호는, 조사해 봤더니 대포폰으로 나왔습니다.

희우의 머릿속이 복잡해졌다.

"알겠습니다. 감사합니다."

희우는 전화를 끊고 모자를 눌러썼다. 그리고 밖으로 빠져나왔다.

향하는 곳은 다시 중앙 지검 근처였다. 어제 지성호가 김석훈에 대한 어떤 의혹을 잡았다는 말을 들은 이상 지체할 수 없었다.

지검으로 향하는 버스에 올라탄 희우는 다시 나진호라는 사람에 대한 생각에 빠져들었다.

조태섭은 김석훈을 돕기 위해 구승혁을 해치려고 검은 양복을 움직였다. 하지만 그게 전부가 아니었다. 나진호라는 실제 인물의 이름을 빌려 구승혁을 꾀어낸 것. 그런데 왜 진짜 인물의 이름을 사용하면서 대포폰을 썼을까?

여기까지 생각을 이어 가던 희우가 피식 웃었다. 간단한 이유를 가지고 고민하고 있었다. 미끼를 사용할 때는 실제 먹을 수 있는 걸 가지고 먹 잇감을 유인해야 한다. 나진호라는 이름은 구승혁이 물기에 아주 좋은 미 끼였을 뿐이다. 하지만 희우에게 나진호라는 사람은 상대와 이어질 수 있 는 좋은 매개체가 되었다.

생각이 이어지는 사이 버스가 중앙 지검 근처에 다다랐다. 희우는 몇 정거장 앞에서 내린 후 전화를 들었다.

"네, 여기 커피숍에 있겠습니다."

30분 정도가 지나고 지성호가 들어왔다. 그 역시 희우의 얼굴을 보고 깜짝 놀랐다.

"너 맞았어? 검사를 때리다니, 어떤 간덩이가 부은 놈이야?"

희우는 그의 말을 들으며 커피만 마셨다. 확실히 얼굴이 부어 있는 상 태가 좋게 보이지는 않는 모양이었다. 희우가 물었다.

"그런데 김석훈 지검장에 대해서 잡은 게 뭔가요?"

지성호가 주변을 둘러봤다. 멀리 대학생으로 보이는 연인이 있을 뿐 다른 손님은 없었다. 지성호의 목소리가 낮게 흘렀다.

"김석훈에게 숨겨 놓은 자식이 있어."

"……!"

"우연히 찾아낸 사실이야."

희우의 눈동자가 떨려 왔다. 지성호가 계속 말을 이었다.

"김석훈 지검장은 찾고 파고 쑤셔도 뭐가 없더라고. 아래 있는 놈이 대 놓고 조사를 할 수는 없으니까 움직이기 더 어려운 점도 있었고."

지성호는 어느 날 김석훈을 미행해 보기로 생각을 했다고 했다.

어려운 일도 아니었다. 그저 자신의 차로 김석훈의 차를 뒤쫓았을 뿐 이니까. 수많은 차가 오가는 서울 한복판에서 뒤에 누가 따라오는지 신경 쓰는 사람은 없다. 그것은 김석훈 역시 마찬가지였다.

지성호가 입을 열었다.

"그리고 며칠이 지났을 때 김석훈 지검장의 차가 잠실의 한 아파트로 향하는 거야. 그리고 안으로 들어가더니 두어 시간 있다가 내려오더라고."

지성호의 입에는 미소까지 걸려 있었다. 그가 계속 말했다.

"느낌이 딱 오지 않아? 첩이잖아."

하지만 듣고 있는 희우는 억지로 웃고 있을 뿐이었다.

그렇게 조사를 시작한 지성호는 얼마 되지 않아서…….

"김석훈에게 한미라는 혼외 자식이 있어."

지성호의 말을 듣던 희우는 자신도 모르게 한숨을 내뱉었다.

희우 역시 오래전에는 한미를 이용하려고 했었다. 하지만 친구가 된 지금, 그녀를 이용할 생각은 전혀 없었다. 단지 그녀가 행복하게 지내기를 바랄 뿐이었다. 지성호가 다시 말했다.

"아직 김석훈 지검장의 통장에서 그쪽 집안으로 돈이 빠져나간 흔적이나 물질적으로 뭘 어떻게 도와줬는지는 잡지 못했어. 하지만 몇 가지 증거만 더 파악되면 바로 터뜨릴 계획이야."

"증거를 다 찾아도 바로 터뜨리지 마시고 조금만 기다려 주시면 안 될까요?"

"응? 왜?"

지성호의 입장에서는 이해할 수 없는 말이었다. 희우가 말했다.

"아, 저도 김석훈 지검장에 대한 다른 걸 준비하고 있거든요. 제 걸 먼저 터뜨리고 그래도 지검장이 버틴다면 그 뒤에 이어서 터뜨리는 게 좋지 않을까 해서요."

"너는 뭘 준비하고 있어?"

"고위 공직자하고 비리를 저지른 혐의요."

"그것도 좋네. 네가 준비한 게 터지고, 그래도 버티면 혼외 자식을 터뜨리고. 연이어 사건이 터지는데 버틸 수는 없겠지."

지성호의 말을 들으며 희우의 눈은 차가워졌다.

다시 일이 급하게 돌아가야 했다. 김석훈이 제대로 설 수 없을 만큼의 강력한 사건으로 키워야 했다. 그것이 친구를 지키는 일이었다.

희우는 먼저 자리에서 일어났다.

"그럼, 저는 계속 조사하러 가도록 하겠습니다."

"아, 오랜만에 김산 식구들끼리 모이는 거 어때? 밤에 시간 되지?"

희우가 시계를 들어 시간을 확인했다.

"네, 조금 늦을 것 같은데 그래도 괜찮나요?"

"오기나 해."

지성호는 기분 좋게 웃으며 말했다.

그 시각.

조태섭의 서재 문이 열렸다.

한지현이 들어와 그에게 고개를 숙이며 입을 열었다.

"지금 '팀'이 들어왔습니다."

팀이란 조태섭 대신 손에 피를 묻히는 자들을 이야기한다. 그리고 조태섭의 서재에 들어올 정도면 검은 양복밖에 없었다. 조태섭은 뭔가에 사인을 하다가 고개를 들었다. 그리고 심드렁하게 말했다.

"들어오라고 해."

그 말이 끝남과 동시에 문으로 검은 양복이 들어와 섰다.

그는 성큼성큼 서재 안으로 들어오더니 조태섭의 책상 먼발치에서 무릎을 꿇었다. 하지만 여전히 조태섭은 그에게 별다른 관심을 두지 않고 있었다. 무릎을 꿇어앉은 검은 양복이 조태섭을 바라봤다. 그의 눈에서는 어떤 감정도 보이지 않았다. 그리고 그가 천천히 입을 열었다.

"실패했습니다."

"그건 저번에 이야기하지 않았나?"

"죄송합니다."

검은 양복은 더 이상 어떤 말도 하지 않았다.

조태섭은 손에 피를 묻혀야 할 경우 검은 양복을 사용했다. 검은 양복이 사람을 해하고 조태섭이 묻어 버리면 어렵지 않은 일들이었다. 그리고 지금까지 검은 양복은 조태섭의 명령에 단 한 번도 실패해 본 경험이 없었다. 그런데 실패를 하다니? 그 과정이 궁금했지만 조태섭은 묻지 않았다. 실패에 대한 책임을 묻지 않는 게 사람을 다루는 리더로서의 역할이었다. 하지만 지금 검은 양복이 직접 찾아와 무릎을 꿇고 앉아 있었다. 여기까지 찾아왔는데 이유도 묻지 않고 보낼 수는 없었다.

조태섭이 고개를 가로저으며 물었다.

"실패를 한 이유가, 자네가 감당할 수 없었기 때문인가?"

"아닙니다. 제가 모자랐기 때문입니다. 책임을 물어 주십시오."

검은 양복은 더 이상 말을 하지 않았다.

구승혁을 치려고 하다가 동네 사람과 싸움이 붙어 경찰까지 왔다는 말은 할 수 없었다. 그리고 동네 사람에게 맞았다는 말은 더 하고 싶지 않았다. 그는 희우를 동네 사람으로 알고 있었다.

어쨌든 검은 양복은 그저 실패에 대한 문책을 당하고 싶어 찾아왔을 뿐이다. 실패를 하고도 그냥 넘어가는 것은 그의 성미에 맞지 않았다.

그의 표정을 보며 조태섭이 입을 열었다.

"괜찮아. 사람이 실수를 할 수도 있는 거지. 지금까지 자네가 해 온 일을 보아 이번에는 그냥 넘어가도록 할 테니 마음 쓰지 말도록."

"아닙니다. 죄를 물어 주십시오."

그의 말에 조태섭의 미간이 찌푸려졌다.

"내가 몇 번을 이야기해야 하지? 됐다고 하잖나!"

검은 양복의 얼굴이 순간적으로 굳어졌다. 그리고 다시 고개를 숙였다.

"죄송합니다. 그럼 그만 나가 보도록 하겠습니다."

검은 양복이 천천히 자리에서 일어났다. 조태섭이 그를 보며 다시 입을 열었다.

"실수를 만회하겠다고 바로 또 구승혁 검사를 찾아가거나 하는 짓은 하지 않도록 해."

"네."

"그 검사 역시 많은 준비를 하고 있을 게야. 고생을 했으니 자네 부하들 데리고 가서 밥이나 사 먹도록 해."

조태섭의 시선이 한지현을 바라봤다. 돈을 준비하라는 뜻이었다.

한지현이 살짝 고개를 숙인 후 대답했다.

"바로 준비하겠습니다."

밖으로 나갔던 그녀가 안으로 들어왔다. 그리고 조태섭의 책상 앞으로 다가가 카드 하나를 건넸다.

"여기 있습니다."

조태섭이 그녀에게 받은 카드를 바라보더니 검은 양복에게 던졌다.

"한 천만 원 들어 있을 게야. 다친 거 같은데, 몸보신하면서 다음 명령을 기다리도록."

"아닙니다. 지난번에 주신 돈만으로도 분에 넘치게 살고 있습니다."

"오늘 계속 내 말에 토를 달 셈인가?"

결국 검은 양복은 조태섭에게 허리 숙여 인사를 하고 카드를 받아 밖으로 나갔다.

그가 나간 후, 조태섭은 손가락으로 책상을 두드리기 시작했다. 툭, 툭, 툭, 긴 시간 동안 책상을 두드리는 소리가 일정하게 울렸다. 조태섭은 뭔가 자신의 계획에서 벗어나고 있다는 느낌을 지울 수 없었다. 그가 의자에 파묻히듯 기대며 조용히 읊조렸다.

"이상해……. 뭔가 있어."

그때, 희우는 평택에 도착을 해서 평택 시청 출장소로 향했다. 출장소 앞에 선 희우는 건물 3층에 있는 토지보상 팀으로 올라갔다. 문을 열고 들어간 희우는 주변을 훑었다.

직원이 여섯 명 있는 평범한 사무실이었다. 희우의 눈에 그중 한 남자가 들어왔다. 배가 나왔고 머리를 2 대 8 가르마로 빗어 넘긴 40대의 남성. 그는 매우 귀찮은 표정으로 마우스를 클릭하고 있었다.

희우는 그의 앞으로 걸어가 입을 열었다.

"나진호 선생님?"

희우가 그를 나진호라고 지목한 이유. 보통의 사람들보다 훨씬 귀찮아하는 눈빛을 가지고 있어서였다. 그 눈빛은 일이나 혹은 반복되는 삶에 대한 지겨움이 아니었다. 갑작스레 돈이 생겨 지금 하고 있는 모든 일이 다 싫은 사람의 눈이었다.

"네? 누구세요?"

"나진호 선생님 맞으십니까?"

"네, 그런데요?"

그가 위아래로 희우를 바라봤다. 모자를 눌러쓰고 온 희우가 좋게 보이지는 않는 것 같았다. 하지만 희우는 그가 자신을 어떻게 보고 있든 상관없었다. 그에게 바짝 다가가, 그의 얼굴 바로 옆에서 그만이 들을 수 있는 낮은 목소리로 말했다.

"검찰입니다."

그리고 품에서 신분증을 꺼내 나진호의 눈앞에 보였다.

신분증을 확인한 나진호의 얼굴이 무너져 갔다. 그의 표정을 보며 희우는 나진호의 비리를 확신했다. 보통 사람이 검사를 만났을 경우 보이는 표정이 아니었다. 그는 명백하게 겁을 먹고 있었다.

희우가 계속 낮게 말했다.

"비리가 있다는 신고가 들어왔습니다."

나진호가 침을 꿀꺽 삼키는 소리가 크게 들려왔다. 하지만 희우는 아랑곳하지 않고 입을 열었다.

"여기서 이야기하실까요, 아니면 조용한 데서 할까요?"

당연히 다른 직원들이 있는 곳에서 자신의 비리가 나오는 걸 원하지 않는 나진호는 더듬거리며 말했다.

"나가시죠."

그리고 자리에서 일어났다.

두 사람이 이동한 곳은 건물 밖에 있는 야외 휴게실이었다. 날씨가 쌀쌀해진 탓인지 밖에 있는 사람은 많지 않았다. 나진호가 말했다.

"무, 무슨 비리를 말씀하시는 겁니까?"

"JS그룹."

비리를 정확히 말한 것도 아니고 그저 회사의 이름만 말했을 뿐인데 나진호는 죽을상을 지었다.

희우의 앞으로 단풍잎이 떨어지기 시작했다. 희우가 몸을 낮춰 떨어진 단풍잎을 주워 들며 입을 열었다.

"계절이 바뀌면 떨어지는 게 단풍잎이죠. 나진호 선생님의 삶 역시 추락하는 중입니다."

나진호는 고개를 숙였다. 사실 희우가 제대로 알고 있는 사실은 없었지만 나진호가 보기에는 모든 걸 알고 있는 것처럼 느껴졌다.

희우가 말을 이었다.

"떨어지기 싫죠?"

고개를 끄덕거리는 나진호. 희우는 그의 얼굴을 보고 피식 웃으며 말했다.

"떨어지는 잎사귀가 되기 싫다면 나무가 되세요. 나무가 돼서 가지고 있는 나뭇잎을 떨어뜨리면 되겠네요."

"무슨 말씀이신지……."

"도와주시면 지금 나진호 씨의 혐의는 모른 척하겠습니다."

"네?"

"모른 척하겠다는 말입니다."

나진호의 눈동자가 떨려 왔다. 그는 지금 어떤 선택을 해야 할지 많은 고민을 하는 중이었다. 하지만 결국 그의 머리가 숙여졌다.

"감사합니다."

희우가 손목을 들어 시간을 확인했다.

"퇴근 후에 이 자리로 오세요. 기다리도록 하겠습니다."

"네······."

그는 힘없이 대답을 하고 비척거리며 건물로 들어갔다.

잘못을 저지른 걸 검찰에게 걸렸고 그 대가로 중요한 사실을 이야기해야 할 입장에 놓인 나진호. 그에게 힘이 남아 있을 리 없었다.

희우는 그의 걸어가는 모습을 바라봤다.

그때 상만에게서 전화가 걸려 왔다.

-JS건설 자료 확보했습니다. 메일로 보내 드릴까요?

"메일로 보내. 그리고 지금 간략히 특이 사항 좀 설명해 줄래?"

-겉으로는 그다지 특별한 점이 보이지 않아요.

상만이 이야기를 시작했다.

-그런데, 재밌는 점이 하나 있어요. 대표가 얼마 전에 전문 경영인으로 바뀌었어요.

전문 경영인을 두는 건 특별하지 않은 일이다. 하지만 JS그룹은 JS 가문이라고 불릴 만큼 혈연관계로 똘똘 뭉쳐진 회사였다. 오너 자리에 핏줄이 아니면 앉을 수 없었다. 그런데 그 JS에서 타인에게 회사를 맡겼다. 확실히 이상했다.

-또 이상한 점이, 건설 지분의 대부분을 JS무역에서 가지고 있더라고요. 차명으로 숨겨 놔서 쉽게 못 찾을 거라고 생각한 것 같은데요. 제가 누구입니까? 박상만입니다. 박상만. 쉽게 찾았죠. 하하하.

"그 차명의 주인은 김석영이고?"

-네.

구승혁이 파악했던 일이 사실이라는 것이 확인되고 있었다.

상만과의 전화를 끊은 희우는 휴게실 벤치에 앉아 생각을 정리했다.

JS무역이 JS건설을 가지고 있다. 그리고 JS건설이 평택의 아파트 부지를 잡는 과정에서 비리가 있었다. 그 비리를 도와준 건 김석훈이었다. 김석훈이 직접 움직이지는 않았을 것이다. 그렇다면 움직인 것은 그의 손발이었던 장일현과 최강진 둘 중 하나. 어쩌면 일이 복잡하지 않게 진행될 것 같았다.

시간이 지나고, 나진호가 쭈뼛쭈뼛 희우의 옆으로 걸어왔다. 희우는 자리에서 일어나며 그에게 말했다.

"퇴근하시나요?"

"네……."

"좋습니다. 그럼 자리를 옮기죠."

두 사람은 평택 출장소 앞에 있는 유흥가로 향했다. 이른 시간이었지만 술집의 간판은 상당수 켜져 있었다. 희우는 그중 조용한 찻집을 찾아 들어갔다. 김이 모락모락 나고 있는 차가 테이블 위에 오르자 희우가 입을 열었다.

"지금부터 제가 하는 말은 모두 진심입니다. 선생님께서 진실을 말씀해 주신다면, 아까도 말씀드렸듯이 선생님을 이 사건에서 배제하겠습니다."

"그게 가능할까요?"

"사건을 만들고 처리하는 게 접니다. 한 사람의 이름을 제외한다고 해도 문제는 일어나지 않습니다."

"……."

"물론 성실하게 제 일을 도와주신다는 약속을 하셔야 합니다."

그가 망설이고 있자 희우가 다시 입을 열었다.

"믿으세요. 지금 선생님이 저를 믿지 않으면 누굴 믿으시겠습니까?"

나진호의 입에서 깊은숨이 내쉬어졌다.

"알겠습니다."

그의 대답과 함께 희우가 물었다.

"토지보상 팀에 있기 전에 분양 팀에 계셨죠?"

"네."

"그때 있었던 일을 말씀해 주시겠습니까?"

"조금 복잡합니다."

나진호는 차를 들어 마셨다. 그리고 말을 이었다.

"먼저 건설사들의 담합입니다. 어차피 아파트를 지을 땅은 많으니 건설사들이 담합을 했습니다. 경쟁하지 않고 최저가로 낙찰받기로요."

"그리고요?"

"건설사에서 찾아왔습니다. 땅값을 내리지 않으면 입찰을 하지 않겠다고요. 대신 땅값을 낮추면 우리에게 막대한 이익금을 주기로 했습니다."

"입찰을 하지 않는다고 협박을 했다고요?"

나진호가 고개를 끄덕였다. 희우가 물었다.

"그래서 담합을 눈감았고요?"

"네."

희우가 고개를 끄덕였다.

"그럼 여기에 시장님하고 시의원님들이 모두 연루되어 있겠네요?"

이런 거대한 사기극을 일개 공무원인 나진호가 혼자 했을 리 없었다.

하지만 희우의 질문에 나진호는 대답하지 않았다. 검사도 무서웠지만 시장과 시의원 등 정치권력은 더 무서웠다.

희우가 말했다.

"말씀하세요. 비밀은 지켜 드리겠습니다. 하지만 비협조적으로 나오신다면 저는 어쩔 수 없이 본격적으로 움직여야 합니다."

희우의 말에 나진호의 목소리가 무척 침울하게 나왔다.

"……움직이다뇨?"

"구속 수사를 해야겠죠?"

좋게 말할 때 어서 이야기하라는 협박이었다.

그리고 통했다. 나진호의 눈에 망설임이 일었다. 입에서 큰 한숨이 흐르며, 그가 힘없이 입을 열었다.

"건설사 측에서 담합을 하고 부지 가격을 낮추자는 이야기를 하는데 저희 쪽에서는 어떤 저항도 없었습니다."

건설사가 해 달라는 대로 다 해 줬다는 의미였다. 나진호가 계속 말했다.

"마치 서로 짜고 치는 고스톱 같았습니다. 고위 공무원이 끼지 않았다면 그렇게 쉽게 흘러갈 수 없었겠지요. 저는 보고서를 작성하고 윗선에 올리고 몇 번 건설사 사람을 만난 게 전부입니다."

그러고는 마치 자신은 죄가 없다는 듯 간절한 눈빛을 보내왔다.

그 눈빛을 보며 희우는 그만 슬쩍 웃고 말았다. 죄가 없는 사람이 검사의 앞에서 이렇게까지 겁을 먹을 수는 없었다.

희우가 다시 물었다.

"고위 공직자가 누구인지 혹시 알고 있습니까?"

끄덕거리는 나진호. 이만큼만 이야기했어도 그가 이 사건에 얼마나 깊숙이 관여하고 있는지 알 수 있었다.

희우의 눈이 그의 눈을 바라봤다. 어서 말하라는 눈빛이었다.

나진호가 찻잔을 들어 목이 탄다는 듯 차를 마셨다. 그리고 다시금 깊은 한숨이 내쉬어진 그의 입에서 공직자들의 이름이 줄줄줄 나오기 시작했다.

희우는 그들의 이름을 적으며 이번엔 다른 쪽을 물어보기로 했다.

"이 일을 처리했을 때 중간 브로커가 있었습니까?"

"그건 제가 잘 모릅니다."

희우는 핸드폰을 꺼냈다.

"당시 시청에 왔다 갔다 하던 건설사 사람들 중 이런 얼굴 본 적 없으세요?"

희우의 핸드폰에는 최강진의 얼굴이 있었다. 나진호는 고개를 저었다.

희우가 다른 사진으로 바꿨다. 이번에는 장일현이었다. 그 사진을 본 나진호가 말했다.

"맞아요, 이 사람은 제가 알고 있어요. 시청에 많이 왔던 사람이에요. 그때 뉴스에서 이 사람 잡혔다고 했을 때 간이 얼마나 콩알만 해졌었는데요."

희우는 고개를 끄덕였다.

"네, 알겠습니다. 감사합니다."

더 이상 그에게 뭔가를 듣고 있을 필요는 없었다.

희우가 자리에서 일어나며 그에게 말했다.

"얼마 전에 땅 사셨던데요."

"네? 그걸 어떻게?"

뇌물 받은 사실을 어떻게 알았냐는 표정. 하지만 희우가 그 말에 친절히 설명을 해 줄 필요는 없었다. 희우의 목소리는 차갑게 이어졌다.

"땅 다시 파시고, 얻은 돈은 기부하세요."

"……."

"세상에 뇌물 받는 공무원만큼 나쁜 게 어디 있나요?"

나진호의 얼굴에 다시 먹구름이 끼기 시작했다. 그의 얼굴을 보며 희우가 말했다.

"그것만 잘 해결하신다면 선생님은 이 사건에서 자유로울 겁니다. 그러니까 법 지키고 사세요."

"……."

나진호는 아무 말 하지 않았다.

사람이란 건 간사한 존재였다. 손에 들어온 돈 몇 푼, 그걸 잃고 싶지 않은 마음은 누구나 같았다. 희우는 그의 얼굴을 싸늘히 바라보며 입을 열었다.

"끄덕이세요."

"네?"

"끄덕이라고요."

어쩔 수 없이 고개를 끄덕이는 나진호. 그가 침울하게 말했다.

"기부하겠습니다."

"잘 생각하셨어요. 찻값은 제가 내죠."

희우는 자리에서 나왔다. 그리고 곧바로 다시 서울로 올라갔다.

도착한 곳은 전석규의 집 앞 작은 술집이었다. 희우가 도착하자 먼저 자리해 있던 전석규와 지성호가 그를 반겼다. 두 사람의 얼굴은 이미 붉게 물들어 있었다.

소주잔이 오가는 정겨운 시간. 희우는 이 자리가 좋았다.

전석규가 희우에게 말했다.

"조금만 참고 있어. 지성호 검사하고 나하고 그림 하나 제대로 준비하고 있으니까."

조만간 희우를 편하게 해 주겠다는 말이었다. 그들은 희우가 김석훈의 지시를 받아 전국을 쏘다니며 고생을 한다고 알고 있었다.

전석규가 계속 말을 이었다.

"그래서 그림이 완성되면 다시 우리 셋이 한 팀을 만들어 보자고. 대한민국의 모든 불법 비리를 싸그리 뽑아 버리는 거야!"

술에 취했지만 호랑이로 불리던 전석규의 눈빛은 형형했다. 그의 눈을 보며 희우는 말없이 웃었다.

"감사합니다."

전석규가 희우에게 물었다.

"그런데 넌 결혼 안 하냐? 검사는 일찍 결혼해야 해. 퇴근할 시간도 없는데 거기에 얼굴까지 늙어 봐. 일찍 결혼하지 않으면 여자도 못 만나게 된다. 노총각 되는 거야. 그리고 빨리 결혼하는 게 안정되고 좋아."

그 말에 지성호가 맞장구를 쳤다.

"맞아. 나 봐라, 흐흐흐."

웃고 있던 지성호가 뭔가 생각이 난 듯 말을 이었다.

"아, 너 그때 김산에 있을 때 여자 친구 찾아오지 않았어?"

"네?"

그때, 한미가 찾아왔었다. 그리고 그녀는 지성호에게 인사를 했었다.

지성호가 계속 말했다.

"그 여자 친구 예뻤잖아. 어떻게 되고 있어? 잘 만나고 있냐?"

그의 말에 전석규가 호기심을 나타냈다.

"희우한테 여자 친구가 있었어?"

"네, 김산까지 찾아왔으니까요. 그런데 이놈이 외박을 안 하데요. 내가 다음 날 출근 늦게 해도 된다고 했던 것 같은데, 하하하하."

전석규가 미간을 찌푸렸다.

"여자 친구가 있으면 우리에게 보여 줘야 하는 거 아니냐? 난 그런 줄도 모르고 내 조카 소개시켜 주려고 알아보고 있었네."

조카를 소개시켜 준다는 말에 지성호가 눈을 반짝거렸다.

"저를 소개시켜 주십시오!"

"넌 이미 나이가 많아."

"얘는 김산까지 찾아왔던 여자가 있었다니까요! 정말 예뻤어요!"

그들의 농담을 들으며 희우는 미소를 그렸다.

하지만 희우의 마음은 타들어 가고 있었다. 전석규와 지성호가 노리고 있는 김석훈의 혼외 자식이 바로 그들이 말하는 한미였으니까.

며칠이 지났다.

희우는 집에서 거울을 보고 있었다. 얼굴에 있던 상처는 사라졌다. 아직 움직일 때 갈비뼈가 아프기는 했지만 괜찮았다.

거울에서 얼굴을 뗀 희우가 컴퓨터 앞에 앉아 전원을 눌렀을 때, 규리에게 전화가 왔다. 기다리고 있던 전화였다.

그녀가 말했다.

-요즘에 출근 안 해?

"아, 출장 나왔어."

-할 말 있어.

할 말이 있다는 그녀의 말에 희우의 얼굴이 굳어졌다. 그가 물었다.

"한반도은행에 관한 거지?"

-응.

"몇 시에 퇴근해?"

-8시?

"오늘은 일찍 퇴근하네? 집 앞으로 갈게."

그리고 그날 밤.

규리네 집 앞 호프집에서 희우와 그녀가 만났다.

규리가 차가운 맥주를 목으로 넘긴 후 입을 열었다.

"우리는 이제 더 이상 일 안 해."

예상하고 있었던 일이었다.

"위에서 지시가 내려왔다고 하더라. 천하그룹 김건영 회장을 더 이상 조사하지 말라고."

이것 역시 예상했던 일이다. 규리가 계속 말했다.

"팀이 유지되는 이유도 검찰총장 청문회 때문에 명분상 두고 있는 것 같아."

청문회에서 무조건 나올 질문 중 하나였다. 천하그룹 김건영 회장에 내한 조사 결과가 왜 빨리 나오지 않느냐는 말. 김석훈은 그 질문이 나오면 아직 조사 중이라는 말로 얼버무릴 계획을 가지고 있었다. 당연한 일이었다. 천하그룹을 건드려 좋을 건 그에게 전혀 없었다.

규리가 다시 맥주를 마시며 입을 열었다.

"뭐, 여기까지는 네가 예상했던 일이고."

그녀의 목소리가 낮게 이어졌다.

"네가 얘기했었잖아, 한반도은행."

"......!"

"한반도은행의 비리가 포착되었어."

그녀는 자신의 작은 가방에서 종이를 몇 장 꺼내 희우에게 건넸다. 그리고 계속 말을 이었다.

"한반도은행에서 불법 자금 대출이 계속되고 있더라고."

"말해 봐."

"한반도은행의 대주주가 DHP머니인 건 알고 있지?"

희우가 고개를 끄덕였다. 그녀가 계속 말했다.

"자금이 DHP머니로 흘러가고 있어. 처음에는 대주주의 가족 주머니로 들어갔나 했는데, 그게 아니더라고."

희우의 머릿속은 자신이 생각했던 예상과 그녀가 하는 말을 대입하며 오류를 정정하고 있었다. 규리의 목소리가 흘렀다.

"DHP머니에서 주택자금 목적으로 사람들에게 대출을 하고 있어. 그런데 이게 작년이나 재작년의 같은 기간 평균보다 훨씬 많은 거야."

희우가 고개를 끄덕였다. 그의 눈은 규리에 집중되어 있었다. 그녀가 계속 말했다.

"다른 은행과 비교했더니 유독 한반도은행하고 DHP머니가 월등해. 그래서 대출받은 사람들을 조사해 봤더니……."

"노숙자들이었겠지."

"이것도 알고 있었어?"

"조금."

희우는 놀란 규리의 눈을 뒤로하고 그녀가 건넨 종이를 펼쳤다. 그곳에는 불법 자금 대출에 대한 증거가 적혀 있었다. 물론 이 증거들은 천하그룹의 조사가 끝남과 동시에 모두 폐기될 자료들이었다.

종이를 보고 있는 희우를 향해 규리가 물었다.

"노숙자들 명의로 집을 사서 자신들이 실소유를 하고 있는 거야?"

조사는 규리가 했는데, 대답하는 것은 희우였다.

"그렇겠지?"

규리가 다시 물었다.

"그거면 잡을 수 있어?"

"아니, 이걸로 조태섭은 잡지 못하지. 이 정도에 잡힐 인물은 아니야. 그리고 아쉽게도 한반도은행 박대호도 못 잡아."

희우의 말을 들은 규리의 입에 한숨이 걸렸다. 그녀도 예상은 하고 있었다.

"불법을 저지른 게 뻔한데도 잡을 수 없다는 게 너무 짜증 나."

희우가 피식 웃으며 말했다.

"잡을 거야. 하지만 우선은 김석훈이야. 이 증거면 김석훈을 떨어뜨릴 수 있어."

"김석훈 지검장을?"

그녀는 이해가 되지 않는다는 눈빛으로 희우를 바라봤다. 분명 그녀가 준 자료는 한반도은행의 불법이었지 김석훈에 관련된 것이 아니었다. 희우는 그녀의 눈빛을 보며 어깨를 으쓱해 보였다.

"지금이 기회일 거야. 김석훈 지검장은 지금 검찰총장이 된다고 들떠 있으니까."

희우의 눈은 앞에 있는 규리를 바라보지 않았다. 그의 눈빛은 멀리 있을 김석훈을 보고 있었다.

희우가 계속 말했다.

"지금은 구름 위를 걷고 있는 기분이겠지. 하지만 거기까지야."

CHAPTER 38

며칠이 지났다.

희우는 집에서 일어나 세수를 한 후 거울 앞에 섰다. 이제 얼굴 어디에도 누구와 싸웠다는 흔적은 보이지 않았다. 얼굴을 돌려 멍 자국이 있는지 확인을 하던 그는 화장실 밖으로 나왔다.

검은 재킷을 걸치고 집 밖으로 나온 희우는 안양으로 향했다.

안양으로 향하는 전철 안에서 희우는 생각에 빠졌다.

장일현은 고위 공직자들의 비리를 가지고 JS건설이 토지 매입을 유리하게 할 수 있도록 움직였을 것이 분명하다. 희우는 장일현을 어떻게 설득할지 고민했다. 그의 입이 열리면 사건의 실마리가 조금 더 쉽게 열릴 수 있었다. 장일현이 희우에게 지난 일로 악감정을 가지고 있다는 건 문제가 아니었다. 장일현은 구석으로 몰리다 못해 구속까지 당해 버렸다. 달콤한 제안을 한다면 흔들릴 것이 분명했다.

장일현에게 물려 줄 달콤한 사탕을 생각하며 희우는 안양 교도소 취조실로 들어갔다. 취조실에 앉아 있자 잠시 후 장일현이 들어왔다.

인상을 구기며 희우를 노려보던 장일현이 희우의 맞은편에 앉았다. 그가 희우에게 좋은 감정이 남아 있을 리 없었다. 장일현이 물었다.

"왜 왔지?"

"보고 싶어서 왔죠."

"쓸데없는 소리 지껄이지 말고 꺼져."

"나하고 할 이야기 없나요?"

"없어. 꺼져."

"할 이야기가 없다면, 거래는 어때요?"

장일현의 눈빛이 변했다. 지금껏 못마땅한 표정이었지만 말을 들은 후에는 호기심이 동했다. 감옥에 있는 자신과 어떤 거래를 하려고 그럴까? 그는 가만히 희우를 바라봤다.

희우가 말했다.

"거래를 하려면 지난 일은 생각하지 말고 일단 머리는 차갑게 해야 하지 않을까요?"

"말해라."

"김석훈 지검장님이 이곳을 몇 번이나 찾아왔나요?"

장일현은 대답하지 못했다. 그도 그럴 것이, 김석훈은 당연히 한 번도 찾아온 적이 없었다.

"전화는 온 적이 있나요?"

전화 역시 마찬가지였다. 김석훈은 장일현과의 연을 아예 끊어 버렸다. 앞으로 올라가는 일만 남은 김석훈이 구속되어 있는 장일현과의 연을 계속 붙잡고 있는다면 그게 더 이상한 일이었다.

어떤 말도 하지 못하고 가만히 있는 장일현에게 희우가 말했다.

"저도 버림받았어요."

장일현의 눈에 이채가 올랐다. 그가 희우에게 조심스럽게 물었다.

"그럼 김석훈 지검장님 옆에 누가 있지?"

"새로운 인물을 쓰시더라고요. 사실 장일현 선배나 최강진 선배가 들어가면서 기존의 인물들은 믿지 못하게 되었나 봐요. 새 술은 새 부대에 담으시려는 거겠죠."

장일현의 눈동자가 살짝 움직였다.

그는 지금 생각을 하고 있었다. 거래를 하자고 했던 놈이 지금 김석훈에게 버림받았다는 말을 했다. 희우가 김석훈에게 버림받고 말고는 지금 장일현에게 관심 없는 일이었다. 그는 희우에게 어떤 꿍꿍이가 있는지가 궁금했다. 그리고 그 꿍꿍이가 자신에게 어떤 도움이 될 수 있을지가 알고 싶을 뿐이었다. 그의 눈빛을 보며 희우가 말했다.

"선배나 저나 토사구팽당한 겁니다. 일전에 험한 말 했던 건 죄송합니다."

"됐어. 하고 싶은 말이나 해."

희우가 다시 입을 열었다.

"형을 감면시킬 수 있는 방법이 있습니다."

"뭐?"

툭 던진 말이었다. 하지만 장일현은 눈이 동그래져서 희우를 바라봤다. 형을 감면시킬 수 있다는 말은 구속되어 있는 장일현에게는 정말 희망적인 이야기였다. 그의 기대에 찬 얼굴을 보며 희우는 어깨를 으쓱해 보였다. 그리고 말을 이었다.

"사실 저는 지금 조태섭 의원님 아래에 있습니다."

"조태섭 의원님?"

장일현의 눈이 튀어나올 듯 커졌다.

조태섭이라는 이름이 나온 후부터 그는 정신을 제대로 차리지 못했다. 조태섭이라면 정말 그의 형을 감면시킬 수 있는 힘을 가지고 있었다.

희우가 계속 말을 이었다.

"이번에 저를 거두시더라고요."

장일현의 침이 꿀꺽 삼켜졌고, 희우가 목소리를 낮게 깔았다.

"첫 번째 명령이 김석훈 지검장님을 끌어내리는 겁니다."

"뭐라고?"

장일현의 목소리가 커졌다.

희우는 그에게 조용히 하라는 손짓을 해 보였다. 그리고 김석훈이 한반도은행을 조사하고 있었다는 것을 설명하며 나직하니 말을 이었다.

"그래서 저 혼자는 할 수 없다고 말씀드렸습니다. 일개 평검사가 검찰총장 후보자를 어떻게 잡을 수 있겠습니까?"

장일현의 눈이 가늘어졌다.

"하고 싶은 말 있으면 빨리 해. 왜 이리 서두가 길어?"

희우가 고개를 끄덕였다. 그리고 천천히 입을 열었다.

"김석훈 지검장의 비리를 알려 주십시오."

장일현은 한숨을 내쉬며 고개를 저었다.

"나 같은 놈이나 비리를 저지르는 거야. 김석훈 지검장은 스폰 같은 것도 필요 없잖아. 처갓집이 JS 가문인 거 몰라?"

"네, JS 가문의 일이니까 찾아온 겁니다."

"……!"

"조태섭 의원님의 정보망에 따르면 JS건설이 평택에 토지를 매입한다고 했을 때 장일현 선배가 움직였다는 이야기가 있습니다."

장일현은 아무 말 하지 않았다. 대신 눈을 가늘게 뜨고 희우를 노려볼 뿐이었다. 희우는 그의 눈빛을 담담히 받고 있었다.

잠시의 시간이 지나고, 장일현의 입가에 미소가 걸렸다.

"이봐, 솔직해지는 게 어때?"

"네?"

장일현은 의기양양한 표정으로 고개를 저었다.

"내가 감옥에 있다고 무시하나?"

희우는 대답하지 않고 그의 다음 말을 기다렸다. 장일현이 피식 웃으며 다시 입을 열었다.

"평택의 일을 알고 있는 걸 보니 조태섭 의원님 아래로 들어갔다는 건 사실 같아. 정보력에서는 그분을 따라올 사람이 없으니까."

"네, 맞습니다."

희우는 가볍게 고개를 끄덕였다. 장일현이 계속 말했다.

"하지만 조태섭 의원님이 나를 찾지는 않았어. 그렇지? 의원님의 성격으로 보자면, 나를 이용하라고 말씀하지 않으셨을 거야. 모두 너에게 알아서 하라고 하셨겠지."

"……."

장일현은 이미 확정을 지은 말투로 이야기를 하고 있었다.

희우는 그에게 어떤 반대 의견도 내지 않았다. 그가 생각한 모든 일이 맞다는 표정으로 있을 뿐이었다. 장일현의 말은 계속되었다.

"의원님이 알아서 하란 말에 넌 나를 찾아온 거고?"

"……."

"만약 내가 널 도와주게 되면? 재주는 내가 피우고 보상은 네가 가져가는 꼴이 될 거야. 난 그런 건 싫다. 그러니까 확실한 약속을 해. 약속의 크기에 따라 도와줄지 안 도와줄지 결정을 할 테니까."

희우가 고개를 끄덕였다.

"속이지 못하겠네요. 선배 말씀이 모두 맞습니다. 조태섭 의원님은 제게 알아서 하라고 했고, 선배의 이름은 거론하지도 않았어요."

희우가 순순히 인정을 하자 장일현의 입가에 미소가 떠올랐다. 그 미소를 보며 희우가 물었다.

"어떤 식으로 약속을 해야 믿겠습니까?"

"그걸 내가 알 수 있나? 네가 어떤 식으로 뒤통수를 치든, 감옥에 있는 난 맞을 수밖에 없는 상황이잖아?"

"……."

"그러니까 네가 알아봐, 내가 믿을 수 있도록."

희우가 한숨을 내쉬었다. 그리고 자리에서 일어서며 말했다.

"그럼 선배가 저를 믿을 수 있을 방법이 무엇일지 생각해서 오도록 하겠습니다."

장일현이 이죽거리며 입을 열었다.

"빨리 와라. JS건설이고 김석훈 지검장이고, 모두 다 잊어 먹을 수도 있다."

"네, 알겠습니다."

희우는 교도소 밖으로 빠져나갔다. 희우의 입가에는 비릿한 미소가 걸렸다.

희우는 아직 조태섭 아래로 들어가지도 않았다. 하지만 장일현은, 희우가 조태섭 아래에 있다고 철석같이 믿어 버렸다.

희우는 장일현에게 일부러 허점을 만들어 이야기했다. 희우를 믿지 않는 장일현에게 완벽한 말을 만들어 속이려 했다면 그는 믿지 않았을 것이다. 장일현은 희우의 허술한 이야기에서 허점을 찾아냈고, 희우가 그 말을 인정해 버리면서 믿어 버리게 된 것.

장일현은 희우를 믿은 게 아니라 자신의 머리를 믿은 것이었다.

다음 날, 희우는 유빈을 만나고 있었다. 잠실에 있는 호텔 커피숍이었다. 유빈이 희우에게 물었다.

"또 뭘 시키려고?"

그녀의 얼굴에는 장난스러움이 가득했다. 희우를 만나고 나면 일거리가 생긴다는 것을 돌려 말한 것이었고 그것은 사실이었다.

희우는 미안한 표정으로 유빈에게 말했다.

"네, 또 뭐 좀 부탁드리려고요."

"말해 봐."

"황진용 의원님께 정보 하나만 흘려 달라고 부탁드리려고요."

"흘려 달라고?"

희우는 고개를 끄덕였다.

"이번에는 어떤 비리를 폭로해 달라는 게 아니라 흘려 달라는 말입니다."

유빈이 고개를 갸웃거렸다.

"그게 무슨 말이야?"

그 뜻이 무엇인지 유빈은 잘 이해하지 못했다.

"상대측에 흘리기만 하면 됩니다. 지금까지의 일을 지켜보면 어차피 폭로한다고 해도 상대는 막아 버릴 게 분명해요. 그래서 이번에는 직접 치지 않고 정보만 흘려 보려고 합니다."

그녀는 잠시 희우의 계획에 대해 예상을 해 보려 했다. 하지만 이내 고개를 저었다. 알면 기사로 쓰고 싶어질 게 분명했다.

유빈이 희우에게 물었다.

"이번에 폭로할 건 또 뭐야?"

"한반도은행 불법 자금 대출요."

"……!"

유빈의 눈동자가 흔들렸다. 자칫 은행을 잘못 건드렸다가 어떤 일이 벌어질지 예상도 하기 어려웠다. 아니, 예상은 할 수 있다. 하지만 예상한 것 이상으로 사회의 혼란이 심각해질 거다. 그녀는 떨리는 목소리로 입을 열었다.

"은행을 건들 거야?"

"건드는 게 아니라 흘리는 거라니까요."

유빈은 잠시 한숨을 내쉬었다. 흘리는 것과 폭로하는 것의 의미는 달랐지만 후에 벌어질 파장에 대해서는 여전히 예측할 수 없었다.

생각하던 유빈이 다시 희우에게 물었다.

"그런데 정말 궁금한 게 있어서 그러는데……."

유빈은 잠시 말을 멈췄다. 그리고 한숨을 내쉬었다. 자신의 신분이 기자이기 때문에 후배에게 말도 마음껏 하지 못하는 게 아쉬웠다.

그녀의 표정을 본 희우가 말했다.

"궁금한 거 있으면 말씀하세요. 기자로서 묻지 않는다는 거 알고 있어요. 그리고 선배가 기사로 쓴다고 해도 상관은 없어요."

"그럼 진짜 다 물어본다."

"네."

"정말 궁금한 게 있는데, 도대체 우리나라가 어디까지 썩어 있는 거야?"

"네?"

"국회의원에 정재계 인사에 그리고 이번엔 금융권까지, 네가 나한테 건네주는 사건만 봐도 얼마나 더러운지 알아?"

기자가 이런 걸 물어보니까 오히려 이상했다. 그녀가 말을 이었다.

"내가 보는 추한 모습은 국회의원의 앞뒤 다른 이중인격이 전부잖아."

희우는 어깨를 으쓱했다.

"돈과 권력이 고여 있으면 썩기 마련이잖아요. 그 옆으로 파리가 달려드는 건 당연한 거고요."

"다 썩었단 소리네?"

"아뇨. 일부입니다. 그런데 더러운 놈들이 워낙 더러워서 그렇죠."

그녀가 물끄러미 희우를 바라봤다.

더 묻고 싶었지만, 그녀는 여기서 멈췄다. 계속 들었다가는 사회의 악을 뿌리 뽑고 싶은 마음에 진짜 기사로 작성할 것 같아서다.

"황진용 의원님은 바로 만나 볼게. 오늘 저녁에 같이 식사하기로 했으니까 그때 말씀드리면 되겠다."

희우는 유빈에게 황진용 의원에게 전할 몇 가지를 말한 후 자리에서 일어나서 밖으로 나섰다.

찬 바람이 스쳐 지나가고, 희우는 유빈이 했던 말을 곱씹었다.

다 썩었다는 말.

그 말을 떠올린 희우는 말없이 웃었다. 다 썩었으니까 도려내려고 하는 것이다. 썩은 살을 도려내면 새살이 올라오고 좀 더 나은 세상이 되겠지 하는 생각이었다. 그리고 희우의 눈은 그 썩은 살의 가장 깊숙한 곳에 있을 조태섭을 떠올렸다.

그날 밤.

유빈은 황진용 의원과 식사를 하고 있었다. 색색별로 놓인 한정식이었다.

식사를 하던 중 유빈이 말했다.

"김희우 검사가 또 한 가지 사건을 가지고 왔습니다."

젓가락을 움직이던 황진용의 손이 멎었다. 그리고 그의 눈이 가늘게 뜨여 그녀를 바라봤다.

희우가 어떤 사건을 가지고 올 때마다 황진용의 힘이 강해지고 있었다. 이미 두 번의 사건을 통해 황진용이 느끼고 있는 것이었다. 그는 지금 국민들에게 열정적이고 강직한 국회의원이라는 이미지를 얻고 있었다.

그런 중에 희우가 또 사건을 가지고 왔다? 관심이 없을 리가 없었다.

유빈이 말했다.

"김희우 검사가 말하기를, 이번엔 그냥 흘려만 달라고 했습니다."

"흘려만 달라? 왜지? 지난번처럼 기자회견을 열어서 터뜨리는 게 더 좋지 않을까 하는데?"

그 말에 유빈은 희우가 했던 말을 그대로 하기 시작했다.

"네, 그것도 나쁜 방법은 아니지만 지금 의원님의 인지도는 일시적으로 올라갔을 뿐이라고 생각합니다. 세력이 없는 상태에서 모래성과 같은 상황이라, 예전과 같은 힘은 아직 없다고 봅니다."

기분 나쁜 말일 수도 있었다. 직접적으로 뜻을 생각하면 황진용의 인기는 일시적일 뿐 금방 사라질 불씨라는 말이었다. 하지만 황진용은 노기를 띠지 않았다. 그 역시 생각하고 있던 일이었다.

"그렇지. 나도 그게 걱정되는 중이야."

"세력을 키우기 위한 가장 좋은 방법은 상대를 무너뜨리는 것이라고 생각합니다. 그런데 앞선 두 번의 사건에서 상대의 세력은 전혀 무너지지 않았습니다. 오히려 더 강해지고 견고해졌지요."

황진용이 고개를 끄덕였다. 유빈이 계속 말했다.

"그래서 이번 일은, 폭로를 하기보다 상대에게 혼선을 주자는 의미입니다. 의원님이라면 상대 진영 측에서 읽을 수 있도록 흘릴 수 있는 능력이 있으니까요."

황진용의 입에서 미소가 걸렸다.

"그 이야기는 모두 김희우 검사가 한 말인가?"

"네, 정리해서 기억하느라 애썼네요."

그녀의 말에 황진용의 입에 흐뭇한 미소가 걸렸다. 희우가 한 말들은 모두 정확히 현재를 꼬집고 있었다. 그가 고개를 끄덕이며 말했다.

"흘리는 건 어렵지 않은 일이지. 그래, 그럼 어떤 정보인지 볼까?"

유빈은 희우가 준 쪽지를 가방에서 꺼내 황진용에게 건넸다.

황진용이 쪽지를 들어 올렸다.

한반도은행 불법 자금 대출에 관한 사실을 김석훈 지검장이 조사하는 중

황진용의 입가에 짙은 미소가 걸렸다. 그리고 중얼거렸다.

"한반도은행이라······. 김희우 검사가 머리가 아주 좋아. 한반도은행이 어떤 곳인지 알고 있나?"

유빈이 고개를 저었다. 황진용은 술잔을 들어 기울인 후 말을 이었다.

"한반도은행은 상대측 의원들에게 자금을 대 주는 곳이에요. 그쪽 의원들이 지금까지 그 돈으로 먹고살아 왔으니까."

황진용 의원은 한반도은행과 DHP머니의 박대호 그리고 조태섭의 관계까지는 모르고 있었다. 하지만 한반도은행의 중요성에 대해서는 확실히 알고 있었다. 황진용 의원이 말을 이었다.

"거기에 상대측에 큰 힘이 되는 사람이 김석훈이야. 김희우 검사는 두 세력을 싸움 붙일 생각인가?"

저절로 떠오른 미소를 지은 채, 황진용이 다시 입을 열었다.

"김석훈과 한반도은행이라. 자기들끼리 배신을 하는 3류 영화가 만들어지겠어. 하지만 사람들은 3류 영화에 열광하는 법이지."

그의 목소리는 아주 기분이 좋아 보였다.

다음 날 늦은 오후였다.

희우는 담장이 높게 치솟아 있는 집 앞에 서 있었다. 그곳은 조태섭의 집이었다. 잠시 숨을 내쉰 희우는 초인종을 눌렀다. 한 번, 두 번, 초인종 소리가 울리고 한지현이 문 앞으로 나왔다. 그녀는 문을 열지도 않은 채 집 안쪽에 서서 희우에게 물었다.

"어쩐 일이시죠?"

"의원님 안에 계십니까?"

"예정되지 않은 약속은 받지 않고 있습니다."

희우는 잠시 그녀를 바라봤다. 본인은 모르고 있겠지만 그녀는 자신에게 두 번째 삶을 선물해 준 사람이었다. 그리고 그때와 마찬가지로 머리부터 눈동자까지 칠흑 같은 그녀였다.

희우가 입을 열었다.

"김석훈 지검장에 관한 급한 일이라고 말씀해 주십시오."

"그럼 약속을 한 후 나중에 다시 오십시오."

그녀의 목소리는 차가웠다. 희우가 다시 말했다.

"전 쓸데없는 일로 찾아오는 사람은 아닙니다."

그의 말에 한지현은 가만히 희우를 바라봤다.

그녀는 희우가 어떤 생각을 가지고 있는지 예상할 수 없었다. 분명 자신과 어떤 관계가 있는 것 같은데 그것마저도 알기 어려웠다.

그녀는 고민을 하다가 입을 열었다.

"그럼 여쭤어보고 오겠습니다."

그녀는 뒤로 돌아 집 안으로 들어갔다. 그리고 잠시 후 다시 밖으로 나왔다.

"들어오십시오."

덜컹하는 소리가 들리며 두꺼운 쇠문이 열렸다.

희우는 문을 지나 멋들어진 대적송이 굽어 있는 정원으로 들어섰다. 그리고 집 안의 긴 복도를 따라 조태섭의 서재로 향했다.

집 안에 한지현과 조태섭 외에 다른 사람들도 있을 것이 분명했지만 복도에는 한지현과 희우의 발소리만 들려왔다. 한지현이 조용히 말했다.

"서재에 들어가서 책상 앞까지 걸어가면 안 됩니다. 의원님은 서재 내에서 자신의 앞에까지 다가오는 걸 상당히 싫어하십니다. 그리고……."

그녀는 조태섭 앞에서 갖춰야 할 예의에 대해 알려 주고 있었다.

물론 희우는 이전의 삶에서 경험을 했던 일이기에 모두 알고 있는 사실이었다. 하지만 마치 처음 듣는 양 집중해서 들었다.

그들은 금세 서재 앞에 도착했다. 한지현이 말했다.

"잠시만 기다리십시오."

그녀는 희우를 세워 두고 문을 두 번 노크했다. 그리고 안으로 들어가 조태섭을 향해 가볍게 고개를 숙인 후 입을 열었다.

"김희우 검사가 왔습니다."

"들어오라고 해."

뭔가를 작성하고 있던 조태섭은 고개도 들지 않고 말했다.

한지현이 문밖에 서 있는 희우에게 고갯짓을 했다. 그 표시에 희우가 안으로 들어섰다. 그리고 고개를 숙여 조태섭에게 인사했다.

"안녕하십니까?"

그제야 조태섭이 펜의 움직임을 멈추고 고개를 들었다. 그리고 물었다.

"그래? 무슨 일이지?"

"예전에 의원님과 나눴던 말이 기억나서 찾아왔습니다."

"나와 나눴던 말이 기억났다고?"

"네, 의원님은 강한 대한민국이라는 목표를 가지고 계시지 않습니까?"

그 말에 조태섭이 웃었다.

"그래, 난 대한민국이 지금보다 더 힘이 있는 그런 국가가 되었으면 하고 있어. 그건 언제나 하고 있는 생각이야. 그런데 왜 그런 말을 하는가?"

"고민을 했습니다."

"고민?"

조태섭의 눈이 가늘게 뜨여 희우를 바라봤다. 지금 그는 희우가 무슨 말을 하려고 하는지 예상할 수 없었다. 희우가 계속 입을 열었다.

"저는 김석훈 지검장의 사람입니다."

"지금 무슨 말을 하고 있는 건가?"

"김석훈 지검장은 검찰을 강하게 만들 계획을 가지고 있습니다."

조태섭 역시 김석훈에게 자주 듣던 말이었다. 김석훈은 그 어디에도 휘둘리지 않는 강한 검찰을 꿈꿔 왔다. 희우가 계속 말을 이었다.

"김석훈 지검장이나 조태섭 의원님 정도의 인물이라면 생각하고 있는 이상을 이룰 수 있는 분들이라고 생각합니다. 그래서 저는 강한 검찰과 강한 국가 사이에서 고민을 했습니다. 그리고 조태섭 의원님의 이상을 따르기로 결정했습니다."

"결정?"

희우는 품에서 종이를 꺼냈다. 그것은 규리가 희우에게 건넸던 종이로, 한반도은행과 DHP머니에 대한 이야기가 적혀 있었다.

희우는 종이를 들고 성큼성큼 조태섭 앞으로 걸어갔다.

한지현의 눈이 놀라서 크게 뜨였다. 그녀를 제외한 누구도 책상 앞에까지 오지 못하게 하는 조태섭이다. 그런데 아무 거리낌 없이 움직이다니! 하지만 워낙 순식간이었기에 희우의 행동을 말릴 수 없었다.

책상 앞에 선 희우가 말했다.

"다른 사람은 믿지 못하는 성격이라서요."

희우가 한 말의 뜻은 지금 들고 있는 종이를 한지현에게는 줄 수 없다는 것이었다. 즉, 이 좁은 공간에서도 조태섭을 제외한 아무도 믿지 않는다는 말과 같았다. 한지현의 미간이 찌푸려졌다.

하지만 조태섭은 여전히 어떤 표정도 없었다.

희우가 조태섭의 앞에 종이를 건넸다. 그리고 말했다.

"천하그룹의 지분이 15%, 박대호 사장이라는 분께 있지만 실제 주인은 조태섭 의원님이십니다. 그리고 이번에 한반도은행과 DHP머니는 과도한 주택자금 대출을 하고 있습니다. 그런데 대출을 받는 사람은 모두 노숙자들입니다."

처음으로 조태섭의 눈썹이 꿈틀거렸다. 희우는 무표정하게 말을 이었다.

"김석훈 지검장은 조태섭 의원님의 목에 목줄을 걸려고 하고 있습니다."

"하!"

조태섭의 입에서 자신도 모르게 분노의 소리가 흐르며 눈에는 노기가 흘렀다. 그리고 희우를 바라봤다.

그와 달리 희우는 담담했다. 희우가 물었다.

"어떻게 하시겠습니까?"

조태섭의 눈과 얼굴에 있던 분노는 순식간에 사라졌다. 그리고 조태섭은 사람 좋은 미소를 지으며 말했다.

"그래, 그런데 이걸 나에게 가지고 온 본심을 이야기했으면 좋겠는데."

본심이라니?

희우는 조태섭의 눈을 바라봤다. 조태섭은 한순간만 방심을 한다고 해도 희우의 모든 걸 꿰뚫어 볼 수 있는 연륜과 경험을 가지고 있었다. 즉, 섣부른 거짓말은 통하지 않는 상대였다. 희우는 잠시 한숨을 내쉰 후 입을 열었다.

"다른 마음이 없다면 거짓말입니다. 김석훈 지검장 때문에 제 이력이 망가졌습니다."

"……."

"저는 김산에서 서울로 그리고 다시 경기도로, 또 서울로 이동을 했습니다. 짧은 시간 동안 이렇게 많은 이동을 한 검사는 없다고 생각합니다."

조태섭은 생각했다. 초임 검사의 잦은 이동, 그것은 앞길이 창창한 희우에게 끔찍한 일이라고. 잠시 생각을 이어 가던 조태섭이 물었다.

"그래, 자네는 김석훈 지검장을 어떻게 했으면 좋겠나?"

"그건 제가 생각할 일이 아니라고 봅니다. 저는 어디까지나 검사입니다."

방금은 김석훈 지검장 때문에 이력이 망가졌다고 하더니 이번에는 한낱 검사일 뿐이라고 하는 희우. 앞뒤가 맞지 않는 말이었지만 상관없었다. 어차피 조태섭에게 희우는 애송이로 보일 뿐이었다.

조태섭이 고개를 끄덕였다.

"그래? 그럴 수도 있겠지. 그럼 이건 내가 알아서 하겠네."

조태섭은 희우가 가지고 온 종이를 구겨 책상 아래에 있는 쓰레기통에 버렸다. 그리고 희우에게 물었다.

"이런 걸 내게 가지고 왔으니 보상은 해 줘야겠지? 원하는 게 무엇인가?"

"네? 원하는 거라니, 무슨 말씀이신지……."

희우의 말에 조태섭이 사람 좋은 미소를 지으며 고개를 저었다.

"아니야, 거짓말하지 않아도 돼. 나한테 이런 걸 가지고 왔을 때는 바라는 게 있기 때문이 아닌가?"

희우는 멋쩍은 미소를 지었다.

"그런 거 없습니다."

조태섭이 고개를 끄덕였다.

"그래, 그럼 생각나면 언제든 찾아오도록 하게나."

희우는 조태섭에게 고개를 꾸벅 숙이고 밖으로 나갔다.

그의 옆으로, 나가는 길을 안내하기 위해 한지현이 붙었다.

정원으로 나서며 한지현이 입을 열었다.

"바라는 걸 말씀하셨으면 들어주셨을 겁니다."

희우가 고개를 저었다.

"정말 없습니다."

한지현의 시선이 희우를 슬쩍 바라봤다. 그리고 물었다.

"어떤 생각인지 궁금합니다."

"네?"

"제게 그동안 했던 말을 기억하면, 검사님께서 어떤 생각을 가지고 계신지 궁금합니다."

그녀로서는 고민 끝에 힘겹게 물어본 질문이었다.

희우는 걸음을 멈춰 서서 그녀의 눈동자를 바라봤다. 그리고 말했다.

"제가 먼저 궁금한 게 있어요."

"저한테 궁금한 게 있나요?"

희우가 고개를 끄덕이며 물었다.

"이번에 김석훈 지검장이 조태섭 의원님을 조사하면서 한지현 실장님 역시 함께 조사가 들어갔습니다. 그런데 의원님에 대한 자료는 나와도 한지현 실장님에 대한 이야기는 전혀 찾을 수가 없었습니다."

희우는 오래전 상만에게 한지현에 대해 조사를 하라고 지시를 내린 적이 있었다. 하지만 그녀에 대한 보고서는 아직까지도 올라오지 않았다. 희우는 그 일에 대해 김석훈을 핑계 삼아 돌려 이야기했다.

그 말을 들은 한지현의 입가에 순간 슬픈 미소가 걸렸다. 그 순간은 워낙 짧아서, 평범한 사람이라면 알아챌 수 없을 정도였다. 하지만 희우는 그 순간을 놓치지 않았다. 분명 뭔가 있었다.

그녀가 말했다.

"저는 조사할 수 없을 겁니다."

"그런가요? 그렇게 말씀하시면 더 파 보고 싶어지는 게 검사의 직업병인데요."

"할 수 있으면 해 보십시오."

그녀는 강하게 말했다.

어느새 그들은 문 앞에 도착했다. 희우는 그녀에게 꾸벅 고개를 숙이며 말했다.

"저도 실장님의 질문에 대답을 해야겠네요. 아직 모든 대답을 해 드릴 수는 없습니다. 다만, 조금만 기다리세요. 약속을 지킬 시간이 다가오고 있으니까요."

"······!"

그녀의 눈동자가 흔들렸다.

"그게 도대체 무슨 뜻이지요?"

희우가 대학생일 때도 같은 말을 그녀에게 했었다. 그녀는 그 말을 들을 때마다 어쩐지 아련한 느낌을 받았다.

희우는 대답 대신 고개를 살짝 숙인 후 집을 빠져나갔다.

희우가 떠나고 한지현은 잠시 그 자리에 머물렀다. 그리고 다시 서재로 들어가 조태섭의 앞으로 향했다.

그녀가 다가오자 천천히 자리에서 일어선 조태섭.

그의 손이 올라갔다. 그리고.

쩌억! 소리와 함께 한지현의 얼굴이 돌아갔다.

붉게 변한 뺨.

하지만 그녀의 표정에는 변화가 없었다.

조태섭이 말했다.

"내 책상 앞으로 아무도 오지 못하도록 하라고 했을 텐데?"

노기 어린 그의 말에 그녀가 담담히 말했다.

"죄송합니다."

조태섭은 찌푸려졌던 미간을 펴며 그녀에게 입을 열었다.

"저 김희우라는 놈, 조사하도록 해. 처음부터 끝까지, 하나도 빼놓지 말고 조사해."

"네, 알겠습니다."

그 시각, 희우는 조태섭의 집에서 나와 잠시 거리에 서서 하늘을 바라보고 있었다. 끝나 가는 가을의 하늘은 높기만 했고, 이제 김석훈의 청문회가 코앞으로 다가왔다. 스쳐 지나는 바람을 느끼며 희우는 눈을 감았다. 그리고 조용히 말했다.

"죄송합니다."

그 말은 한지현에게 하는 사과였다.

그녀의 말을 따르지 않고 조태섭의 앞에까지 걸어간 희우는, 알고 있었다. 조태섭이 그런 행동을 얼마나 싫어하는지. 하지만 그렇게 할 수밖에 없었던 이유는 조태섭으로부터 믿음을 얻기 위해서였다.

희우의 눈이 천천히 뜨였다. 밝은 빛이 그의 눈으로 쏟아져 내렸다.

희우는 조태섭이 이제 자신의 뒷조사를 본격적으로 할 것이란 걸 예상하고 있었다.

다음 날.

희우는 상만과 함께 경기도 시흥에 있었다. 김석훈에게 마약이 유통되고 있다는 거짓말을 한 곳이었다. 시흥의 유흥가로, 한 곳에 큰 마트가 있고 주변으로 술집이 늘어져 있었다.

상만이 물었다.

"여긴 왜 데리고 오셨어요? 공장 사시려고요?"

희우는 대답하지 않고 주변을 둘러봤다. 그리고 걷기 시작했다. 상만이 툴툴거리며 희우의 옆을 따라갔다. 희우가 말했다.

"너 사진 잘 찍지?"

"네? 사진요?"

"장일현 사진도 네가 찍었잖아."

장일현과 성진미가 호텔로 들어서는 순간을 포착했던 상만이었다.

상만이 말했다.

"저를 사진 찍으라고 끌고 오신 거예요?"

"난 사진 찍는 거는 재능이 없어서."

"하하, 제가 얼마나 고급 인력인지 몰라서 그러세요?"

"응, 몰라."

한국 대학교 경영학과를 수석으로 졸업한 상만이었지만 슬프게도 희우의 옆에서 허드렛일을 하고 있었다.

희우가 주변을 가리키며 상만에게 말했다.

"지금부터 이곳에서 저쪽까지, 최대한 마약 냄새 나게 사진을 찍어 봐."

"네? 마약요?"

"그래, 마치 이곳에 범죄가 있을 것 같다는 느낌이 들도록."

상만은 황당한 표정으로 주변을 둘러봤다. 대낮이라 사람도 많지 않고, 있어 봤자 마트에 가는 주부들뿐이었다. 상만이 되물었다.

"여기를 어떻게 마약 냄새 나게 찍어요?"

"일단 해 봐."

무리한 요구를 들으며 상만은 셔터를 누르기 시작했다.

희우는 주변을 둘러보며 주변 환경에 대해 최대한 머릿속에 집어넣고 있었다. 사진을 찍던 상만이 말했다.

"얼마나 찍어요?"

"메모리 다 채울 때까지 계속 찍어."

그리고 다시 다음 날이 되어 희우는 지검으로 향했다. 오랜만의 출근이었다. 지검으로 들어간 희우는 바로 지검장실로 향했다. 그리고 김석훈의 앞에 고개를 숙였다.

"죄송합니다. 시간이 조금 걸릴 것 같습니다."

오랜만에 나타나서 하는 말이 시간이 걸린단 소리라니. 희우의 말에 김석훈의 미간이 찌푸려졌다.

인상을 찌푸린 김석훈을 보며 희우가 다시 입을 열었다.

"하지만 청문회 전에는 터뜨릴 수 있을 것 같습니다."

김석훈이 소파에 앉으며 말했다.

"중간보고해 봐."

"네."

희우는 천천히 김석훈의 앞으로 걸어갔다. 그리고 품에서 USB를 꺼내 노트북에 연결한 후 관련 서류를 김석훈에게 건넸다.

희우가 말을 시작했다.

"시흥의 마트 부근으로 유흥 상권이 들어서 있습니다. 이곳에서 마약이 유통되고 있습니다."

희우의 입에서 근처 환경에 대한 이야기가 쉬지 않고 흘렀다. 각 골목을 들먹이며 하는 이야기는 현장감 있게 들렸다. 그곳에서 며칠간 살아 보지 않았으면 나올 수 없을 이야기들이었다.

희우가 노트북의 화면을 넘겼다.

"조직원들입니다."

사진에 나온 것은 그저 한국에 일하러 온 외국인 노동자들이었지만 상만이 사진을 기가 막히게 잘 찍은 덕에 그들은 정말 외국인 범죄단처럼 보였다. 희우가 다시 입을 열었다.

"점조직으로 되어 있어서 일망타진은 어려울 것 같습니다. 하지만 최대한 신중히 조사를 하도록 하겠습니다."

김석훈이 고개를 끄덕였다.

바보 같았지만, 김석훈은 지금 희우의 가짜 브리핑을 믿어 버렸다. 매사에 철저하던 김석훈이 이런 브리핑을 믿어 버린 이유는 그 역시 인간이기 때문이었다. 청문회를 앞두고 구름 위를 걷는 기분을 만끽하고 있는 김석훈에게 작은 흠집은 눈에 보이지도 않았다. 그리고 희우가 브리핑을 한 외국인 범죄는 청문회에 도움이 될 일일 뿐이었지 반드시 필요한 일은 아니었다. 그에겐 지금 그런 일보다 청문회와 검찰총장이 된 후의 일이 훨씬 더 중요했다. 김석훈이 말했다.

"그래, 고생하고 있어. 일은 천천히 해도 좋아. 그런데 외국인 범죄면 청문회 전에 터뜨리는 것보다 검찰총장이 된 후 대검에서 만들어 터뜨리는 게 어때?"

"네?"

"청문회는 당연히 통과가 되겠지. 하지만 문제는 그다음이야."

김석훈이 희우에게 앉으라고 손짓을 했다. 그 표시에 희우가 맞은편 소파에 앉자 김석훈이 말을 이었다.

"난 꼭두각시 총장이 되고 싶은 마음이 없어. 그러기 위해서는 힘을 가져야 해. 검찰의 힘이 뭐라고 생각하지?"

"법 아닙니까?"

"아니야, 법은 법원의 힘이지. 우리의 힘은 국민이야. 국민이 믿을 수 있는 검찰을 만든다면 그 누구도 우리에게 뭐라고 하지 못할 거야."

그는 희우를 똑바로 바라봤다. 그리고 입을 열었다.

"그러니까 사건 많이 준비해 뒀다가 내가 총장이 되면 터뜨리도록 하자."

"네, 알겠습니다. 그럼 계속 준비를 하도록 하겠습니다."

"그래, 외국인 사건은 여기서 멈추고, 또 다른 사건을 만들어 봐."

김석훈은 자신이 검찰총장에 앉은 후 많은 사건들을 연이어 해결했다는 말을 듣고 싶었다.

"네, 알겠습니다."

희우는 그에게 고개를 숙이고 자리에서 일어났다.

사무실로 내려가고 있을 때였다. 멀리서 복도를 걷던 민수가 희우를 발견했다. 그리고 바로 달려왔다.

"김희우!"

그는 몹시 화가 난 모습이었다.

"네?"

앞에 도착한 민수가 화가 난 듯 큰 소리로 말했다.

"너 나한테 사건 떠넘기고 어딜 놀러 갔다가 와?"

희우는 그에게 오진영 사기 사건을 떠넘기고 오랜 시간을 지검에 오지 않았다. 희우 나름대로야 검은 양복과 싸움을 하고 평택을 조사하는 등의 일이 있었지만 그런 건 민수가 알 바 아니었다. 단지 그는 자신에게 골치 아픈 일을 넘기고 출근하지 않은 희우가 얄미울 뿐이었다.

그를 보고 희우가 어색한 미소를 지었다.

"죄송해요, 하하."

조금은 미안했다. 민수는 사건의 중간에 끼어들었고 앞뒤 사정을 잘 모르는 채로 사건을 넘겨받았다. 그래서 그 사건을 처음부터 다시 조사해야 했다. 민수가 말했다.

"그럼 술 사."

"네?"

"술 사라고, 흘흘흘."

그의 웃음에 희우도 그만 웃어 버리고 말았다. 희우가 말했다.

"그럼 퇴근 후에 호프집으로 갈까요?"

"좋아."

희우와 민수는 퇴근 후 호프집에서 만났다. 치킨이 앞에 놓이자 민수가 맥주를 들어 마신 후 입을 열었다.

"그런데 우리 지검장이 총장 되는 거 맞아?"

희우가 고개를 끄덕였다.

"네, 그렇다고 하네요."

민수가 고개를 절레절레 저었다.

"그런 사람이 총장이 되면 어떻게 하라고."

"왜요?"

"사실, 흘리고 다니는 비리가 없어서 그렇지 김석훈 지검장이 깨끗한 사람은 아니잖아. 그렇다고 좋은 사람도 아니고, 그렇다고 능력이 출중한 사람도 아니지."

민수는 답답하다는 듯 맥주를 들어 마셨다. 그리고 다시 입을 열었다.

"아무것도 없는데 어떻게 총장이 될 수 있지? 난 이해할 수가 없어. 좋은 스폰이 있나? 여튼, 나는 사건 가지고 장난치는 사람이 제일 싫어."

민수가 마무리를 짓고 있던 오진영 사건도 계속 연기되는 중이었다. 이유는 모두 시기를 조율하려고 하는 김석훈 때문이었다. 민수는 사건을 사건으로 보지 않고 자신의 앞일에 도움이 될지 아닐지, 정치적으로 계산해서 움직이는 김석훈이 마음에 들지 않았다.

희우가 민수에게 물었다.

"그럼 누가 검찰총장이 되었으면 좋겠어요?"

"나."

민수는 당당히 자신이 총장이 되어야 한다고 전했다.

희우가 눈을 동그랗게 떴다.

"네?"

"내가 돼야지, 흘흘흘."

장난스럽게 웃는 민수를 보며 희우 역시 뜬금없는 질문을 했다.

"그런데 선배는 왜 검사가 되셨어요?"

"응?"

사실 오랫동안 궁금했던 일이지만 민수가 이야기하는 걸 원치 않아 보였기에 그동안 묻지 않았다. 하지만 민수를 어디까지 믿을 수 있느냐가 앞으로의 행보에 중요한 일이었기에 지금은 물어야 했다.

그 질문에 민수가 고개를 갸웃거렸다.

"이유가 있나? 그게 왜 궁금해?"

"선배가 처음 들어갔던 게 의대였나요? 그리고 미대였는지 음대였는지도 갔다가 법대 와서 검사를 하고 있으니 궁금하잖아요."

민수가 요상하게 웃으며 대답했다.

"검사가 제일 적성에 맞나 보지, 흘흘흘."

희우는 더 이상 묻지 않았다. 분명 민수에게는 뭔가 숨기는 것이 있어 보였지만 말을 하기 싫어하는 사람에게 억지로 묻는 건 아닌 것 같았다.

희우는 맥주잔을 들어 마셨다. 그때 민수가 낮게 말했다.

"사실 너한테는 이야기하고 싶었어."

"……?"

"난 우리 아버지가 마음에 들지 않거든."

"네?"

"난 네가 좋은 친구라고도 생각하고, 그리고 언젠가 잡아야 할 사람이라고도 생각하거든."

"저를 체포한다고요?"

진지한 민수와 달리 희우는 장난스럽게 답했다. 분위기를 풀기 위해서다. 하지만 민수는 진지했다.

"아니, 그렇게 잡는 거 말고."

그리고 이어진 민수의 말은 희우가 충격에 빠지기에 충분했다.

"우리 아버지 이름이 이중석이야."

"……!"

이중석. 한때 정계에서 가장 잘나가던 사람 중 하나였다. 하지만 군사 정권이 끝나고 문민정부가 들어서며 역사의 뒤안길로 사라진 인물. 그 인물이 민수의 아버지라니 놀라울 수밖에 없었다.

희우가 민수의 얼굴을 바라봤다. 민수가 말했다.

"사람들은 아버지가 높은 사람이니까 항상 당당했을 거라고 예상을 하는데, 아니었어. 언제나 고개를 숙이고 다녔지. 어떻게든 눈에서 벗어나지 않기 위해 애를 썼고. 그래서 난 그게 싫었어."

민수는 맥주를 들어 마셨다. 그리고 다시 입을 열었다.

"우리 아버지 엔딩은 알고 있지? 조태섭 의원의 시대가 열리면서 쫓겨났지 뭐. 아, 조태섭 의원을 싫어하지는 않아. 강자니까. 알고 보면 대통령은 물론이고 누구도 조태섭 의원은 건들지 못할걸."

말을 하던 민수가 맥주를 마셨다. 그리고 그 입에서 다시 낮은 목소리가 흘렀다.

"난 아버지처럼 살고 싶지 않았어. 강자 앞에서 살살거리고 싶지 않아. 내가 최고가 되고 싶을 뿐이야. 흘흘흘."

희우가 민수를 향해 잔을 들어 올렸다.

두 사람의 잔이 부딪치는 순간, 희우가 말했다.

"미래의 총장님이니까 최고 맞네요."

"그렇지?"

희우는 술을 마시며 민수의 눈을 가만히 바라봤다.

민수의 눈빛은 도저히 예상할 수 없었다.

새 삶을 살며, 희우는 사람을 믿지 않기로 다짐했었다. 하지만 규리나 상만의 경우는 정말 큰 위기 상황이 아니고서는 자신을 배신하지 않을 거라는 믿음이 있었다. 하지만 민수는 모르겠다. 어떤 생각을 하고 있는지,

어떤 판단을 내릴지, 아직까지도 예측할 수 없었다.

희우는 다시 조용히 맥주를 마셨다.

그 시각.

조태섭의 서재에 한지현이 들어왔다.

"김희우 검사에 대해 조사한 것이 도착했습니다."

조태섭은 한지현이 건넨 서류를 받아 들었다.

고등학교 때 전교 꼴찌에서 단번에 1등으로 올라 한국 대학교에 입학.

부동산 경매로 부모님에게 시골집을 사 줌.

연수원 수석 입학에 수석 졸업.

그리고 조태섭의 눈이 떨린 것은…….

그의 첫째 아들이 죽었을 때 사고 현장에 있었던 이가 희우의 아버지라는 것이었다.

조태섭의 입에서 한숨이 흘렀다. 아무리 절대 강자의 위치에 서 있는 사람이라고 해도 자식의 죽음은 가슴 한편에 아픔으로 남아 있었다.

한지현은 조태섭이 혼자 있고 싶어 함을 느꼈다. 그녀는 조용히 서재를 벗어났다.

조태섭은 가만히 서재에 앉아 한숨만 내쉬었다. 그 기억 속에 아들의 얼굴이 떠올랐다. 자신을 위해 천하그룹의 사람들과 밤늦게까지 술을 마시고 돌아오다 사고를 당해 죽은 아들. 그 사건은 조태섭에게도 큰 충격이었다.

생각을 이어 가던 그는 고개를 저었다. 그리고 한지현이 놓고 간 종이를 구겼다. 안타까운 것은 안타까운 것이고, 어서 다음 일을 생각해야 했다. 쉬지 않고 생각하고 방비해야 정상에서 버틸 수 있었다.

조태섭은 김희우에 대해 생각했다. 한지현의 보고서를 보면 자신의 아들 문제를 제외하고는 특이 사항은 없었다. 그리고 잘 키운다면 5~6년

내에 사람들의 마음을 울릴 정치가로 키워 낼 수 있는 히스토리 또한 가지고 있었다. 다만 충성심 부분이 문제였다. 김석훈의 아래에 있다가 자신에게로, 박쥐같이 옮겨 왔다. 그 이유가 무엇일까?

순간!

조태섭은 다시 구겨진 종이를 펼쳤다.

연수원 1등이 김산에 갔다고? 말이 안 되는 부분이었다. 김산이라면 검사들에게 유배지로 통하는 곳이다. 연수원 1등이 가서는 안 될 곳이었다.

조태섭이 한지현을 불렀다.

"한 실장, 지금 당장 김희우가 연수원을 나올 때 있었던 연수원장을 찾아서 내게 전화하라고 해."

"네, 알겠습니다."

잠시 후, 조태섭에게 연락이 왔다.

-네, 연수원장입니다.

"그래, 뭣 좀 물어보고 싶은 게 있어서 전화했어."

-말씀하십시오.

"김희우라고 기억하고 있나?"

조태섭은 연수원장에게서 희우가 전석규를 만나기 위해 김산으로 내려갔다는 사실을 들을 수 있었다. 조태섭의 입에 미소가 떠올랐다.

김희우는 처음부터 김석훈의 사람이 아니었다. 어디까지나 전석규를 위해 일하고 있었다. 지금 상황을 보고 있자면, 김희우가 김석훈을 끌어내리기 위해 자신을 이용하는 것이나 마찬가지였다.

"크크크크."

조태섭의 입에 미소가 걸렸다. 상대의 의도를 파악했다면 어려운 일은 없었다. 조태섭이 중얼거렸다.

"아직 어려. 네 의도대로 움직여 줄까, 움직이지 말까?"

그 시각, 희우는 집에 앉아 신문을 보고 있던 중 걸려 온 전화를 받았다. 유빈이었다. 그녀가 말했다.

-지금 황진용 의원님께 전화가 왔는데, 상대가 미끼를 물었대.

"네, 고생하셨습니다."

-그런데 정말 이 정도면 충분해? 따로 보도를 하거나 할 필요 없어?

"네, 충분할 거예요."

통화가 종료됐다. 희우는 조용히 생각에 빠졌다.

황진용 의원은 상대에게 정보를 흘렸고, 상대가 그 정보를 받았다. 그것만으로 조태섭이 움직일까?

희우는 고개를 끄덕였다. 그리고 창문을 바라보며 중얼거렸다.

"넌 움직일 수밖에 없을 거다, 조태섭."

희우는 전화를 들어 올렸다. 그리고 조태섭의 전화를 기다렸다.

그 시각, 조태섭의 서재 문이 벌컥 열렸다. 갑작스레 열린 문에 조태섭의 미간이 찌푸려졌다. 한지현이 말했다.

"죄송합니다. 지금 급히 들어온 보고입니다."

"말해 봐."

"황진용 의원이 따로 조사하고 있는 것을 찾았습니다."

황진용이라는 말에 조태섭의 미간이 찌푸려졌다. 한지현이 계속 입을 열었다.

"김석훈 지검장이 한반도은행을 조사하고 있다고 합니다."

"……!"

조태섭의 얼굴이 구겨졌다.

"김석훈이 한반도은행을 조사하고 있다고? 김희우가 조사해 왔던 게 사실인가 보군."

그는 좁혀진 미간으로 고개를 저으며 말했다.

"김희우야 자신의 지검장을 찌를 수 없겠지만 황진용이 알 정도면 꽤 심각한데."

그는 고민을 시작했다.

희우에게 처음 김석훈에 대해 들었을 때, 기분은 좋지 않았지만 오히려 잘된 일이라고 생각했다. 김석훈이 자신에게 걸려고 했던 목줄을 역이용해서 그를 더 압박할 수 있는 방안을 마련할 수 있으니까.

하지만 황진용도 알았다면, 다른 생각을 가질 수 없었다. 황진용은 벌써 두 번이나 멋대로 언론에 폭로를 해 버린 전적이 있는 인물이다. 이번에도 멋대로 행동에 옮긴다면 어떻게 사건을 정리해야 할지 벌써부터 골치가 아파 왔다. 이럴 때는 가장 간단한 해결 방법으로 일을 처리하는 게 옳았다.

조태섭이 한지현에게 말했다.

"지금 김희우한테 전화해서 집으로 오라고 해."

"알겠습니다."

그리고 전화를 기다리고 있던 희우의 핸드폰이 울렸다.

울리는 전화벨을 들으며 희우는 미소를 떠올렸다. 그리고 전화를 받아 들었다.

-한지현입니다.

"기다리고 있었습니다."

난데없이 희우가 기다리고 있었다는 말을 전하자 한지현은 당황했다. 하지만 당황의 시간은 끝나지 않았다. 희우가 말을 이었다.

"지금 가면 되겠습니까?"

-네? 네.

희우는 자리에서 일어나 재킷을 걸치고 집을 빠져나갔다.

택시를 타고 조태섭의 집으로 향했다. 창밖을 보던 희우는 잠시 한숨을 내쉬었다. 지난번 갈 때와는 다른 입장이었다. 그때는 조태섭에게 김석훈에 대한 일을 일방적으로 통보했지만 이번에는 의견을 나눠야 하는 자리였다. 조태섭같이 오랜 시간 정상에서 머무르는 사람은 당연히 평범하지 않다. 단 한 번의 실수로 모든 것을 간파당할 수도 있다. 희우는 택시가 이동하는 동안 앞으로 해야 할 말과 행동에 대해 계획을 세우기 시작했다.

짧지 않은 시간이 지나고, 택시가 조태섭의 집 앞에 섰다. 초인종을 누르자 잠시 후 한지현이 내려왔다. 언제나 느끼지만 칠흑과 같은 미모를 가진 그녀였다. 그녀가 희우에게 짧게 고개를 숙여 인사했다.

"기다리고 계십니다."

희우는 그녀를 따라 조태섭의 집 안으로 들어갔다.

한지현이 먼저 서재로 들어가 입을 열었다.

"도착했습니다."

"들어오라고 해."

조태섭의 말과 함께 희우가 안으로 들어갔다.

책상 앞에는 술상이 차려져 있었다. 술상 앞에 양반 다리로 앉아 있던 조태섭이 웃으며 손짓했다.

"앉아."

희우는 그에게 고개를 숙여 인사한 후 그의 앞에 가서 앉았다.

조태섭이 말했다.

"김석훈을 잡고 싶지 않나?"

희우는 대답하지 않았다. 상대의 말에 섣불리 대답하는 건 위험할 수도 있었다. 희우가 가만히 있자 조태섭이 입을 열었다.

"내가 자네에게 기회를 주고 싶어서 그래. 유망한 검사, 앞으로 더욱 커 나갈 수 있는 검사. 그런 자네를 김석훈이 망쳐 버렸어."

희우는 가만히 조태섭의 눈을 바라봤다. 그 눈빛에 조태섭이 다시 말했다.

"김석훈을 잡을 수 있도록 도와주지."

도와준다? 도와준다라는 말은 책임은 지지 않겠다는 말이었다.

희우는 다시 조태섭의 눈을 바라봤다. 검찰총장 내정자인 김석훈을 잡는 일이었다. 위험이 없을 수가 없었다. 하지만 조태섭의 말은 위험 요소가 보이면 언제든지 빠져나가겠다는 것이었다. 사실 희우에게는 조태섭이 방해만 하지 않는다면 김석훈을 끌어내릴 수 있는 방안이 있었기에 상관은 없었다. 하지만 조태섭 앞에서 강한 척할 필요도 전혀 없었다.

희우가 물었다.

"어디까지 도와주실 생각입니까?"

"잡을 수 있도록 도와주지."

말은 간단했지만 가지고 있는 의미는 컸다.

조태섭이 술병을 들자 희우는 양손으로 잔을 들어 내밀었다.

"그럼 잔을 받겠습니다."

꼴꼴꼴, 술이 따라지는 소리가 조용한 서재에 울렸다.

술을 따른 후 조태섭이 말했다.

"쉽지는 않을 거야."

김석훈은 이미 총장 자리에 내정되어 있는 사람이었다. 아무리 조태섭이라고 해도 한번에 그를 끌어내리기는 어려웠다.

희우가 말했다.

"드라마에서 보니까 이럴 때 사냥개를 쓰라고 하더군요. 제가 의원님의 사냥개가 되겠습니다."

조태섭이 피식 웃었다. 듣기에 나쁘지 않은 소리였다.

"JS건설에 대해 조사해 보도록 해."

"이미 조사했습니다."

희우는 숨기지 않고 대답했다.

그는 조태섭이 자신을 조사했다는 걸 알고 있었다. 하지만 거기까지였다. 조태섭이 어디까지 조사했고 파악했는지 알 수 없는 상황에서 섣부른 거짓말을 하면 오히려 화를 부를 수 있었다. 이럴 때는 솔직히 말하는 게 답이었다. JS건설을 조사했다는 희우의 말에 조태섭은 그저 고개만 끄덕였다.

"이미 조사를 했다면 잘되었어. 그쪽을 계속 파 보도록 해. 시간이 없으니까 빠르게 움직여야 할 거야."

"네."

희우가 술병을 들어 조태섭의 잔에 따르며 말했다.

"제가 JS건설 사건으로 김석훈 지검장을 끌어내리려면 의원님의 도움이 필요합니다."

"내 도움이 필요하다? 말해 봐."

희우가 서재의 문으로 고개를 돌렸다. 닫힌 문이었지만 희우는 그 너머를 바라보고 있었다.

"한 실장이라고 했나요? 저분이면 될 것 같습니다."

"한 실장?"

희우가 고개를 끄덕였다.

"네."

"한 실장은 내 옆에서 벗어난 적이 없는 사람이야. 내 업무를 보는 사람이 어디에 필요하다는 거지?"

"의원님의 옆에 항상 있기 때문에 도움이 될 겁니다. 장일현이라고, 기억하십니까?"

조태섭이 고개를 끄덕였다.

"장일현이 JS건설 비리에 동참했습니다."

희우가 말을 마치자 조태섭은 크게 웃기 시작했다.

"거기까지 파악하고 있다니 대단해. 김석훈은 자네를 애완견으로 키우려고 했지만, 그게 아니었어."

그가 웃었지만 희우는 따라 웃지 않았다. 그는 지금 조태섭에게 진중한 모습을 보여야 했다. 희우가 말했다.

"한 실장이 장일현을 만나 주기만 하면 됩니다."

"만나기만 하면 된다?"

"네. 아무 말 없이 만나기만 하면 됩니다. 장일현은 한 실장을 보면 의원님의 약속이라고 멋대로 생각하고 협조할 겁니다."

조태섭이 다시 크게 웃었다.

"영악해, 아주 영악해. 그래서 마음에 들어. 앞으로 원하는 길을 말해 봐. 내가 자네를 이끌어 주지."

희우는 조용히 고개를 저었다.

"저는 국가가 잘되기를 바랄 뿐입니다."

조태섭이 잔을 들어 입에 대었다. 그리고 한지현을 불렀다.

"한 실장."

그 목소리에 문이 열리고 그녀가 안으로 들어와 조태섭에게 고개를 숙였다.

"필요하신 게 있으십니까?"

조태섭이 턱짓으로 희우를 가리켰다.

"내일 이놈하고 같이 안양 교도소를 다녀오도록 해."

"알겠습니다."

대답을 한 그녀가 서재를 빠져나갔다.

조태섭은 희우의 잔에 다시 술을 따랐다.

"오늘은 즐겁게 마시고 싶어. 내 자네가 아주 마음에 들었어. 앞으로도 지금처럼 열심히 살아야 해."

"감사합니다."

희우는 다시 조태섭에게 술잔을 받으며 생각했다.

도대체 조태섭과 한지현은 어떤 관계이기에 묻지도 않는 걸까? 둘 중

하나였다. 한지현이 조태섭에게 무한한 신뢰를 가지고 있든가, 아니면 공포로 지배를 받고 있든가.

조태섭은 보지 못했지만 희우의 눈이 차가워졌다. 그리고 희우 역시 보지 못했지만 조태섭의 눈은 날카롭게 희우를 바라보고 있었다.

다음 날이 되었다. 희우는 집 앞 골목을 지나 대로변에 서 있었다. 잠시 후 한지현이 타고 온 차량이 섰다. 그녀는 차에서 내려 희우에게 고개 숙여 인사한 후 조수석 뒤의 문을 열었다.

"타십시오."

자리에 앉으며 희우의 시선은 운전을 하고 있는 남자를 향했다. 얼굴은 보이지 않았지만 몸에서 풍기는 기운은 평범한 사람의 것이 아니었다. 특히 운전대를 잡고 있는 남자의 주먹에는 굳은살이 박여 있었다. 운전을 하러 온 사람이 아니라 한지현과 희우를 감시하러 온 사람으로 보였다.

약 한 시간 정도 차량이 달려 교도소 앞에 도착을 했고, 희우와 한지현은 취조실로 들어갔다. 그리고 잠시 후 장일현이 나왔다.

들어온 장일현은 한지현을 보고 눈을 크게 떴다. 눈을 껌벅이는 장일현을 보며 희우가 말했다.

"이 정도면 약속의 보증은 되었나요?"

"그, 그래."

장일현이 고개를 끄덕였다.

한지현이 왔다는 건 조태섭의 약속이라고 봐도 되었다. 적어도 조태섭은 약속을 잊지 않는 사람. 장일현은 희우를 믿지는 않았지만 조태섭은 믿고 있었다.

그가 의자에 앉자 희우가 녹음기를 앞으로 내밀며 말했다.

"그럼 부탁드리겠습니다."

그리고 녹음기의 전원 버튼을 누르며 계속 말을 이었다.

"지금부터 장일현 씨가 이야기하는 모든 것은 증거로 사용될 수 있음에 동의하십니까?"

"네."

"그럼 말씀해 주십시오."

장일현은 짧게 한숨을 내쉬었다.

"저는 김석훈 지검장의 명령을 받아 시의 고위 공무원들의 비리를 수집했습니다. 그리고 당시 JS건설의 중역들과 함께 평택 시청으로 갔습니다."

그는 당시의 정황을 설명했다. 그의 설명이 끝나자 희우가 물었다.

"이 일에 대한 증거자료가 있습니까?"

"있습니다. 제 카드 내역을 확인해 보시고 당시 JS건설 김진석 상무가 가지고 있던 법인 카드를 확인해 보십시오. 같이 공무원들의 식사를 대접하고 커피를 샀습니다."

희우가 다시 물었다.

"카드 내역만으로는 같이 밥을 먹고 차를 마셨다는 말밖에 되지 않습니다. 그런 건 범죄 사실에 대한 인정으로 사용될 수는 없습니다."

"……."

장일현은 잠시 생각을 하는 것 같았다. 그리고 갑자기 책상을 치며 말했다.

"있어!"

"네?"

"대포 통장과 대포폰. 김석훈 지검장이 사용하는 게 따로 있어."

"……?"

그러고는 골치 아프다는 표정으로 손으로 이마를 짚고 말했다.

"아, 김석훈 지검장이 쓰는 핸드폰이 따로 있는데 그 번호를 아는 사람이 없어. 그것만 알면 되는데."

"그걸 알면 어떻게 되는데요?"

"지검장이 왜 대포폰을 쓰겠냐? 그 핸드폰으로 녀석들과 연락을 하고 있단 말이야. 그 핸드폰을 지검장이 쓰고 있다는 걸 확인하는 게 첫 번째 고, 그다음에 통화 내역을 조사해서 누구와 썼는지 알아내면 끝이잖아."

희우가 고개를 끄덕였다.

"알겠습니다. 그럼 일단 녹음은 여기서 끊도록 하겠습니다."

녹음을 끊은 희우가 자리에서 일어섰다.

일어서는 희우를 보며 장일현이 물었다.

"내 형량 줄여 줄 수 있는 거 맞지?"

"네, 약속은 지킵니다."

희우는 한지현과 함께 교도소 밖으로 나갔다. 타고 왔던 차량에 오르며 한지현이 말했다.

"정말 저는 한마디도 하지 않았군요."

"네, 얼굴만 비쳐도 될 일이었으니까요."

"의원님께 장일현 씨의 형량을 줄여 달라고 말씀을 드릴까요?"

"약속은 약속이니까 한 달쯤 줄여 달라고 말씀하세요."

희우는 그녀를 향해 빙긋 웃어 보였다. 어차피 장일현은 김석훈을 잡기 전에 거쳐 간 피라미였을 뿐이다.

차량은 미끄러지듯 교도소를 벗어났다. 한지현이 희우에게 물었다.

"어디로 모실까요?"

"중앙 지검으로 가 주세요."

지검에 도착한 희우는 민수와 휴게실에 앉았다. 휴게실에는 두 사람을 제외하고 아무도 없었다. 민수에게 음료를 건네며 희우가 작게 물었다.

"그때, 잠실 근처에서 잡았던 사람 기억하시죠?"

"잠실?"

민수는 고개를 갸웃거리며 중얼거렸다.

"누구?"

잠시 생각을 하던 민수가 무릎을 쳤다.

"아, 그냥 풀어 줬던 애?"

희우가 오진영 사건을 조사할 때 오진영의 회사 아래 커피숍에서 오랜 시간 머물렀던 적이 있었다. 희우가 말하는 사람은 그때 김석훈의 지시를 받아 희우를 미행하다가 민수에게 잡혔던 남자였다.

민수가 다시 물었다.

"그런데 왜?"

"전화번호를 알고 싶어서요."

민수가 눈을 가늘게 떴다.

"왜? 또 잡아 오게? 그때 풀어 준다고 했잖아."

"물어볼 게 있어서요."

"기다려 봐."

잠시 자리를 비웠던 민수는 곧 돌아와 희우에게 파일 하나를 건넸다.

희우는 바로 자신의 사무실로 돌아와 오민국에게 전화를 걸었다. 전화를 받은 오민국이 말했다.

－지금은 업무 중이라 전화를 받을 수 없습니다.

"옆에 음악 소리 들리는데요? 제가 없으니까 커피숍에 계신 거 아니에요?"

－걸렸습니다.

장난스레 말한 오민국이 다시 말을 이었다.

－그럼 어서 일거리나 주십시오.

"사람 한 명만 조사해 주세요. 이름은 안석진, 주민번호는……."

－기다려 주세요. 바로 찾아볼게요.

"커피숍 아니었나 보네요?"

－커피는 사무실에서 마셔야죠.

안석진을 조사하기 위해 희우가 직접 컴퓨터를 사용할 수도 있었지만 사용하지 않았다. 사무실에 있는 컴퓨터로 무언가 조사를 했다가는 모두 김석훈에게 흘러갈 수 있었다.

잠시 후, 오민국이 보낸 팩스가 흘러왔다. 희우는 팩스를 받은 후 자리에서 일어섰다. 검찰을 빠져나온 희우는 곧바로 택시에 올랐다. 향하는 곳은 안석진이 살고 있는 곳이었다. 그곳은 경사가 심한 주택가였다. 희우는 안석진의 집 앞에 서서 그가 퇴근하기를 기다렸다.

희우가 그를 기다리는 이유, 장일현은 김석훈이 대포폰을 사용한다고 했다. 그리고 희우는 일전에 잠실에서 안석진을 잡았을 때 그가 김석훈과 다른 연락 체계로 연락을 주고받는다는 걸 확인했었다.

밤 11시가 다 되어서야 안석진이 나타났다. 희우는 그의 앞으로 걸어가 반갑게 인사했다.

"안녕?"

안석진은 희우의 얼굴을 보자 사색이 되었다.

"너 나 알지?"

"왜, 왜요?"

희우는 대답 대신 안석진을 위아래로 훑었다.

"이제 퇴근하냐?"

"……."

"너나 나나 피곤하게 사는구나. 따라와."

안석진은 희우를 따라오지 않고 가만히 멈춰 서 있었다. 희우가 그를 보며 웃었다.

"안 따라오면 너희 집 식구들 다 조사 들어간다. 무슨 말인지 알지?"

안석진은 고개를 숙인 채 희우의 뒤를 따랐다.

언덕을 내려가며 희우가 물었다.

"뭐 먹고 싶냐?"

"네?"

"회 좋아해?"

안석진은 대답이 없었다. 희우가 다시 말했다.

"사 준다니까."

"네."

두 사람은 언덕 아래에 있는 횟집으로 들어갔다. 희우가 주인에게 말했다.

"광어하고 소주 하나 주세요."

안석진은 여전히 굳은 표정이었다. 검사에게 끌려왔으니 표정이 좋을 리 없었다. 희우가 그의 잔에 술을 따르며 말했다.

"너나 나나 어차피 명령에 따라 움직이는 사람들이잖아. 편하게 마셔."

희우가 잔을 들어 술을 마시자 안석진 역시 힘겹게 술을 마셨다.

그렇게 두 사람은 소주 두 병을 비웠다. 취기는 있었지만 미약한 상태였다. 희우가 말했다.

"부탁 하나만 하자."

"네?"

"김석훈에게 전화 좀 걸어 봐."

"네?"

안석진의 표정이 더욱 굳어졌다. 희우가 말했다.

"이번에 JS건설 털 거야. 나는 그때 네 이름이 안 나왔으면 좋겠는데. 어떻게 생각해?"

안석진은 고개를 숙였다. 희우가 말을 이었다.

"왜? 김석훈 지검장이 있으니까 JS를 못 털 거 같아? 생각해 봐. 검찰총장으로 올라가려는 사람이야. 반대하는 세력이 있겠냐, 없겠냐? 대통령 선거를 기억해 봐. 엄청 시끄럽지? 검찰총장 자리도 만만치 않아."

희우는 잔을 들어 마셨다. 그리고 고개를 숙이고 있는 안석진에게 물었다.

"내가 지금까지 보니까 조사 들어가면 큰 놈들은 못 잡고 꼭 잔챙이들이 걸리더라? 이름은 안석진이 되겠지? 그렇게 되면 좋겠냐, 아니면 큰 놈이 잡혔으면 좋겠냐?"

안석진이 말했다.

"하겠습니다."

희우가 고개를 끄덕였다.

"그래, 잘 생각했다."

안석진은 희우의 말을 들으며 조심스럽게 핸드폰을 꺼내 들어 김석훈의 전화번호를 찾았다. 통화 버튼을 누르기까지 그의 얼굴에는 망설임이 떠올라 있었다. 하지만 결국 그는 눌렀다. 잠시 통화 연결음이 흐르고 김석훈의 목소리가 들려왔다.

－무슨 일이야?

"김희우 검사를 봤습니다."

－그래? 어디서?

안석진이 통화를 하고 있는 동안 희우는 자신의 핸드폰에 문자를 적어 그의 앞으로 내보였다. 핸드폰에는 '시흥 먹자 골목'이라고 적혀 있었다. 안석진이 핸드폰에 찍힌 글씨를 보며 말을 이었다.

"시흥의 먹자 골목 쪽입니다. 제가 그쪽에 친구를 만나러 갈 일이 있었는데 김희우 검사가 근처에서 움직이고 있었습니다."

－그래? 김희우가 시흥에 있다고?

잠시 김석훈은 뭔가를 생각했다. 시흥의 일은 희우가 이야기했던 마약에 대한 사건이었고 분명 김석훈은 그 사건을 잠시 뒤로 미루라고 말을 했었다. 생각을 이어 가던 김석훈이 다시 입을 열었다.

－내가 시킨 일 하고 있는 거니까 감시할 필요 없어. 어설프게 하다가 지난번처럼 잡혀 오지 말고 친구나 만나.

"네, 알겠습니다."

뚝 하고 전화가 끊겼다.

전화가 끊김과 동시에 희우는 바로 오민국에게 전화를 걸었다. 오민국은 전화를 받자마자 푸념을 토해 냈다.

–밤에는 전화하지 마세요. 저 퇴근했으니까 일 시킬 생각도 하지 마시고요.

"죄송합니다. 그런데 이번에는 정말 은밀히 움직여야 해서요."

–언제는 대놓고 움직이신 것처럼 말씀하십니다? 어서 말씀이나 하세요.

희우는 오민국에게 김석훈이 사용하고 있는 전화번호를 말했다.

"통화 내역 부탁드리겠습니다."

–물론 영장은 없지요?

"네."

희우의 말에 오민국이 한숨을 쉬며 말했다.

–저 진짜 조만간에 서울 갑니다. 그때 검사님이 저한테 어떤 밥을 사는지 기대하겠습니다.

"기대하세요. 가족분들 전부 모시고 와도 좋습니다, 하하하."

그렇게 전화가 끊겼다.

희우의 앞에서 가만히 앉아 있던 안석진이 물었다.

"김석훈 지검장님이 사용하는 전화번호를 알고 계셨나요?"

안석진은 지금 희우에게 전화번호를 가르쳐 준 기억이 없었다. 하지만 희우가 오민국에게 김석훈의 전화번호를 말하는 걸 듣고 있으니 조금 황당한 표정이었다. 희우가 고개를 끄덕였다.

"네."

"어떻게요?"

"지난번에 제가 안석진 씨 잡았을 때요. 제가 안석진 씨 핸드폰 확인했었잖아요."

오래전이었다. 그때 봤던 번호를 희우가 지금도 기억하고 있다는 게 놀랍기만 했다. 희우가 입을 열었다.

"지금은 확실한지 확인한 겁니다."

지금 안석진에게 전화를 부탁한 것은 김석훈이 지금도 그 대포폰을 사용하고 있는지 확인하는 과정이었다.

지금 회우가 상대하는 사람은 김석훈이었다. 돌다리 하나도 두들겨 보고 건넌다고 하는데 상대가 김석훈이라면 두들겨 보는 이상으로 조심해야 했다.

그런데, 회우의 말을 듣던 안석진이 고개를 갸웃거렸다.

"갑자기 존댓말을 쓰시네요?"

"반말해서 죄송합니다."

협박은 반말이 잘 통하는 법이다. 그래서 반말을 했던 거고, 회우는 안석진에게 진심으로 사과했다. 회우가 안석진에게 잔을 들었다.

"이제 편하게 드세요."

"아, 네."

안석진은 아직 불편했다. 아니, 불편할 수밖에 없었다. 앞에 협박을 감행했던 검사가 앉아 있는데 편하다고 말을 한다면 그게 거짓말이었다.

잔을 들어 마신 후 회우가 다시 말했다.

"다른 곳으로 이직해야겠죠?"

"네?"

"거기서 계속 있을 수 없지 않나요? 제가 다른 데 소개해 드리겠습니다. 제 후배가 안석진 씨와 비슷한 일을 하는 사람을 구하고 있어요."

안석진이 떨떠름한 표정으로 물었다.

"제가 하는 일이라뇨?"

"뒷조사하잖아요?"

안석진은 고개를 숙였다.

높은 경쟁률을 뚫고 입사한 회사에서 그가 하고 있는 일은 고작 뒷조사를 하고 다니는 게 맞았다. 한때는 김석영의 최측근으로 통했는데, 언젠가부터 버려졌다. 지금 안석진이 하는 일은 다른 회사의 염탐을 하거나 전혀 상관없는 희우의 뒤를 미행하는 게 전부였다. 목구멍이 포도청이라는 게 죄였다.

희우가 말을 이었다.

"김석영 배신하고 그쪽으로 가세요. 대우는 더 좋을 겁니다. 계속 JS무역에 있다가는 봉변을 당할 수도 있어요."

"감사합니다."

희우는 가만히 안석진의 표정을 바라봤다. 여전히 석연찮은 표정이었다. 희우가 물었다.

"다른 일을 하고 싶나요?"

"네."

희우는 가방에서 그의 신상이 적혀 있는 종이를 꺼내 들었다.

잠시 신상을 확인하던 희우가 안석진에게 다시 물었다.

"마케팅으로 대학원 논문 썼네요? 그럼 마케팅 해 보시겠어요?"

"마케팅요?"

"네."

"가, 가능할까요?"

희우는 대답 대신 바로 상만에게 전화를 걸었다.

"직원 하나만 받아라."

-네? 직원요?

"그래. 조만간 다시 연락할 테니까 자리만 만들어 둬. 마케팅 쪽이면 좋을 거야."

-마케팅요? 경매하고 땅 파는 놈에게 마케팅이 무슨 필요예요?

"조만간 필요하게 될 거야. 팀 하나 만들어 봐."

-네.

상만과의 전화를 끊은 희우가 안석진에게 말했다.

"지금 당장 움직이실 필요는 없어요. 일단은 평소처럼 JS로 출근하십시오. 조만간 제가 연락을 드리면 그때 피하도록 하세요. 집을 이사할 준비도 하셔야 할 겁니다."

"이사요?"

"네, JS가 가만히 있지는 않을 거예요. 그 전에 몸은 피해야지요. 하지만 제가 최대한의 안전은 보장하겠습니다."

희우는 조금씩 책임을 느끼고 있는 중이었다.

희우가 이 세상에 개입하며 많은 사람의 삶이 나비효과처럼 바뀌어 가고 있다. 가깝게는 한미, 규리, 민수, 상만, 구승혁 등의 인생이 바뀌었고 멀리는 장일현, 최강진, 김석훈 등의 삶이 바뀌고 있었다.

그로 인한 세상의 변화는 희우가 예상하기 힘들 정도로 무수할 것이다. 예로 최강진이 무너지며 그의 아버지가 함께 쓰러졌고, 그 소속사의 연예인 및 방송 관련자의 삶이 모두 변해 버렸다. 그 하나하나가 가지고 있는 무게는 컸다. 희우는 어쩔 수 없다고 느끼면서도 자신 때문에 평화롭던 타인의 삶이 일그러지는 건 신경이 쓰일 수밖에 없었다.

앞에 있는 안석진 역시 마찬가지였다. 희우가 개입하지 않았다면 JS무역에 다니며 보통의 삶을 영위했을지도 모르는 사람. 하지만 지금 그의 인생에서는 격변이 일어나고 있었다. 희우는 할 수 있는 한 타인의 인생을 보호해 주고 싶었다.

안전을 보장해 주겠다는 말에 안석진은 놀란 표정으로 가만히 희우를 바라봤다. 그의 멍한 얼굴을 보며 희우가 말했다.

"고맙다고 하실 필요는 없어요. 저도 지금 도움을 받았으니까요. 오늘은 늦게 퇴근하는 월급쟁이들끼리 술이나 한잔 마십시다."

"네."

희우는 그의 잔에 다시 술을 따랐다.

안석진의 얼굴이 조금은 편해졌다.

CHAPTER 39

다음 날이었다. 희우는 거실에 앉아 서류를 읽고 있었다. 김산의 오민국이 전해 온 김석훈의 대포폰, 그 통화 내역이었다. 통화 내역에 있는 사람은 모두 JS건설과 JS무역에 관련된 자들이었다.

희우는 생각에 빠졌다. 어떻게 하면 이 문서를 효과적으로 사용할 수 있을지에 대한 고민이었다. 그때, 전화가 울렸다. 상만이었다.

-사장님, 잡았습니다!

"뭘?"

-특종이에요, 특종! 지금 집으로 갈게요! 하하하하.

상만은 의문만 남긴 채 통화를 종료했다.

그리고 잠시 후, 상만이 집으로 들어왔다.

"무슨 일인데?"

희우의 질문에 상만이 자리에 앉았다. 그리고 씨익 웃으며 입을 열었다.

"김석훈의 아내를 조사하라고 하셨잖아요?"

"그런데?"

"보세요."

상만이 내려 둔 것은 김석훈의 아내가 젊은 남자와 거리낌 없이 호텔에 들어가는 사진이었다. 남녀의 얼굴도 선명하게 나왔고 스캔들을 삼기에 흠잡을 데가 없었다. 사진을 보며 희우가 농담 어린 말투로 물었다.

"차 마시러 가는 거야?"

"모르죠. 호텔 방 잡고 차를 마셨는지 아니면 독서 토론회를 가졌는지."

희우의 입에 미소가 걸렸다.

"난리가 나겠구나."

미소 짓고 있는 희우를 보며 상만이 말했다.

"가끔 사장님 보면 정말 성격 이상한 거 같아요."

"뭘?"

"다른 사람 나쁜 짓 한 거 보면 되게 좋아하세요. 그게 정상적인 사람은 아니죠."

"그게 검사야."

희우는 그 말을 끝으로 다시 생각에 빠져들었다. 대포폰과 아내의 외도, 이 두 가지만 있어도 김석훈을 정신병자로 만들기에는 충분했다.

생각을 끝낸 희우가 사진 속 남자의 얼굴을 손가락으로 짚으며 말했다.

"이 남자 잡아 와."

"네?"

"잡아 와."

"저는 검찰도 아니고 경찰도 아닌데요?"

"내가 지금 특별히 임명해 줄게."

"특별히요?"

"어."

"그럼 특별검사가 되겠네요?"

"그렇지."

"특별검사는 대통령 명령으로 만들어지는 거 아니었나요?"

"그러니까 잡아 와."

"어디에 쓰시려고요?"

"로미오와 줄리엣을 만들어 주려고."

상만이 고개를 갸웃거렸다. 희우는 김산에서 오민국이 보내온 서류를 상만에게 건네며 말을 이었다.

"그리고 여기 전화번호 적힌 사람들, JS건설과 무역의 임원들이야. 조용히 만날 수 있는 자리를 마련해 봐. 단, 한 명씩 만나야 한다."

"이 사람들은 또 왜요? JS무역은 계속 조사하고 있는데요?"

"JS무역 조사하고 있는 건 마무리 지어. 지금까지 조사했던 건 메일이나 팩스로 보내 주고."

"사장님 말씀이니 뭔가 뜻이 있겠죠. 저 같은 뱁새가 황새의 뜻을 어찌 알겠습니까?"

상만은 비꼬듯 말했다. 물론 말투는 그랬지만 속은 희우를 깊이 신뢰하고 있었다.

희우는 자리에서 일어나서 지검으로 향했다. 그리고 곧장 지검장실로 올랐다.

"시흥 조사 건으로 늦었습니다."

희우는 오늘 지각을 했다. 그리고 그 명분은 시흥에 대한 것이었다.

김석훈은 어제 안석진에게 희우가 시흥에 있다는 보고를 받았다. 명분은 충분했고 김석훈은 그 말을 믿었다.

"그 사건은 잠시 스톱해 두라고 했어. 총장이 된 다음에 터뜨려야 하니까."

"죄송합니다."

희우가 고개를 숙이자 김석훈이 말을 이었다.

"대검으로 들어가게 된다고 해도 네 연차가 짧으니 높은 직책은 줄 수 없다."

"네."

"하지만 중요 직책은 줄 수 있어. 그런데, 그렇게 되면 다른 검사들이 너를 어떻게 보겠어?"

당연히 희우를 좋지 않게 생각할 거다. 이제 막 검사가 된 희우가 중요 직책을 맡으면 김석훈에게 아부해서 그 자리를 차지했다고 생각할 게 분명하다. 김석훈이 계속 말했다.

"그때 너도 주요 사건을 터뜨려야 해. 그래야 네 실력을 인정하고 네가 좋은 직책을 맡아도 뒷말이 없을 거야. 그러니까 시흥 사건은 아껴 둬."

김석훈은 회우를 아낀다는 말투로 말을 하고 있었다. 물론 김석훈에게 이 말은 어디까지나 희우가 제멋대로 사건을 벌이고 발표하는 걸 막기 위한 방안일 뿐이었다. 희우가 다시 한번 고개를 숙였다.

"죄송합니다."

김석훈이 고개를 끄덕였다. 그리고 말했다.

"앉아. 그리고 이게 청문회 때 있을 문답들인데, 한번 읽어 봐."

희우는 소파에 앉아 서류를 읽기 시작했다. 청문회에 나올 문답들은 말 그대로 교과서적이었다. 누군가 청문회를 본다면 답답해서 가슴을 칠 내용만 존재했다. 서류를 훑어보던 희우가 김석훈에게 말했다.

"이 정도면 무리는 없어 보입니다."

"그렇지?"

김석훈의 입가에 미소가 걸렸다.

사람은 타인의 확신에 더 믿음을 갖는 경향이 있다. 그것은 청문회라는 큰일을 앞두고 있는 김석훈에게도 마찬가지로 적용되는 중이었다.

김석훈이 서류를 테이블에 올려 두며 말을 이었다.

"그럼 이제 취임식에 쓸 취임사를 써야겠어."

"네, 그러셔도 좋을 것 같습니다."

김석훈은 기분 좋은 표정으로 찻잔을 들었다. 그리고 차를 한 모금 마신 후 희우에게 말했다.

"아, 오늘 밤에 시간 비워 두도록 해."

"네? 무슨 일이라도 있습니까?"

"조태섭 의원님 뵌 적 있지?"

김석훈의 입에서 갑작스레 조태섭의 이름이 거론됐다.

희우는 조용히 김석훈을 바라봤다. 갑자기 조태섭이라니, 김석훈이 무슨 말을 하는지 알지 못하는 상황에서 섣부른 대답을 하면 안 된다. 이럴 때는 침묵이 정답이다. 상대방의 입에서 답이 흐를 때까지 기다려야 한다.

김석훈이 말했다.

"졸업생 클럽에서 뵌 적 있잖아?"

"아, 네."

"너를 좋게 보셨는지 한번 보자고 하시더라고."

"알겠습니다. 저녁에 시간 비워 두겠습니다."

희우는 자리에서 일어나서 그에게 꾸벅 인사를 하고 지검장실을 벗어났다.

복도를 걸어 계단을 내려가며 희우는 고개를 갸웃했다. 머릿속이 혼란스러웠다. 조태섭이 무슨 이유로 김석훈과 함께 자신을 보자고 할까? 조태섭과 희우 그리고 김석훈이 함께 모일 이유가 있을까? 어떤 것도 예상할 수 없었다.

사무실로 돌아와 책상에 앉으면서도 희우의 머릿속에는 안개가 끼었다. 상대의 의중을 모르는 상황에서 일어나는 일은 어떤 변수로 작용할지 모른다.

그리고 그날 밤이었다. 사무실에 있던 희우에게 전화가 걸려 왔다. 김석훈이었다.

-5분 후에 건물 앞으로 내려와.

"네, 알겠습니다."

희우는 사무실의 불을 끄고 밖으로 내려왔다.

김석훈이 자신의 차량 앞에 서 있었다. 그리고 김석훈은 자신이 직접 운전을 한다고 말했다.

"조수석에 타도록 해."

"제가 운전하겠습니다."

"아니야. 됐어."

차량은 이동했다. 퇴근 시간이라 서울 도심의 도로는 차량으로 꽉꽉 막혔다. 희우가 물었다.

"지금 이 시간이면 술을 마시지 않습니까?"

이 시간에 만나서 밥만 먹고 헤어지지는 않을 거다. 반드시 술을 마실 텐데, 기사 없이 운전하는 김석훈이 이상했다. 김석훈이 입을 열었다.

"마실 거야. 내가 운전하는 게 이상해서 묻는 건가?"

"네."

"사적으로 만날 때 기사를 대동해서 가는 걸 좋아하지 않으시거든. 집에 갈 때는, 의원님이 준비한 사람이 운전을 할 거야."

조태섭은 필요한 사람 이외의 인물을 만나는 걸 좋아하지 않았다. 의심 많은 성격 때문이다. 김석훈이 핸들을 꺾으며 계속 말했다.

"내가 검찰총장이 되면 무엇을 하고 싶은지 아나?"

"……"

"정치에 휘둘리지 않는 검찰을 만들고 싶어. 지금 구속된 최강진은 공천을 받고 싶어서 정당을 들락날락했지. 그런 검사가 있으면 자연히 정치 권력의 개가 되는 거야."

신호등에 붉은 불이 들어오자 김석훈의 차량이 천천히 멎었다. 신호등을 보며 김석훈이 말을 이었다.

"신호등은 차량에 누가 타고 있든 규칙에 맞도록 빨간 불과 초록 불을 내보이지. 우리 검찰도 저렇게 되어야 한다고 생각해. 그리고 난 그런 검찰을 만들 거야. 정치권에 아부하는 검사들은, 내가 총장으로 있는 몇 년 동안은 살기 힘들겠지."

김석훈의 이야기가 이어지며 그들이 도착한 곳은 서울 외곽의 조용한 한정식집이었다. 넓고 긴 복도를 걸어 도착한 곳의 문 앞에 한지현이 서 있었다. 그녀가 고개를 숙이며 말했다.

"기다리고 계십니다."

그녀는 말을 끝내고 미닫이문을 열었다. 스르륵 문이 열리며 넓은 상에 홀로 앉아 술잔을 기울이고 있는 조태섭의 모습이 나타났다.

김석훈과 희우가 안으로 들어가 그에게 고개를 숙였다. 조태섭이 잔을 내려놓으며 말했다.

"앉아."

두 사람은 조태섭의 앞자리에 나란히 앉았다.

조태섭이 희우를 보며 빙긋 웃었다. 그리고 말했다.

"오랜만이야."

"네."

그들은 며칠 전 만났었다. 하지만 조태섭은 오랜만에 만난 것처럼 행동했고 희우도 일단은 그 뜻에 따랐다.

조태섭이 술병을 들어 올리자 희우가 잔을 들었다. 흰색 도자기병 안에 들어 있던 술이 흐르며 희우의 잔을 채웠다.

희우가 잔에 입을 살짝 댄 후 테이블에 내려 두자 조태섭이 말했다.

"자네를 눈여겨보고 있어요."

그 말에 희우가 고개를 숙이며 입을 열었다.

"감사합니다."

조태섭은 이번에 김석훈의 잔에 술을 채웠다.

그렇게 두 사람의 잔이 채워진 후, 김석훈이 병을 옮겨 받아 조태섭의 잔을 채웠다. 술을 따르는 김석훈의 모습은 정말 공손해 보였다.

그렇게 조태섭이 김석훈의 술을 받으며 물었다.

"그래, 청문회 준비는 잘되어 가고 있나?"

"염려해 주시는 덕에 잘되고 있습니다."

"내가 여당 야당 의원들에게 말은 해 놓고 있어. 아마 그때 보내 줬던 질문지 이상의 내용은 나오지 않을 거야."

희우가 봤던 청문회 예상 질문지는 조태섭이 뽑아 줬던 거다. 국회의원들은 그 질문지에 있는 내용을 물어볼 테고 김석훈은 그 답변을 할 게 분명하다. 짜고 치는 고스톱이었다. 조태섭이 계속 말했다.

"하지만 황진용 의원이 문제야. 그쪽은 내가 어떻게 손쓸 방도가 없으니, 잘 준비해."

"네, 알겠습니다."

김석훈이 희우를 바라보며 조태섭에게 말했다.

"이 친구가 일을 잘하는데 황진용 의원을 맡겨 볼까요?"

그 말에 조태섭의 눈이 희우를 바라봤다.

"일을 잘한다고?"

김석훈이 고개를 끄덕였다.

"네, 저번에 김산 인신매매, 마약 사건, 그리고 몇 해 전에 대오성병원 비리를 만들어 왔었습니다. 황진용 의원도 충분히 미끄러뜨릴 수 있다고 생각합니다."

조태섭이 가만히 희우를 바라봤다. 희우 역시 그 눈을 피하지 않았다.

모든 것을 관통해 버리는 눈빛이었다. 마치 전쟁터에서 몸을 찍어 누르고 지나가는 창과 같았다.

잠시 희우를 바라보던 조태섭이 고개를 저었다.

"이놈은 황진용이를 잡기엔 아직 어려. 황진용이를 우습게 생각하면 안 돼. 나 역시 지난 몇 년간 놈의 옷을 벗길 수 있는 순간이 몇 번 있었지만 참았어. 과한 공격은 나에게도 틈을 만들게 되는 거야."

황진용 의원에게 지난 몇 년간은 말 그대로 암흑기였다. 모든 권력을 조태섭에게 빼앗기고 뒷방 늙은이처럼 가만히 있던 시절이 있었다.

그 시절 조태섭은 충분히 황진용을 잡을 수 있었다. 하지만 그렇게 하지 않았다. 황진용이 이빨이 빠진 호랑이라 해도 호랑이는 호랑이다. 어딘가 남아 있을 발톱은 조심해야 했다. 조태섭은 완벽한 승리를 원하는 자였고 황진용이 완벽히 무너졌다는 걸 확신하기 전까지는 가만히 지켜보고 있었던 거다.

조태섭이 말을 이었다.

"황진용이 뱃속에 구렁이가 몇 마리 들어 있는 줄 아나? 놈을 상대하려면 연륜을 조금 더 쌓아야 할 거야. 하지만 잔챙이를 잡을 때는 쓸 수 있겠구만."

조태섭이 말한 잔챙이는 김석훈을 뜻하고 있었다. 하지만 조태섭과 희우의 관계를 모르는 김석훈은 고개를 끄덕일 뿐이었다.

조태섭이 빙긋이 미소 지으며 김석훈에게 말했다.

"김석훈 지검장이 총장이 되면 황진용하고 체급이 엇비슷할 수 있겠네. 그때는 기회를 봐서 자네가 한번 털어 보도록 해."

김석훈이 고개를 숙였다.

"알겠습니다. 검찰총장이 되면 황진용 의원을 누를 준비를 하도록 하겠습니다."

희우는 조용히 두 사람의 말을 듣고 있었다.

조태섭이 김석훈에게 황진용을 털어 보라는 지시를 내린 이유는 무엇일까? 그저 지나가는 소리일까? 아니었다. 조태섭은 김석훈이 뒤를 밟고 있다는 것을 알고 있다. 그리고 희우에게 김석훈을 잡으라고 지시했다.

하지만 조태섭은 희우를 완벽히 믿지 않는다. 그래서 희우가 김석훈을 잡지 못할 때를 생각하며 그런 때가 오면 김석훈을 최대한 활용하려고 하는 거다. 조태섭은 희우와 마찬가지로 여러 방안을 생각하고 있었다. 조태섭은 계획이 실패해도 좌절하지 않고 그 전에 다른 방안을 강구해 놓고 움직이는 걸 좋아했다. 희우로서는 조태섭이 생각한 방법이 몇 가지인지 가늠하기 어려웠다.

술자리가 끝나고, 김석훈과 희우는 다시 서울로 들어가고 있었다. 희우는 조수석에 앉아 있었고 김석훈은 바로 그 뒷자리에 앉았다. 운전은 조태섭이 준비한 사람이 하고 있었다. 김석훈이 희우에게 말했다.

"황진용 의원 조사 시작해."

"네?"

"덤비라는 게 아니야. 황진용 의원은 장일현하고 달라. 절대 쉬운 사람이 아니야. 그러니까 주변에 떨어진 게 있나, 딱 그 정도만 살펴봐. 의원님께서 검찰총장이 되면 털어 보라고 했잖아."

"알겠습니다."

김석훈은 검찰총장이 되면 정치권력에 휘청거리지 않는 검찰을 만들겠다고 말했었다. 하지만 그는 자신도 모르게 조태섭을 향해 꼬리를 흔들기 위해 안간힘을 쓰고 있었다. 지금 이 차를 운전하는 남자가 조태섭의 사람인 것을 알면서, 굳이 저런 말을 꺼내는 이유가 바로 그것이다.

김석훈이 조용히, 무거운 목소리를 이었다.

"이제 얼마 안 남았어. 검찰의 새 시대를 열어야지."

희우는 집 앞에서 내린 후 김석훈에게 고개를 숙였다.

"그럼, 들어가 보겠습니다."

"됐어. 내일은 일찍 출근하도록 해."

"네, 알겠습니다."

차량이 출발하고 희우는 허리를 숙였다. 그리고 차가 보이지 않을 때까지 굽혀진 자세를 유지했다.

멀리 차가 사라지고 나서야 허리를 편 희우는 발걸음을 옮겼다. 집으로 들어가는 골목이었다. 그런데, 희우의 집 앞에 고급 승용차가 보였다. 그 앞에 한지현이 서 있었다. 한지현이 고개를 살짝 숙이며 입을 열었다.

"의원님이 모시라고 했습니다."

희우는 질문하지 않고 승용차에 올라탔다. 차량이 향하는 곳은 당연히 조태섭의 집이었다. 희우는 한지현의 안내를 받아 서재로 들어가 고개를 숙였다. 서재의 중앙에는 작은 상이 있었고 그 위에 술과 안주가 준비되어 있었다. 조태섭이 웃으며 앞에 앉으라고 손짓했다.

"술이 부족하지 않았나?"

희우는 조태섭의 앞으로 이동해 자리에 앉았다.

희우의 잔에 술을 따르며 조태섭이 말했다.

"보기보다 탈이 좋아."

"네?"

"김석훈 지검장과 함께 만났을 때 어떤 얼굴을 할지 궁금했거든."

조태섭의 말에 희우는 순간 놀랐다. 왜 김석훈과의 자리를 만들어 냈는지 이제야 알 수 있었다. 자신에 대해 시험을 한 것이었다.

희우는 생각했다. 도대체 시험을 한 이유가 무엇일까? 조태섭이 자신을 믿지 못하기 때문에? 아니면 나중에 다른 일에 쓰기 위해서?

이유가 어쨌든 조태섭의 표정은 흡족해 보였다.

희우는 조태섭을 향해 말없이 웃어 보였다.

그뿐이었다. 조태섭은 자세한 이야기를 하지 않고, 희우 역시 섣부른 판단을 하지 말아야 했다.

조태섭의 손이 술병을 들었다. 그리고 희우의 잔을 채웠다. 희우는 가만히 그의 잔을 받았다. 조태섭이 술병을 상 위에 올려 두며 입을 열었다.

"궁금했어, 그 얼굴에 어떤 가식을 쓸 수 있을까?"

희우의 머릿속이 그가 원하는 답이 무엇일까 찾기 위해 움직였지만, 어려웠다. 희우는 상에 놓인 술병을 들어 조태섭의 잔을 채웠다.

조태섭이 방금 김석훈과 만났을 때 희우가 가진 연륜이 짧다고 말을 했다. 그 말은 사실이었다. 희우가 지금까지 지내 온 인생은 짧았다. 다시 인생을 살았다고 해도 마찬가지였다. 조태섭은 정상에서 버티기 위해 수십 년을 살아온 사람이었고 희우는 다시 고등학생 대학생을 겪었을 뿐이다. 정상에서 버텨 온 사람과 인생을 비교하기는 어려웠다. 그 차이 때문일까? 희우는 지금 조태섭의 의중을 파악할 수 없었다.

하지만 상관하지 않았다. 그 차이를 인정하지 않고는 조태섭에게 다가갈 수 없었다. 조태섭은 조태섭, 김희우는 김희우일 뿐이었다. 그리고 조태섭에게 없는 강점을 희우는 가지고 있었다.

조태섭이 잔을 들어 마신 후 말했다.

"그래, 안양 교도소에 갔던 일은 잘 진행되고 있나?"

"네, 김석훈 지검장을 끌어내릴 수 있을 것 같습니다."

"말해 봐."

"김석훈 지검장은 대포폰을 사용해서 JS무역 및 건설과 연락을 취하고 있었습니다."

"대포폰?"

"네."

조태섭은 희우의 눈동자를 보고 있었다. 아니, 그 눈동자 안에 든 생각을 읽기 위해 쏘아봤다. 섬뜩한 눈빛이었다.

희우는 그 눈빛을 잘 알고 있었다. 그리고 그 눈빛 앞에서 거짓말은 필요 없다는 걸 알았다. 희우가 계속 입을 열었다.

"JS무역과 건설 측에서 필요한 때에 김석훈 지검장에게 연락을 취해서 권력을 이용했다고 생각됩니다."

"그래서 앞으로의 계획은?"

"김석훈 지검장과 연락을 취하고 있던 사람들에 대한 조사를 시작했습니다. 때에 따라서는 의원님의 도움이 필요하다고 생각됩니다."

조태섭이 다시 술잔을 채운 후 입에 털어 넣었다. 그리고 말했다.

"조용히 움직여야 할 걸세. 김석훈 지검장이 보기보다 눈치가 빠른 사람이거든."

"알겠습니다."

잠시의 술자리가 끝나고, 희우는 다시 집으로 향했다.

그리고 조금 더 서재에 남아 해야 할 일을 처리하던 조태섭이 자신의 방으로 가기 위해 의자에서 몸을 일으켜 세웠다. 그 모습에 한지현이 들어와 고개를 숙이며 말했다.

"그럼 저도 이만 들어가 보겠습니다."

조태섭은 대답하지 않았다. 그의 눈은 희우가 앉아 있던 자리를 가만히 바라보고 있었다. 한참을 그렇게 서 있던 조태섭이 입을 열었다.

"궁금해. 김석훈이 키우던 개에게 물린 다음 어떤 표정을 지을까?"

한지현은 대답하지 않고 가만히 서 있기만 했다.

다음 날. 지검에서 업무를 보던 희우에게 문자가 왔다. 상만이었다. 상만은 JS건설의 신대웅 상무를 만나기로 했다고 전했다.

희우는 자리에서 일어나 휴게실로 이동하며 상만의 전화번호를 찾아 통화 버튼을 눌렀다.

-네, 사장님.

"신대웅 상무 말고 다른 연결되는 사람은 없어?"

-몇 명 있기는 합니다.

"최대한 빨리 약속을 잡아. 오늘 당장 만나도 좋고."

-한 명씩 만난다고 하지 않으셨어요?

"한 명씩 약속 시간을 잡으면 되잖아."

-알겠습니다. 그럼 최대한 빽빽하게 약속 잡을게요.

희우는 그날 오민국에게 여러 번 전화를 걸었다. 만나기로 한 사람의 사돈의 팔촌까지, 그 모든 사람의 통장 거래 내역을 확인하기 위해서였다. 오민국은 짜증을 내면서도 희우의 일을 모두 받아 줬다.

그리고 그날 밤, 고급 일식집이었다. 그곳에서 희우는 신대웅 상무의 앞에 앉아 있었다. 두 사람을 가로막고 있는 테이블에는 하얀색 물컵만 놓여 있었다. 희우를 보고 있는 신대웅 상무의 표정은 떨떠름했다.

신대웅 상무가 물었다.

"검사라고요?"

"네."

"저는 JS무역의 김석영 대표와 친하다고 알려진 박상만 사장을 만나는 걸로 알고 있었는데요."

"지금부터 왜 제가 나왔는지 알게 되실 겁니다."

"네?"

희우는 그의 앞에 서류 봉투를 내려 뒀고 그가 봉투를 보며 물었다.

"이게 뭡니까?"

"열어 보면 알잖아요?"

신대웅은 굳은 표정으로 서류 봉투를 열었다. 그리고 그의 얼굴이 분노로 가득해졌다. 서류에는 그가 사용하고 있는 통장으로 회삿돈을 횡령한 정황이 그대로 드러나 있었다. 신대웅이 말했다.

"지금 이게 뭐 하는 겁니까! 내 뒤에 누가 있는지 압니까!"

"김석훈 지검장이 있겠죠."

희우의 담담한 목소리에 신대웅은 황당한 표정을 지었다. 김석훈이 뒤에 있다는 걸 알면서도 태연한 검사가 있을 줄은 몰랐다는 표정이었다.

희우가 앞에 놓인 컵을 들어 물을 마셨다. 그리고 입을 열었다.

"물이 쏟아지면 다시 담을 수 없다는 말은 아시죠? 지금이 딱 그 순간이라고 생각됩니다."

"……!"

"김석훈 지검장을 믿지 마세요. 지금 지검장은 청문회 직전입니다. 당신 같은 사람하고 엮이기를 원하지 않겠죠."

신대웅은 어떤 말도 하지 않았다. 희우가 스산하게 웃으며 물었다.

"무슨 생각을 그렇게 하세요? 이런 상황에 신대웅 상무님을 도울 수 있을 것 같아요? 궁금하면 연락이라도 해 보든가요."

그가 입을 꽉 다물었다. 어린 검사에게 농락당하고 있는 것이 기분이 좋지 않아 보였다.

그가 한참을 그렇게 앉아 있자 희우가 시계를 바라봤다.

신대웅 상무의 시선도 희우의 시계로 향했다. 계산기가 달려 있는 낡은 전자시계였다. 신대웅의 미간이 찌푸려졌다. 희우는 싸구려 시계를 차고 다니는 가난뱅이 검사였고 앳된 얼굴의 애송이였다. 신대웅은 희우 같은 놈에게 망신을 당하는 게 어처구니없었다.

하지만 희우는 아랑곳하지 않고 입을 열었다.

"지금부터 제가 선택의 시간을 드리겠습니다."

"선택의 시간요?"

"시간은 음식이 나오기 전까지면 충분하겠지요?"

"그게 무슨 말씀이신지······."

"김석훈 지검장이 평택 JS아파트 건설 부지에 불법적으로 관계되어 있다는 사실을 증언하거나 증거를 주시면 제가 가지고 있는 서류는 영원히 사라질 겁니다."

신대웅의 눈썹이 꿈틀거렸다. 희우가 계속 말했다.

"단, 그 사실을 증언하지 못하거나 증거가 없다면 저는 바로 영장을 청구하겠습니다."

신대웅 상무의 입에서 침이 꿀꺽 삼켜지는 소리가 들렸다.

그리고 그 순간 미닫이문이 열리며 음식이 들어왔다. 희우가 살벌한 목소리를 내뱉었다.

"시간이 끝났네요. 자, 선택하십시오. 조사해 보니까 많이 빼먹었던데요?"

"저, 저기?"

"선택하라고 했습니다. 횡령했던 돈을 모두 뺏기고 감옥에 가겠습니까, 아니면 지금까지 빼먹은 돈으로 평화로운 노후를 보내시겠습니까?"

신대웅의 입에서 무거운 한숨이 흘러나왔다.

희우가 다시 입을 열었다.

"뭘 고민하고 계세요? 어차피 그만둘 회사였잖아요. 조금 빨리 사표 낸다고 해서 나쁠 게 있나요?"

신대웅의 결단은 빨랐다. 은퇴 시기에 골치 아픈 사건에 엮이느니 돈을 갖고 튀는 게 낫다는 판단이었다.

"증거가 있습니다."

"잘 선택하셨어요. 아, 그리고 못 한 말이 있는데, 그만두기 전에 일 하나 더 해 주시고 사표 내세요."

"네? 해야 할 일이라뇨? 아니, 증거만 제출하면 된다고 하더니 왜 말이 바뀝니까?"

희우가 고개를 저었다.

"신대웅 상무님은 월급만 받으면 되었는데 왜 회삿돈까지 건드렸습니까?"

신대웅은 할 말이 없었다. 고개를 숙이고 한숨만 내쉴 뿐이었다.

일은 빠르게 진행되었다. 그날 밤 희우가 만난 사람만 여섯 명에 가까웠다.

다음 날 아침이었다. 상만이 희우를 흔들어 깨웠다.

"아후, 술 냄새. 무슨 술을 이렇게 많이 드셨어요? 출근 안 하세요? 북엇국 끓여 놨어요. 어서 일어나서 드세요."

보고할 일이 있다고 아침부터 상만이 와 있었다.

"3분 북엇국이냐?"

"네."

식탁에 앉아 밥을 먹으며 상만이 말했다.

"요즘 술 너무 많이 드시는 거 아세요?"

"응, 알아."

"그만 좀 드세요. 그러다 죽어요."

"너 잔소리가 심해졌다? 난 남자는 싫으니까 다른 데 가서 알아봐."

"저도 남자 싫거든요? 그리고 저는 여자 친구도 사귀어 보고 했지만 사장님은 여자 친구 만난 적 없잖아요? 사장님이 세상에서 제일 불쌍한 사람이에요."

상만의 말을 듣던 희우가 고개를 저었다.

"쓸데없는 소리 하지 말고, 보고할 거 있다며? 그거나 말해."

상만은 식탁에서 일어나 거실에 펼쳐진 책상으로 걸어갔다. 그리고 서류를 들어 다시 식탁으로 가지고 와 희우에게 건네며 말했다.

"JS그룹의 자금 흐름이 이상하던데요? 어젯밤에 보고받았는데 JS무역으로 자금이 들어가고 있어요."

"……!"

"무역 회사의 사정이 좋지 않거든요? 평가를 봐도 계속 성장하기 어렵다고 하고요. 그런데 JS그룹은 무역 회사로 자금을 집어넣고 있어요. 이상하지 않나요?"

상만의 말대로 이상했다.

JS무역은 실적이 좋지 않다. 앞으로의 성장 가능성도 없어 보인다. 그런데, 왜 JS무역에 돈을 넣고 있을까?

순간 희우의 머릿속에 떠오른 단어가 있다. 바로 돈세탁이었다.

JS그룹에서 어떤 비자금을 만들고 있다. 세금 문제나 여러 가지가 있겠지만, 거기까지는 생각할 필요가 없었다. 중요한 건 그들이 비자금을 숨기기 위해 이용하는 곳이 김석훈의 아들 김석영이 대표로 있는 JS무역이라는 것이었다.

그들은 중앙 지검에 있으며 차기 총장으로 유력한 김석훈을 믿고 있었다. 총장의 자리까지 앉은 사람이라면 세무조사 등은 막아 줄 수 있을 거라는 그 믿음. 그들은 이미 김석훈이 총장 자리에 앉아 권력을 휘두르고 있는 양 착각을 하고 있었다.

서류를 읽던 희우가 슬쩍 웃었다.

김석훈은 비리를 만들어도 걸리지 않기 위해 노력하는 사람이었지만 지금 김석훈의 비리는 하나씩 하나씩 희우의 손으로 넘어오고 있었다.

잠시 후, 지검에서 일을 하던 희우가 퇴근했다. 그리고 전석규의 집 앞으로 향했다. 김산 식구들의 회의가 있는 날이었다. 장소는 항상 그들이 모이는 선술집이었다.

곱창이 지글지글 볶이는 그곳에 전석규와 지성호가 먼저 와서 희우를 기다리고 있었다. 전석규와 지성호가 사용하는 사무실은 아직까지도 김석훈에게 감시를 받고 있었다. 그들이 편하게 말을 할 수 있는 곳은 몇 곳 되지 않았다.

희우가 전석규의 잔에 술을 채우며 나직하니 입을 열었다.

"JS그룹의 비리를 확보했습니다."

희우가 그들에게 서류를 건넸다. 전석규와 지성호는 서류를 받아 든 후에 시선을 고정시켰다. 전석규가 입을 열었다.

"자금을 빼돌리고 있네?"

"네."

지성호의 입에 미소가 걸렸다.

"아들놈 도와준다고 권력 남용했다는 기사 하나 던져 주고 거기에 혼외 자식까지 있다는 사실을 터뜨린다면 김석훈 지검장은 한국에서 못 살겠네요. 이민 가야겠는데요?"

전석규가 고개를 저었다.

"이민 가면 되나? 그 전에 잡아서 옥에 보내야지."

그들의 말을 가만히 듣고 있던 희우가 조심스럽게 입을 열었다.

"혼외 자식에 대한 일은 건들지 않으면 안 될까요?"

"……?"

두 사람이 의아한 표정으로 희우를 바라봤다. 그리고 지성호가 물었다.

"왜?"

"제 친구입니다."

"……!"

세 사람의 주위에 순간적으로 냉기가 가라앉은 것 같은 느낌이 돌았다. 지성호가 멋쩍은 표정으로 머리를 긁적였고, 전석규는 고개를 끄덕였다.

"그래, 그럼 혼외 자식은 빼자."

지성호가 말했다.

"친구면 미리 이야기하지. 죄 없는 친구, 아빠 잘못 만나서 고생할 뻔했잖아?"

희우는 그들에게 진심으로 고개를 숙였다.

"이해해 주셔서 감사합니다."

전석규가 말했다.

"이해는 무슨 이해야. 친구라는데."

전석규는 친구를 돕고 싶어 하는 희우의 마음을 느꼈다. 지성호가 입을 열었다.

"그럼 이제 다른 걸 파 봐야겠네요."

"아니요, 제가 지금 JS그룹을 뒤지고 있는 중인데, 그 안에 김석훈 지검장의 비리가 있을 것 같습니다."

희우의 말에 전석규의 눈이 가늘어졌다.

"JS그룹에 비리를 남겨 놨어?"

희우가 고개를 끄덕였다.

"어디든 증거는 흘릴 수밖에 없으니까요. 그리고 그 일이 확실해지면, 나라가 시끄러운데 더 시끄럽게 만드는 건 어떨까요?"

희우의 말에 지성호가 기분 좋게 대답했다.

"좋지."

희우가 계속 말했다.

"우리기 들고 있는 총구가 김석훈 지검장의 머리를 정확히 향하고 있어요. 그리고 이제 방아쇠 당길 시기만 정하면 된다고 생각합니다. 그래서 부탁드리고 싶은 게 있습니다."

전석규가 어서 말하라는 듯 고개를 끄덕였다. 희우가 조심스럽게 물었다.

"방아쇠를 당기는 시기는 제가 결정하면 안 될까요?"

"이유는?"

"정신을 혼란스럽게 만든 후에 어떤 방비도 할 수 없는 시기를 찾고 싶습니다."

"방법은 있나?"

"네. 좀 더 구체화되면 말씀드리겠습니다. 얼마 걸리지는 않을 겁니다."

"그래, 마음대로 해."

"감사합니다."

희우가 살짝 고개를 숙이고 있을 때 이번에는 지성호가 입을 열었다.

"이번에 꼭 성공해서, 우리 김산 지청장님 승진시켜 드려서 구두 좀 바꿔 드리자. 이게 뭐냐? 아파트 대출금 갚아야 한다고 굽 닳은 걸 신고 다니셔."

지성호의 말에 전석규가 인상을 구겼다.

"구두 살 돈은 있어! 무시하지 마."

전석규의 말에 그들은 한차례 웃음을 터뜨렸고 무거웠던 분위기가 풀렸다. 지성호가 희우의 어깨를 툭툭 두들기며 말했다.

"방아쇠 잘 당겨라."

"네, 알겠습니다."

216

전석규와 지성호는 김산에서 희우의 능력을 봤다. 그래서 희우의 능력에 대해서는 확실하게 믿고 있었다.

술자리를 마친 후 희우는 택시를 타고 집으로 향했다. 그때, 상만으로부터 연락이 왔다.

-김석훈 지검장의 아내와 바람피우는 놈, 잡으라고 하셨잖아요?

"잡았어?"

-아뇨, 제가 진짜 검사도 아니고 어떻게 잡아요. 만날 약속을 정했어요. 돈을 엄청 밝히는 놈인 거 같아요. 다짜고짜 돈 이야기부터 하더라고요.

김석훈의 아내가 바람난 상대는 여자를 등쳐 먹고 사는 제비였다.

그 제비와 만난 것은 다음 날, 상만의 사무실에서 가까운 바의 룸이었다. 기생오라비처럼 생긴 호리호리한 남자가 말끔한 양복을 입고 앉아 건방진 표정으로 희우를 바라봤다. 희우가 그 앞에 앉으며 입을 열었다.

"이정석 씨?"

희우의 말에 그는 고개만 까딱거렸다. 희우는 그의 태도를 아랑곳하지 않고 말했다.

"부탁 좀 하려고 왔습니다."

"얼마 줄 건데요?"

다짜고짜 돈을 요구하는 그의 말투에 희우의 인상이 찌푸려졌다.

이정석은 희우의 표정을 신경 쓰지 않고 자신의 손톱을 바라보며 여전히 거만하게 말했다.

"전 상대가 검사님이라고 해도 겁나지 않아요. 어차피 걸리면 감옥 갔다 오면 끝이잖아요? 얼마나 살겠어요? 여자들한테 투자해 달라고 말을 했으니까, 이 짓이 사기로 포함되는 거 맞죠? 그럼 10년 이하의 징역인가요? 저 같은 경우는 한 5년 사나요? 변호사 쓰면 2년이겠죠? 그럼 전 돈이 더 중요합니다."

희우가 스산하게 웃으며 말했다.

"법을 잘 아나 보네?"

이정석은 여전히 희우의 얼굴도 보지 않고 눈을 내리깔며 자신의 손톱만 바라봤다. 그리고 입을 놀렸다.

"뭐, 주변에 달려간 사람이 한둘이어야 말이죠. 그리고 생각해 보세요, 내가 한 5억 꿀꺽하고 한 2년 살다 오면 연봉이 2억 5천이에요. 그럼 감옥에 다녀올 만하지 않아요? 들으니까 밥도 잘 나오고 난방도 잘된다고 하던데요? 꼬박꼬박 운동도 시켜 주고."

상만이 희우의 눈치를 봤다. 희우의 성격상 저런 놈을 그냥 내버려 두지 않을 것 같았다. 하지만 희우는 이정석을 보며 웃고 있었다.

희우가 상만에게 눈짓하며 말했다.

"올려 봐."

"네."

상만이 테이블 위에 돈뭉치를 올려 뒀다. 100만 원이었다. 희우가 100만 원을 이정석 앞으로 밀어 넣으며 말했다.

"이 정도면 되나?"

"누구를 개털로 아시네. 검사님, 월급 부족하세요? 100만 원은 제가 드릴까요?"

희우가 상만에게 눈짓했다. 그러자 상만이 또 100만 원을 꺼내 위로 올렸다.

"그럼 이 정도면 되나?"

테이블에 놓인 두 뭉치의 돈 묶음, 하지만 이정석은 대답하지 않았다. 그러자 다시 100만 원이 또 올라왔다. 이번에도 이정석은 가만히 있었다. 희우가 눈짓했고 상만은 두 다발을 꺼내 테이블 위에 올렸다. 테이블에 올라간 건 총 500만 원이었다.

그제야 이정석의 눈이 손톱에서 떨어져 희우를 향했다. 그의 눈은 테이블 위에 있는 다섯 뭉치의 돈을 바라보고 있었다.

이정석이 한숨을 내뱉으며 말했다.

"검사님, 크게 써야 하지 않나요?"

"……"

"공부만 하셔서 세상 물정 모르시나. 검찰총장 될 사람의 아내이고 JS 그룹의 딸이에요."

"……"

"지금까지 위험을 감수한 만큼의 보상은 있어야 하지 않을까요?"

희우가 상만에게 눈짓했다. 그 눈짓에 상만은 가방에 돈을 도로 집어넣었다.

그 행동을 바라보는 이정석의 표정에 기대가 잔뜩 올랐다. 이 정도로 말을 했으면 더 큰 돈을 꺼낼 것이 분명했다. 현금을 도로 가방에 집어넣었으니 수표를 꺼낼 것인가? 이정석의 눈이 탐욕에 젖어 들었다.

이정석은 제비 생활을 시작한 지 얼마 되지 않은 초보였다. 그런데 몇 달 전 한 중년의 여성을 만났고, 그녀가 JS그룹과 관련이 있다는 말에 로또를 맞았다며 좋아했다. 그 기쁨도 잠시, 그녀의 남편이 검찰 지검장이라는 말에 숨이 넘어갈 뻔했다. 하지만 떨어지는 돈다발에 길들여진 그는 두려움을 잊고 그녀를 만나 왔다.

그렇게 살얼음판을 걸으며 그녀를 만나던 그에게 이번에는 검사로부터 만나자는 연락이 왔다. 당연하겠지만 심장이 내려앉을 정도로 겁을 먹었다. 경찰도 아니고 검사라는데 겁이 안 날 수 없었다. 그래서 친구들에게 물어봤고, 친구들은 처음부터 약하게 나가지 말고 세게 나가면 많은 걸 해 줄 거라는 어쭙잖은 조언을 했다. 지금 이정석은 테이블에 오르는 돈을 보며 친구들의 조언이 통했다고 생각하고 있었다.

하지만 그 생각은 틀렸다.

희우가 건조한 목소리로 말했다.

"그럼 협상은 끝."

"네?"

그 얼굴이 멍한 표정으로 바뀌어 버렸다. 희우가 말했다.

"그냥 가라, 감옥."

"검사님?"

"그냥 감옥 갔다 오라고. 네가 저지른 죄가 수두룩한데 교도소 안 가고 잘 살 줄 알았어?"

이정석은 상황 파악을 못 했다. 아직도 센 척하고 있었다.

"교도소요? 그래, 한 2년 푹 쉬다 오겠습니다."

희우가 슬쩍 웃었다.

"2년?"

"네, 2년!"

"네가 건든 여자가 검찰총장 후보자의 아내야. 그런데, 2년?"

이정석의 눈이 떨려 왔다. 이제야 현실이 파악되는 중이었다. 그리고 이정석이 내뱉은 말은……

"즈, 증거 있어요?"

희우가 피식 웃었다.

"증거 만들기가 어려울 거 같아?"

이정석은 잠시 생각했다. 하긴 자신의 핸드폰만 뒤져도 증거는 우수수 쏟아질 게 분명했다. 지금 그에게는 친구들의 조언이고 뭐고, 필요 없어지고 있었다.

'젠장!'

이정석은 아찔한 느낌을 받고 있었다. 괜히 허세를 부리다가 정말 구속될 것만 같았다. 그는 자신도 모르게 침을 꿀꺽 삼켰다. 입안이 바짝바짝 말라 왔다. 검사도 사람이라며 협박이 통한다는 등의 쓸데없는 조언을 해 준 친구들이 미워졌다. 그가 떨리는 목소리로 말했다.

"그냥 할게요. 하고 싶어요. 제가 할 수 있는 건 다 하겠습니다. 뭐든

시켜만 주세요."

그 눈빛이 간절했다. 희우는 고개를 저었다.

"왜 그래? 한 5억 땡기고 다녀오면 좋잖아?"

"네?"

"그냥 감옥이나 가. 요즘에 밥도 잘 나오고 난방도 잘돼서 겨울에 춥지 않을 거야. 네 말대로 운동도 시켜 주고."

"검사님!"

희우는 이정석의 말을 듣지 않고 거침없이 전화를 들었다. 그리고 상대가 전화를 받자 바로 입을 열었다.

"아, 여기 송파에 있는 바입니다. 지금 제비 한 마리를 잡았는데 이놈이 악질이에요."

전화를 건 상대는 민수였다.

─응? 무슨 소리야. 제비를 잡다니? 제비는 강남 가는 거 아니야? 아니지, 다리를 고쳐 주면 선물을 갖다주잖아?

수화기 속에서 빠져나오는 민수의 목소리를 이정석은 듣지 못했다. 전화를 하고 있는 희우를 보며 이정석의 눈은 떨리다 못해 굳어 버렸다. 그의 머릿속은 새하얗게 변하고 있었다. 그가 희우를 보며 중얼거렸다.

"할게요. 정말 하고 싶어요."

희우의 시선이 이정석에게 들어졌다.

"하고 싶어?"

"네. 뭐든!"

희우가 조용히 웃으며 민수와의 통화를 종료했다. 그리고 고개를 끄덕이며 입을 열었다.

"잘 생각했어."

이정석은 후들거리는 손으로 음료를 들어 타는 목을 축였다. 그리고 희우에게 물었다.

"제가 뭘 하면 될까요?"

"여자 데리고 도망갈 수 있겠냐?"

"네?"

"지검장의 아내를 데리고 도망갈 수 있겠냐고."

"그거야 어렵지 않은데요. 이미 나에게 푹 빠졌으니까요. 그런데, 헤어지라는 게 아니라 데리고 도망가라고요?"

희우가 고개를 끄덕였다.

"말했잖아, 널 이용할 거라고."

이정석은 이해 못 할 표정을 짓고 있었다.

희우가 자리에서 일어서며 그의 어깨를 툭툭 치며 말을 이었다.

"그럼 일정은 나중에 따로 연락해 주마. 아, 중간에 다른 생각 하게 되면 넌 바로 구속이니까 허튼 생각 하지 말고."

"네."

희우가 상만을 보며 말을 이었다.

"이놈 핸드폰 안에 있는 연락처 다 네 핸드폰에 집어넣어."

"다요?"

"응. 얼굴도 사진 찍어 두고."

이정석의 연락처는 나중에 그가 다른 행동을 했을 때 족쇄를 채울 수 있는 증거가 될 수 있었다. 상만의 입에서 한숨이 나왔다.

집으로 돌아가며 상만이 희우에게 말했다.

"그런데 저놈이 배신하지 않을까요?"

"응."

희우가 확실하게 답했다. 상만이 고개를 갸웃거리며 물었다.

"어떻게 확신하세요?"

"흥부와 놀부 몰라? 제비 다리 부러진 거 고쳐 주니까 은혜를 갚은 거?"

"제비가 다리 부러뜨린 놀부한테는 복수를 한 걸로 아는데요."

"난 흥부니까 은혜를 갚을 거야."

"사장님은 놀부 같아요."

희우는 어깨를 으쓱해 보였다. 이정석은 배신하지 못할 거다. 이미 희우에게 겁을 먹었다. 그리고 놈의 증거는 모두 희우가 갖고 있다. 즉, 놈이 선택할 수 있는 것은 희우의 말을 잘 따르는 것뿐이다.

그때 민수에게서 전화가 걸려 왔다.

-무슨 말이야? 송파에서 제비 잡았으니까 어떻게 하라고?

"박씨를 받았으니까 이제 괜찮아요."

-박 씨? 박 씨가 누구야?

희우가 민수와의 전화를 끊자 상만이 물었다.

"삼겹살 사 갈까요?"

"아니. 나 요즘에 술 많이 마셨어."

"하긴, 요즘 사장님 보면 알코올중독자 같아요. 하지만 전 먹을 거니까 살래요."

그렇게 대화를 하던 그들은 어느새 희우의 집에 도착했다. 예전에 사무실로 사용했던 집이었으니 상만의 행동은 익숙했다. 상만이 옷을 벗어 옷걸이에 걸고 있을 때 희우가 말했다.

"JS그룹을 무너뜨릴 거야."

"JS그룹을요?"

상만은 크게 놀랐다. 하지만 희우는 담담했다.

"어."

"JS그룹이면 재계 순위에서도 손꼽히는 곳이에요! 김석훈 지검장이 사위고요! 그런 곳을 무너뜨린다고요?"

"어."

상만이 헛웃음을 지으며 소파에 앉았다.

희우가 상만을 보며 계속 말했다.

"문제는 내부야. 그리고 네가 열쇠야."

상만이 고개를 끄덕였다. 상만은 김석영과 연락을 주고받는 사이였다. 내부 사정을 파악하는 것은 어렵지 않았다. 희우의 목소리가 이어졌다.

"은행에서 대출 압력이 가게 할 거야. 너는 김석영을 만나서 그놈이 회장이 될 수 있다는 식으로 부추겨 봐."

"잠깐만요. 사장님이 대출 압력을 가게 할 수 있어요? 검사가 그 정도로 힘이 있는 거예요? 와, 이럴 줄 알았으면 나도 검사나 할걸."

상만은 농담을 지껄였지만, 희우는 상만의 말을 귀담아듣지 않고 계속 말했다.

"넌 후계자 전쟁을 시켜서 계열 분리를 하도록 만들어."

JS그룹은 아직 차기 회장이 정해지지 않았다. 김석영도 자신이 그 자리에 오를 수 있다고 생각하는 중이었다. 후계 전쟁이 벌어지면, 하나로 뭉쳐 있던 JS그룹이 계열 분리될 수도 있다. 뭉쳐 있는 JS그룹은 무섭지만 떨어져 있다면 무너뜨릴 수 있을 거다.

그 말을 끝으로 희우는 소파에 누웠다.

목표를 향해 쉬지 않고 달려가는 중이었다. 조태섭과 마주하고 김석훈을 상대하는 일은 결코 쉽지 않았다. 피곤할 수밖에 없었다. 하지만 이제 목표가 가까워지고 있었다. 조금만, 더 다가간다면 놈들을 쓰러뜨릴 수 있을 거다.

그때, 상만이 물었다.

"정말로 삼겹살 안 드실 거예요?"

"응."

"저 혼자 먹습니다."

"응."

삼겹살을 먹지 않는다는 희우의 말에 상만은 조금 실망한 표정을 지었다.

다음 날 저녁이었다.

희우는 조태섭의 서재로 찾아갔다. 그리고 그의 앞에 마주 앉았다. 두 사람의 사이에는 찻잔이 놓여 있었다.

희우가 말했다.

"부탁드릴 게 있습니다."

"말해 봐."

"은행권을 움직일 수 있으십니까?"

"은행?"

"네."

조태섭은 가만히 희우를 바라봤다. 그리고 낮은 목소리로 물었다.

"왜지?"

"김석훈 지검장 뒤에 JS그룹이 있습니다. 그룹이 뒤에 있는 이상 김석훈 지검장은 얼마든지 다시 살아날 수 있습니다."

조태섭이 고개를 갸웃거렸다.

"그래서 JS그룹을 무너뜨리자는 건가?"

"네."

조태섭의 입에 미소가 걸렸다. 아직 희우의 앞에서 한 번도 보인 적이 없는 잔혹한 미소였다. 조태섭이 말했다.

"가만히 보고 있으면 김희우 검사는 꼭 나 같아."

"......!"

"아니야, 생각할 필요 없어."

조태섭은 가만히 웃으며 앞에 앉아 있는 찻잔을 들어 마셨다. 그리고 말을 이었다.

"그래, 상대를 공격하기로 했다면 다시는 일어설 수 없도록 만들어야 해. 괜히 남겨 뒀다가는 후환만 남아요."

조태섭에게 있어서 그런 상대가 하나 있었다. 바로 황진용이었다.

힘을 잃었다고 생각해서 가만히 놔뒀는데 지금에 와서 자기 멋대로 움직이고 있는 자. 조태섭은 처음부터 황진용의 목을 꺾어 버리지 않은 것을 후회하고 있었다.

조태섭이 자신의 찻잔에 차를 따르며 다시 말했다.

"JS그룹에 대출 압박을 넣어 달라는 거지?"

"네. 명분은 충분합니다. 지금 해외 금융 위기로 수출이 어려워지고 있습니다. 전 세계 금융시장이 힘들 수 있지요. 그리고 JS그룹의 순이익은 급속도로 떨어지고 있습니다. 은행에서도 무리한 요구가 아니라고 봅니다."

"좋아. 그렇게 하도록 하지."

조태섭이 고개를 끄덕였다.

"감사합니다."

희우가 고개를 숙일 때 조태섭은 찻잔을 들어 입에 대었다. 그리고 말했다.

"그런데, 알아 둬. 이번 일은 JS그룹의 일가를 무너뜨리는 것이야. 회사는 건들면 안 되네. 그 안에서는 우리 국민들이 일하고 있어. 김석훈을 잡겠다고 국민까지 건들 수는 없는 거야."

"알겠습니다. 일을 진행하는 동시에 JS그룹을 인수할 수 있는 기업이나 투자자를 찾도록 하겠습니다."

희우의 대답을 들으며 조태섭의 입에 잔잔한 미소가 걸렸다.

그 시각, 상만은 강남의 고급 술집에서 김석영을 만나고 있었다. 상만이 김석영의 잔에 술을 따르며 입을 열었다.

"JS가 가족 그룹이잖아요. 계열 분리할 생각은 없으세요?"

김석영이 고개를 저었다.

"계열 분리요? 그럴 필요가 있을까? 지금도 나쁘지 않아요."

그리고 김석영은 의심스러운 눈으로 상만을 바라봤다.

김석영은 재벌이었으며 검찰총장 후보자의 아들이었다. 그런 김석영의 주변에는 언제나 날파리 같은 인간들이 모여 있었고 김석영은 언제나 그런 사람들을 만나 왔다. 그래서 상만이 지금 한 말은 충분히 의심스러웠다. 그 눈빛을 본 상만이 바보같이 웃으며 고개를 저었다.

"오해하지 마세요. 땅장사 하는 놈이 뭘 알겠어요? 그냥 아버지가 총장 자리에 오르는데 계열 분리를 하면 더 많이 먹을 수 있지 않을까 생각해서 한 말이에요. 땅도 크게 사서 쪼개 팔면 더 큰 돈을 먹을 수 있거든요."

상만의 말에 김석영은 쓸데없는 오해를 했다는 듯 피식 웃었다.

그는 상만을 부동산 투자를 하며 인맥이 많은 사람으로만 알고 있을 뿐이었다. 그리고 투자자의 특성은 어쩌면 기업가보다 더 냉정하고, 돈이 되는 거라면 앞뒤 가리지 않고 쫓는 사람들이라고 생각했다. 그래서 지금 상만이 한 말에 대해 더 이상의 오해는 하지 않기로 했다.

상만은 술을 홀짝인 후 입을 열었다.

"그런데 계열 분리를 하면 확실히 소유권을 주장할 수 있으니까 더 좋지 않나요?"

"그럴 수도 있겠죠. 하지만 우리 집안이 지분 구조가 복잡해서요. 쉽지는 않을걸요."

대답을 하며 김석영은 술잔을 들어 마셨다. 상만이 그의 잔을 채우며 말했다.

"혹시라도 그쪽 전문가가 필요하면 말해 주세요. 제가 아는 사람 중에 그쪽 전문가가 얼마 전에 귀국했거든요."

김석영이 고개를 끄덕였다. 그리고 관심 없다는 투로 지나가듯 대답했다.

"네, 그렇게 할게요."

두 사람은 술잔을 주고받았다. 상만은 몇 차례 김석영과 만나며 그의 술버릇이나 좋아하는 걸 파악해 두었기에 술자리는 화기애애했다.

취기가 얼큰히 올랐을 때는 처음 술을 주고받은 이후로 세 시간 가까이 지난 후였다. 상만이 붉어진 얼굴로 말했다.

"아까 제가 계열 분리 말했잖아요? 아, 이런 말 하면 안 되는 건데……."

상만이 말꼬리를 흐리자 김석영이 인상을 찌푸렸다. 김석영은 이미 많이 취한 상태였다.

"아니, 말을 시작했으면 해야지, 왜 말끝을 흐리고 있어?"

상만은 취한 척 연기하며 입을 열었다.

"내가 형처럼 생각하니까 말할게요. 확실한 건 아니고, 그냥 오다가다 들은 이야기예요. JS제약의 김동찬 대표가 JS무역의 주식을 사들이고 있다는 소식을 들었어요. 물론 차명으로요."

"……!"

김석영의 얼굴이 굳어졌다. 상만은 그의 얼굴을 모른 척 말을 이었다.

"그 뭐라더라? 벌써 4%를 먹었다고 하던데요?"

"차명으로?"

"네."

김석영은 술이 확 깨는 것을 느꼈다.

차명이라는 말은 JS무역을 먹기 위해 은밀히 행동하고 있다는 뜻이다. 다짜고짜 김동찬에게 찾아가 "왜 차명으로 지분을 늘렸어?"라고 외칠 수도 없다. 그런 말을 하면 상대는 "증거 있어?"라고 말하며 김석영을 미친 놈 취급할 게 분명하다.

"미친."

김석영이 인상을 찌푸리며 술을 입에 댔다. 그리고 그 표정을 보던 상만은 "오다가다 들은 이야기예요."라고 중얼거리며 자신의 잔에 술을 따랐다.

씨앗은 던져졌다.

김석영의 마음은 흔들렸다.

CHAPTER 40

다음 날 밤이었다. 희우는 송파의 유흥가로 향했다. 지성호 그리고 전석규와 만나기 위해서였다.

평소 전석규의 집 앞 선술집에서 만나던 그들이었다. 하지만 이번에는 바에서 만나기로 했다. 중요한 이야기를 하기에 탁 트인 선술집은 좋지 않았다.

바의 룸에서는 먼저 온 지성호와 전석규가 희우를 기다리고 있었다.

희우가 들어오자 지성호가 앉으라고 손짓하며 웃었다.

"우리 이런 데서 만나니까 서울 사람 같다, 하하하하."

희우가 지성호 옆에 앉으며 말했다.

"전 원래 서울 사람인데요?"

"……!"

지성호의 눈이 커졌다.

"미안, 난 네가 김산 촌놈인 줄 알았어."

잠시의 장난스러운 대화가 끝나고, 희우가 진지하게 입을 열었다.

"김석영의 회사 비리를 청문회 당일 날 터뜨렸으면 합니다."

"청문회 날에?"

"네, 김석훈의 신경은 다른 곳에 가 있지 못할 겁니다. 청문회를 하고 있을 때 터뜨린다면 더 좋을 거라고 생각됩니다."

희우의 말에 지성호가 고개를 끄덕였다.

"좋네, 김석훈이가 지검에 있으면 어떻게든 막으려고 애를 쓸 테니까,

밖에 있을 때 처리하자는 거지?"

"네."

만약 김석훈이 기사가 터지기 전에 상황을 예측하고 방어를 취한다면, 대형 신문사와 방송사는 입을 닫을 게 분명했다. 김석훈은 차기 총장으로 거의 확실시되고 있었고 JS그룹의 일원이었다. 거기에 조태섭까지 뒤에 있다는 사실, 그 모든 것은 쉬쉬하면서도 공공연한 비밀이었다.

희우가 계속 말했다.

"네, 그날이 제일 좋을 것 같습니다."

전석규가 심각한 표정으로 고개를 저었다.

"하지만 문제가 있어. 방송국이나 주요 언론은 우리를 돕지 않을 거야."

"인터넷의 작은 언론사를 이용해도 상관없다고 생각합니다."

"이유는?"

"작은 언론사는 권력의 눈치를 보지 않죠. 총장 후보의 청문회 날, 그 비리가 터지면 오히려 좋아할 겁니다. 자극적인 제목으로 자극적인 기사를 빠르게 퍼뜨릴 게 분명합니다. 그리고 그 내용은 고스란히 청문회의 의원들에게 들어가겠죠."

전석규가 피식 웃었다.

"의원들이 인기를 얻기 위해 김석훈을 공격한다?"

"네."

의원들은 조태섭의 눈치를 보는 사람들이다. 하지만 청문회 중에 인터넷에서 실시간으로 비리가 터져 나오면, 그들은 반드시 움직일 수밖에 없다. 움직이지 않으면, 다음 총선에서 국민에게 심판을 받을 수도 있기 때문이다. 희우가 노리고 있는 것 중 하나였다.

지성호가 핸드폰을 꺼냈다.

"그럼 계획은 세워졌고, 길일을 알아봐야지?"

지성호는 핸드폰으로 무엇인가를 찾고 있었다. 이제 스마트폰이 막 보급되고 있는 시기였다. 다른 사람보다 조금 더 빨리 스마트폰을 손에 쥔 지성호는 틈만 나면 핸드폰 자랑을 해 댔다. 그가 희우에게 말했다.

"이게 미국에서 나온 건데, 신세계야. 역시 혁신이라니까."

희우는 그보다 훨씬 좋은 핸드폰을 사용했었기에 지금의 스마트폰에는 관심이 없었다. 하지만 지성호는 들뜬 표정으로 운세 어플을 다운받으며 말했다.

"기다려 봐."

그는 어플을 실행시키며 전석규를 바라봤다.

"생년월일은 알고 있고요, 몇 시에 태어나셨어요?"

생뚱맞은 말에 전석규가 미간을 찌푸렸다.

"그건 왜?"

"아, 역시 연세 드시니까 요즘 시대를 모르시네. 이게 스마트폰이에요. 지금 운세 보고 있으니까 빨리 말씀하세요."

"그놈의 스마트폰이고 뭐고, 그만 좀 들여다봐라."

지성호가 장난스럽게 웃으며 다시 말했다.

"다른 뜻 없고 길일 확인하는 중이니까 말씀해 주세요."

길일이라는 말에 전석규가 떨떠름한 표정으로 입을 열었다.

"오후 3시 20분일걸."

지성호는 뭔가를 더 만지더니 운세 확인 버튼을 눌렀다. 그리고 표정이 활짝 폈다.

"제가 주간 운세 보니까 김석훈 지검장 청문회 날이 우리 청장님한테는 길일이네요, 하하하하."

이들 모두 미신은 믿지 않았다. 하지만 길일이라는 말에 세 사람의 얼굴에 미소가 떠올랐다. 전석규가 술잔을 들며 말했다.

"나한테는 길일이고 김석훈 지검장한테는 악재가 낀 날이 되겠어."

그들은 웃으며 잔을 부딪쳤다.

술을 마신 후 지성호가 희우에게 물었다.

"그럼 김석영이 여자 문제는 지난번에 다뤘고, 이번에는 회삿돈 꿀꺽한 거부터 만질까? 아니면 김석영의 여자 문제를 하나 더 던져 줄까? 그것도 아니라면 평택 비리를 안겨 줄까?"

그의 말을 들으며 희우가 물었다.

"여자가 또 있어요?"

지성호가 고개를 끄덕였다.

"그래. 난 검찰청에 박혀 있느라 연애할 시간도 없는데 그놈은 참 많이도 만나더라."

지성호는 마흔이 다 되어 가는 노총각이었다. 그의 표정이 슬펐다. 하지만 희우는 슬쩍 웃으며 답했다.

"한꺼번에 터뜨리지요."

"한꺼번에? 먼저 하나 터뜨리고 취임 전에 발목을 잡는 게 좋지 않을까?"

보통은 시간 차를 두고 움직이는 게 더 좋았다. 하지만 희우는 한꺼번에 움직이자고 의견을 내고 있었다. 지성호가 다시 물었다.

"왜? 이유가 뭐야? 충격 한 번 받고 그다음에 또 받으면 더 좋잖아?"

지성호가 질문을 이어 갈 때였다. 전석규가 고개를 저으며 입을 열었다.

"그만."

희우와 지성호의 시선이 전석규에게 틀어졌다. 전석규가 입을 열었다.

"우리가 이놈한테 방아쇠 당길 시기를 넘겼잖아. 그럼 그냥 가만히 있자. 사공이 많으면 배가 산으로 가."

전석규의 말에 희우가 미소를 지었다. 그는 언제나 희우에게 큰 힘이 되어 주고 있었다. 지성호가 전석규의 말에 큰 소리로 대답했다.

"네! 알겠습니다. 저는 후배님 말을 잘 듣는 선배가 되도록 하겠습니다."

물론 장난기 가득한 말이었다.

세 사람은 잔을 부딪쳤고 술을 마셨다.

희우는 술을 마시며 생각에 빠졌다. 지성호의 의견도 맞는 말이었지만 희우가 그 모든 사건을 한 번에 터뜨리려는 이유는 단 하나다. 김석훈의 뒤에 조태섭이 존재하기 때문이다. 조태섭은 의심 많은 인간이었고 조금이라도 이상한 낌새를 눈치챘다면, 희우의 계획이 모두 엎어질 수도 있었다. 그래서 희우는 김석훈과 조태섭이 어떤 낌새도 눈치채지 못하고 어떤 방비도 할 수 없도록 한 번에 터뜨리려 하고 있었다. 그것이 김석훈을 잡을 방법이라고 생각했다.

김석훈을 잡을 자료는 모두 모았다. 이제는 JS그룹에서 희우의 생각대로 움직여 주는 일만 남았을 뿐이다.

다음 날. JS무역 대표이사실.

대표이사실은 온갖 비싼 물건으로 치장되어 있었다. 도자기에 그림, 그리고 고급 가죽으로 만들어진 소파까지. 어느 것 하나도 사치스럽지 않은 게 없었다. 이 모든 것이 직접 돈을 벌어 보지 못한 재벌 후계자의 모습이었다.

김석영은 의자에 앉아 복잡한 한숨을 내쉬고 있었다. 상만이 말했던 지분에 대한 이야기가 머릿속을 계속해서 울리고 있었기 때문이다.

책상 한편에 있는 전화기가 울렸다. 전화를 받자 밖에 있는 비서였다.

-JS건설 신대웅 상무님이 와 계십니다.

김석영의 눈이 찌푸려졌다.

최근 건설 쪽에서 이런저런 사람들이 많이 찾아왔다. JS무역이 건설의 지분을 확보하고 있었기 때문이다. 그래서 JS건설의 중역들은 시시때때로 김석영을 찾아와 고개를 숙이고 아부성 짙은 미소를 남기고 떠났다. 그들은 회사에서 어떻게든 살아남고 싶은 직장인이었지만, 머리가 복잡한 김석영에게 그들의 모습은 좋게 느껴지지 않았다.

신대웅이 안으로 들어왔다. 그는 일전에 희우와 만나 김석훈이 저지른 평택 비리를 알려 줬던 사람이었다.

신대웅은 문 앞에 서서 김석영을 향해 90도로 허리를 숙였다. 물론 김석영이 자식뻘이었지만 신대웅은 고개를 숙여야 했다. 그것이 현실이었다. 하지만 김석영의 목소리는 퉁명스러웠다.

"어쩐 일이에요?"

김석영의 시큰둥한 말투에 신대웅이 난처한 표정으로 입을 열었다.

"말씀드릴 일이 있어 찾아왔습니다."

"그럼 할 말이 있으니까 왔겠지 그냥 왔겠어요? 빨리 말씀이나 하세요."

김석영은 신대웅에게 앉으란 말도 하지 않았다. 철저한 갑의 입장이었기 때문이다.

"말을 하러 왔으면 하세요. 시간 낭비하지 말고."

신대웅은 물끄러미 김석영을 바라봤다. 사실 신대웅은 이곳에 오기 전까지 많이 망설이고 있었다. 지금 신대웅은 회사를 배신하려 한다. 하지만 한평생 몸을 바친 회사를 배신하는 것은 쉬운 일이 아니었다. 신대웅에게 JS는 청춘을 바친 곳이었기 때문이다. 하지만 지금 김석영의 태도로 그 감정은 사라져 버렸다. 신대웅의 목소리가 건조하게 흘렀다.

"그룹에서 빠져나오시는 게 어떠신지요?"

신대웅의 말에 김석영의 눈빛이 떨려 왔다. 그것은 지금 김석영이 고민하고 있는 일이었다.

"네? 지금 무슨 말씀 하시는 거죠?"

그러나 김석영은 아무것도 모르는 척 물었다. 신대웅이 천천히 입을 열었다.

"계열 분리를 말씀드리는 겁니다."

신대웅의 말에 김석영의 눈이 커졌다. 상만에게 들은 것과 같은 말이었다.

234

"계열 분리?"

김석영은 완벽히 흔들리고 있었다. 이것은 인간의 심리였다.

한 심리학자가 연구를 하기 위해 한 사람에게 건물의 옥상을 바라보고 있으라고 말했다. 그 사람이 옥상을 바라보고 있었지만 사람들은 관심 없이 지나갔다. 심리학자는 또 한 사람을 같은 장소에 투입해서 위를 바라보라고 말했다. 두 사람이 건물 옥상을 바라보자 지나는 사람들 중 몇 명이 함께 위를 확인했다. 그리고 세 사람이 건물 옥상을 바라보자 지나는 사람들은 모두 아무것도 없는 옥상을 보기 시작했다.

지금의 상황이 그와 같았다.

상만의 말 한마디도 머릿속을 복잡하게 했는데 신대웅까지 그런 말을 하자 김석영은 더욱 흔들렸다. 하지만 김석영은 내색하지 않고 물었다.

"왜 그런 말씀을 하시는 거죠?"

"첩보를 통해 알게 된 것이 있습니다. 다른 계열에서 무역의 지분을 확보하고 있다는 말을 들었습니다. 확실한 말은 아니지만, 지금 시국이 미심쩍어서 말씀드리려고 찾아왔습니다."

김석영의 눈이 찌푸려졌다.

"시국이라뇨?"

"김석훈 지검장님이 총장으로 올라선다면 무역이 가진 힘은 그룹 내에서도 꽤 강해질 것이 확실하지 않습니까? 지금 JS그룹은 각 계열사가 균형을 맞추고 있습니다. 하지만 얼마 전 JS무역이 JS건설을 차지하며 그힘의 균형이 깨지기 시작했습니다."

지금 신대웅이 하고 있는 말은 모두 희우가 써 준 대본에 있는 것이었다. 신대웅이 계속 말했다.

"그 깨진 균형에 검찰총장까지 합세를 한다면 저울은 한쪽으로 기울겁니다. 이런 말씀까지 드리기는 어려운데…….."

신대웅이 말꼬리를 흐리자 김석영이 기분 나쁜 말투로 재촉했다.

"그냥 하세요."

"네, 그럼 계속 말씀드리겠습니다. 사실 JS그룹은 단단한 혈연관계로 만들어지지 않았습니까? 하지만 혈연관계가 계속 그 끈을 이어 갈 거라고 생각되지는 않습니다."

김석영은 한숨을 내쉬었다. 그도 그런 느낌을 받고 있었다.

혈연관계라고는 하지만 선대 회장으로부터 3대가 되었다. 몇몇 계열사의 대표와의 관계는 이미 먼 친척이었다. 이런 관계가 계속 유지될 수 있을까? 그가 고민을 하고 있을 때 신대웅이 계속 말했다.

"JS무역의 독주를 막는 방법은 하나입니다. 무역의 지분을 가지고 압박을 가하는 방법이라고 생각됩니다."

김석영이 고개를 끄덕였다. 그리고 귀찮은 듯 손을 휘저으며 입을 열었다.

"알아서 할 테니까 그만 가세요. 여기 있는 거 다른 사람들이 봐서 좋을 거 없습니다."

"죄송합니다."

신대웅은 고개를 숙이고 대표실을 벗어났다. 그리고 밖으로 나와 바로 상만에게 전화를 걸었다.

"말씀하신 대로 했습니다."

-알겠습니다. 그럼 우리가 가지고 있던 상무님의 비리는 깨끗하게 소각시키겠습니다.

"감사합니다."

신대웅은 굳은 표정으로 자신의 차량에 올랐다. 그리고 운전수에게 말했다.

"가지."

김석영 앞에서 쩔쩔매던 신대웅, 자신의 비리를 가지고 있는 상만과 희우 앞에서 고개를 숙이는 신대웅, 그도 자신의 아래에 있는 운전수 앞에서만큼은 당당했다.

신대웅이 떠나고 김석영은 전화를 들어 올렸다.

"지금 우리 주식 동향 알아봐."

-네, 알겠습니다.

김석영은 초조한 표정으로 사무실을 거닐었다. 만약 상만과 신대웅이 한 말이 사실이라면 어떻게 대응해야 할지 고민이었다.

그리고 대표실의 전화가 울렸다.

-주가는 별다른 이상 없이 꾸준히 상승하고 있습니다. 아무래도 아버님의 영향이 있다고 생각됩니다.

"매집 동향은 어때?"

-꾸준히 사 모으고 있는 사람이 있기는 한 것 같습니다.

김석영은 이를 꽉 물었다. 주가가 상승한다는 말에 머리가 곤두서 버린 것이다. 그는 바로 또 어디론가 전화를 걸었다.

"지금 당장 노숙자 명의 하나 가지고 와."

김석영도 차명을 통해 다른 계열의 주식을 사기로 결심했다. 전화를 끊으며 김석영이 중얼거렸다.

"전쟁이다 이거지?"

상대가 하는 행동을 똑같이 한다. 그것이 지금 김석영의 생각이었다.

김석영에게 노숙자 명의를 가지고 오라는 전화를 받은 사람은 안석진이었다. 안석진은 희우를 미행했던 사람으로, 얼마 전 김석훈의 대포폰을 확인시켜 준 사람이기도 했다.

안석진은 김석영의 전화를 받은 후 바로 희우에게 전화를 걸었다.

"김석영 대표가 노숙자 명의를 사 오라고 지시했습니다."

-그렇게 하세요. 노숙자 명의는 우리 쪽에서 제공해 드리겠습니다.

"네, 알겠습니다."

사무실에 앉아 일을 하고 있던 희우는 안석진의 전화를 받고 입가에 숨길 수 없는 미소를 걸쳤다.

드디어 김석영이 미끼를 물었다. 이제 낚아채서 잡으면 될 일이었다.

희우는 바로 상만에게 전화를 걸었다.

"지금 신대웅 상무한테 전화해서 다른 계열 돌면서 김석영이 주식 사 모으고 있다고 전하라고 해."

-네? 방금 신대웅 상무 풀어 줬는데요?

"다시 잡아."

-그건 치사한 짓 아닌가요?

"어차피 나쁜 놈이야. 그리고 우리 쪽에서 명의 몇 개 만들어서 보내 줘."

수화기 너머에서 상만은 잠시 생각을 하고 있는 모양이었다. 그리고 물었다.

-명의를 만들라고요?

"응, 직원들 걸로 해서 만들어. 이참에 JS 주식 좀 가지고 있자."

-네?

상만은 희우의 말이 무슨 말인지 알아듣지 못했지만 일단 하기로 생각 했다.

희우는 전화를 끊고 의자에 몸을 뉘었다.

지금 JS그룹은 젊은 대표들로 물갈이가 되고 있는 시기였다. 그룹을 일 으킨 1세대가 80년대에서 90년대에 사망을 했다. 군사정권의 끝과 IMF를 겪은 2세대 인물들 역시 2000년대 중반 들어 한 명씩 한 명씩 자리를 비우 는 중이었다. 지금은 3세대로 교체가 되는 중이었다. 그 시기가 JS그룹은 유독 심했다. 준비되지 않은 대표들이 윗자리에 서 있는 상황이었다.

그런 그들을 알고 있었기에 희우는 JS그룹을 두려워하지 않았다.

천하그룹의 경우 후계자 교육이 어린 시절부터 철저하게 이루어진다. 하지만 JS그룹은 아니었다. 실력 없는 후계자들. 1세대가 맨땅에 헤딩하 며 이룩하고 2세대가 IMF를 겪으며 얻은 그 경험치가 JS그룹의 3세대에 게는 없었다. 그리고 그 패인은 김석훈에게도 있었다. 검찰총장에 뜻을 품고 그룹에 가지 않은 것, 그래서 어리고 철부지인 김석영을 자리에 앉힌 것이 가장 우스웠다.

희우는 천장을 바라보며 피식 웃었다. 그리고 중얼거렸다.

"부자가 3대를 못 간다고 하는데 지금 꼴이 딱 그렇구나."

차량에 타고 건설 회사로 이동하던 신대웅은 인상을 구겼다.

핸드폰이 울리고 있었지만 그는 받지 않았다. 발신자가 상만이었다. 방금 계산을 끝낸 걸로 알고 있는데 또 전화가 오니 기분이 좋을 수 없었다.

하지만 결국 그는 통화 버튼을 누르며 차갑게 답했다.

"네."

-하하하하, 죄송합니다. 자료를 소각하기 직전에 부탁드릴 일이 생겨 버렸네요. 원래 제가 이런 약속은 칼같이 지키는 사람인데 죄송합니다.

신대웅은 이를 꽉 물었다. 하지만 어쩔 수 없었다. 지금은 그가 철저한 약자였다. 전화를 끊은 신대웅이 기사에게 말했다.

"JS생명으로 이동해."

그는 결국 다른 계열사로 이동하고 말았다.

차량의 의자에 몸을 누인 그의 인상은 심각하게 굳어 있었다. 몇억 해먹지 않았다고 생각했는데 그걸 빌미로 이렇게 부려 먹을 줄은 생각하지도 못했다.

'젠장!'

한숨을 푹푹 내쉬던 신대웅은 JS생명 주차장에서 몸을 내렸다. 그리고 바로 엘리베이터를 타고 대표이사실로 향했다.

"대표님 계십니까?"

그의 말에 안내 직원이 전화를 들었다. 그리고 들어오라는 소리에 그는 안으로 들어갔다.

고개를 숙여 인사를 한 그는 JS생명 대표에게 입을 열었다. 그 내용은 김석영에게 했던 것과 똑같은 이야기였다. 다만 이번에는 주어가 확실했다. 김석영에게는 불특정 다수가 JS무역의 주식을 사 모은다고 말했지만…….

"JS무역이 건설을 거의 먹은 건 알고 계실 거라고 봅니다."

JS생명 대표가 고개를 끄덕였다.

"네, 알고 있어요."

대수롭지 않은 반응이었다. 신대웅이 계속 말했다.

"드릴 말씀은 아니지만, 듣기로 김석영 대표가 다른 계열 주식을 모으려는 준비를 하고 있다고 합니다. 아버지가 검찰총장이 되면 어지간한 법망은 피해 갈 것이니 이번에 대대적으로 전쟁을 하려고 준비하는 것 같습니다."

JS생명 대표의 인상이 찌푸려졌다.

JS그룹은 특정 지주회사 없이 독립적으로 움직이는 한계를 가지고 있었다. 그리고 그들이 가지고 있던 서로에 대한 불신은, 희우가 던진 떡밥과 함께 타오르기 시작했다.

지검에 있던 희우는 핸드폰을 들어 올렸다. 그리고 유빈에게 전화를 걸었다.

"선배, 부탁할 게 하나 있는데요."

-응, 말해.

그녀는 희우 덕에 황진용 의원에 관한 기사는 모두 선점할 수 있는 기회를 얻었다. 인기가 급상승하고 있는 황진용에 대한 기사를 선점할 수 있다는 건 대단한 일이었다. 당연하겠지만 신문사에서 그녀가 가진 입지도 더욱 건실해졌다. 그녀가 희우를 돕는 것은, 옛정도 있지만 그만큼 그녀에게도 이득이 되는 일이었다.

희우가 말했다.

"지라시를 돌릴 수 있나요?"

-증권가 지라시 말하는 거야?

"네."

-친구 한 명이 여의도 지라시 공장에 있어.

"JS그룹에서 지분 싸움이 일어나고 있어요."

그 이야기는 바로 '지라시'가 되어 증권가에 빠르게 퍼졌다.

김석훈의 청문회 전날이었다.

희우는 사무실에 앉아 조용히 컴퓨터만 바라보고 있었다. 컴퓨터의 화면은 꺼진 상태였다. 시간은 오후 8시 30분. 청문회가 시작되려면 이제 열네 시간 정도만 남았다.

희우는 마지막으로 고민을 하고 있었다.

김석훈을 끌어내릴 수 있을까? 조태섭의 마음이 변하지 않는다면 충분히 가능한 일이었다. 벌어질 수 있는 다른 여러 변수를 막을 계획은 이미 머릿속에 세워져 있었다. 하지만 그가 계속해서 고민을 하고 있는 이유.

희우에게는 김석훈의 몰락도 중요했지만 한미 역시 중요했다.

한미는 술에 취하면 희우에게 전화해 말을 했었다. 딱 한 명만 잡아 달라고. 그 상대가 누구인지 밝힌 적은 없었다. 하지만 희우는 오래전부터 그녀가 지칭하는 사람이 누구인지 알고 있었다. 그녀가 그토록 잡고 싶어하는 사람은 김석훈이었다.

희우는 핸드폰을 들어 올려 한미의 전화번호를 찾았다.

하지만 통화 버튼을 쉽게 누르지는 못했다.

어떻게 말을 꺼내야 할까? 김석훈이 끌려 내려오는 게 앞으로 남은 그녀의 인생에서 좋은 일일까? 자신이 없었다면 김석훈은 자연스럽게 총장의 자리에 오를 것이었고 한미는 어떤 좋은 집안에 시집을 갈 수도 있었다. 어쩌면 그게 더 좋지 않을까? 여러 가지 생각이 머릿속을 복잡하게 만들었다.

처음엔 단지 그녀를 이용하기 위해 접근을 했다. 하지만 이제 그녀는 그의 좋은 친구가 되었다.

새로운 삶을 살며 좋다고 생각되는 점은 단 두 가지였다.

부모님이 살아 계시다는 것과, 좋은 사람을 많이 만나게 되었다는 것.

그 좋은 사람들 중 한미도 포함되어 있었다. 그래서 지금 더 고민을 하고 있는지도 모른다.

희우는 고개를 저었다. 고민만 하는 건 희우의 스타일이 아니었다.

결국 꾸욱 눌리는 통화 버튼.

잠시 신호가 울리고, 그녀가 전화를 받았다.

-희우야!

그녀가 밝고 큰 목소리로 그의 이름을 불렀다.

"회사지?"

-응. 이놈의 사장은 퇴근을 안 시켜 줘.

시작부터 자신의 대표를 욕하는 그녀였다. 희우가 말했다.

"퇴근 언제야?"

-왜? 왜? 왜?

"언제야?"

-네가 만나자고 하면 30분이면 끝나지!

희우는 시계를 들어 시간을 확인했다. 그리고 그녀에게 물었다.

"저녁은 먹었어?"

-아직. 밥 사 주게?

"그럼 내가 너희 회사 앞으로 갈게."

-진짜? 여기로 올 거야?

그녀의 목소리가 커지기 시작했다.

"나올 수 있어?"

-밥을 사 준다는데 나가야지! 다 먹자고 하는 일인데 밥은 먹어야 할 거 아냐?

희우와의 오랜만의 만남이었다. 그녀의 목소리는 밝았고 들떠 있었다.

"저녁이라 길이 막히겠지만 한 30분쯤 걸릴 거야. 가서 전화할게."

결국 한미와 약속을 잡았다. 그는 전화를 내려놓으며 한숨을 내쉬었다.

시간은 계속해서 흘러가고 있었다. 이제 고민과 희우의 결정은 끝났다. 한미의 선택만이 남아 있을 뿐이었다.

그가 고민을 하던 이유 중 하나는 한미에게 선택에 대한 권한을 줘야 할지 아닐지에 관한 것이었다. 적어도 김석훈을 향한 분노는 희우보다 그녀가 더 많이 가지고 있었다. 김석훈의 결말에 대한 선택권. 그것을 한미에게 줄 수 있을까? 그것이 희우의 고민이었다.

잠시 후, 희우는 한미의 회사 근처 한식당으로 들어가 앉았다. 미리 예약을 해 뒀기에 음식은 바로 준비가 되었다. 형형색색의 음식이 식탁에 오르며, 잠시 후 한미가 들어왔다. 그녀가 활짝 웃으며 박수를 쳤다.

"진짜 밥 사 주려고 왔어?"

"응. 앉아."

"맛있겠다!"

그녀는 다시 한번 박수를 치고서는 희우의 앞자리에 앉으며 말했다.

"우리 희우가 많이 컸네? 이 누나 배고픈 줄 어떻게 알고 밥 사 주러 왔대?"

그녀는 젓가락을 양손에 하나씩 들고 배시시 웃었다.

그런 그녀를 보며 희우가 물었다.

"일은 다 끝냈어?"

"퇴근을 하기 위해서 초집중력을 발휘했지. 짧은 시간에 끝내려고 손이 안 보이게 움직였다니까. 아마 내일 가면 키보드 부서졌다고 물어내라고 할지도 몰라."

식사를 하는 동안 그녀는 쉼 없이 재잘거렸다. 연예인 아무개가 어쩌고 옆에 있는 신입 사원이 어쩌고……. 희우는 그녀가 하는 쓸데없는 이야기를 단 하나도 놓치지 않겠다는 것처럼 집중해서 들었다.

한참을 떠들던 그녀가 물을 마신 후 컵을 식탁에 내려놓으며 다시 입을 열었다.

"그래도 나 밥 다 먹을 때까지 아무 소리 안 하네? 체할까 봐 배려해 준 건가? 어쨌든 고마워."

"……."

"하고 싶은 말이 뭐야?"

그녀는 마치 알고 있다는 듯 말했다.

10년 가까운 세월 동안 희우와 친구로서 함께해 온 그녀였다. 그의 분위기만 봐도 다른 뜻이 있다는 걸 모를 수가 없었다.

희우가 무거운 입을 열었다.

"내일이야."

"응?"

"올라가려고 하지만 바로 내려올 거야. 그리고 잡을 수도 있어."

"어?"

한미의 눈이 떨렸다. 그리고 그녀는 어색하게 희우를 바라봤다.

희우가 말한 내일은 다름 아닌 김석훈의 청문회가 있는 날이었다. 사회적 문제에 관심이 없는 그녀라도 다름 아닌 자신의 아버지에 대한 일이었기에 잘 알고 있었다. 그리고 희우가 했던 '올라가려고 하지만 내려올' 거라는 그 모든 말은 김석훈을 지칭하고 있는 것 같았다.

그녀의 떨리는 눈빛을 보며 희우가 말했다.

"너희 아버지 이야기야."

"……!"

그녀의 표정이 굳어졌다. 아니, 하얗게 질렸다.

희우는 고등학교 졸업식에서 한미의 옆에 있던 김석훈을 만났다. 한미와 김석훈이 어떤 관계가 있다는 걸 알아챈 희우는 의도적으로 그녀에게 접근을 했다. 자신의 비리를 철저히 숨기는 김석훈과의 싸움에서는 단하나의 정보라도 귀중한 보석과 같았다. 한미에게 어떤 정보라도 빼내어 김석훈을 곤란하게 만들고자 계획을 짰었다.

하지만 한미의 변해 가는 모습과 노력하는 행동에, 냉소적이었던 희우의 시선은 점차 응원의 눈으로 바뀌었다. 그리고 두 사람은 친구가 되어 있었다.

한미는 희우의 말에 당황했다. 철저하게 숨겼다고 생각했다. 그녀의 엄마를 제외하고 김석훈이 아버지란 사실을 아는 사람은 없다고 생각했다. 그런데 희우의 입에서 김석훈에 대해 말이 나오자 그녀는 충격을 받고 말았다.

그녀가 놀란, 그리고 떨리는 목소리로 억지로 웃으며 입을 열었다.

"우리 희우가 많이 컸네? 이 누나 깜짝 놀라게도 하고."

"……."

"하하, 나 지금 떨고 있니? 심장이 내려앉은 것 같아. 내 연기력이 별로였나?"

밝게 말을 하고 있었지만 한미의 눈에서는 눈물이 흘렀다.

그녀의 눈물을 보며 희우가 말했다.

"네 아버지가 누군지 나에게 밝히지 않아도 좋아."

희우의 말은 지금도 모른 척해 주겠다는 말이었다.

한미는 대답 없이 눈물을 흘렸다. 하지만 그녀의 입은 웃고 있었다.

희우가 다시 말했다.

"편하게 행복하게 살아. 이제 넌 자유가 될 거야."

희우는 김석훈이 한미를 얼마나 억압했는지까지는 알지 못했다.

한미는 김석훈과의 지난날을 떠올렸다. 김석훈은 언론인이 되고 싶었던 그녀에게 세상에 드러나는 일은 하지 말라며 꿈을 빼앗았다. 아무 일도 하지 말고 주는 돈이나 받아먹고 살라는 말도 계속해서 했다. 한미의 모친을 이용해서 그녀를 부필식품 안현채와 강제로 결혼을 시키려고 했다.

한미에게는 어떤 선택의 자유도 없었다.

그녀는 철저히 선택하지 못하는 인생을 살아왔던 것.

희우가 말했다.

"너에게 선택하게 하고 싶어서 이야기를 꺼냈어."

"……."

"어떻게 만들어 줄까? 그 사람이 가진 걸 모두 잃게 만들어 줄까? 아니면 구속을 시켜 줄까? 10년? 15년?"

희우는 이제 그녀에게 자신의 인생을 선택하고 살 수 있는 자유를 주고 싶었다. 한미는 고개를 저었다.

"사형시켜 줘."

"어?"

사형은 힘든 일이었다. 1997년 마지막으로 집행된 이후에 사형 제도는 멎어 있었다. 그리고 지금 김석훈의 죄는 사형을 받기에 무리였다

한미가 희우를 바라봤다.

그녀는 예전부터 희우에게 김석훈을 잡아 달라고 말하고 싶었다. 하지만 말하지 못했다. 희우가 김석훈을 잡을 수 있다고는 생각한 적이 없었기 때문이다.

김석훈이 가진 힘은 한미가 잘 알고 있었다. 김석훈의 뒤에는 그룹이 있었고 정치권과도 끈이 단단했다. 그녀는 김석훈이 총장의 자리에 충분히 오를 수 있다고 생각했다. 차가운 시선으로 봐도 김석훈은 그 정도의 힘은 가지고 있다고 느꼈다.

그래서 그녀는 계획하고 있었다. 언젠가 그녀 자신이 공개 석상에 나서서 발표할 계획을. 그렇게 해서라도 김석훈을 나락으로 빠뜨리고 싶었다.

하지만 생각만 했을 뿐이다. 실제로 행동에 나서지는 못했을 거다. 바로 엄마 때문이었다. 엄마는 언제나 슬프게 살아왔기에 더 슬프지 않았으

면 했다. 그래서 그런 계획이 있었을 뿐이고, 희망 사항일 뿐이었다.

희우는 그녀가 가진 그 마음을 알고 있었다.

희우가 입을 열었다.

"고민했어. 이 이야기를 너한테 해야 할까 말아야 할까. 하지만 해야겠다고 생각한 이유는, 너에게 선택권을 주고 싶어서야."

한미가 눈물 가득한 눈으로 희우를 바라봤다. 그러자 희우가 그녀의 얼굴을 보며 말을 이었다.

"이곳이 싫으면 잠시 외국에 다녀와도 좋아. 그건 내가 모두 알아봐 줄게."

그런데, 그녀가 고개를 저었다.

"싫어."

"……?"

"그건 선택권이 아니야. 사형시켜 줘."

"……!"

"아니면 내가 할 거야."

희우는 지금 그녀가 무슨 말을 하는지 이해하지 못했다.

그녀가 소매로 눈물을 닦으며 다시 희우를 바라봤다. 그리고 입을 열었다.

"김석훈은 내가 몰락시키고 말 거야."

한미의 입에서 드디어 김석훈이라는 이름이 나왔다. 이제 그녀는 숨기지 않았다. 그녀가 다시 말했다.

"카메라 앞에서 사람 좋은 척 웃고 있는 거, 정말 소름 끼치게 싫어. 그 가식적인 사람이 어떤 사람인지 내가 알릴 거야."

희우가 고개를 저었다.

"힘들어질 거야."

"선택하게 해 준다며? 나 김한미야. 손을 고등학교 김한미라고. 이겨

낼 수 있어.”

“…….”

“그러니까 도와줄 거지?”

그녀는 어색하게 웃었다. 하지만 그 어색한 미소가 슬퍼 보였다.

희우는 잠시 그녀를 바라봤다. 그녀가 말했다.

“내가 공개를 하면 김석훈은 총장에 오르지 못하겠지?”

희우는 다시 고개를 저었다.

“아니. 네가 공개를 한다고 해도 어려울 거야.”

“타격도 없을까?”

타격은 있을 거다. 하지만 희우는 한미를 아끼고 있었고 한미가 그런 길을 선택하게 하고 싶지 않았다.

희우가 말했다.

“김석훈은 어떤 수를 써서든 빠져나가려고 할 거야. 메이저 신문사는 기사를 내지도 않을 거고. 그러니까 하지 않아도 괜찮아. 내가 준비한 것만으로도 충분히 끌어내릴 수 있어.”

한미는 물컵에 물을 따라 마셨다. 그리고 눈물과 콧물을 손으로 닦은 후 다시 입을 열었다.

“싫어. 김석훈이 내려오는 곳이 지옥은 아니잖아.”

여자가 한을 품으면 오뉴월에도 서리가 내린다고 했나? 한미의 눈은 서슬 퍼랬다. 그녀가 계속 말했다.

“그러니까 내가 선택할 거야. 이 세상이 지옥이 될 수 있다는 걸 가르쳐 줘야지.”

희우는 깊은 한숨을 내쉬었다.

한미의 눈은 차가웠다. 어린 시절부터 철저하게 억압받고 살아온 그녀의 작은 복수였다. 그녀의 눈을 잠시 더 들여다보던 희우는 어쩔 수 없다는 듯 고개를 끄덕거렸다. 그리고 무겁게 입을 열었다.

"선택이라면 도와줄게."

"할 거야."

"대신 약속 하나 하자. 이 정도는 타협으로 받아들일 수 있겠지?"

약속이라는 말에 그녀가 물끄러미 희우를 바라봤다.

희우는 대답 대신 전화를 들었다. 전화가 향하는 곳은 상만이었다.

"최대한 빠른 시간으로 캐나다 비행기표 두 장, 거주할 집. 그리고 6개월 정도 펑펑 쓸 돈 환전해 둬."

-네? 사장님 사고 치셨어요?

희우는 상만의 질문에 답하지 않고 전화를 끊었다. 그리고 한미를 보며 말했다.

"복잡할 한국은 잠시 떠나 있는 편이 좋을 거야. 6개월이면 사람들도 잊을 테니까. 잊지 않는다면 어떤 사건을 만들어서라도 잊게 만들게."

"고마워."

그녀는 깊은 한숨을 내쉬었다. 그리고 먼 곳을 응시하며 중얼거렸다.

"우리 엄마 또 울겠네."

다음 날.

대한민국 검찰총장의 자리를 둔 청문회의 날이 밝았다.

김석훈은 집에서 나왔다. 문 앞에 기다리고 있던 기사가 고개를 숙인 후 김석훈이 타야 할 차 문을 열었다. 뒷자리에 올라 넥타이를 매만진 김석훈은 조용히 눈을 감았다.

이 자리에 오기 위해 거쳐 온 수많은 기억들이 떠올랐다. 사랑하는 여자를 버리고 꿈을 위해 부잣집 여자와 결혼을 했던 일부터 지금까지 그가 걸어온 길. 그 길에는 핏물이 가득 담겨 흐르고 있었다. 많은 사람들의 한이 담긴 핏덩어리였다.

때로는 사건을 조작했고, 때로는 권력에 빌붙었다. 방해가 되는 사람은 내리찍었으며 앞길을 막아 세운 사람은 끌어내렸다. 죄가 없어도 만들었고 죄가 있어도 없게 했다. 그는 인정을 받기 위해 그렇게 살아왔다.

그 생각을 떠올리던 김석훈이 눈을 감은 채 중얼거렸다.

"부끄럽디."

길가에 내던져진 많은 목소리들이 그를 향해 원망을 하는 것 같았다.

그의 눈이 천천히 뜨였다. 밝은 빛이 눈에 들어오며 그의 입에 미소가 떠올랐다. 지금까지 자신 때문에 희생당한 사람들, 그 희생이 헛되지 않게 멋진 검찰총장이 되리라는 포부가 그의 미소에 가득히 담겼다.

운전석에 올라탄 기사가 말했다.

"그럼 출발하겠습니다."

차량은 어느새 여의도에 도착해서 국회로 들어가고 있었다.

차가 멈춰 서고 김석훈이 내렸다. 그리고 청문회장을 향해 발을 내디뎠다.

지검의 사무실에 있던 희우는 텔레비전을 보고 있었다. 화면에 김석훈의 얼굴이 보였다. 국회의원들의 질문이 김석훈을 향했다.

―천하그룹 김건영 회장 탈세 혐의에 대해 이렇게 질질 끌고 있는 이유가 뭡니까?

그런데, 텔레비전을 보던 희우는 어이없다는 듯 웃고 말았다.

지금 국회의원들의 질문은 희우가 봤던 예상 질문지와 토씨 하나 다르지 않고 똑같았다. 저들은 지금 청문회라는 이름으로 국민을 우롱하고 있었다.

그렇게 청문회는 계속 이어졌다. 한 국회의원이 가지고 나온 서류를 들춰 보며 입을 열었다.

―김석훈 총장 후보자는 질문할 거리가 별로 없네요. 땅을 사려고 위장 전입을 한 적

도 없고, 집을 사면서 다운 계약서를 작성한 일도 없고요.

그의 말에 김석훈이 밝게 웃으며 답했다.

-법을 내세우며 살고 있는 검사가 그런 짓을 하면 안 되지요, 하하하하.

질문을 하는 의원이나 답을 하는 김석훈이나, 짜고 치는 고스톱.
희우가 중얼거렸다.
"그런 건 재미없지."
재미가 없으면 재미있게 만들어 주면 되는 일이었다.
말을 마친 그는 손목을 들어 시간을 확인했다.
오전 10시 30분.
희우는 컴퓨터의 전원 버튼을 눌렀다.
인터넷을 클릭하자 김석훈에 대한 기사가 빠르게 올라오기 시작했다.

청문회 중인 검찰총장 후보자 김석훈, JS건설 평택 부지 선정에 비리를
저지르다
김석훈 후보자의 아들 JS무역 대표 김석영의 탈세 혐의?
김석훈 후보자의 아들 JS무역 대표 김석영의 여성 편력

지금까지 모아 왔던 자료들이 한꺼번에 터지고 있었다.
희우의 핸드폰이 울렸다. 지성호였다.
-기사 잘 올라가고 있나?
"네, 제목 좋은데요?"
-10분 후에 더 많이 올라갈 거야.
전화를 끊은 희우의 입가에 미소가 떠올랐다. 희우는 모니터에 시선을

고정하고서는 중얼거렸다.

"이제 재미있는 거지."

그리고 그때였다. 청문회장에 있는 의원들, 그들의 핸드폰에서 진동이 울렸다. 정말 일제히 울렸다고 하는 게 맞았다.

그들은 서로 눈치를 보며 조심스럽게 핸드폰을 꺼내 문자를 확인했다. 밖에서 대기하고 있는 비서에게서 온 연락이었다. 내용은 김석훈이 비리에 연루되어 있다는 것이었다. 그리고 지금 그 일이 청문회와 더불어 인터넷에서 일파만파 퍼지고 있다는 이야기.

의원들의 표정이 굳어졌다.

청문회에 오기 전 김석훈을 총장 자리에 앉히자고 서로 이야기를 나눈 그들이었다. 하지만 지금 상황이 바뀌었다. 그들은 여기서 어떻게 행동을 해야 국민들의 눈에 좋게 보일 수 있을까, 생각하며 머리를 굴리기 시작했다. 당연하겠지만 그들은 더 이상 김석훈의 편이 아니었다.

다음 질문자로 올라온 의원이 시작이었다. 그 차가운 눈빛을 본 김석훈은 뭔가 이상하다고 생각했다. 하지만 그저 생각을 했을 뿐이다. 밖에서 어떤 일이 일어나고 있는지는 알지 못했다.

의원은 눈빛보다 더 차가운 목소리로 물었다.

"JS건설이 평택 부지를 매입할 때 김석훈 후보자가 힘을 썼다는 말이 나오고 있습니다. 어찌 된 일입니까?"

"네?"

김석훈의 눈빛이 떨려 왔다. 그로서는 생각조차 하지 못한 질문이었다.

김석훈이 난처한 표정으로 입을 열었다.

"저는 잘 모르고 있는 일입니다."

그의 표정을 본 국회의원들. 그들은 하이에나처럼 김석훈에게 달려들기 시작했다. 서로가 물고 뜯는 시간이었다.

그 시각, 희우는 자리에서 일어나서 재킷을 걸치고 사무실을 빠져나갔다. 이제 김석훈이 어떻게 움직일지는 뻔히 보이는 일이었다. 희우에게는 김석훈을 지켜보는 것 말고 다른 중요한 일이 있었다.

청문회장에서 나온 김석훈의 얼굴은 무섭게 굳어져 있었다. 차량이 지검으로 돌아올 때까지 그는 한마디도 하지 않았다. 아침까지의 밝았던 표정은 온데간데없이 사라졌다.

지검장실로 올라온 그는 컴퓨터를 켜고 관련 기사를 확인했다.

"끄아아아아!"

그는 거친 고함을 지르며 모니터를 들어 땅바닥으로 내던졌다. 요란한 소리가 울리며 모니터는 그대로 부서져 버렸다.

"어떤 놈이야!"

홀로 있는 적막한 지검장실에서는 그의 외침만 들려왔다.

김석훈의 이름은 장일현과 최강진이 잡혀 들어가며 국민들의 머릿속에 각인되어 있었다. 거기에 청문회가 생방송으로 중계되며 많은 사람들이 그의 이름을 다시 한번 떠올리는 중이었다. 국민들은 김석훈의 기사를 대번에 알아채고 실시간으로 검색 순위에 올렸다. 온라인뿐만이 아니었다. 오늘 하루만큼은 김석훈의 이름이 사람들에게 이야깃거리가 되었다.

"그거 봤어? 검찰총장 후보자 김석훈, 진짜 나쁜 놈이더라."

"다 그렇지 뭐. 제대로 된 놈이 위에 있는 거 봤냐?"

"김석훈은 모르는 일이라던데?"

"기억이 안 나겠지. 청문회 보면서 기억력 좋은 놈은 한 명도 못 봤다."

소문의 빠른 확산. 이것이 희우가 김석훈의 아래에 있으며 그 이름을 알리기 위해 노력한 이유였다.

장일현의 사건으로 깨끗한 검찰을 만들겠다는 청렴결백한 이미지를 만들어 줬고, 장애인 사건으로 약자를 돕는 멋진 검사라는 이미지를 덧씌워 줬다. 그 이유는 간단했다.

사람들은 영웅을 좋아했지만 영웅의 몰락은 더욱 즐겼다. 좋은 이미지가 순식간에 망가져서 나락으로 떨어지는 것은 더더욱 좋아했다.

김석훈은 책상 위에 있는 모든 물건을 바닥으로 내던졌다. 지금까지 이 자리에 오르기 위해 노력했던 모든 게 허사가 되는 기분이었다.

한참을 씩씩거리던 그는 소파로 걸어가 힘없이 앉았다.

적막했다. 시계가 움직이는 소리만 째깍거리며 들릴 뿐이었다. 그의 눈에 깨지고 던져진 물건들이 보였다.

김석훈의 입에서 깊은 한숨이 흘렀다.

"정신 차려야지, 흥분해서 될 일이 있나?"

아무도 없었지만 그는 스스로에게 말했다. 호랑이에게 물려 가도 정신만 차리면 살 수 있다는 말이 있다. 지금 김석훈이 보기에 자신의 상태는 미친 사람이었다. 이렇게 흥분을 해서는 돌파구를 만들 수 없다.

그는 잠시 눈을 감고 흥분된 호흡을 정리했다.

다시 머리가 차가워지며, 그는 생각했다. 청문회 자리에서 망신을 당했지만 아직 확실한 증거는 아무것도 없었다. JS건설 평택 부지 매입에 대한 증거를 찾을 수 없다고 판단했다. 장일현은 감옥에 있었고, 그가 증언을 한다고 해 봤자 물적 증거가 없는 상태에서 자신을 끌어내릴 수는 없었다.

그는 계속해서 생각했다. 또 다른 증거가 있는지에 대한 생각이었다.

하지만 아무리 생각을 이어 가도 증거는 없었다.

JS에 있는 몇몇 임직원들과의 연락은 오로지 대포폰으로만 했다. 그 핸드폰의 존재 역시 그들만이 알고 있었다. 즉, 세상 사람들이 손가락질하는 것은 모두 심증이었지 물증이 아니었다.

아직 승산은 있었다. 돌파구가 보였다.

먼저, 벌어진 일을 어떻게 수습을 해야 할지 결정해야 했다. 그리고 이런 일을 단번에 해결해 줄 수 있는 사람이 그의 옆에 존재하고 있었다.

바로 조태섭이었다.

생각을 끝낸 김석훈은 바로 전화를 들어 통화 버튼을 눌렀다. 하지만 전화를 받은 조태섭은 불같이 화를 냈다.

-지금 뭐 하고 있는 거야!

"네?"

조태섭이 이런 식으로 화를 내는 건 처음이었다.

인터넷에 올라 있는 기사를 내려 달라, 잠깐이라도 국민들의 눈을 돌려 달라 요청하려고 했던 김석훈은 어떤 말도 하지 못했다. 그저 "죄송합니다."라고 말할 뿐이었다.

하지만 조태섭은 김석훈의 사죄를 듣지도 않았다. 조태섭이 말했다.

-텔레비전 봐!

뚝.

전화는 차갑게 끊어졌다.

김석훈은 떨리는 손으로 리모컨을 쥐었다. 하지만 그는 쉽게 전원 버튼을 누르지 못했다. 조태섭의 목소리에 어린 분노로 보아, 단순히 평택 부지 비리의 문제가 아니었다. 더 큰 무언가가 기다리고 있는 것 같았다.

잠시나마 날카롭던 김석훈의 눈동자는 다시 심하게 흔들리는 중이었다.

망설이던 김석훈의 손이 드디어 전원 버튼을 눌렀다. 그리고 그는 절망에 빠져 버렸다. 텔레비전 화면에 한미의 얼굴이 보였다.

천하호텔 기자회견실.

기자들이 몰려들었다.

한미는 머리를 하나로 질끈 묶고 가벼운 옷차림으로 나타났다. 그녀를 향해서 카메라 플래시가 터졌다. 밝은 불빛에 그녀는 잠시 인상을 찡그렸지만 이내 고개를 들고 천천히 걸어갔다. 문에서 단상까지는 짧은 거리였지만 그녀에게는 꽤 길게 느껴졌다. 기자들이 계속해서 그녀를 향해 어떤 질문을 했다. 하지만 그녀의 귀에는 웅웅거리는 소리로만 들릴 뿐이었다.

멍했다. 현실감각이 느껴지지 않았다.

마이크 앞에 도착한 그녀는 작게 한숨을 내쉬고 주변을 둘러봤다. 생각보다 많은 기자들이 모여 있었다.

이 기자회견은 희우가 유빈과 황진용을 통해 만들어 준 것이었다. 황진용의 기자회견이란 말에 특종임을 느낀 기자들은 개미처럼 모여들었다.

백 석 가까운 자리를 가득 메운 기자들.

대한민국에 이렇게 많은 방송사와 신문사가 있었는지 의아할 따름이었다.

한미는 그들의 모습을 지켜보다가 이내 결심을 했는지 가방에서 종이를 꺼내 들었다. 그리고 그녀의 입이 천천히 열렸다.

그녀의 입이 열리는 그 순간은 그녀가 걸음을 걷던 때보다 더욱 느리게 흘러가는 듯했다. 그리고 그녀의 목소리가 그보다 더 천천히 흘러나왔다.

"저는 김한미라고 합니다. 저는 김석훈 검찰총장 후보자의 혼외 자식입니다."

기자들은 술렁거렸다.

대략적인 이야기는 듣고 기자회견장에 나왔지만 당사자로부터 이야기를 들으니 술렁거릴 수밖에 없었다. 깨끗한 척하던 김석훈의 비리가 하루 만에 모두 몰려나오는 것만 같았다. 무엇보다 혼외 자식이라니!

한미가 계속 말을 이었다.

"제 어머니 김영희는 김석훈 후보자가 고시 공부를 할 때부터 뒷바라지를 해 왔습니다. 하지만 김석훈 후보자는 고시에 합격을 한 후 제 어머니를 버렸습니다. 김석훈 후보자는……."

한미는 지금까지의 일을 적어 온 종이를 보며 국어책 읽듯 지금까지의 상황을 세상에 알리고 있었다.

그녀의 목소리는 계속되었다.

김석훈과 한미의 엄마 사이에 일어난 일은 흔한 이야기였다. 남자가 사법 고시를 볼 때 뒷바라지를 했다는 그런 여자의 흔하고 흔한 이야기였다. 남자가 합격을 하고 검사가 되며 여자를 버렸다는, 막장 드라마에서 나올 법한 아주 흔한 스토리였다. 그 남자가 부잣집 딸과 결혼을 하고 여자를 잊지 못해 다시 찾아왔다는, 누구나 알 수 있는 삼류 이야기였다. 그리고 그 멍청한 여자는 그 남자를 또 받아들였다는, 그래서 육체적으로 이용만 당하고 있다는 흔하고도 흔한 일.

하지만 사람들은 흔한 막장 드라마에 열광하기 마련이었다.

한미가 계속 말했다.

"절대 밝히지 말라는 압력에 저는 어머니의 호적에 등록되었고, 지금까지 친부의 이름을 숨긴 채 살아왔습니다."

기자들은 그녀의 목소리를 녹음하고 타자로 치며 단 한마디도 놓치지 않기 위해 애를 썼다.

한미의 눈은 이제 가지고 온 종이의 마지막을 보고 있었다. 그녀는 지금까지처럼 담담하게 그 글씨를 한 자 한 자 읽어 내려갔다.

이 일로 김석훈이 어떻게 될지에 대해서 그녀는 예상하지 못했다. 하지만 적어도 속은 시원했다. 하고 싶었던 말을 정말로 하게 된 것이다.

"제가 이 자리에 선 이유는 깨끗하지 못한 사람이 다른 이의 비리를 조사한다는 사실이 우스워서입니다. 더 이상 대한민국을 하찮게 만들지 말아 주십시오."

말을 마친 그녀는 시선을 들어 기자들을 바라봤다.

기자들의 웅성거림은 더욱 커졌다. 한 기자가 손을 들어 물었다.

"그걸 오늘 밝히는 이유가 뭡니까?"

한미는 기자들의 질문에 답하지 않았다. 그저 그들을 보며 머리를 묶은 끈을 풀어 내렸을 뿐이다.

머리카락이 하늘거리며 내려왔다. 긴 머리가 풀어지며 그녀의 아름다운 얼굴은 더욱 아름답게 보였다. 만약 김석훈이 없었고 그녀가 꿈꿔 왔던 기자가 되었다면 미모 여기자로 이름을 날렸을지도 모를 일이다. 아니, 김석훈이 애초에 한미의 모친을 버리지 않았다면 이런 상황 자체가 없었을지도 모른다. 그 전에, 김석훈이 한미의 모친에게 찾아오지 않았다면…….

모두가 '그랬다면…….'이라는 가정법일 뿐이었다.

기자들의 질문은 계속되었다. 하지만 한미는 여전히 아무 말도 하지 않았다.

그녀는 가방을 열어 가위를 꺼내 들었다. 그녀가 가위를 꺼내자 플래시는 더욱 거세게 터져 올랐다. 그녀가 어떤 행동을 할지는 아무도 몰랐지만 기자의 감이 알려 주고 있었다, 이건 특종이라고.

한미는 자신의 머리를 움켜잡고 머리카락의 끝에 가위를 대었다.

그녀의 눈에서 눈물이 한 방울 떨어져 내렸다. 그 눈물의 의미가 무엇인지는 아무도 몰랐다. 그녀조차도 알 수 없었다.

복잡한 심정을 가지고 있는 눈물.

그녀는 입술을 꽉 깨물었다. 입술에서 피가 배어 나왔다.

그리고 그녀는 들고 있는 가위로 자신의 길고 긴 머리를 잘라 냈다. 서걱, 소리와 함께 움켜쥐고 있던 긴 머리카락은 이제 단발로 바뀌었다.

그녀는 잠시 눈을 감았다. 머리카락을 잘랐을 뿐이지만 마치 지나 버린 긴 시간을 잘라 내는 것 같은 느낌이었다.

그녀는 밝은 조명이 빛나고 있는 천장을 바라보며 중얼거렸다.

"미안해, 엄마."

그녀는 준비해 온 투명 봉투에 머리카락을 집어넣고 마이크가 있는 단상에 올렸다. 그리고 다시 마이크에 입을 대고 말했다.

"친자 확인을 원한다면 하라고 하십시오."

그 말을 끝으로 그녀는 단상에서 내려왔다. 지금껏 잘 참고 있던 눈물이 터져 나왔다.

일그러진 표정을 감추지 않고 눈물만 훔치는 그녀의 모습을 희우가 먼

곳에 서서 바라보고 있었다. 그녀를 바라보는 그의 눈은 매우 슬펐다.

희우가 그녀를 보며 말했다.

"또 보자."

그날 오후. 한미는 그녀의 어머니와 함께 한국을 떠났다.

그녀는 떠났지만 그녀가 남기고 간 김석훈 검사의 스캔들은 세상을 난리 나게 만들기에 충분했다.

물론 친자 확인을 하려면 머리카락의 뿌리 부분이 있어야 한다. 하지만 사람들에게 그런 것은 상관없었다. 한미는 꽤 예쁘게 생긴 얼굴이었고 사람들은 단상에서 내려오며 그녀가 흘렸던 눈물에 감정을 이입했다. 그리고 김석훈을 비판하고 나섰다.

사람들의 분노는 쉽게 사그라지지 않았다. JS건설 비리에 이어진 혼외 자식 문제는 쉽게 눈을 돌릴 수 없는 일이었다.

지검의 야외 벤치에 앉아 하늘을 보고 있던 희우는 상만에게 전화를 걸었다.

"지금 퀵으로 보내도록 해. 받는 사람은 김석훈."

-네, 알겠습니다.

김석훈은 여전히 지검장실에 앉아 있었다. 한참을 고민하던 그는 전화기를 들었다.

"브리핑 룸에 기자회견 준비하도록 해."

그는 소파에 몸을 뉘었다.

"진실을 감출 수 있는 건 거짓이야."

진실을 감출 수 있는 건 거짓이라는 말, 김석훈은 그 말을 몇 번이나 읊조렸다. 마치 자신에게 세뇌를 시키는 것만 같았다.

하루 동안 일어난 수많은 사건에 그는 정신을 차릴 수 없었다. 아니, 미치지 않았다는 것만으로도 다행인지 모른다.

기자회견이 준비되었다는 전화에 그는 자리에서 일어섰다. 그리고 브리핑 룸으로 향했다.

김석훈의 기자회견이란 말에 그 좁은 브리핑 룸에는 수십 명의 기자들이 모여 있었다. 김석훈은 굳은 표정으로 기자들을 지나 단상에 섰다.

카메라 플래시가 터져 오를 때 김석훈이 입을 열었다.

"저는 떳떳합니다. 지금껏 살면서 단 한 번도 도리에 어긋나는 일을 한 적이 없습니다. 제 딸이라고 주장하는 여인을 수소문했더니 이미 한국을 떠나고 없었습니다. 이 일은 분명 저를 음해하려는 천하그룹의 음모입니다."

김석훈은 자신이 살기 위해 천하그룹을 들먹였다. 그는 물살에 떠밀려 내려오는 중이었다. 지푸라기라도 있으면 잡아야 했다.

기자들의 카메라 셔터 소리가 요란하게 들렸다.

김석훈이 계속 말했다.

"저는 이 일을 절대 좌시하지 않고 끝까지 추적하겠습니다. 그리고 어떻게든 그 여자를 찾아 친자 확인을 하겠습니다. 모든 진실이 밝혀질 것이니 저를 믿고 기다려 주십시오. 물의를 일으켜서 죄송합니다. 이 모든 게 저를 음해하려는 세력의 뜻이며 저는 결백하다는 것을 증명해 내겠습니다."

김석훈은 더 이상 말을 하지 않고 굳은 표정으로 고개를 숙였다.

다시 한번 그를 향해 플래시가 터졌다.

친자 확인을 하겠다고 선포한 김석훈. 하지만 그는 한미를 찾아 친자 확인을 할 생각은 없었다. 어디까지나 자신은 결백하다고 이야기를 했을 뿐이었다. 그리고 시간을 끌며 다른 사건을 겹쳐 집어넣는다면 사람들의 기억 속에서 사라질 것이다.

그게 민초였다. 자신들이 살기 바빠서, 위에서 어떤 일이 일어나고 있는지 관심 없는 민초들. 시간만 끌 수 있다면 충분히 빠져나올 수 있다고 생각했다. 어차피 한미는 지금 한국에 없는 상태였고, 그가 하는 행동에 뭐라고 할 사람은 그 누구도 없었다.

김석훈이 고개를 들자 한 기자가 물었다.

"총장 후보 자리는 어떻게 하실 겁니까? 국민들의 불신이 가득한데 끝까지 밀고 나가실 생각입니까?"

어떻게 올라온 자리인데 사퇴를 하는가? 정치권의 압력을 넘어서는 검찰을 만들겠다는 원대한 꿈을 어떻게 한순간에 누를 수 있겠는가?

그럴 수 없었다. 이렇게 쉽게 포기할 수 없었다.

그의 눈에 살기가 돌았다. 그는 세상이 자신을 어떻게 바라보든 당당하게 행동하기로 했다.

"네. 제가 죄가 없는데 왜 물러섭니까? 여기서 물러선다는 것은 저 스스로 죄를 인정하는 짓입니다. 전 포기하지 않을 겁니다. 다시 말씀드리지만, 지금 불거진 문제에 대해서는 빠른 시간 안에 증명해 보이도록 하겠습니다."

김석훈은 단상에서 내려왔다.

기자들이 더 질문을 했지만 그는 대답하지 않았다. 그저 굳은 표정으로 복도를 걸어갈 뿐이었다. 그렇게 지검장실로 돌아오자 문 앞에 서 있던 여직원이 김석훈에게 말했다.

"지검장님, 퀵으로 소포가 배달 왔습니다."

그녀는 책상 아래에서 작은 상자를 들어 김석훈에게 건넸다.

"소포?"

김석훈은 고개를 갸웃거렸다.

보내는 사람도 없었고 받는 사람의 이름에 김석훈이라고 적혀 있을 뿐이었다. 평소라면 이런 소포를 보지도 않고 버렸을 김석훈이다. 하지만 지금은 어느 것 하나도 흘릴 수 없었다.

그는 상자를 들고 지검장실로 들어갔다.

상자는 마치 아무것도 들어 있지 않은 것처럼 가벼웠다. 그는 소파에 앉아 테이블 위에 상자를 올린 후 내용물을 확인했다. 동시에 김석훈의 미간이 찌푸려졌다.

안에 들어 있는 것은 몇 장의 사진이었다.

젊은 남자와 호텔에 들어가는 아내의 사진.

김석훈의 입술이 꽉 씹혔다. 눈에서는 핏발이 섰다. 좋지 않은 일은 연이어 벌어지고 있었다.

"끄으으읍."

화를 참기 위해 입을 꽉 다물었지만 그의 입에서 나오는 분노의 소리는 막을 수 없었다.

그리고 사무실에 앉아 있던 희우는 천장을 슬쩍 올려다봤다. 이 위에 김석훈이 앉아 사진을 보고 있을 것이다.

천장을 바라보던 희우가 중얼거렸다.

"제정신일까? 제정신을 유지하고 있으면 대단한 거고."

그리고 피식 웃으며 말을 이었다.

"그게 끝일까?"

희우는 천천히 책상에서 전화를 들어 올렸다. 그리고 상만에게 전화를 걸었다.

-네, 사장님.

"이정석한테 말해서 그 여자 데리고 한 사흘 놀러 갔다 오라고 해."

이정석은 김석훈의 아내와 만나고 있는 제비였다. 상만이 말했다.

-갈 수 있을까요? 지금 김석훈 상태가 정상이 아닐 텐데요?

"지금이니까 가능할 수도 있지."

-하하, 알겠습니다.

이정석이 김석훈의 아내와 여행을 갈 수 있을지 없을지는 확실하지 않다. 하지만 상관없었다. 가도 좋고, 가지 않아도 좋다. 어느 쪽이 되었든

262

희우에게는 좋게 사용될 수 있었다.

그렇게 김석훈에게는 처참한 하루가 지나갔다.

그날 밤, 김석훈의 아들 김석영은 바에서 홀로 술을 마시고 있었다. 지금 그는 어떻게 행동을 해야 할지 도저히 결정을 하지 못하고 있었다. 아버지 김석훈의 이름과 자신의 이름이 뉴스에 나오며 기업의 대표가 가지고 있어야 할 카리스마를 잃어 갔다.

김석영은 잔에 술을 채운 후 입으로 넘겼다. 그리고 인상을 찌푸렸다. 그의 힘은 어디까지나 아버지 김석훈의 후광 덕이었을 뿐이다. 실제로 그가 가진 힘은 미약했다.

다시 위스키가 잔에 채워지고, 단숨에 그것을 들어 마셨다. 그의 눈이 붉어졌다. 그동안 자신의 회사를 지켜 줬던 아버지가 없다면 더 이상 어떻게 버텨야 할지 감도 제대로 오지 않았다. 그의 입에서 깊은 한숨이 흘렀다.

지금 김석훈이 무너진다면 앞으로 기다리고 있는 문제는 더 커질 수도 있었다. 다른 계열에서 JS무역의 주식을 사 모으고 있다는 건 이제 숨길 일도 아니었다. 증권가 지라시에도 상속 전쟁이라는 표현이 붙은 채 연일 자료가 나오는 중이었다.

김석영은 다시 술잔에 술을 따랐다. 그리고 술을 마시고 또 마셨다. 그렇게 계속 술을 마시던 그에게 순간적으로 상만이 했던 말이 떠올랐다.

계열 분리를 하란 말. 그리고 그 분야의 전문가를 알고 있다는 말.

그는 손목을 들어 시간을 확인했다.

밤 12시. 늦은 시간이었지만 바로 상만에게 전화를 걸었다.

"계열 분리의 전문가를 알고 있다고 했죠?"

-아, 하시게요? 잘 생각하셨어요. 대표님처럼 그릇이 큰 분이 그룹 아래에 있으면 안 될 일이죠.

남의 속도 모르고 크게 웃는 상만이었다. 김석영이 말했다.

"내일 낮에 자세한 이야기를 듣고 싶은데요."

-내일은 제가 시간이 안 되고요, 제가 내일 스케줄 확인하고 바로 전화 드릴게요.

상만은 희우에게 김석영으로부터 전화가 오면 일단 모든 약속을 피하라고 지시를 받았다. 김서영을 초조하게 만들기 위한 방법이었다.

그 시각 김석훈은 조태섭의 서재에 있었다. 그는 무릎을 꿇고 고개를 조아린 채 의자에 앉아 있는 조태섭에게 말했다.

"제가 어떻게 해야 하겠습니까?"

조태섭은 불편한 표정으로 입을 열었다.

"사퇴해야지 다른 수가 있겠나? 국민들의 시선이 영 좋지 않아."

"대통령님께서는 지금 조태섭 의원님께 알아서 하라는 뜻을 내보이셨습니다."

"그래서 나더러 이걸 살려 달라고? 그게 가능한가? 숨긴 딸이 있었다는 걸 어떻게 하라고?"

조태섭의 목소리는 노기를 띠고 있었다. 하지만 그 목소리를 들은 김석훈은 간절하게 그리고 애절한 목소리로 말했다.

"조금만 시간을 주신다면 모든 걸 원점으로 되돌리겠습니다. 어차피 국민들은 기억하지 못합니다. 조금만 시간을 주십시오."

조태섭은 가만히 김석훈을 바라봤다. 하지만 조태섭의 입에서는 어떤 약속의 말도 나오지 않았다.

조태섭이 가만히 있자 김석훈이 입에 힘을 주고 말했다.

"총장이 되도록 도와주신다면 제가 가지고 있는 JS그룹의 지분을 모두 의원님께 넘기겠습니다."

"......!"

CHAPTER 41

김석훈은 제대로 된 판단을 할 수 없었다.

아내가 바람났고 아들은 문제를 일으키고 다녔다. 평생의 목표였던 검찰총장의 꿈도 무너지기 직전이다. 그래서 김석훈은 생각했다. 이 모든 것을 제자리로 돌려놓으려면, 어떻게든 검찰총장에 올라야 한다고.

하지만 조태섭은 아무 말도 하지 않았다. 그저 차를 마시며 조용히 김석훈을 바라보고만 있었다. 김석훈의 생각과 의중을 파악하기 위함이었다.

그렇게 한참을 조용히 있던 조태섭이 김석훈에게 물었다.

"JS그룹의 지분을 나에게 주겠다고?"

"네."

"왜지?"

"국익을 위해 쓰이기를 바라고 있습니다."

물론 말도 안 되는 소리였다. 하지만 조태섭은 슬쩍 미소 지었다.

김석훈이 가지고 있는 지분의 값어치는 어마하다. 그 돈이 들어오면 그만큼 많은 사람을 부릴 수 있다.

조태섭이 고개를 끄덕이며 말했다.

"국가를 생각한다는데 거절하면 안 되겠지. 그래, 얼마나 미뤄 주면 되나?"

"닷새입니다. 그 정도면 여론이 잠잠해질 것 같습니다. 여론만 잠잠해지면 큰 탈은 없을 것 같습니다. 신문사에서 평택의 비리를 말하고 있지만 사실 증거는 없습니다. 그리고 친자 확인 역시, 버티면 증거가 될 수 없다고 봅니다.”

“그렇게 하지. 나머지 이야기는 한 실장이랑 하도록 하게.”

김석훈은 자리에서 일어섰다. 그리고 허리를 숙여 인사했다.

“감시합니다.”

김석훈이 인사를 할 때 조태섭이 다시 입을 열었다.

“알겠지만 지금 내가 막을 수 있는 건 어디까지나 언론뿐이야. 자네가 흔들리면서 검찰은 통제하기 어렵다는 걸 알아 두게.”

“알겠습니다.”

김석훈은 대답하며 밖으로 나갔다. 그런데, 김석훈의 인상은 구겨져 있었다.

‘검찰은 통제하기 어렵다고?’

검찰에서 벌어지는 일은 김석훈 스스로 해결하라는 말이었다.

김석훈이 흔들렸다고 조태섭이 검찰에 영향력이 없을까? 절대 아니다. 조태섭은 조금이라도 자신에게 해가 될 것 같은 일을 하지 않을 뿐이다.

김석훈이 나가고, 조태섭은 한동안 서재의 의자에서 일어나지 않았다. 그는 뭔가를 골똘히 생각하는 중이었다. 그리고 전화기를 들어 올렸다. 전화가 향하는 곳은 희우였다.

늦은 시간이었지만 희우는 조태섭의 전화를 바로 받았다.

-네, 의원님.

“김석훈의 사건 닷새만 늦추도록 해.”

집에서 잠을 청하던 희우에게는 날벼락 같은 소리였다. 하지만 희우는 조태섭에게 이유를 묻지 않았다. 그저 “알겠습니다.”라고 대답할 뿐이었다. 그렇게 조태섭과의 전화를 끊은 희우는 가만히 자신의 핸드폰을 바라봤다.

‘젠장.’

아직은 조태섭의 명을 거역할 수 있는 시간이 아니었다. 지금은 조태섭이 무슨 생각을 하고 있는지 파악하는 게 우선이었다.

'갑자기 닷새를 기다리라니……'

닷새는 긴 시간이었다. 김석훈에게 닷새라는 시간을 준다면 어떤 일이 벌어질지 알 수 없었다.

희우의 눈이 차가워졌다. 어차피 기다려야 하는 닷새라면 그 시간을 최대한으로 이용해야 했다. 희우는 더 이상 잠을 자는 걸 포기하고 침대에서 일어났다. 의자에 앉아 생각에 빠져들었다.

그렇게 생각을 이어 가던 희우가 천천히 손을 들어 올렸다. 그 손에 잡혀 있는 김석훈이 보였다. 희우의 손바닥 위에 놓인 김석훈은 살기 위해 발버둥 치고 있었다. 희우가 그 김석훈을 보며 중얼거렸다.

"도망가려고?"

희우는 손바닥을 보며 고개를 저었다. 절대 도망가도록 둘 수는 없었다.

콱!

희우의 주먹이 꽉 쥐였다.

그 시각, 희우와의 전화를 끊은 조태섭은 한지현을 불렀다.

"보좌진한테 전화 돌려서 지금부터 총장 인사와 중앙 지검장 자리에 오를 사람 물색해 보라고 해."

김석훈이 총장에 올랐다면 중앙 지검장으로 올릴 사람이 있었다. 하지만 그 사람은 어디까지나 김석훈의 라인이었다. 김석훈이 총장에 오르지 못할 게 거의 확실했기에 인사 명령을 전면 수정해야 했다. 김석훈이 없는 상태에서 김석훈 라인으로 간부들을 채우는 것은 말도 안 되는 일이었다.

한지현은 고개를 숙이고 밖으로 나갔다.

혼자가 된 조태섭이 중얼거렸다.

"이상해."

이상하다고 생각하는 건 희우였다.

희우는 김석훈의 사건을 닷새 늦추라는 말에 어떤 질문도 하지 않았다.

누구라도 질문을 할 수밖에 없는 상황인데 희우는 말없이 수긍을 했다.

조태섭은 그 점이 미심쩍었다.

다음 날 아침. 버스에 올라 출근을 하고 있는 희우에게 전화가 걸려 왔다. 상만이었다.

-계열 분리할 것 같습니다. 아주 혈안이 되어 있었어요. 새벽부터 전화가 계속 와서 전원을 꺼 버리고 싶었다니까요.

희우가 피식 웃었다.

"끝까지 나서지 마."

-네.

"JS가 있는 이상 김석훈은 언제든지 일어설 수 있어."

말을 하던 희우가 멈칫거렸다.

'잠깐.'

JS가 있는 이상 김석훈이 얼마든지 일어설 수 있다?

희우가 상만에게 말했다.

"돌릴 수 있는 애들 다 움직여서 김석훈 지검장이 가지고 있는 JS그룹 지분이 얼마나 되는지 알아봐."

-네?

"차명일 거야."

희우가 갑자기 다른 말을 하자 전화기 너머의 상만은 눈을 깜빡거렸다. 그러나 이내 고개를 끄덕였다.

-김석훈 지검장이 지분을 팔아서 목숨을 연명할 수도 있다는 거죠?

"어."

충분히 가능한 일이었다. 그리고 조태섭의 갑작스러운 태세 변화는 지금의 생각에 힘을 실어 주고 있었다. 잠시 생각하던 희우가 말을 이었다.

"오늘 밤, 김석영을 만나. 그리고 최대한 돈이 많은 척 거드름 피워."

-네? 돈 많은 척요? 전 거짓말을 못하는 사람이라 그런 거 못하는…….

"쓸데없는 소리 하지 말고."

희우는 상만에게 계획을 전했고 상만은 희우의 계획을 귀 기울여 들었다.

그렇게 상만과의 전화를 끊은 희우는 시계를 들어 확인했다.

조태섭이 말한 닷새라는 시간, 김석훈은 살기 위해 그 시간을 벌었지만 희우는 그 시간에 김석훈을 완벽히 무너뜨릴 생각이었다.

출근을 한 희우는 민수와 함께 휴게실에 앉았다. 희우가 차가운 음료수를 뽑아 건네자 민수는 떨떠름한 표정으로 그를 바라봤다.

"너 왜 그러냐?"

"왜요?"

"음료수를 왜 사? 평소에 얻어먹기만 하는 놈이. 지금 뭐 시켜 먹으려고 하지?"

희우가 고개를 끄덕이며 말했다.

"티 많이 나나요?"

"응."

"하하, 그럼 편하게 말씀드릴게요. 시민 단체 좀 불러 주세요."

"어떤 일로?"

"김석훈 지검장 비리요."

민수의 입가에 묘한 미소가 흘렀다.

"김석훈의 비리?"

김석훈은 아직 중앙 지검장이었고 이곳은 중앙 지검이었다. 당연하지만 이곳의 직원들은 지금의 사건에 대해 쉬쉬하는 중이다. 하지만 희우는 그런 말을 아무렇지도 않게 전했고 민수의 얼굴에는 장난기가 스쳤다.

민수가 말했다.

"재밌는 일이네?"

"재밌을 겁니다."

"시민 단체를 어디로 던져 줄까? 광화문?"

"청와대 앞에 동사무소 있잖아요."

"뭐? 청와대?"

"대통령은 레임덕 현상으로 힘이 없어요. 아마 골치 아픈 일이 벌어지는 건 딱 질색일 겁니다. 그 앞에서 시위를 하면 피로감이 올라가겠죠."

민수의 입가에 걸린 미소가 점점 더 짙어졌다. 민수가 희우의 앞으로 얼굴을 쑥 내밀며 물었다.

"피로감이 올라갔다고 지검장을 버릴까? 아직 증거로 확정된 사실은 아무것도 없잖아."

"버리지 않아도 상관없어요."

민수는 더 묘한 미소를 지었다. 그리고 더 이상 묻지 않고 고개를 끄덕였다.

"좋아. 퇴근하고 시민 단체를 만나 볼게. 아마 내일부터는 청와대 앞에서 시위가 벌어지고 있을 거야."

"감사합니다."

"고맙긴. 김석훈 지검장이 총장이 안 되면 다음 총장은 누가 되려나? 나밖에 없잖아? 흘흘흘."

민수는 장난스럽게 웃었다.

희우는 민수와 헤어지고 사무실로 들어가 의자에 앉았다.

잠시 일을 보고 있던 희우의 전화가 울렸다. 다시 상만이었다.

"말해."

-김석훈 지검장 지분 알아냈습니다. 무역과 건설에 4%씩 있다고 합니다.

"4%나?"

-네.

생각보다 많은 돈을 가지고 있었다. 희우가 상만에게 말했다.

"알았다. 오늘 김석영 만나서 잘하도록 해."

-네.

전화를 끊은 희우는 의자 깊숙이 몸을 기댔다.

김석훈은 생각보다 많은 지분을 가지고 있었다. 그리고 아마도 그 지분으로 조태섭에게 시간을 샀을 것이다.

하지만 아직 모르는 일이 있었다. 바로 조태섭의 생각이었다. 조태섭은 김석훈을 살려 주려고 하는 것인가 아니면 지분만 빼앗으려 하는 것일까?

둘 다 아니라면?

희우는 고개를 저었다. 조태섭의 생각은 상관없었다.

조태섭은 희우에게 닷새 후에 잡으라고 지시를 내렸다. 희우는 그 시간 동안 김석훈을 무너뜨릴 준비를 하면 된다.

그날 밤.

클래식 음악이 흐르는 레스토랑이었다. 한 빌딩의 최상층에 있는 레스토랑으로, 유리 벽 밖으로 서울의 야경이 넓게 펼쳐져 있었다. 그곳에서 상만은 김석영과 술을 마시고 있었다.

노란색의 양주가 잔에 꼴꼴꼴 채워지고 있을 때 상만이 아쉬운 표정으로 말했다.

"계열 분리 안 하신다고 했잖아요. 미리 말씀하셨으면 전문가 잡아 놨지요. 놈이 미국으로 가 버렸어요."

상만의 말에 김석영은 인상을 구겼다.

상만은 술을 따라 마신 후 다시 입을 열었다.

"그래도 상관없지 않나요? 대표님 주식이 많으니까 계열 분리 선포한다고 해도 누가 뭐라고 하겠어요? 그리고 아버지가 총장 후보자잖아요. 아무도 뭐라고 못 해요. 그냥 하세요."

김석영이 고개를 끄덕였다.

사람이 뭔가를 계획할 때, 대부분의 사람은 타인의 조언을 얻고자 한다. 하지만 문제는 듣고 싶은 말만 듣는다는 거다. 상만은 그 심리를 이용해서 김석영이 듣고 싶은 말만 전했다. 그리고 김석영은 고개를 끄덕였다.

"그렇겠죠?"

"그럼요."

두 사람은 계열 분리에 대해 이야기를 하며 주거니 받거니 술을 마시기 시작했다.

어느 정도 시간이 지났을 때 상만이 다시 술을 마시며 큰 소리로 말했다. 상만의 목소리에는 허세가 가득했다.

"제가 투자자 아닙니까? 그런데 요즘 투자할 곳이 없어요. 지금 현찰이 500억 정도 있는데 은행에서 썩고 있다니까요. 그런데 제가 JS무역이면 투자합니다. 돈 다 집어넣을 수도 있어요. 하하하하."

"……."

"그러니까 걱정 말고 진행하세요. 대표님 실력이면 계열 분리해서 다시 그룹 만들 수 있잖아요. 이제 조금 있으면 회장님 되겠네요. 제가 투자하겠습니다, 하하하하."

김석영은 피식 웃으며 고개를 저었다.

그는 다름 아닌 JS무역의 대표였다. 그런 자신의 앞에서 돈 자랑을 하고 있는 상만이 좋게 보일 리 없었다.

하지만 김석영은 생각했다. 이용할 수 있는 것은 다 이용해야 한다고.

김석영은 자신의 잔에 술을 채우며 슬쩍 상만의 눈을 바라봤다. 상만은 취해 있었다. 아니, 김석영이 그렇게 생각하도록 일부러 취한 척하고 있었다. 상만은 김석영의 눈빛을 느꼈고 더욱 허세를 부리기 시작했다.

"오늘 술값은 제가 내겠습니다!"

김석영은 고개를 끄덕이며 술잔을 입에 댔다.

잠시 후, 김석영과 헤어진 상만은 희우의 집으로 향했다.

집에서 일을 보고 있던 희우가 상만의 노크 소리에 문을 열었다. 상만의 몸에서 술 냄새가 났다.

"많이 마셨어?"

"사장님, 놀라지 마세요. 제가 오늘 얼마짜리 술을 마셨는지 아세요?"

"응?"

"250만 원."

상만은 순간 희우에게 맞을 뻔했다.

희우의 꽉 쥔 주먹을 본 상만이 서둘러 말했다.

"부자인 척하라면서요. 하하하."

상만의 말에 희우는 한숨을 내쉬었다.

그렇게 두 사람이 소파에 앉았다. 희우가 물었다.

"계열 분리는?"

"걱정 마세요. 이번 주 중에 끝날 걸로 보입니다. 몇 가지 이야기를 들어 보니까 김석훈 지검장의 힘이 도움이 많이 되고 있나 봐요."

희우가 피식 웃었다. 썩어도 준치였다. 김석훈의 힘에 의해 JS무역과 JS건설은 빠르게 분리가 이뤄지고 있었다.

희우가 상만에게 말했다.

"김석영이가 믿는 사람 중의 한 명이 비서라지?"

"네."

"그런데 그 비서는 정말 믿을 만한 사람인가?"

상만이 고개를 저었다.

"아뇨."

"그럼?"

상만은 계속해서 JS무역을 조사하고 있었기에 그 기업 사람들의 일거수일투족을 잘 알고 있었다. 상만이 말했다.

"뒤로 호박씨 까는 타입이에요. 앞에서는 웃고 있지만 뒤에서는 아니에요."

"좋아. 그 비서 좀 만나 봐."

"네."

"그리고 JS그룹과 연관된 은행장들도 만나 봐."

"은행장이 저를 만날까요?"

"안 만나 준다고 하면 나한테 이야기하고."

"또 비리 잡아서 협박하시려고요?"

"응."

희우는 간단하게 말했다. 위에 올라 있는 사람 중에 털어서 먼지 안 날 사람이 얼마나 될까?

희우가 질문을 이었다.

"이정석은 어떻게 됐어?"

희우는 제비 이정석에게 김석훈의 아내와 함께 여행을 가라고 지시했었다. 상만이 답했다.

"안 간다고 하던데요? 그 여자가 싫다고 했나 봐요."

실패에 대한 예상도 했었다.

제비에게 빠져 있다고 해도 자신의 남편에게 큰일이 닥친 시기였다. 여행을 떠나서 희희낙락 놀 거라는 기대는 별로 하지 않았다. 물론 그들이 여행을 가든 가지 않든, 희우는 어떤 식으로든 계획을 가지고 있었다.

하지만 상만의 목소리는 뭔가 즐거워 보였다. 희우가 물었다.

"왜? 여행을 안 간 다른 이유가 있나?"

"네, 흐흐흐."

"뭔데?"

"저도 남편 문제 때문에 안 가는 것인 줄 알았거든요? 그런데, 아니었어요. 아들 계열 분리 때문에 지금은 집에 있어야 한다고 했대요."

희우의 입가에 미소가 떠올랐다. 상만이 기지개를 펴며 말했다.

"내일은 사장님이 북엇국 끓여 주시나요?"

"아니."

그 시각, 김석훈은 조태섭의 서재에 있었다.

"주식양도 각서입니다."

김석훈이 한지현에게 서류를 건넸고 그 서류는 책상에 앉아 있는 조태섭에게 넘어갔다.

거만한 자세로 서류를 확인하던 조태섭이 김석훈을 향해 말했다.

"나한테 그냥 주는 건 이상해 보이니까 한반도은행에서 대출을 받는 걸로 하지."

"대출 말씀이십니까?"

"이번 일이 끝나면 자네에게도 돈이 필요할 거야. 남자가 큰일을 하려면 돈을 쓸 수밖에 없으니까. 그때 대출 갚고 주식 찾아가도록 하게. 자네가 나라를 위한다는 말을 하기는 했지만, 생각해 보면 자네 같은 사람이 곧게 서 있는 것이 국가를 위한 것일세."

"감사합니다."

김석훈은 서재의 바닥에 앉아 머리를 조아렸다.

그렇게 밖으로 나온 김석훈은 집으로 향했다. 조태섭에게 머리를 조아렸던 자신의 모습을 생각하며 헛웃음을 터뜨렸다.

그리고 집으로 돌아온 김석훈은 응접실에 앉아 홀로 술을 마셨다.

마음이 답답했다. 집도 싫었고 가족도 마음에 들지 않았다. 이런 때 위안을 가질 수 있는 게 한미의 엄마였다. 하지만 그들은 이미 한국을 떠나버린 상태였다. 어디에도 마음을 둘 수 없는 김석훈이었다. 그는 외로이 술을 따라 마시고 있었다.

응접실의 미닫이문이 열리고 아내가 옆으로 다가왔다. 김석훈은 그녀가 들어온 것을 알아채지 못한 척, 술잔에 술을 따랐다.

그는 그녀가 바람을 피우고 있는 것을 알고 있었다. 하지만 김석훈에게 지금 문제는 그녀의 바람이 아니다. 누군가가 자신을 감시하고 있다는 사실이다. 지검장실로 날아온 사진, 그것은 정확히 김석훈을 노리고 있었다. 김석훈은 그 사진을 누가 보냈는지를 파악하는 게 우선이라고 생각했다.

그때, 김석훈의 아내가 와인을 꺼내 그의 맞은편에 앉았다. 그리고 슬쩍 김석훈을 바라보며 물었다.

"많이 힘들지?"

김석훈은 대답하지 않았다.

그녀는 김석훈이 자신의 치부를 알고 있다고는 생각하지 못하고 있었다. 그리고 안다고 해도 무슨 상관이냐는 생각이었다. 얼마 전 한미가 만인의 앞에서 공개를 해 버렸다. 그런 과거를 가진 남자였기에 그녀 역시 떳떳했다. 더러운 짓을 행하면서도, 남편도 그렇게 행동하니 자신은 상관없다는 태도였다.

그녀가 와인을 한 모금 마신 후 입을 열었다.

"요즘 복잡한 거 같던데, 도와줄 거 없어?"

김석훈이 그녀를 바라봤다.

JS그룹의 딸.

도움이 될 수도 있었다. 하지만 지금은 아니었다.

"돈으로 막을 수 있는 일이 아니야."

아내가 바람피우는 걸 알고 있지만 그의 목소리는 다정했다.

애초에 사랑해서 한 결혼이 아니었다. 그리고 남자와 호텔에 들어가는 사진을 본 이상 일말의 '정'조차 남아 있지 않았다.

그녀는 다시 와인을 마신 후 말을 이었다.

"일단 큰일부터 끝내자. 석영이 계열 분리 끝내야지. 공직에 있는 동안 석영이 법적인 문제나 처리해 봐."

김석훈은 피식 웃었다.

그녀가 늦은 시간에 자지 않고 자신의 옆에 온 이유는 어디까지나 계열 분리에 관한 일 때문이었다. 그녀에게도 김석훈에 대한 '정'은 없었다.

김석훈은 생각하고 있었다. 만약 자신이 조태섭에게 주식을 넘겼다는 사실을 알면, 앞에 있는 이 여자는 어떤 표정을 지을까?

궁금했지만 지금 그 말을 할 수는 없었다. 지금 김석훈에게는 그녀가 필요했다. 김석훈이 이 사태를 해결하고 다시 총장에 올랐을 때 그녀가 가진 막강한 배경과 돈은 큰 힘이 될 수 있었다.

김석훈이 말했다.

"난 계속 있을 거야. 밀려나지 않으니까 걱정하지 마."

그녀가 고개를 저었다.

"그런 문제가 아니야. 다른 계열에서 지금 무역 지분을 사 모으고 있대. 당신 총장 되면 힘의 균형이 깨진다고 생각하나 봐."

"원래 큰일을 앞에 두고는 큰일이 생기는 법이야. 시기하는 사람이 많으니까. 그러니까 걱정하지 말고 구설수 오르지 않게 몸가짐 잘하고 있어. 더 이상 구설수 생기면 힘들어."

바람을 피우지 말라는 말이었지만 그녀는 알아듣지 못한 것 같았다.

"내가 구설수 오를 일이 뭐가 있어?"

김석훈은 당당한 그녀의 말에 한숨을 내쉬었다.

그에게 한미의 엄마를 만났었다는 것에 대한 죄책감은 없었다. 그저 지금 앞에 있는 아내가 괘씸할 뿐이었다. 그러나 그는 표정의 변화를 보이지 않고 고개를 끄덕이며 말했다.

"석영이 문제는 내가 해결할게."

그녀가 말하지 않아도 계열 분리에는 힘을 실어 줄 생각이었다.

지금도 김석영의 일을 돕기 위해 평택에 비리를 저지른 게 걸려 곤욕을 치르는 중이었지만, 그런 스캔들보다 더 중요한 게 돈이었다.

다음 날 김석훈을 향한 시위가 시작됐다.

시민 단체의 반발은 거셌다. 대한민국의 법을 담당할 검찰총장 후보자의 비리였으니 심할 수밖에 없었다. 하지만 그것은 청와대 앞에서만 일어난 게 아니었다.

출근길 승용차 안에서, 김석훈은 조용히 눈을 감고 있었다. 피곤하고 또 피곤했다. 지검 앞에 다다랐을 때 운전기사가 그를 불렀다.

"지검장님?"

그의 조용한 목소리에 김석훈이 눈을 떴다.

"왜?"

운전기사는 더 이상 말하지 않았다.

하지만 말하지 않아도 알 수 있었다. 김석훈의 눈에 보인 것은 지검 앞을 가로막은 시위대였다. 그들은 피켓과 현수막을 들고 "김석훈 물러나라!"라는 구호를 목이 터져라 외치고 있었다. 그 숫자는 오십여 명에 달했다.

김석훈은 인상을 구기며 중얼거렸다.

"할 짓이 저렇게 없나?"

운전기사가 룸 미러로 김석훈의 얼굴을 보며 물었다.

"어떻게 할까요?"

들어갈지 아니면 다른 곳으로 빠질지 묻는 것이었다.

김석훈은 굳은 표정으로 기사에게 말했다.

"들어가."

시위를 피하는 것은 정답이 아니었다. 정면으로 부딪쳐서 결백을 주장해야 할 때였다.

평택 사건은 증거가 없고, 한미는 한국에 없다. 어떤 것도 물증은 존재하지 않았다. 어떻게든 빠져나갈 수 있는 길은 존재하기 마련이었다.

김석훈의 차량이 중앙 지검 앞에 도착하자 사람들의 반발이 거세졌다.

차량 안에까지 그들의 욕설이 들려왔다.

김석훈이 운전기사에게 말했다.

"차 세워."

"네?"

"세워."

차는 안으로 들어가지 않고 정문에서 멈췄다. 문이 열리고 김석훈이 내렸다. 그가 당당히 내리자 사람들의 분노는 더욱 커졌다. 폭언과 욕설이 그의 귀에 들려왔다.

"고개 숙여! 뭐가 당당하다고 얼굴을 들고 다녀!"

"그만 물러나!"

"너 같은 놈이 총장이 되면 이 나라가 망해!"

하지만 김석훈은 더욱 목에 힘을 주고 그들을 바라봤다. 고개를 숙이는 순간 모든 걸 인정하는 꼴이 된다. 그것만은 할 수 없었다.

김석훈의 시선이 하늘을 향했다. 그의 눈에 들어온 가을 하늘은 끝없이 펼쳐져 있었다. 김석훈이 중얼거렸다.

"하늘이 무너져도 솟아날 구멍이 있다."

그의 시선이 천천히 시위대를 향했다. 당당했고 떳떳했다.

기자들이 물밀듯이 밀려왔다. 하지만 김석훈은 피하지 않았다. 당당한 눈빛으로 기자와 시위대를 보며 큰 목소리로 외쳤다.

"전 결백합니다. 말씀드렸습니다. 제 딸이라고 밝힌 여성을 찾아 친자 확인을 하겠다고요! 또한 평택 사건 역시 날조된 사건입니다. 이 모든 일은 저를 음해하기 위한 정치 공작입니다. 진실이 밝혀진 다음에, 그래도 제게 죄가 있다면 그때 욕을 해 주십시오. 전 떳떳합니다."

그의 시선이 피켓을 들고 있는 시위대를 향했다. 피켓에는 'JS건설 평택 비리 김석훈'이라고 쓰여 있었다. 김석훈이 손가락을 들어 그 피켓을 가리켰다. 그리고 입을 열었다.

"증거 있습니까? 있다면 저를 구속하십시오. 10년이든 100년이든 옥에 갇히도록 하겠습니다."

그의 발언에 인터넷은 난리가 났다. 며칠 전에는 천하그룹의 핑계를 대더니 이번에는 정치 공작이라 말하는 그의 모습이 우스울 수밖에 없었다.

하지만 김석훈의 당당한 태도 때문에 반대 의견도 나오기 시작했다. 정말로 증거가 보이지 않는다는 말과 함께, 지금 일어나는 이 일이 김석훈의 말처럼 정부의 음모가 아닐까 하는 의견들이었다.

김석훈은 지검장실로 들어갔다. 그의 얼굴은 벌겋게 달아올라 있었다. 시위대 앞에서는 어떤 표정도 짓지 않았지만 화가 나는 건 어쩔 수 없었다.

그가 전화기를 들고 거칠게 번호를 눌렀다. 연락이 가는 곳은 희우였다.

"올라와."

-알겠습니다.

희우는 김석훈에게서 걸려 온 전화를 끊고 미소 지으며 위를 올려다보았다. 그 위에는 김석훈이 있는 지검장실이 있었다. 희우가 김석훈을 향해 말했다.

"지금은 나를 불러내는 게 아니라 스스로 움직여야지. 아직도 다른 사람을 믿고 있나?"

김석훈은 확실히 정상적인 판단을 하지 못하고 있었다.

희우는 문을 열고 복도로 나갔다. 잠시 후 지검장실로 들어간 희우가 그에게 고개를 숙였다.

"부르셨습니까?"

"앉아."

"네."

희우는 소파에 앉았다. 김석훈이 소파로 걸어오며 입을 열었다.

"시국이 좋지 않은 건 알고 있지?"

"네, 걱정이 많으실 걸로 알고 있습니다."

김석훈이 소파에 앉으며 고개를 저었다.

"원래 위로 올라가기 전에는 홍역을 앓는 법이야. 너는 이런 거 생각하지 말고 할 일만 잘하고 있어."

김석훈은 햇병아리 검사 앞에서 여유를 부리고 있었다.

희우는 그의 눈을 가만히 바라봤다. 목소리는 여유로웠지만 행동이나 눈빛까지 여유롭지는 않았다. 눈빛은 떨렸고, 입은 바짝 말랐다. 까마득한 후배인 희우의 앞이었기에 애써 여유를 부리고 있는 중이었다.

김석훈이 말을 이었다.

"조만간 나와 함께 대검에 갈 거니까 다른 생각 말고 있도록 해."

"알겠습니다."

비서가 들어와 테이블에 차를 올려 둔 후 고개를 숙이고 다시 밖으로 나갔다. 김석훈이 테이블에 놓인 차를 마셨다.

희우는 다시 그의 얼굴을 살폈다. 김석훈의 얼굴에는 피곤이 가득했다. 그가 찻잔을 내려놓을 때 희우가 물었다.

"어쩐 일로 부르셨습니까?"

당연히 왜 불렀는지는 알고 있었다. 하지만 희우는 아무것도 모르는 척 물었다. 그런 희우를 보며 김석훈이 입을 열었다.

"시흥 마약 사건 정리해서 가지고 와."

"네?"

"그리고 키워 봐. 없으면 만들어. 국회의원 이름을 거기에 집어넣어도 좋고, 재계 인사 이름이 들어가 있어도 좋아. 지금 이 여론이 잠잠해질 정도로 거대한 사건을 만들도록 해."

"네?"

시흥 사건은 희우가 가상으로 만들어 낸, 당연히 존재하지도 않는 사건이었다. 설령 실제로 있다고 해도, 정재계 인사의 이름을 집어넣으라는 건 어려운 일이었다. 자칫 정치인의 공세가 시작되면 바람에 흔들리는 촛불과 같은 김석훈은 한 번에 꺼질 게 분명하다.

희우는 그의 눈을 바라봤다. 간절했다. 단 한 번에 여론을 뒤집을 수 있는 일을 민들어 도박을 하려고 하고 있었다.

희우가 고개를 끄덕였다.

"알겠습니다. 이 여론을 잠재울 수 있는 사건을 만들겠습니다."

희우는 지검장실을 빠져나갔다. 물론 사건을 만들 생각은 전혀 없었다.

희우는 지검장실을 바라보며 중얼거렸다.

"도박의 끝은 패가망신인데……."

다음 날.

지검의 사무실에 앉아 있던 희우는 신문을 펼쳐 봤다. 어디에도 김석훈에 대한 기사는 없었다. 모든 것은 조태섭의 힘이었다. 그뿐이 아니었다. 포털 사이트의 검색어에도 김석훈에 대한 건 존재하지 않았다.

권력에 휘둘리지 않는 작은 신문사에서 김석훈의 기사를 올리기는 했지만 메인 홈페이지에 노출이 되지 않으니 사람들이 찾아볼 리 없었다.

희우는 피식 웃어 버렸다.

인터넷을 통해 기사를 찾아보는 게 일반화되며 벌어지는 문제점이었다.

사람들은 홈페이지에 보이지 않는 기사는 찾아보지 않았다. 아니, 찾아보기가 힘들게 되어 있다. 그래서 그들이 보는 것은 가장 앞에 노출된 기사, 그것도 자극적인 제목의 기사뿐이었다.

희우는 의자에 깊숙이 앉았다. 사람들이 찾아보지 않아도 상관은 없었다. 아직은 조태섭이 말한 닷새가 지나가지 않은 시점이었다.

희우는 손목을 들어 시간을 확인했다. 상만이 희우의 계획에 맞춰 움직이고 있을 시간이었다.

상만은 커피숍에서 김석영의 비서와 만나고 있었다. 비서는 40대 중반의 남성으로, 안경을 끼고 있었으며 잘 빗어 넘긴 머리가 깔끔한 인상을 주었다. 비서가 물었다. 극히 사무적인 말투였다.

"왜 저를 보자고 하셨죠?"

상만은 그를 보며 빙긋 웃었다.

"제가 개인적으로 보자고 말씀드렸더니 깜짝 놀라셨죠?"

"필요한 말만 해 주십시오."

"김석영 대표에게 말하지 말고 나오라니까 정말 말 안 하고 나오셨죠?"

"……."

그가 김석영에게 말을 했든 하지 않았든 상관없었다. 희우는 두 가지 상황에 대한 계획을 모두 세워 놓았다.

비서가 말없이 잔을 들어 커피를 마셨다. 상만이 말했다.

"필요한 말만 하라고 하셨으니 필요한 말만 할게요. 도와주셨으면 하는 일이 있습니다."

"네?"

"김석영 밑에 계속 계실 건가요? 알아보니까 야심이 대단한 분이던데요."

상만의 말에 비서가 고개를 저었다.

"아뇨. 전 야심이 없습니다."

상만이 피식 웃었다.

"JS무역을 가지고 싶지 않은가요?"

"네?"

비서는 황당한 얼굴로 상만을 바라봤다. 상만이 계속해서 말했다.

"도와주시면 JS무역을 손에 쥘 수 있는 기회가 생길 수 있습니다. 알아보니까 비서님 쪽에서 무역의 주식 중 상당수를 가지고 있던데요."

상만이 조사했던 게 있었다.

비서는 김석영 몰래 가족의 명의로 JS 무역의 지분을 확보하고 있었다.

그것은 김석영을 우습게 생각하고 언젠가 그 뒤통수를 쳐서 그룹의 정상에 서기 위한 탐욕이었다. 하지만 비서는 고개를 저었다.

"어떻게 알아보셨는지는 모르겠지만 우리 회사 주가 방어를 위해 사둔 것일 뿐, 개인적인 사심을 위해 보유하고 있는 것은 아닙니다."

비서의 태도는 방어적이었다. 상만을 믿을 수 없기 때문이다.

하지만 상만은 느긋하게 커피를 마시며 말했다.

"김석훈 총장 후보자가 차명으로 그쪽 주식을 가지고 있더라고요."

비서는 대답하지 않았다.

상만이 계속 말했다.

"그런데, 자리를 보전하기 위해 주식을 팔아넘겼습니다. 김석훈 후보가 가지고 있던 주식이 4%. 절대 작은 숫자는 아니죠?"

"……!"

"알아보신다고 해도 알아내기는 힘들 겁니다. 위쪽에 계신 분들은 워낙 조용히 일을 하고 있으니까요."

상만은 손가락으로 하늘을 가리키며 말을 이었다.

"그리고 JS무역에서 다른 계열사 주식을 사기 위해 노숙자 명의를 구했었죠?"

"……!"

비서의 눈이 떨리기 시작했다. 노숙자 명의를 구한 건 극비 중의 하나였다. 그런데 어떻게 상만이 알고 있을까?

희우가 안석진에게 들었고 상만에게 알려 준 것이었다. 하지만 그 사실을 모르는 비서는 긴장했고 상만은 다시 손가락으로 하늘을 살짝 가리키며 말했다.

"위에 계신 분들은 다 알고 있다니까요. 그 주식들, 이번에 다 팔아서 현금화시킬 겁니다."

비서는 목이 타들어 가는지 다시 잔을 들어 커피를 마셨다.

상만의 말이 이어졌다.

"어떻게 하시겠어요? 저를 도와서 JS무역의 대표실에 앉으시겠습니까, 아니면 비서님이 주식을 모으고 있다는 사실을 김석영에게 가서 밝힐까요?"

비서가 한숨을 내쉬었다. 상만은 여전히 밝게 웃으며 말했다.

"정말로 떳떳하게 주가 방어하느라 모은 거라면 제가 오해해서 죄송합니다. 그런데 지금 상황에 김석영이 그 말을 오해하지 않고 믿어 줄지는 모르겠네요."

잠시 생각에 빠져들던 비서가 입을 열었다.

"제가 어떻게 하면 되겠습니까?"

넘어왔다. 비서는 노숙자 명의까지 알고 있는 상만이 자신의 속을 다 알고 있다고 생각하고 있었다. 상만은 더욱 밝게 미소 지었다.

JS무역.

이제 계열 분리가 얼마 남지 않은 시점이었다.

빠르게 진행되고 있는 일에 김석영은 기분 좋은 미소를 짓고 있었다. 그는 자리에서 일어나 창가로 걸어갔다. 창 아래로 복잡한 서울 시내가 보였다. 그 입가에 미소가 걸렸다.

왜 계열 분리를 시작했는지는 이제 그의 머릿속에서 잘 기억나지 않았다. 하지만 새로운 목표가 생기고 있다는 것은 분명했다. 그것은 일개 JS무역의 대표가 아니라 그룹을 만들어 회장이 되는 꿈이다. 이미 건설의 지분을 가지고 있으니 머지않은 꿈이라고 생각했다.

하지만 그의 입에 걸린 흐뭇한 미소는 오래가지 않았다. 문이 거칠게 열리고, 비서가 황급히 들어왔다.

"큰일 났습니다!"

김석영은 비서의 표정이 심상치 않다는 걸 느꼈다.

"무슨 일이야?"

"노숙자 차명으로 둔 주식이 모두 판매되었다고 합니다."

"뭐?"

노숙자의 명의를 가지고 차명을 했다. 그런데 그 노숙자들이 주식을 빼갔다? 애초에 차명이 불법이었으니 법적으로 문제를 삼을 수도 없었다. 그리고 노숙자였다. 그 사람들이 어디 있는지 어떻게 찾을 수 있을까?

김석영이 바로 핸드폰을 들었다. 그리고 심복인 안석진에게 전화를 걸었다. 하지만 신호음만 울릴 뿐 안석진은 전화를 받지 않았다.

김석영은 지금 뭔가 크게 잘못되었다는 걸 느꼈다. 하지만 지금 급한 것은 그것이 아니었다. 김석영이 다급히 비서를 바라봤다. 비서의 눈빛은 아직 뭔가 더 있다는 걸 말하고 있었다.

"또 뭐가 있나?"

비서는 40대 중반의 나이. 하지만 김석영은 30대 중후반의 나이였다.

꼬박꼬박 반말을 하는 김석영이 마음에 들지 않았지만 비서는 내색하지 않고 입을 열었다.

"은행 쪽에서 대출 연장을 거부했습니다."

"뭐라고?"

그 뒤 한참 동안 김석영의 욕설이 사무실을 채웠다. 그리고 김석영이 빠르게 말했다.

"다른 은행들 알아봐."

"모두 막혔습니다. 김석훈 총장 후보자님이 흔들리고 다른 계열사에서 금융권에 압박을 넣고 있는 것 같습니다. 은행에서는 재무가 건전하지 않고 담보가 좋지 않은 상황에서 돈을 빌려줄 수 없다는 태도입니다."

물론 거짓말이었다. 김석영을 속이고 있는 비서의 주먹에서 땀이 흘렀다. 그는 속으로 생각하고 있었다.

'속아라, 속아라, 속아라, 속아라.'

정상적인 판단력을 가졌다면 김석영은 직접 은행에 전화를 걸 것이다. 하지만 김석영은 스스로 움직여 본 적이 없었다. 지금껏 떠먹여 준 밥만 먹고 살아온 인생 때문이었고 그것은 지금 가장 큰 약점이 되었다.

그리고 김석영은 믿어 버렸다.

김석영은 어쩔 줄 모르는 눈빛으로 비서를 바라봤다. 비서가 김석영에게 말했다.

"다른 쪽을 찾으셔야 할 것 같습니다."

김석영의 인상이 찌푸려졌다.

"얼마가 필요하지?"

"우선적으로 500억입니다."

김석영은 한숨을 내쉬었다. 어떻게든 빨리 돈을 마련해야 했다. 이미 일은 벌어지고 있었고, 다른 계열에서 그들에게 돈을 빌려줄 리 만무했다.

고민을 하던 그에게 얼마 전 만난 자리에서 돈이 많다고 자랑하던 상만이 떠올랐다. 김석영은 전화를 꽉 잡았다. 한동안 고민하던 그는 결국 상만에게 전화를 걸었다.

"저기……."

-말씀하세요.

"돈을 빌려줄 수 있습니까?"

-돈요?

"네."

-대표님이 돈이 필요하세요?

상만은 아무것도 모르는 척 너스레를 떨었다.

김석영은 미간을 찌푸렸다. 지금 이게 잘하고 있는 짓인지 그 스스로도 알 수 없었다.

"사업을 하다 보면 이런 일 저런 일 생기기 마련이지 않습니까? 급히 돈이 필요하게 생겼네요. 그때 투자할 곳이 필요하다고 하셨는데……."

-하하하, 사업을 하다 보면 여러 일이 생기기 마련이지요. 투자하겠습니다. JS무역이라면 미래가 창창하잖아요. 그런데 그냥은 힘들고, 주식을 담보로 하셨으면 하는데요. 어차피 금방 갚으실 거니까 상관없잖아요?

상만은 시원하게 말했고 김석영은 고개를 끄덕였다.

"담보로 잡겠습니다."

전화를 끊은 김석영이 긴장 풀린 한숨을 내뱉었다. 일단 위기는 넘겼다고 생각한 것이다.

중앙 지검 희우의 사무실.

앉아서 일을 하고 있던 희우에게 전화가 걸려 왔다. 상만이었다.

-주식을 담보로 잡는다고 합니다, 하하하하.

희우의 입에 잔인한 미소가 걸렸다.

상만이 빌려줄 돈은 사실 모두 김석영의 돈이었다. 김석영은 얼마 전 노숙자 명의로 다른 계열의 주식을 대거 매입했다. 그 명의는 다름 아닌 상만의 직원들의 것이었다. 그 주식을 매도하고 얻은 현금을 상만이 다시 김석영에게 빌려준 것이었다. 지금 김석영은 주식을 담보 삼아 자기 돈을 빌린 것이나 마찬가지였다.

상만과의 전화를 끊었을 때 다시 전화가 걸려 왔다. 이번에는 조태섭의 비서인 한지현이었다.

-의원님께서 내일이 닷새째라고 말씀하셨습니다.

"내일인가요?"

희우는 시계를 들어 날짜를 확인했다. 그리고 그만 웃어 버렸다. 조태섭은 김석훈에게 정확히 약속을 지켰다. 잠깐의 배려도 존재하지 않았다.

한지현이 말했다.

-이제 어떻게 할 거냐고 여쭈셨습니다.

"청와대에서 특검이 발휘될 수 없게 막아 달라고 부탁드리겠습니다.

검찰에서 김석훈을 잡을 수 있도록 조치해 달라고 말씀해 주십시오. 나머지는 알아서 하겠습니다."

-알겠습니다.

그녀는 전화를 끊었다.

희우는 끊어진 전화를 보며 다시 한번 피식 웃었다.

특별검사제도는 검찰의 고위 간부 등 수사에 영향을 줄 수 있는 사람이 대상인 경우 발휘된다. 수사의 공정성을 의심하여, 임명된 변호사로 수사를 진행하게 하는 제도였다. 하지만 문제가 없을 수는 없었다. 만약 특검으로 임명된 변호사가 김석훈과 연이 닿아 있을 경우 사건의 마무리가 어떻게 변할지 모른다. 그리고 특검이 진행되면 그 기간 동안 어떤 변수가 발생할지 예상할 수 없다.

희우는 김석훈이 가진 모든 기회를 막아 버리고 있었다.

그리고 다음 날.

사무실에 있던 희우에게 전화가 걸려 왔다. 다름 아닌 현 검찰총장으로부터의 전화였다.

-김석훈 지검장을 체포하도록 해.

"네, 알겠습니다."

지시는 떨어졌다. 이제 희우가 주체가 되어 김석훈을 잡아넣을 시간이었다. 희우는 몇몇 수사관들과 함께 지검장실로 향했다.

아무것도 모르고 있던 김석훈은 희우가 왔다는 비서의 말에 문을 바라봤다. 그는 희우에게 정재계 인사의 이름을 넣어 사건을 만들라는 지시를 했었다. 그리고 지금 희우가 자신의 지시를 이행해서 사건을 만들어 왔기를 기대하고 있었다.

문이 열리고 희우가 들어와 김석훈에게 고개를 숙였다.

"미란다원칙은 생략하겠습니다. 증거인멸 우려가 있으니 구속 수사하라는 명령을 받았습니다."

"……!"

책상에 앉아 있던 김석훈의 눈이 꿈틀거렸다.

자신이 기대하고 있던 상황이 아니었다.

"구속?"

"죄송합니다."

김석훈이 노기 띤 목소리로 외쳤다.

"지금 뭐 하는 거야!"

희우는 다시 고개를 숙이며 말했다.

"죄송합니다."

김석훈이 한숨을 내쉬며 희우에게 물었다.

"누구 명령이야?"

희우는 수사관들과 김석훈을 번갈아 바라봤다. 옆에 다른 사람들이 있
는 이상 말할 수 없다는 뜻이었다. 김석훈이 고개를 끄덕였다.

"좋아, 취조실 가서 이야기하지."

김석훈은 자리에서 일어섰다. 영장까지 가지고 온 이상 계속 이곳에서
버틸 수 없다는 걸 알고 있었다. 하지만 희우를 지나친 후 복도를 걷는 김
석훈의 걸음은 당당했다. 그는 어디까지나 자신이 있었다.

희우는 천천히 김석훈의 뒤를 쫓아갔다.

김석훈의 뒷모습을 바라보는 희우의 눈은 씁쓸했다. 이전의 삶을 살던
중, 한때는 김석훈을 보며 정말 멋있는 검사라고 생각했던 적이 있었다.
누구에게나 당당하며 비리가 없는 사람이라 생각했다. 김석훈은 권력에
휘둘리지 않는 검찰을 만들겠다는 꿈을 가지고 있었다.

하지만 그 뒷모습은 추악했고 초라했다.

뚜벅뚜벅 구두 굽 소리가 들리며 희우는 취조실의 문을 열었다.

"들어가시죠."

김석훈은 인상을 구기고 취조실로 들어가 의자에 앉자마자 물었다.

"계획한 사람이 누구야?"

희우는 말없이 김석훈의 앞에 앉았다. 그리고 입을 열었다.

"현직 지검장을 그 자리에서 구속하라고 할 수 있는 힘을 가진 분을 생각하시면 바로 아실 수 있을 겁니다."

"……!"

김석훈의 눈이 떨려 왔다. 지금 대한민국에서 그런 일을 할 수 있는 사람은 단 한 명뿐이었다. 바로 조태섭이었다. 그가 떨리는 목소리로 말했다.

"어, 어째서?"

희우가 고개를 저었다.

"그건 저도 잘 모르겠습니다."

김석훈은 말을 하지 않고 눈을 감았다.

화를 참고 있었다. 그의 손은 부들부들 떨려 왔다.

'아직 시간이 남아 있을 텐데.'

닷새를 약속했다. 적어도 오늘 자정까지는 괜찮을 거라고 생각했다. 하지만 조태섭은 그 시간을 기다려 주지 않았다.

김석훈은 입술을 씹으며 최대한 이성적으로 판단하기 위해 노력했다.

흥분을 하면 정상적인 생각을 할 수 없다. 차분하게 생각을 해야 한다. 그래야 빠져나올 수 있다.

김석훈이 희우에게 말했다.

"일단 좀 쉬고 이야기하자. 난 죄가 없어. 다 정치권의 모략일 뿐이야. 증거가 나온 게 있나? 어차피 다 심증이야."

김석훈은 끝까지 자신은 죄가 없다고 말하고 있었다.

그는 조태섭이 아니라 그 이상이 찾아온다고 해도 자신의 비리에 대한 증거를 찾을 수 없다고 생각했다. 비리를 숨기는 일에 있어서는 그 누구보다 철저했다.

그의 말에 희우는 자리에서 일어섰다.

"알겠습니다. 취조실로 침대를 넣어 두도록 하겠습니다. 쉬고 계십시오. 하지만 핸드폰과, 외부에서 연락이 올 수 있는 것은 모두 맡아 놓도록 하겠습니다."

"마음대로 해."

희우는 취조실의 밖으로 나왔다. 그리고 취조실 안으로 침대와 이불을 넣으라고 지시했다.

김석훈을 확실히 집어넣을 때까지는 발톱을 숨기고 있어야 했다. 지금의 일이 잘못될 경우 다음 계획을 실현하기 위한 준비였다.

밖으로 나온 희우가 지성호에게 전화를 걸었다.

"지검장실 수색 끝났습니까?"

김석훈을 취조실로 끌고 오는 동시에 지검장실의 압수수색이 들어갔었다. 지성호가 말했다.

-그런데 아무것도 안 나온다.

희우는 전화를 끊었다.

대포폰이 나오기를 기대했다. 그것만 찾으면 모든 증거는 완벽하게 갖춰질 수 있었다.

희우는 다시 전화를 들어 조태섭에게 연락을 취했다.

"김석훈 지검장의 집을 압수수색하고 싶습니다."

-김석훈의 집을?

"지검장실을 찾아봤지만 대포폰이 발견되지 않았습니다. 아마 집에 있으리라고 추정됩니다."

조태섭이 물었다.

-지검장의 집을 검찰이 털었다는 걸 알면 여론이 뭐라고 할 거 같아?

"아마 훌륭한 검찰이라고 하지 않겠습니까?"

-아니야, 스스로 봐주기 수사를 한다고 하지 않을까?

검찰이 중앙 지검장을 수사하는 상황이었다. 증거를 찾지 못할 시에는 그런 말을 들을 수도 있었다. 희우가 말했다.

"꼭 찾겠습니다. 없다면 만들겠습니다."

–단번에 끝내도록 해. 숨통을 쥐었으면 명을 끊어 줘야 해. 살려 두면 되려 상처를 입을 수 있어.

"알겠습니다."

잠시 후, 지성호에게 연락이 왔다.

–영장 나왔다. 지검장 집 털라는데?

"네, 저도 지금 가도록 하겠습니다."

김석훈은 아무것도 모른 채 취조실에 있었다. 희우는 그런 김석훈을 뒤로하고 그의 집으로 향했다.

과연 재벌가의 집이라는 생각이 들 만큼 으리으리한 단독주택이었다. 그 앞에 기자들이 가득했다. 지검장의 집, 재벌가의 집을 압수수색하는 희대의 사건이었기 때문이다.

희우는 그들을 뒤로하고 집 안으로 들어갔다.

소나무가 가득한 정원을 지나 들어가 보니 이미 수사관들과 지성호가 집을 뒤집고 있었다. 희우를 본 지성호가 말했다.

"두 시간 뒤졌는데, 대포폰이고 뭐고 어떤 것도 없다. 버린 거 아냐?"

혹시나 김석훈이 대포폰을 버렸다면?

자칫 골치 아픈 상황으로 이어질 수도 있었다.

조태섭이 말한 것처럼 한번에 그의 숨통을 끊지 못한다면 어떤 변수가 일어날지 예측하기 힘들었다. 적어도 김석훈은 그만큼의 힘은 가지고 있었다.

희우가 고개를 저었다.

"그럴 사람은 절대 아니에요."

이전의 삶에서 김석훈과 오랜 시간 함께했었다. 김석훈은 자신의 흔적을 밖에다가 버릴 사람이 아니었다. 분명 어딘가에 숨겨 뒀을 것이다.

희우가 말했다.

"전 서재로 가서 계속 찾아볼게요. 이상해 보이는 건 다 챙겨 주세요."

"그래."

희우는 김석훈의 서재로 가서 묵묵히 뒤지기 시작했다.

책상의 서랍을 열어 뒤지던 중, 낡은 수첩이 보였다. 수첩을 펼쳐 보자 한미 모친과 젊을 적 찍었던 사진, 그리고 한미의 어린 시절 사진이 붙어 있었다. 사진 속의 그들은 행복해 보였고 아래에는 '미안하다.'라고 쓰여 있었다. 희우의 입가에 피식 미소가 걸렸다.

"미안하면 잘하지 그랬어?"

희우는 수첩을 증거품 상자에 집어넣으며 계속해서 그곳을 뒤졌다.

그리고 한 서류를 찾았다. 그것은 JS무역에 있는 김석훈의 지분을 담보로 한 한반도은행의 대출 서류였다. 어디에도 조태섭과 한반도은행이 연관되어 있다는 증거는 없었기에 서류만 본다면 문제 될 것은 없었다. 게다가 이 지분이 차명이라는 것을 밝혀내려면 꽤 오랜 시간이 걸릴 것이다.

그런데, 서류를 보던 희우가 슬쩍 웃었다.

'역시, 조태섭한테 지분을 바치고 시간을 벌었던 거였어?'

김석훈은 그 스스로 조태섭이라는 호랑이의 아가리로 들어가고 있었다. 그 사실이 우스웠다. 희우는 그것을 증거 물품을 집어넣는 박스에 넣지 않고 곱게 접어 주머니에 넣었다. 언젠가 필요할지도 모른다.

하지만 찾고자 하는 대포폰은 어디에도 보이지 않았다.

그때, 희우의 머릿속에 떠오른 하나!

희우는 지성호에게 다가가 말했다.

"차 키 좀 주세요."

"뭐?"

"찾을 수 있을 것 같습니다."

희우의 얼굴을 본 지성호. 희우는 확신에 차 있었다.

지성호는 떨떠름한 표정으로 그에게 차 키를 넘겼다.

"잘 타라. 할부 안 끝났다."

"네."

희우는 지성호의 차를 끌고 이동했다. 향하는 곳은 한미의 집이었다.

희우는 술에 취한 한미를 집으로 바래다준 적이 많았다. 물론 그때마다 업어서 끌고 가다시피 했다.

한미의 어머니가 화가 나서 문을 열어 주지 않은 적도 많았다. 그때마다 한미를 깨워서 비밀번호를 물어본 후 문을 열고 들여보냈던 희우다. 그러다 보니 의도하지 않게 그녀의 집 비밀번호를 알고 있었다.

문을 열고 들어가자 며칠간 사람이 드나들지 않은 집에서 한기가 느껴졌다.

희우는 집 안으로 들어갔다. 그리고 대포폰이 있는지 찾기 시작했다. 서랍, 신발장, 냉장고까지, 찾을 수 있는 공간은 모두 열어 확인해 보았다. 하지만 쉽게 나타나지 않았다.

희우는 한미의 방으로 들어갔다.

그녀의 방은 정말 단출했다. 침대와 책상 그리고 화장대가 전부였다. 하지만 그곳에서도 찾는 물건은 보이지 않았다.

다음은 한미 어머니의 방이었다.

한참의 시간이 지나고, 희우는 그곳에서 대포폰을 찾았다. 그것은 한미 어머니의 겨울 잠바 주머니에 들어 있었다.

희우는 어이없다는 표정으로 고개를 저었다.

한미의 어머니는 김석훈에게 배신당했었다. 김석훈은 그녀를 버리고 다른 여자와 결혼을 했으며 심지어 다시 그녀를 찾아 철저하게 그림자로 살도록 만들었다. 그런데, 그녀는 김석훈의 모든 것을 받아 주고 있었다.

그 이유가 사랑이었는지 아니면 집착이었는지 모른다. 어쩌면 그녀는 김석훈에게 자신이 내조를 잘한다는 인정을 받고 싶었을 수도 있다. 어쨌거나 희우에게 그런 것은 관심 밖이었다. 그저 문득 "우리 엄마 울겠네."라고 하던 한미의 말이 떠오를 뿐이었다.

희우는 쓸쓸한 표정을 지으며 대포폰을 가지고 한미의 집을 나왔다.

잠시 후, 지성호에게서 연락이 왔다.

-찾았어?

"네, 찾았습니다. 전 바로 지검으로 들어가겠습니다."

-내 차는 무사하지?

"사고 낼까요?"

-야! 할부 안 끝났어!

지성호의 당황하는 목소리를 들으며 희우는 차량에 시동을 걸고 중앙지검 취조실로 향했다.

희우가 문을 열고 취조실로 들어가자 침대에 누워 있던 김석훈이 희우를 바라봤다. 그리고 물었다.

"밖은 어떻게 되고 있어?"

희우는 고개를 저었다.

"죄송합니다. 일단 앉으시죠."

"뭐?"

희우는 의자를 꺼내 앉았지만 김석훈은 여전히 침대에 누워 있었다.

희우가 말했다.

"평택 부지 선정에 관여한 적이 없으십니까?"

김석훈의 눈빛에 분노가 올랐다.

"너 지금 뭐 하는 거야?"

희우는 핸드폰을 꺼내 올렸다. 그것은 김석훈의 목소리가 녹음된 안석진의 핸드폰이었다. 일전에 희우가 안석진을 회유할 때 그는 김석훈에게 전화를 걸어 녹음을 한 적이 있었다.

희우가 플레이 버튼을 누르자 김석훈의 목소리가 흘러나왔다.

-무슨 일이야?

-그래? 어디서?

-그래? 김희우가 시흥에 있다고?

통화 내용을 듣던 김석훈의 얼굴이 천천히 굳어졌다.

희우가 말했다.

"그리고 이 서류는 해당 휴대폰으로 걸고 받은 통화 내역입니다."

"……."

김석훈은 더 이상 여유롭게 침대에 누워 있지 못했다. 천천히 몸을 일으켰다.

그사이 희우는 다른 서류를 꺼내 들었다.

"이것은 JS건설에서 비리에 관여되어 있다는 걸 증명하는 서류들입니다."

JS건설 상무 신대웅에게 받은 것들이었다. 희우가 말했다.

"빠져나가시기 힘들 것 같습니다."

김석훈이 떨리는 목소리로 물었다.

"지, 지금 뭐 하는 거야?"

"취조하는 중입니다."

"뭐?"

"묵비권을 행사하셔도 좋습니다. 하지만 불리할 수도 있다는 걸 잘 알고 계실 테니 더 이상 말하지 않고 묻겠습니다."

김석훈은 자기도 모르게 침을 꿀꺽 삼켰고 동시에 희우가 물었다.

"죄를 인정하십니까?"

"다 날조된 거야! 조작된 증거로 뭘 하자는 거지? 핸드폰 가지고 와 봐. 내가 직접 의원님과 전화를 해 봐야겠어."

김석훈의 눈은 초점을 잡지 못하고 있었다.

희우는 고개를 숙이고 다시 말했다.

"브리핑 룸에 기자들이 모여 있습니다."

"이 새끼야! 지금 뭐라고 하는 거냐고!"

"전 브리핑 룸으로 가서 수사 발표를 할 겁니다."

"뭐 하냐고 묻잖아!"

희우가 어이없다는 듯 고개를 저었다.

"그만 인정하세요. 지금 모습 많이 추해요."

"……."

김석훈의 고개가 천천히 숙여졌다.

드디어 확실해졌다. 자신의 편은 어디에도 없었다.

희우는 자리에서 일어섰다. 그리고 취조실을 나가 브리핑실로 향했다. 기자들의 카메라 플래시가 터지는 가운데 희우가 입을 열었다.

"지금부터 김석훈 중앙 지검 검사장의 JS무역 평택 부지 비리에 대한 수사 결과를 발표하겠습니다."

희우의 김석훈 수사 사건 브리핑은 생방송으로 전해지고 있었다.

거실 소파에 앉아 텔레비전을 보던 조태섭이 입을 열었다.

"꺼."

그 말에 한지현이 리모컨을 들어 텔레비전의 전원을 내렸다.

조태섭이 그녀에게 말했다.

"식당 하나 예약하고 보좌진과 외부 인사들 모두 모이라고 해."

"알겠습니다."

조태섭이 말을 이었다.

"그리고 김희우 말이야. 비리를 만들도록 해 봐."

"어떤 쪽으로 만들까요?"

"어떤 게 좋을까? 여자? 아니면 뇌물 수수?"

조태섭이 고개를 돌려 한지현을 바라봤다. 한지현이 말했다.

"뇌물 수수 쪽이 편할 것 같습니다."

조태섭이 고개를 끄덕였다.

"그래, 뇌물 수수부터 시작해. 놈이 내 비리를 가지고 있으니 나도 하나는 가지고 있어야지?"

"네."

김석훈이 한반도은행에 관한 자료를 모으고 있다는 사실을 알린 사람이 희우였다. 그리고 김석훈의 지시를 받아 한반도은행을 조사했던 것도 희우였다. 당연히 그 누구보다 희우가 그 자료의 내용을 잘 알고 있다는 뜻이었다.

무기를 가지고 있으면 사용하고 싶은 게 인간이다. 조태섭은 희우가 그 무기를 자신에게 휘두를까 염려하고 있었다.

한지현이 나가고, 조태섭은 천장을 바라봤다. 그는 고민하고 있었다. 희우를 계속 살려 둘지 아니면 김석훈을 죽이며 같이 없애 버릴지.

잠시 후, 한지현이 다시 조태섭의 옆으로 다가왔다.

그녀는 조태섭에게 고개를 숙인 후 말했다.

"저녁 8시에 예약했습니다."

조태섭이 고개를 끄덕이며 말했다.

"10시에는 김희우하고 약속 잡아."

"알겠습니다."

오후 8시, 조태섭과 그의 수하들이 모인 곳은 서울의 어느 한 식당이었다.

넓은 공간에, 길고도 긴 테이블. 테이블의 양옆으로 사람들이 가득 모여 있었다. 그 숫자만 서른 명에 가까웠다.

법적으로 정해진 보좌진 외에도 조태섭은 사비를 들여 유능한 인재들을 채용했다. 그리고 그들 외에도 조태섭의 바지 사장 역할을 하고 있는 박대호 등, 외부에서 일을 하는 사람들도 모여 있었다.

조태섭이 들어서자 그들은 일제히 자리에서 일어나서 고개를 숙였다.

그는 자리에 앉으며 수하들에게 앉으라고 손짓하고 입을 열었다.

"검찰총장 후보 생각해 봤나?"

바로 옆에 앉아 있던, 조태섭의 보좌진 중 가장 직급이 높은 김진우가 나섰다. 희끗한 새치와 함께 주름이 자글자글한 그는 보좌진 중에서 '뱀'으로 통하는 자였다.

"서부 지검의 윤종기 지검장이 좋을 것 같습니다. 최근 몇몇 사건을 해결했지만 큰 능력은 없다고 여겨졌습니다. 아래에 두어도 나쁘지 않다고 봅니다."

그들은 능력을 가진 사람이 위로 올라오는 걸 바라지 않았다. 낭중지추라는 말이 있다. 주머니 속에 있는 송곳은 언제든 뚫고 나온다는 말로, 능력이 있는 사람은 언젠가 날카로운 이빨을 드러낼지 모른다고 생각했다.

그래서 김석훈이 선택되었던 것이다. 지금까지 행정적인 일을 하며 걸어왔고 특별하게 뭔가를 보여 준 적 없던 김석훈이었기에 그들의 입맛에 딱 맞는 사람이었다.

조태섭이 고개를 끄덕였다.

"그럼 윤종기로 바꿔서 올리도록 해."

윤종기는 조태섭도 익히 알고 있었다. 일전에도 김석훈의 일 때문에 몇 번 만나 본 적이 있고, 그 정도의 사람이라면 총장 자리에 앉혀 인형처럼 부려도 좋겠다고 판단했다.

조태섭이 다시 물었다.

"그럼, 중앙 지검장은 누가 좋지?"

김진우가 다시 입을 열었다.

"중앙 지검의 전석규를 어떻게 생각하십니까?"

"전석규?"

조태섭의 눈이 가늘게 뜨였다.

전석규는 희우와 함께 김산에서 근무했던 자다. 그리고 오래전 권력자를 잡아넣기도 했던 인물로, 다루기 힘들다는 평이 강했다. 그런 인물을 이야기하자 의아할 수밖에 없었다.

김진우가 계속 입을 열었다.

"한 번도 권력의 비호를 받아 보지 못한 사람입니다. 그리고 우직해서, 한번 충성을 맹세하면 배신을 하지 않을 것으로 보였습니다."

조태섭은 잠시 생각에 빠졌다. 그리고 입을 열었다.

"김진우 보좌관이 만나 본 후에 보고하도록 해."

김진우는 조태섭을 향해 고개를 숙였다.

"네, 알겠습니다."

조태섭의 시선이 이번엔 김진우의 맞은편에 앉아 있는 박대호를 바라봤다.

"박 대표는 JS무역을 빼앗을 수 있는 방안을 생각해 보도록 하게."

"네."

이 자리에 모여 있는 사람들은 조태섭의 손과 발이었다. 그들은 각자 고유한 업무를 가지고 조태섭의 일을 도맡아 하고 있었다. 조태섭은 그들에게 각각의 임무를 내리기 시작했다.

김석훈의 몰락으로 시국이 어지럽게 변하고 있었다. 대선이 얼마 남지 않은 시점이었고, 검찰총장 후보 자리가 공석이 되었다. 이런 시기에 미래에 대한 준비를 제대로 하지 않으면 순식간에 도태될 수 있었다.

언제나 정상의 자리에 서서 아래를 굽어보는 조태섭.

그가 버틸 수 있는 이유는, 언제나 나중을 준비하기 때문이었다.

잠시 후, 같은 식당이었다. 하지만 방금 전의 넓은 자리가 아니라 작은 방, 그곳에서 조태섭만이 홀로 앉아 있었다.

그는 희우를 기다리고 있었다. 그리고 여전히 뭔가를 골똘히 생각하고 있었다. 조태섭의 머릿속에서 일어나는 수많은 일들, 그는 지금의 시간이 지난 후의 계획에 대해 고민하고 생각하고 있었다.

잠시 후, 미닫이문이 열리고 한지현이 들어왔다.

"김희우 검사가 왔습니다."

"들어오라고 해."

그의 말에 희우가 들어와 고개를 숙여 인사를 한 후 조태섭의 맞은편에 앉았다. 조태섭이 사람 좋은 미소를 지으며 말했다.

"오늘 일은 아주 잘 처리했어."

"감사합니다. 다 의원님 덕분입니다."

조태섭은 술병을 들어 올렸다. 희우가 공손히 예를 갖춰 술잔을 내밀었다.

희우의 잔에 술이 채워질 때, 조태섭이 말을 이었다.

"김석훈이 대검을 약속했었지? 미안하지만 난 지금 김희우 검사를 대검에 넣을 생각은 없어."

"괜찮습니다."

그들은 특별한 대화를 나누지 않았다. 그저 조태섭이 희우의 공을 치하하는 자리였을 뿐이다.

그렇게 술자리를 마치고 희우가 떠났다.

가만히 자리에 앉아 있던 조태섭의 앞으로 한지현이 다가왔다. 조태섭은 여전히 미동도 하지 않고 있었다. 그 눈은 희우가 떠난 자리를 노려보고 있었다. 그리고 천천히 입을 열었다.

"아쉬워하지 않았어."

"네?"

"어린 검사, 똥오줌 못 가리는 나이야. 저 나이 때는 공명심도 있어야 하고 야망도 있어야 하지. 연수원 수석까지 했어. 잘난 맛에 사는 놈이어야 해. 그뿐인가? 저놈은 굵직한 많은 사건을 모두 해결했어. 그리고 오늘은 총장 후보자를 끌어내렸지. 잘난 놈이야. 그리고 지도 지가 잘난 걸 알아. 그런데 아쉬워하지 않는다?"

한지현은 지금 조태섭이 무슨 말을 하는지 이해하지 못했다. 조태섭은 그녀에게 아무 설명도 하지 않았다. 그저 가만히 생각에 빠져 있을 뿐이었다.

조태섭은 희우에게 대검에 가지 못해서 아쉽겠다는 말을 했다. 하지만 희우는 괜찮다고 대답했다. 희우가 한 그 말은 진심이었다. 어디에도 아쉬워하는 표정은 없었다.

조태섭이 술잔을 들어 올려 마시며 눈살을 찌푸렸다.

김석훈이 잡혀갔다고 해도 조태섭의 힘이라면 대검에 넣어 줄 수 있었다. 희우가 조태섭의 힘을 모르고 있을까? 모르고 있다면 그게 더 이상했다. 그럼 조태섭에게 대검으로 보내 달라는 말을 하기 어려웠나? 그걸 말하기 어려웠다면 다른 무언가를 바랄 수도 있었을 텐데 희우는 아무것도 요구하지 않았다.

조태섭이 고개를 갸웃거리며 중얼거렸다.

"목적이 다른 곳에 있는가?"

희우는 밖으로 나와 기다리고 있던 택시의 문을 열었다.

택시에 오르기 전 희우는 시선을 틀어 식당을 바라봤다.

아니, 식당 안에 있을 조태섭을 바라보고 있었다.

희우가 중얼거렸다.

"조금만 더 웃어라."

CHAPTER 42

물들었던 단풍이 땅으로 떨어져 내리고 서늘한 바람이 사람들의 옷깃을 스쳐 지나갔다. 대한민국 대통령 선거에 출마하기 위한 각 정치인들의 선언이 줄을 잇고 있었다.

그런 날, 강남역의 커피숍에서 상만은 JS무역의 비서와 앉아 있었다. 비서가 물었다.

"이제 어떻게 하실 겁니까?"

"담보로 잡혀 있는 김석영의 주식을 꿀꺽해야죠."

상만의 대답에 비서의 인상이 찌푸려졌다. 비서는 그런 당연한 대답을 듣고 싶었던 게 아니었다. 어떻게 그 주식을 먹을 수 있느냐는 방법을 물어본 것이었다. 상만이 능글맞은 웃음과 함께 입을 열었다.

"어차피 무역의 적자 폭이 크잖아요. 제가 빌려준 돈만으로 해결하지 못할 겁니다."

"아뇨. 언제까지 은행에서 대출을 막고 있다고 속일 수 있을 것 같아요? 언젠가는 알게 될 겁니다. 김석영 대표는 그렇게까지 바보가 아닙니다."

비서의 속은 타들어 가고 있었지만 상만은 웃고만 있었다.

"아무 대책 없이 그러고 계실 겁니까!"

급기야 비서의 언성이 높아졌다. 하지만 상만은 대수롭지 않다는 듯 입을 열었다.

"누가 그래요? 은행에서 대출을 막고 있는 게 속인 거라고, 누가 그래요?"

비서는 상만이 무슨 말을 하고 있는지 이해할 수 없었다. 그래서 되물었다.

"그게 무슨?"

"주거래은행 알아보세요. 대출은 모두 막혀 있습니다."

"네?"

상만이 다시 씨익 웃으며 자리에서 일어섰다. 그리고 비서의 어깨를 툭툭, 내리치며 말을 이었다.

"한배에 타기로 했으면 선장을 믿으세요. 이래라저래라 하면 배가 산으로 날아가는 거 몰라요?"

상만은 그 말을 남긴 채 비서의 옆을 스쳐 커피숍을 빠져나갔다.

비서는 그저 멍한 눈빛이었다.

'도대체 무슨 말이야?'

비서가 모르는 게 있었다.

비서가 김석영에게 찾아가 은행의 대출이 모두 막혔다고 이야기하기 전, 상만은 이미 그들의 주거래 은행장을 찾아가 협박을 하고 회유를 끝낸 상태였다. 상대가 빠져나갈 수 있는 모든 길을 막아 버린 후에 움직이는 것, 그것이 희우가 움직이는 방법이었고, 상만에게 내린 지시였다.

상만은 커피숍에서 나와 전화기를 들었다. 전화가 향하는 곳은 희우였다.

"네, 비서는 만났습니다. 별 특별한 이야기는 없었습니다."

-잘했어. 이제 사무실 들어가서 일하도록 해.

"네, 알겠습니다."

상만은 희우와의 전화를 끊고 차량에 올라 시동을 걸었다.

희우는 지검의 사무실에서 창밖을 보고 있었다. 당분간은 크게 움직이지 않아도 된다. 모든 건 조태섭이 알아서 해 줄 것이다.

희우는 김석훈의 자택을 압수수색하던 도중 조태섭이 JS무역과 건설의 지분을 가지고 있다는 걸 알게 됐다.

조태섭이 지분을 가만히 가지고만 있을까? 조태섭은 그럴 사람이 아니다. 지분을 팔아 현금화시키든, 경영권을 갖기 위해 갖은 수를 쓰든, 둘 중의 하나를 선택할 사람이다. 이런 상황에 섣불리 움직이면 조태섭에게 자신의 꼬리를 밟힐 수도 있다고 판단했다.

희우가 생각에 빠져 있을 때 사무실로 지성호가 들어왔다.

"밥 먹으러 가자. 요 앞에 나가서 먹는 거 어때?"

김석훈이 있을 때 이들은 항상 조심했다. 지검에서는 마주치는 것조차 피하기 위해 노력했었다. 김석훈의 감시를 받고 있었기 때문이다. 하지만 이제는 그럴 필요가 없다. 감시도 없을뿐더러 서로 어울린다고 뭐라 할 사람도 존재하지 않았다. 그런데, 전석규가 보이지 않았다.

"청장님은요?"

지성호가 고개를 갸웃거렸다.

"몰라. 전화 받더니 급하게 나가시던데?"

지성호는 대수롭지 않게 말했고 희우가 재킷을 걸치며 입을 열었다.

"오늘 점심은 국밥 어떠세요?"

"국밥?"

"날씨 쌀쌀하잖아요."

"그래, 국밥 좋다."

두 사람은 사무실을 나와 복도를 걸었다. 그들이 복도에서 엘리베이터 그리고 로비로 향하는 동안 주변에서 직원들이 하는 이야기는 한결같았다.

다음 검찰총장은 누가 될 것인가?

다음 중앙 지검장은 누가 될 것인가?

사람들의 이야기를 듣던 지성호가 희우에게 속삭이듯 말했다.

"우리 청장님 같은 분이 중앙 지검장 거쳐서 총장이 돼야 하는데, 그치?"

희우도 동의했다. 전석규는 모든 걸 법의 잣대로 판단하고, 상대가 강하든 약하든 상관없이 이빨을 드러내는 사람이다. 그런 전석규가 총장의 자리에 오르면, 세상은 조금 더 좋아질 것 같았다.

잠시 후, 두 사람은 식당에 도착했고 곧 뜨끈뜨끈한 국밥이 올랐다.

그런데, 국밥을 보던 희우는 순간 누군가를 떠올렸다. 어울리지 않게 국밥을 참 좋아하던 사람, 그 사람을 생각하던 희우는 피식 미소를 지은 후 식사를 시작했다.

그 시각.

중앙 지검에서 그리 떨어지지 않은 한정식집이었다. 복도를 따라 가장 구석에 위치한 VIP 룸에 전석규가 앉아 있었다. 전석규는 긴장된 표정으로 앞을 바라봤다. 그 앞에는 조태섭의 보좌관인 김진우가 보였다.

김진우는 뱀이라는 별명을 가진 사람, 그가 숟가락을 들며 말했다.

"조태섭 의원님이 한번 뵙고 오라고 해서 왔습니다."

"네? 저를요?"

아무리 전석규라고 하지만 조태섭이라는 이름 앞에서는 긴장할 수밖에 없었다. 김진우가 슬쩍 웃으며 말을 이었다.

"뭘 놀라십니까? 검사님 정도면 의원님이 관심을 둘 만하죠."

전석규는 조태섭이 관심을 두고 있다는 말이 어떤 의미인지 알지 못했다. 만약 그 관심이 나쁜 의미라면 지금 이 식사 자리는 최악의 상황이다. 전석규도 조태섭에게 자신 따위는 가볍게 날려 버릴 수 있는 힘이 있다는 것을 잘 알고 있었다. 하지만 전석규는 침착함을 잃지 않고 입을 열었다.

"네. 그런데 왜 저를……."

"정말 몰라서 묻는 겁니까?"

전석규의 머릿속에 별별 생각이 다 들고 있었다. 김석훈의 청문회 때, 작은 언론사를 통해 김석훈의 비리를 알린 게 들통 난 것은 아닐까, 이들이 그걸 알고 있다면, 어떻게 변명하고 어떻게 행동해야 할까?

그때였다. 김진우가 입을 열었다.

"총장 자리가 비었습니다. 그리고 중앙 지검장 자리가 비었죠."

전석규의 얼굴이 굳어졌다. 바보가 아니라면 지금 한 말이 어떤 의미인지 알 수 있었다. 그 굳어진 얼굴을 보며 김진우는 미소 지었다.

"총장 자리는 이미 서부 지검 윤종기로 내정이 된 상태입니다. 그리고 검사님은 기수로 보나 다른 업적으로 보나 아직 총장까지는 한참 모자라죠."

전석규는 대답하지 않고 물컵을 들어 마셨다. 목이 탔고 갈증이 났다. 긴장이 안 될 수 없었다.

김진우의 목소리가 이어졌다.

"의원님께서는 검사님을 오래전부터 지켜보고 계셨습니다. 전석규 검사님은 우리나라 법을 지키는 검사들의 교과서라고 할 수 있지요."

오랜 시간 지켜봤다는 말에 전석규의 얼굴은 더욱 굳어 버렸다.

그 얼굴을 보던 김진우가 묘한 미소를 지었다.

"중앙 지검장의 명패에 전석규라는 이름 석 자를 넣고 싶은데 어떻게 생각하십니까?"

단도직입적인 말에 전석규는 침을 꿀꺽 삼켰다.

그리고 김진우의 눈빛이 뱀처럼 변했다. 개구리를 앞에 두고 있는 뱀. 그 뱀이 혀를 날름거리고 있었다. 김진우가 여유로운 표정으로 말했다.

"요즘 애들 잠바 비싸지 않나요?"

뜬금없이 애들 잠바를 말한 이유, 전석규의 자식이 고등학교 2학년이었다. 갑자기 유행을 하게 된 비싼 잠바를 사 달라고 하는 중이었다. 자식의 이야기가 나온 것은 이미 거기까지 조사했다는 것. 즉, '너는 빠져나갈 수 없다.'라는 말을 전한 것이었다.

김진우가 사악한 목소리를 이어 갔다.

"중앙 지검장이 된다면 애들 잠바 사 주는 게 어렵겠습니까?"

"……."

"하지만 조건이 있습니다."

"……!"

뱀과 같이 날카로운 눈빛이 전석규를 쏘아봤다.

째깍째깍. 손목에 차고 있는 시계의 바늘 소리가 들릴 정도로 적막한 시간이 흘렀다. 이윽고 김진우의 목소리가 낮고 습하게 다시 울렸다.

"앞으로 조태섭 의원님을 위해 일을 해야 합니다. 그 맹세와 검사님의 실력을 보기 위해, 두 가지 일을 해 주십시오."

"두…… 두 가지요?"

전석규는 고개를 끄덕였다.

그동안 진급에서 밀려 있던 전석규다. 단번에 중앙 지검장으로 오를 수 있다면 뭐든 할 수 있을 것 같았다. 자식에게 조금 더 자랑스러운 아빠가 될 수 있다고 생각했다.

김진우가 전석규의 표정을 보며 계속 말했다.

"하나는, 지금 당장 천하그룹 김건영 회장을 조용히 내보내십시오. 언론을 막는 것이야 우리가 알아서 할 테니 젊은 검사들의 입을 단속하라는 겁니다."

전석규는 멍한 눈으로 고개를 끄덕였다. 그러자 김진우가 다시 능글맞게, 하지만 싸늘한 미소를 입에 담고 말을 이었다.

"두 번째는 지성호 검사를 구속시키십시오."

전석규의 눈이 떨려 왔다.

"지, 지성호 검사를요?"

"네."

조태섭은 사람을 믿지 않는다. 상대의 비리를 목줄로 삼아 휘두르기를 좋아한다. 즉, 지성호를 구속시키는 것은 전석규에게 생길 흠집이었고 비리였다. 그리고 그것은 조태섭에게 전석규의 다짐과 충성심을 엿볼 수 있는 일이었다.

김진우가 말했다.

"제단에 올라가기 위해서는 제물을 바쳐야 합니다. 피를 밟지 않고 제단에 올라선 사람은 세상에 아무도 없습니다."

전석규의 손이 딜딜덜 떨렸다. 전석규의 눈에는 중앙 지검장을 지나 검찰총장이 되어 있는 자신의 모습이 보이고 있었다. 꿈꿔 왔던 검찰을 만들 수 있는 순간이 가까워졌다는 것을 느끼고 있었다.

그 표정을 보며 김진우가 야비한 미소를 품었다.

전석규가 식사를 하고 돌아왔을 때는 이미 점심시간이 한참 지나 3시가 넘어가는 중이었다. 그는 얼떨떨한 표정으로 재킷을 벗어 옷걸이에 걸었다. 그런 전석규의 얼굴을 보며 지성호가 물었다.

"급한 일 있으셨나 봐요?"

"어? 어."

전석규는 대수롭지 않게 대답했다고 생각했지만 그의 표정은 굳어 있었다. 아니, 그보다 생각이 많아 보였다. 책상에 앉아서도 그는 멍한 표정을 지을 수 없었다.

그의 얼굴을 잠시 보던 지성호는 고개를 갸웃거린 후 다시 자신의 일에 몰두하기 시작했다.

전석규의 시선이 지성호를 향했다. 그의 눈빛은 착잡했다.

퇴근을 한 희우는 거실 겸 사무실 의자에 앉았다. 그리고 깊은 생각에 빠졌다.

낮에 중앙 지검 전 직원들이 입을 모아 이야기하던 이슈, 그것은 다음 검찰총장과 중앙 지검장에 관한 것이었다. 희우도 다음 총장과 지검장을 예측해 보려 했지만 어려웠다.

역사는 거센 흐름으로 바뀌고 있었다. 이전의 삶과 지금은 완벽히 달라져 있었다. 이전의 삶에서 현시점의 총장 후보는 김석훈이 아니었다. 그리고 이전의 삶에서 총장 후보였던 검사는 이미 옷을 벗고 검찰을 떠난 뒤였다. 희우의 작은 움직임이 검찰의 모든 것을 바꾸고 있었다.

앞으로 또 어떤 변화가 있을 것인가.

희우도 다음을 예측하기는 어려웠다. 계속해서 생각해 봤지만, 다음 총장과 지검장이 누가 될지 떠오르지 않았다.

희우는 한숨을 내뱉으며 생각을 다른 쪽으로 틀었다. 예측할 수 없는 일에 시간을 잡고 있는 건 낭비였다. 희우의 시선이 천장으로 향했다. 하얀 형광등을 보며 희우의 생각이 어지럽게 늘어졌다.

김석훈은 잡았다. 증거가 명확한 상태에서 김석훈이 빠져나올 방법은 없었다. 희우의 시선은 이제 김석훈을 지나 조태섭의 측근을 바라보고 있었다.

조태섭의 자금을 관리하는 박대호.

조태섭의 비서인 한지현.

한지현의 정체는 아직도 안개 속이었다.

어쨌든, 그 두 사람 외에도 조태섭의 옆에는 많은 사람이 있다. 하지만 누가 있든 상관없다. 하나하나 부수면 언젠가는 조태섭만 남을 것이다.

희우가 생각에 빠져 있을 때 집 문을 두들기는 소리가 들려왔다. 밖으로 나가자 상만이 서 있었다.

상만이 싱글벙글 웃으며 검은 봉지를 내보였다.

"삼겹살 사 왔어요, 하하하."

"들어와."

상만은 자연스럽게 주방으로 들어가 음식을 준비했다.

희우는 다시 의자에 앉았다. 좁은 집이었기에 주방에 있는 상만이 바로 눈에 보였다. 희우가 물었다.

"이 시간에 연락도 없이 무슨 일이야?"

밤 11시였다. 상만이 슬쩍 웃으며 말을 이었다.

"저 지금 JS무역 협력 업체들 돌면서 유언비어 뿌리고 왔어요. 밥도 못 먹고 일했는데, 삼겹살은 먹어 줘야 하지 않을까요?"

"잘했다. 그린데, 이제 당분간은 JS 쪽에는 신경 쓰지 마. 알아서 무너질 거니까."

살짝만 흔들어 놓는다면 나머지는 조태섭이 움직일 것이 분명했다. 그 안에 들어가서 힘겹게 싸울 필요는 없었다.

"네, 알겠습니다! 그런데 소주 드실 거예요?"

"아니."

"진짜요? 삼겹살에 소주를 안 먹으면 검찰이 잡아가는 거 아니었어요?"

상만이 또 쓸데없는 소리를 지껄이기 시작했다. 희우는 상만의 농담을 살짝 무시하며 자신이 하고 싶은 말을 이어 갔다.

"김석영이 도주할 수 있으니까 주변에 사람 붙여 둬."

"정말 소주 안 드실 거예요?"

상만도 자신이 하고 싶은 말만 하고 있었다.

희우가 인상을 찡그렸다.

"그래, 먹자. 먹어."

다음 날, 희우는 한반도은행으로 향했다. 그리고 김석훈 지시로 왔을 때처럼 그저 조용히 앉아 있었다.

희우는 은행의 전체적인 분위기를 살피는 중이었다.

'1층은 평범한 은행, 2층부터는 VIP 룸과 본사 업무를 보는 공간.'

희우가 앉아 있는 곳은 출입구와 엘리베이터가 지나는 바로 앞 의자였다. 이곳에 앉아 있으면 직원과 고객들의 표정까지, 어느 하나도 놓치지 않고 관찰할 수 있었다. 이곳은 조태섭의 정치 자금을 세탁하는 곳이다. 어떤 것도 가볍게 생각할 수 없었다. 단서가 될 것 같다면, 무엇이든 머릿속에 담아야 했다.

그렇게 주변을 관찰하던 희우가 천천히 핸드폰을 귀에 댔다.

1층의 분위기는 확인했다. 이제 다른 곳을 살필 때다.

희우의 전화가 향하는 곳은 상만이었다.

"어디야?"

-거의 다 왔습니다.

상만도 한반도은행으로 오는 중이었다.

"VIP 룸으로 바로 들어갈 수 있도록 해."

-네? 전 한반도은행이랑 거래가 없는데요.

"너라면 그냥 들어가도 상관없잖아."

-하긴 제가 돈이 많긴 하지요.

희우와 상만은 엄청난 액수의 자산을 가지고 있었다.

약 1천억에 가까운 자산.

보통 사람은 상상하기 힘든 금액이었다. 그러나 세상을 들었다 놓을 수 있는 정도는 아니었다. 고등학교 때부터 경매로 돈을 벌어 왔으며 미래의 기억을 통해 주택 시장 폭등을 이용하기도 했지만 사람들이 말하는 수천억, 수조 원까지는 머나먼 이야기였다. 그리고 수천억, 수조 원의 금액은 단순 투자로 접근할 수 있는 개념이 아니었다.

희우가 계속해서 말했다.

"VIP 룸에서 분위기 살피고 계좌 만들어. 1억 정도만 넣어 봐."

-분위기만 살피면 되는 거죠?

"어."

-네, 알겠습니다.

희우는 전화를 끊고 다시 가만히 앉았다.

주택 담보대출을 받기 위해 오가는 사람들이 보였다. 하지만 그 숫자는 예전에 비하면 턱없이 적어졌다. 담보대출을 받는 사람들이 적어진 이유.

벌써부터 주택 시장이 흔들릴 조짐이 보이기 때문이었다. 이런 상황이라면 조태섭이 노리고 있는 송파 재개발은 다시 물 건너갈 게 분명했다.

희우가 중얼거렸다.

"돈을 빌려준 한반도은행은 파산할 거다."

조태섭의 자금을 관리하는 박대호, 그는 재개발을 통해 큰돈을 벌려고 한다. 그 목적 달성을 위해 이 은행에서 대출을 받고 있었다. 은행은 말 그대로 묻지 마 대출을 해 주는 중이었고 이런 비리의 마지막은 당연히 파산이다. 거기에 노숙자들을 이용하고 있는 불법 차명 계좌를 걸고넘어진다면? 그대로 끝이었다.

희우는 조용히 미소 지으며 다시 주변 상황에 집중했다.

그런 희우의 모습을 바라보고 있는 눈이 있었다. 회색 양복을 입고 있는, 평범한 회사원처럼 보이는 남자였다.

남자는 희우를 날카롭게 바라보며 조용히 핸드폰을 들었다. 잠시의 신호음이 들리고, 그의 전화를 어떤 여자가 받았다. 남자가 말했다.

"계속 한반도은행에 앉아 있습니다. 계좌를 만들든가 하는 행동은 없습니다."

-알겠습니다. 계속 감시하십시오.

뚝, 전화가 끊어졌다.

남자에게 전화를 받았던 사람은 조태섭의 비서인 한지현이었다. 전화를 끊은 그녀의 눈이 차가웠다.

그녀는 희우가 처음 조태섭을 찾았던 날을 떠올렸다. 그때, 희우가 들고 왔던 것은 한반도은행의 비리였다. 그때, 희우는 김석훈이 한반도은행을 수사하고 있다는 말과 함께 관련 자료를 넘겼었다. 그리고 조태섭은 희우가 한반도은행의 비리를 알고 있다는 사실을 못마땅하게 여겼다.

조태섭은 자신의 비리를 타인이 알고 있는 걸 좋아하지 않는다. 자신의 비리를 알고 있다는 것은 언제든 자신의 등에 칼을 꽂을 수 있는 상대라고 생각해서다. 그래서 조태섭은 희우의 뒷조사를 시켰었다.

그런데 희우가 다시 한반도은행에 나타났다?

한지현은 전화기를 바라보며 가볍게 한숨을 내쉬었다. 그리고 자리에서 일어나 문밖으로 걸어 나갔다. 긴 복도가 그녀의 눈에 보였고 그녀는 조용히 복도를 걸어 조태섭의 서재로 향했다.

그런데, 조태섭이 있는 서재의 문 앞에 선 그녀가 멈칫거렸다.

그녀의 입에서 다시 한숨이 흘렀다. 입술을 꽉 깨문 그녀는 다시 뒤로 돌아 자신의 사무실로 걸어갔다. 사무실로 들어간 그녀는 검은색 소파에 앉았다.

칠흑 같은 그녀의 머리카락과 검은색 소파. 그리고 흔들리는 그녀의 검은 눈동자.

그녀는 잠시 자신의 핸드폰을 응시했다.

잠깐의 시간, 그녀는 어이없다는 미소로 고개를 가로저었다. 자신이 지금 뭘 기대하고 있는지 모르겠다는 표정이었다. 그리고 희고 가는 손가락으로 통화 버튼을 꾹 눌렀다. 전화가 향하는 상대는 희우였다.

-네. 말씀하세요.

희우가 전화를 받았다. 하지만 한지현은 아무 말도 하지 않았다. 아직 생각이 정리되지 않은 것 같아서였다. 희우가 다시 말을 꺼냈다.

-여보세요? 한지현 씨?

그녀는 조용히 그리고 천천히 입을 열었다.

"한반도은행에서 무엇을 하려고 하십니까?"

-……!

희우의 얼굴이 굳어졌다.

걸린 것인가? 누군가 감시가 따라붙었나?

하지만 희우는 누가 자신을 감시하고 있는지 확인하기 위해 눈을 돌리거나 하지는 않았다. 그저 가만히 전화기를 들고 있을 뿐이었다. 고개를 움직였다가 감시하고 있는 상대와 눈이라도 마주친다면 복잡한 상황으로 들어갈 수도 있기 때문이다.

그리고 희우는 한지현이 자신에게 전화를 건 이유를 알지 못했다.

조태섭까지 알았는가? 아니면 그녀 선에서 끝내기 위해 이러는 것인가? 우선은 그녀가 전화를 건 이유를 파악해야 했다.

희우가 입을 열었다.

"네, 한반도은행에 있긴 합니다만."

-거기서 무엇을 하고 계시죠?

"저를 감시하고 있었습니까?"

희우의 질문에 수화기 너머에서 한숨을 쉬는 소리가 들려왔다. 그리고 한지현이 말을 이었다.

-의원님께는 김희우 검사님이 계좌를 개설하러 갔다고 말씀드리겠습니다. 지금 계좌를 만드십시오.

"……!"

희우는 잠시 생각했다. 그녀의 말에 따른다면 아직 조태섭에게 보고하지 않았다는 뜻이다. 희우가 그녀에게 물었다.

"이러는 이유가 무엇입니까?"

-선택은 알아서 하십시오.

그 말을 끝으로 전화는 끊어졌다.

희우의 눈이 차갑게 가라앉았다. 그리고 그는 상만에게 전화를 걸었다.

"오지 마."

-문 앞인데요?

"다시 가."

-왜요?

"가서 일해야지."

한지현이 없었으면 큰일 날 뻔했다. 매사에 조심한다고 생각했는데 조

316

태섭은 생각 이상으로 은밀하게 움직이고 있었다.

통장을 만들고 집으로 향하는 중 한지현에게 다시 전화가 걸려 왔다.

–의원님께서 보자고 하십니다.

"네."

희우는 가방을 어깨에 걸치고 조태섭의 집으로 향했다. 서재로 들어간 희우가 그에게 고개를 꾸벅 숙이고 앉았다.

조태섭은 의자에 앉아 바닥에 있는 희우를 물끄러미 바라봤다. 모두가 무릎을 꿇고 앉아 있는 그곳에 희우는 양반 다리를 하고 있었다.

물론 그렇게 행동한 사람이 한 명도 없었던 것은 아니다. 가깝게는 김석훈도, 최근까지는 양반 다리로 앉아 있었다. 그 모습이 조태섭의 눈에 좋게 보이지는 않았다. 하지만 그는 그것에 대해 뭐라 입을 열지 않았다.

잠시 희우를 보고 있던 조태섭이 물었다.

"오늘 무엇을 했는가?"

"네?"

희우는 조태섭이 어떤 의도로 질문을 했는지 알고 있었다. 하지만 아무것도 모른다는 표정으로 조태섭을 바라봤다.

조태섭은 편안한 표정으로 희우를 보며 말을 이었다.

"자네가 오늘 무엇을 했는지 궁금해서. 나이가 들다 보니 젊은 사람들은 하루를 어떻게 사용하는지 궁금하단 말이야."

희우는 어색하게 웃었다. 그리고 그의 질문에 답했다.

"네, 아침에 출근해서 공판부에 넘겨줄 김석훈 지검장 사건을 정리했습니다. 그리고 점심에 식사를 한 후 한반도은행에 가서 증권 계좌를 만들었습니다."

"증권 계좌?"

그의 말에 희우는 쑥스러운 듯 머리를 긁적였다.

"사실 검사 월급이 얼마 안 되는데 요즘 펀드니 이런 게 말이 많지 않습니까? 그래서 저도 이참에 주식 좀 해 보려고 펀드도 들고 증권 계좌도 만들었습니다."

희우의 얼굴은 정말 아무것도 모른다는 표정이었다.

조태섭은 가만히 희우를 바라봤다. 희우가 말했다.

"제가 주식이나 펀드를 하나도 몰라서 은행에서 공부를 했습니다. 하나에 빠지면 오래 집중을 하는 타입이라 은행에서 오랜 시간을 있었습니다. 그래서 지금까지 은행에 있다가 지검에 들어가려고 하는데 한 실장에게서 전화가 와서 이곳에 오게 되었습니다."

조태섭은 희우를 가만히 바라봤다. 희우의 속을 꿰뚫어 보는 눈빛이었다.

하지만 희우는 담담히 조태섭의 눈빛을 마주했다. 거짓은 없었다. 다만 다른 일을 말하지 않았을 뿐이다.

희우의 눈을 바라보던 조태섭이 고개를 끄덕이며 말했다.

"돈이 필요한가?"

"아닙니다."

희우는 손사래를 쳤다. 조태섭이 말했다.

"돈이 필요하면 만들어 줄까?"

"정말 괜찮습니다. 솔직히 장일현이나 최강진과 다니면서, 스폰 같은 것도 있다는 말을 듣기는 했습니다. 하지만 전 그런 건 싫습니다. 어디까지나 제가 스스로 이뤄 내는 걸 좋아해서요."

조태섭은 다시 희우를 가만히 바라보며 입을 열었다.

"많은 돈이야. 검사로서는 꿈꿀 수 없는 돈을 만지게 될 거야."

희우는 머리를 긁적였다.

"나중에 제가 결혼을 하면 그때 다시 제의해 주십시오. 아직 큰돈은 필요 없습니다."

희우의 말에 조태섭의 입가에 푸근한 미소가 걸렸다. 모르는 사람이 본다면 세상에 더없는 성인의 미소였다.

조태섭이 끄덕끄덕 고개를 움직였다.

"그래, 검찰에 김희우 검사 같은 사람만 있다면 이 나라가 정말 발전할 텐데 너무 아쉬워."

"감사합니다."

간단한 대화를 더 나눈 뒤 희우는 자리에서 일어섰다.

희우가 나가는 길을 한지현이 안내했다. 희우가 그녀에게 물었다.

"왜 도와주는 겁니까?"

"저도 모르겠습니다."

그녀는 자신이 왜 희우를 돕고 있는지 알지 못했다. 스스로도 이해 못 할 일을 했다고 생각하고 있었다. 희우가 말했다.

"개인적으로 만날 수 있는 시간이 있을까요?"

그녀는 항상 조태섭의 옆에 있었다. 머리는 미용사가 직접 방문을 해서 만졌고, 다른 필요한 물품들은 죄다 조태섭의 심부름꾼이 조달해 주었다. 그녀는 조태섭의 옆에서 벗어날 수 없었다.

"개인적으로요?"

한지현의 질문에 희우가 답했다.

"개인적으로 만나자는 말이 이성적으로 관심이 있다거나 하는 말은 아니고요."

그녀가 살짝 고개를 숙였다. 그리고 입을 열었다.

"시간을 내 보도록 하겠습니다. 하지만 언제가 될지는 저도 알 수 없습니다."

"네, 알겠습니다. 그 정도 대답으로 충분합니다. 꼭 뵐 수 있었으면 합니다."

희우의 말은 진심이었다.

한지현은 희우를 과거로 회귀시킨 사람 또는 저승사자였다.

저승사자였던 그녀는 희우에게 말했었다.

─조태섭에게 가까워지면 나를 만날 수도 있겠네요.

그 목소리가 지금도 머릿속에 또렷이 남아 있었다.

희우가 떠나고, 조태섭은 한지현을 불렀다. 한지현이 고개를 숙이고 조태섭의 앞에 섰다. 조태섭이 말했다.

"검찰 내부에서 김희우와 비견할 만한 놈이 있나 찾아봐."

"네, 알겠습니다."

조태섭은 희우의 옆에 다른 견제 세력을 붙일 계획을 생각했다. 아직 어린 검사라고 하지만 만만치 않음을 느끼고 있는 중이었다.

조태섭이 말을 이었다.

"그리고 뇌물로 녀석의 비리를 만들려고 했던 건 포기하도록 해. 돈에 넘어갈 놈이 아니야."

"네."

"저놈은 이상을 꿈꾸고 있어. 저런 놈들이 약한 것은 감정이지. 김진우 보좌관과 얘기해서 저놈과 어울리는 여자를 찾아봐. 그리고 사랑을 느끼도록 만들어."

한지현은 조태섭에게 가볍게 고개를 숙였다.

그리고 조태섭의 서재를 빠져나와 자신의 사무실로 돌아간 그녀는 핸드폰을 만지작거렸다. 조태섭이 말한 일을 희우에게 알려 줄까 고민하는 것이었다.

하지만 그녀는 핸드폰을 내려놓았다. 계속해서 뭔가를 알려 주다가는 어쩌면 그녀가 조태섭에게 뒤를 밟혀 신상에 큰일이 생길지도 모른다.

누구도 믿지 않는 조태섭. 가까이 있는 그녀라고 믿고 있을까? 아니었다. 남들보다는 믿기 때문에 옆에 두는 것이지, 그게 전적으로 믿는다는 말은 아니었다.

그녀는 푹신한 소파에 몸을 맡기듯 깊게 누웠다. 머리가 복잡한 하루였다.

다음 날 밤.

희우의 일은 정신없이 이뤄지고 있었다. 김석훈에 대한 자료를 끊임없이 정리해야 했다. 김석훈의 공판 일자가 가까워지는 만큼 희우가 해야 할 일은 더없이 많았다.

그때 희우에게 전화가 걸려 왔다. 상만이었다.

"말해."

-사장님, 연석이가 지금 경찰서에 갔어요. 저는 지금 일 때문에 경상도에 와 있거든요. 어쩌죠?

"뭐?"

연석은 김산에서 온 후로 잠자코 공부만 했다. 그런데, 경찰서에 있다?

희우는 자리에서 일어나 송파 경찰서로 향했다.

경찰서 1층으로 들어가자 경찰의 앞에서 연석이 고개를 숙이고 앉아 있었다. 희우가 경찰에게 가볍게 고개를 끄덕이고 물었다.

"무슨 일입니까?"

검사라는 말은 하지 않았다. 직책과 친분을 내세워 뭔가를 하는 건 희우가 좋아하는 일이 아니었다. 경찰이 말했다.

"보호자 되십니까?"

"네."

경찰이 골치 아픈 표정으로 말했다.

"이 사람이 때가 어느 때인데 고등학생들을 훈계한다고 폭력을 썼어요."

희우의 시선이 연석이를 향했다.

연석은 죄스러운 표정으로 고개를 숙였다. 입이 있다 해도 한마디도 못 할 만큼, 그는 희우의 앞에서 부끄럽고 미안했다.

고개를 숙인 연석이 희우에게 작게 말했다.

"죄송합니다."

희우의 시선이 뒤에 앉아 있는 고등학생들을 향했다.

연석에게 많이 맞은 것 같았지만 부러지거나 깨진 곳은 없어 보였다. 연석으로서는 나름 신경 써서 때린 것이었다.

희우의 이전 삶에서 연석은 전국 최고의 주먹 중 하나로 손꼽히는 사람이었다. 만약 연석이 진심으로 폭력을 행사했다면 저 고등학생들은 결코 멀쩡히 앉아 있을 수 없었을 것이다.

고등학생들의 옆에 있는 부모들이 희우를 노려보았다.

경찰이 계속 말했다.

"담배 피운다고 뭐라고 한 모양이에요. 말로 타이르면 되는데 폭력을 써서. 거기다 이 친구 폭력 전과도 있잖아요. 검찰까지 가면 문제가 골치 아파요."

상처도 크지 않으니 적당히 합의 보고 끝내란 말이었다.

희우의 눈이 그들의 교복을 확인했다.

손을 고등학교. 희우가 졸업한 학교였다.

희우의 시선이 다시 경찰에게로 향했다.

"죄송합니다. 이 녀석이 쓸데없는 정의감이 높아서요."

"저기 부모님들이랑 합의 보세요."

연석은 말없이 고개만 숙이고 있었다. 참는다고 참았는데 결국 사고를 쳐 버린 자신이 원망스러웠다. 기회를 준 희우에게도 미안했다.

희우는 괜찮다는 뜻으로 연석의 어깨를 토닥였다. 그리고 학생들을 향해 걸어갔다.

부모들이 눈을 날카롭게 뜨고 희우를 노려봤다. 희우가 고개를 숙였다.

"죄송합니다."

"죄송하다면 될 일이에요? 지금 우리 애 얼굴이 이게 뭐예요?"

"정말 죄송합니다."

희우의 사과에도 그들의 목소리는 작아지지 않았다. 하지만 희우는 고개를 숙이고 사과할 뿐이었다.

고개 숙이는 희우의 모습에 연석의 눈이 붉어졌다.

연석이 알고 있기로, 희우는 누구에게 고개를 숙이고 하는 사람이 아니었다. 거기에 검사라는 직책을 가지고 있는 희우가 자신 때문에 저런 행동을 하고 있으니 연석의 마음이 편할 리 없었다.

잠시 후, 합의를 본 그들은 경찰서를 벗어났다.

"왜 합의하셨어요?"

연석이 물었다. 희우는 답하지 않았다.

연석이 다시 말했다.

"정말 죄송합니다. 합의금은 제가 열심히 돈 벌어서 조금 늦더라도 꼭 갚을게요."

희우가 슬쩍 연석을 바라봤다.

"소주 한잔할까?"

"네?"

두 사람은 포장마차로 향했다. 소주잔을 기울이며 희우가 말했다.

"잘 참았더라? 애들 그 정도만 때리고."

"검사님도 잘 참으시던데요?"

"내가?"

"네. 아까 그 아줌마들 막말하던데…….."

말을 하던 연석은 다시 죄스러운 표정을 지었다. 희우가 고개를 저었다.

"내가 거기서 그 녀석들 잘못 가려 봤자 훈방 처리야. 고등학생의 특권이지."

"……."

"그런데 그냥 넘어가면 속이 쓰리잖아? 복수해야지."

"네?"

연석이 눈을 깜빡였다.

희우는 전화를 들었다. 전화가 향하는 곳은 변호사 민석이었다.

-오랜만이다? 검사 되었다고 연락도 안 하더니.

"죄송합니다. 일이 조금 바빠서요."

-그러니까 우리 로펌으로 오라니까. 우리한테 오면 편하게 일 시킬 텐데. 지금이라도 올래?

"하하, 아닙니다. 나중에 기회가 되면 가겠습니다. 그런데 혹시 집에 강민경 선생님 계신가요?"

희우의 고등학교 수학 선생인 민경은 강민석 변호사의 동생이었다.

-어, 있어. 바꿔 줄까?

희우는 학생들이 밖에서 담배를 피웠다는 사실을 손을 고등학교 교사인 민경에게 일렀다.

전화를 끊는 희우를 보며 연석이 피식 웃었다.

"지금 그걸 복수라고 한 거예요?"

"응."

"검사잖아요?"

"검사는 이르면 안 되냐?"

연석이 크게 웃었다.

"검사님이 이르니까 없어 보여요."

없어 보인다는 말에 희우는 크게 웃었다. 그리고 비어 있는 소주잔에 술을 채우며 다시 연석에게 말했다.

"대학은 어디로 갈 거야?"

"받아 주는 곳 있으면 가려고요."

"인 서울은 해야지?"

연석이 머리를 긁적였다.

희우는 연석의 잔에도 술을 따랐다. 그리고 말을 이었다.

"너 수능 끝나면 스파링이나 한번 하자."

"네? 스파링요? 제가 어떻게 검사님이랑……."

희우는 술잔을 입에 가져가 기울였다. 그리고 다시 입을 열었다.

"하나 물어보자."

"네."

"너 나랑 다시 싸우면 이길 수 있지?"

"네?"

뜬금없는 질문이었다. 방금 학생들을 때렸던 걸로 혼을 내려고 하는 걸까? 연석은 고개를 저었다.

"아니요. 그때 제가 졌잖아요."

"혼내려는 게 아니라 물어보려는 거야. 다시 붙어 보면 어떨 것 같아?"

연석은 대답하지 않았다. 희우가 고개를 끄덕였다.

"역시 이길 수 있을 것 같지?"

"아뇨."

"걱정하지 마. 너 싸움 시키려고 하는 거 아니야. 부탁 좀 하려고 하는 거야."

희우가 이렇게까지 이야기를 하자 연석이 고개를 움직였다.

"다시 싸우면 쉽게 당하지는 않을 거 같아요. 검사님이 하셨던 건 격투기 아니었나요?"

"맞아."

"사실 저도 싸움에서 진 게 처음이라 계속 생각해 봤거든요. 그런데 다시 싸우면 질 거 같다는 생각은 들지 않았어요."

싸움의 승패를 가르는 것은 재능이 반이고 경험이 반이다. 희우가 연석을 이겼던 것은 경험치에서 한참 앞섰기에 가능한 것이었을 뿐, 만약 다시 붙는다고 하면 패배할 가능성이 높았다.

하지만 그 말을 들은 희우의 입에는 미소가 걸렸다.

희우는 검은 양복과의 싸움에서 실력의 차를 느꼈다. 계속 싸웠다면 이겼을지 졌을지 알 수 없지만 아마 졌을 거라는 느낌이 더 강했다.

앞으로 언제 어떻게 마주쳐야 할지 모르는 인물.

또다시 싸워야 한다면 쉽게 당할 수는 없었다. 아니, 이겨야 했다.

그러려면 실전 능력을 키워 줄 사람이 필요했다. 그 상대로 걸맞은 사람이 연석이었다.

희우가 말했다.

"스파링이나 해 보자. 그게 나 도와주는 거니까."

"도와주는 거요?"

"어."

"그럼 하겠습니다."

희우는 잔을 들어 소주를 마셨다.

인생을 다시 살며 희우가 가장 기분이 좋은 순간이었다.

희우의 옆에 한 명씩 좋은 사람이 계속 생기고 있다는 것.

그 사람들이 좋게 변하고 있다는 것.

희우는 연석과 헤어지고 집으로 들어갔다. 집에는 상만이 있었다.

상만이 걱정스러운 표정으로 희우에게 물었다.

"어떻게 되었나요? 연석이도 그렇고 사장님도 전화를 안 받아서요."

희우는 상만을 향해 기분 좋은 미소를 지으며 말했다.

"치킨 시켜. 네가 사라."

"네?"

며칠 후.

조태섭의 서재로 박대호가 들어왔다. 그는 조태섭에게 허리 숙여 인사를 한 후에 책상 앞에 무릎을 꿇고 앉았다. 박대호가 말했다.

"일전에 JS무역을 뺏으라고 말씀하지 않으셨습니까?"

"그래. 계획은 세웠나?"

박대호가 어렵게 입을 열었다.

"뺏어도 먹을 게 없습니다. 담보로 잡은 주식을 빨리 현금화하는 게 더 좋을 것 같습니다."

"이유는?"

"자체 기술력이 없는 회사입니다. 거기에 김석훈이 구속되면서 구심점도 잃었습니다."

조태섭이 고개를 끄덕였다.

"그럼 바로 현금화시키도록 해."

"네, 알겠습니다."

그런데, 박대호가 그렇게 말한 이유는 JS무역의 엉망인 사정 외에 또다른 것이 있었다. 재개발을 위한 무리한 대출 탓에 한반도은행의 자금이 바닥을 드러내고 있기 때문이다. 자금을 조금이라도 채워 넣지 않으면 위험해질 수도 있었다.

그리고 다시 며칠이 지났다. 희우는 JS무역과 건설의 주가 동향을 보고 있었다. JS무역과 건설의 주식은 빠르게 떨어져 내려갔다.

화면을 보고 있던 희우는 피식 웃었다. 예상대로 움직이고 있었다.

희우는 전화를 들었다. 전화가 가는 대상은 상만이었다.

"비서한테 김석영을 잡을 수 있는 것 가지고 오라고 해. 그 대가로 주식 싸게 넘긴다고."

-네.

희우도 JS무역의 주식을 계속 가지고 있을 생각은 없었다.

잠시 후, 팩스로 뭔가가 날아왔다. 상만이 보낸 것이었다. 그것은 바로 김석영의 탈세와 횡령에 대한 자료였다. 자료를 보며 희우가 중얼거렸다.

"많이도 해 먹었다."

희우는 바로 영장을 신청했다.

이제 김석훈이 일어날 곳은 없었다.

희우는 상만과 집 앞 호프집에서 만나 술잔을 기울였다. 희우가 그의 잔에 술을 따르며 말했다.

"고생했어."

"뭘요."

상만은 아무렇지도 않게 대답하며 받은 술을 입에 털었다.

호프집의 텔레비전에서는 집값 하락을 알리는 뉴스가 계속 나오고 있었다. 희우가 슬쩍 텔레비전을 보며 상만에게 말했다.

"수도권 건물은 초단타로 접근할 수 있는 물건만 들어가. 땅은 장기적으로 봐도 상관없고, 지방은 중장기로 잡아도 좋아."

"네, 그래야죠. 그런데 부동산 하락기가 언제까지 갈까요?"

희우의 시선이 다시 뉴스를 향했다. 그리고 조용히 입을 열었다.

"2012년, 그때면 조금씩 다시 일어나기 시작할 거야."

미국발 금융 위기는 한국 역시 비켜나지 않았다. 게다가 박대호의 한반도은행 역시 무리한 대출로 무너질 시기가 가까워져 오는 중이었다.

상만이 물었다.

"왜 웃으세요?"

"내가 웃었나?"

상만이 고개를 끄덕거렸다.

"네. 사장님이 웃을 때면 꼭 누구 잘못될 땐데."

"나 그렇게 나쁜 놈 아니다."

"나쁜 놈 맞아요, 하하하하."

상만은 말을 내뱉어 놓고 혼날까 봐 어색하게 웃으며 다시 술을 마셨다. 그런 상만을 보며 희우는 피식 웃었다.

희우가 웃었던 이유는 다른 것이었다.

이전의 삶에서 몇몇 저축은행이 파산을 하는 시기가 있었다. 하지만 그 대상에 제1금융권인 한반도은행은 없었다. 하지만 이번에는 다를 거다. 한반도은행은 우용수의 땅을 먹기 위해 두 번이나 큰돈을 지불해야 했고, 희우가 재개발 조합장을 흔들며 무리한 대출은 더욱 심해졌다. 즉, 한반도은행의 문제가 터질 시기가 초읽기에 들어간 거다.

그렇다고 그 시기를 마냥 기다리는 건 희우의 스타일이 아니었다.

희우가 상만에게 말했다.

"믿을 만한 사람 다섯 명만 구해 봐."

"왜요?"

"지금부터 건물 하나 사서 돌리자."

"네?"

희우가 알아본 바에 의하면 재개발이 될 땅과 건물에 현지인은 거의 없었다. 투기꾼과 한반도은행의 자금이 묶여 있을 뿐이었다.

상만이 희우에게 물었다.

"뭘 어떻게 하시려고요?"

"돌려치기 해."

"돌려치기요?"

돌려치기라는 것은 부동산 은어였다. 하나의 물건을 가지고 투기꾼과 투기꾼이 사고팔기를 반복하며 가격을 올리는 수법을 말한다. 그렇게 가격을 올린 후 최종 투자자에게 폭탄을 던지는 방법이었다.

상만이 물었다.

"가격을 올려요? 다섯 명 가지고 지금 시장에서 가격 올리기는 힘들 건데요?"

"아니, 돌려치기로 가격을 내려."

희우가 생각하는 방법은 그와 달랐다. 돌리면서 가격을 올리는 게 아니라 내리는 것이었다. 가뜩이나 시장이 좋지 않은 상황에서 희우의 방법은 매우 효과적일 게 분명했다.

하지만 상만은 이해하지 못한 표정이었다. 투자를 하는 사람이 가격을 올리면 올렸지 내리라고 하는 것은 이해가 될 수 없었다.

상만이 물었다.

"가격을 왜 내려요?"

"곪은 곳을 도려내려면 조금은 아파야 하니까. 그리고 현지인 중에 아직도 집 가지고 살고 있는 사람들 명단 확보해 와."

조금 있으면 미국발 금융 위기를 시작으로 꽤 오랜 시간 저성장의 시대로 돌입한다. 집값이 2012년까지 폭락과 보합을 거듭할 게 분명하다. 하지만 희우는 일반적인 사람들의 피해는 최소화하고 싶었다.

상만은 더 묻지 않고 고개만 끄덕였다.

"알겠습니다."

희우가 상만의 잔에 술을 따르며 물었다.

"그런데 넌 여자 친구 안 사귀냐?"

"하하."

상만이 비웃듯 희우를 바라봤다.

"웃어?"

"하하."

상만은 여전히 그저 웃을 뿐이었다.

희우가 눈살을 찌푸리자 상만이 말을 이었다.

"사장님이 제게 할 말은 아닌데요? 사장님께 여자 친구라는 존재는 상상 속에나 나오는 기린과 같은 동물 아닌가요?"

희우는 고개를 절레절레 저었다.

두 사람의 술자리는 조용히 끝나 가고 있었다.

시간이 지났다.

박대호는 인상을 구기고 앉아 있었다.

연일 집값이 계속 떨어지고 있다. 거래도 멎었다. 몇몇 거래가 되는 집이 있었지만 모두가 하락이었다. 그 거래가 되는 집들도 알고 보면 모두 상만이 움직이고 있는 것이었지만, 박대호는 그것까지는 알지 못했다.

사실 생각할 수도 없었다.

어느 누가 한반도은행을 상대로 그리고 그 뒤에 있는 조태섭을 상대로 싸움을 걸 수 있을까? 자본이 어느 정도 있고 권력의 중심이 누구인지 아는 사람은 조태섭의 힘에 대해 모를 수 없었다. 그랬기에 희우가 상만을 앞세워 공격을 하고 있다는 사실은 생각조차 하지 못했다. 박대호는 지금 그저 어떻게 해야 조태섭에게 혼나지 않을까 궁리 중이었다.

그 시각, 희우는 지검의 사무실에 앉아 유빈과 문자를 주고받는 중이었다. 그리고 유빈의 앞에는 황진용 의원이 앉아 있었다. 희우가 유빈에게 메시지를 전하면 유빈이 황진용 의원에게 말하는 방식의 대화였다.

누가 본다면 이상하다 말할 수 있지만 그들에게는 어쩔 수 없는 일이었다. 조태섭은 아직까지도 황진용 의원을 감시하는 중이었다.

유빈이 말했다.

"재개발을 멈춰 달라고 합니다."

"재개발을? 왜지?"

황진용 의원은 의구심 가득한 얼굴로 유빈을 바라봤다. 유빈이 핸드폰

문자를 보며 말을 이었다.

"서울의 부동산 규제를 언급해 주기만 하면 된다고 하는데요?"

"그 정도만 하면 된다고?"

"네."

그녀가 대답을 할 때 다시 휴대폰의 진동이 울렸다. 휴대폰을 바라보자 다시 희우에게 온 문자였다. 유빈이 웃으며 말했다.

"부실 은행에 대한 자료를 넘긴다고 합니다. 그에 대해 의원님도 준비를 해 달라고 하는데요."

희우의 힘만으로는 힘들었다. 희우가 홀로 브리핑을 한다고 해도 한반도은행이 걸려 있다면 기자들은 일단 기사를 작성하지 않을 것이다. 소수의 신문사가 기사를 작성한다고 해도, 각종 포털에서 검색이 되지 않을 게 분명하다. 이미 그건 겪은 바였다.

하지만 황진용이 폭로를 하면 다르다. 황진용의 힘은 아직 미미했지만 그 세력이 커졌고 지지자들도 많아졌다. 언론은 황진용의 목소리를 외면하기 힘들 거다.

황진용이 미소를 지었다.

"부실 은행? 그 안에 한반도은행이 있겠군?"

황진용이 기분 좋게 웃으며 물을 따라 입에 대었다. 그리고 그녀에게 말했다.

"나도 하나 알려 준다고 하게."

"네, 어떤 거요?"

"검찰 인사에 대해서 말이야."

"……!"

검찰총장과 중앙 지검장이 공석이었다. 그리고 누가 그 자리에 후보로 오를지 아무도 모르고 있었다. 황진용이 말했다.

"확실한 건 아니야. 하지만 거의 확정되었다고 보면 될 거야. 우선 총장에 윤종기."

"서부 지검장요?"

"그래."

황진용이 미소를 띠며 말을 이었다.

"그리고 중앙 지검장에는 전석규."

유빈에게서 문자를 받은 희우는 놀라서 벌떡 일어났다.

"청장님이?"

전석규가 중앙 지검장이 될 것이라고는 생각도 하지 못하고 있었다.

권력자들에게 전석규는 말을 듣지 않는 검사의 표본이며 골칫덩이다. 그런 전석규가 중앙 지검장 후보라니 놀랄 수밖에 없었다.

그리고 지금 대한민국에서 검사 인사에 손을 댈 수 있는 사람은 조태섭이다. 전석규가 지검장에 오른다는 것은 조태섭에게 무릎을 꿇었다는 뜻과도 같다.

희우는 눈살을 찌푸렸다. 그리고 얼마 전을 떠올렸다. 점심시간에 만났던 지성호, 그는 전석규가 어떤 전화를 받고 사무실을 빠져나갔다고 말했었다. 조태섭과 접촉을 했다면 아마 그때였을 거다.

희우는 가볍게 한숨을 내쉰 후 전석규와 지성호가 있는 사무실로 향했다. 그렇게 사무실로 들어선 희우가 꾸벅 고개를 숙였다. 그리고 전석규를 바라봤다. 전석규는 평소와 다름없는 표정으로 일을 하는 중이었다.

희우는 전석규를 보며 생각했다.

전석규가 조태섭의 손을 잡았다면 어떤 거래가 있었을 게 분명하다. 그 거래가 무엇인지 알아야 했다. 하지만 대놓고 전석규에게 가서 물어볼 수도 없었다.

그때, 지성호가 말했다.

"왜 그렇게 멀뚱히 서 있어?"

"네?"

희우의 표정을 묘하게 바라보던 지성호가 웃으며 말을 이었다.

"너 지금 오늘 술 마실 수 있냐고 물어보고 싶어서 그러지?"

희우가 고개를 끄덕였다.

"아, 네."

술자리라면 지금 갖고 있는 의문을 풀 수 있을 거다.

희우의 대답을 들은 지성호의 시선이 전석규에게 틀어졌다. 그리고 전석규를 바라보며 말했다.

"청장님, 막내가 술 먹자고 하는데요?"

그런데 전석규가 고개를 저었다.

"난 오늘 안 돼. 마누라 생일이야. 1년에 집에 일찍 들어가는 날 며칠 없는데 이런 날이라도 빠릿빠릿하게 들어가야 하지 않겠냐?"

"그럼 저랑 희우랑 청장님 욕하면서 술 먹겠습니다."

"그러든지."

전석규는 대수롭지 않게 대답하고는 다시 자신의 일로 시선을 돌렸다.

희우는 지성호와 퇴근 시간에 맞춰 만날 약속을 잡고 다시 사무실로 돌아왔다. 머리가 복잡했다. 전석규가 조태섭에게 넘어간 것인가?

희우는 한숨을 내쉬었다. 그리고 핸드폰을 들어 올렸다.

"상만아."

-네, 사장님.

"페이퍼 컴퍼니는 잘 운영되고 있지?"

-네! 그거 때문에 전화하셨어요?

"자료 뽑아 놔. 조만간 사용할 일이 있을지도 모르겠어."

상만과의 전화를 끊은 희우의 표정이 착잡했다.

희우가 상만에게 말한 페이퍼 컴퍼니는 유령 회사에 가까웠다. 페이퍼 컴퍼니를 만들었던 것은 김산에서 불법 도박장을 조사할 때 상만이 와 있었던 그날이었다. 당시 희우는 상만에게 지시했었다.

―며칠 뒤에 서울로 올라가면 버진 아일랜드에 페이퍼 컴퍼니 하나 만
들어 둬.
―페이퍼 컴퍼니요?

버진 아일랜드는 세계적인 조세 피난처로 뛰어난 비밀 보장 덕에 많은
부호들의 자산 은닉처로 이용되고 있었다.
그리고 희우는 상만에게 몇 가지 지시 사항을 더 내렸었다.
그때 지시했던 일을 이런 식으로 사용하고 싶지 않았지만 어쩌면 해야
할지도 모른다는 느낌이 강하게 들었다.
퇴근을 한 희우는 지성호와 돼지껍데기집에서 만나 술잔을 기울였다.

그 시각, 전석규는 강남의 최고급 룸살롱에 앉아 있었다. 전석규의 앞
에는 조태섭의 보좌관인 김진우가 보였다. 그리고 테이블에 놓인 값비싼
술, 김진우가 그 술을 전석규의 잔에 채우며 입을 열었다.
"어떻게, 결정하셨습니까?"
오늘은 전석규가 김진우에게 대답을 해 주기로 한 날이었다. 조태섭의
밑으로 들어갈 것인지, 아닌지. 김진우의 목소리가 이어졌다.
"자랑스러운 아버지, 자랑스러운 남편이 될 수 있을 겁니다."

다시, 신천동의 돼지껍데기집.
희우가 지성호에게 물었다.
"요즘 청장님 어떠세요?"
"요즘? 똑같지 뭘."
전석규의 상황에 대해 전혀 알지 못하는 지성호는 전석규의 변화를 느

끼지 못하고 있었다. 지성호가 물었다.

"그런데 왜 이렇게 인사이동이 늦어지고 있을까?"

"네?"

"그렇잖아. 보통 지금 이런 상황에 누구라도 빨리 지검장 자리에 올라가야지, 계속 대리로 갖다 놓으면 일이 될까? 천하그룹 김건영 회장 문제도 있고. 그 노인이 몇 번씩이나 검찰에 송환되어 조사받고 있는 게 지금 지검에 구심점이 없어서 그런 거잖아."

그때 지성호에게 전화가 걸려 왔다.

"어? 청장님이다."

지성호는 통화 버튼을 누르고 다시 입을 열었다.

"네? 저희요? 지금 신천동에 있는데요."

전화를 끊은 지성호가 희우를 바라보며 말했다.

"오신다는데?"

"네? 오늘 사모님 생신이시라고……."

지성호는 어깨를 으쓱해 보였다. 그리고 말을 이었다.

"싸웠나? 원래 부부 싸움이 이런 날 많이 일어난다며?"

지성호는 결혼을 하지 않았지만 연애 문제와 결혼 문제에 관해서는 전문가였다.

잠시 후 전석규가 가게 안으로 들어왔다. 그가 인상을 쓰며 말했다.

"너네는 대통령도 바뀌는 시국에 돼지껍데기가 뭐냐?"

지성호가 그의 말에 웃으며 대답했다.

"하하, 어서 앉으세요. 돼지껍데기에 콜라겐이 많이 들어서 피부에 좋대요. 우리 청장님 많이 드시고 피부 좋아지셔야죠."

지성호의 말에 전석규가 다시 인상을 찌푸렸다. 그리고 희우를 보며 말했다.

"얘 왜 이래? 너희 술 많이 마셨어?"

희우가 고개를 저었다.

"아뇨, 저희도 막 와서 먹던 중입니다."

전석규의 앞으로 소주잔이 놓였다. 그는 말없이 술을 따라 마시고 또 마셨다. 지성호가 물었다.

"청장님, 사모님이랑 싸우고 오셨어요?"

"응."

전석규는 간략하게 대답했다. 그리고 다시 지성호를 보며 인상을 구겼다.

"그런데 다른 놈들은 윗사람 마누라 생일은 기억하지 않냐?"

"네?"

지성호가 눈을 껌벅거렸다. 그러다 박수를 '짝!' 하고 쳤다.

"맞다! 사모님 생신 봄이잖아요."

"그래. 봄이다, 봄."

"그런데 왜 거짓말하셨어요?"

지성호의 말에 전석규는 한숨을 내쉬며 말했다.

"나도 모르겠다. 내가 미쳤지. 너 같은 놈 때문에 부귀영화를 포기하다니."

"네?"

지성호는 여전히 무슨 말인지 알아듣지 못하고 눈만 껌뻑거렸다.

전석규는 인상을 구기며 주먹을 꽉 쥐었다. 그리고 지성호를 때릴 것처럼 하다가 말고 다시 술을 마셨다.

"성호야."

"네."

"희우야."

"네."

전석규는 두 사람의 이름을 번갈아 부른 후 잠시 말을 멈췄다. 그리고 다시 술을 따른 후 입에 털어 넣었다.

"나는 다시 김산으로 갈 것 같다. 어쩌면 옷을 벗을 수도 있고."

"네?"

희우와 지성호가 동시에 되물었다.

전석규는 빙긋이 미소 지을 뿐이었다.

방금 전, 룸살롱에서 김진우와 앉아 있던 전석규.

김진우의 목소리가 이어지고 있었다.

"지금과는 다른 삶을 살게 되는 겁니다. 원하는 무엇이든 할 수 있을 겁니다."

그런데, 그때였다. 전석규가 가볍게 한숨을 내쉬었다. 그리고 앞에 있는 잔을 들어 마신 후 '탁!' 소리가 나도록 테이블에 내려 두며 입을 열었다.

"죄송합니다."

김진우의 표정이 바뀌는 순간이었다. 전석규의 목소리가 이어졌다.

"지성호 검사를 구속시킬 수 없습니다. 죄가 있다면 제 자식이라고 해도 감옥에 처넣을 것입니다. 하지만 죄가 없는데 무슨 수로 집어넣겠습니까?"

김진우가 인상을 구겼다.

"전석규 검사님!"

하지만 전석규는 듣지 않았다. 자신이 하고 싶은 말을 이어 갔다.

"그리고 김건영 회장도 마찬가지입니다. 죄가 있다면 조사를 받아야 합니다."

김진우가 조용히 웃었다.

"유능하신 분인 줄 알았는데 무능하시네요. 지금 그 선택, 후회하지 않겠습니까? 더 이상 서울에 있지 못하게 될 수도 있다는 걸 알고 계십니까? 어쩌면 검사 생활도 더 이상 못 하게 될 수도 있다는 걸 알고 계십니까?"

그 말에 전석규는 한숨을 내쉬었다. 그리고 김진우를 향해 상체를 기울이며 낮은 목소리로 말했다.

"나에 대해서 조사 많이 했지? 그럼 알 거 아냐? 내 앞에서 그런 건방진 소리 하면 어떻게 될 것 같아?"

"……!"

"너 감옥 가 볼래?"

전석규의 말과 동시에 김진우의 눈빛이 살벌하게 변했다. 하지만 김진우의 태도는 여전히 느긋했다. 김진우가 자신의 술잔을 채우며 말했다.

"정말 미련하시네요. 인간답게 살 수 있었을 텐데요."

전석규가 피식 웃으며 고개를 저었다.

"인간답게?"

"네, 인간답게."

"내 별명이 호랑이인 건 알고 있지? 단군신화를 보면 동굴에서 백 일만 버티면 인간이 될 수 있었는데, 호랑이는 그걸 못 견디고 튀어 나갔어. 왜 나왔을까? 네 말대로 미련하니까."

전석규의 인상이 무섭게 구겨졌다. 그리고 김진우를 향해 또박또박 목소리를 이었다.

"인간 안 하렵니다."

희우는 전석규의 쓸쓸한 미소를 보며 대략의 상황을 간파했다.

희우가 전석규에게 술을 따르며 말했다.

"제가 지청장님을 서울로 모시고 왔잖습니까? 다른 곳 가는 표는 구하지 않을 겁니다."

희우의 말에 전석규는 의문을 느꼈다. 희우는 모든 것을 알고 있는 것처럼 말하고 있었다. 하지만 전석규는 희우에게 별다른 것을 묻지 않았다. 그저 조용히 웃으며 술잔을 받았다.

"그래, 고맙다."

술자리는 새벽이 되어서야 끝이 났다.

집으로 돌아가는 길에 희우는 상만에게 전화를 걸었다.

"낮에 말했던 자료 다 소각시켜."

−네?

이랬다저랬다 하는 희우의 지시에 상만이 기분 나쁜 투로 말했다.

−사장님이 오셔서 직접 소각시키시죠?

"삼겹살 사 줄게."

−네! 바로 소각시키겠습니다.

페이퍼 컴퍼니를 통한 회사, 그 회사가 하는 역할은 전석규의 아내에게 일정의 돈을 보내는 것이었다.

청렴한 검사로 살고자 했던 전석규는 월급의 많은 부분을 남몰래 기부했다. 그 덕에 어렵게 살고 있는 건 가족이었다. 희우는 그 가족에게 조금이라도 보탬이 되었으면 해서 전석규 몰래 돈을 보냈고, 아내는 그 돈을 받았다. 만약 전석규가 조태섭의 제의를 받아들였다면 희우는 그 내역을 끄집어내어 전석규를 몰락시켰을 것이다.

희우는 상만과의 통화를 종료하고 골목길을 걸었다.

이제 새벽 날씨가 제법 추워졌다. 가로등에서 퍼져 나가는 빛줄기가 없다면 더욱 춥게 느껴질 것 같은 날씨였다.

희우는 지하로 내려가 문을 열고 집으로 들어갔다. 그리고 의자에 앉아 평소처럼 텔레비전의 뉴스 채널을 틀었다. 속보가 떴다.

−천하그룹 김건영 회장이 오늘 오후 자택에서 심장마비로 별세했습니다.

희우는 자리에서 벌떡 일어났다.

더 이상 그가 알고 있던 역사가 아니었다. 모든 것이 꼬여 버렸다.

CHAPTER 43

희우의 입에서 자기도 모르게 욕지거리가 튀어나왔다.

희우가 알고 있던 천하그룹 김건영 회장의 사망 시기는 지금으로부터 2년 후였다. 지금이 아니었다. 그것만은 확실히 기억했다. 희우의 모든 계획 역시 그 시기로 맞춰져 있었기 때문이다.

역사의 톱니바퀴는 어긋나기 시작했다.

알고 있는 미래를 바탕으로 큰 그림을 그려 놨던 희우다. 그 모든 계획이 뒤엎어진 역사처럼 무너져 버렸다.

상대가 빠져나갈 수 있는 길을 모두 막아 버리고 모든 계획을 자신의 손아귀에 움켜쥔 후에야 움직이던 희우였다. 하지만 계획이 완벽하게 어긋나 버린 지금은 희우도 어찌할 바를 몰랐다.

무엇부터 잘못되었을까? 어디서부터 어긋났을까?

김건영 회장, 그는 김석훈의 비리를 덮기 위해서라는 명목으로 잡혀 들어갔다. 거기서 끝났어야 했다. 하지만 김석훈이 궁지에 몰리며 자신에게 쏠린 대중의 관심에서 벗어나기 위해, 강도 높은 수사를 진행했다.

끝이 아니었다.

원래 마무리를 지어야 했던 수사는 김석훈이 잡혀 들어가며 끝을 내지 못하고 지지부진하게 이어졌다. 평소 지병이 있던 김건영 회장에게는 이 모든 일이 악영향을 미쳤을 것이 분명했다.

'젠장.'

희우는 자신이 만들어 낸 작은 변화가 대한민국 경제 대통령이라 일컬

어지던 김건영의 죽음을 2년 앞당겼다고 생각했다.

희우는 사무실을 서성거렸다.

원래 계획은 IMF 때와 마찬가지로 미국발 금융 위기를 이용하는 것이었다. 주식이 하락하고 부동산 가치가 폭락하는 참담한 시장, 하지만 그 시장을 이용해서 최대한의 자금을 만들려고 했다. 그렇게 만들어진 자산으로 김건영의 사망 시기에 맞춰 천하그룹을 집어삼키려 했다. 그렇게 조태섭에게 이어지는 자금을 잘라 내는 것이 목표였다.

그런데, 준비가 안 된 상태에서 김건영 회장이 사망했고 천하그룹이 흔들리기 시작했다. 지금 희우가 가진 자산으로는 천하그룹을 집어삼킬 수 없다.

희우는 어떻게 해야 할지 고민하고 또 고민했다.

하지만 고민해 봤자 답이 나올 수는 없었다. 시간만 흐를 뿐이다. 그렇다고 해서 멈출 수는 없었다. 생각하고 생각해야 했다.

이미 시작되었다. 맹수들은 이를 드러낼 것이다. 그 싸움 속에서 천하그룹의 새로운 왕이 만들어지면 희우가 들어갈 수 있는 틈은 사라질 것이다.

그리고 그 이후로는 거대한 철옹성인 천하그룹에 들어갈 수 없다.

그 뜻은, 조태섭에게 영원히 다가가지 못할 수도 있다는 것이었다.

답답했다. 무엇을 해야 할지 알 수 없었다.

완벽한 계획이라고 자부하고 있었다. 김건영 회장이 이렇게 갑작스럽게 사망하리라고는 전혀 상상도 하지 못했다.

계획을 세워 목표를 향해 달리던 사람 앞에 생각지 못한 장애물이 생겼을 때 그것을 넘기란 쉽지 않은 일이다. 완벽하다고 생각한 일이 어긋났을 때는 더 그럴 수밖에 없었다.

여기서 멈추는가?

희우는 떨리는 손으로 핸드폰을 들고 상만에게 전화를 걸었다.

-네, 사장님.

"우리가 가진 물건 이번 주까지 다 팔아."

-네?

"모두 현금화시켜."

잠을 자기 위해 누웠던 상만에게는 뜬금없는 말이었다. 상만이 다시 물었다.

-왜요?

"일단 최대한 빨리 팔아."

잠시 당황하고 있던 상만이 다시 입을 열었다.

-그게 몇 챈데, 산다는 사람이 있어야 팔지 어떻게 팔아요? 아직 명도가 안 끝난 집도 있어요. 그리고 분양 경기 안 좋아졌다고 건설 회사도 망하는 중이에요. 지금은 그냥 가지고 있는 편이 좋지 않을까요?

"가격을 후려치든지 뭘 하든지, 다 팔아."

희우의 말에 상만은 더 이상 묻지 않았다.

-알겠습니다. 그럼 아침부터 바로 작업 들어가겠습니다.

상만과의 전화를 끊은 희우는 한숨을 내쉬었다.

일단 뭘 해야 할지 계획이 서지 않았지만 현금이 필요했다. 물건을 정리하라고 한 것은 최선은 아니었지만 나쁘지 않은 방법이다. 어차피 미국발 금융 위기가 본격화되기 직전이었다. 가진 물건은 올해 안에 모두 처분하고 단기 투자로 돌릴 셈이었다. 아쉬움은 없었다.

희우의 입에서 깊은 한숨이 흘렀다.

사무실 안에는 그뿐이었다. 함께 고민을 할 사람도, 같이 계획을 짤 사람도 없었다. 오직 혼자였다.

잠시의 시간 동안 희우는 멍하니 서 있었다.

째깍째깍.

시계의 초침이 움직이는 소리만 귓가에 들려왔다.

그렇게 있던 희우의 시선이 천천히 벽에 걸린 지도로 틀어졌다.

희우는 한참 동안 지도를 바라봤다. 그리고 손가락으로 지도에 그려진 한강을 쭈욱 이어 갔다. 희우의 손가락이 한 지점에서 뚝, 하고 멎었다. 그리고 손목을 틀어 시간을 확인했다.

새벽 2시.

시간은 부족했지만 아직 기회는 있었다.

희우는 망설이지 않고 밖으로 나가 택시를 잡아탔다.

창밖으로 흩어지는 도시의 풍경은 빠르게 지나가고 있었다. 마치 그가 지나온 인생과 같았고, 앞으로 마주할 삶과 같았다. 희우가 탄 택시는 서울과의 경계 면에 닿아 있는 경기도의 어느 신도시 부지로 향하고 있었다. 새벽이었기에 올림픽 대로에 오가는 차가 없었다. 희우가 도착한 신도시 부지까지 송파에서 단 30분이 걸렸을 뿐이다.

택시 기사가 희우에게 이상하다는 듯 물었다.

"여기서 내리신다구요?"

"네."

택시가 정차된 곳은 아무것도 없는 허허벌판이었다.

희우는 지갑을 열어 기사에게 돈을 건넨 후 차에서 내렸다.

잡초만이 무성한 땅이었다. 하지만 희우는 그 앞에 섰다. 그리고 힘껏 숨을 들이켜 봤다. JS건설이 토지 매입을 했지만 회사 사정이 어려워지면서 이러지도 저러지도 못하게 된 땅이었다.

희우는 발걸음을 옮겨 잡초가 무성한 땅으로 들어갔다. 그리고 주변을 둘러보며 중얼거렸다.

"신도시 동북쪽 가장자리, 한강까지는 도보로 15분에서 20분 사이, 서울까지의 진입은 차량으로 5분, 강남까지 새벽 시간에 20분."

발걸음이 잡초를 뚫고 있었다.

세상은 어두웠다. 달빛조차 없어 앞을 제대로 볼 수 없었지만 상관없었다. 희우가 지금 보는 것은 이 시간이 아니었다.

"충분해."

희우는 고개를 돌려 드넓은 땅을 바라봤다. 그리고 다시 말했다.

"가능해."

희우의 입에서는 미소가 흘렀다. 희우는 다시 핸드폰을 들어 택시를 불렀다. 잠시 후, 택시가 그의 앞에 섰다.

희우가 가는 곳은 집이 아니었다. 경기도 평택의 땅이었다. 그 땅 역시 JS건설이 매입을 했지만 김석훈의 비리와 회사 사정으로 모든 계획이 중단된 곳이었다.

평택으로 향하며 택시 기사가 무료했는지 희우에게 물었다.

"참 세상 살기 힘들지요? 요즘 하시는 일은 어떠세요? 평택으로는 왜 가시는 거지요?"

택시 기사가 몇 번 더 물었지만 희우는 아무 말 하지 않았다. 쓸데없는 노닥거림으로 시간을 낭비할 때가 아니었다. 머릿속에서는 수만 가지의 상황과 변화가 이루어지는 중이었다.

잠시 후 희우는 택시에서 내렸다. 평택의 땅이었다.

그의 걸음은 다시 잡초가 무성한 곳으로 들어갔다. 일전에 검은 양복과 싸움을 했던 곳이기도 했다.

희우는 주변을 둘러봤다. 아파트 가격은 급하게 상승을 하다가 정체된 후 하락을 기다리고 있었다. 분양은 잘되지 않았고, 건설 경기는 하락세를 타고 있었다. 희우는 모든 변수를 머릿속에 넣고 다듬었다.

늦은 밤을 넘어서 새벽이 오는 시간이었다. 하지만 희우에게 피곤한 기색은 전혀 없었다. 희우는 땅에 무릎을 꿇고 앉아 잡초를 헤치고 흙을 쥐었다.

"가능해."

희우의 입가에 흡족한 미소가 걸렸다.

희우는 그대로 땅바닥에 엎어졌다. 그리고 달조차 떠 있지 않은 하늘을 바라보며 핸드폰을 들었다.

"자나?"

희우의 전화가 향한 곳은 상만이었다.

-그럼 안 자겠어요?

"이리 와."

-네?

희우는 상만과의 통화를 끝내고 다시 하늘을 바라봤다.

검은 하늘.

아무것도 보이지 않는 칠흑 같은 어둠.

한 치 앞도 보지 못하는 인간이 멀리 있는 불확실함을 바라보고 있었다.

잠시 후, 동이 터 오기 시작할 때였다. 멀리서 차량이 정차하는 소리가 들렸다. 차량에서 내린 사람은 상만이었다. 누워 있던 희우는 자리에서 일어나 상만을 향해 손을 흔들었다.

자고 있는 중에 계속 전화를 하는 통에 상만은 입을 삐죽 내밀고 있었다. 그가 희우에게 다가오며 하품을 했다. 그리고 말했다.

"사장님, 이 새벽에 왜 여기에 계세요?"

상만은 인상을 찌푸렸다.

희우는 다시 자리에 앉아 흙을 만지작거리며 말했다.

"집은 모두 매물로 내놓도록 해."

"아까 말씀하셨잖아요."

희우가 슬쩍 상만을 바라봤다. 그리고 물었다.

"JS건설, 언제 부도날 것 같아?"

"네? JS건설요?"

뜬금없는 말이었다. 상만은 고개를 갸웃거렸다. 희우가 다시 말했다.

"어차피 시간이 지나면 부도가 날 게 분명한 회사잖아."

"그건 그렇죠."

"그 회사, 더 망가지기 전에 네가 가져라."

"네?"

상만은 희우가 무슨 말을 하는지 몰라 눈을 깜빡거렸지만 희우는 더이상 말을 하지 않았다.

희우는 멀리 떠오르는 태양을 보며 밤사이 세운 계획을 정리하기 시작했다. 허점이 많은 방법이었다. 어쩌면 가진 모든 자산을 잃어버릴 수도 있었다. 하지만 성공만 한다면 천하그룹으로 들어가는 입장권을 살 수 있을지도 모른다.

생각하던 희우가 자신의 손을 바라봤다. 손은 흙을 만지작거린 탓에 지저분했다.

더러워진 손.

앞으로 더 더러워질 수도 있다.

하지만 언제까지나 다른 사람을 위해 살고 싶었다. 그게 조태섭과 같아지지 않기 위한 발버둥이었다.

희우가 상만에게 말했다.

"가자."

"네?"

희우는 잡초가 무성한 땅을 벗어나기 위해 걸었다.

뒤에서 상만이 투덜거리며 따라왔다.

"새벽에 불러 놓고 그냥 가는 거예요?"

"국밥 먹을래?"

"그거 먹자고 지금 저를 부르신 거예요?"

"응."

상만의 입이 삐죽 나왔다.

그날 저녁, 서울의 고급 한식집이었다.

조태섭은 술잔을 들고 있었다. 그의 앞에 펼쳐진 상에는 정갈하게 만들어진 음식들이 놓여 있었다. 한지현이 문 앞에 서 있었고 조태섭이 앉아 있는 상 앞으로 세 남자가 무릎을 꿇고 있었다.

"고개를 들게. 이번 일은 아주 만족했어."

조태섭의 입가에 미소가 만연했다.

한 사람이 고개를 들었다. 그는 뱀이라는 별명을 가진 보좌관 김진우였다. 그리고 또 한 명이 고개를 들었다. 그는 고인이 된 천하그룹 김건영회장의 주치의였다.

마지막으로 가장 끝에 앉아 있던 또 한 명의 남자가 고개를 들었다.

민수였다.

그 시각, 희우는 퇴근을 해서 검은 넥타이를 목에 걸었다. 검은 양복에 검은 양말 그리고 넥타이까지 검은색으로 하는 희우를 보며 옆에 있던 상만이 물었다.

"뭐 하세요?"

"집은 다 내놨지?"

"몇 번 말씀하세요? 시세보다 싸게 내놔서 아침부터 휴대폰에 불나는 중이에요."

상만은 자신의 전화기를 보며 볼멘소리를 했고 희우는 거울을 보며 옷매무새를 만졌다. 상만이 다시 물었다.

"그런데 어디 상갓집 가세요?"

"응. 오늘 운전 좀 해."

"네."

잠시 후, 차에 올라탄 상만이 안전벨트를 매며 희우에게 물었다.

"어디로 갈까요?"

"천하그룹 김건영 회장 자택."

"네?"

"김건영 회장님이 돌아가셨잖아."

상만의 눈이 휘둥그레졌다. 그리고 어색한 미소를 지으며 희우에게 물었다.

"김건영 회장이 돌아가신 건 아는데요, 거기를 사장님이 왜 가세요?"

희우가 하는 행동은 상만이 보기에 가끔씩 이해가 안 될 정도로 무모한 때가 많았다. 이번엔 또 무슨 행동을 할지 생각만 해도 긴장이 되었다.

그런 상만의 걱정을 알았는지 창밖을 보던 희우가 말했다.

"친구 아버지야. 그래서 가는 거니까 출발이나 해라."

"네? 친구 아버지요?"

김건영 회장은 희우의 대학 친구 희아의 아버지였다. 희우는 더 이상 말을 하지 않고 창밖만 바라봤다.

희아와 만나는 것은 몇 년 만이었다. 그녀의 소식이 궁금하기도 했고, 드문드문 함께했던 추억이 떠오르기도 했다. 만약 다시 만난다면 아버지가 돌아가신 슬픈 소식이 아니라 즐거운 소식을 전하며 만나고 싶었다.

희우는 조용히 지나쳐 가는 가로등을 바라봤다. 그 눈빛은 흔들리는 가로등 불빛처럼 복잡하게 얽히고 있었다.

상만은 룸 미러를 통해 뒤에 앉아 있는 희우를 흘끗 바라봤다. 하지만 그는 희우에게 어떤 말도 건네지 않았다.

조용한 엔진음이 들리며, 그들이 타고 있는 차량은 천하그룹 김건영 회장의 자택으로 향했다.

30분 정도 차량이 이동하여 도착한 곳. 담장 둘레만 400여 미터에 이르는 거대한 집이었다. 아파트 5층 높이의 담장 아래로 있는 거대한 문, 그것은 마치 성문 같다는 말이 어울렸다. 그리고 조문을 온 차들이 성문으로 들어가기 위해 줄을 서 있었다.

잠시 후, 희우와 상만이 탄 차량이 문 앞에 서자 경광봉을 번쩍이며 경호원이 다가왔다. 상만이 그를 보며 희우에게 말했다.

"뉴스에서 보니까 김건영 회장님 장례식을 집에서 조촐하게 치른다고 해서 정말 그런 줄 알았는데, 와서 보니까 조촐한 게 이 정돈데 제대로 했으면 어떻게 했을지 정말 궁금하네요."

그때, 경호원이 앞으로 다가서자 상만이 창문을 내렸다. 경호원은 살짝 고개를 숙여 예를 갖춘 후 딱딱한 목소리로 물었다.

"어떻게 오셨습니까?"

뒤에 앉아 있던 희우가 입을 열었다.

"김희아의 친구입니다."

"죄송하지만 확인이 안 되면 안으로 들일 수 없습니다. 성함을 말씀해 주시겠습니까?"

"김희우입니다."

경호원은 무전기를 들어 올렸다.

"경제연구소 소장님의 친구분입니다. 이름은 김희우. 확인해 주십시오."

치직거리는 무전기에서 확인해 보겠다는 대답이 나왔다.

그리고 곧 희아의 개인 경호원인 진혁이 나타났다. 희우와 싸움을 하기도 했던 자였다. 그는 차량 안으로 시선을 두고 날카로운 눈빛으로 희우를 바라봤다.

희우가 그를 향해 한 손을 들어 인사를 하자 진혁이 고개를 끄덕였다. 그러자 차를 막고 있던 경호원이 몸을 피했다.

정문을 지나고서도 한참을 더 들어갔다. 상만이 혀를 내두르며 말했다.

"이렇게 많은 차가 주차될 수 있는데도 정원이 또 따로 있으면 이 집이 얼마나 크다는 거죠?"

"한 3천 평 된다고 하는 것 같던데?"

"이러니까 대한민국 땅이 좁은가 봐요."

상만이 차창 밖을 두리번거리고 있을 때 희우가 문을 열어 내리며 말했다.

"그럼, 기다리고 있어."

"네."

희우는 차에서 내려 걸음을 옮겼다.

정원을 지나 집 안으로 들어간 희우는 빈소가 만들어져 있다는 응접실로 향했다. 희아는 응접실 앞에 서 있었다. 희우와 눈이 마주친 희아는 슬픈 눈빛이었다.

희우는 그녀에게 살짝 눈인사를 했다. 아무 말도 필요 없었다.

희우는 김건영 회장의 사진이 걸려 있는 앞으로 걸어갔다. 가로 길이만 3미터는 되어 보이는 거대한 사진이었다.

희우는 그 앞에 국화를 놓고 뒤로 물러섰다. 그리고 한 번, 두 번 절을한 후 살짝 고개를 숙이고 다시 김건영 회장의 사진과 마주했다.

어쩌면 희우와 싸웠을지도 모를 인물.

경제계의 큰 별은 그렇게 세상을 떠났다.

희우는 잠시 사진을 바라보던 시선을 돌려 천하그룹의 장남이자 후계자 후보 중 가장 유력한 김용준을 향했다.

서로 절을 하는 두 사람.

김용준은 희우가 누구인지 알지 못했다. 하지만 희우는 김용준을 잘알고 있었다.

'당신은 천하그룹의 주인이 될 수 없습니다. 천하그룹의 주인이 될 사람은 따로 있습니다. 당신은 그릇이 모자라요. 제가 그렇게 만들겠습니다.'

빈소 밖으로 나오는 희우에게 희아가 다가와 작게 말했다.

"와 줘서 고마워."

이 자리에 그녀의 친구는 단 한 명도 없었다. 오로지 이권에 관련된 사람만이 있을 뿐이었다. 희우는 씁쓸한 표정을 지으며 말했다.

"오랜만이야."

"응."

희우는 그녀의 앞에 서서 주변을 둘러봤다.

텔레비전에서 봤던 익숙한 정재계 인사들이 많이 보였다. 모두 똥파리들이었다. 천하그룹의 행보를 따라 새롭게 주인이 될 자에게 붙어 눈도장을 찍으려는 한심한 자들이었다. 그들을 보며 희우가 그녀에게 말했다.

"힘들었겠네."

그녀는 아무 말 하지 않았다. 희우가 다시 말했다.

"외국으로 떠날 생각인가?"

그녀의 표정에 당황한 기색이 올랐다. 그녀는 재산을 둘러싸고 일어날 형제간의 다툼이 싫었다. 그래서 대학을 다닐 때부터 유학을 보내 달라고 했지만, 아버지는 언제나 당신의 건강을 핑계 삼아 옆에 있으라고 말했다. 이제 그런 아버지가 곁에 없으니 그녀는 떠날 생각을 확고히 하고 있었다. 그녀는 대답 대신 고개를 끄덕였다.

희우의 시선이 다시 똥파리들에게 향했다. 그리고 그녀만 들을 수 있도록 작게 입을 열었다.

"도와주려고 왔어."

그녀의 눈이 희우를 바라봤다. 희우가 씁쓸한 미소를 지으며 말을 이었다.

"네가 걱정하는 것을 도와줄 생각이야."

"어? 내가 걱정하는 거?"

"오늘은 이만 갈게. 조만간 다시 보자."

희우는 그녀에게 고개를 숙여 인사했다. 그리고 고개를 들며 말했다.

"아버지 일은 정말 안타깝게 되었어. 진심이야. 미안해."

"아니야."

그녀는 희우가 검사이기 때문에 미안하다고 말을 하는 거라고 받아들였다. 검찰의 강도 높은 조사에 병이 깊어졌다는 여론이 돌고 있는 시기였다. 하지만 희우는 자신 때문에 김건영 회장이 죽었다고 생각하고 있었다. 희우는 지금의 모든 일이 자신의 움직임이 만들어 낸 나비효과라고 여기고 있었다.

희우는 다시 상만의 차량에 올라탔다. 그리고 상만에게 말했다.

"가자."

"네."

상만은 주변을 두리번거리며 운전을 했다. 그런 상만을 보며 희우가 입을 열었다.

"주변 보지 말고 운전이나 조심히 해."

"언제 또 와 볼지 모를 집이잖아요. 이럴 때 구경 많이 해야지, 제가 언제 재벌 집에 와 보겠어요? 그런데 사장님, 이런 집도 조의금 받아요?"

"안 받던데."

"역시…… 있는 집은 다르네요. 이런 집 경매로 사면 얼마나 할까요?"

쓸데없는 말을 준비하는 상만에게 희우가 인상을 찌푸렸다.

"운전이나 해라."

"네, 그런데요, 재벌 집에서는 음식이 뭐 나와요?"

상만은 궁금한 것도 많았다.

"안 먹고 나와서 몰라."

희우는 인상을 쓰면서도 상만이 묻는 말에는 다 대답해 주고 있었다.

그들이 탄 차량이 정문을 지나 밖으로 빠져나갔다. 그 모습을 희아가 바라보고 있었다. 슬픈 표정으로 보던 그녀가 조용히 말했다.

"조사해 봐. 저 차는 어떻게 난 건지, 운전을 하고 있는 사람은 누구인지. 하나도 빠짐없이 알아봐 줘."

그 말에 뒤에 깔려 있는 어둠 속에서 그녀의 경호원인 진혁이 나타났다.

"네, 바로 조사해 보겠습니다."

그녀의 시선은 멀어지는 희우의 차량에서 떠나지 못했다.

그녀가 자동차의 뒤를 향해 조용히 중얼거렸다.

"미안. 난 이제 아무도 못 믿겠어."

며칠이 지났다.

희우는 서울 르네상스 미술관에서 '드가' 전시회를 보고 있었다.

미술관의 스피커에서는 드가가 그렸던 발레리나에 어울리는 차이콥스키의 〈백조의 호수〉가 조용히 흘러나오고 있었다. 평일 오전 시간이라 사람은 보이지 않았다.

천천히 발걸음을 옮기며 그림을 감상하던 희우의 앞에 한 여성이 서 있었다. 여성이 입은 옷은 검은 코트부터 바지 그리고 부츠까지 모두 검은색으로 통일되어 있었다.

그림을 보고 있는 여성, 그녀는 희아였다.

희우는 천천히 그녀의 앞으로 걸어갔다. 그리고 그녀의 옆에 서서 말했다.

"이 그림을 보고 있으면 몰래 찍은 스냅사진 같지 않아?"

희아의 시선이 옆에 와 있는 희우를 향해 틀어졌다. 하지만 그녀는 입을 열지 않고 다시 그림으로 시선을 돌렸다.

희우와 희아는 한참 동안 다른 말을 하지 않았다. 그녀가 발걸음을 옮기면 희우도 그녀의 보폭에 맞춰 걸을 뿐이었다.

잠시 후, 희우가 다시 입을 열었다.

"드가는 법학 공부를 하던 청년이었대. 그러다가 앵그르를 만나고 작품들에 열중하면서 화가로 전향을 했어."

그녀는 조용히 희우의 말을 들으며 그림을 바라봤다.

지금 그들이 보고 있는 그림은 '무대 위의 리허설'로, 발레리나들이 무대에 오르기 전 리허설하는 장면을 옆에서 훔쳐본 듯 표현한 작품이었다.

그리고 희아의 입이 열렸다.

"비슷해."

"뭐가?"

"내가 아는 사람이 한 명 있는데, 법대를 나와서 검사가 되었어. 그런데 계속 다른 일을 하려고 기웃거리고 있대."

"……."

"그리고 이 그림 보면, 훔쳐보는 것 같지 않아? 딱 그 사람 같아. 그 사람도 다른 세상을 기웃거리며 훔쳐보고 있거든."

"……!"

그녀는 희우에 대해 뭔가를 알고 있는 것 같았다.

하지만 그녀는 더 이상 말하지 않았고, 희우 역시 입을 열지 않았다. 상대가 어디까지 알고 있는지 모르는 상태에서의 섣부른 행동은 좋지 않은 결과를 낳을 수 있었다.

희우가 아무 말 하지 않자 그녀의 시선이 그림에서 벗어났다. 그리고 물끄러미 희우를 바라봤다. 희우의 표정에는 어떤 변화도 없었다.

그녀가 말했다.

"걸렸는데 안 놀라?"

"뭐가?"

"내가 한 이야기가 네 얘기잖아."

희우는 여유롭게 웃으며 입을 열었다.

"기웃거리는 걸 걸렸다고?"

희아가 고개를 끄덕이며 다시 말했다.

"그럼, 이렇게 하면 놀라려나?"

"……?"

"박상만."

"……!"

그녀의 입에서 상만의 이름이 나오자 희우는 자신도 모르게 인상을 찌 푸리고 말았다. 상만이 들켰다면 모든 게 들킨 것이나 마찬가지였다. 이 런 상황에 평정심을 유지하기란 쉽지 않았다.

희우의 표정을 보며 희아가 조용히 미소 지었다.

"이제야 당황하네."

"어떻게 알았지?"

"천하그룹 경제연구소의 정보망은 국가기관보다 위야. 그리고 내가 그 연구소의 소장이잖아. 당연히 알 거라고 생각하지 않았어? 정말 모를 거 라고 생각한 것은 아니지?"

"대단하네."

희우는 고개를 저었다.

그녀는 다시 그림을 보며 말했다.

"떠봤는데 내 생각이 맞았나 보네. 그때 아버지 장례식 때 박상만이라 는 사람 차 타고 왔잖아. 그 차와 운전하는 사람에 대해 알아봤을 뿐이야."

"하하."

희우는 어색하게 웃었다. 잠시였지만 상대의 페이스에 넘어가고 말았 다. 하지만 그녀가 굳이 알아봤다는 이야기를 한 이유를 알 것 같았다.

그녀는 명확히 선을 그었다. 친구와 비즈니스 관계의 선.

어느 쪽에 서 있을지는 희우의 선택이었다.

그리고 희우는 결정했다.

그림을 응시하고 있는 그녀에게 희우가 말했다.

"차 한잔 마시자."

"좋아."

그녀가 고개를 끄덕였다.

두 사람은 미술관에 있는 커피숍으로 자리를 이동했다. 커피숍의 밖으 로 어느새 진혁이 나타나 자리를 잡고 섰다.

희우와 그녀의 앞에 따뜻한 커피가 놓였다. 희우가 입을 열었다.

"내가 도와준다고 했잖아."

"뭘 도와줄 거지?"

"네 손에 천하그룹이 들어오게 할 거야."

그 말을 들은 그녀의 눈에 순간 실망감이 비쳤다. 오랜만에 만난 친구였지만 이제 시작될 말은 친구끼리 나눌 대화가 아니었다.

희우는 그녀의 눈을 응시했다.

원래 계획은 희우가 천하그룹을 움켜쥐는 것이었다. 하지만 김건영 회장의 갑작스러운 죽음으로 희우가 천하그룹을 가질 수 있는 방법은 사라졌다. 그래서 전면 수정한 계획, 그것은 천하그룹을 가질 수 있는 유력한 후보 중 하나인 희아를 돕는 것이었다.

하지만 그녀는 눈살을 찌푸렸다.

"난 오빠들하고 싸우기 싫어."

"싸우고 싶은 사람은 없어."

"난 예정대로 비행기를 탈 거야."

"타지 못할 거야."

희우의 단호한 목소리에 그녀의 미간에 주름이 생겼다. 그녀가 말했다.

"난 네가 어떻게 사는지도 궁금했고 가끔 보고 싶기도 했어. 그런데 오랜만에 만난 사람 앞에서 그런 이야기를 해야 해? 알다시피 난 상을 치른 지 얼마 되지도 않았어."

알고 있었다. 하지만 희우에게는 시간이 없었다.

희우는 그녀의 말을 듣지 않고 자신의 생각에 대해 입을 열었다.

"난 조만간 JS건설을 가질 거야. 그 회사에서 땅을 가지고 있거든."

"회사를 사는 이유가 땅을 팔기 위해서야?"

"아니."

희우는 고개를 저었다. 그리고 말을 이었다.

"난 돈을 벌어서 천하홀딩스 주식을 매입할 생각이야."

"뭐?"

천하홀딩스는 천하그룹의 지주회사였다. 그 주식을 매입하겠다는 말은 천하그룹을 소유하고 싶다는 말이기도 했다.

희우는 상대의 반응을 생각하지 않고 말을 이었다.

"김용준 회장님이 21%, 김자혁 천하자동차 사장님이 16%, 네가 15% 소유하고 있지?"

천하홀딩스의 주식은 그들이 52%를 가지고 있었다. 큰 회사인 만큼 적도 많았고 공격을 하는 사냥꾼도 많았다.

김건영 회장은 자신이 죽은 후에 어떤 일이 벌어질지 알고 있었을 것이다. 그래서 사후에도 그룹을 지키기 위해, 이론으로만 따진다면 가문 밖으로 주식이 나가지 않는 이상 흔들릴 수 없는 시스템을 만들었다. 52%라면 어떤 공격에도 버티고 넘어갈 수 있었다.

희우는 계속해서 말을 이었다.

"그리고 기정기업에서 15%, 다른 친척들이 조금씩 나눠 가지고 있는 걸 합하면 18%지."

그녀는 말없이 이야기를 듣고 있었다. 희우의 말은 계속되었다.

"그리고…… 박대호라는 사람이 차명계좌를 통해 15%를 가지고 있어."

"어?"

박대호의 이름에 그녀의 눈이 순간적으로 커졌다. 가족 외에 그 누구도 알지 못하는 비밀이라고 생각했기 때문이다.

그사이 희우의 목소리가 이어졌다.

"김건영 회장님이 조사받으실 때 나왔던 자료야."

"그거 모두 기밀로 처리한다고 했는데? 넌 그 팀에 없었고."

"그 팀에 없었지만 눈과 귀는 있었지."

희우는 황진용 의원에게 부탁해서 규리를 그 팀에 넣었다. 그리고 천하그룹의 정보를 꽤 많이 얻게 되었다. 희우가 말을 이었다.

"박대호가 가진 차명 주식을 통해 조태섭 의원이 경영에 간접적으로 참여하고 있고, 그 루트를 통해 비자금이 빠져나간다는 것."

"……!"

그녀는 목이 타는지 커피를 마신 후 물었다.

"그래서 하고 싶은 말이 뭐야? JS건설을 매수하면 천하그룹도 매수가 가능하다고 생각한 거야?"

희우는 고개를 저었다.

"미국발 금융 위기는 우리나라를 흔들 거야. 이미 주택 시장은 붕괴되기 시작했고. 아니, 조금 더 빨라질 수도 있지. 김건영 회장님의 부고로 우리나라 주식을 이끌고 있는 천하그룹 계열사들의 주식이 일제히 하락하고 있으니까."

"그래서?"

"뭐, 이런 이야기야 나보다 네가 더 잘 알겠지. 내가 하고 싶은 말은 박대호가 가지고 있는 15%야."

"……."

"김건영 회장님이 계시지 않는 상태에서 흔들리고 있는 천하그룹. 조태섭 의원이 가만히 내버려 둘까?"

그녀는 자신도 모르게 고개를 저을 뻔했다. 그녀가 생각해도 조태섭은 회사를 욕심내고 있는 게 분명했다.

희우가 말했다.

"내가 조태섭 의원이라면 내년 총선 후 천하그룹에 대한 압수수색을 지시할 거야."

"……."

"그룹을 키우는 일에 먼지가 안 묻을 수는 없어. 조태섭 의원은 천하그룹에 묻어 있는 모든 먼지를 세상에 공개하며 천하그룹 일가를 흔들겠지? 수단과 방법을 가리지 않을 거야. 돈도 있고 권력도 있고, 다 가지고 있는 사람이니까."

그녀가 떨리는 눈빛을 감추며 고개를 저었다.

"아니. 아무리 조태섭 의원이라고 해도 지분 구조가 탄탄한 상황에서 어떻게 할 방법은 없을 거야. 그러니까 걱정하지 마."

하지만 희우의 목소리는 멈추지 않았다.

"난 항상 이런 상황에 생각하는 방법이 있어. 내가 상대라면 어떻게 행동할까? 그렇게 상대가 되어 생각을 하다 보면 나도 모르게 정답에 가까워질 때가 많더라고."

"너라면 어떻게 할 건데?"

"나라면 네 둘째 오빠 김자혁 사장을 노릴 거야."

"어?"

그녀의 눈이 흠칫, 크게 뜨였다. 그녀 역시 조금은 예상하고 있는 일이었다. 희우의 목소리가 이어졌다.

"김자혁 사장은 권력욕과 명예욕이 큰 사람이지. 아마, 둘째로 태어났다고 화를 내고 있지 않아? 첫째로 태어났으면 자기가 회장이잖아."

"……."

"박대호가 가진 지분과 김자혁 사장님의 지분을 합치면 31%. 거기에 기정기업에 있는 것을 더하면 46%. 아, 기정기업에서 왜 김자혁 사장을 도와주겠냐는 질문은 하지 마. 상대는 조태섭이야. 무슨 일이든 할 수 있어."

희우의 말을 듣는 그녀의 얼굴은 점점 더 굳어 갔다.

희우가 물었다.

"너와 김용준 회장님의 지분을 더해도 36%. 우호 지분을 모두 가지고 올 자신이 있어?"

희아는 한숨을 쉬었다.

"오랜만에 만났더니 소설을 잘 쓰네."

"소설은 현실을 바탕으로 한다고 했어."

희우는 빙긋이 미소를 그렸다. 하지만 그녀의 표정은 굳어 있었다.

잠시 그렇게 있던 희아가 입을 열었다.

"계획을 듣고 싶은데."

이제 본론으로 들어가게 됐다.

하지만 희우는 망설였다. 이전의 삶, 김건영 회장이 사망한 후 천하그룹의 두 형제는 말 그대로 피 튀기는 싸움을 했었다. 서로가 회장이 되겠다며 죽기살기로 싸웠던 거다. 하지만 그 싸움에 희아는 끼지 않았었다.

그래서 희우는 고민하고 있었다.

형제지간의 싸움을 원하지 않는 희아가 이 계획에 들어오는 게 과연 옳은 일일까? 자신과 만나지 않았다면 희아의 미래는 행복했을까?

잠시 생각을 이어 가던 희우가 한숨을 내쉬었다. 돌아가기엔 이미 너무 많이 와 버린 상황이었다.

"내가 JS건설을 가지고 오면 그 땅을 사 줘. 그리고 아파트 건설 시행사를 JS건설로 지정해 줘."

"결국 땅을 사 달라고 하는 말이었어?"

희우가 고개를 저었다.

"난 분양을 성공시킬 거고, 그 돈으로 기정기업에 있는 천하그룹 주식을 매수할 거야."

"좋아, 분양에도 성공하고 기정기업이 주식까지 팔았다고 해 보자. 그런데 내가 너를 어떻게 믿지? 지금까지 한 말에 박대호가 아니라 너의 이름을 집어넣어도 다를 점이 없어."

희우의 눈이 빛났다.

"내가 가진 주식의 권리를 모두 너에게 넘길게. 난 배당금이나 잘 줘. 대신, 조건이 있어."

"조건?"

희우는 그녀에게 자신의 계획을 말했다.

그 계획을 들은 그녀가 고개를 끄덕였다.

"좋아. 그럼 나도 조건이 있어."

"말해."

"JS건설을 매수하고 분양 성공까지, 세 달 안에 끝내야 해. 그 정도 능력은 있어야 믿고 일하지."

희우가 고개를 저었다.

"그럴 순 없어."

최근 신문을 보면 신도시 아파트 분양에서 청약 3차까지 미분양이 나기 시작했다. 이런 시기에 세 달 안에 회사를 갖고 분양 완료까지 한다는 약속은 어려운 일이었다. 아니, 불가능한 일이었다.

하지만 희아가 그런 조건을 내세운 이유는 단 하나였다. 희우를 이 더러운 싸움에 넣고 싶지 않아서였다. 희아는 희우가 계속 멋있는 검사로 남아 주기를 바라고 있었다.

그런데, 희우가 말했다.

"한 달 안에 끝내지."

"어? 한 달?"

"세 달은 너무 길어."

그녀의 떨리는 눈을 보며 희우는 자리에서 일어섰다.

희우는 지검으로 들어갔다. 바쁘더라도 계속해서 일을 해야 했다.

요즘 희우가 타깃으로 삼은 사건이 있었다. 바로 한반도은행의 부실이었다. 이게 터진다면 박대호는 휘청거릴 것이 분명했고, 대한민국이 다시 한번 흔들릴 거대한 사건이 일어날 게 분명하다.

당연히 피해자도 생겨날 거다. 하지만 어쩔 수 없다. 더 곪기 전에 도려내는 것이 그 피해를 최소화하는 것이기 때문이다.

희우가 알아본 바에 따르면 한반도은행이 안고 있는 폭탄은 이미 터지기 직전이었다. 조태섭의 이름으로 억누르고 있을 뿐, 언제 무너져도 이상하지 않았다.

희우가 모니터의 인쇄 버튼을 클릭하자 프린터에서 인쇄된 종이가 나왔다. 그 안에는 금융감독원 직원들의 인적 사항이 적혀 있었다. 그들은 얼마 전 일어난 은행권 감사를 진행했던 자들이다.

희우는 그들이 어떤 식으로 감사를 진행했는지는 관심 없었다. 무엇을 은폐했고 어떤 것을 감췄으며 어떻게 부풀렸는지, 그것을 확인할 생각이다. 물론 그들이 순순히 가르쳐 줄 리는 없었다. 강압적인 방법이 필요하다.

잠시 후, 퇴근한 희우가 집으로 들어가자 상만이 앉아 있었다. 희우가 가방을 벗어 책상에 올려 두며 말했다.

"평택 갔던 날 이야기했던 거 기억나지?"

"하도 많이 말씀하셔서 어떤 걸 말씀하시는지 모르겠는데요."

"JS건설 가지라고 했잖아."

상만은 고개를 끄덕였다. 그리고 물었다.

"그런데 그걸 왜 인수하려는 거예요? 저도 이것저것 찾아봤는데, 좋지 않아요. 돈 안 될 거 같던데요?"

"JS건설을 가지려고 하는 게 아니야."

"그럼요?"

"그때 봤던 땅이 나한테 필요해."

상만이 머리를 긁적였다. 희우가 종이에 몇 가지를 적어 상만에게 건넸다.

"내일 오전에 내가 적어 준 주소지 돌아봐. JS건설이 가지고 있는 또 다른 땅이야. 평택 땅은 그날 자세히 봤지?"

평택 땅을 자세히 봤냐는 말에 상만은 어색하게 웃었다.

"시간이 몇 시였는데요. 그 시간에 사장님한테 전화가 왔으니 급한 일 인 줄 알았겠죠? 당연히 제가 주변을 신경 쓸 수 있었을까요?"

"그럼 내일 평택도 다시 가 봐."

"네?"

"가 봐."

희우는 주소지를 적은 종이에 '평택'이라고 두 글자를 추가로 적어 넣었다. 그리고 상만에게 다시 입을 열었다.

"치킨 먹을래?"

"돈 없습니다."

"내가 살게."

상만의 눈이 휘둥그레졌다.

"정말요?"

"응."

"사장님이 치킨을 쏜다고요?"

"응."

희우는 집에서 뭘 시켜 먹는 걸 좋아하지 않았다. 밖에 나가서 뭘 사 먹기도 하지만, 언제나 하던 말은 '돈 아깝다.'였다. 그런 희우가 친히 치킨을 산다는 말에 상만은 고개를 끄덕였다. 하지만 뭔가 불안한 표정으로 희우를 바라봤다. 안 그러던 사람이 뭔가를 사 준다는 건 뭔가를 시키기 위한 사전 작업임이 틀림없었다.

잠시 후 치킨이 배달 왔다. 그리고 그와 동시에 희우는 가방에서 노트북을 꺼내 들었다. 상만은 겸허히 고개를 끄덕였다. 치킨을 사 주고 시키는 일이라니, 어떤 일일지 그게 더 궁금했다.

희우가 상만에게 말했다.

"한국대학교 경영학과 수석 졸업 박상만."

"네? 갑자기 학교하고 과는 왜 말씀하세요?"

희우가 상만에게 항상 말하던 것이 있었다.

–부동산에서 학력 자랑하지 마. 이론이 실력을 앞서는 곳이 아니야.

그렇게 말했던 희우가 지금 뜬금없이 대학을 거론하며 이름을 부르고 있었다. 상만은 어리둥절하게 희우를 바라봤다.

"입학 후 집이 어려워져서 나와 만났던 것 맞지? 졸업한 후에는 유수의 기업들이 입사를 권했지만 부동산으로 돈 벌고 싶다면서 내 곁에 있는 거고."

상만이 눈을 껌뻑껌뻑하며 희우를 바라봤다.

"어디 아프세요?"

"대답해."

상만의 손이 희우의 이마를 짚었다.

"열은 안 나는데요?"

희우는 한숨을 내쉬었다.

그런 희우를 보며 상만이 말을 이었다.

"같이 학교 다녔으면서 왜 그러세요? 그리고 돈을 벌고 싶어서 사장님 옆에 있는 거 아닙니다."

그의 말에 희우의 표정에 잠시 의문이 깃들었다. 상만이 장난기 가득한 표정으로 말을 이었다.

"그냥 사장님이 좋아서 있는 거죠."

"……."

"차갑고 냉정한 척은 혼자 다 하면서 내 학비 내주고 월급 주고. 경매

할 때는 사람들 쫓아내라고 하고서는 정말 갈 곳 없는 사람들이 있으면 집도 알아봐 줬잖아요. 사장님은 겉과 속이 다른 사람이라 좋아요."

낯 뜨거운 말을 표정 하나 바뀌지 않고 하고 있었다.

희우가 골치 아프다는 표정을 지었지만 상만은 계속 말을 이었다.

"겉과 속이 같았으면 진작 때려치웠을걸요."

희우가 고개를 저었다. 그리고 말했다.

"쓸데없는 말 하지 말고 대답이나 해. 네가 나에게 보여 준 성적표나 기업들의 스카우트 제의를 생각해 보면 넌 꽤 유능한 사람이다. 맞지?"

"그렇긴 하지요. 경매하면서 도배나 하고 다녀서 그렇지, 유능한 인재예요. 생각해 보면 저 같은 인재가 경매해서 변기 고치고 도배하고 장판 깔며 살기는 아깝지요."

상만은 농담으로 받아넘겼지만 희우의 표정은 한없이 진지했다.

희우는 상만을 향해 노트북의 모니터를 돌렸다. 화면은 JS건설 홈페이지를 보여 주고 있었다.

"이게 뭐예요?"

"어때?"

"뭐가요?"

"JS건설."

상만이 더듬거리며 물었다.

"정말 사려고요?"

평택에서 희우가 건설 회사를 사겠다는 말을 입 밖으로 낸 이상 농담이 아닌 건 알고 있었다. 하지만 상만은 지금 시점에 기업을 인수하는 것, 그것도 건설 회사를 인수하는 것은 원치 않았다. 그만큼 국외·국내 상황이 모두 좋지 않았다.

그래서 말을 꺼내지 않고 있었는데, 희우의 표정은 심각했다.

희우가 입을 열었다.

"말했잖아. 지금 주식이 풀려서 하락을 거듭하고 있고 대주주였던 김석영은 구속이야. 싼 가격에 받을 수 있어."

상만은 노트북을 만져 홈페이지의 기업 공시를 확인하기 시작했다.

그렇게 모니터를 바라보던 상만이 입을 열었다.

"제가 사장님의 의견을 따르지 않은 적이 단 한 번도 없잖아요. 하지만 이번 일은 반대를 하겠습니다."

평소 까불거리던 모습과 달리 상만의 목소리는 진중했다.

"말해 봐."

"송충이는 솔잎을 먹고 살아야 합니다. 그냥 주택이나 땅을 낙찰받아서 이윤을 남기는 편이 더 좋지 않을까요? 우리가 낄 판이 아니에요."

희우의 눈이 날카롭게 변했다.

"누구나 할 수 있는 이야기 말고, 제대로 된 이야기를 해 봐."

상만은 슬쩍 희우를 바라봤다.

희우의 태도를 보면 이미 결심을 굳힌 것 같았다. 그동안 상만이 겪었던 희우는 일반적인 이야기나 감성을 자극하는 말로 설득할 수 있는 사람이 아니었다.

상만은 노트북을 바라보며 재무제표와 뉴스, 공시 현황을 파악했다. 상만은 꽤 오랜 시간 동안 화면에서 눈을 떼지 않았다. 희우는 그런 그를 신경 쓰지 않은 채 맥주를 들어 마셨다.

잠시의 시간이 더 지나갔다. 상만의 눈도 모니터에서 멀어졌다.

하지만 그는 쉽게 입을 열지 못했다. 어떻게 하면 희우를 설득할 수 있을지 생각 중이었다.

마침내 그의 입이 열렸다.

"건설 경기가 내려가기 시작했어요. 언제까지 지속될지 아무도 예측할 수 없죠. 사장님은 2012년을 말했지만 그것은 예측이지 확정이 아니잖아요. 그 기간이 더 길어진다면 회사의 손실은 보지 않아도 당연해요. 그리고 서울의 출산율과 주택 보급량을 생각해 보세요."

"그래서?"

상만은 무겁게 말했지만 희우는 대수롭지 않게 들었다.

"기업 자체의 부실이 큰 상태고 건설 경기까지 안개 속인 상태예요. 어찌어찌 시공을 해서 분양을 해도 미분양 사태만 나겠죠. 어쩌면 생각보다 훨씬 큰 손해를 볼 수도 있어요. 우리가 지금까지 벌었던 모든 돈을 날려 버리는 것은 물론이고, 그 이상의 피해를 볼 수도 있습니다."

"그리고?"

"전 지금 사장님이 하시는 행동이 이해가 가지 않아요."

그들은 경매를 하던 사람들이었다. 최근에 부필식품의 주식을 통해 돈을 번 적도 있지만 기본적으로 부동산 투자가 전문이었다. 그런데 갑자기 회사를 산다니, 상만은 희우를 이해할 수 없었다.

상만이 다시 말했다.

"이걸 왜 사려고 하세요? 정부에서도 간접 자본 투자를 축소시키고 기업에는 규제를 하잖아요. 이런 건 건드러서 골치만 아프지 좋을 게 없어요."

희우는 잠자코 들으며 다시 맥주를 마셨다. 배달 온 통닭은 아직까지 한 점도 뜯지 않은 상태였다.

희우가 말했다.

"됐다. 인수 의향서 만들어 와라. 나한테 그 회사가 필요해."

상만은 황당한 표정으로 희우를 바라봤다.

"지금까지 제가 한 말 듣기는 들었어요?"

"어."

상만의 분석은 정확했다. 하지만 희우는 미래를 알고 있다. 상만의 분석은 희우를 멈출 수 없었다. 상만이 한숨을 내뱉으며 물었다.

"오늘 치킨 사 준다는 게 회사 인수하는 데 시켜 먹으려고 사 주신 건가요?"

"그럼 내가 왜 쓸데없이 돈을 쓰겠어?"

희우는 그 말을 시작으로 앞으로의 계획에 대해 말을 이었다.

상만은 희우의 이야기를 들으며 희우의 얼굴을 물끄러미 바라봤다.

상만이 보기에 희우는 먹이를 발견하면 주변을 둘러보지 않고 덤비는 굶주린 늑대와 같았다. 더 강한 짐승이 있다고 해서 움츠리는 일은 없었다. 날카로운 송곳니를 숨기고 다가가 포식자의 목을 물어뜯는 자였다.

JS건설이라는 먹이를 발견하고 다가가는 늑대.

그 늑대가 JS건설을 먹으면 배가 부를까? 아닐 것 같았다. 더 큰 배고픔을 느끼고 더 위험한 일을 할 것처럼 느껴졌다.

상만은 끝까지 희우를 말리려고 했었지만 이제 그 생각은 접었다. 차라리 최대한 열심히 일해서 희우의 안전을 조금이라도 보장하는 방향으로 가닥 잡아야 한다고 생각했다.

"사장님 말씀인데 따라야죠. 그럼 일단 인수 의향서에 주식 매수를 통한 매입으로 진행하겠습니다."

희우는 상만을 믿음직하게 바라봤다.

상만은 자신의 의향을 읽고 더 이상 묻지 않았다. 보기에는 허술한 듯했지만 눈치가 빠르고 영리했다. 희우가 가지고 있는 계획에 상만은 핵심적인 인물이었다.

희우가 고개를 끄덕이며 말했다.

"좋아, 그리고 구조 조정과 계열사 분할 매도 역시 준비하도록 해."

"네?"

구조 조정은 부실한 부분을 떼어내고 건실한 회사로 만든다는 명목이 있었지만 분할 매도라는 말에 이해가 되지 않았다.

"경영하려던 게 아니세요?"

"내가 JS건설을 왜 경영해?"

"저한테 경영하라고 했던 거 아니었어요?"

"너 회사 다녀 본 적 있어?"

"아뇨."

"그런데 네가 어떻게 경영을 해?"

"그럼 왜 인수하려고 하세요?"

"땅이 마음에 들어서 인수하는 거라니까."

"하하."

상만은 어색하게 웃었다. 그러고 보니 희우는 처음부터 경영을 하겠다는 말은 하지 않았다. 오로지 땅을 보고 투자하려는 것이었다.

상만이 말을 이었다.

"부동산은 부동산이네요."

그사이 희우가 계속해서 말을 이었다.

"내가 생각하는 첫 번째 계획이 실패하면 막대한 손실을 입을 수 있어. 분할 매도는 손실을 최소화하기 위한 두 번째 계획이야."

상만은 가만히 희우의 말에 집중했다. 희우의 말이 이어졌다.

"첫 번째가 불확실하기 때문에 분할 매도를 동시에 진행할 거야. 분할 매도 시 손해는 감수하더라도 최대한 우리 투자 금액까지는 맞춰서 팔 수 있도록 준비해."

"네, 알겠습니다."

"인수가 체결되면 동시에 아파트 분양이 시작될 거야. 그러면 분할 매도를 한다고 해도 나쁘지 않은 가격에 팔 수 있을 거야."

"알겠습니다."

상만의 담담한 대답에 희우는 만족한 듯 치킨을 바라보며 말했다.

"그럼 이제 치킨 먹어."

"먹다가 체하겠네요."

"정말 체하게 해 줄까?"

"또 있어요?"

상만이 불안한 표정으로 희우를 바라봤다. 그러자 희우가 슬쩍 웃으며 말했다.

"기한이 있어."

"기한이요?"

"한 달."

상만이 벌떡 일어섰다.

"인수부터 분양까지요?"

"어."

"그걸 한 달 안에 끝내라고요? 대답 좀 해 보세요! 진짜 그게 가능하다고 말하는 건 아니죠? 지금 농담이죠?"

"불가능하지도 않지."

"법적인 문제도 많이 걸려 있어요."

"검사 앞에서 법적인 문제를 말해 보려고?"

상만은 한숨을 내쉬었다. 이미 희우는 브레이크가 고장 난 스포츠카였다. 상만은 희우를 멈출 수 없다는 것을 잘 알고 있었다. 상만이 힘없이 말했다.

"그럼 내부 정보를 빼 올 수 있는 사람을 찾아야 하겠죠?"

"이미 있잖아."

"누구요?"

"신대웅 상무."

그들에게는 JS건설에서 비리를 저질렀던 신대웅 상무가 있었다.

"신대웅 상무가 제 전화를 받을까요? 저를 되게 싫어하는 것 같았거든요."

"이득이 있을 것 같은 일에는 가리지 않고 달려드는 인간이니까 걱정하지 마. 그리고 신대웅 상무 말고도 다른 임원진 중에서 이번에 퇴직하게 되면 갈 곳 없는 사람을 찾아봐."

"네."

"그들 중에서 목돈이 필요한 사람을 찾아봐. 산소호흡기가 간절한 사람은 우리 편으로 넣어."

"네. 우선 신대웅 상무부터 만나 볼게요."

상만의 말에 희우는 다시 맥주를 들어 마셨다.

"다른 기업이 숟가락 얹어도 무조건 최저가로 사야 해. 여기서 손해를 보면 모든 계획이 흐트러진다."

"네."

다음 날, 점심시간.

미닫이문이 있는 일식집에서 상만은 신대웅 상무와 앉아 있었다. 신대웅 상무는 상만을 만나는 자리가 몹시 언짢은 듯 보였다.

"저는 반가운데 상무님은 제가 반갑지 않은가 봅니다?"

"우리가 반가울 사이는 아니잖아요?"

틱틱대며 말하는 신대웅 상무를 상만이 가만히 바라보다가 말했다.

"이번에는 다른 일이에요. 우리 그렇게 나쁜 사람들 아니거든요. 사실 따지고 보면 신대웅 상무님이 제일 나쁜 사람이잖아요, 하하하."

"말이나 하세요."

"그럼 바로 본론으로 들어갈까요?"

신대웅 상무가 고개를 끄덕이자 상만이 말을 이어 갔다.

"우리가 JS건설을 먹으려고 합니다. 지금 있는 허수아비 대표를 몰아내고 그 위에 올라서려고 하는데, 도와주시겠습니까?"

"뭐요!"

"다시 말씀드려요?"

신대웅 상무는 대답하지 않았다. 그저 조용히 상만의 눈을 바라봤다.

돈이 있다고는 들었다. 하지만 기업을 인수할 정도의 능력이 있을까?

아니, 그런 능력이 있고 없고를 떠나서, 제대로 된 경영을 해 본 적도 없는 사람이 지금 무슨 말을 하고 있는 걸까?

신대웅 상무는 조용히 찻잔을 들어 기울였다. 그리고 천천히 말을 이었다.

"이미 부도 진행이 이뤄지고 있어요. 그리고 세 개 정도의 회사가 우리 건설에 관심을 가지고 있습니다. 그런데 기업이 눈독 들이고 있는 회사를, 일개 개인이 사겠다고요?"

상만이 고개를 끄덕였다.

"네, 저도 불가능하다고 생각하는데 그걸 가능하다고 생각하는 사람이 있어서 골치 아프네요."

"가능하다고 생각하는 사람요?"

신대웅은 또 다른 투자자라고 생각했다.

상만의 목소리가 이어졌다.

"일단 도움을 주시면 신대웅 상무님의 미래는 보장될 겁니다. 그리고 저를 도와준다고 해서 상무님이 손해 보실 건 없잖아요? 제가 정말 회사를 먹으면 그건 그것대로 좋은 거고, 먹지 못한다고 하면 없었던 일로 하면 되니까요."

그 시각, 희우는 검찰의 사무실에 앉아 금감원 직원의 인적 사항을 파악하고 있었다. 그때, 상만에게 전화가 걸려 왔다.

―사장님, 신대웅 상무가 우리 일을 봐준다고 합니다. 그리고 임원들 중에서 두 사람을 찾았습니다. 먼저 한성제 이사라는 사람이 있는데, 회사가 무너지면 갈 곳도 없고 아들이 3개월 후에 결혼을 한다고 합니다. 그런데 평사원부터 시작해서 임원까지 올라간 거라 회사에 대한 애사심이 강합니다. 쉽게 우리 편으로 설 것 같지는 않습니다.

"다음은?"

―다른 한 사람은 박혁무 전무입니다. JS건설이 무너지기 시작하기 전부터 다른 여러 회사에 연줄을 만들어 놓고 뒷주머니로 회사를 하나 차렸습니다.

"한성제 이사에게 연락해 봐."

한성제는 애사심이 강한 사람이다. 상만은 희우가 당연히 박혁무를 선택할 줄 알았다. 그래서 다시 물었다.

-박혁무 전무가 더 쉽지 않을까요?

"이미 다른 줄을 만들어 놓고 뒷주머니로 사업자를 만든 사람이라며? 그런 사람은 끝까지 저울질을 할 테고 우리에게 바라는 일도 많을 거야."

-한성제 이사는 돈이 필요하기는 하지만 애사심이 강한 사람인데요.

"상관없어. 죽어 가는 사람은 옆에 있는 풀이라도 움켜쥐려고 한다. 연락해."

-네! 알겠습니다.

다음 날 저녁.

상만은 레스토랑의 고급 룸에서 JS건설 한성제 이사와 만났다.

한성제 이사가 기분 나쁜 표정으로 상만을 바라봤다. 회사의 인수를 원한다는 말에 이곳까지 나왔는데, 앞에 앉은 상만이 이렇게까지 어릴 줄은 예상하지 못한 거다. 한성제 이사가 말했다.

"젊은 양반이 많이 바쁠 텐데 식사는 집에서 하지요."

본론을 말하라는 뜻이었다.

"그럼 밥은 집에서 먹도록 하지요. 전 JS건설을 인수하려고 합니다. 그리고 잘 아시겠지만 제가 인수를 하지 않으면 회사는 공중분해될 겁니다."

상만은 주도권을 잡기 위해 현실을 알려 주며 협박했다. 하지만 한성제 이사의 표정에는 변화가 없었다.

"공중분해요? 사장님 말고도 인수 의향을 나타내는 곳이 많습니다. 괜히 우리 회사 걱정할 필요는 없어요."

상만이 슬쩍 웃으며 입을 열었다.

"그래서 이사님을 찾아왔습니다. 저는 JS건설을 남들과 경쟁하며 비싸게 사고 싶은 마음이 전혀 없거든요."

"그래서요?"

순간 상만이 찌르듯 진짜 본론을 말했다.

"이사님이 도와주신다면 적당한 금액에 인수할 수 있을 것 같은데요."

하지만 한성제 이사는 피식 웃으며 고개를 저었다.

"나더러 젊은 사업가 양반을 도와서 회사를 헐값에 넘기도록 하라는 거요? 내가 이 회사에서 건설 밥을 먹은 게 30년입니다. 나와 함께 있는 직원들, 같이 벽돌 쑤셔 박으며 일한 사람들이에요. 난 그 사람들을 배신할 수 없습니다."

예상했던 반응이다. 상만은 멈추지 않고 말을 내뱉었다.

"그런데, 박혁무 전무는 이미 배신하고 있습니다."

"뭐요?"

협상을 하려면 일단 상대의 마음에 균열을 일으켜야 한다. 차가운 이성으로 마주한다면 애사심이 강한 사람의 마음을 결코 뚫을 수 없다. 하지만 무슨 이유에서든 심적 변화가 생긴다면 그 틈을 쑤실 수 있다.

상만은 몇 장의 사진을 한성제 이사에게 건넸다.

"누군지 알고 계시죠?"

한성제 이사가 고개를 갸웃거렸다. 사진 속 인물은 박혁무 전무의 아내였다.

"박혁무 전무의 아내는 갑자기 왜?"

한성제 이사가 묻는 순간이었다. 동시에 상만이 목소리를 이었다.

"박혁무 전무는 아내의 이름으로 사업자를 만들었습니다. 그리고 다른 회사의 사외이사로 등재하려고 준비 중이더군요."

한성제 이사의 표정이 굳어 갔다. 상만이 그 표정을 살피며 말을 이었다.

"나쁘게 생각하지는 않습니다. 박혁무 전무는 어머니를 모시고 있고 자식들이 중학교에 다니고 있으니까요. 그럴 수 있다고 생각합니다."

"……."

"이사님, 이미 JS건설은 붕괴되고 있습니다. 하지만 저라면 살릴 수 있습니다."

상만은 통장과 도장이 든 투명 봉투를 이사의 앞으로 건넸다.

"섭섭하지 않게 넣었습니다. 여러 사람의 이름을 돌려서 만든 통장이니 추적당할 일 걱정 마시고 편하게 쓰시면 됩니다."

상만의 목소리는 부드러웠다. 하지만 한성제 이사의 얼굴은 일그러져 있었다.

"돈 몇 푼에 내가 회사를 넘길 것 같아 보였나?"

상만은 그의 말을 신경 쓰지 않았다. 그저 몇 개의 서류 봉투를 더 꺼내 그의 앞으로 건넸다.

"JS건설이 가지고 있는 땅에 아파트를 지을 겁니다. 지금 가지고 온 서류는 그곳의 두 채 계약서입니다. 로열층에 가장 넓은 평수로 가지고 왔습니다."

이사의 표정이 흔들렸다. 상만은 그 틈을 놓치지 않고 파고들었다.

"아드님이 장가간다고 들었습니다. 한 채 정도는 선물해 주면 좋지 않을까요? 아빠가 건설 회사 임원인데 아파트 한 채는 가지고 장가가야죠. 그리고 남은 한 채는 임대 두시면 좋겠네요."

상만이 테이블에 다시 종이봉투 하나를 놓았다.

"외국으로 향하는 비행기표입니다. 넉 달 정도 외국 공기 마시고 관광 좀 하다가 돌아오시면 시끄러운 일은 정리되어 있을 겁니다."

한성제 이사의 눈은 떨리고 있었다.

"원하는 게 뭡니까?"

"다른 임원들의 비리요."

한성제 이사는 고개를 숙였고 상만은 자리에서 일어섰다.

"그럼, 깊이 생각해 보시고 연락 주십시오."

상만은 밖으로 나왔다. 그가 빠져나올 때까지 한성제 이사는 고개를 들지 못했다.

밖으로 나온 상만은 바로 희우에게 전화를 걸었다.

"사장님 말대로 하니까 정말 눈빛이 흔들리네요."

-고생했어.

희우는 전화를 끊었다. 그리고 자신의 사무실 자리에서 일어섰다.

눈빛이 흔들렸다는 것은 반드시 전화가 온다는 것을 의미한다. 마음에 욕심이 차 들어가면 빼내기란 쉬운 일이 아니다. 욕망이란 인간의 의지로 다스릴 수 없는 거다. 희우가 창가로 다가가 밖을 바라보며 중얼거렸다.

"무리수."

지금 희우가 하는 행동은 모두 무리수였다.

조태섭이 무리수를 두기를 바라고 있었지만 결국 무리수는 희우가 두고 있었다.

"무리수가 이어지는 곳엔 뭐가 있을까?"

당연하지만 악수다. 어쩌면 지금까지 준비한 모든 것이 무너질 수도 있었다. 하지만 희우는 담담하게 밖을 바라봤다. 희우의 앞날처럼 한 치 앞을 볼 수 없는 검은 하늘이 보였다.

그때, 희우의 전화가 다시 울렸다. 민수였다.

-뭐 해?

"일하고 있죠."

-시간 있으면 사이다 한잔 어때?

"네, 휴게실로 가겠습니다."

희우는 전화를 끊었다.

휴게실로 들어가자 먼저 와 있던 민수가 음료를 건넸다.

"퇴근 안 해?"

"이제 해야죠."

"무슨 일을 하는데 요즘 그렇게 열심이야?"

"이것저것 하고 있어요."

희우는 사이다 캔의 뚜껑을 땄다. 그러자 민수가 힐끗 희우를 보고 휴게실 자리에 앉으며 말했다.

"이제 연말이구나."

"네."

"넌 여자 친구 안 사귀냐?"

"선배가 먼저 가야 저도 마음 편하게 만나죠."

민수는 피식 웃었다. 그리고 음료를 입에 넣어 마셨다.

희우가 슬쩍 민수를 바라봤다. 뭔가 할 말이 있어 보였다.

망설이고 있는 민수.

하지만 희우는 보채지 않았다. 말을 하기 어렵다면 기다려 주는 게 맞는 일이라고 생각했다.

그렇게 잠시 생각에 빠져 있던 민수가 천천히 입을 열었다.

"너한테 말은 해야 할 것 같아서."

"……?"

"나 조태섭 의원님 아래로 들어갔다."

CHAPTER 44

민수의 말을 들은 희우의 머릿속이 복잡해졌다. 하지만 민수는 아무렇지도 않은 표정으로 음료수를 입에 대고 마셨다.

두 사람 사이에는 한동안 아무 말도 없었다.

민수가 다시 말했다.

"너도 조태섭 의원님 옆에 있는 거 알아."

"……."

"그런데 난 네가 조태섭 의원님의 목을 노리는 건지 아니면 나처럼 그 옆에 기생충처럼 붙어서 제2의 김석훈이 되려고 하는 건지 모르겠어."

희우는 아무 말 하지 않았다. 민수는 다시 음료수를 마시며 입을 열었다.

"그런데 내가 지켜본 너라면 조태섭 의원님의 목이 목표겠지?"

희우는 여전히 아무 말 하지 않았다. 그런 희우를 보며 민수가 피식 웃었다.

"걱정하지 마. 만약 너하고 적이 된다고 해도 그런 걸 말하고 다닐 생각은 없으니까."

민수의 손에서 음료수 캔이 꽉 쥐였다. 우그러드는 캔을 보며 민수가 말을 이었다.

"고민을 좀 했어, 어떤 게 더 재밌을까. 조태섭 의원님하고 싸우는 게 재밌을까 아니면 너하고 싸우는 게 재밌을까? 아무리 생각해도 내 결론은 너더라. 그래서 널 선택했어."

"지금 말씀하시는 건 게임이나 놀이가 아니에요."

"뭐, 그건 내가 알아서 판단할 문제고."

조태섭과 민수의 조합.

조태섭이라는 강자만으로도 힘든데 그 옆에 민수가 들어갔다. 희우의 머릿속은 복잡하게 흔들리고 있었다.

민수가 말했다.

"의원님의 보좌관 중에 김진우라고 알지?"

"네."

"그 사람이 요즘 검사들 만나고 다녀. 김석훈 지검장이 사라진 후에 조 태섭 의원님의 검찰 장악력이 약해졌잖아. 그래서 도움이 되겠다 싶은 사 람은 다 접선하고 있나 봐."

"그중의 한 명이 선배였나요?"

"그렇지, 그중의 한 명이 나였겠지. 다른 사람은 누구인지 몰라."

희우는 차가운 눈빛으로 고개를 끄덕였고 민수가 말을 이었다.

"밸런스를 맞추자고 가르쳐 준 거야. 밸런스가 무너지면 게임은 재미 없어지니까. 막을 수 있는 건 다 막아 봐."

희우는 대답하지 않고 슬쩍 미소만 지었다.

민수는 자리에서 일어서며 말했다.

"한 가지 더 말해 주면, 난 움직이기 시작했다."

정겨웠던 두 사람 사이에 차가운 공기가 맴돌았다. 민수가 희우를 보 며 씁쓸히 말했다.

"그럼 들어간다."

그는 휘적휘적 자신의 사무실로 향했다.

희우는 여전히 휴게실에 있었다.

희우는 민수가 던진 질문과 말에 어떤 긍정도 부정도 하지 않았다. 민 수의 의도를 정확히 파악할 수 없는 지금 희우가 할 수 있는 일은 침묵뿐 이었다.

희우는 복잡한 표정으로 머리를 쓸어 넘겼다. 민수의 목소리에 적대감은 없었다. 정말로 게임으로 생각하는 것일까? 어쨌든 적으로서 시작을 하겠다고 선전포고를 했다. 어쩌면 가장 골치 아플 사람이었다.

민수는 희우와 오랜 시간 함께 있었고 꽤 많은 사건을 같이 해결했다. 당연하겠지만 희우가 움직이는 방식이나 행동 패턴을 잘 알고 있는 사람 중 하나였다.

희우가 시선을 들어 천장을 바라봤다. 천장에 매달린 형광등이 밝은 빛을 내고 있었다. 어둠과 밝음은 같은 점이 있다. 똑같이 그 안을 보기 힘들다.

희우는 고개를 저었다. 좋게 생각해 본다면 자신이 무리수를 두고 있는 만큼 조태섭 역시 무리수를 두고 있는 건지도 모른다. 평검사는 취급조차 하지 않았던 정계의 거물이 민수를 선택했다는 것이 그 증거였다.

희우는 조용히 중얼거렸다.

"정말 재밌어질지도 모르겠네요."

조태섭의 서재에 노크 소리가 들렸다.

"들어와."

그의 낮은 목소리에 한지현이 문을 열고 안으로 들어갔다. 그녀는 조태섭에게 살짝 고개를 숙인 후 입을 열었다.

"전투기 사업 관련해서 미국 업체의 로비스트가 의원님을 뵙고 싶다는 말을 전해 왔습니다."

조태섭은 고개를 들어 그녀를 바라봤다. 그리고 그녀를 향해 손을 내밀었다. 그러자 그녀는 조태섭의 앞으로 다가가 가지고 온 서류를 건넸다.

그녀가 다시 입을 열었다.

"연락을 취해 온 로비스트의 신상입니다."

조태섭이 서류 봉투를 열자 한지현이 목소리를 이었다.

"아메리카 대학교 출신입니다. 나이는 스물아홉, 로비스트 경력은 4년이 되었습니다."

"어때?"

"비서진과 의논한 결과 조건은 나쁘지 않다고 판단되었습니다. 가격도 적당하고, 성능도 빠지는 곳이 없습니다."

조태섭이 고개를 저었다.

"아니, 비행기 말고 이 여자 말하는 거야. 김희우의 여자로 어울리지 않나?"

"네?"

조태섭의 입가에 미소가 떠올랐다. 여자는 로비스트 활동을 하고 있다. 이런 여자라면 희우에게 비리 혐의까지 씌울 수 있다.

조태섭의 시선이 다시 여자의 사진으로 향했다. 서구적으로 큼직큼직 예쁘장하게 생긴 것이, 젊은 사람들이 좋아할 얼굴 같았다. 잠시 사진을 바라보던 조태섭이 한지현에게 서류 봉투를 건네며 말했다.

"알아서 진행해. 이 여자 나 좀 보자고 하고."

"알겠습니다."

한지현이 밖으로 나가고 조태섭 역시 자리에서 일어섰다.

대통령 선거의 막이 본격적으로 오르는 중이었다. 다음 대통령도 자신의 종으로 만들기 위해서는 가만히 있을 수 없었다.

모든 역사는 밤에 이루어진다.

조태섭은 전화기를 들어 올렸다. 그의 전화가 향하는 곳은 황진용 의원이었다.

다음 날.

중앙 지검에서는 인사이동이 급격하게 이뤄지고 있었다. 지검장이 새로 취임했고, 전석규가 인천 지검으로 발령받았다. 전석규는 그곳에서도 좋지 못한 대접을 받을 게 분명했다.

희우는 전석규의 방으로 향했다.

전석규는 짐을 싸고 있었고 그 옆에서 지성호가 안타까운 표정으로 있었다. 짐을 싸고 있던 전석규가 희우를 보고 희미하게 미소 지었다. 희우가 살짝 고개를 숙이자 전석규가 입을 열었다.

"뭘 또 왔어? 배웅 나올 필요까지는 없는데."

희우가 낮은 목소리로 말했다.

"다시 모시겠습니다."

전석규가 고개를 저으며 희우를 바라봤다.

"난 오래전에 끝난 사람이야. 사람들은 나를 호랑이라고 부르지만 이빨 빠진 지 오래다. 김석훈도 갔는데 나도 가야지."

"죄송합니다."

희우의 죄송하다는 말에 전석규가 다시 슬쩍 미소 지었다. 그리고 입을 열었다.

"말할 수는 없지만 나에게 어떤 제안이 왔었어. 검사로서 받아들이면 안 되는 제안이었지. 그런데 재밌는 게 뭔지 아나?"

"……."

"난 흔들렸었다는 거야."

그의 말에 희우가 강한 어조로 답했다.

"흔들리셨어도 기울어지지는 않았지 않습니까?"

전석규가 고개를 저었다.

"흔들렸다는 게 중요해. 구부러지지 않는 나무가 흔들렸다는 건 이미 휘었다는 거야. 휘어진 나무는 관상용으로는 좋을지 몰라도 목재로는 쓰기 어렵지."

전석규가 작은 상자에 자신의 짐을 챙긴 후 희우의 앞으로 다가왔다. 그리고 희우의 어깨에 한 손을 올리고 나지막하니 입을 열었다.

"희우야, 그리고 성호야. 너희는 휘어지지 말고 정의롭게 살아라."

그의 말에서 진심이 느껴졌다.

그 말을 들은 지성호는 눈물을 찔끔 흘렸다. 지성호는 검사로서의 거의 모든 삶을 전석규와 함께했었다. 슬픈 것은 당연했다.

그렇게 전석규는 희우를 지나 사무실을 벗어났다. 그의 뒷모습을 보며 희우는 허리를 깊게 숙여 인사했다.

"꼭 다시 모시겠습니다."

전석규는 돌아보지 않은 채 한 손을 들어 인사를 하고 중앙 지검을 떠났다.

희우는 다시 고개를 들어 올렸다. 상념에 젖어 있을 시간 따위는 없다. 빠르게 움직여서 JS건설을 손아귀에 쥐어야 했다. 그게 모든 것을 제자리로 돌려놓을 수 있는 유일한 방법이다.

그 시각, 상만은 전화기를 바라보고 있었다. 희우의 말에 따르면 지금쯤 전화가 올 시기였다.

그리고 기다리고 있던 전화벨이 울렸다.

발신 번호를 확인했다. JS건설의 한성제 이사였다.

요란하게 울리는 벨 소리. 상만은 희우가 지시한 대로 통화 버튼에 손을 대지 않고 한동안 전화가 울리도록 내버려 두었다. 희우는 상만에게 전화가 오더라도 간절한 쪽은 상대라는 사실을 알리라고 했었다.

협상은 언제나 심리 싸움이다.

그렇게 전화가 끊겼다. 그리고 다시 울렸다. 상만은 그제야 천천히 전화를 들어 받았다.

한성제 이사가 침울한 목소리로 입을 열었다.

-모두 보내겠습니다.

"알겠습니다. 좋은 결정 하셨습니다."

통화 종료 버튼을 누른 상만은 바로 희우에게 전화를 걸었다.

사무실에 앉아 있던 희우는 울리는 전화기를 들어 올렸다.

"어, 말해."

-사장님, 한성제 이사가 각 임원들의 비리를 보내겠다고 했습니다.

"자료 받아 와."

-알겠습니다!

상만은 힘차게 말했다.

희우는 그들의 비리로 이사진을 압박해서 최대한 낮은 가격에 JS건설을 인수하려고 한다. 그들의 입장에서는 어차피 버려지는 회사였다. 조금이라도 많이 챙겨 받고 싶겠지만 감옥에 가는 건 누구도 원치 않았다. 적당히 가격을 조정하며 구색을 맞춰 준다면 인수는 어렵지 않을 거다.

희우가 계속 말했다.

"자료 받아 오면 나한테 팩스 보내도록 해."

-바로 보시게요?

"그래야지. 그리고 내가 가지고 있는 편이 좋아. 대표가 말을 듣지 않으면 언제든 영장 받아야 하니까. 그리고 자료 받으면 침 흘리고 있는 다른 회사 접선해."

-네.

"상대는 JS건설의 대표이사야. 운만으로 올라갈 수 있는 자리가 아니라는 걸 잘 알아 둬. 네 말에 조금이라도 거짓이 있다면 네가 내미는 카드를 의심할지도 몰라."

희우의 말을 들은 상만은 다시 힘차게 대답했다.

-알겠습니다.

"시간은 이번 주 안이면 충분하겠지? 인수까지 끝내도록 해."

-네? 이번 주요? 사장님, 그건 시간이 너무 촉박하잖아요. 저도 회사에서 제 할 일이 있다는 거 모르세요?

희우는 더 이상 상만의 말을 듣지 않고 전화를 끊었다. 말은 툴툴거려도 잘해 줄 거라는 믿음을 가지고 있었다.

전화를 끊은 상만은 잠시 한숨을 내쉬었다.

상만 역시 머리를 쓰는 일이라면 밀리지 않는다고 자부하고 있었다. 하지만 희우의 계획을 들을수록 앞으로 상황이 어떻게 변화해 갈지 예측할 수 없었다. 하지만 희우가 시킨 일이었기에 해야 했다. 그게 상만이 희우와 함께 있는 방식이었고, 희우의 옆에 남겠다고 생각한 후부터 결심한 것이었다.

상만은 사무실에서 일어섰다. 이제 다음 계획을 실시할 때였다.

임원의 비리를 확보하면 그들을 압박하는 것이 첫 번째였다. 그리고 다음으로 JS건설에 침을 흘리고 있는 다른 기업을 압박하는 것이 두 번째였다. 다른 기업을 압박하는 방식은 역시 비리를 가지고 협박을 하는 것이 가장 간단한 진리였다.

다음 날, 희우는 컴퓨터를 바라보고 있었다.

전석규가 떠난 상황에서 빠르게 일을 처리하고 싶었다. 희우는 조태섭을 흔들기 위한 두 번째 계획, 바로 한반도은행을 무너뜨리는 일을 계획하고 있었다. 화면에 한 사람의 얼굴이 나타났다. 한반도은행의 임원이자 박대호의 아내였다.

잠시 생각에 빠져들었던 희우의 얼굴에 미소가 떠올랐다. 그리고 핸드폰을 들어 올렸다. 전화가 향하는 곳은 상만이었다.

"그때, 김석훈 마누라 만났던 제비 있지? 이름이 이정석인가?"

-네. 왜요?

"전화번호 가지고 있어?"

-네, 왜요?

"문자로 전화번호 전송해."

상만이 두 번씩이나 왜냐고 물었지만 희우는 대답하지 않았다.

희우가 다른 사람에게 자신의 생각을 드러내지 않는 이유는 하나다. 민수처럼 언제든 적이 될 수 있다고 생각해서다. 아무리 믿고 있는 상만이었지만 절대적인 위기의 상황에선 모르는 일이었다.

잠시 후, 희우의 핸드폰에 제비 이정석의 전화번호가 찍혔다.

희우는 바로 통화 버튼을 눌렀다.

"좀 보자."

-또 왜요?

"오늘 왜요라는 말 세 번째 들으니까 묻지 말고 보자."

그날 밤, 희우는 강남의 한 바에서 그를 만났다.

자리에 앉자마자 희우가 그에게 사진 한 장을 건넸다. 제비 이정석은 테이블 위에 던져진 사진을 물끄러미 바라봤다. 희우가 말했다.

"꼬셔 봐."

"누군데요?"

제비 이정석은 눈을 껌벅이며 물었다.

희우는 고개를 저으며 말했다.

"검찰 총장 후보 마누라까지 꼬시려고 했던 놈이 누군지 알면 못 꼬시냐?"

희우는 가방에서 500만 원의 돈뭉치를 들어 테이블 위에 올렸다.

돈이 테이블 위에 올라오자 이정석의 눈썹이 꿈틀거렸다.

예전에도 이런 일이 있었다. 희우는 그때도 돈을 한 뭉치 두 뭉치 올려놓았다. 이정석이 돈을 보고 배짱을 튕기니까 희우는 돈을 회수하고 오히려 협박을 했던 일, 이정석이 그날을 떠올리며 물었다.

"저기 검사님, 솔직히 하나만 물어봐도 될까요?"

"말해."

"이번엔 돈을 얼마까지 올렸다가 다시 가방에 집어넣을 생각인가요?"

희우가 피식 웃으며 말했다.

"지금 내가 가진 돈은 500만 원이 전부야. 다 썼거든."

이정석은 비굴한 웃음을 지으며 돈을 들어 자신의 옆에 두었다.

"그럼 이거라도 받아야겠네요. 제가 학습 능력이 뛰어나거든요."

희우가 말했다.

"한반도은행 알지?"

"네."

"거기 최대 주주가 누군지 알아?"

"그걸 제가 어떻게 알아요?"

"DHP머니야."

"네?"

이정석의 눈이 휘둥그레졌다. 사실 뉴스나 신문을 조금이라도 보는 사람이라면 알고 있는 상식이었지만 그는 전혀 알지 못하는 것 같았다.

희우가 계속 말했다.

"DHP머니 대표가 박대호고, 이 여자는 박대호의 아내야."

이정석은 자신의 옆에 두었던 돈을 다시 희우를 향해 밀었다.

"저 이거 못 합니다."

"왜?"

"박대호가 누군지 몰라서 그러세요?"

"누군데?"

"성공한 조폭의 롤 모델이잖아요. 주먹 생활하다가 대부업 해서 저 자리까지 올라간 사람요."

"그래서?"

"그래서라뇨?"

"무서워?"

희우의 말에 이정석은 오히려 한심하다는 표정을 지었다.

"그럼 안 무서워요? 박대호가 얼마나 무서운 사람인지 몰라서 그래요? 어쨌든 난 못 해요."

희우가 어이없다는 표정으로 그를 보며 되물었다.

"검사가 깡패 무서워할 거 같아?"

"아닌가요?"

확신에 찬 표정으로 말을 하는 이정석을 보며 희우는 한숨을 내쉬었다. 이래서 영화나 텔레비전이 사람을 망쳐 놓는다는 소리가 있는 것이다.

희우가 고개를 저으며 그에게 말했다.

"영화 그만 봐라."

"네."

"네가 할 일은 별로 없어. 그 여자 만나서 숨은 가족 관계 좀 알아봐."

"숨은 가족 관계요?"

희우는 더 이상 말하지 않았다.

박대호는 불법으로 대출받은 자금을 가족 명의로 돌리고 있었다. 그리고 그 돈은 다시 노숙자들에게 흘러들었고 재건축 현장에 투자되는 중이었다. 하지만 지금 희우의 작업이 지지부진한 이유는 박대호의 가족이 정확히 누구인지 알 수 없다는 것 때문이었다.

엄밀히 말하면 박대호는 한국계 일본인이다. 그는 이 땅에 어떤 호적도 남겨 놓지 않았다. 그리고 일본에서도 마찬가지였다. 드러난 것은 그와 그의 아내뿐이다. 가족이 있다는 것은 알고 있지만 명확하지 않았다. 그쪽을 잡아 추린다면 일이 훨씬 수월해질 것이 분명했다.

이정석이 물었다.

"복잡한 가족 관계만 알아내면 된다 이거죠? 그때처럼 여행 가라 어쩌라 이런 거 아니죠?"

희우가 고개를 끄덕였다.

"응."

"그런 거야 위험하지도 않겠네요. 그런 건 또 제가 전문 아니겠습니까? 나하고 만나면 여자들이 알아서 자기 집안일을 술술 불어요. 남편이 무슨 짓을 했고 어쩌고저쩌고한다니까요."

이정석은 그렇게 말하며 다시 테이블 위에 있는 돈을 자신 쪽으로 잡아 들었다.

희우가 말했다.

"일이 잘 처리되면 이 앞에 있는 돈의 스무 배를 주마."

"스무 배요?"

"그래."

"1억?"

희우가 고개를 끄덕였다. 이정석이 희우를 향해 깊게 고개를 숙였다.

"열심히 하겠습니다."

"그 여자의 동선에 대해서는 조만간 사람을 통해서 알려 줄게. 이 시간 이후로 너와 나는 만나지 않는다."

"넵! 당연합니다."

희우가 자리에서 일어섰다. 그리고 그에게 말했다.

"아, 그리고 만약에 위험에 처한다면 내 이름을 얼마든지 불어도 좋아."

그 말에 이정석이 눈을 깜빡거렸다.

"네? 보통은 이럴 때 절대 이름을 말하지 말라고 하지 않나요?"

"나 때문에 네가 위험에 빠질 수는 없잖아."

"하하, 그럼 위험에 빠지면 바로 불겠습니다."

능청스럽게 말하는 그를 보며 희우는 바를 벗어났다. 그리고 바로 상만의 사무실로 향했다. 하루 스물네 시간이 모자랐다.

그 시각, 서울의 어떤 일식집.

조태섭은 한 여성과 만나고 있었다.

하얀 피부에 붉은 립스틱으로 입술을 칠한 그녀는 보기만 해도 색기가 넘쳤다. 그녀는 무기 로비스트로, 각 국가의 유력 권력자를 만나 자신들의 무기를 사게 권유하고 협상하는 사람이었다. 보통 접근을 하는 상대는 조태섭 같은 최고 권력자들.

하지만 지금 그녀는 당황스러운 상태였다. 조태섭에게 어떤 눈빛을 보내도 그는 눈길조차 주지 않았다. 대신 조태섭이 요구한 것은 다른 일이었다.

"김희우라는 검사를 만나 보도록 해."

"네? 검사요?"

그녀는 황당한 표정으로 조태섭을 바라봤다.

검사라는 직업이 가진 힘, 그녀가 지금까지 만나 왔던 사람들의 힘에 비해서는 작다 못해 하찮았다.

그런데, 그 말이 떨어지자 미닫이문이 열리고 한지현이 걸어 들어왔다. 한지현이 식탁 앞에 서서 로비스트의 앞에 서류 봉투를 내려놓았다. 그리고 살짝 고개를 숙인 후 다시 자리를 벗어났다.

조태섭이 말했다.

"열어 봐."

로비스트는 황당한 표정으로 앞에 놓인 서류 봉투를 열었다.

조태섭이 말을 이었다.

"그놈을 자네 것으로 만들 수 있겠나?"

그녀는 대답하지 않았다. 지금 기분이 몹시 나쁜 상태였다. 지금 조태섭이 하는 짓, 그녀에겐 하찮은 검사와 놀아나라는 것으로밖에 느껴지지 않았다.

조태섭이 다시 말했다.

"놈을 자네 것으로 만든다면 내가 자네 회사의 전투기를 우리나라에 도입할 수 있도록 힘을 써 줌세."

그녀는 기분이 나빴지만 표현하지 않고 활짝 웃었다.

"정말 이 검사면 되겠어요?"

"가진 힘으로 사람을 판단하려고 하지 마. 김희우는 쉽지 않은 상대일 거야."

"과연 그럴까요? 어떤 남자든 저를 가지기 위해서 애를 쓰지요. 특히 권력욕이 심한 사람일수록 더욱 그래요. 나를 가지면 그게 곧 최고의 액세서리가 될 테니까요."

조태섭은 슬쩍 웃었다. 그리고 그녀에게 말했다.

"이름이 김세연이라고 했나?"

"네."

"권력욕이 심한 사람은 너를 가지고 싶어 한다고?"

"네. 물론 의원님은 아닙니다. 의원님은 권력욕을 넘어서고 있으니까요."

"넘어서고 있다?"

조태섭은 흥미로운 표정으로 그녀를 바라봤다.

순간의 눈빛.

그녀는 떨었다. 자신도 모르게 잡고 있던 찻잔을 놓칠 뻔했다. 마치 앞에 호랑이를 두고 앉아 있는 기분이었다. 조태섭은 웃고 있었지만 그 미소는 섬뜩하게 느껴졌다.

서늘한 감정을 느끼며 침을 꿀꺽 삼키는 그녀와 달리 조태섭은 여전히 싱글벙글 미소 지으며 물었다.

"말해 봐, 내가 권력욕을 넘어섰다는 게 무슨 말이지?"

"자…… 잘 모르겠습니다."

"싱겁군."

조태섭은 더 이상 할 말이 없다는 표정으로 자리에서 일어섰다. 그리고 김세연을 내려다보며 말했다.

"김희우나 잘 꼬셔 보도록 해. 이번 무기 사업의 스캔들에 녀석의 이름이 들어갈 수 있도록. 그렇게 된다면 자네 회사의 사장은 자네를 상당히 예뻐할 거야."

"……네."

김세연은 고개를 숙였다.

그녀는 지금 대답을 할 수밖에 없었다. 숱한 권력자를 만난 그녀지만, 조태섭에게는 완벽하게 눌려 버린 기분이었다.

다음 날, 희우는 사무실을 정리하고 있었다.

지검장이 바뀌며 인사이동이 시작되었고 희우는 지성호와 함께 제4차장검사 아래의 특별수사 제2부, 수사2과로 발령받았다. 희우가 들어간 4차장검사 아래의 특별수사부는 쉽게 말해 끗발을 가지고 있는 나쁜 사람을 잡는 부서였다.

사무실을 옮긴 희우는 지성호의 옆 책상에 배치받았다. 지성호가 싱글벙글 웃으며 말했다.

"함께 일하게 됐네?"

"그러네요."

"그럼 저녁에 술 한잔할까?"

"아뇨, 저 밤에 약속 있어서요."

"여자?"

"아뇨, 남자예요."

지성호는 아쉬운 표정으로 자리에 앉으며 중얼거렸다.

"혹시라도 여자 만날 때면 같이 좀 만나자. 청장님도 안 계셔서 나 외롭다."

"네, 알겠습니다."

지검장실.
새로운 지검장은 희우의 차장검사와 함께 앉아 있었다.
"김희우 검사 있지?"
"네."
"그 녀석, 도진여객 좀 알아보라고 해 봐."
"도진여객요?"
도진여객은 서울의 버스 운송 업체 중 하나였다.
차장검사의 말을 들은 지검장이 고개를 끄덕였다.
"도진여객이 위에 돈 바치면서 노선을 돈 되는 곳으로 바꾸고 있다는 말이 있어. 잘 만지면 사람들이 좋아할 거 같지 않아?"
"그렇겠네요. 버스 타는 놈들이 즐거워할 소식이겠습니다. 그런데 왜 김희우에게 시키려고 하십니까?"
"김석훈 지검장한테 들은 말인데 그놈이 사건을 잘 키운다고 하더라고. 그러니까 그놈 시켜."
"네."
차장검사가 나가고, 지검장은 자리에서 일어나서 창가로 걸어갔다.

사무실로 돌아간 차장검사는 희우를 불렀다. 그리고 지검장의 지시를 전하며 업무를 내렸다. 희우는 바로 일을 처리하기 위해 자리에서 가방을 챙겼다. 지성호가 말했다.
"바로 일 시작이네?"
"그럼 다녀오겠습니다. 가서 조사하고 있을 테니까 영장 신청 좀 해 주세요."
"그래. 저녁 약속 사라지면 연락해야 해."

희우는 수사관을 대동하지 않고 밖으로 나갔다. 혼자 일하는 게 편했고, 다른 업무들은 이미 끝낸 상태였기에 부담감도 덜했다.

도진여객의 앞으로 걸어간 희우는 주변을 둘러봤다. 다를 건 없었다.

희우는 버스가 주차되어 있는 곳을 지나 사무실이 있는 방향을 향해 천천히 걸었다. 그때 옆으로 한 여자가 다가왔다. 굵은 파마를 했는지 곱슬곱슬한 머리가 어깨를 살짝 넘어오는 여자였다.

선글라스를 끼고 무릎까지 오는 검정 코트를 입은 그녀가 희우에게 말했다.

"택시를 타려면 어디로 가야 하나요? 공항에서 버스를 탔다가 잘못 내렸습니다."

그녀의 입에서 나온 말은 영어였다. 희우 역시 영어로 물었다.

"외국분이신가요?"

"한국 사람이에요. 미국에서 오래 살아서 한국말이 어렵습니다."

희우는 슬쩍 그녀를 바라본 후 전화기를 들었다. 그리고 콜택시를 불렀다.

"기다리고 있으면 택시가 올 겁니다."

"감사합니다."

희우는 그녀에게 살짝 고개를 숙여 인사한 후 자리를 떠났다.

도진여객의 주변을 살핀 후 희우는 지성호에게 전화를 걸었다.

"영장 나왔나요?"

-아니, 아직. 기다리고 있는 중이야.

전화를 끊으려고 한 순간 지성호가 다급하게 말했다.

-아, 잠깐만. 지금 차장검사님이 전화 받으셨는데 도진여객 대표가 천하호텔에서 누군가 만나고 있대. 한번 가 봐.

"네, 알겠습니다. 그럼 천하호텔로 가겠습니다."

-그런데 저녁 약속은 계속 있는 거야?

"죄송합니다."

희우는 전화를 끊었다. 그리고 도진여객을 떠나 천하호텔로 가기 위해 택시에 올랐다.

천하호텔에서 내린 희우는 커피숍을 찾아들어 갔다. 그리고 주변을 둘러보고 도진여객 대표를 찾아 가까운 자리에 앉은 후 테이블에 놓인 신문을 펼쳐 들었다.

그때, 희우의 옷을 누군가가 톡톡 쳤다. 희우가 옆을 바라보자 도진여객에서 만났던 여자였다. 그녀가 말했다.

"여기서 또 뵙네요?"

물론 그녀의 말은 영어로 흘러나왔다.

"아, 네."

"이렇게 두 번씩 뵙게 될 줄은 몰랐어요."

"네, 그러네요."

희우는 그녀가 계속 말을 거는 게 귀찮았다. 그의 신경은 오로지 뒤에 앉아 있는 도진여객 대표의 목소리에 쏠려 있었다.

하지만 그의 마음을 모르는지 그녀는 계속 말을 걸었다.

"이것도 인연인데 차라도 같이 드시겠어요? 제가 체크인 시간까지 좀 남아서요."

그녀는 희우의 대답이 떨어지기도 전에 앞에 앉았다. 방긋방긋 웃고 있는 그녀는 아름다운 얼굴을 지니고 있었다. 그녀가 말했다.

"그런데 영어를 잘하시네요? 아까 버스에서 난감했었거든요."

"잘 못합니다."

희우는 그녀의 이야기를 들으면서도 귀는 도진여객 대표에게 향해 있었다.

그녀가 몇 마디를 더 했다. 그리고 컵을 들어 커피를 마시며 웃었다.

"한국에 와서 제일 좋았던 게 한글로 쓰인 간판을 봤을 때예요. 다 한

글로 쓰여 있어서 얼마나 반가웠는지 몰라요. 사실 이렇게 많은 한글을 본 건 처음이거든요."

"그렇군요."

희우는 단답형으로 대답했다.

그녀는 잠시 그곳에 앉아 커피를 마셨다. 잠시의 시간이 지난 후, 그녀는 손목의 시계를 보며 말했다.

"전 이만 호텔로 올라가 보겠습니다. 그리고 이건 제 명함이에요. 저녁 7시 이후에는 전화를 받을 수 있으니까 언제 연락 한번 주세요. 꼭 식사를 대접하고 싶어서요."

"그러죠."

그녀가 일어나서 자리를 떠나자 희우는 지성호에게 전화를 걸었다.

"지금 뒤에서 듣고 있는데 특별한 내용은 없습니다. 지인과의 대화일 뿐입니다. 영장은 아직입니까?"

-응. 일단 다시 들어오라고 하네.

"네?"

-들어오래.

희우는 고개를 갸웃거렸다. 뭔가 이상했다.

희우는 자리에서 일어서며 여자가 놓고 간 명함을 가만히 바라봤다.

"김세연?"

어디선가 들어 봤던 이름이다. 하지만 영 기억이 나지 않았다.

희우는 일단 명함을 들어 주머니에 넣었다. 멀찍이에서 그 모습을 가만히 지켜보던 김세연은 손목을 들어 시간을 확인했다.

"7시까지 5시간 남았네."

희우는 지검으로 향하며 상만에게 전화를 걸었다.

"오늘 다른 회사 돈다며. 어떻게 되었지?"

상만은 JS건설에 군침을 흘리고 있는 회사에 협박을 하고 다니는 중이었다. 상만이 말했다.

-우리가 협박할 필요도 없었어요. 다들 지금 가격은 비싸다고 조금 더 떨어지기를 기다리고 있었어요.

상만의 말을 들은 희우가 다시 입을 열었다.

"그럼 이제 JS건설로 들어가."

-네, 알겠습니다.

희우는 전화를 끊었다.

상만은 JS건설로 전화를 걸어 대표가 자리에 있는지 확인 후 그곳으로 향했다. 대표이사 사무실은 5층 건물의 가장 위에 있었다. 엘리베이터를 타고 올라가 사무실 앞 데스크에 서 있는 비서에게 말했다.

"대표이사님에게 인수 의향으로 찾아왔다고 전해 주십시오."

비서는 잠시 전화를 걸더니 프런트에서 나와 이사실의 문을 열었다.

상만은 문 앞에서 그에게 고개를 숙여 인사한 후 방을 둘러봤다.

벽면을 따라 관상목이 가득해 눈이 편안하게 느껴지는 공간이었다. 고가의 미술품이나 골동품은 보이지 않았다. 이런 사람의 특징은 허례허식을 좋아하지 않는다는 것이다. 그의 성품을 짐작하며 상만은 천천히 앞으로 걸어 중앙에 있는 갈색 가죽 소파에 앉았다.

비서가 들어와 테이블에 차를 놓자 대표이사는 그제야 책상에서 일어나 소파로 향했다. 그의 표정은 좋지 않았다.

그가 보기에 상만은 지나치게 어렸다. 기업의 인수 문제를 거론할 나이는 아니었다. 비서가 전한 인수라는 말에 상대의 소속도 물어보지 않고 서둘러 방문을 허락한 자신을 책망했다.

"어디서 오셨습니까?"

그의 말투는 삐딱했다. 하지만 상만은 상관하지 않았다.

이미 희우에게 상황이 어떻게 이뤄질지 모두 들었고, 그 말대로 되는 것이 신기할 뿐이었다. 상만은 빙긋 웃으며 말했다.

"젊은 사업가? 아니면 기업인으로 생각해 주십시오. 박상만이라고 합니다."

대표이사는 찻잔을 들어 마시며 노골적으로 불쾌한 눈빛을 드러냈다. 가벼운 인사말로 이야기를 풀어 나갈 분위기는 아니었다.

그 눈빛을 받으며 상만이 단도직입적으로 말했다.

"인수하고 싶습니다."

상만은 그렇게 말하며 인수 의향서를 내밀었다.

대표는 힐끗 의향서를 바라봤다. 상만이 적은 금액은 대표가 생각하는 것보다 100억이나 낮은 금액이었다. 대표가 고개를 저었다.

"공개경쟁 입찰 방식입니다. 절차대로 하세요."

상만이 빙긋 웃었다.

"누가 입찰을 할까요? 욕심은 조금만 부리셨으면 좋겠는데요."

서른도 안 되어 보이는 새파란 어린아이가 내뱉는 건방진 말이었다. 대표이사의 얼굴에 노기가 올랐다. 하지만 상만은 아랑곳하지 않고 한성제 이사에게 받은 서류의 복사본을 건넸다.

테이블에 놓인 황토색 서류 봉투로 대표의 시선이 옮겨질 때, 상만의 목소리가 이어졌다.

"열어 보시죠."

"볼 필요 없습니다. 내가 일이 많으니 차 다 마셨으면 나가 주세요."

대표이사의 목소리 톤이 높아졌다.

상만은 다리를 꼬고 앉아 등을 소파로 밀어 넣었다. 그리고 핸드폰을 꺼내 희우에게 전화를 걸었다.

"도착했습니까?"

-어딜?

"검찰요."

-그래, 지금 막 도착했다.

"알겠습니다."

상만은 전화를 끊고는 대표를 향해 싱긋 웃으며 말했다.

"원본을 가지고 있는 사람이 지금 검찰에 도착했다고 합니다."

"뭐?"

"그러니까 열어 보세요."

대표이사는 못 이기는 척 봉투를 열어 봤다. 그리고 내용을 확인한 동시에 그 표정이 심하게 굳어져 갔다. 그들이 했던 공사 대금 횡령, 공사 자재 바꾸기 등 각종 비리가 적나라하게 적혀 있던 거다. 즉, 제안을 받아들이지 않으면 감옥에 보내겠다는 엄포였고 협박이었다.

상만은 대표의 눈이 떨리는 그 순간을 놓치지 않았다.

"저희는 인수를 원합니다."

대표이사는 분노에 찬 목소리로 물었다.

"이걸 누가 넘겼지?"

그 질문에 상만이 어이없다는 투로 대답했다.

"지금 그게 중요한가요? 그러니까 당신들 회사가 이 지경이 된 겁니다. 위기가 닥쳤으면 해결할 생각을 해야지 왜 누가 잘못했는지를 따지려고 하세요? 그 일은 상황을 해결하고 하세요."

"……."

"지금은 이 상황만 생각하세요. 저는 제안을 했고, 대표님은 받아들이면 됩니다."

상만의 말에 그는 떨리는 목소리로 대답했다.

"조……금만 더 쳐주게."

"50억 더 얹겠습니다."

그렇게 JS건설은 상만에게 매각되었다.

JS건설 매각 유력

JS건설 노조 지부, 매각 무효 촉구

JS건설의 매수자는 젊은 기업인 박상만 씨가 거의 확정적이다. 채권단 및 업계에 따르면 JS건설 인수 합병의 매각 주관사는 이날 오후 5시까지 인수 의향서를 접수하고 입찰 서류 검토 및 평가를 거쳐 매각 대상자를 결정했다.

노조에서는 비정규직 직원에 대한 해고 사태로 대규모 파업을 벌이며, 졸속으로 이루어진 이번 매각에 대해 임원진의 해명이 있어야 한다고 주장했다.

다음 날 밤이었다.

기사를 본 희우의 입에 미소가 떠올랐다. 앞에서는 상만이 방긋방긋 웃고 있었다.

"보셨죠? 신문 기사에 제 이름이 나왔어요."

"그래, 네 이름이 나왔네. 잘했다. 오늘 치킨 사 줄게."

"하하, 저는 치킨을 먹을 자격이 되지요. 닭 다리 먹어도 될까요?"

"먹도록 해."

생각 이상으로 일이 잘 풀렸다.

그 시각, 자택의 서재에서 신문을 보고 있던 조태섭의 눈이 가늘게 뜨였다.

그는 책상에 있는 벨을 눌렀다. 그 소리에 밖에서 대기하고 있던 한지현이 문을 열고 들어왔다. 하지만 책상 앞으로 가지 않고 문의 앞에만 서 있었다.

"부르셨습니까?"

"이리 와."

그의 말에 그녀는 그제야 앞으로 걸어갔다. 그는 그녀에게 신문을 건넸다.

"이 녀석 좀 조사해 봐."

신문에는 JS건설 인수에 관한 내용과 상만의 사진이 있었다.

조태섭의 목소리가 그녀의 귀를 파고들었다.

"불길한 느낌이 들어. 완벽하게 조사하도록 해."

그는 오랜 시간 정치의 소용돌이에서 살아남은 자였다. 젊은 날에는 군부에 아부를 하며 살아남았고 이후에는 정점에서 내려가지 않기 위해 발버둥 치고 있었다. 그 숱한 세월의 시간만큼 그를 끌어내리기 위한 많은 도전을 받았고 모두 이겨 냈다. 지금 뭔지 모를 불길함을 느끼는 능력. 그것은 그런 세월 속에서 만들어진 힘이었다.

한지현이 대답했다.

"알겠습니다."

그녀는 그에게 고개를 숙여 인사하고 밖으로 나섰다.

그 기사를 본 사람이 한 명 더 있었다. 천하그룹 경제연구소의 희아였다. 그녀는 신문을 들고 기사를 읽으며 미소 지었다.

그녀는 상만의 사진을 보며 희우를 떠올리고 있었다.

과연 희우였다. 한 달 안에 일을 처리하겠다고 하더니 단 며칠 만에 JS건설을 먹어 버렸다. 그녀가 신문을 내려놓으며 중얼거렸다.

"정말 가능할까?"

그녀가 무리한 조건을 내걸었던 이유는 희우가 이런 더러운 싸움에 끼는 것을 원하지 않았기 때문이다. 하지만 마음 한편으로는 희우가 성공하기를 바라고 있었다. 그리고 어쩌면 정말 성공할지도 모른다는 생각이 들었다.

그녀가 다시 나지막이 입을 열었다.

"또 보고 싶다."

다음 날, 희우는 기지개를 펴며 휴게실로 들어갔다.

피곤했다. 몇 개의 일을 한꺼번에 처리하고 있으니 피곤하지 않을 수 없었다.

일단 노조를 어떻게 막아야 할지 고민 중이었다. 서로가 윈윈할 수 있는 방법이 없을까? 노조 쪽 일이 원만히 해결되어야 희우가 앞으로 하는 일도 빠른 속도로 이루어질 수 있었다.

뿐만 아니라 지검에서 하는 일도 소홀히 할 수 없었다. 어마한 양의 업무는 생각할 시간도 줄여 버렸다.

희우의 옆으로 지성호가 다가왔다.

"청장님도 없고 심심하다."

"일 많잖아요?"

"일이 많다고 안 심심하냐? 항상 옆에 있던 사람이 없으면 심심한 거지. 뭐 재밌는 일 없냐?"

재밌는 일이라는 말에 희우는 순간 민수를 떠올렸다.

오로지 재미만 찾아다니는 민수. 그 속마음이 무엇인지는 모르지만 성격적으로 뭔가 결함이 있는 것은 분명했다.

어린 시절 아버지의 영향일까? 거기까지는 알 수 없었다.

희우는 자리에서 일어섰다. 그리고 다시 기지개를 펴며 자판기로 걸어가 지성호에게 물었다.

"음료수 드실래요?"

"춥다. 따끈한 걸로 뽑아 봐."

희우는 따듯한 커피를 뽑아 지성호에게 건넸다. 그리고 그의 옆에 앉으며 다시 입을 열었다.

"재밌는 일이란 게 뭘까요?"

"재밌는 일? 인생에 재미가 있을까?"

"그렇죠?"

대답을 한 희우. 지성호가 멀뚱히 그를 바라봤다.

"정말 몰라서 묻는 거야?"

"네. 생각해 본 적이 없어요."

"이게 우리나라 교육의 문제야. 생각할 시간을 주고 사람이 철학적으로 살 수 있게 해야 하는데 그런 걸 다 막아 버렸으니 창의력이 떨어지지."

재미와 창의력의 연관성이 무엇인지는 몰랐지만 희우는 가만히 그의 말을 들었다. 지성호가 말을 이었다.

"자기가 좋아하는 일을, 좋은 사람들하고 함께 하는 게 재밌는 일 아닐까? 난 그렇게 생각하는데. 사람들 그런 말 많이 하잖아. 월급을 많이 줘도 사람이 싫은 곳에 있으면 떠나고 싶다고."

"그럴 수도 있겠네요."

"내 말이 맞지 않아? 좋은 사람들이 많이 모여 있는 직장이라면 이직률도 낮고 쉽게 나가지 못하니까. 그게 재밌는 거지."

희우는 고개를 끄덕였다. 지성호의 말에 조금은 공감되었다.

희우는 빈 종이컵을 버리기 위해 자리에서 일어서며 말했다.

"좋은 사람하고 같이 게임을 하는 것도 재밌는 일이겠네요."

"그렇지. 가 본 적은 없지만 PC방에 애들 가는 거 보면, 친한 애들끼리 게임하고 이러는 거 재밌어 보이지 않아? 그런 거지."

"하하."

희우는 어색하게 웃었다. 그리고 가만히 민수가 있는 사무실로 시선을 옮기며 중얼거렸다.

"게임은 서로 싸울 수도 있고 함께 공동의 미션을 할 수도 있잖아요."

희우는 민수에게 전화를 걸었다.

"밤에 맥주 한잔 어떠세요?"

-좋지. 몇 시에 퇴근할 거야?

"조금 일찍 보죠."

민수는 희우의 말을 쉽게 받아들였다.

그날, 희우와 민수는 참 많은 술을 마셨다. 밤 10시도 되기 전에 두 사람은 만취해 버렸다.

비틀거리며 집으로 돌아온 희우. 거실에는 상만이 앉아 있었다.

옷을 벗어 옷걸이에 거는 희우를 보며 상만이 물었다.

"사장님, 노조 어떻게 할까요?"

"처리해야지."

"처리해요?"

희우가 고개를 끄덕이며 말을 이었다.

"기다려. 일단은 기다려. 그리고 네가 나한테 전화를 하는 날이 올 거야. 그때까지 기다려."

"네? 그게 무슨 말이세요? 방금은 처리하라면서요."

"기다리면 알 거야."

희우는 피곤한 몸을 이끌고 침대로 걸어가 아무렇게나 쓰러졌다.

그런 희우를 상만은 멍하니 바라봤다. 상만은 희우가 무슨 말을 하는지 도통 이해할 수가 없었다.

그 시각, 천하호텔의 레스토랑 VIP실.

조태섭은 황진용과 만나고 있었다.

조태섭이 술병을 들어 황진용의 잔에 기울이며 입을 열었다.

"의원님하고는 오랜만에 마주합니다."

군사정권 시절에는 서로 힘을 합친 적도 있었다. 그 시절 두 사람은 종종 만나 대한민국의 미래를 계획하며 술을 마시곤 했다. 하지만 그것은 이미 오래전 일이었다. 두 사람이 정치권에서 힘을 얻기 시작하며 서로 다른 가치관의 차이로 인해 멀어졌다. 이 둘이 만나 술잔을 기울인 건 10년도 더 넘은 이전의 일이었다.

조태섭의 말을 들은 황진용이 고개를 끄덕였다.

"오랜만입니다. 그런데 어쩐 일로 만나자고 하셨습니까?"

황진용은 조태섭과 마주 앉고 싶지 않았다.

지금 각자가 가진 힘을 저울에 올려놓는다면 너무도 쉽게 한쪽으로 기울 게 분명했다. 한때 조태섭과 권력을 양분했던 황진용에게는 굴욕적인 자리일 수도 있었다.

조태섭이 술잔을 들어 기울인 후 천천히 입을 열었다.

"박유빈 기자라고 했나요?"

"……."

"의원님께서 그 기자와 만난 다음 날이면 이상한 기사들이 나오더군요."

황진용은 순간 표정 관리를 하지 못하고 얼굴이 굳어져 버렸다.

한순간이었지만 조태섭은 그 찰나를 놓치지 않았다. 하지만 조태섭은 그의 표정을 보지 못한 척 빙긋이 웃기만 했다.

황진용이 애써 웃었다. 지금 그는 유빈을 노출시키지 않기 위해 거짓을 말할 수밖에 없었다.

"정치인이 정치부 기자를 가까이하는 게 이상한 일은 아닙니다."

"뭐, 그렇게 생각하면 그럴 수도 있지요."

조태섭은 대수롭지 않게 말하며 자신의 빈 잔에 술을 따랐다.

황진용은 눈을 가늘게 뜨고 상대의 술잔에 차오르는 술을 바라봤다. 유빈을 거론한 이유를 생각하기 위해서였다.

조태섭은 술병을 내려놓고 술잔을 들어 올렸다. 그리고 말을 이었다.

"뭐, 기자야 알아서 하시겠고, 뵙자고 말씀을 드린 이유는 간단합니다. 저와 함께하시겠습니까?"

"네?"

놀란 황진용의 표정을 보며 조태섭은 슬쩍 미소 지었다. 황진용에게는 생각조차 하지 못한 제안이었다. 조태섭이 계속 말했다.

"놀랄 이유가 없지 않습니까? 의원님의 나라 사랑이야 이미 모두가 알고 있습니다. 의원님이 저와 함께해 주신다면 원하시는 국가를 만들 수 있어요."

황진용의 표정은 복잡했다. 어떻게 돌아가는지 상황 파악을 할 수가 없었다. 그는 오랜 시간 정치권에서 지내 온 사람이었지만 조태섭보다는 몇 수 아래였다. 정상에 서 본 자와 서 보지 못한 자의 차이는 그만큼 컸다.

조태섭이 계속 말했다.

"우리도 이제 나이가 들었습니다. 앞으로 몇 번의 선거를 치를 수 있을까요? 두 번? 세 번?"

"……."

황진용은 가만히 조태섭의 말을 들었다. 지금 그가 할 수 있는 일은 듣는 것밖에 없었다. 조태섭은 계속 말을 하고 있었다.

"의원님과 저는 언제까지 싸우고 있을까요? 서로가 하는 일에 언제까지 반대를 할 겁니까? 서로가 원하는 정책을 놓고 조율을 한 후에 함께 일을 해 보는 것은 어떻게 생각합니까?"

조율이라는 말에 황진용의 눈이 흔들렸다.

"조율을 하자고요?"

조태섭이 고개를 끄덕였다.

"협치죠."

황진용은 술잔을 들어 마셨다.

협치라는 말.

조태섭의 입에서 쉽게 나올 단어가 아니었다.

조태섭과 황진용의 파워를 비교해 보면 협치는 사실 필요 없었다.

조태섭 역시 천천히 술병을 들어 다시 잔을 채웠다. 그리고 독한 술을 입으로 넘겼다. 잔이 테이블에 탁 하고 놓이고, 그가 계속 말했다.

"요즘 그런 생각을 많이 했어요. 내가 이 나라를 위해 어디까지 일을 해야 애국을 하는 걸까 하고요. 그런데 그 끝은 통합이었습니다. 조선 시대, 아니 멀리서 찾을 필요도 없지요. 가까운 정권을 봐도 국가가 흔들린 것은 당파 싸움 때문이었습니다. 지금도 그래요."

조태섭은 손을 들어 올렸다. 그리고 황진용을 향해 자신의 손바닥을 펼쳐 보였다. 황진용의 눈이 조태섭의 손을 바라봤다. 조태섭이 말을 이었다.

"이 손안에 많은 정재계 인사들의 지지를 받고 있어요. 하지만 전부를 장악하지는 못했습니다. 아마도 전부를 장악하는 일은 영원히 불가능할 겁니다. 타인과 타인의 생각은 언제나 충돌하니까요. 그래서 지금 의원님께 말하고 있는 겁니다. 우리가 그 불가능한 일을 할 수 있지 않을까요?"

조태섭이 장악하지 못한 가장 큰 세력이 황진용이었다. 조태섭과 황진용이 함께한다면 대한민국의 정치는 최초로 하나라고 불릴 수도 있었다.

황진용이 자신의 잔에 술을 따랐다. 그리고 들어 마셨다. 그의 눈동자는 심각할 정도로 떨리고 있었다.

황진용이 물었다.

"정말 협치입니까?"

"서로가 반대만 해서는 이 나라가 발전할 수 없습니다. 집권 여당을 야당이 견제해야 한다고요? 웃기는 소리입니다. 하나만 생각하며 밀고 나가도 모자랄 시간입니다. 의원님이나 저나 이제 시간이 부족합니다. 애국이 뭔지 생각해 보십시오."

"……."

조태섭의 말이 무겁게 흘러나왔다.

"새로운 대통령이 선출되면 모든 힘을 하나로 뭉쳐야 한다고 봅니다. 서구 쪽 금융 위기가 심상치 않아요. 우리나라도 휩쓸릴 수 있습니다. 이런 때에 의원님과 제가 서로에게 힘자랑을 하고 있으면 그거야말로 국민들에게 돌을 맞아 죽어야 할 일이라고 생각합니다."

황진용은 가볍게 한숨을 내쉬었다. 조태섭에게 전화가 와서 뜬금없이 만나자는 말을 들었다. 그리고 나온 자리에서 함께 일을 하자는 말을 들으니 지금 정신이 없었다.

그의 흔들리는 눈빛을 보며 조태섭이 다시 말했다.

"우리는 군사정권 시절에 함께했던 일이 있지 않습니까? 아마 이번에도 잘 맞을 거라고 봅니다."

조태섭이 황진용을 보자고 한 이유는 자신이 가진 힘을 더 크게 키우기 위해서였다. 협치라는 말을 했지만 황진용이 옆으로 와 준다면 순식간에 그 세력을 흡수할 자신이 그에게는 있었다.

조태섭의 말을 들은 황진용은 잠시 생각을 하다가 어렵게 입을 열었다.

"생각을 좀 해 보겠습니다."

"네, 천천히 해 보십시오."

조태섭은 빙긋이 웃으며 황진용의 잔에 술을 따랐다. 그리고 입을 열었다.

"그런데 의원님을 가까이에서 뵌 지가 정말 오랜만입니다. 예전에는 흰머리가 전혀 없었는데요."

"염색을 해도 금방 이렇게 돼 버리네요. 조태섭 의원님은 염색 안 하십니까?"

"이 나이에 안 하겠어요? 그런데 아내분은 잘 계십니까?"

"네, 잘 있어요."

두 사람은 더 이상 정치에 대해 대화를 나누지 않았다. 그들은 과거의 일을 추억하며 술을 마셨다.

밤, 12시.

희우의 전화가 울렸다. 잠을 자고 있던 희우는 침대 옆에 있는 전화를 들어 통화 버튼을 눌렀다.

"네, 김희우입니다."

-이정석입니다.

제비 이정석이었다. 희우는 아직 술이 깨지 않았지만 바로 바른 정신으로 돌아왔다.

"말해."

-알아냈습니다.

"벌써?"

빨랐다. 단 며칠 만에 이정석은 희우가 원하는 정보를 가지고 돌아왔다. 이정석이 말을 이었다.

-그럼 내일 뵙겠습니다. 그때 말씀하셨던 돈 주는 거 잊지 마세요.

희우는 전화를 끊고 침대에 앉았다. 머리가 어질했지만 지금 이러고 있을 시간이 없었다. 희우는 세면대로 걸어가 찬물로 얼굴을 씻었다.

옆에서 컴퓨터를 켜고 일을 하던 상만이 희우를 바라봤다. 술 취해 들어오더니 전화를 받고 세수를 하는 모양이 이상해 보여서다.

"사장님, 무슨 일 있나요?"

"어, 있어."

수건으로 물기를 닦는 희우의 눈빛은 다시 날카롭게 돌아와 있었다.

거실로 나온 희우가 상만에게 말했다.

"일을 좀 빠르게 진행해야겠다."

"일을 빠르게 진행해요? 지금보다 더 빠르게 진행을 어떻게 해요?"

상만이 눈을 깜빡거렸다. 희우는 그의 말을 듣지 않고 바로 지시를 내렸다.

"노조 간부들 신상 파악해서 나한테 보내도록 해."

"네? 간부들 전부요?"

"알아낼 수 있는 것은 다 알아내."

말을 마친 희우는 의자에 앉아 깊은 생각에 빠졌다.

상만은 한숨을 내쉬며 다시 하던 일에 집중했다.

다음 날, 희우는 차장검사실에 있었다.

차장검사가 책상 앞에 서 있는 희우에게 말했다.

"약속은 잡아 놨으니까 사건 잘 만들어 봐. 지검장님이 이번 사건을 첫 사건으로 생각하고 계시나 봐."

다시 도진여객에 관한 이야기로, 증거가 없어 영장이 처리가 되지 않으니 총무 팀의 팀장을 만나고 오라는 말이었다.

지검장이라는 말이 언급되자 희우가 되물었다.

"지검장님 사건입니까?"

차장검사가 고개를 끄덕였다.

"그래. 지검장님이 말씀하시기를, 김석훈 지검장이 네가 사건을 잘 키운다고 전했다더라. 서포트 걱정하지 말고 하고 싶은 대로 움직여 봐."

"네, 알겠습니다."

차장검사실을 나오며 희우는 고개를 갸웃거렸다. 뭔가 이질적인 느낌이 들었다.

'김석훈이 그런 말을 하고 다녔다고?'

김석훈은 희우를 자신의 무기로 생각했던 사람이다. 그리고 김석훈은 자신이 가진 무기를 숨겨 두는 것을 좋아했다.

'뭐지?'

희우는 일단 도진여객 총무 팀의 팀장을 만나야 한다는 핑계를 대며 검찰을 빠져나갔다. 팀장과의 약속 시간은 한참 남았지만 그 전에 만날 사람이 있어서다. 바로 제비 이정석과의 만남이었다.

잠시 후, 도착한 커피숍에 이정석이 먼저 와 기다리고 있었다. 희우가 자리에 앉으며 말했다.

"내가 시간이 없거든. 그러니까 바로 용건만 말하자."

"네. 저도 그게 좋아요. 검사님하고 앉아 있으면 언제 잡혀갈지 모르잖아요."

이정석은 서류 봉투를 들어 희우의 앞에 놓았다.

"가족 관계가 생각보다 복잡했습니다. 시키지도 않았는데 울면서 말을 하더라고요."

"울면서?"

희우는 그의 말을 들으며 서류 봉투 안에 있는 내용물을 빼어 들었다. 이름과 나이, 해당 사람이 현재 하고 있는 일 그리고 연락처만 간략하게 적힌 종이였다. 모두 다 '아내'라는 이름으로 적혀 있었다.

희우가 이정석에게 물었다.

"아홉 명이 다 아내라고?"

이정석이 고개를 끄덕였다.

"그렇대요. 그러니까 울면서 이야기했겠죠? 그리고 저 진짜 돈 주셔야 해요. 한국에 있다가 박대호 부하들한테 걸리면 죽어요."

희우는 바로 전화기를 들어 올렸다. 그리고 상만에게 이정석의 통장으로 돈을 넣으라는 말을 했다. 전화를 끊은 희우가 그에게 말했다.

"네 말대로 빨리 도망가는 게 좋을 거야. 박대호나 그 뒤에 있는 사람이나 만만치 않으니까."

"네, 저도 잘 알고 있습니다."

이정석과 헤어진 희우는 다시 택시에 올랐다. 도진여객 팀장과의 약속 시간이 촉박해져 오고 있었다.

약속 장소로 향하며 희우는 박대호를 떠올렸다. 그리고 자신도 모르게 헛웃음을 지었다.

박대호의 가족 관계를 알기가 참 어려웠던 이유가 있었다. 일부일처제가 법률화되어 있는 대한민국에서 많은 아내를 거느리고 있으니 일반적인 상식으로 생각할 수 있는 범위 밖에 있었기 때문이다.

희우는 서류를 들어 적혀 있는 이름을 쭉 훑어봤다. 그리고 그중 한 여자에게 전화를 걸었다.

"최수현 씨 되십니까? 이번에 JS건설을 인수한 박상만이라고 합니다. 사업차 드리고 싶은 말씀이 있어 전화 드렸습니다."

희우는 상만의 이름을 팔았다.

-JS건설요? 그런데 제 연락처는 어떻게 알았죠?

여성의 목소리엔 의심이 가득했다.

"이쪽 일을 하다 보면 유력 자산가들의 전화번호는 아는 게 예의 아닐까요? 제가 도움도 받고 도움을 드릴 수도 있을 것 같은데요. 시간이 어떠십니까?"

희우는 최수현과 약속을 잡은 후 전화를 끊었다.

그녀가 약속에 대해 박대호에게 이야기할 것이라는 걱정은 없었다. 그녀의 호흡이 달라졌던 것은 어디까지나 '제가 도움을 드릴 수도 있을 것 같은데요.'라는 말 때문이었다.

희우는 움직이는 차창 밖을 바라봤다.

돈의 노예가 된 사람들은 다루기가 참 쉬웠다. 그들이 가진 욕망만 살짝 건드리면 그들은 희우가 바라는 대로 움직여 주고 했다.

희우가 택시에서 내린 곳은 지검에서 멀리 떨어지지 않은 곳이었다. 희우는 다시 시계를 들어 시간을 확인한 후 약속 장소로 향했다.

그때, 희우의 앞으로 한 여성이 걸어왔다. 일전에 도진여객 앞에서 만났던 여성이었다. 그녀는 희우를 보며 반가운 듯 손을 흔들었다. 희우는 가볍게 고개를 숙였다.

"안녕하세요? 또 뵙네요. 저 그때 연락 기다렸었는데요."

그녀는 희우에게 오후 7시 이후 시간이 괜찮다는 말을 했다.

희우가 말했다.

"죄송합니다. 일이 바빠서요."

사실 희우는 그녀의 전화번호가 어디 있는지도 알지 못했다.

그녀가 말했다.

"그럼 오늘은 시간 되시나요?"

"아뇨."

"네?"

아무렇지도 않게 거절하는 희우를 보며 그녀는 잠시 어이가 없는 표정을 지었다. 자신처럼 아름다운 여성이 만나자는 말을 하면 생각해 보는 척이라도 하는 게 예의 아닐까? 한 번도 남자에게 거절을 당해 보지 못한 그녀였기에 당혹스러움은 컸다.

하지만 그녀는 아무렇지도 않은 척 미소를 지으며 다시 말했다.

"오늘이 세 번째 뵙네요. 정말 인연인 것 같아요. 제 이름은 김세연입니다."

"김희우라고 합니다."

희우는 시계를 들어 시간을 확인했다. 가 봐야 할 시간이었다.

초조해 보이는 희우를 보며 그녀가 말했다.

"바쁘신 거 같은데 제가 연락드릴게요. 연락처 주실 수 있나요?"

"죄송합니다."

"네?"

그녀는 또 거절당했다. 희우는 그녀에게 가볍게 묵례를 하고 자신이 갈 길을 향해 떠나 버렸다.

그의 뒷모습을 바라보던 그녀가 입술을 잘근 깨물었다. 그리고 전화기를 들어 올렸다.

"쉽지 않네요."

-며칠 내로 가능하다고 말씀하지 않으셨나요?

"시간을 조금만 더 달라고 말씀해 주세요. 제 손에 들어오지 않은 남자는 없었으니까요."

-의원님은 길게 기다리는 걸 좋아하지 않으십니다.

"네, 빨리 성과를 보이겠습니다."

그녀와 전화를 한 사람은 한지현이었다.

전화를 끊는 한지현의 입가에 안도의 미소가 지어졌다. 어쩌면 김희우라는 이름을 가진 검사는 정말 그녀가 믿을 수 있을지도 모르는 사람 같았다.

그녀는 전화를 책상 위에 놓고 복도로 나와 조태섭의 서재를 향해 걸었다. 똑똑똑 문을 두들기자 조태섭의 낮은 음성이 들려왔다.

"들어와."

그녀는 안으로 들어가 묵례를 하고 문 앞에 섰다.

"김세연 씨가 조금만 더 시간을 달라고 합니다."

"또 실패했다고 하나?"

"네."

조태섭의 입가에 묘한 웃음이 걸렸다. 그리고 말했다.

"그 여자에게 말해, 일주일을 더 주겠다고. 그 시간 내에 진행하지 못하면 전투기에 대한 것은 다른 회사와 협상할 거야."

"네, 알겠습니다."

"그리고 계속 내 시간을 헛되이 보내게 한다면 그 값은 톡톡히 치를 것이라고도 전하고."

"네, 전하겠습니다."

그녀는 조태섭에게 다시 묵례를 한 후 사무실로 돌아왔다. 그리고 김세연에게 전화를 걸었다.

"일주일을 더 주신다고 합니다. 그 시간 내에 일이 진척이 되지 않으면 전투기 사업은 다른 회사와 진행하시겠다고 합니다. 그리고 의원님이 기다리는 시간을 값싸게 생각하지 말아 주십시오."

-네.

전화를 끊은 김세연은 입술을 잘근 물었다.

지금까지 각국의 숱한 권력자를 만나 봤지만 조태섭 같은 인물은 처음이었다. 두려웠다. 희우에게 접근하는 이유가 전투기 사업 때문인지 아니면 조태섭에 대한 두려움 때문인지도 알 수 없었다.

그날 저녁.

도진여객의 총무 팀장과 만난 후 희우는 지검으로 걸어가고 있었다.

뭔가 계속 이질적인 느낌이 들었다. 총무 팀장과 이야기를 해 보고 비리에 대해서 들었지만 사소한 일이었다. 물론 죄에서 사소함과 중함을 비교할 수는 없지만 지검장이 이를 악물고 덤빌 만한 일은 아니었다.

희우는 계속 생각하고 있었다.

지검장이 자신에게 이 일을 시킨 이유가 무엇일까? 떠보려고 하는 것일까? 아니면 이런 일을 크게 키워 보라고?

희우는 고개를 저었다. 크게 키울 수 없는 일이었다.

대선이 앞에 있는 상황이었다. 지금 사람들의 관심은 각 대선 후보들의 흠집에 있었다. 그런 대선 후보들과 여객 회사의 대표를 비교하기는 무리였다. 아무리 크게 만들려고 해도 어려운 일이었다.

희우는 버스 정류장에 앉았다. 지검으로 바로 들어가는 것보다 혼자서 머리를 식히며 생각을 정리할 필요가 있었다.

희우는 며칠 동안 일어났던 일에 대해서 생각을 했다. 그러다가 갑자기 웃기 시작했다.

'잊고 있었네.'

그것은 지금 주변에서 일어나고 있는 가장 이질적인 일이었다. 바로 한 여자가 희우의 옆을 맴돌고 있는 것이었다. 그것도 가만히 생각해 보면 그녀와 마주쳤던 것은 아침 드라마처럼 앞뒤가 잘 맞지 않는 상황이었다.

희우는 자신의 얼굴을 생각해 봤다. 그리고 그의 주변을 배회하고 있는 여자에 대해 떠올렸다. 그녀는 분명 아름다운 얼굴을 가지고 있었다. 그런 여자가 자신을 쫓아다닌다?

'말도 안 돼.'

그런데, 생각을 이어 가던 희우가 그만 피식 웃었다.

예쁜 여자가 자신을 쫓아다녔던 경험이 없을 줄 알았는데 생각해 보니 있었다. 고등학교 때 한미가 자신의 뒤를 졸졸 쫓아다녔으니까.

어쨌든 지금은 말이 안 되는 상황이었다.

희우의 앞에 버스가 섰고, 몇 사람이 내린 후 다시 출발했다. 하지만 희우는 정류장에 앉아 있었다. 여전히 생각에 빠져 있던 거다.

'그 여자, 이름이 뭐라고 했지?'

스쳐 들었기에 기억이 잘 나지 않았다.

희우는 한참을 궁리한 끝에 결국 그녀의 이름을 기억해 냈고 크게 웃어 버리고 말았다.

'김세연!'

희우가 알고 있는 여자였다.

이전의 삶에서 무기 로비스트로 떠들썩하게 신문에 났던 사람이었다. 정·관계의 인사들이 줄줄 엮어 나왔고, 징역까지 살았던 여자다.

당시 희우의 시선은 오로지 조태섭에게 집중되어 있었기에 로비스트 사건에는 큰 관심이 없었다. 그래서 그녀의 이름과 얼굴이 쉽게 떠오르지 않았던 것이다.

희우는 머리를 쓸어 넘겼다. 누가 이런 계획을 만들어 냈는지, 허점투성이였다. 물론 그 허점이 희우에게는 고마운 일이었다.

희우는 다리를 꼬며 자세를 고쳐 앉았다. 그리고 김세연에 대해 알고 있는 모든 기억을 끄집어내기 위해 애를 쓰기 시작했다.

몇몇 단편적인 일들이 떠올랐다.

확실히 역사가 크게 뒤바뀌고 있었다. 로비스트가 자신에게 접근할 줄은 몰랐다. 그리고 희우의 머릿속에는 지금 조태섭이 만들고 싶어 하는 그림이 눈에 보이는 듯했다.

어떻게 해야 할까? 조태섭이 원하는 대로 따라 줘야 할까?

생각하던 희우가 조용히 중얼거렸다.

"원하는 대로 따라 주지요. 그러니까 날 믿어 주세요. 충직한 개로 믿어 달라고요."

희우는 웃으며 자리에서 일어섰다. 그리고 전화기를 든 채 다시금 조태섭을 향해 입을 열었다.

"그렇다고 마냥 따르기만 하면 재미는 없잖아요."

희우는 김세연의 명함을 찾아 조용히 통화 버튼을 눌렀다.

CHAPTER 45

희우는 김세연에게 전화를 걸었다.

"아까 뵈었던 김희우입니다. 오늘 저녁에 시간이 비게 되었는데, 잠시 만날 수 있을까요?"

-네?

김세연은 희우가 이렇게 빨리 전화를 걸 줄은 예상하지 못했다.

하지만 그녀의 생각은 더 이상 이어질 수 없었다. 희우가 정신없이 말을 이어 갔기 때문이다.

"제가 퇴근을 하면 저녁 7시쯤 될 것 같습니다. 강남역에 음식 맛있게 하는 집이 있는데 그쪽에서 뵈면 어떨까요?"

-네?

그녀는 전화기를 들고 가볍게 미소 지었다.

그녀는 희우가 어떤 생각을 하는지 몰랐다. 그저 자신에게 빠졌다고 착각했다. 그녀가 말했다.

-아…… 사실 제가 약속이 생겨서요. 오늘은 좀 그런데요, 내일은 어떠신가요?

남자가 전화를 걸었다고 덥석 물어 버리는 것은 초보나 하는 짓이었다.

한번 거리를 둔 후 다시 미끼를 던진다. 그게 남자에게 끌려다니지 않고 이끌 수 있는 방법이었다. 그리고 그녀는 가만히 숨죽인 채 희우의 반응을 기다렸다.

그녀는 보지 못했지만 희우는 웃고 있었다.

이미 그녀가 누구인지 알고 있는 희우였다. 그녀의 정체를 알아 버린 순간 지금 자신을 중심으로 이루어지고 있는 조태섭의 모든 계획들이 눈에 보였다. 희우가 말했다.

"내일은 제가 바쁩니다. 그럼 나중에 다시 전화 드리겠습니다."

희우는 상대의 말을 더 이상 듣지 않고 전화를 끊어 버렸다. 끊겨 버린 전화를 망연자실하게 바라보고 있을 그녀의 표정이 눈에 보이는 듯했다.

희우는 자신의 전화기를 보며 숫자를 셌다.

"하나, 둘, 셋, 넷."

그 숫자가 열이 되는 순간 전화가 다시 울렸다. 상대는 역시 김세연이었다.

"네."

―보기보다 성격이 급하시네요. 알겠어요, 오늘 시간 괜찮습니다. 없어도 만들어야 하지 않을까요? 인연이잖아요.

애써 인연이라는 말로 무너져 버린 자존심을 주워 담고 있는 그녀였다.

희우가 말했다.

"알겠습니다. 그럼 8시에 뵙기로 하죠. 장소는 문자로 보내 드리겠습니다."

약속을 정한 희우는 다시 지검을 향해 걸었다.

사무실로 들어와 도진여객에 대한 간략한 보고서를 만들었다. 세세하게 만들 필요도 없었다. 어차피 도진여객은 희우가 김세연에게 낚이게 하기 위해 만들어진 미끼일 뿐이었다.

도진여객의 보고서를 비롯해서 이것저것 업무를 마무리 지으니 이미 그녀와의 약속 시간은 훌쩍 지나 버린 후였다. 하지만 희우는 자리에서 일어나지 않았다. 급한 건 자신이 아니라 상대였다. 조태섭의 지시에 의해 자신에게 접근을 했다면 기다리고 있을 것이 뻔했다.

전화가 울렸다. 김세연이었다. 희우는 전화기를 들어 무음으로 처리했다. 그녀가 기다리지 않는다고 해도 상관없었다. 애초에 희우는 그녀에게

420

관심이 없었다.

희우가 자리에서 일어난 것은 저녁 9시 30분이었다. 이미 전화에는 부재중 표시가 가득 들어와 있었다. 필요한 서류를 가방에 넣으며 희우가 전화기를 들었다.

"죄송합니다. 일이 좀 많아져서요."

김세연은 몹시 화가 나 있었다. 하지만 그녀는 애써 화를 참은 채 희우에게 말했다.

-괜찮습니다. 바쁘신 거 같은데 괜히 만나자고 해서 제가 죄송하네요.

"지금 바로 출발하겠습니다. 잠시만 기다려 주십시오."

-네.

"지금 시간에 식사는 좀 그렇고, 바에 가실까요? 이름과 주소 남겨 놓겠습니다."

뚝 끊겨 버린 전화.

김세연은 입술을 잘근 깨물었다. 이렇게 무례한 남자는 처음이었다. 그녀의 입에서 한숨이 흘렀다. 그러면서도 그녀는 자리에서 일어나서 가방을 챙겼다.

잠시 후, 바에 앉아 칵테일을 앞에 두고 있는 그녀 앞으로 희우가 다가왔다. 희우는 미안한 표정으로 그녀에게 말했다.

"룸으로 가실까요?"

"네."

그녀는 단답형으로 대답하고 자리에서 일어섰다. 화를 참아야 하지만 기분이 나쁜 것은 어쩔 수 없었다.

룸으로 들어간 두 사람 사이에 술병이 놓였다. 희우가 말했다.

"퇴근이 이렇게 늦어질 줄은 몰랐습니다. 계획했던 일이 모두 어그러졌거든요."

"연락이라도 받아 주셨으면 좋았을 텐데요."

희우는 술병의 뚜껑을 열어 잔을 채웠다. 그리고 그녀에게 잔을 건네 며 말했다.

"제가 무슨 일 때문에 바빴는지는 궁금하지 않으신가요?"

"네? 제가 검찰 쪽 일은 잘 모르지만 원래 업무는 기밀로 가지고 가는 거 아닌가요?"

희우가 슬쩍 웃었다.

"기밀로 갈 때도 있고 공개로 갈 때도 있지요. 지금은 어떤 순간일까요?"

희우는 말을 하며 가방에서 방금 인쇄해 온 종이를 꺼내 그녀의 앞으 로 밀었다. 그리고 말을 이었다.

"읽어 보시지요."

김세연은 뭔가 잘못되어 가고 있다는 것을 느꼈다. 하지만 그녀는 침 착하게 희우가 건넨 서류를 펼쳐 봤다. 서류에는 그녀가 팔기로 한 전투 기의 성능에 대한 자료와 분석이 적혀 있었다.

희우가 말했다.

"포털 사이트에서 대충 검색해서 찾아온 자료인데 마음에 드십니까?"

"……."

"그 뒷장도 읽어 보세요."

그녀는 한 장을 넘겨 다음 내용을 확인했다. 그녀의 눈동자가 떨려 왔다.

희우가 말했다.

"로비스트에 대해 검색해서 찾아온 자료입니다. 사전적 의미로는 특정 압력단체의 이익을 위하여 입법에 영향을 줄 목적으로 정당이나 의원을 상대로 활동하는 사람이라고 적혀 있더군요."

그녀는 떨리는 눈으로 희우를 바라봤다. 희우가 말했다.

"벌써 놀라셨다면, 그 뒷장을 보시면 더 놀라겠네요."

"……."

"김세연 씨가 지금까지 했을 법한 일을 적어 봤습니다. 아직 수사를 시작지는 않았지만 그 일들이 사실이라면 감옥에 가기에 충분하겠죠?"

"이걸 어떻게……."

희우에게는 10년도 넘은 일이었다. 김세연이 어떤 잘못을 저질렀는지 기억하기는 어려웠다. 그저 몇몇 기억나는 단편적인 조각을 모아 적어 왔던 것이지만, 그녀는 크게 놀랄 수밖에 없었다.

그녀를 보며 희우가 다시 입을 열었다.

"자, 그러면 판을 다시 짜 보려고 하는데, 어떻게 생각하세요?"

"네? 판이라뇨?"

그녀는 이제 정신을 차리지 못하고 완전히 희우에게 휘둘리고 있었다.

희우가 천천히 입을 열었다.

"조태섭."

"……!"

"조태섭이 만든 판입니다."

"……."

그녀의 시선이 테이블로 향했다. 더 이상 희우의 눈빛을 담담히 마주할 수 없었다.

희우가 물었다.

"그자가 시킨 겁니다. 맞죠?"

그녀는 대답하지 못했다.

하지만 다시 고개를 들어 올렸을 때, 그녀는 희우의 눈을 보고 말았다. 그리고 느꼈다, 똑같다고. 조태섭에게 느꼈던 두려움이라는 감정이, 희우에게서도 그대로 느껴졌다.

어떻게 이렇게 젊은 사람에게서 조태섭에게 느껴지는 기운이 나타날까? 그것은 그녀가 알 수 없는 영역의 것이었다.

희우가 말했다.

"전 조태섭이 만든 판에 앉기 싫습니다. 김세연 씨, 제가 만드는 판에 앉으세요. 그럼, 김세연 씨는 손해를 보지 않을 겁니다."

그녀의 눈동자는 사정없이 떨리고 있었다. 희우가 그 눈을 보며 낮은 목소리로 말을 이었다.

"제가 만드는 판에 앉겠습니까?"

그녀는 고개를 끄덕거렸다.

"네."

"조태섭에게 가서 그대로 전하세요. 성공했다고, 김희우가 넘어왔다고. 그리고 원하는 무기를 파세요. 전투기든 총알이든."

희우가 무기 전문가는 아니었지만 김세연의 회사가 팔려고 하는 전투기가 어떤 것인지는 알고 있었다. 미국의 주력 전투기 중 하나였으며, 성능 역시 우수하다. 이전의 삶에서 지금 그녀가 팔려고 하는 전투기가 대한민국의 주력 기종이었기에 알고 있는 사실이었다.

희우가 말을 이었다.

"제가 판단했을 때 그쪽 회사가 가지고 온 전투기가 가격 대비 성능이 좋다고 여겨졌습니다. 그러니까 허락해 드리지요."

마치 희우가 무기 사업에 대한 결정을 승인하는 분위기였다. 그녀는 얼떨떨한 표정으로 고개를 끄덕이는 수밖에 없었다. 무기 로비스트라는 이름으로 거물들을 만나고 다녔던 그녀가 일개 검사에게 압도당하고 있었다.

희우가 말했다.

"그리고 제 부탁 하나 들어주십시오."

"네? 부탁요?"

부탁이라는 말에 그녀의 눈빛이 조금 변했다.

부탁을 한다는 것은 상대방에게 필요한 것이 있다는 것. 그리고 그녀는 상대가 필요한 것을 이용할 줄 아는 로비스트였다. 하지만 이어진 희우의 말에 그녀는 다시 눈을 동그랗게 뜰 수밖에 없었다.

희우가 말했다.

"제가 하는 부탁은 들어주셔야 할 겁니다. 그러지 않으면 제가 당신이 있는 회사까지 건들 수도 있으니까요."

"네?"

일개 검사가 회사를 건든다고? 말도 안 되는 이야기였다.

하지만 그녀는 김희우라면 가능할 수도 있겠다고 생각했다. 희우가 가진 눈빛은 그녀가 만났던 그 어떤 권력자의 것보다 두려웠다. 물론 조태섭을 제외하고. 그리고 희우가 던진 한마디가 그녀의 이런 생각에 확신을 주었다.

희우가 말했다.

"나는 당신들의 비리를 알고 있어요. 예를 들면, 테러 국가에 대한 지원일까요?"

"……!"

그녀의 눈빛이 다시 떨려 왔다.

희우가 한 이야기는 회사의 주요 인물을 제외하면 이 세상의 누구도 모르는 내용이었다. 물론 이는 앞으로 몇 년 후 미국의 정보기관에서 밝혀낼 일로, 지금은 희우만이 알고 있는 사실이었다.

희우의 말을 들은 그녀는 섬뜩한 기분을 느꼈다. 앞에 있는 남자가 자신뿐만 아니라 회사까지 집어삼킬 것 같다는 느낌을 받았다.

그녀는 천천히 고개를 끄덕였다.

조태섭도 두려웠지만 희우도 두려웠다. 그리고 그녀의 선택은 희우였다. 그 이유는 간단했다. 희우의 나이가 어리다는 것. 그녀가 로비스트 일을 하는 동안 더 오래 힘을 가지고 있을 사람은 희우였다.

그녀가 말했다.

"어떤 부탁이지요? 말씀해 보세요."

희우가 빙긋이 웃었다.

"네. 딱 한 가지입니다. 더 이상 요구는 하지 않겠습니다. 당신이 손해 볼 제안은 아니니까 걱정하지 마세요."

희우는 생각하고 있던 이야기를 꺼냈다.

그 이야기를 모두 들은 그녀가 고개를 끄덕이며 희우에게 말했다.

"확실히 우리 회사가 손해 보지는 않겠군요. 그런데……."

그녀는 더 말을 이으려고 하다가 말았다. 그녀는 만약 희우가 검사가 아니라 더 높은 위치에 있다면 앞으로 자신의 회사가 어려워질 수도 있겠다는 말을 하려고 했다. 하지만 그 말을 입 밖으로 내지는 않았다.

말이 씨가 된다는 이야기가 있다. 말로 사람을 꾀어 움직이는 로비스트라면 주입식으로 교육받는 내용이었다. 그녀는 다른 식으로 말을 마쳤다.

"혹시 김희우 검사님이 권력을 잡게 된다면 계속 저와 함께 일을 했으면 좋겠네요."

그녀의 말을 들은 희우는 웃으며 고개를 저었다.

"혹시라도 제가 권력을 쥐게 된다면 찾아오십시오. 합법적으로 오신다면 언제나 환영할 겁니다."

며칠이 지났다.

예상대로 도진여객에 대한 일은 흐지부지 끝나고 말았다. 희우는 더 이상 수사를 진행하지 말라는 지시를 받았다.

늦은 저녁이었다. 퇴근을 한 희우는 한정식집으로 향하고 있었다.

조용한 공간, 희우의 앞에 한 여성이 마주 앉았다. 그녀는 DHP머니의 대표이자 한반도은행 최대 주주인 박대호의 아내였다.

박대호의 많은 아내 중 그녀가 몇 번째 아내인지는 희우에게 관심 있는 일이 아니었다. 모든 아내가 돈만 보고 결혼을 한 사람들이었기에 누가 되든 상관없었다. 욕심이 많은 사람은 다른 쪽을 포기하든가 보지 못하는 경우가 많았다. 희우는 그것을 파고들 생각이었다.

그녀가 희우를 보며 물었다.

"어떤 사업에 대한 일을 말씀하시려고 하죠?"

그녀는 희우가 JS건설의 대표인 상만인 줄 알고 있었다.

희우는 슬쩍 웃으며 말했다.

"대출을 받고 싶습니다."

그녀가 귀찮다는 표정으로 입을 열었다.

"그런 거라면 은행에 가서 물어보지 왜 저를 찾아오셨습니까?"

"그쪽이 제게 대출을 해 줬으면 좋겠거든요. 지분이 있으시던데요."

"지분이 있을 뿐이죠. 저는 대부업 직원이 아닙니다."

희우는 가만히 그녀를 바라봤다.

그녀의 눈빛, 예상대로 욕심 많은 사람이었다. 욕심이 많은 사람일수록 이용하기가 편하다. 희우가 말했다.

"죄송하게도 제가 그쪽의 가족 관계를 조사했습니다. 제 머리로는 이해가 가지 않는 가족 관계더군요."

박대호의 아내는 한 명이 아니다. 아홉 명이다. 정상적인 사람에게는 이해할 수 없는 일이었다. 희우가 계속 말했다.

"그런데, 박대호 사장님의 아내분들, 그 지분이 제각각이라는 게 더 놀라웠습니다. 누구는 많이 주고 누구는 조금 주고. 이상했습니다. 박대호 사장님이 모든 아내를 똑같이 아끼고 있다면, 지분도 공평하게 나눠야 하지 않겠습니까?"

"……."

"그래서 제가 그쪽에게 더 많은 지분을 얻을 수 있는 기회를 주려고 합니다. 공평하게."

더 많은 지분을 준다고 하면서 공평이라는 말은 어울리지 않았다.

하지만 그녀는 반론하지 않았고, 희우의 목소리가 이어졌다.

"지금까지 제일 조금만 가지고 있었잖아요. 그러니까 공평하게 나눈 것에서 이자까지 받아야 하지 않겠습니까?"

그녀는 자신도 모르게 고개를 끄덕거렸다.

그녀 역시 생각하고 있었던 것이다. 그것은 지금까지 자신이 가장 적은 지분을 갖고 있었다는 것에 대한 보상 심리다.

희우가 그 순간을 놓치지 않고 입을 열었다.

"담보 없이 대출을 해 주십시오."

"뭐요?"

"먼저 한반도은행의 현금이 바닥을 드러내게 만드는 겁니다."

그녀는 이해할 수 없다는 표정을 지었다. 희우의 목소리가 이어졌다.

"저축은행 사모님들과 왕래가 있는 걸로 알고 있습니다. 당연히 좋지 않은 일도 알고 계시겠죠. 그 좋지 않은 일을 주시면, 제가 터뜨리겠습니다."

그녀의 눈빛에 더한 의문이 솟아날 때였다. 희우는 멈추지 않고 말을 이었다.

"저축은행이 흔들리면 그다음의 폭풍은 제1금융권으로 향할 겁니다. 당연히 그 폭풍이 가장 먼저 닿을 곳은 한반도은행이죠. 아실 겁니다. 지금 한반도은행은 상당히 어렵습니다. 현금이 필요하죠. 현금이 없다면, 그 폭풍에 휩쓸릴 테니까요. 그런데, 그때 필요한 현금을 사모님이 가져온다면……."

그녀의 눈이 반짝였다. 이제야 희우의 말을 이해한 거다. 그녀가 말했다.

"때에 맞춰 돈을 갚겠다는 거죠?"

"네. 그럼, 박대호 사장님은 사모님이 회사를 위해 애를 쓰고 있다는 걸 알게 될 겁니다. 그때, 박대호 사장님은 어떤 행동을 할까요? 저는 그게 궁금하네요. 사모님께서 얼마큼의 지분을 얻게 될지."

그녀는 어떤 말도 하지 않았다. 그저 차를 마실 뿐이었다. 희우의 말에는 분명 논리적 허점이 존재했고 리스크도 컸다. 하지만 그녀의 마음에는 이미 욕심이 들어섰다. 게다가 지금까지 다른 여자들에 비해 적은 지분을 갖고 있었다는 것에 대한 보상심리도 가득했다. 사촌이 땅을 사도 배가 아픈 법이다. 그런데, 자신의 남자를 공유하는 다른 여자가 자신보다 더 큰 지분을 갖고 있다는 것에 대한 상실감은 심각할 정도였다. 그녀의 눈동자가 싸늘해졌다. 그리고 그녀는 고개를 끄덕이며 말했다.

"다른 저축은행의 비리를 알고 있어요. 남편이 다른 은행을 협박할 때 가끔씩 사용하는 문서가 어디에 있는지 알고 있거든요. 내일 보내 드릴게요. 대신 지금 우리가 나눈 말은 아무도 모르는 비밀이어야 합니다."

아무도 모르는 비밀, 그것은 그녀보다 희우가 더 원하고 있던 거다.

희우는 당연히 고개를 끄덕였다.

"그럼요. 아무도 모르게 처리할 겁니다."

다음 날, 상만의 사무실에 박대호의 아내가 보낸 서류가 도착했다. 저축은행의 비리였다. 상만은 바로 희우에게 전화를 걸었다.

"말씀하신 거 팩스 들어왔습니다. 이거하고 저번에 말씀하셨던 노조 간부들 명단하고 메일로 보내겠습니다."

희우는 바로 메일을 확인했다. 그리고 미소 지었다.

바라고 있던 자료였다. 불법 자금 대출 내역.

자료를 확인한 희우는 유빈에게 전화를 걸었다.

"몇몇 은행들의 부실채권을 발견했어요. 가볍게 시작했으면 하는데요."

-황진용 의원님께 이야기할까, 발표해 달라고?

"아뇨."

조태섭이 황진용 의원을 경계하기 시작했다. 이런 상황에 황진용 의원이 또 폭로를 한다면, 조태섭은 지금의 총구가 한반도은행을 겨누고 있다는 것을 단번에 알아차릴 거다. 그럼, 한반도은행을 무너뜨리는 것은 불가능에 가까워진다. 아직은 조태섭이 몰라야 한다. 그저 저축은행의 비리가 터졌다고만 생각해야 한다. 지금의 사건과 한반도은행은 전혀 상관없는 일처럼 보여야 하는 거다.

희우가 말했다.

"특종 원하고 있는 다른 기자에게 주세요."

－그럼 내가 할까? 나 특종 원하고 있는데. 내가 요즘 기삿거리 못 찾아온다고 얼마나 혼나고 있는 줄 알아?

"아뇨. 잘못하면 선배가 위험해져요. 선배한테는 나중에 정말 큰 걸로 드릴게요."

유빈이 알려서도 안 된다. 조태섭은 그녀가 황진용과 친하다는 것을 알고 있다. 즉, 그녀가 폭로하는 것은 황진용이 폭로하는 것과 마찬가지였다. 지금은 최대한 은밀히 행동할 때다.

희우는 그녀와 통화를 종료한 뒤 자리에서 일어섰다.

가만히 있을 시간은 없었다. 조태섭의 검찰 장악 능력이 약해졌다. 조태섭이 이룩해 놓은 절대 권력의 아성이 흔들리기 시작했다는 거다. 이런 상황에 한반도은행이라는 자금줄까지 흔들린다면?

희우는 곧 무너질 조태섭의 성벽을 떠올리며 슬쩍 미소 지었다.

그 시각, 조태섭은 로비스트 김세연과 만나 차를 마시고 있었다.

조태섭이 물었다.

"김희우가 넘어왔다고?"

"네, 넘어왔습니다."

조태섭은 고개를 끄덕였다. 그리고 심드렁하게 입을 열었다. 넘어왔다고 해서 끝난 일이 아니었다. 엮을 수 있는 무엇인가가 필요했다.

"그러면 천천히 엮어 봐. 김희우에게 국방부 장관의 연락처를 알려 달라고 하든가 하는 방식으로 하면 되겠어. 물론 증거는 남겨 놔야겠지?"

"알겠습니다. 그 정도 일이라면 얼마 걸리지는 않을 겁니다."

조태섭의 입가에 희미한 미소가 떠올랐다. 그리고 그가 말했다.

"김희우를 완벽하게 엮을 수 있다면 다음 무기 사업 역시 자네 회사의 손을 들어 주도록 하지."

"감사합니다."

문 뒤에 서서 그들의 대화를 듣고 있던 한지현은 가볍게 한숨을 내쉬었다.

그녀는 희우가 김세연에게 넘어가지 않기를 바라고 있었다. 고작 이 정도의 계략에 넘어갈 사람이라면 조태섭을 상대할 수 있는 역량이 없는 거라고 생각한 거다.

다음 날.

저축은행의 부실채권에 대한 발표가 있었다.

세상은 난리가 났다. 저축은행에 적금을 넣었던 사람들이 돈을 찾기 위해 줄을 섰다. 검찰도 뒤늦게 움직이기 시작했다. 그리고 그 소식은 조태섭의 서재에도 알려졌다.

신문을 보고 있던 조태섭이 자리에서 일어섰다. 그리고 한지현을 향해 말했다.

"이 기사를 작성한 기자를 만나 봐야겠어. 연락해."

"알겠습니다."

한지현이 전화를 하기 위해 밖으로 나가자 조태섭은 다시 눈을 가늘게 뜨고 신문을 바라봤다. 뭔가 이상하다는 감이 왔다.

대선이 가까운 시기였다. 모든 뉴스거리가 대선 후보들에게 맞춰져 있는 상황에 이런 소식이 전해졌다는 것.

"이상해……."

중얼거린 조태섭이 다시 한지현을 불렀다. 그녀가 서재로 들어오자 조태섭이 입을 열었다.

"황진용 의원에게도 얼굴 한번 보자고 연락해."

"네, 알겠습니다."

그 시각, 희우는 JS건설의 대표이사실에 앉아 상만과 대화 중이었다.

회사 건물 바로 앞에서는 노조가 시위를 하고 있었다. 시위의 내용은 새 경영진에게 비정규직 해고를 재고하라는 것이었다.

상만이 희우에게 말했다.

"노조가 전체 파업을 강행하겠다고 합니다."

"그래?"

희우는 시큰둥하게 대답을 하고 사무실을 휘둘러봤다. 대표이사실 안에 있던 호화스러운 물건들은 모두 어디론가 치워지고 없었다.

희우가 말했다.

"너 혼자 쓰기엔 크지 않아?"

엉뚱한 소리였지만 상만은 상관 않고 다급하게 물었다.

"노조 어떻게 하죠? 계속 이렇게 파업이 장기화되면 가진 돈이 씨가 마를 겁니다."

희우는 천천히 창가로 걸어갔다. 거대한 통유리를 통해 건물 아래를 바라봤다. 그곳에 시위를 하는 노조가 보였다. 희우가 그들을 바라보며 말했다.

"돈은 들어올 거야. 걱정하지 마."

"네? 어디서요?"

"대출받기로 했거든."

"사장님, 진짜 심각하거든요? 말 그대로 돈이 쭉쭉 빠지고 있어요. 조금 있으면 라면 사 먹을 돈도 없다고요."

"대출받을 거라니까?"

상만이 한숨을 내뱉었다. 상황이 다급한데 여유로운 희우를 보고 있으니 답답하기만 했다.

그때, 희우가 손가락으로 시위대의 중앙에 서 있는 사람을 가리키며 말했다.

"저 사람이 노조 위원장이지?"

상만이 자리에서 일어섰다. 그리고 희우의 옆으로 다가와 그의 손가락을 눈으로 좇아 확인했다.

"네, 맞아요."

"올라오라고 해."

"네?"

상만은 지금까지 노조와 접촉하지 않고 있었다. 그게 희우의 지시였기 때문이다. 그런데 이제는 올라오라는 지시를 내리고 있다.

상만이 황당한 표정으로 바라보자 희우가 느긋하게 말했다.

"얼굴을 봐야 협상을 하지."

상만이 어색하게 웃었다.

"사장님, 무턱대고 저 사람과 만나면 제가 죽을 수도 있어요."

"그럼, 내가 살인죄로 잡아갈게."

"사장님?"

"됐어. 올라오라고 해. 네가 보낸 자료 보니까 폭력적인 성향은 아니더라."

"올라오라고 해서 뭐라고 할까요?"

"내가 알아서 할게."

"사장님이 나서시려고요?"

"그래야 협상이 될 거야."

상만은 고개를 갸웃거렸다. 하지만 생각하는 것은 곧 그만뒀다. 어차피 희우가 알아서 할 거라는 믿음이 있었다.

상만은 전화기를 들어 귀에 댔다.

"노조 위원장님만 여기로 오라고 해 주세요."

잠시 후, 노조 위원장이 대표이사실에 들어왔다.

노조 위원장은 희우를 본 척도 하지 않은 채 상만의 앞에 섰다.

"처음 뵙겠습니다. JS건설 노조 위원장 황일섭입니다."

그런데, 상만은 가만히 있었고 희우가 노조 위원장을 보며 고개를 숙였다.

"김희우입니다."

"네?"

황일섭은 황당한 표정을 지었다. 그는 분명 상만에게 인사를 건넸다. 그런데, 옆에 있는 희우가 인사를 대신 하니 이상할 수밖에 없었다. 하지만 그는 개의치 않았다. 희우가 상만의 변호사라고 생각한 거다. 그런데, 그때였다.

"다시 인사드리죠. 중앙 지검 검사 김희우입니다."

노조 위원장 황일섭의 생각은 틀렸다. 희우는 변호사가 아니라 검사였다.

"검사요?"

황일섭은 당황한 눈으로 희우와 상만을 번갈아 봤고 희우는 여유롭게 소파로 걸어가 앉았다. 그리고 맞은편을 가리키며 황일섭에게 말했다.

"앉으세요."

황일섭은 앉지 않았다. 그저 슬쩍 상만을 바라봤다. 왜 검사를 끌고 왔냐고 묻는 눈빛이었다. 그 눈빛을 본 희우가 조용히 웃으며 말했다.

"위원장님 잡으려고 온 거 아니니까 걱정하실 필요 없어요."

황일섭은 떨떠름한 표정으로 희우의 앞에 앉았다. 희우가 말했다.

"노조 위원장님도 아시죠? 여기서 이렇게 시위만 하면 회사 사라집니다. 비정규직 인원들이 복직하기 전에 정규직 인사들도 모두 직장을 잃을 수가 있어요."

"그럼 어쩔 수 없죠."

황일섭은 퉁명스럽게 답했다. 희우가 다시 입을 열었다.

"박상만 사장이 JS건설을 인수했지만 자금 사정이 좋지 않습니다."

"그렇다고 해서 지금까지 함께했던 사람들을 해고시키는 건 아니지 않나요? 그리고 제가 검사님하고 이야기를 할 이유가 있습니까? 저는 엄연히 대표님과 대화를 하기 위해 이 자리에 올라왔습니다."

희우가 고개를 끄덕였다.

"그러니까 제 앞에 계신 거잖아요."

황일섭의 눈이 찌푸려졌다. 그는 지금 희우가 무슨 말을 하고 있는지 이해하지 못했다.

희우가 다시 입을 열었다.

"또다시 소개를 해야겠군요. 제가 이 회사의 최대 주주입니다."

"⋯⋯!"

"물론 이건 비밀로 해 주셨으면 합니다. 저 같은 평검사가 주식을 샀다는 게 불법은 아니지만 알려져서 좋을 것도 없잖아요."

황일섭은 아직까지 희우가 무슨 말을 하는지 제대로 이해하지 못했다.

희우가 다시 말했다.

"제가 위원장님께 이렇게 비밀을 이야기했습니다. 그 뜻이 무엇일까요?"

"네?"

"제 비밀을 다른 곳에 밝히실 겁니까?"

황일섭은 지금 정신을 차릴 수가 없었다. 희우가 하는 말이 무슨 뜻인지조차 이해하기 어려웠다.

희우가 말을 이었다.

"노조가 원하는 게 뭡니까? 원하는 걸 들어주면 위원장님이 제 비밀을 다른 곳에 말하지 않겠지요? 약속해 주세요."

황일섭은 눈을 껌뻑거렸다. 그리고 천천히 말했다.

"저희 요구 사항은 하나입니다. 비정규직 해고를 재고해 주십시오."

"이대로면 부도날 텐데요?"

희우는 자리에서 일어섰다. 그리고 다시 창가로 걸어가 여전히 시위를 하고 있는 노조를 바라보며 말을 이었다.

"어떻게 생각하실지 모르겠습니다. 현재 기업의 다른 수익이 없는 상태에서 임금 지출이 너무 큰 상태입니다. 이대로라면 비정규직만이 아니라 정규직도 해고를 해야 할 판입니다."

황일섭은 한숨을 쉬었다. 그리고 희우가 아닌 상만을 보며 입을 열었다.

"새로운 대표님은 젊은 분이라 생각이 다를 줄 알았습니다. 무조건 사람을 자르기보다는 기업이 나아갈 수 있는 방향을 잡아야 하지 않을까요? 의견이 반영되지 않으면 총파업을 할 수밖에 없습니다. 최대 주주님의 신상에 대해서는, 다른 곳에 말하지 않을 테니 걱정하지 마십시오."

희우가 시선을 틀어 황일섭을 향했다. 다른 노조는 어떨지 몰라도 황일섭은 노조원을 생각하는 굳은 심지가 보였다.

희우가 말했다.

"옳은 소리군요. 대표가 해야 할 일은 회사가 수익을 얻어 고용 창출을 계속할 수 있는 방법을 계획하는 것이지요."

상만이 희우를 바라봤다. 상만도 황일섭과 마찬가지였다. 희우가 무슨 뜻으로 저런 말을 하는지 예상조차 하기 힘들었다.

그사이 희우가 계속 말했다.

"일 좀 하지 그랬냐? 직원들 계속 고용할 수 있게."

"네?"

희우가 다시 황일섭을 향했다. 그리고 천천히 입을 열었다.

"해고를 거둬들이겠습니다."

"네?"

이번에는 황일섭의 눈이 커졌다. 이렇게 쉽게 결정이 날 줄 몰랐다는 표정이었다.

희우가 다시 말했다.

"단, 조건이 있습니다."

"말씀하십시오."

"두 가지만 도와주시면 됩니다."

"뭐죠?"

"노조 연합회가 있죠? 위원장님은 그 연합회에 가입되어 있을 테고요?"

"아, 네."

"제가 필요로 할 때 천하건설 노조가 파업을 할 수 있을까요?"

"네?"

"물론 파업의 명분은 드릴 것이니 걱정하지 마시고요."

황일섭이 고개를 갸웃거릴 때다. 희우의 목소리가 이어졌다.

"단 하루, 파업을 시킬 수 있나요?"

황일섭은 잠시 고민했다. 그리고 조심스럽게 말했다.

"연락은 해 보겠습니다. 하지만 확답을 얻을 수 있을지는 모르겠습니다."

"네, 연락이라도 해 주세요. 말씀드렸듯이 명분은 드릴 테니까 긍정적인 답변이 올 걸로 기대하겠습니다."

황일섭이 고개를 끄덕였다. 천하건설을 왜 파업시키려고 하는지는 몰랐지만 명분이 있다면 가능한 일이었다.

희우가 말했다.

"좋습니다. 그럼 두 번째 조건입니다. 수익이 나기 위해서는 일을 해야 하는 게 당연하겠지요? 인원을 모두 복직시키는 대신 두 지역에서 동시에 아파트 건설을 시작할 겁니다. 이달 내로 시작될 것이니 힘들어도 열심히 해 주십시오."

"네?"

분양 시장이 무너지고 있는 상황이었다. 그리고 JS건설의 자금 상황도 좋지 않았다. 이런 상황에 두 지역에서 동시에 아파트 건설을 한다니, 이해되지 않았다.

희우가 말을 이었다.

"짧은 기간에 해야 할 일이라 그 업무의 과중함은 생각 이상일 겁니다. 그렇다고 해도 당분간은 임금을 올려 드리기도 힘듭니다. 대신 일이 끝난 후에는 후한 보너스를 드린다고 약속을 드리지요. 할 수 있겠습니까?"

황일섭은 잠시 고민을 하는 표정이었다. 그러다가 굳은 얼굴로 고개를 끄덕였다.

"모든 비정규직의 복귀를 약속하시는 겁니까?"

"네."

희우의 눈빛을 보며 황일섭이 다시 조심스럽게 물었다.

"그런데 보통 이럴 때는 정규직 임금을 가지고 협상을 하는 게 정상 아닌가요?"

"네?"

"우리 임금을 올려줄 테니까, 비정규직을 해고하자……. 보통은 이런 식으로 협상을 하잖아요?"

희우가 슬쩍 웃었다.

"제가 그런 협상을 하면 위원장님이 넘어갔을까요?"

다른 노조는 모르겠지만 황일섭은 그런 말이 통할 사람이 아니었다. 그저 비정규직의 복귀만을 원하고 있었다.

그리고 희우의 생각은 맞았다. 황일섭이 웃으며 고개를 저었다.

"만약 그런 식으로 사탕을 던져 줬다면 곧바로 총파업에 들어갔을 겁니다."

그렇게 황일섭이 대표이사실에서 떠났다.

노조는 곧 해산을 했고 희우는 상만의 책상 의자에 앉았다. 책상과 의자를 손으로 쓰다듬던 희우가 상만을 보며 말했다.

"의자 좋은 거 쓴다?"

"명색이 대표인데 의자는 좋은 거 써야 하지 않을까요?"

"난 허리 아픈 의자에 앉아 있는데."

"그러니까 검사 그만두고 여기 오세요. 제가 매일 책상 닦아 드릴게요."

희우는 피식 웃었다. 그리고 상만에게 말했다.

"검사를 그만둘지는 몰라도 여기에 와서 앉아 있을 일은 없을 것 같다."

"네? 검사 그만두시게요?"

"글쎄다. 검사 힘으로는 잡을 수 없을지도 몰라서."

희우는 더 이상 말을 하지 않고 자리에서 일어섰다. 그리고 상만의 책상을 두들기며 말했다.

"그리고 여기는 네가 더 어울려."

"사장님도 어울리세요."

"간다. 분양 준비나 잘하고 있어."

다음 날.

강남의 한 커피숍이었다. 희우는 김세연과 만나고 있었다.

김세연이 희우의 앞에 USB를 건네며 말했다.

"그때 부탁하신 겁니다."

"네, 감사합니다. 그럼 조태섭이 요구한 걸 말씀해 보세요."

"조태섭 의원님께서는 말씀하셨어요. 당신과 나 사이의 결정적인 증거한 장을 가지고 오라고요. 그렇게 하면 다음 사업 역시 우리 회사의 손을 들어 준다고 하셨습니다."

"결정적인 거요?"

"네. 김희우 검사님이 우리 회사 비리에 연루되어 있다는 증거요."

희우는 피식 웃었다.

"그럼 제가 어디에 사인을 하든가 아니면 비밀을 이야기해야 하나요?"

"네, 그런 거죠."

"그럼 합시다."

"네?"

그녀는 모르고 있었지만 희우의 안주머니에서는 녹음기가 돌아가고 있었다. 조태섭이 지금 이 모든 상황을 이용하려고 해도 빠져나갈 수 있는 길을 만들기 위함이었다. 그리고 희우는 그녀를 완벽하게 신뢰할 수 없었다.

그녀는 그런 상황은 전혀 모른 채 고개를 끄덕였다.

"편지를 한 장 써 주세요. 편지에 국방부 장관과 장성들의 연락처가 적혀 있으면 좋아요."

"네, 좋습니다."

희우는 그곳에서 자필로 편지를 썼다. '사랑하는'으로 시작해서 '당신이 원한다면 장관의 연락처를 가르쳐 줄게.'로 끝나는 편지였다.

그녀는 미소를 지으며 편지를 바라봤다.

"연애편지 많이 써 봤나 봐요?"

희우가 어깨를 으쓱해 보였다. 그러자 그녀가 다시 말했다.

"감사합니다."

"말했잖아요. 김세연 씨가 손해 보는 일은 없다고."

희우가 쓴 편지는 바로 조태섭에게 들어갔다.

조태섭은 김세연을 보며 매우 흡족해했다.

그에게는 희우라는 존재가 눈에 걸릴 수밖에 없었다. 어린 나이에 오랜 연륜을 가진 것처럼 사건 처리 능력을 보여 줬다. 그리고 자신이 내민 달콤한 유혹도 거절했다. 희우라는 검사는 목줄을 채우지 않고서는 위험한 인물임이 분명했다.

조태섭은 편지를 보며 피식 웃었다.

"남자는 어쩔 수 없는 것인가? 놈도 남자였어."

김세연이 말했다.

"다음 무기 사업도 우리 회사의 손을 들어 주신다는 약속, 믿고 있겠습니다."

"그래그래, 어서 회사로 가서 예쁨받도록 해. 일을 잘했으면 칭찬을 받아야 하지 않겠나?"

그런데, 그들의 옆에 조용히 서 있던 한지현의 눈동자는 흔들리고 있었다.

그날 밤이었다. 희우는 희아를 만나고 있었다.

그녀가 말했다.

"대단하네?"

모든 일이 일사천리로 해결되고 있었다. JS건설 인수에서부터 노조 파업까지, 희우는 빠르게 해결했다.

그녀가 다시 말했다.

"이러다가 분양 완료까지 정말 한 달 안에 끝나는 거 아니야?"

희우는 대답 대신 가방에서 서류를 꺼내 그녀의 앞으로 건넸다.

"그때 말했지, 내가 JS건설을 가지고 오면 땅을 사 달라고?"

그녀는 고개를 끄덕이며 희우가 넘긴 서류를 펼쳤다. 토지 매매계약서였다.

희우가 다시 말을 이었다.

"그리고 아파트 건설 시행사를 JS건설로 지정해 달라는 말도 잊지 않았지?"

"물론이야."

그녀는 작은 손가방에서 만년필을 꺼내 들었다. 그리고 말했다.

"그런데 땅이 두 곳 아니야?"

희우가 피식 웃었다.

"거기까지 조사했어?"

"어쩌면 손을 잡아야 할 회사이니 알아 두는 것도 나쁘지 않으니까."

"기업인 다 되었구나?"

그녀는 어깨를 으쓱하며 다시 계약서를 바라봤다.

"금액은 나쁘지 않네? 많이 부를 줄 알았는데."

"필요한 자금만 받으면 되니까."

"사인하면 되나?"

"응."

희아는 매매계약서에 사인을 했다. 그리고 입을 열었다.

"시행사를 JS건설로 선정했다는 기사를 내일 올릴게."

희우가 고개를 저었다.

"괜찮아. 기사는 이미 나갔으니까."

"어?"

유빈을 통해 기사는 이미 작성된 상태였고 우선적으로 인터넷 뉴스를 통해 알려지고 있었다.

희우가 말했다.

"우리 주식도 좀 올라야지. 투자해 두고 떨어지기만 하고 있으니까 가슴이 아파."

"대단해."

희우는 다시 계약서를 넘겨받아 사인을 하며 그녀에게 말했다.

"부탁 하나 더 해도 될까?"

"뭔데?"

"한국은행 총재님을 만나고 싶은데."

갑자기 한국은행 총재를 만나고 싶다는 말에 희아가 물었다.

"이유는?"

"물론 천하그룹에 빨대를 꽂고 있는 박대호를 몰아내기 위해서지."

희아가 고개를 끄덕였다.

"좋아. 시간은?"

"빠를수록 좋아."

희우는 말을 마치고 자리에서 일어섰다.

"그럼 연락 줘. 약속했던 한 달까지 며칠 남지 않아서 난 무척 바쁘거든. 나중에 보자."

희우는 밖으로 나갔다.

홀로 레스토랑에 앉아 있는 그녀의 입에 슬쩍 미소가 떠올랐다. 희우는 변하지 않았다. 그건 만나 본 그녀가 확실히 알 수 있었다. 희우가 떠난 자리를 바라보고 있던 그녀에게 잠시 옛 기억이 떠올랐다. 그리고 생각했다.

'난 변했나? 아니면 나 역시 그대로인가?'

생각은 오래도록 이어졌지만 해답은 없었다.

그녀는 자리에서 일어섰다. 그리고 뒤에 서 있던 경호원 진혁에게 말했다.

"우리도 가자."

"네, 아가씨."

희우는 바로 집으로 들어갔다. 집에는 상만이 기다리고 있었다.

노조와의 협상이 끝났다. 땅도 팔았다. 이제 본격적으로 아파트 분양에 들어가야 할 시기였다. 문제는 어떤 준비도 되어 있지 않은 상황에서 한 달도 남지 않은 기한이었다. 그 안에 분양을 완판해야 희아와 이야기했던 계약이 이뤄질 수 있었다.

희우가 상만에게 말했다.

"경영이야 네가 전공을 했지만 지금 하는 일은 경영이랑은 전혀 다른 일이야. 지금 우리가 할 일은 사기다."

"사기요? 그, 다른 사람 등쳐 먹고 그런 사기요?"

희우가 고개를 끄덕였다.

"등을 쳐 먹지는 않겠지만 사기는 맞아. 그러니까 이번에도 내 말을 잘 따라 줬으면 좋겠어."

"여부가 있겠습니까?"

상만의 능청스러운 웃음에 희우도 그만 피식 웃고 말았다.

그리고 희우가 입을 열었다.

"내일 아침 바로 회의 들어갈 수 있도록 해. 과장급까지 모두 집합시켜서……."

다음 날, JS건설 회의실에 임원진을 비롯하여 과장급들까지 모두 모였다. 상만이 천천히 프레젠테이션을 하는 위치에 섰다.

"경기 북부에 있는 땅을 천하그룹에 팔았습니다."

그 말에 임원들이 웅성거리기 시작했다.

"천하그룹? 거기가 저 땅을 왜 사?"

"천하건설은 부동산 시장 죽었다고 아파트 안 짓는다고 하지 않았어?"

하지만 상만의 이어진 말에 그들의 행동이 멎었다.

"시공사는 우리가 될 겁니다."

임원들은 전혀 예측하지 못한 일이었다.

천하그룹은 천하건설이라는 계열사가 있다. 그런데, 그 시공을 JS건설에 맡기다니, 말도 안 되는 일이었다. 그들의 놀란 표정을 보며 상만이 계속 말했다.

"회의도 하지 않고 독단적으로 행동했다고 욕하시려면 욕해도 좋습니다. 하지만 회사 사정이 안 좋으니까 따라 주십시오. 3주 내로 분양 준비를 마쳐야 합니다."

"네? 3주요?"

"지금 무슨 소리 하시는 겁니까!"

임원들이 웅성거리기 시작했다. 하지만 상만은 멈추지 않고 말을 이었다.

"행정적인 것은 천하그룹에서 알아서 해 줄 겁니다. 우리는 일하면 됩니다."

임원들의 표정은 가지각색이었다. 그들의 표정은 좋지 않았다. 그들의 존재를 무시하고 어떤 상의도 없이 움직여 버린 상만에게 아니꼬운 시선을 던지고 있었다.

하지만 과장, 부장 등 직원들의 눈빛은 달랐다. 오랜 시간 일다운 일을 하지 못한 그들이었다. 새로운 대표가 자리하며 일을 할 수 있다는 것에 그들은 설레고 있었다.

상만이 그들의 표정을 보며 말을 이었다.

"남부 지역에 있는 땅은 아직 우리가 가지고 있습니다. 그리고 우리는 천하그룹에 땅을 팔고 받은 돈이 있죠. 그 돈으로 남부 지역에 아파트를 올릴 겁니다. 동시에."

이번에는 과장과 부장 등 직원들의 얼굴도 굳어졌다.

"동시에요?"

"네, 동시에."

상만이 단호히 말한 후 손뼉을 짝 쳤다. 그리고 말을 이었다.

"일합시다. 그래야 돈을 벌죠."

잠시 후, 사무실로 돌아온 상만이 한숨을 내뱉으며 의자에 앉았다.

"가시방석이네."

상만의 머릿속에는 어젯밤 희우와 나눴던 대화가 스치고 있었다.

희우는 말했었다.

"상만아, 아파트 분양의 가장 아름다운 점이 뭔지 알아?"

"뭔데요?"

"물건을 보고 사는 게 아니라 만들어지기 전에 산다는 거야."

다 지은 후에 분양을 시작하는 아파트는 없다. 구매자들은 아파트를

짓기 전, 아니 삽도 뜨기 전에 완공된 미래를 상상하며 계약을 한다. 집값
이 오를 거라는 기대와, 훗날 좋은 자재로 이루어진 쾌적한 공간에서 살
수 있다는 생각만으로 계약금을 지불하고 중도금을 내는 것이다.

희우가 말을 이었다.

"그게 사기야. 그러니까, 사람들 뒤통수치지 말고 제대로 공사해. 일정
은 엉망이었지만 공사는 완벽히 해야 하는 거야."

그 말을 떠올리던 상만이 한숨을 내뱉었다.

"도대체 무슨 소린지……."

상만은 희우의 생각을 이해할 수 없었다. 애초에 동시에 이뤄지는 분
양이 성공할 거란 생각조차 하기 힘들었다.

하지만 상대는 희우였다. 희우라면 또 다른 계획이 있을 거라고 생각
하며 상만은 일단 열심히 따르기로 다짐했다.

그 시각, 희우는 문자 한 통을 받았다. 희아였다.

―오늘 시간 있어? 총재님께서 오늘 괜찮다고 하시는데.

희우는 바로 좋다는 문자를 보냈다. 빠를수록 좋았다. 지금 희우에게
는 시간이 금보다 더 귀했다.

그리고 그날 밤, 희우는 퇴근 후 희아가 말한 약속 장소로 향했다. 멀
지 않은 레스토랑의 VIP 룸이었다.

그녀와 한국은행 총재가 먼저 와 기다리고 있었다.

희우가 안으로 들어가 고개를 숙이자 한국은행 총재가 여유롭게 웃으
며 악수를 권했다.

"김희우 검사라고 했죠? 여기 김희아 소장에게 이야기 많이 들었습니
다. 내가 젊은 친구들을 만나면 기분이 좋아요."

희우는 손을 내밀어 그와 악수를 했다. 그리고 말했다.

"바쁘실 텐데 죄송합니다. 부탁드릴 일이 있어서 왔습니다."

"부탁요?"

"네."

희우가 슬쩍 희아를 바라보며 한숨을 내쉬었다. 이런 행동을 하는 자신을 희아에게 보여 주고 싶지 않았다. 하지만 어쩔 수 없는 일이었다. 희우는 거침없이 행동하기로 마음먹으며 곧바로 입을 열었다.

"지금부터 10분은 기분이 나쁘실 겁니다."

총재는 인상을 찌푸렸다. 다짜고짜 기분이 나쁠 거라고 선전포고를 하는데 웃고 있을 수는 없었다.

희우는 자리에 앉으며 종이 몇 장을 꺼내 총재에게 넘겼다.

"내년 8월 시행될 법학 적성 시험에 아드님이 응시할 거란 이야기를 들었습니다."

총재의 눈썹이 꿈틀거렸다. 쉬쉬하고 있던 이야기를 희우가 알고 있으니 기분이 나쁠 수밖에 없었다. 희우가 말했다.

"물론 대학은 한국 대학교가 되겠지요. 그러고 보니 아드님이 지방대에서 편입하셨지요, 한국 대학교로?"

결국 총재의 언성이 높아졌다.

"지금 무슨 소리를 하는 거지?"

"물론 실력으로 들어갔겠죠. 누가 요즘 세상에 비리로 대학 들어갈까요?"

총재는 입술을 꽉 다물었다. 희우는 아랑곳하지 않고 다음 종이를 들어 그에게 건넸다.

"의혹일 뿐입니다. 총재님의 재산 형성과 해외 유출에, 좋지 않은 의혹이 보여서요."

총재는 이제 이를 꽉 물었다. 그리고 몹시 화가 난 얼굴로 희아를 바라봤다.

그녀는 가만히 찻잔을 들어 입에 대었다. 희우와 총재의 세상과는 전혀 다른 곳에 있는 것 같은 분위기였다. 자신은 지금의 일에 전혀 상관하지 않겠다는 뜻이었다.

그러자 총재가 말했다.

"그만 일어나겠소."

그 말에 옆에 있던 희아가 손목을 들어 시간을 확인했다.

"이제 기분 나쁘실 10분은 다 지난 것 같은데요."

그녀의 말에 총재가 소리를 질렀다.

"김희아!"

희아는 그를 향해 살짝 웃었다. 그리고 여유롭게 말했다.

"잠시만 더 앉아 계세요."

총재의 꽉 다문 입에서 까드득, 이를 가는 소리가 들려왔다.

동시에 희우가 말했다.

"총재님, DHP머니 박대호 대표를 알고 계십니까?"

박대호의 이름과 함께 총재의 얼굴은 완벽하게 구겨졌다. 하지만 희우는 아랑곳하지 않고 계속 말했다.

"저축은행 사태로 제1금융권까지 검찰 수사가 불가피합니다. 한반도은행에 조심하라고 언질을 해 주십시오. 이게 제가 하는 부탁입니다."

"뭐?"

총재는 얼떨떨한 표정이었다. 지금까지 희우는 총재의 비리를 들고 협박했다. 그런데, 정작 내민 카드는 너무나 손쉬운 일이었다. 총재가 의심스러운 눈으로 희우를 바라보며 다시 물었다.

"정말 그것만 하면 되겠나?"

"네. 그것만 해 주시면 됩니다. 그럼, 앞에 놓인 자료는 모두 총재님이 가지고 가셔도 좋습니다. 물론 비리가 있다면 모두 정리하시고요. 아니면 걸리지 않게 단속 잘하시든가요."

"그러지."

한국은행 총재가 떠나고 희우는 희아와 단둘이 남았다.

희아가 찻잔을 손에 쥐며 물었다.

"그런데, 검찰에서 한반도은행까지 수사를 해?"

저축은행이 파산을 하고 있었다. 이 상황에 한반도은행까지 무너진다면 대한민국은 혼란에 휩싸일 게 분명하다. 희아는 검찰이 한반도은행을 수사할 수 없다고 생각했다. 하지만 희우는 어깨를 으쓱하며 말했다.

"수사? 할 건데?"

"뭐?"

"박대호는 물론이고 한반도은행도 무너뜨릴 거야."

희아가 황당한 눈빛으로 희우를 바라봤다.

"나라 경제는?"

"난 검사야. 경제 문제는 그쪽 전문가들이 생각해야지."

"야……."

희아의 걱정 가득한 표정에 희우가 슬쩍 웃으며 말했다.

"지금 터뜨려야 덜 아파. 더 곪은 후에 터지면 돌이킬 수 없어. 곪은 채로 계속 가져갈 수는 없잖아."

희아가 고개를 절레절레 저었다.

"네가 수사 시작하기 전에 한반도은행에 있는 돈 다 빼야겠네."

"너희도 은행에 적금이나 예금을 넣어?"

"응. 왜? 적금을 넣지는 않지만 예금은 넣고 있는데? 안 그러면 현금을 어디에 보관해?"

"아, 그렇겠네. 몰랐어."

희우는 정말 몰랐다는 듯 웃었다.

그러고 보니 그녀도 계산을 할 때 카드를 사용했다. 희우가 차를 마시며 중얼거렸다.

"카드 만들려면 통장이 있어야 하지?"

"그게 무슨 소리야?"

"재벌은 다른 줄 알았거든."

저축은행 파산이 터지며 집을 내놓는 사람들이 늘어나 매물이 많아지고 있었다.

저축은행 파산과 주택 매물의 숫자 상승, 언뜻 보기에는 어떤 연관성도 없어 보였다. 하지만 그 매물들은 한반도은행에서 노숙자의 이름으로 차명 계좌를 만들고 불법 대출을 통해 구매한 집들이었다. 저축은행 비리를 보고 지레 겁을 먹은 박대호가 다시 현금 자산을 확보하기 위해 움직이고 있는 것이었다.

그리고 희우는 송파 재건축 위원장과 그 동네 부동산에 있었다. 희우가 부동산 사장에게 물었다.

"며칠 전에 쏟아져 나온 매물들이 어느 집인가요?"

"여기 있습니다."

부동산 사장은 인쇄된 종이를 희우에게 건넸다.

희우는 주소지를 확인했다. 그리고 자리에서 일어나 부동산 밖으로 나가 오민국에게 연락을 취했다.

"지금 문자로 몇 개의 집 주소를 보낼 겁니다. 그 집주인들 신상 파악 부탁드리겠습니다."

오민국은 제발 일을 시키지 말아 달라는 푸념과 함께 전화를 끊었다.

희우는 다시 부동산으로 들어갔다. 그리고 부동산 주인에게 말했다.

"매물 나오는 대로 연락 좀 부탁드릴게요."

"네, 알겠어요."

희우는 부동산 사장에게 인사를 하고 밖으로 나갔다.

주소지를 통해 주인의 신상을 파악한다고 해도 거기에 큰 기대는 하지 않았다. 차명의 주인공이 노숙자인 이상 그들을 찾기는 거의 불가능에 가까웠다. 우용수가 주택을 매매했을 때 거래했던 사람들의 소재를 파악했었지만 역시나 실패였기 때문이다.

하지만 희우가 계속해서 거래하는 사람들을 찾고 있는 이유는 하나다. 박대호가 차명의 전부를 노숙자의 이름으로 하지는 않았을 것이다. 가족이든 뭐든 좋으니 하나만 걸려 달라는 생각을 가지고 있었다.

밖으로 나와 버스 정류장으로 향하고 있던 희우에게 전화가 걸려 왔다. 오민국이었다.

─이거 이상한데요?

"뭐가요?"

─가족들한테 가출로 신고가 들어왔던 사람이에요. 가족이 사는 곳은 경기도 화성이고요. 송파에 집을 살 정도로 돈이 많지는 않은 것 같은데요.

"네."

노숙자들의 명의를 보고 있으면 이런 경우가 많았다. 이번에도 또 실패인가 할 때였다. 오민국의 말이 이어졌다.

─주기적으로 가출 신고를 하고 있네요.

뭔가 이상했다. 노숙자들의 경우 집에서 가출 신고를 하는 경우는 드물었다. 그것도 주기적으로 신고하는 경우는 흔치 않은 일이었다.

"그 집 주소 좀 문자로 넣어 주시겠어요?"

─네, 알겠습니다.

희우는 택시에 올랐다.

"화성으로 가 주세요. 자세한 주소는 가면서 말씀드릴게요."

희우는 택시를 타고 이동하며 지성호에게 전화를 걸었다.

"저 오늘 지검 못 들어가거나 가더라도 늦을 것 같습니다. 도진여객에 관한 제보가 하나 들어와서 바로 그쪽으로 가 보려고 합니다."

-어? 그래.

전화를 끊은 희우는 피식 웃었다. 지검에서 벌어질 일이 뻔히 눈에 보였기 때문이다.

지성호는 차장검사에게 가서 희우가 한 말을 그대로 전했다.

"김희우 검사가 도진여객 사건에 어떤 제보를 받아서 이동하고 있다고 합니다. 오늘 조금 늦게 들어올 것 같다고 했습니다."

그 말은 그대로 지검장에게까지 들어갔다.

새로운 지검장은 자리에서 벌떡 일어섰다.

"진짜 도진여객에 문제가 있다고?"

도진여객은 희우가 김세연을 만날 수 있도록 만들어진 미끼였을 뿐이다. 털어서 먼지 안 나는 곳은 없다고 하지만 아무렇게나 찔러본 곳에 실제로 죄가 존재하리라고는 생각하지 못했다.

그들의 반응을 생각하며 희우는 다시 전화를 들었다. 방금 나왔던 부동산이었다.

"사장님, 방금 말씀하셨던 집 있잖아요, 그 집을 제가 사고 싶은데요."

희우는 전화를 끊었다. 화성에 가서 확인하고 집주인이라고 나타나는 사람을 만나 보면 뭔가가 확실해질 것이다.

DHP머니 대표이사실.

박대호는 초조한 표정으로 사무실을 서성이고 있었다. 느낌이 좋지 않았다. 방금 한국은행 총재에게 연락이 왔기 때문이다. 총재는 말했다.

-저축은행의 줄도산이 시작될 것 같습니다. 1금융권 역시 조심해야 해요. 내가 엊그제 오며 가며 들은 이야기가 있는데, 검찰이 1금융권까지

452

수사를 진행할지도 모른다고 했습니다. 한반도은행도 모르니까 주의하도록 하세요.

박대호는 총재의 목소리를 기억하며 이를 꽉 물었다.

저축은행의 부실이 세상에 공개된 뒤, 박대호는 현금 비율을 높이기 위해 쥐고 있던 주택의 상당 부분을 매물로 올렸었다. 하지만 주택 시장은 얼어붙었고 팔리는 매물은 드물었다.

'젠장.'

박대호는 너무 많은 주택을 사 뒀다고 후회하고 있었다. 그가 보유한 주택은 조태섭에게 보고한 것 이상으로 많았다.

'어쩌지?'

그동안 조태섭은 박대호가 슬쩍 뒷주머니를 차는 정도는 봐주고 있었다. 하지만 지금 상황은 다르다. 검찰이 움직인다면 일이 커질 게 분명하다.

서성거리던 그가 전화기를 바라봤다. 조태섭에게 이야기를 해 볼까? 박대호는 곧 고개를 저었다. 얼마 전 김석훈이 사라지며 조태섭의 검찰 장악력이 흔들리고 있었다. 이런 상황에 조태섭이 검찰에 아쉬운 소리를 할 가능성은 극히 적었다. 조태섭은 한 번이라도 고개를 숙이면 그 가치가 떨어진다고 생각하는 사람이다. 즉, 절대 고개 숙일 사람이 아니다.

조태섭은 이 상황을 해결하기 위해 더 단순한 방법을 사용할 거다.

바로 박대호를 제물로 삼는 거다.

박대호를 치우고 자신의 자산을 관리할 새로운 사람을 찾아낼 게 분명하다. 조태섭은 그럴 사람이었다.

박대호는 계속해서 해결 방법을 찾아 고민했다. 그리고 그 입에 미소가 걸렸다. 뭔가 방법이 생각난 것 같았다. 그는 바로 전화를 들었다.

그 시각, 희우는 화성에서 내렸다. 그곳은 오민국에게 받은 주소지였다. 작은 판자 주택, 쓰러져 간다는 말이 맞을 정도의 집이었다. 희우는 그 앞에 서서 입을 열었다.

"저기요."

조용했다. 희우가 다시 입을 열었다.

"아무도 안 계시나요?"

그때 비닐로 만들어진 문이 열리고 한 중년의 여성이 밖으로 나왔다. 뽀글뽀글한 파마, 몸뻬 바지라 불리는 옷, 한눈에 보기에도 초라한 행색이었다. 그녀가 물었다.

"무슨 일이세요?"

그녀의 등장에 희우는 사람 좋은 미소를 보이며 머리를 긁적였다.

"경찰인데요. 윤진건 씨 실종 신고하셨죠?"

윤진건은 재개발이 들어갈 집의 소유주 이름이었다.

그 말과 동시에 중년 여성의 눈이 커졌다.

"찾았어요? 우리 남편 찾았어요?"

"네?"

여성이 '찾았어요?'라고 묻는 순간 희우의 머릿속은 엄청난 속도로 회전했다. 가출 신고가 지속적으로 들어온 사람이 집을 샀다? 이곳에 뭔가가 있다.

희우의 눈이 다시 집을 바라봤다. 아무리 대출을 많이 받았다고 해도 몇억씩 하는 집을 살 수 있는 형편은 절대 아니었다.

희우가 말했다.

"이제 찾아보려고 이렇게 왔습니다."

중년 여성의 눈에 눈물이 고였다. 윤진건이라는 사람은 그녀의 남편이라고 했다. 그녀가 말했다.

"누추하지만 들어오시겠어요?"

"아, 네."

희우는 판잣집의 안으로 들어갔다. 두 사람이 앉기에도 비좁은 곳이었다. 하지만 그녀는 희우의 앞에 물을 가져다 두었다. 작은 예의를 차리기 위한 것이었다.

그녀가 말했다.

"형사님이 직접 온 건 처음이네요."

"그런가요? 제가 이번에 이곳으로 오면서 실종 사건을 대대적으로 수사할 계획이 있거든요."

"네."

그녀가 자신의 남편에 대해 이야기를 시작했다.

두 사람은 마흔이 넘어가는 늦은 나이에 결혼을 했다. 그리고 두 사람 사이에서 태어난 신의 선물, 하지만 신은 가혹했다. 아기는 선천성 심장병을 가지고 있었고, 별다른 보험을 들어 두지 않은 두 사람은 엄청난 돈을 병원비로 사용했다. 그러나 아기는 결국 사망했다.

그녀가 말했다.

"그때 사채도 끌어 썼다고 들었어요."

아기가 죽어 슬픈 마음을 달랠 수 있는 시간은 없었다. 그들에게는 빚이 있었고. 울고 있는 와중에도 전화는 걸려 왔다. 그녀에게도 빚 독촉의 전화는 쉬지 않고 울렸다. 남편과 그녀는 빚을 갚기 위해 갖은 노력을 했다.

"밤낮없이 일했어요. 돈을 갚으려고요. 그래도 그 사람이 긍정적이어서 견딜 수 있었어요."

그러다가 남편이 사라진 거다. 그리고 1년이 넘는 시간 동안 어떤 연락도 없었다. 희우가 '빚 때문에 도망쳤나?'생각할 때였다. 그녀가 빠르게 고개를 저었다.

"그렇게 도망갈 사람이 아니에요. 실종 전날에도 열심히 살자는 말을 했었어요!"

희우가 그녀의 표정을 보며 물었다.

"처음 신고한 게 남편분이 사라지고 얼마쯤 후인가요?"

"일주일 뒤에 신고했어요. 기다려 보려고 했는데 연락이 오지 않아서요."

"남편분이 사라지고 빚 독촉은 어떻게 되었죠?"

여성이 손을 저었다. 예전보다 심하지는 않았지만 여전히 독촉은 계속되고 있었다.

희우가 물었다.

"혹시 어디서 사채를 끌어 썼는지 말씀해 주실 수 있나요?"

"DHP머니요."

희우의 목줄기에 뭔가 싸한 느낌이 왔다.

DHP머니는 한반도은행의 대주주인 박대호가 대표로 있는 곳이었다.

CHAPTER 46

실종된 윤진건의 아내, 희우는 그녀의 말을 들으며 몇 가지 생각을 했지만 어떤 말도 입에 담지 않았다. 그저 질문을 이어 갔을 뿐이다.

"남편분께 특징이 있나요?"

그녀는 잠시 고개를 갸웃거렸다.

"글쎄요. 워낙 평범한 사람이라 특징이라고 하니까 딱히 말하기가 어렵네요. 아! 허벅지에 주먹만 한 점이 있어요."

"점요?"

그녀가 고개를 끄덕였다.

희우는 주머니에서 수첩을 꺼내 그녀가 말한 특징을 적었다. 그리고 물었다.

"또 다른 것은 없나요? 키는 몇이지요?"

그렇게 희우는 그녀에게 이것저것 질문을 하고 답을 받았다. 그리고 다시 서울로 향하기 위해 버스 정류장으로 나왔다.

버스에 올라탄 희우는 창밖을 바라보며 중얼거렸다.

"송파의 집을 구매한 윤진건, 판자로 만들어진 집에서 살던 윤진건."

앞뒤가 맞지 않는다. 어쩌면 윤진건은 이번 사건의 열쇠가 될 수도 있다고 생각했다.

하지만 거기까지였다. 희우는 아직 어떤 것도 확정 짓지 않았다. 실종 또는 가출, 무엇이 진실인지 확신할 수 없는 상황이다. 아내는 윤진건을 떠올리며 성실한 사람, 책임감 있는 사람이라고 말했지만 그것은 모두 그녀의 주관적인 생각일 뿐이다. 그 말을 100% 신뢰할 수는 없었다.

하지만 분명한 것은 두 가지 상황이 가능하다는 거다.

하나는 윤진건이 살해당했다는 것, 두 번째는 윤진건이 박대호의 아래에서 일을 하고 있을지도 모른다는 것이었다.

희우는 휴대폰을 꺼내 통화 버튼을 눌렀다. 전화는 평택에서 경찰 생활을 하고 있는 재호에게 향했다.

-어, 희우야.

재호는 희우를 반갑게 맞았다. 잠시의 인사말을 전한 후 희우가 말했다.

"부탁 하나만 할게. 1년 내에 발견된 신원 미상의 시신을 확인하고 싶어."

한 해 평균 발견되는 시신은 약 4만 구다. 그중 120~130명의 신원은 끝까지 파악하지 못한다. 살인범들이 시신의 지문을 없애는 등 다양한 방법으로 신원 확인을 어렵게 만들어 놓기 때문이다.

희우의 목소리가 이어졌다.

"평택, 화성, 안산, 시흥에서 발견된 시신이 어디로 갔는지 확인해 줄수 있을까? 해안에서 발견된 것은 제외해 줘."

-응? 네가 해도 되지 않아?

"지금 내가 나서기에는 어려운 일이라서."

-알았어. 바로 알아보고 연락해 줄게.

재호는 더 묻지 않고 흔쾌히 일을 수락했다.

"고맙다."

전화를 끊은 희우는 다시 생각에 빠졌다.

일단 지역을 최소로 잡았다. 박대호는 시신을 처리할 때 먼 곳으로 이동하지 않는다. 최소한으로 움직여야 수사기관의 감시에 걸리지 않는다는 것을 잘 알고 있어서다.

희우는 다시 전화기를 들었다. 이번에는 송파의 부동산이었다.

"그 집 최대한 빨리 샀으면 하는데요."

-그래요? 그럼, 내일 시간 어떠세요?

"내일 저녁 8시 정도 괜찮을까요?"

약속 시간이 잡혔다. 윤진건의 윤곽이 드러날 시간이 가까워졌다는 거다. 창밖을 바라보는 희우의 눈빛이 차갑게 변했다.

다음 날.

퇴근한 희우는 버스 정류장에서 내렸다. 그리고 집이 아닌 부동산으로 향했다. 상만을 시킬까 했지만 이번 일은 직접 확인해야 했다.

부동산 안으로 들어가 잠시 자리에 앉아 있자 곧 말끔한 남자가 들어왔다. 부동산 사장이 물었다.

"윤진건 씨세요?"

남자는 말없이 품에서 부동산 계약 위임장과 인감증명서를 꺼내 부동산 사장에게 건넸다. 부동산 사장이 고개를 갸웃거리며 말했다.

"대리인이시네요?"

"네. 윤 사장님은 바쁘셔서요."

앉아 있던 희우가 자리에서 일어섰다.

"저도 확인해 봐도 될까요?"

부동산 계약은 큰돈이 오가는 거래다. 상대가 준비해 온 서류를 확인한다고 해서 예의에 어긋나는 것은 아니었다. 부동산 사장이 희우에게 서류를 건넸다.

희우는 인감증명서를 바라봤다. 인감증명서에도 대리로 발급받았다는 표식이 되어 있었다. 뭔가 좋지 않은 느낌이 강하게 들었지만 희우는 일단 모른 척했다. 인감에 적혀 있는 발급 기관명을 확인했을 뿐이다. 근처의 동사무소였다.

희우는 서류를 테이블에 올려 두며 남자에게 말했다.

"계약금은 여기 있습니다. 잔금은 이사 날 치르도록 하겠습니다."

남자는 귀찮다는 듯 고개를 끄덕이며 말했다.

"오늘이라도 바로 이사 오실 수 있습니다."

"그럼 내일모레로 이사 날짜를 잡고 처리하겠습니다."

"그러세요."

희우는 잔금 날짜를 사흘 뒤로 잡은 후 자리에서 일어섰다.

다음 날, 희우는 송파의 한 동사무소로 향했다. 어제 만났던 남자가 인감을 대리로 받은 곳이었다.

동사무소에 도착한 희우는 인감을 발급하는 직원의 앞에 섰다. 그러자 직원이 힐끗 희우를 보며 말했다.

"번호표 받고 기다리세요."

"아뇨, 뭣 좀 여쭤보려고요."

"네, 말씀하세요."

"그저께 인감을 뗀 사람 중 한 명을 확인하고 싶습니다."

"네?"

직원이 고개를 갸웃거렸다. 동사무소에서 일을 하며 이런 식의 요구를 하는 사람은 처음이었기 때문이다. 직원은 잠시 희우를 보다가 고개를 저었다.

"확인할 수 없습니다."

희우는 주머니에서 검사 신분증을 꺼내 직원의 앞에 내려 뒀다.

"검찰입니다."

신분증을 본 직원의 눈빛이 흔들렸다.

"무슨 문제가 있나요?"

"부동산 사기 사건이 있어서요. 영장을 발부받고 왔어야 하는데 지금 그럴 시간이 없네요. 도움 좀 받을 수 있을까요?"

직원이 한숨을 내쉬며 자리에서 일어섰다. 이런 일은 직원이 결정할 수 있는 일이 아니었다.

"잠시만 기다리시겠어요?"

직원은 동장에게 다가갔다.

"동장님? 검사가 찾아왔는데요."

"뭐? 검사?"

동장의 시선이 희우를 향했다. 그리고 직원에게 속삭이듯 물었다.

"검사가 여기를 왜 와?"

"부동산 사기라는데, 대리 인감을 뗐던 사람이 뭔가 잘못했나 봐요."

동장이 고개를 끄덕였다.

"일 크게 만들지 말고 해 달라는 거 해 줘."

"네, 알겠습니다."

직원은 다시 자리로 돌아왔다. 그리고 희우에게 말했다.

"네, 보여 드릴게요. 어떤 분이죠?"

"그제 윤진건이란 분의 인감을 누가 대리로 떼어 갔습니다. 그 사람의 신원을 파악하고 싶습니다."

직원은 뭔가 찾더니 한 사람의 주민번호를 적어 희우에게 건넸다.

"제가 도와드릴 수 있는 부분은 여기까지입니다."

이제 찾아오지 말라는 뜻이었다. 희우는 빙긋이 웃었다.

"네, 이 정도면 충분합니다. 감사합니다."

희우는 동사무소 밖으로 나왔다. 그리고 앞에 있는 등나무 벤치에 앉아 김산에 있는 오민국에게 전화를 걸었다. 오민국이 빈정거리며 전화를 받았다.

─서울에는 그렇게 일할 사람이 없습니까? 계속 김산 시골 촌뜨기에게 전화를 걸고 그러세요.

"그러게요. 죄송하게도 일할 사람이 없네요."

희우는 오민국에게 해당 주민등록번호와 이름을 알려 주고 신원 파악을 해 달라는 부탁을 했다. 오민국이 입을 열었다.

-확인하고 전화 드릴게요.

"네, 부탁드립니다."

잠시 후, 오민국에게 전화가 걸려 왔다.

-어떤 걸 알려 드릴까요?

"특이한 거요."

-지금 따로 직업은 없는 것 같은데 통장에 월급 같은 것은 따박따박 찍히고 있습니다.

일을 하지 않는데 월급 같은 게 찍힌다는 것, 그것은 정식 업체에 취직을 하지 않았다는 뜻이거나 소규모 자영업자의 밑에서 일을 하고 있다는 것이다.

"돈을 보낸 통장까지 추적할 수 없을까요?"

-검사님, 통장 확인도 영장 필요한 거 아시면서 왜 그러세요. 영장 없이 다른 계좌까지 추적하라고요? 아시잖아요. 사실상 불가능합니다.

"네, 감사합니다."

희우는 오민국과의 전화를 끊었다. 많은 내용을 듣지는 못했지만 소득은 있었다. 희우는 바로 상만에게 전화를 걸었다.

"내가 지금 불러 주는 주소하고 이름 적어 둬. 그리고 흥신소 놈들 이용해서 뒤 한번 캐 봐. 시간은 이틀 안으로 끝내도록 해."

-네? 이틀요?

"어, 이틀."

희우는 언제나 시간적 여유를 주지 않았다. 상만은 입을 삐죽 내밀며 대답했다.

-알겠습니다. 그럼 바로 흥신소에 연락 취할게요.

상만과의 전화를 끊은 희우는 생각에 잠겼다. 그리고 지검으로 가는 버스에 올라탄 뒤 유빈에게 전화를 걸었다.

"인터넷 신문사 소개시켜 주실 수 있나요?"

-밥 먹자고? 나 오늘 바빠.

"네?"

유빈은 더 말하지 않고 전화를 뚝 끊어 버렸다.

희우가 황당한 표정으로 전화기를 바라보고 있을 때 유빈에게 문자가 왔다.

-저축은행 기사 내보냈던 기자님 지금 조태섭 의원에게 호출당했어. 지금 신문사 분위기가 말이 아니야. 편하게 이야기하기가 어려워. 인터넷 신문사 기자 전화번호는 문자로 찍어 줄게.

희우의 눈이 찌푸려졌다. 그냥 지나쳤으면 했는데 조태섭이 냄새를 맡았다.

희우는 머리를 쓸어 넘겼다. 그리고 잠시 생각에 빠졌다가 고개를 끄덕였다. 어쩌면 잘된 것일 수도 있었다.

그 시각, 서울 외곽의 한정식집.

조태섭은 어느 기자와 마주 앉아 있었다. 기자는 몹시 긴장된 표정을 지은 채 무릎을 꿇고 있었다.

그는 경제부 기자로, 조태섭과는 처음 마주한 상황이었다. 재계의 인사들을 많이 만나 봤지만 이렇게 압박감을 주는 거물은 처음이었다. 최대한 담담하게 생각하려고 해도 긴장이 안 될 수가 없었다. 온몸에 찌릿찌릿 전기가 돌고 있는 것 같았다. 이런 느낌은 지금은 고인이 된 천하그룹 김건영 회장도 주지 못했던 위압감이었다.

조태섭이 그의 얼굴을 보며 물었다.

"저축은행에 관한 기사, 누구한테 들었지?"

"네?"

"정치부 기자가 아니라서 나를 잘 모르나? 민생을 위해 일할 시간도 부족해. 이런 일로 질질 끌 시간은 내게 존재하면 안 되는 거야. 그냥 편하게 말해 줬으면 좋겠어."

기자는 한숨을 내쉬었다.

기자로서의 감이 말해 주고 있었다. 여기서는 조태섭이 원하는 것을 말하라고. 그러지 않는다면 정말 위험해질 수도 있다고.

그가 고개를 숙인 채 입을 열었다.

"정치부 박유빈 기자입니다."

조태섭의 눈에 호기심이 일었다.

"박유빈?"

"네."

조태섭의 입가에 희미한 미소가 떠올랐다. 조태섭은 박유빈이 황진용 의원과 자주 어울리는 기자 중 하나라는 걸 잘 알고 있었다. 하지만 기자는 고개를 숙이고 있었기에 조태섭의 미소를 보지 못했다.

조태섭은 더 이상 앞에 있는 기자와 대화할 필요성을 느낄 수 없었다. 이미 그에게서 들어야 할 정보는 모두 취했기 때문이다.

조태섭이 찻잔을 들어 마시며 그를 가르치듯 입을 열었다.

"기자라면 사명감뿐만 아니라 책임감도 가져야 하네. 자네는 펜대 하나 굴려서 특종을 따면 되는 거지만 이번 사건으로 나라가 얼마나 혼란에 빠졌는지 알고 있나? 사건을 알리겠다는 의지도 당연히 있어야 하지만 나라가 어떻게 될지도 생각해야지."

기자는 더욱 깊이 고개를 숙였다.

"죄송합니다."

기자는 자신이 뭘 잘못했는지도 모른 채 사과를 할 수밖에 없었다.

조태섭이 기자에게 말했다.

"밥 천천히 들고, 앞으로는 생각도 좀 하면서 일하도록 해."

"알겠습니다."

기자는 눈치를 보며 넘어가지 않는 밥을 목으로 넘겼다.

잠시 후 기자가 떠났지만, 조태섭은 여전히 자리에 있었다. 그는 찻잔을 만지작거리며 눈을 찌푸렸다.

"박유빈이라고? 황진용 의원이 발표한 게 아니라 기자가 기사를 작성했다고?"

이해가 안 되는 점이 많았다.

지금껏 그들의 행동 방식은 언제나 똑같았다. 박유빈이 기삿거리를 넘기고 황진용이 발표를 하는 것이었다. 그런데 이번에 그들은 다르게 움직였다. 박유빈이 황진용이 아닌 다른 기자를 선택한 거다.

조태섭은 손에 쥔 찻잔을 더욱 거칠게 만져 댔다. 그의 머릿속에 수만 가지의 생각이 복잡하게 얽혀 들었다. 조태섭이 중얼거렸다.

"황진용이는 이 사실에 대해 알고 있을까?"

생각을 이어 가던 조태섭이 고개를 절레절레 저었다.

황진용은 아직 조태섭이 내민 손을 잡지 않았다. 확실하지는 않지만 지금 일어나는 일이 황진용의 계략일 수도 있다는 생각이 들었다.

조태섭의 눈이 차갑게 내려앉았다. 그리고 그가 입을 열었다.

"한 실장."

미닫이문이 열리고 한지현이 들어왔다.

"네, 의원님."

"박대호 대표에게 연락해서 지금 당장 이곳으로 오라고 해."

"알겠습니다."

잠시 후, 박대호가 안으로 들어왔다.

허리 숙여 인사하는 그를 보며 조태섭이 말했다.

"겸사겸사 얼굴이나 보려고 오라고 했어."

"감사합니다."

박대호가 조태섭의 맞은편에 앉았다. 조태섭이 물었다.

"요즘 특별한 건 없고?"

"말씀드리기 죄송하지만 문제가 조금 있습니다."

조태섭이 박대호의 눈동자를 바라봤다. 그리고 낮은 목소리로 입을 열었다.

"말해 봐."

"한반도은행의 대출이 위험 비율을 넘어섰습니다."

조태섭의 눈이 꿈틀거렸다.

송파 재개발사업에 투자를 하느라 대출의 비율이 높은 것은 알고 있었다. 하지만 어디까지나 정상 비율에 따른 대출일 것이라고 생각했다.

조태섭의 표정에는 변화가 없었다. 그는 방금 전과 같은 표정으로 다시 물었다.

"은행 돈을 빼돌려서 추가적인 투자를 했나?"

"죄송합니다."

조태섭이 고개를 저었다. 이미 저질러진 일이었기에 책망을 한다 해서 해결될 문제가 아니었다. 책임을 지게 하는 것은 일을 해결한 다음이었다.

"아니야, 죄송할 거 없어. 지금 내가 궁금한 건 그게 아니야."

박대호가 물끄러미 조태섭을 바라봤다. 조태섭이 계속해서 말을 이었다.

"최근에 만난 사람과 전화 온 사람이 몇 명인가?"

"네? 꽤 많습니다."

"그럼 바꿔 묻지. 최근에 뜬금없이 온 연락 없나? 평소에 개인적으로 친하지 않은 사람에게 전화가 온다든지 한 것 있지 않은가?"

잠시 생각을 하던 박대호가 고개를 들고 입을 열었다.

"있습니다."

"누구지?"

"한국은행 총재입니다."

"한국은행 총재?"

"의원님의 옆에서 만난 적은 있지만 그 사람과 저는 친하지 않습니다. 그런데 며칠 전에 전화가 왔습니다. 저축은행이 연쇄 부도가 날 것이고 검찰 조사가 대대적으로 들어갈 것이니 준비하라고 했습니다."

조태섭의 머릿속은 미궁으로 빠져들었다. 한국은행 총재는 박대호가 그의 돈 관리를 하고 있다는 것을 알고 있었다.

조태섭이 중얼거렸다.

"그래서 알려 준 걸까? 아니지, 그랬다면 나에게 전화를 했겠지."

뭔가 이상했다.

조태섭이 다시 찻잔을 꽉 쥐었다. 그의 눈은 점점 더 깊은 생각에 빠져들고 있었다. 지금까지 만들어 놓은 톱니바퀴가 조금씩 어긋나고 있다는 기분이 들었다.

박대호는 조태섭의 생각이 끝날 때까지 가만히 숨죽인 채 기다렸다.

그렇게 잠시의 시간이 지나고 조태섭이 박대호에게 말했다.

"한반도은행에 자금 비율 맞춰 놓도록 해. 자네 개인 자산을 털어서라도 채워 넣어."

"알겠습니다. 제가 벌인 일을 해결하기 위해 일본에 자금을 요청했습니다. 조만간 돈이 들어올 것이니 큰 걱정은 하지 않으셔도 됩니다."

조태섭의 미간이 좁혀졌다.

"일본에 돈을 빌린다고?"

박대호는 위기를 탈출하기 위해 일본의 사채업체에 전화를 걸었다. 재일 교포인 그가 일본 사채시장과의 연줄을 가지고 있었기에 가능한 일이었다. 하지만 조태섭은 고개를 저었다.

"위험해. 소탐대실이라고 했어. 경제가 흔들리는 시기에 해외 자금이 투입되는 것은 위험해. 자칫 은행이 일본의 손에 넘어갈 수도 있어. 지금은 손해 본다고 생각하지 말고 부동산을 처분하는 데 집중하도록 해."

"네, 알겠습니다."

박대호는 고개를 끄덕였다. 조태섭의 지시를 거부할 힘은 그에게 없었다.

박대호와의 만남을 끝낸 조태섭은 밖으로 나와 차량에 올랐다. 그리고 집에 도착하는 순간까지 창밖을 보고 있었다.

알 수 없었다. 뭔가 안개가 잔뜩 낀 기분이었다.

조태섭이 중얼거렸다.

"뒤에 누가 있을까?"

분명 누가 있었다. 하지만 보이지 않았다.

그 말에 앞에 앉아 있던 한지현이 입을 열었다.

"황진용 의원에 대한 감시를 더 철저히 할까요?"

"아니야, 황진용은 아니야."

조태섭은 고개를 저었다.

박대호와의 대화 중 확실히 느꼈다. 한국은행 총재를 움직일 수 있는 사람이 누가 있을까?

황진용은 절대 아니었다. 그는 그런 그릇을 가지고 있지 못했다.

보이지 않는 상대는 지금 조태섭을 궁지로 밀어 넣고 있었다.

조태섭이 한지현에게 물었다.

"황진용이하고는 내일 약속인가?"

"네. 내일 저녁 약속이십니다."

조태섭이 황진용에게 손을 내민 이유.

황진용이 위협이 되기 때문이 아니다. 모든 정치 세력을 하나로 모으기 위한 준비 작업일 뿐이었다.

조태섭은 이번 대선을 지나 다음 대선에는 대통령에 오를 생각을 하고 있었다. 물론 지금 대선에 나간다고 해도 그가 대통령이 될 확률은 거의

100%에 가까웠다. 하지만 미루고 미루는 것은, 적어도 자신의 정권에서는 모든 힘을 하나로 모으고 싶었기 때문이다.

조태섭은 계속 생각에 빠졌다.

"박유빈 기자? 황진용 의원?"

두 사람과 관련된 사람이 누구일까?

조태섭은 박유빈과 황진용이라는 커튼 뒤에 숨은 누군가를 바라봤다.

얼굴이 보이지는 않았다. 하지만 언뜻 하나의 이름이 떠올랐다. 그가 다시 중얼거렸다.

"박상만?"

현재로서는 가장 의심스러운 사람이었다.

그가 한지현에게 입을 열었다.

"박상만에 대한 조사는 아직인가?"

"네, 특이 사항이 보이지 않아 이삼일 정도 더 걸린다는 보고를 받았습니다."

조태섭은 밤하늘을 바라봤다.

그가 보는 밤하늘에도, 아무것도 보이지 않았다. 칠흑 같았다.

다음 날.

희우는 차장검사의 앞에 앉았다.

"도진여객에서 이상한 점을 발견했다고?"

어제 희우는 화성으로 향하며 도진여객 핑계를 댔다.

희우는 어색하게 웃으며 머리를 긁적였다.

"죄송합니다. 정계에 끈이 닿아 있다는 첩보를 들었는데 허위로 판별되었습니다."

"싱거운 놈."

"더 확실하게 조사하도록 하겠습니다."

"됐어. 더 조사할 필요 없어. 업무나 잘 보도록 해."

"알겠습니다."

희우는 차장검사실에서 나와 책상에 앉았다. 그런 희우를 보며 지성호가 피식 웃었다.

"웬일이야, 네가 헛걸음을 다 하고?"

"그러게요."

희우는 어깨를 으쓱거린 후, 주어진 업무를 처리했다. 잔뜩 쌓인 서류를 처리하는 것만 해도 하루가 부족했다.

그렇게 일을 하던 희우에게 상만으로부터 전화가 걸려 왔다. 희우는 자리에서 일어나서 휴게실로 향하며 전화를 받았다.

"분양 일정은 잡혔어?"

-네. 천하그룹 힘이 대단하긴 하네요. 관공서 들를 필요도 없이 허가가 일사천리예요. 그리고 조사하라고 했던 사람 있잖아요?

희우는 상만에게 윤진건의 대리 자격으로 부동산에 왔던 남자를 조사하라고 지시했었다.

-그 사람은 불법 대부 업체에 다니고 있어요. 그 업체에 뒷돈을 대 주는 곳은 DHP머니였고요.

2007년 10월 기준 법정 최고 이율은 49%였고 DHP머니는 어디까지나 합법적인 회사로 법정이율을 벗어난 이자를 받을 수 없었다.

49%만 해도 엄청난 이율이지만 인간은 욕심의 동물이다. DHP머니는 더 많은 돈을 벌기 위해 불법 대부업체를 아래에 두고 1천 %가 넘는 고이율로 돈을 빌려주고 있었다.

"알았다. 거기까지로 멈춰."

-네.

상만이 더 파고들다가는 조태섭의 표적이 될 수도 있었다.

희우는 적절한 선에서 상만의 개입을 막았다. 이제는 희우가 직접 나서야 할 차례였다.

퇴근 후 희우는 송파 부동산으로 향했다.

부동산 사장 앞에 앉은 희우가 입을 열었다.

"잔금 바로 치르려고 하는데요."

"네? 내일 아니었나요?"

"제가 조금 바빠서요."

"약속을 하고 오셨어야죠."

"죄송합니다. 연락이나 한번 해 주세요."

약속을 하지 않았어도 상관없을 거라고 생각했다. 한반도은행은 지금 돈이 몹시 필요한 상태였다.

부동산 사장이 난처한 표정으로 전화를 걸었다.

"네, 계약하셨던 분이 지금 잔금을 치른다고 하시거든요."

-아, 그래요? 그럼 지금 가겠습니다.

생각대로 남자는 바로 온다고 이야기를 했다.

희우는 부동산 사장에게 밖에서 바람을 쐬고 있겠다고 말한 후, 부동산 밖으로 나갔다. 지금부터 벌어질 일은 부동산 사장이 있는 곳에서 할 수 있는 일이 아니었다.

잠시 후, 남자가 나타났다. 남자의 이름은 박영직이었다.

그를 본 희우가 말했다.

"약속도 하지 않고 이렇게 와서 죄송합니다."

"아닙니다. 그럼 들어가서 일을 진행하시지요."

희우는 들어가지 않고 가만히 그의 얼굴을 바라봤다. 그리고 무서운 눈빛으로 입을 열었다.

"살인자."

"네?"

박영직은 아직 상황을 파악하지 못한 눈빛이었다.

희우가 입을 열었다.

"살인은 5년 이상 감옥에서 살아야 한다."

"지금 무슨 말씀하시죠?"

"윤진건은 세상에 없잖아."

"네?"

박영직의 눈에 당혹스러움이 가득 찼다.

희우는 주머니에서 신분증을 꺼내 그의 앞에 보였다.

"검사."

희우의 건조한 목소리와 동시에 박영직의 눈동자가 심각할 정도로 흔들리기 시작했다. 그가 살인을 저지르지는 않았지만, 지금 하고 있는 일이 합법적인 일도 아니었다. 뒤가 구린 사람은 검사가 두려울 수밖에 없었다.

희우가 말했다.

"얼마 전에 윤진건의 시신이 발견되었어."

물론 시신은 발견되지 않았다. 하지만 박영직은 그게 거짓말인 것을 모른다. 박영직은 자신도 모르게 벌벌 떨었다.

희우의 목소리가 이어졌다.

"현행범은 영장 없이 끌고 갈 수 있는 거 알지?"

"저…… 전 아니에요."

"아니야, 너야."

"정말 아니에요."

"아니, 너라니까."

희우는 이미 확정을 지었다는 말로 그를 압박하고 있었다.

박영직이 떨리는 목소리로 말했다.

"전 윤진건이 누구인지도 몰라요."

"왜 몰라, 네가 대리로 인감까지 받아 왔으면서."

박영직은 고개를 숙였다. 그는 지금 많은 고민을 하고 있었다.

희우는 그의 주머니에 손을 쑥 집어넣었다. 희우의 행동에 그는 흠칫 놀랐지만 어떤 반항도 하지 않았다. 그의 주머니에서 희우가 꺼낸 것은 담배였다. 희우는 담배를 그의 입에 물리고 라이터를 켰다.

"피워."

그는 담배를 힘껏 빨아들였다.

회색 연기가 흘러나올 때 희우가 말했다.

"마지막 담배일지도 모르니까 천천히 피워. 도망갈 생각은 하지 마. 영화 같은 거 봤지? 이 근처에 너 잡으려고 수사관들 쫙 깔려 있다."

물론 수사관은 없었다. 하지만 박영직은 그 말을 믿었다.

담배를 쥔 그의 손이 가늘게 떨리는 것을 보며 희우가 말했다.

"그러게 왜 그랬어?"

"전 정말 아니에요."

"그럼 윤진건의 이름은 왜 사용하는 거야?"

박영직의 표정이 굳어졌다. 심장 소리가 쿵쾅거리며 들려오는 것 같았다. 희우가 계속해서 이죽거리며 말했다.

"거봐, 말 못 하잖아. 네가 한 거라니까."

"전 회사에서 지시만 받았을 뿐이에요."

걸렸다.

넘어왔다.

그는 보지 못했지만 희우의 입에는 미소가 걸렸다.

희우가 모르는 척 물었다.

"회사?"

"네."

불법이든 합법이든 돈을 벌기 위해 들어간 직장이었다. 사람들과의 인간관계가 어쩌고 해도 살인범으로 몰릴 위기에 의리란 없었다.

희우가 물었다.

"그럼 윤진건을 회사에서 죽였어?"

박영직은 대답하지 않았다. 희우는 계속 말을 이었다.

"이거 내가 생사람 잡을 뻔했네. 거봐, 사실대로 말하면 안 잡아가. 우리가 아무나 잡아가고 그런 사람들 아니거든. 그리고 생각해. 죄가 없는데 감옥에서 썩는 것만큼 헛된 일이 없어."

박영직의 입에서 큰 한숨이 흘러나왔다. 그리고 그가 조용히 입을 열었다.

"누가 죽였는지는 몰라요. 하지만 아마도 회사에서 했을 겁니다."

"좋아, 거기까지."

"네?"

"나를 돕는다면 넌 여기서 계속 햇빛을 볼 수 있을 거다. 하지만 거부한다면 감옥이라는 곳에 들어가겠지?"

박영직은 이해했다는 듯 고개를 끄덕였다. 그리고 물었다.

"제 신변 보장을 해 줄 수 있나요?"

희우가 피식 웃었다.

"들은 건 많네. 당연히 해 준다. 원한다면 취직도 시켜 줄게. 내가 아는 놈이 사업을 하고 있는데 요즘 일이 바빠서 사람이 필요하거든."

희우는 그의 등을 툭툭 두들기고 부동산의 문을 열었다. 그리고 말했다.

"그럼 계약부터 하도록 하자."

"네?"

"계약하러 온 거잖아."

희우는 계약서에 박상만이라는 이름을 적으며 박영직만이 들을 수 있도록 작게 말했다.

"직장에 돌아가서는 아무 일도 없었던 것처럼 행동하도록 해. 너도 알겠지만 여기서 네가 드러났다는 게 밝혀지면……."

박영직은 침을 꿀꺽 삼켰다. 희우가 뒷이야기를 이어 하지는 않지만 알 것 같았다. 만약 박영직이 뒤를 밟혔다는 사실이 회사에 알려진다면 그는 목숨을 잃을 가능성이 높았다.

그 시각, 고급 일식집.

조태섭은 황진용과 만나고 있었다.

조태섭이 회를 한 점 집어 접시에 올리며 황진용에게 물었다.

"생각은 잘해 보셨습니까?"

황진용은 무거운 눈빛으로 조태섭을 바라봤다. 그리고 입을 열었다.

"죄송합니다. 저는 의원님과 뜻을 같이하기는 어렵다고 생각합니다."

거절의 말을 들었지만 조태섭의 눈에는 여전히 미소가 걸려 있었다.

조태섭이 물었다.

"이유가 무엇이지요?"

황진용은 찻잔을 들어 입에 댔다.

"제 어린 딸이 세상을 떠난 것은 알고 계시지요?"

"네, 알고 있습니다. 저도 아들이 세상을 떠났기 때문에 그 마음 잘 알고 있습니다."

"제 딸은 세상을 자유롭게 살고 싶어 했습니다."

"……"

"조태섭 의원님이 원하시는 세상이 자유로운 세상은 아니지 않습니까?"

조태섭은 고개를 저었다.

"저도 자유로운 세상 좋아합니다. 자유라는 말은 듣기만 해도 가슴이 떨립니다."

"……"

"하지만 자유에는 책임이 따르는 겁니다."

조태섭의 말이 묵직하게 이어졌다.

"우리나라의 출산율은 거의 세계 최하위에, 인건비는 높아요. 당연하겠지만 기업의 투자가 약해졌어요. 그렇다고 해서 자원이 많은 나라도 아니지요. 지금 우리나라가 잘 먹고 잘산다고 해서 이게 계속될 거라 보십니까? 우리나라는 미래가 없습니다. 조금이라도 더 나은 미래를 준비하고 후손에게 지금과 같은 부유함이라도 주기 위해서는 지금 노력해야 합니다. 아직은 즐기고 놀 시간이 아니라고 생각합니다."

"……."

"그게 우리가 누리고 있는 자유에 대한 책임입니다. 나는 책임감이 강한 사람이고요."

황진용은 목이 타들어 가는지 차를 들어 입에 대었다. 그리고 입을 열었다.

"조태섭 의원님 말씀도 맞습니다. 그게 틀리다고 말하지는 않았습니다."

"황진용 의원님이 원하는 세상은 무엇입니까? 마냥 자유롭게 사는 걸 원하십니까?"

"저도 조태섭 의원님과 다른 생각은 아닙니다. 앞으로의 미래가 불확실한 세상에서 국회의 의견이 분열되지 않고 하나로 힘을 합쳐서 나가면 좋다고 생각합니다. 하지만 그게 좋기만 할까요?"

조태섭의 눈이 순간 꿈틀거렸다.

황진용이 말했다.

"전 지금처럼 자유로운 세상을 유지하기 위해서 계속해서 의원님을 견제할 생각입니다. 견제가 나쁜 것은 아닙니다. 의원님이 더 높은 곳으로 올라갈 수도 있을 테니까요."

황진용은 '올라갈 수도 있을 테니까요.'라는 말로 말을 맺었다.

'있을 것이다.'라는 가정법의 말, 그것은 조태섭이 끝없이 아래로 내려갈 수도 있다는 가정을 뒤에 두고 있었다.

조태섭이 슬쩍 웃으며 입을 열었다.

"전 누군가의 견제를 필요로 하지 않습니다."

조태섭의 말뜻은, 견제를 한다면 찍어 누르겠다는 것이었다.

황진용이 고개를 저었다.

"조태섭 의원님은 지금 가진 힘만으로도 대한민국을 좌지우지할 수 있습니다. 거기에 제가 가진 미천한 힘까지 더해진다면 아무도 막을 수 없을 겁니다. 한 명의 사람이 옳은 판단만 할 수 있다고는 생각하지 않습니다. 그 옆에서 잘못된 판단임을 알려 줄 상대 세력도 필요한 법입니다."

"제 판단이 옳지 않다고 말씀하시는 걸로 들립니다."

두 사람의 눈빛이 허공에서 부딪쳤다.

잠시 후, 식사를 마치고 식당 밖으로 나가며 조태섭이 한지현에게 말했다.

"황진용 쪽으로 붙은 의원들 명단과 놈들의 의혹에 대해서 모두 가지고 오도록 해. 대선이 끝나면 살생부를 펼쳐야겠어."

"알겠습니다."

조태섭이 뚜벅뚜벅 길을 벗어났다.

가질 수 없다면 부숴 버린다. 그것이 조태섭이 지나온 정치의 삶이었다.

아직 술자리에 앉아 있던 황진용은 긴장된 숨을 내쉬었다.

황진용이라고 해서 조태섭의 제안에 흔들리지 않았던 것은 아니다. 조태섭과 손을 잡는다면 황진용에게도 대통령에 오를 수 있는 가능성이 생길 수 있기 때문이다.

하지만 황진용은 거절했다. 조태섭을 견제할 세력이 반드시 필요하다고 생각해서다.

황진용이 술잔을 손에 쥐며 중얼거렸다.

"피바람이 불겠어."

황진용은 조태섭과 오랜 시간 정계에서 살아왔다. 그래서 앞으로 어떤 일이 일어날지 훤히 예상할 수 있었다.

부동산에서 박영직과의 계약을 끝낸 희우는 집으로 돌아가기 위해 거리를 걸었다. 찬 바람이 불고 있었다. 옷깃을 여미어도 찬 바람은 몸을 파고들었다. 2007년 11월 15일, 수능 전날이었다.

희우는 전화를 들었다.

"수능 잘 봐라."

전화를 받은 사람은 김산에서 데리고 온 연석이었다.

-네, 감사합니다.

희우는 전화를 끊고 택시가 서는 곳으로 향했다.

송파 주택가였기에 집에 가려면 걸어갈 수도 있었다. 하지만 희우는 지금 집에 갈 생각이 없었다.

희우가 도착한 곳은 한 건물의 앞이었다. 그곳은 이전의 삶에서 운동을 하던 체육관이 있는 건물이었다. 고개를 들어 3층에 있는 체육관을 바라보는 희우의 입에 미소가 걸렸다.

익숙했다. 예전에도 이렇게 이 건물을 바라보던 기억이 있었다.

잠시 그 앞에 서 있던 희우는 건물의 입구로 들어섰다.

낡은 벽과, 곰팡이 냄새가 나는 계단. 위로 올라갈수록 선명히 들리는 샌드백 소리와 줄넘기 소리, 희우는 이 모든 것이 그리웠다.

그렇게 체육관의 철문 앞에 선 희우는 가만히 문고리를 바라봤다.

재계약 거부를 당했던 일이 오늘 일처럼 떠올랐다. 집까지 울면서 걸어갔던 그날은 희우의 인생에서 참으로 암담했던 날 중 하나였다. 아마 그때가 지금의 나이쯤이었다.

잠시 생각에 빠져 있던 희우는 문을 열고 안으로 들어갔다. 체온으로 올라간 실내의 더운 공기가 희우를 맞이했다.

희우는 주변을 둘러 확인했다. 익숙한 얼굴들이 운동을 하고 있었다.

함께 뛰었고 스파링을 했던 동료들, 서둘러 달려가 반갑게 인사를 하고 싶었다. 하지만 그들은 희우를 모른다. 희우만 그들을 알고 있다.

희우는 문 앞에 서서 조용히 사람들이 운동하는 모습을 바라봤다. 그리고 거울 앞에 서서 몸을 풀고 있는 성재를 찾아냈다.

성재는 이전의 삶에서 희우를 격투기 세계로 이끌어 줬던 사람이다. 이번 삶에서도 고등학교 때 만나 스파링을 했던 기억이 있다.

희우는 천천히 성재의 앞으로 걸어갔다.

"안녕하세요."

희우의 목소리를 들은 성재가 고개를 돌렸다. 그리고 당황했다. 왜 그런지는 몰라도 성재는 희우를 본 순간부터 정말 어색하게 웃고 있었다.

희우가 물었다.

"저를 기억하시나 봐요?"

"기억하죠, 하하."

성재는 여전히 어색하게 웃고 있었다.

그때, 주변의 목소리가 희우의 귀에 들려왔다.

"김희우 검사 아니야?"

"맞지? 맞는 것 같은데?"

자신을 알고 있는 것처럼 말하는 목소리에 희우는 고개를 갸웃거렸다. 시선을 돌리자 한 사람이 말했다.

"그때 텔레비전에서 브리핑하셨던 검사님 맞죠?"

희우는 장일현 사건 때 브리핑을 했었다. 텔레비전의 뉴스에서는 스쳐 지나가듯 나온 기사였는데, 이들은 그걸 기억하고 있었다.

그들이 계속 입을 열었다.

"성재 형이 김희우 검사님이랑 스파링했던 걸 얼마나 자랑하는데요. 자기가 검사님을 1라운드에 KO시켰다고요. 검사님이 했던 브리핑 영상 사무실에 녹화 뜬 것도 있어요."

그 말에 이번에는 희우가 어색하게 웃었다.

"하하, 그렇죠. 고등학교 때 스파링을 했었죠."

순간 성재는 고개를 숙였다. 그리고 조용히 입을 열었다.

"사실 그때 내가 졌어……."

그가 처음에 희우를 보고 당황했던 이유였다.

그는 텔레비전에 나와 브리핑하는 검사를 스파링에서 이긴 적이 있다며 허세를 부렸었다.

희우와 성재는 체육관 사무실로 들어가 이야기를 나눴다.

성재가 말했다.

"녹화 뜬 거는 아는 얼굴이 검사가 되었다니까 기분이 좋아서 그런 겁니다. 오해하지 말아 주세요. 스파링에서 이겼다고 한 건 허세였고요."

희우는 그 말에 크게 웃었다.

"남자는 허세가 있어야죠. 하하."

성재는 희우를 따라 어색하게 웃었다. 누가 뭐라고 해도, 거짓말을 한 것이 편할 수는 없었다.

희우는 오랜만에 크게 웃었다. 성재는 알지 못했지만 희우가 편하게 웃을 수 있던 유일한 공간이 이곳이었다.

그사이 성재는 종이컵에 커피를 타서 가지고 왔다.

"그래서 어쩐 일로……?"

성재의 질문에 희우가 천천히 입을 열었다.

"부탁드릴 일이 있어서 찾아왔습니다."

"부탁요?"

"선수 생활을 그만두고 저를 도와주실 수 있나요?"

성재가 어이없다는 듯 웃었다.

"선수를 그만두고 도와 달라고요?"

"네."

성재가 고개를 저으며 말했다.

"재밌는 소리네요. 공부만 하셔서 모르시나 본데, 운동선수에게 선수를 그만두라는 의미가 무엇인지 아십니까? 검사님을 도와서 무슨 일을 해야 하는지는 모르지만, 전 할 수 없습니다."

희우가 말했다.

"팬이라서 경기를 항상 챙겨 보고 있습니다. 무릎관절에 고질적인 이상이 있지요?"

성재는 지난 삶에서도 고질적인 무릎 이상으로 결국 선수 생활을 마감했다. 그리고 평생을 절뚝거리며 살 수밖에 없었다. 희우는 그에게 같은 삶을 다시 안겨 주고 싶지 않았다. 또한 그가 필요하기도 했다.

희우가 계속 말을 이었다.

"그냥 도와 달라는 게 아닙니다. 지금 동생분의 아기가 인큐베이터에 있는 걸로 알고 있습니다."

"네?"

성재는 그걸 어떻게 알았냐는 표정으로 눈을 크게 떴다.

"팬이라니까요."

성재에게는 여동생이 하나 있었다. 그 여동생이 얼마 전 아기를 낳았는데, 이전의 삶과 같은 인생을 살게 된다면 그 아기는 얼마 지나지 않아 세상을 떠날 것이다.

희우가 말을 이었다.

"천하병원에서 수술을 받을 수 있도록 돕겠습니다. 그리고 동생분의 병원비를 책임질 수 있는 금액만큼 계약금을 드리겠습니다. 아시겠지만 좋은 시설에서 최고의 의료진에게 관리를 받는다면 아기는 살 수 있을지도 모릅니다."

성재는 망설이고 있었다.

그리고 희우는 한숨을 쉬었다. 성재가 어떤 고민을 하는지 잘 알기 때문이다.

성재가 그만두면 스타가 존재하지 않는 체육관은 스폰서의 지원이 대폭 하락하게 될 것이다. 일반 관원이 많지 않은 상태에서 선수들의 우승 상금으로만 운영될 수 있는 상황이 아니었다.

또 타인을 생각하느라 자신의 일을 결정짓지 못하는 성재를 보며 희우는 어쩔 수 없다는 듯 고개를 저었다.

"이 체육관의 스폰은 제가 하겠습니다. 하지만 운영은 이 상태로 하지 않습니다. 현대식으로 바꿔 격투기 체육관보다는 피트니스 센터의 느낌으로 가지요. 이대로는 적자 폭만 커집니다. 밑 빠진 독에 물을 붓는 행위는 원하지 않습니다."

성재가 조심스럽게 말을 했다.

"이해가 가지 않습니다. 검사님의 일을 돕는데 그런 지원을 해 주시겠다니요? 도대체 어떤 일을 해 드려야 하는 겁니까?"

"일단은 JS건설 대표의 경호입니다. 지금까지 말씀드린 일에 대한 모든 것은 JS건설에서 지원이 될 거고요."

"JS건설요?"

희우가 고개를 끄덕였다.

"네. 그쪽 대표가 경호할 사람이 필요하다기에 제가 추천했습니다. 그 대표가 하는 말이, 실력만 확실하다면 어떤 조건이든 상관 않겠다고 했습니다."

성재는 가만히 희우의 얼굴을 바라봤다. 거짓을 말하고 있는 눈빛은 아니었다. 성재가 물었다.

"그렇게 해 주신다면 저야 너무 감사하지요. 그런데 격투랑 경호는 전혀 다른 일인데요. 제가 잘할 수 있을까요?"

희우가 빙긋 웃었다.

"필요한 건 격투 실력입니다. 그리고, 다음 부탁입니다."

"……."

"제가 가끔 이 체육관에 와서 운동을 해도 될까요?"

"하하, 물론입니다."

성재는 다음 날부터 JS건설로 출근하기로 했다.

다음 날.

중앙 지점 근처 커피숍이었다. 희우는 유빈에게 소개를 받은 인터넷 신문사 기자를 만나고 있었다.

희우가 기자에게 자료를 건네며 말했다.

"이 자료를 기사화시켜 주셨으면 합니다. 기사 내용은 제가 적어 봤습니다. 오탈자만 확인하시고 올리면 될 겁니다."

기자는 떨떠름한 표정으로 서류 봉투를 열어 확인했다. 그리고 눈이 커졌다. 내용은 충격적이었다.

"이, 이게 정말인가요?"

내용은 저축은행의 수사가 시작되기 전, 임원진의 가족이 우선적으로 돈을 찾아갔다는 것이었다. 잘못은 자신들이 해 놓고 정작 사고를 친 당사자들은 전혀 손해를 보지 않았다는 것, 피해는 오로지 서민이 받았다는 것이다. 만약 이 기사가 진실이라면 사회에 일어날 파장은 클 것이다.

희우가 어깨를 으쓱해 보였다.

"사실이겠죠?"

희우의 말에 기자가 한숨을 내쉬며 말했다.

"지금도 사람들이 난리예요. 그런데, 이런 내용을 기사화해도 될까요?"

"진실을 감출수록 손해 보는 것은 서민입니다."

지금도 은행은 안전하다고 믿는 사람들이 많았다. 그 사람들은 정부가 어떻게든 해결해 줄 것으로 믿고 있었다. 하지만 그들이 은행과 정부를 믿고 있는 사이 권력자들은 맡겨 둔 돈을 모두 되찾는 중일 거다.

희우가 말을 이었다.

"전쟁터에서도 진실을 알리는 게 기자라고 들었습니다."

기자는 소규모 언론사에 몸담은 사람이었다. 특종을 얻었다는 생각도 한몫했지만 기자라는 직업에 사명감이 있었다. 기자는 희우의 말에 동의했다.

"알겠습니다. 오늘 바로 기사를 올릴게요."

그렇게 대화가 끝난 후 희우는 자리에서 일어섰다. 그리고 밖으로 나왔다.

희우가 계획하고 있는 것은 박대호가 만들어 낼 무리수였다. 박대호가 압박을 받아 뒤로 밀리고 밀려 어떤 결정을 할지 궁금하기만 했다.

그리고 희우가 건넨 기사는 곧바로 올라갔다. 지검에서 일을 보던 희우는 기사를 확인했고 박대호의 아내에게 전화를 걸었다. 그녀의 목소리가 수화기를 통해 들려왔다.

-무슨 일이죠?

"한반도은행에 위험한 일이 벌어졌나 봅니다."

-네? 그게 무슨 말씀이에요?

"인터넷 기사 한번 찾아보세요."

전화를 끊은 희우의 입에 미소가 걸렸다.

희우가 전화기를 보며 중얼거렸다.

"더 코너에 몰려라. 빠져나오려고 해도 빠져나올 수 없을 거다."

예상대로였다. 아내에게 이야기를 들은 박대호는 인상을 구기고 댓글을 확인하는 중이었다.

- 한반도은행도 확인해 봐야 하는 거 아닌가? 은행 최고 주주가 사채업자인데 말 다 했지.

도둑이 제 발 저리다고 했다. 박대호가 지금 딱 그 모양이었다. 의미 없는 댓글에 그는 흔들리고 있었다.

자리에서 일어선 박대호는 한참을 서성거렸다. 그리고 전화를 들었다.

만약 검찰이 움직인다면 박대호 혼자서 막을 수 있는 일이 아니었다. 이럴 때는 조태섭의 힘이 간절히 필요했다.

"지금 찾아뵙겠습니다."

잠시 후, 박대호는 조태섭의 서재에 무릎을 꿇고 앉아 있었다.

박대호가 머리를 땅에 처박으며 입을 열었다.

"송파의 부동산을 해결하기 전에 일이 꼬일 것 같습니다. 죄송합니다. 제가 해결할 수 있는 일이 아닌 것 같아 찾아왔습니다."

조태섭은 컴퓨터의 모니터를 통해 기사를 확인하고 있었다.

조태섭은 평소 인터넷 댓글에는 신경을 쓰지 않는 사람이었다. 하지만 지금 이것은 뭔가 이상했다. 계속해서 신경이 쓰였다. 며칠 전부터 일어난 날카로운 감이 이야기하고 있었다. 이것 역시 위험하다고!

조태섭은 이를 꽉 물었다.

조태섭의 자산, 그 부분은 박대호가 관리하는 DHP머니와 한반도은행에 숨겨 둔 상태였다. 박대호가 잘못되면 조태섭 역시 큰 타격을 받을 것이다.

조태섭은 잠시 박대호를 노려보다가 입을 열었다.

"알았어, 해결하지."

"감사합니다!"

조태섭의 시선이 한지현에게 향했다.

"사람들의 시선을 모두 수능과 대선으로 옮겨 둬."

"알겠습니다."

"그리고 검찰총장과 한국은행 총재 그리고 저축은행 사태에 관련된 모든 사람들과 약속 잡도록 해."

"알겠습니다."

박대호는 여전히 죄스러운 표정으로 고개를 숙이고 있었다. 그는 고개를 들 수 없을 만큼 큰 잘못을 저지른 상태였다.

조태섭이 그에게 말했다.

"다음부터는 큰 욕심 부리지 않도록 해."

"감사합니다."

박대호가 떠나고, 한지현이 서재로 들어왔다. 그녀가 말했다.

"박대호 사장 말고 자금을 관리할 다른 사람을 찾을까요?"

조태섭이 고개를 끄덕였다.

"찾아봐. 저놈은 이번 사건 끝나면 감옥에 보낼 준비 하고."

"네, 알겠습니다."

한지현이 고개를 숙여 인사를 한 후 밖으로 나가려 할 때였다.

"한 실장."

한지현이 걸음을 멈췄다. 그러자 조태섭이 낮은 목소리로 입을 열었다.

"자네는 어떻게 생각하지? 지금 이 일이 박대호의 잘못일까?"

"네?"

조태섭은 지금 한지현에게 의견을 묻고 있었다. 하지만 그녀는 대답하지 못한 채 가만히 서서 그 목소리를 듣기만 했다.

조태섭이 말을 이었다.

"뒤에 숨어서 이빨을 드러낸 놈이 있어. 그놈 짓이야. 누군지는 몰라도 대단한 놈이야. 그런 녀석이 작정하고 덤비는데 박대호가 견딜 수 있을까?"

조태섭이 한지현을 바라봤다. 그제야 그녀가 입을 열었다.

"박대호 대표는 강하지 못합니다. 그 정도의 적이라면 의원님께서 직접 나서야 한다고 생각합니다."

그녀의 말에 조태섭이 고개를 끄덕거렸다.

"그래, 나도 그렇게 생각하고 있었어. 내가 나서야지."

조태섭의 눈에 살기가 올랐다. 그가 낮은 목소리로 읊조렸다.

"오랜만에 덤비는 놈이 나타났어. 신나는 일이야."

다음 날, 오전.

지검에서 업무를 보고 있던 희우는 전화를 한 통 받았다. 평택에서 경찰을 하고 있는 재호였다.

─그때 말한 변사체에 대한 거 정리했어. 팩스로 넣어 줄까?

"아니, 메일로 부탁할게."

─바로 넣을게. 확인해 봐.

희우는 메일을 확인했다.

변사체가 어느 지역에서 발견됐는지 나타난 자료였다. 시신의 대부분은 의과대학에 해부학 실습용으로 넘어간 상태였다.

자료를 보던 희우는 인쇄를 눌러 프린트를 했다. 그리고 옆에 앉아 있던 지성호에게 말했다.

"잠깐 음료수 드실래요?"

"네가 사냐?"

"네, 제가 사겠습니다."

지성호와 희우는 휴게실로 나왔다.

주변에 아무도 없는 것을 확인한 희우가 지성호에게 말했다.

"부탁 좀 드려도 될까요?"

그 말에 지성호가 크게 웃기 시작했다.

"이게 또 선배한테 지시하려고 하네?"

"하하."

희우가 미안한 듯 웃었다.

지성호가 물었다.

"뭔데?"

"키는 170가량 되고요, 특징으로 허벅지에 주먹만 한 점이 있다고 합니다."

"응? 무슨 말이야?"

"얼굴이나 지문은 사라졌을 가능성이 높아요."

"그게 무슨 소리냐고."

희우는 조용히 지성호의 손에 프린트한 종이를 건넸다.

"부탁드립니다."

종이를 꺼내 본 지성호는 한숨을 내쉬었다. 그 안에는 각 병원과 의과대학의 이름이 적혀 있었다.

지성호가 물었다.

"카데바 확인하라고?"

"네."

"감사합니다, 후배님. 오늘도 선배가 할 일 없이 노는 것 같아서 이런 업무를 지원해 주시기도 하네요. 아무리 봐도 후배님은 정말 멋지세요."

"죄송합니다."

"언제까지 필요한 거야?"

"빠를수록 좋습니다."

"네, 지금 나갈게요, 후배님."

지성호가 자리를 떠나고, 희우의 눈은 가늘어졌다.

서울의 한 중식 레스토랑이었다.

조태섭의 앞에 검찰총장, 한국은행 총재, 금융감독원장 등 각계의 거물들이 모였다. 조태섭은 상석에 앉아 크게 웃고 있었다.

"내가 여러분을 보자고 한 것은 다른 게 아니에요. 부탁할 일이 있어 불렀어요."

이 자리에 앉은 모든 사람은 조태섭의 손아귀에 있었다. 조태섭이 이들을 그 자리에 앉혔고 지금껏 성장할 수 있도록 뒷바라지를 해 줬기 때문이다. 이들은 조태섭이 아니었다면 지금의 자리에 앉을 수 없었다. 즉, 이들에게 조태섭의 명령은 절대적인 것이나 다름없었다.

조태섭이 낮은 목소리로 말했다.

"대선이 한 달여 남았습니다. 이 말은 대통령 레임덕 현상이 최고치에 다다랐다는 것을 뜻하죠. 그런데 새로운 정권에 대한 기대가 가득 찬 상황에 저축은행 사태로 시끄러워지면 좋을 게 있을까요?"

다들 가만히 있었지만 조태섭이 하는 말의 뜻은 확실히 이해했다. 조태섭은 지금 모든 사건을 덮으라고 지시하는 중이었다.

조태섭이 말을 이었다.

"미국발 금융 위기가 국내를 덮치고 있어요. 주택 시장의 거품이 꺼져 가고 있는 상황입니다. 앞으로 몇 년이나 인고의 시간을 보내야 할지 알 수 없습니다. 여기서 적당히 덮읍시다."

그 말에 모여 앉은 사람들이 동시에 대답했다.

"네, 알겠습니다."

"내가 알아보니까 한반도은행의 불법 자금 대출이 17조에 육박하고 있습니다. 횡령은 2,992억을 했더라고요."

숨소리조차 들리지 않을 정도로 조용해졌다. 말이 17조지, 그 금액은 천문학적이었다. 하지만 조태섭은 상관 않고 말을 이었다.

"많은 고민을 했어요. 하지만 그냥 묻어 버리자고 하는 이유는, 그 대상이 한반도은행이라는 것 때문입니다. 제1금융권인 한반도은행이 무너진다면 우리나라가 어떻게 될 것 같습니까?"

묻지 않아도 뻔했다. 저축은행이 무너지면서도 이렇게 시끄러운데 1금융권의 붕괴 결과는 참혹할 것이 분명한 일이었다.

조태섭이 계속 말했다.

"정치인과 관료가 하는 일은 국민들이 안심하고 살아갈 수 있는 세상을 만드는 겁니다. 일단 조용히 묻어 둔 채로 불법적인 일을 걷어 내서 건실한 은행으로 만드는 게 옳다고 생각합니다. 괜히 사회에 혼란만 일으켜서 좋을 게 없어요."

조태섭의 시선이 한국은행 총재에게로 향했다. 총재가 고개를 끄덕이자 조태섭의 목소리가 이어졌다.

"한국은행에서는 한반도은행에 긴급 자금 대출을 지원해 주세요. 물론 비공개로 진행되어야 할 겁니다. 한반도은행의 대주주는 이번 일을 넘기려고 일본 쪽 자본을 가지고 오려 해요. 해외 자본에 기대기 전에 우리가 먼저 일을 무마시켜야 합니다."

한국은행 총재가 고개를 숙이며 답했다.

"알겠습니다. 바로 자금 대출을 준비하도록 하겠습니다."

조태섭의 눈이 검찰총장 윤종기에게로 향했다.

"저축은행 사태가 더 시끄러워지기 전에 어서 결과 발표하고 마무리하세요. 민생이 흔들리고 있어요."

검찰총장도 고개를 숙였다.

"네. 내일 바로 수사 종결하겠습니다."

조태섭의 눈이 금융감독원장에게 향했다.

"금융감독원도 조용해질 때까지는 감사를 자제하도록 해요."

"네, 알겠습니다."

조태섭의 한마디 한마디에 대한민국 기관의 인사들이 고개를 조아렸다.

다음 날. 지검에 있던 희우는 저축은행 수사 종결에 대한 결과 발표 소식을 들었다.

'미친.'

희우가 미간을 찌푸렸다.

이렇게 빨리 종결될 수사가 아니었다. 하지만 윗선은 이 사태를 급하게, 해결된 것 하나 없이 마무리 지었다. 그 덕에 한반도은행은 건실한 은행처럼 포장되고 있었다.

이 모든 것은 조태섭이 움직였기 때문이다.

이번에도 막힌 것일까?

그렇다, 막힌 거다. 조태섭은 지독할 정도로 강한 힘을 가지고 있었다.

희우의 입에서는 한숨만 흘렀다.

그때, 희우의 전화가 울렸다. 지성호였다.

-찾았다.

그 시각, 조태섭의 서재.

무릎을 꿇고 앉아 있던 박대호가 입을 열었다.

"감사합니다, 의원님."

"감사해하지 마. 검찰 수사는 종료시켰지만 정권이 바뀌면 어떻게 될지 몰라. 알지 않는가? 내 힘 덕에 대통령이 되어 놓고 그 자리에 올라가면 나를 밀어내려고 해. 만약 정권이 바뀌고 대대적인 검찰 수사가 시작된다면 그때는 피할 수 없을 수도 있어. 빠른 시간 내에 비리를 걷어 낼 수 있도록 하게."

"네, 대통령 취임식까지는 모두 해결하도록 하겠습니다. 다시 한번 정말 죄송합니다."

조태섭이 고개를 끄덕였다.

"아니야, 저축은행 사태와 미국발 금융 위기가 없었다면 재개발이 진행돼 막대한 이익을 얻을 수 있었던 사업이잖아. 누가 욕심을 안 부릴 수 있겠나? 나 역시 그 일에 승인을 했고 허락을 했기에 더 이상의 추궁은 하지 않겠네."

조태섭은 박대호의 이용 가치가 사라진 후 그를 끌어낼 계획을 가지고 있었다. 하지만 지금 조태섭의 표정과 말투에 그런 기색은 전혀 보이지 않았다. 그 속내를 모르는 박대호는 그저 감사하다며 머리를 조아렸다.

"감사합니다. 의원님."

박대호를 물끄러미 보던 조태섭이 물었다.

"천하그룹은 어떻게 되었나?"

"첫째 김용준이 임시 회장직에 있는데, 조만간 정식으로 취임할 것 같습니다."

그 이야기는 조태섭도 알고 있는 일이었다. 그가 고개를 저으며 말을 이었다.

"자네 손에 넣을 수 있겠나? 김건영이 없으니 지들끼리 싸움을 할 줄 알았는데 조용해서 말이야."

"일단 둘째에게 접근하고 있습니다. 우리의 지분으로 힘이 되어 줄 테니 회장이 되라고 독려하는 중입니다."

"어떻게 될 것 같나?"

"넘어오고 있습니다. 녀석만 우리 편에 선다면 김용준이 회장에 오른다고 해도 일시적일 겁니다. 제가 지분을 넘겨 둘째에게 회사를 주고 계열사 분리를 요구하겠습니다."

조태섭은 차명을 통해 천하그룹 지분을 가지고 있었고 그 지분을 통해 천하그룹 전체를 집어삼키려 하고 있었다.

그런 조태섭에게 계열 분리란 말은 기분이 좋을 수 없었다. 하지만 조태섭은 이번에도 그 심정을 얼굴에 드러내지 않았다.

조태섭이 물었다.

"계열 분리?"

"네. 사실상 짧은 시간에 천하그룹 전체를 손에 쥐는 건 무리라고 판단했습니다. 욕심을 낸다면 천하그룹의 절반을 손에 쥘 수 있습니다. 그게 아니라도 3분의 1은 가지고 올 수 있다고 생각합니다."

조태섭의 눈이 가늘어졌다.

맞는 말이었다. 긴 시간을 두고 요리를 한다면 천하그룹 전체를 가질 수도 있었다. 하지만 그 시간 동안 천하그룹이 정상화되어 버린다면 조금도 가지고 오지 못할 가능성 또한 존재했다.

전체를 가지거나, 하나도 가지지 못하거나 하는 상황.

조태섭은 그런 확률의 도박을 좋아하지 않았다.

생각을 이어 가던 조태섭이 입을 열었다.

"계열 분리해서 알짜를 가지고 올 수 있도록 준비해."

"알겠습니다."

조태섭의 입가에 잔인한 미소가 떠올랐다.

조태섭은 이미 정치적 권력을 갖고 있다. 거기에 천하그룹까지 손에 쥔다면 말 그대로 무소불위의 힘을 얻는 거다. 그것은 대한민국 역사상 가장 강력한 권력자가 될 수 있는 길이었다.

잠시 생각에 빠졌던 조태섭이 박대호를 바라봤다.

박대호는 조태섭에게 잘 보이기 위해 애를 쓰고 있었다. 그 모습을 보며 조태섭은 생각했다. 키우는 애완견이라면 응당 이렇게 해야 한다. 주인이 버리는 그 순간까지도, 꼬리를 흔들고 최선을 다해야 한다.

조태섭이 문을 향해 입을 열었다.

"한 실장."

그 목소리에 문이 열리고 한지현이 들어왔다. 고개를 숙이는 그녀를 보며 조태섭이 말했다.

"술상을 준비해."

"네, 알겠습니다."

문이 닫히고, 박대호에게 조태섭이 말했다.

"이번 송파 재건축에 실패한 일을 천하그룹으로 만회하도록 하게."

박대호는 자신이 잘못을 저질렀는데 술을 따라 주겠다는 조태섭에게 큰 감사함을 느꼈다. 그리고 그 마음만큼 큰 소리로 외쳤다.

"네, 최선을 다해서 일을 진행하도록 하겠습니다!"

순간, 문이 벌컥 열리고 한지현이 들어왔다. 그녀의 손에는 가지고 오라고 했던 술상은 없었다. 대신 그녀는 굳은 표정으로 조태섭을 바라봤다.

그녀의 얼굴을 본 조태섭이 미간을 찌푸렸다.

"무슨 일이야?"

한지현이 입을 열었다.

"텔레비전을 켜겠습니다."

그녀가 리모컨을 들어 전원 버튼을 눌렀다. 긴급 뉴스였다.

-한반도은행의 대주주이자 DHP머니의 대표인 박대호 사장이 살인 사건에 연루되었습니다.

조태섭이 자리에서 벌떡 일어섰다.

박대호의 눈은 떨리고 있었다.

화면은 경기도 화성의 작은 판잣집을 보여 주고 있었다.

-경기도 화성시의 초라한 집. 윤진건 씨는 평소와 다름없이 일터로 향했습니다. 하지만 그 후 1년간이나 돌아오지 않았습니다. 윤진건 씨가 발견된 것은 오늘 낮입니다. 그는 주검이 되어 한국 대학교 의과대학에서 카데바로 있었습니다. 윤진건 씨에 대한 살해 의혹이 일어난 것은 지난 15일, 송파의 주택가에서 집을 계약하던 박 모 씨는 거래를 하던 도중…….

조태섭의 눈이 꿈틀거렸다. 그 시선이 한지현을 향했다.

"박 모 씨가 누구인지 알아봐."

"네."

그녀는 핸드폰을 들었다.

"지금 뉴스에서 나오는, 집을 계약하던 박 모 씨의 이름이 무엇입니까?"

전화를 끊은 그녀가 조태섭을 보며 입을 열었다.

"박상만이라고 합니다."

"박상만?"

조태섭의 굵은 눈썹이 꿈틀거렸다. 또 박상만이라는 이름이 튀어나왔다. 뉴스는 계속되었다.

-윤진건 씨를 살해 교사하고 명의까지 도용해 돈을 벌려고 한 박대호 사장. 돈 앞에 벌어진 추악한 참극에 검찰은 철저하게 수사해서 고인의 억울함을 풀어 주겠다는 입장을 발표했습니다.

조태섭의 눈이 박대호를 바라봤다.

"지금 저게 무슨 소리지?"

박대호는 어떤 말도 하지 못하고 입을 닫았다. 그가 할 수 있는 말은 없었다.

쾅! 조태섭이 책상을 내리찍었다.

"도대체 뭘 하고 돌아다니는 거야!"

박대호는 고개를 떨어뜨렸다.

"죄송합니다."

그 시각, 희우는 퇴근을 해서 집에 앉아 있었다. 그 역시 뉴스를 보고 있었다.

오늘 지성호는 윤진건의 시신을 찾았다. 희우는 바로 영장 청구를 했고 유빈에게 전화를 걸어 사건을 제보했다. 혹시라도 영장이 청구되지 않았을 때를 대비해 판사를 압박하기 위한 방법이었다.

모든 것은 일사천리로 흘러갔다. 상대가 예측하지 못한 곳에 비수를 찔러 넣었고, 박대호는 끝이었다.

박대호가 흔들렸다는 것! 그것은 조태섭이 가진 자금이 흔들린다는 것과 같았다. 여기서 몰아붙인다면 조태섭이 가진 거대한 자금줄을 잘라 내 버릴 수도 있었다.

돈 없이 정치를 할 수 있을까? 이기적인 사람들을 돈이 아닌 마음만으로 이끌 수 있을까? 절대 그럴 수 없었다.

희우의 입에 미소가 걸렸다.

희우는 맥주잔을 살짝 들어 올렸다. 마치 누군가와 건배를 하는 것 같은 모습이었다. 희우의 앞에는 아무도 없었지만 그 눈에는 조태섭이 보였다. 희우가 그를 향해 말했다.

"다음은 너다."

CHAPTER 47

미국에서 시작된 금융 위기가 대한민국을 뒤덮었다. 주식은 연일 폭락했고 부동산 가격 역시 바닥을 모르고 추락하는 중이었다. 거기에 한반도 은행의 대주주인 박대호가 살인 교사 혐의로 구속 수사를 받으며 민심은 흉흉하게 변했다.

대선이 가까워지는 중이었다. 평소라면 새로운 정권과 새로운 세상에 대한 기대감이 있어야 했다. 하지만 지금의 대한민국에서 그런 것은 찾아볼 수 없었다. 대한민국에 거센 바람이 불어오고 있는 거다. 그리고 그 바람은 한겨울의 한파보다 더 차갑게 사람들의 가슴을 파고들었다.

사람들의 그 마음을 알고 있는 것처럼 하늘에서는 눈이 내렸다. 하늘에서 떨어진 눈이 나뭇가지에 소복이 쌓여 본격적인 겨울의 시작을 알리고 있었다.

그것은 서울 외곽의 조용한 한정식집에도 마찬가지로 내리는 중이었다.

처마 밑에 고드름이 보이는 한정식집 앞으로 검은색 차량이 들어섰다. 늦은 밤이었지만 하얀 눈으로 인해 어둡다는 생각은 들지 않았다.

차량에서 내린 사람이 밟는 눈 소리가 사부작거리며 들렸다. 그 발자국은 식당 안으로 향했다.

종업원의 안내를 받아 도착한 사람, 그는 VIP 룸 앞에서 걸음을 멈췄다. 문 앞에는 조태섭을 모시고 있는 한지현이 있었다. 그녀가 살짝 고개를 숙이며 미닫이문을 열었다.

한지현의 안내를 받아 룸 안으로 들어선 것은 조태섭의 보좌관인 김진우였다. 그가 고개를 숙이며 말했다.

"부르셨습니까?"

그리고 넓은 방 가운데 우두커니 앉아 있던 조태섭이 손을 저으며 말했다.

"앉아. 상의할 게 있어서 불렀어."

"네."

김진우는 뚜벅뚜벅 걸어 조태섭의 맞은편에 앉았다. 날카로운 뱀눈을 가지고 있는 사내였다.

그가 앞에 앉자 조태섭은 술병을 들어 그의 잔을 채웠다.

김진우가 두 손으로 공손히 술잔을 받으며 조태섭에게 말했다.

"고심이 크셨겠습니다."

조태섭은 대답하지 않았다.

자산을 관리하던 박대호가 구속되어 버렸다. 조태섭의 상실감은 말할 수 없이 컸다. 아니, 흔들리지 않고 영원할 것 같았던 조태섭의 제국이 흔들리고 있던 거다. 하지만 조태섭은 표정의 변화 없이 김진우의 잔을 채운 후 자신의 잔을 내밀었다.

김진우는 내려진 술병을 들어 조태섭의 잔에 술을 따랐다.

꼴꼴꼴 술 따르는 소리가 조용한 방을 채웠다.

그렇게 한 잔, 두 잔 술이 오가는 와중 조태섭이 낮은 목소리로 입을 열었다.

"박대호를 대체할 수 있는 사람을 찾아보도록 하게."

그 말에 김진우는 고개를 숙이며 대답했다.

"알겠습니다."

"박대호 그놈이 멍청한 짓을 하는 바람에 지금 이 꼴이 나 버렸어."

"네, 그런데 마땅한 인물을 쉽게 찾을 수 없습니다. 혹시 생각해 두신 사람이 있으십니까?"

조태섭의 눈이 가늘어졌다.

잠시 생각을 이어 가던 그가 다시 입을 열었다.

"내가 한 실장에게 조사하라고 시킨 녀석이 있어."

"누구입니까?"

"얼마 전에 JS건설을 인수한 박상만이라는 놈이야. 그놈이 내 적인지 아군인지 예상은 못 하겠지만 그놈 정도의 능력이라면 박대호 다음 인물로 충분할 것 같아. 박대호를 밀어 넣은 게 그놈이거든."

"한 실장과 연계해서 알아보도록 하겠습니다."

조태섭이 고개를 끄덕이며 다시 입을 열었다.

"김석훈이 무너지면서 균열이 생겼지만 검찰은 다시 내 손으로 들어오고 있는 중이야. 박대호가 멍청한 짓을 해서 자금에 문제가 생겼지만 원래 비가 온 뒤에 땅이 더 굳는다고 했어."

조태섭은 최대한 담담하게 이 상황을 받아들이려 하고 있었다. 앞에 벽이 가로막고 있다고 해서 멈춰 서고 좌절하는 것은 조태섭의 스타일이 아니었다. 언제나 불도저처럼 밀고 나가는 힘이 그가 정상의 자리에 오래도록 머무를 수 있게 하는 원동력이었다.

조태섭의 말을 들은 김진우가 고개를 끄덕였다.

"저도 그렇게 생각합니다. 새 술은 새 부대에 담아야 한다고 했습니다. 다음 정권에서 의원님이 심어 놓은 새싹이 이 나라를 뒤덮을 거라고 봅니다."

조태섭의 입가에 미소가 걸렸다.

"나도 그렇게 생각하고 있어. 자네 말대로 새 술은 새 부대에 담아야지."

김석훈은 다루기 힘든 애완견이었고 박대호는 뭔가 모자랐다. 그 두 사람을 대체할 사람이 김석훈이나 박대호보다 월등한 역할을 해 줄 수 있다면? 조태섭에게는 전화위복이 되어 더 강한 권력을 쥘 수 있는 기회였다.

조태섭이 잔을 들며 말했다.

"난 이다음 대선에는 출마할 생각이야. 아직 5년이라는 시간이 남아 있어. 천천히 준비하도록 해."

"네. 5년이면 의원님의 씨앗들이 대숲을 이루기에 충분한 시간입니다."

"술이나 한잔하지."

김진우는 다시 술잔을 받아 입으로 넘겼다.

조태섭이 다시 말했다.

"검찰의 신진 중에 제법 하는 놈이 김희우와 이민수인가?"

"네. 그 두 사람이 가장 눈에 띄고 있습니다."

조태섭이 박수를 '짝!' 하고 한 번 치자 미닫이문이 열리고 한지현이 들어왔다. 그녀가 고개를 꾸벅 숙이며 물었다.

"부르셨습니까?"

조태섭의 시선이 물끄러미 그녀를 바라봤다. 그리고 말했다.

"황진용이 아래에 있는 놈들 비리 가지고 와."

"알겠습니다."

잠시 후 그녀는 서류 봉투를 쥐고 조태섭과 김진우의 앞으로 다가왔다. 그리고 들고 있던 서류 봉투를 두 손으로 공손히 조태섭에게 건넸다.

조태섭은 보지도 않고 그 봉투를 김진우에게 넘겼다.

"두 사람에게 이 파일을 전달해 주도록 해. 누가 더 일을 잘하는지 지켜봐야 할 것 아닌가?"

김진우가 조태섭을 바라보며 물었다.

"다음 세대까지 염두에 두시는 겁니까?"

조태섭의 입가에 빙긋이 미소가 지어졌다. 그리고 입을 열었다.

"이번 대선이 끝나고 다음 대선까지 5년, 내가 대통령이 되어 통치를 할 시간이 5년. 내가 일선에서 물러날 시간은 이제 10년이 남았어. 앞으로 10년 후에 김희우와 이민수가 어떤 자리에 오를 거라고 생각하는가? 생각이 없는 사람이라도 예상할 수 있지. 그 두 사람은 중추적인 역할을 하고 있을 게야."

"네, 그렇겠군요."

조태섭은 일선에서 물러난 후에도 대한민국을 주무를 수 있는 장기적인 계획을 세우고 있었다. 자신이 심어 둔 자들이 앞으로 커 나가고 실세가 된다면 자신의 영향력 역시 시들지 않고 유지될 것이라 생각하고 있었다.

잠시 서류 봉투를 바라보던 김진우가 입을 열었다.

"제가 봐도 되겠습니까?"

"아, 물론이야. 자네에게 준 거니 마음대로 하게."

김진우는 봉투를 열어 안을 확인했다. 병역 비리와 세금 문제 등 황진용의 아래에 있는 국회의원들의 비리가 가득 적혀 있는 문서였다.

김진우가 물었다.

"이 정도라면 언론에 흘리는 게 좋지 않을까요?"

조태섭이 고개를 저었다.

"언론에 흘릴 거였으면 진작 했어. 말하지 않았는가, 두 사람의 능력을 보고 싶다고."

"네."

"그리고 황진용이를 우습게 생각하지 마. 검찰의 수사보다 언론이 먼저 움직인다면 그놈은 흔적을 지울 놈이야. 조용히 수사하는 게 우선이네."

비록 조태섭에게 밀려 큰 주목을 받지 못하고 있지만 황진용 역시 정치권에서 수십 년을 굴러먹은 사람이었다.

조태섭이 말을 이었다.

"상대방이 예측할 수 없을 때 목을 물어 쓰러뜨리는 게 진정한 포식자야."

김진우는 봉투에 관련 자료를 넣으며 고개를 숙였다.

"네. 의원님 말씀대로 하도록 하겠습니다."

그 시각, 희우의 집 문이 열리고 상만이 들어왔다.

"사장님, 저 왔습니다."

그의 머리와 어깨에 눈이 쌓여 있었다.

책상에 앉아 책을 읽고 있던 희우는 시선을 움직여 상만을 바라봤다.

"눈 많이 와?"

"하하, 네."

상만은 눈을 털며 안으로 들어왔다. 희우가 자리에서 일어섰다.

"차 한 잔 줄게."

희우는 부엌으로 가서 주전자에 물을 채워 가스레인지에 올렸다.

상만이 책상에 앉으며 희우에게 말했다.

"눈이 이렇게 많이 왔어도 분양 사무실은 인산인해였어요."

"계약은?"

"완판이지요. 주식 사이트 들어가 보세요. 지금 우리 주식이 상한가를 치고 있어요. 하하하하."

상만이 요란하게 웃었다. 그 웃음을 들으며 희우의 입가에도 미소가 떠올랐다. 경기 북부 한강 변의 아파트 분양은 대성공이었다.

상만이 입을 열었다.

"어떻게 아셨어요? 사장님 말고는 다들 실패할 거라고 생각했거든요."

희우는 어깨를 으쓱했다. 미래를 알고 있기 때문이었지만, 그런 말을 입으로 내뱉을 수는 없었다.

이전의 삶에도 지금과 같은 일이 있었다. 모든 아파트 분양이 실패했지만, 경기 북부 한강 변의 분양은 달랐다. 한강 뷰를 원하는 연예인과 부유층이 몰리며 대성공을 이뤘던 거다.

"잘됐으면 됐다."

희우는 담담히 말했다.

하지만 속으로는 희우도 내심 기뻐하고 있었다. 예측은 하고 있었지

502

만, 실제 성공의 확률은 희박하다고 생각했기 때문이다.

그런데, 희우의 입가에 걸려 있던 미소가 순식간에 지워졌다. 즐거운 일은 과거였고 다시 일을 시작해야 했다.

컵에 뜨거운 물을 따르며 희우는 상만에게 지시를 내렸다.

"바로 경기 남부 작업하도록 해."

"네, 행정적인 문제는 모두 끝났습니다. 평수나 용적률은 탄력적으로 바꿀 수 있도록 공무원들한테 작업해 뒀습니다. 사장님이 지시만 내리면 바로 모델하우스 올리고 분양 들어가면 됩니다."

상만은 희우에게 다음 아파트 분양에 대한 의견을 물었다.

희우는 바로 대답하지 않고 뜨거운 물에 찻잎을 넣은 컵을 들어 상만의 앞으로 가지고 갔다.

"마셔. 향이 좋을 거야."

"하하하, 이런 눈 오는 날 치킨 시켜 먹으면 욕하려나요? 잘했으니까 치킨 사 주셔도 될 거 같은데요."

상만은 희우에게 컵을 받아 따뜻한 차를 입에 대었다.

희우가 입을 열었다.

"치킨은 나중에 먹고."

"나중에 먹고요?"

"바로 분양 시작해."

"네?"

곧 대통령 선거가 시작된다. 당선이 유력한 대통령 후보는 곧 그 지역에 신도시 개발과 함께 일자리 창출을 목표로 한 기업 유치를 할 것이라며 공약을 내뱉을 게 분명하다. 희우는 그 미래를 알고 있었고 거침없이 지시를 내렸다.

희아와 약속한 날이 며칠 남지 않았다. 한 달이라는 시간 동안 JS건설 인수에서부터 분양 완료까지 하겠다는 약속.

그 약속은 한 달이 채 걸리지 않은 시간에 끝나 버렸다.

하지만 희우의 머릿속에 이미 그녀와의 약속은 뒤로 가 있었다. 희우는 그 너머를 보는 중이었다.

다음 날.

희우는 민수와 함께 지검장실로 호출을 받았다.

지검장실로 향하는 복도를 걸으며 민수가 희우에게 물었다.

"무슨 일이야?"

희우는 어깨를 으쓱했다.

"저도 모르겠어요."

"너하고 같이 부르는 거면 무슨 일 시키는 게 분명한데……."

두 사람은 의문을 품고 지검장실에 들어갔다. 그리고 소파에 앉을 때였다. 지검장이 테이블 위에 서류 봉투를 던지며 말했다.

"지금부터 너희는 권력과 싸울 거야."

동시에 희우의 머릿속은 복잡한 생각들로 채워졌다. 지검장은 다짜고짜 권력과 싸울 것이란 이야기를 했다. 희우는 그게 어떤 뜻인지 이해하기 어려웠다. 지금 대한민국의 권력은 조태섭이 잡고 있기 때문이다.

그럼, 지검장은 조태섭과 싸울 것을 지시하는 것일까?

생각할 때, 지검장의 목소리가 이어졌다.

"국회의원들의 비리가 포착됐어. 희우는 가서 병역 비리 브로커를 잡도록 하고, 민수는 빼돌린 자산을 끄집어내도록 해."

권력과 싸운다는 말의 뜻은 국회의원의 비리를 잡겠다는 것이었다. 하지만 희우의 머릿속은 여전히 안개와 같았다.

조태섭의 힘에 기대 지검장이 된 사람이 정치권과 싸우겠다고?

그리고 국회의원의 경우 현행범이 아닌 한 국회의 동의 없이 영장을 받을 수 없다. 사실상 국회에서 동의를 해 줄 일이 없으니 비리를 잡는다 해도 구속을 시킨다는 것은 불가능한 일이었다.

의문을 가진 채 희우가 지검장에게 물었다.

"안의 내용을 확인해 봐도 되겠습니까?"

"아, 그래. 보도록 해."

희우는 봉투를 열어 안에 들어 있는 서류를 펼쳤다. 그리고 서류를 확인하던 희우의 눈이 찌푸려졌다.

안에 있는 이름은 모두 황진용 의원과 친분이 있는 의원들이었다.

'역시……'

이 모든 것은 황진용을 고립시키기 위한 조태섭의 의도였다. 조태섭은 자신의 힘으로 국회의 동의를 얻어 황진용의 측근을 모두 구속시킬 게 분명하다.

희우가 생각에 빠져 있을 때 지검장이 말했다.

"알겠지만 현직 의원이야. 그것도 한 명도 아니라 여러 명을 집어넣는 일이야. 당연히 기밀이다."

"네."

"그럼 나가 보도록 해."

희우와 민수는 서류 봉투를 들고 자리에서 일어나서 지검장실을 빠져나갔다.

다시 사무실로 가기 위해 복도를 걸으며 민수가 희우에게 물었다.

"할 거야?"

"해야죠."

"그래? 난 너 안 할 줄 알았는데."

사무실 앞에 도착한 희우가 민수에게 말했다.

"그럼 먼저 들어가 보겠습니다."

"그래."

희우는 사무실로 들어가는 척하며 핸드폰을 꺼냈다. 그리고 문밖을 살짝 바라봤다. 민수는 자신의 사무실을 향해 걸어가고 있었다.

그가 시야에서 사라지자 희우는 다시 밖으로 나와 복도를 걸어 엘리베이터에 올랐다. 그리고 완벽하게 지검을 빠져나왔다. 유빈에게 연락을 하기 위해서였다.

지검 안에서는 마음 놓고 그녀에게 연락하기가 쉽지 않았다. 조태섭에게 감시를 받고 있을지 모를 그녀였기에 희우의 조심성은 더욱 컸다.

전화를 들어 올린 희우가 그녀의 번호를 찾아 통화 버튼을 눌렀다. 그리고 말했다.

"황진용 의원 측근들 검찰 조사 시작합니다."

-어? 무슨 말이야?

"아마 황진용 의원님께 이 정도만 말해도 잘 아실 겁니다."

-응, 알았어. 그 친구들은 내가 연락할게. 그럼 결혼식 때 보자. 국수 먹어야지?

"네."

그녀 역시 타인의 시선을 의식하고 있었다. 그래서 희우에게 결혼식 때 보자는 말을 하며 전화를 끊었다.

희우는 가볍게 한숨을 내쉬었다. 희우가 나설 수 있는 것은 여기까지였다.

황진용 의원의 측근이라 해서 봐줄 생각은 없다. 비리를 저질렀다면 그 죗값을 치러야 하는 게 당연하다. 하지만 이것은 정치 보복 수사다. 황진용 의원 측에서도 반격할 시간은 줘야 했다.

'황진용 의원과 조태섭이 본격적으로 싸운다면?'

그렇게 되면 조태섭은 다른 곳에 신경을 쓰지 못한 채 황진용에게 집중할 거다. 그럼, 희우가 움직이기 조금 더 편해진다.

잠시 생각에 빠져 있던 희우는 지검으로 돌아가기 위해 몸을 돌렸다.

그때, 그의 눈이 커졌다.

중앙 지검의 길 건너편에는 대검찰청이 있었다. 멀리 익숙한 얼굴이 차량에서 내리는 게 보였다. 희우는 그 얼굴을 조금이라도 가까이에서 보기 위해 달렸다. 조태섭의 보좌관인 김진우였다.

김진우가 왜 대검찰청에 왔을까?

희우는 김진우를 보며 박대호의 아내에게 전화를 걸었다.

"뵈었으면 합니다."

조태섭의 보좌관인 김진우는 대검찰청 조사실로 들어가 의자에 앉았다. 동석하거나 밖에서 대기하는 검사는 없었다. 오직 김진우만이 홀로 조사실에 앉아 있었다.

그렇게 잠시였다. 문이 열리고 박대호가 들어왔다.

피곤한 얼굴로 들어온 박대호는 김진우를 보고 다급하게 물었다.

"의…… 의원님께서 보내셨습니까?"

김진우가 고개를 끄덕였다.

박대호가 엉거주춤 김진우의 앞에 앉으며 입을 열었다.

"제가 여기서 입은 꽉 다물고 있습니다. 사실 무슨 말을 한다고 해도 의원님이 어떻게 되지 않을 거라는 건 알지만, 그래도 아무 말도 하지 않고 있는 중입니다."

"네."

박대호의 다급한 말에 김진우는 차가운 목소리로 답했다.

박대호가 떨리는 목소리로 입을 열었다.

"제가 어떻게 하면 나갈 수 있습니까?"

김진우의 뱀눈이 박대호를 바라봤다. 그리고 방금 전보다 더 차가운 목소리로 입을 열었다.

"의원님께서 천하그룹의 지분을 내놓으라고 하셨습니다."

그 말과 동시에 박대호의 인상이 구겨졌다. 그리고 고개를 저으며 말했다.

"보좌관님, 아시지 않습니까? 천하그룹 지분이 없다면 저는 의지할 게 없습니다."

박대호는 천하그룹 지분이 있어야 조태섭과 협상 테이블에 앉을 수 있다고 생각했다. 그래야 이 빌어먹을 구치소를 떠나 자유를 얻을 수 있다고 여긴 거다.

그런데, 김진우가 스산하게 웃으며 입을 열었다.

"지분을 내놓지 않으신다면 더 큰 일이 날 거라는 건 모르십니까?"

"네?"

박대호가 눈을 깜박거렸다.

김진우가 한숨을 내쉬며 말을 이었다.

"DHP머니는 이미 대대적인 수사가 들어갔습니다. 숨겨져 있는 비리 하나까지 탈탈 털릴 겁니다. 거기에, 도대체 몇 명을 죽인 겁니까? 지금까지 나온 의혹만 해도 20년 이상입니다."

박대호가 인상을 찌푸렸다.

"사람을 죽인 건 조태섭 의원님의 명령이 많았습니다. 내가 그동안 의원님을 위해 어떻게 살아왔는지 잘 알지 않습니까? 난 개처럼 살았어요!"

박대호는 조태섭의 명령을 받아 많은 사람을 살해했다. 조태섭의 손에 묻어야 할 피가 박대호에게 묻어 있던 거다.

하지만 김진우는 이번에도 미소를 그렸다.

"그럼 앞으로도 개처럼 살면 되겠네요. 그거 모르십니까? 개는 죽기 전까지 주인에게 꼬리를 흔듭니다."

박대호의 눈썹이 꿈틀거렸다.

"의원님의 약조가 없다면 움직이고 싶지 않습니다."

"잘 생각하셔야 할 겁니다. 신사적으로 말을 하는 건 오늘이 마지막입니다."

그날 밤, 희우는 강남의 한 바에서 박대호의 아내 중 한 명을 만나고 있
었다. 일전에 희우가 한반도은행에서 대출을 받으려고 했던 사람이었다.

희우가 말했다.

"대출 진행은 어렵겠죠?"

그녀가 황당하다는 표정으로 고개를 저었다.

"지금 대출 때문에 저를 만나자고 한 건가요? 이런 상황에 무슨 대출을
받을 수 있겠어요?"

한반도은행에 대대적인 수사가 집중되어 있었다. 이런 시국에 대출 진
행은 불가능에 가까웠다. 희우가 한숨을 내뱉으며 물었다.

"박대호 대표에게 의리를 지킬 겁니까?"

뜬금없는 말에 그녀가 고개를 갸웃거렸다.

"네?"

"계속 박대호 대표의 여자로 살 생각입니까?"

그녀가 입술을 씹었다.

그녀는 박대호의 돈을 보고 박대호와 함께했다. 하지만 박대호는 검찰
에 잡혔고 모든 재산도 털리고 있다. 즉, 박대호의 여자로 살 생각은 이제
없다.

희우가 서류 봉투 하나를 건네며 말을 이었다.

"거래를 하나 하시겠어요?"

"거래요?"

"본론만 말하죠. 박대호 대표가 천하홀딩스의 주식을 가지고 있다는
건 알고 계시죠?"

"네? 그걸 어떻게……."

소수의 몇 명만 알고 있던 일이었다. 그런데 희우가 주식에 대해 알고

있으니 그녀는 놀랄 수밖에 없었다.

희우가 그녀의 눈을 보며 무거운 목소리로 입을 열었다.

"그 차명 계좌의 주인을 만나고 싶습니다."

"네? 왜요?"

"그 주식을 제가 사려고요."

그녀의 눈이 빠르게 흔들리며 머릿속으로 계산을 하기 시작했다.

잠시 생각을 하던 그녀가 희우에게 물었다.

"그렇게 해서 제게 남는 건 뭐죠?"

희우가 피식 웃었다.

"뭐가 남겠습니까? 당연히 돈이죠. 그 주식이 그쪽 손에 있다고 해도 현금화시킬 수 없잖아요. 겁도 없이 혼자 현금으로 만들려고 하다가는 박대호의 부하들에게 큰일을 당할걸요. 하지만 저는 그 주식을 현금화시킬 수 있습니다."

박대호가 가지고 있던 주식은 15%였다. 그 금액만 해도 어마한 가치를 가지고 있었다. 그런데 그걸 현금화시켜 주겠다고?

희우가 말했다.

"어차피 그쪽 손에 있다면 휴지 조각인 거, 제가 5%에 해당하는 만큼 현금으로 드리겠습니다."

15%를 판다. 그리고 그 대가로 5%만 받는다.

누가 듣는다면 미쳤다고 말할 수 있을 것이다.

하지만 그 5%만 해도 천문학적인 금액이다. 그리고 그녀 혼자서는 만질 수 없는 돈이었다.

고민하던 그녀가 입을 열었다.

"그런데 제가 위험해질 수 있잖아요."

아직 박대호의 부하들이 세상을 활보하고 있다. 그들은 그녀가 배신했다는 걸 아는 즉시 그녀를 죽이려 할 거다.

그녀의 목소리가 이어졌다.

"전 오래 살고 싶은 사람이라 위험한 일은 관심이 없습니다."

"안전을 보장하겠습니다."

"안전?"

"브로커를 통해서 위조 신분증과 위조 여권을 만들어 드리죠. 새로운 이름으로 새로운 삶을 사세요."

"그리고요?"

"원하시는 국가로 갈 수 있도록 제반 준비를 대신해 드리겠습니다."

"그래도 위험해요."

"박대호의 부하들이 알 수 없는 루트로 준비할 테니까 걱정하지 않으셔도 됩니다. 정치 쪽에 손이 닿아 있다고 해서 대한민국 전체를 손바닥 보듯 볼 수 있는 것은 아닙니다. 거기에 제가 나서서 당신을 숨기려 한다면 박대호가 아니라 그 할아버지가 와도 찾을 수 없을 겁니다."

희우의 말을 들은 그녀의 눈동자에 탐욕이 솟았다. 남은 인생을 떵떵거리며 살 수 있다는 생각이 머릿속을 헤집고 있었다.

희우가 그 욕망을 바라보며 나직하니 말을 이었다.

"주식에 대한 거래는 당신이 안전하게 한국을 떠나는 날 공항에서 하도록 하겠습니다. 물론 그 전까지는 제가 준비해 놓은 곳에서 주식을 들고 얌전히 숨어 계셔야 할 겁니다."

"……."

"잘 생각하세요. 인생 한 방이라고 생각해서 20대 초반에 쉰이 넘은 박대호와 결혼한 것 아닌가요? 정말 한 방이 될 수 있습니다."

그녀가 고개를 끄덕였다.

"네, 할게요."

"잘 생각하셨습니다."

희우는 그렇게 말하며 몸을 일으켰다.

그리고 희우의 머릿속에는 낮에 대검에서 봤던 김진우가 떠올랐다.

김진우는 박대호에게서 주식을 얻기 위해 움직이고 있을 게 분명하다.

하지만 희우는 김진우의 노력을 헛고생으로 만들 생각이다.

다음 날.

상만은 기자회견을 하고 있었다.

건설 경기가 악화되는 상황에서 분양 성공을 이뤄 낸 JS건설 대표의 다음 건설에 대한 내용이었기에 언론사들의 관심은 컸다.

"JS건설은 경기 남부 쪽에 미니 신도시를 만들 생각으로 중소형 평수 5천 세대를 분양할 계획입니다. 경기 북부 천하건설과 함께했던 아파트 분양 소식을 들으신 분은 알겠지만 최고급 만족감을 얻으실 수 있도록 최선을 다할 겁니다."

그 시각, 천하그룹 경제연구소 소장실.

희우는 희아와 만나고 있었다.

그들의 앞에는 텔레비전이 틀어져 있었고 상만을 향한 기자의 질문이 나오는 중이었다.

희아가 텔레비전을 끄며 희우에게 말했다.

"지금 하는 분양까지 성공하면 JS건설의 브랜드 가치는 상당히 높아지겠네?"

"그렇겠지."

"계속 기업 일을 하려고 하는 거야?"

"아니, 관심사는 아니야."

그녀는 가만히 희우를 바라봤다.

기업에 관심이 없다는 희우는 JS건설의 주식을 연일 상한가로 만들고 있었다. 분양까지 성공시키며 JS건설의 브랜드 가치 역시 높이고 있다.

"아쉽네. 너 같은 사람이 재계에 있으면 나라 경제에 도움이 될 것 같은데."

희우는 슬쩍 웃으며 고개를 저었다. 그리고 그녀에게 말했다.

"이제 기정기업 대표님을 만나게 해 줘."

기정기업은 천하홀딩스의 지분 15%를 가지고 있는 회사였다. 그 지분까지 가져온다면 앞으로의 일이 더 수월해질 것은 분명했다.

그녀가 고개를 끄덕였다.

"좋아. 정말 한 달 만에 모든 걸 끝낼 줄은 몰랐어."

"정확히 말하면 한 달이 걸리지 않았어."

"그래, 대단하다, 대단해."

그녀의 말에 희우는 빙긋이 미소 지었다. 그리고 말을 이었다.

"천하그룹이 시끄러워질 거야."

"그렇겠지?"

"지분 문제보다 우선적으로 시끄러워질 일이 있어."

"어? 그게 뭔데?"

희우는 테이블 위에 놓인 찻잔을 들어 마신 후 입을 열었다.

"조만간 시끄러워지면 자연히 알게 될 일이야. 지금은 마음 편히 쉬고 있어."

잠시 후, 희우가 향한 곳은 광화문이었다. 그곳은 유빈이 있는 신문사였다. 그녀의 신문사 근처 커피숍에 앉아 있자 유빈이 들어왔다.

희우의 맞은편에 앉은 그녀가 힘들다는 표정으로 고개를 저으며 말했다.

"지금 살얼음판이야."

기자 한 명이 조태섭에게 불려 갔었다. 신문사의 분위기가 얼음장으로 변한 것은 당연했고 기자들은 눈치를 보며 살고 있었다.

희우가 고개를 끄덕였다.

"조태섭 의원도 민감할 겁니다. 수족들이 계속 달려가고 있으니까요."

유빈은 한숨을 내쉬며 커피를 들어 마셨다. 희우가 그녀에게 물었다.

"황진용 의원님은 뭐래요?"

희우는 유빈에게 검찰의 수사가 황진용의 측근을 향하고 있다고 전했었다. 유빈은 그 말을 황진용에게 전했었고.

"아무래도 상심이 크신 모양이더라."

"그리고 하나 더 있어요."

"어? 뭐?"

그녀가 눈을 깜박였다. 희우가 주변을 둘러본 후 그녀에게 입을 열었다.

"이번에 박대호 대표 사건이에요."

"기삿거리야, 아니면 황진용 의원님께 전해 달라는 거야?"

"이번에는 선배에게 줄 수 있는 기삿거리 같은데요. 문제는, 조태섭 의원과 연계되어 있어요."

"일단 말해 봐."

유빈의 눈이 반짝였다.

"박대호가 DHP머니라는 대부업체로 돈을 벌었다는 건 알고 계시죠?"

"응, 그렇지. 요즘 엄청 떠들썩하잖아. 정식 허가받은 대부업체의 대표가 살인 교사를 했으니까."

"박대호가 차명 계좌로 천하그룹의 주식도 가지고 있어요."

"어?"

"차명 계좌는 제가 알아봐 드릴 수 있습니다."

유빈의 눈동자가 떨려 왔다.

"그래서?"

"조태섭 의원과 박대호 대표의 차명 계좌가 관련이 있어요."

유빈은 어이없다는 듯 웃었다. 그리고 고개를 저으며 입을 열었다.

"쏘리. 기사 작성은 어려워. 말했듯이 조태섭 의원 눈치를 보는 중이야."

"네, 그럼 제 식대로 풀어 볼게요."

514

희우는 바로 마음을 접었다.

기자 한 명이 조태섭에게 끌려갔다 온 지 얼마 되지 않았다. 이런 상황에 그녀가 무모한 기사를 내게 된다면 그녀 역시 위험에 빠질 수 있었다.

그런데, 그녀가 씩 웃으며 희우의 앞으로 상체를 기울였다. 그리고 속삭이듯 입을 열었다.

"하지만 이런 거 무서워하면 정치부 기자 못 하지."

"네? 생각 이상의 일이 벌어질 수도 있어요."

"괜찮아. 특종이네. 고마워. 그리고 걱정하지 마. 지라시 한번 움직이지 뭐. 나도 조태섭 의원이 신문사를 쥐락펴락하는 게 마음에 들지 않거든."

"……!"

"그런데 넌 조태섭 의원이 타깃인 거야?"

지금까지 희우는 조태섭이 목표라는 말을 유빈에게 한 적이 없었다. 하지만 말을 하지 않는다고 해서 모를 수는 없었다. 희우가 당기는 총구의 방향이 모두 조태섭을 향했기 때문이다.

하지만 희우는 고개를 저었다.

"아뇨. 일개 검사가 조태섭 의원을 어떻게 타깃으로 삼아요?"

그녀는 더 묻지 않았다. 언젠가는 희우가 진실을 알려 줄 것이라 생각하며 의자에 등을 대고 커피를 마실 뿐이었다.

며칠 후.

JS건설의 경기 남부 아파트 분양 현장의 분위기는 뜨거웠다. 희우의 예상대로 유력한 대통령 후보가 이 지역에 신도시 개발과 기업 유치를 공약으로 내세웠기 때문이다. 때에 맞춰 몇 개의 기업이 이곳에 대규모 산업단지를 세우겠다고 발표했고 그 덕에 분양은 대성공을 이뤄 냈다. 건설경기가 악화되고 있다는 것은 다른 회사에나 해당되는 말이었다.

그날 밤, 희우는 상만과 만나고 있었다.

분양의 성공으로 기분 좋게 만나야 할 두 사람이었지만 분위기는 그렇지 않았다. 상만이 말했다.

"사장님, 이건 횡령이에요."

"신고해."

희우는 대수롭지 않게 말했다.

"사장님!"

상만은 거의 울기 직전이었다.

희우는 아파트 분양 계약금이 들어 있는 통장을 만지고 있었다.

희우는 분양 계약금을 아파트를 짓는 데 사용하지 않고 천하홀딩스의 주식을 사려고 했다. 상만으로서는 당황할 수밖에 없었다.

희우가 말했다.

"잠시 쓰고 다시 돌려놓을 거야. 걱정하지 마."

걱정하지 말라고 해서 걱정을 안 할 수 없었다. 잘못되면 분양 자체가 날아가고 사기 사건으로 검거될 일이었다.

하지만 희우는 뒤돌아보지 않았다.

천하그룹 김건영 회장이 죽었다는 말을 들었던 그날이었다. 희우는 경기 북부와 남부의 땅을 오가며 지금의 계획을 세웠다. 지금 이 방법만이 천하그룹에 발을 댈 수 있는 유일한 길이었기 때문이다.

희우가 상만에게 말했다.

"아직 시공 전이잖아. 들키지 않고 일을 처리할 수 있어. 시공 전에 모든 걸 되돌릴 수 있으니까 괜찮아."

"사장님, 제가 사장님을 믿고 따르지만 이건 아니잖아요. 5,200세대의 계약금이에요."

희우는 슬쩍 상만을 바라봤다. 그리고 입을 열었다.

"믿어 줘. 사람들 눈에서 눈물 흘리게는 하지 않을 거야."

상만은 깊은 한숨을 내쉬었다. 희우는 이미 결정을 내렸다. 설득할 수 없는 사람이다. 상만은 힘없는 목소리로 대답했다.

"네, 알겠습니다."

미국 금융 위기의 여파로 국내 증시가 크게 흔들리고 있었다. 지수는 급락했고 모든 주식이 흐름을 견디지 못하고 폭락했다. 부동산 역시 숨 가쁘게 흔들리며 끝을 모르는 듯 떨어지는 중이었다.

희우에게 전화가 걸려 왔다. 희아였다.

-약속 잡았어. 오늘 시간 괜찮으시대.

"고마워. 그럼 일 끝나고 밤에 볼 수 있을까? 조금 늦을 수도 있는데."

-좋아.

그녀와의 전화를 끊으며 희우는 자리에서 일어섰다. 그리고 망연자실 앉아 있는 상만을 뒤로하고 천하그룹의 지분을 가지고 있는 기정기업을 찾아갔다.

기정기업 역시 금융 위기를 견디지 못하고 휘청거리고 있었다.

서울의 빌딩 숲에 있는 높은 건물, 기정기업 대표이사실로 들어간 희우는 자연스럽게 대표이사의 맞은편 자리에 앉았다.

대표이사가 희우를 위아래로 훑었다. 그가 보기에 희우는 무척 어렸다. 천하그룹 김희아의 부탁을 받고 만났지만 마음에 들 수는 없었다.

그의 표정을 보며 희우가 입을 열었다.

"단도직입적으로 말씀드리겠습니다. 보유하고 계신 천하홀딩스 지분을 매입하고 싶습니다."

희우의 입에서 지분에 대한 말을 들은 대표이사는 인상을 찌푸렸다.

회사 사정이 어려워졌지만 어린 친구가 발을 들일 정도로 만만한 공간은 아니라고 생각하고 있었다. 하지만 천하그룹에서 소개한 사람이었고 일단 회사의 급한 불을 꺼야 했다. 그가 입을 열었다.

"얼마에 매입할 생각입니까? 사실 다른 쪽에서도 구매 의사를 보였습니다."

"어느 회사인지 말씀해 주실 수 있나요?"

"그건 어렵습니다."

그의 말에 희우는 알겠다는 듯 고개를 끄덕였다.

"그쪽에서 얼마를 제시했는지는 모르겠습니다. 하지만 저는 금융 위기 직전 가격으로 맞춰 드릴 수 있습니다."

"네? 금융 위기 직전요?"

대표이사의 눈이 커졌고 희우는 고개를 끄덕였다.

"네. 지금 가치보다 훨씬 크다고 생각하는데요."

"좋습니다."

대표는 시원하게 대답했다.

이유는 두 가지였다. 하나는 희우가 웃돈을 주고 매입하려고 한다는 것이었고 다른 하나는 천하그룹 김희아의 부탁이었기 때문이다. 고민할 필요도 없었다.

기정기업에서 천하홀딩스를 매수하려고 했던 또 한 사람은 조태섭의 보좌관인 김진우였다. 지분이 넘어갔다는 말을 들으며 그가 다시 물었다.

"누구라고?"

-JS건설이라고 합니다.

"건설 회사가 천하홀딩스는 왜 사고 있어? 그것도 웃돈을 주고 샀다며."

-이유는 저도 잘 모르겠습니다.

김진우와 전화 통화를 하는 사람은 그의 비서였다.

김진우가 거칠게 전화를 끊으며 입을 꽉 다물었다. 눈에는 살기가 가득했다.

천하는 국내에서 가장 많은 돈이 움직이는 그룹 중 하나다. 만약 조태섭이 그곳을 완벽하게 장악한다면 대한민국은 그의 왕국이라 표현해도 과하지 않았다. 그래서 그들은 기정기업이 가진 지분과 차명으로 가지고 있는 박대호의 지분을 합친 후 천하그룹의 둘째를 꼭두각시 대표로 올릴 계획을 갖고 있었다. 하지만 그 계획이 무너지고 있었다.

김진우가 어렵게 조태섭에게 전화를 걸었다.

"첫 번째 계획이 실패했습니다."

-뭐라?

"기정기업에서 지분을 팔아 버렸습니다."

수화기 너머로 들려오는 조태섭의 숨소리는 노기가 가득했다.

-누가 사 갔지?

"JS건설이라고 합니다."

조태섭은 잠시 동안 아무 말이 없었다.

크게 혼날 줄 알았던 김진우는 조태섭이 선선히 전화를 끊자 안도감에 한숨을 쉬었다.

조태섭은 서재에서 서성이고 있었다.

"박상만…… 박상만…… 기분이 안 좋아."

기정기업에서 빠져나온 희우는 천하호텔의 회의실에서 희아와 만났다.

희우가 그녀의 앞에 앉으며 시간을 확인했다.

"늦었는데 괜찮나?"

시간은 밤 11시를 넘어가고 있었다. 그녀가 고개를 끄덕였다.

"응. 그런데 시계가 많이 낡았네. 하나 사 줄까?"

희우가 차고 있는 시계는 수능을 보던 날 아버지가 사 줬던 것이었다. 희우는 고개를 저었다.

"돈 주고도 못 사는 거야."

희우는 잠시 시계를 바라보다가 다시 시선을 그녀에게 향했다. 그리고 입을 열었다.

"이제 내가 가진 지분이 15%."

"놀랍네."

"모든 권리는 너에게 줄게."

"고맙네."

그녀의 입에서 나온 고맙다는 소리는 진심으로 들리지 않았다. 사실 그녀는 그룹의 지분 싸움에 끼고 싶은 마음이 전혀 없었다.

희우가 말했다.

"약속만 지켜 줘. 나는 천하그룹에서 나오는 배당금이나 챙겨 갈 거야."

그의 말에 그녀가 피식 웃었다.

"내년부터는 배당금 주지 말아야겠네."

희우가 테이블 위에 놓인 물을 마신 후 입을 열었다.

"다시 일 이야기를 하자."

"……?"

"천하그룹에 JS건설을 팔고 싶어."

그녀는 고개를 저었다.

"분양 시장은 무너졌어. 아파트 가격은 하락하고 있고. 앞으로 얼마나 많은 건설 회사가 부도날지 몰라. 물론 JS건설이 두 번의 분양을 성공적으로 이뤄 낸 건 알고 있지만 이런 상황에서 건설 회사를 매입할 생각은 없어. 우리도 천하건설을 가지고 있고."

"JS건설은 경기 남부에 5천 호의 아파트 건설을 준비하고 있어. 알겠지만 분양은 완판되었고. 이것만 해도 엄청난 이득이 남을 거야."

"그래도 생각이 없습니다. 김희우 검사님."

그녀는 희우를 향해 빙긋 웃었다.

그 웃음을 보며 희우가 말을 이었다.

"조태섭이 천하그룹에 대한 공격을 더 강하게 시작하겠지? 닭 쫓던 개가 지붕을 쳐다본다고 하지만 조태섭은 그럴 사람이 아니야. 아마 닭이 지붕 위로 올라가면 그 집을 부수지 않을까?"

"……."

"네 생각에는 김용준 회장님이 조태섭을 막을 수 있을 것 같아?"

그녀는 말없이 고개를 저었다. 김용준의 능력은 나쁘지 않았다. 하지만 조태섭을 상대로 이길 수 있겠느냐고 묻는다면 당연히 아니었다.

희우가 말했다.

"만약 내가 감옥에 가서 네 옆에 없다면 앞으로 조태섭과의 싸움이 힘들어질 것 같은데, 어떻게 생각해?"

"뭐? 네가 감옥을 왜 가?"

"천하건설이 JS건설을 인수 합병하지 않는다면 나는 감옥에 갈 거야."

"그게 무슨 말이야?"

걱정 가득한 희아의 얼굴을 보며 희우가 씨익 웃었다.

"사실 천하홀딩스 주식은 분양 계약금 횡령해서 구입했어, 하하하."

"뭐?"

"내가 무슨 돈이 있겠어? 그리고 기억할지 모르겠는데, 경기 북부의 경우 시행사는 천하건설이야. JS건설이야 어차피 망하던 회사여서 이미지 생각을 하지 않지만 천하건설의 이미지는 회복하기 꽤 어렵겠네."

"지금 무슨 짓을 하고 있는 거야?"

"지금은 친구로서 이야기하는 게 아니야. 비즈니스적인 이야기야. 난 15%의 지분을 가지고 있지만 아직은 불법이야. 합법으로 만들어 줬으면 좋겠어."

희아가 붉은 입술을 잘근 깨물었다. 그리고 분한 듯 말했다.

"사람 마음 가지고 장난치는 거야?"

"어? 장난치다니?"

희우는 가만히 그녀를 바라봤다. 그러다가 슬쩍 웃으며 고개를 저었다.

"마음을 이용하려고 했다면 이렇게 복잡한 짓을 하지는 않았겠지?"

그녀의 입에서 무거운 한숨이 흘렀다. 잠시 어떤 말도 하지 않았다. 조용히 커피를 마실 뿐이었다. 그러다가 그녀가 중얼거리듯 말했다.

"어쩔 수 없네."

사실 그녀는 자신이 직접 기정기업이 가진 지분을 매입하고 싶었다. 하지만 보는 눈이 많아서 행동할 수 없었다. 김건영 회장의 사후였다. 그녀가 직접 주식을 매입했다면 두 오빠는 민감하게 행동했을 거다. 그래서 그 일을 해결해 준다고 찾아온 희우의 제안을 받아들였던 거다. 그 제안에 이런 독이 있을 줄은 예상하지 못했다.

희우가 슬쩍 웃으며 말했다.

"고마워. 그럼 조만간 박대호가 가지고 있는 15%도 들고 올게."

잠시 후, 희아와 헤어진 희우는 집으로 들어갔다.

집에서는 상만이 초조한 표정으로 기다리고 있었다. 희우가 들어오자마자 상만이 다급한 표정으로 물었다.

"어떻게 됐어요?"

"걱정하지 말라니까."

"진짜요?"

"어."

희우가 소파에 앉으며 담담한 목소리로 말을 이었다.

"여권 만들라고 했잖아. 언제쯤 된대?"

"내일 오후쯤 보내 준다고 했어요."

희우는 고개를 끄덕이며 옷을 벗었다. 그리고 물었다.

"그런데 위조 여권은 얼마 달래?"

"하나에 4천 달라고 하던데요?"

"4천만 원?"

"네."

위조 여권을 만드는 데 들어가는 금액은 생각 이상으로 얼마 되지 않았다. 희우는 벗은 옷을 옷장에 걸며 말했다.

"위조 여권 만드는 놈들 주소지는 가지고 있지?"

"네. 이용해 먹고 잡아가려고요?"

"응. 나쁜 놈들이잖아."

그런 놈들을 가만히 놔둘 수는 없었다.

그때였다. 상만의 핸드폰이 울렸다.

"누구야?"

"네? 모르는 번호인데요."

상만이 통화 버튼을 눌렀다.

"박상만입니다."

그런데, 통화를 하는 상만의 표정이 점점 굳어졌다. 희우가 그를 미심쩍게 바라봤다.

상만이 통화를 하며 컴퓨터 앞으로 다가갔다. 그리고 워드 프로그램을 연 후 타자를 쳤다.

- 조태섭 의원의 보좌관이 만나자고 하는데요?

희우의 눈이 꿈틀거렸다. 희우는 서둘러 거절하라고 워드를 쳤다.

상만이 전화기에 대고 말했다.

"죄송합니다. 요즘 바빠서 시간이 어렵겠는데요."

전화를 끊은 상만이 희우를 바라봤다.

"조태섭의 보좌관이 왜 저를 보자고 하죠?"

희우는 대답하지 않고 의자에 앉아 생각에 빠졌다.

상만이 노출되었다. 하긴 상만의 이름으로 지금 모든 것을 움직이고 있으니 노출이 안 되는 게 오히려 더 이상했다. 그래도 조금만 더 천천히 밝혀지기를 바라고 있던 것은 욕심일 뿐이었다.

희우가 자리에서 일어섰다.

"조태섭에게 연락이 오면 만나지 말도록 해."

"네, 알겠어요."

"그리고 연석이 요즘 뭐 해?"

"네? 그냥 놀고 있을걸요."

"전화해서 집으로 오라고 해."

"네."

상만이 연석에게 전화를 걸어서 희우의 집으로 오라고 했다.

연석이 올 때까지 희우는 생각에 빠져 있었다. 지금 조태섭의 행동을 어떻게 해석해야 할지 알 수 없었다.

연석이 도착했다. 그가 꾸벅 희우를 향해 고개를 숙였고, 희우가 입을 열었다.

"수능 끝나고 집에 있으니까 심심하지 않아?"

"네. 시키실 일 있으세요?"

"내일부터 상만이 따라다니면서 가드해."

희우의 말에 상만이 눈을 크게 뜨고 물었다.

"성재라는 분도 있는데 연석이도 절 가드해요?"

"최악의 상황을 염두에 두는 거야. 혼자서는 힘들 수도 있어."

상만은 희우가 무슨 말을 하는지 이해하지 못했다.

하지만 희우는 검은 양복을 떠올리고 있었다. 검은 양복을 상대로는 성재 혼자로는 어려울 거다.

잠시 한숨을 내쉬던 희우가 전화를 들어 올렸다.

조태섭이 어떤 이유로 상만을 만나려 하는지 그 이유를 예상할 수 없었다. 상대의 의도를 모를 때는 상대가 집중을 하지 못하도록 흔드는 것도 하나의 방법이다.

"네, 선배. 내일 지라시 올릴 수 있나요?"

다음 날, 조태섭의 자택.

한지현은 뭔가를 작성하고 있었다. 그러던 중 그녀의 핸드폰이 울렸다.

"네, 한지현입니다."

-지금 메일 보냈습니다. 빨리 확인해 보세요.

다급한 목소리는 조태섭의 보좌관인 김진우의 것이었다.

그녀는 전화를 끊고 그가 보낸 메일을 확인했다. 그리고 그녀의 눈이 커졌다. 그녀는 서둘러 일어서서 조태섭의 서재로 향했다. 문을 열고 안으로 들어간 그녀가 빠르게 입을 열었다.

"김진우 보좌관에게서 온 연락입니다. 박대호 사장의 천하그룹 차명 계좌에 대한 소문이 증권가 지라시를 통해 돌고 있답니다."

"뭐라고?"

"그리고 그 차명 계좌가 의원님과 연관되어 있다는 소문도 있습니다."

조태섭이 벌떡 자리에서 일어섰다. 그의 미간이 찌푸려졌다.

"김진우 보좌관에게 연락해서 당장 오라고 해!"

"오고 있습니다. 30분 정도면 도착할 겁니다."

조태섭은 얼굴의 근육을 모두 인상을 구기는 데 사용하고 있었다.

"어디서 빠져나온 정보야!"

"지라시 업체는 워낙 기밀 사항이라 확실하지 않습니다."

한지현이 대답했다.

증권가. 그곳은 정치도 돈이었고 권력도 돈이었다. 연예인도 돈이며 기후와 사람들의 심리도 돈으로 판단하는 곳이다. 돈이 된다면 조태섭이든 아니면 하늘에 있는 신이든 무서울 게 없는 사람들이었다.

조태섭이 '쾅!' 소리가 나도록 책상을 내려쳤다.

한지현이 다시 입을 열었다.

"주요 언론은 통제했지만 작은 업체들이 문제입니다. 지금 계속해서 보도되고 있습니다."

"막아!"

"알겠습니다."

그녀는 더 이상 말을 하지 않고 고개를 숙여 인사를 한 후 서재를 빠져 나갔다.

그 시각, 희우는 집에 앉아 천장을 바라보고 있었다.

천장을 바라보는 희우의 얼굴에 빙긋 미소가 지어졌다.

"우선 조태섭이 피를 빨아먹고 있는 천하그룹의 자금을 자른다."

희우는 천천히 전화를 들어 올려 번호를 눌렀다. 전화가 향하는 곳은 JS건설 노조 위원장이었다.

"김희우입니다. 예전에 약속했던 일 있죠?"

희우가 JS건설의 직원들을 복직시키는 대신 노조 위원장과 했던 약속 이 있었다.

─제가 필요로 할 때 천하건설 노조가 파업을 할 수 있을까요? 물론 파업의 명분은 드릴 것이니 걱정하지 마시고요.

그 약속을 기억한 위원장이 입을 열었다.

─명분은요?

"사채업자 박대호의 차명 계좌와 정치권과의 유착입니다. 대한민국 최고의 기업에 다닌다는 자긍심이 있는데 이런 소문은 기분 나쁘잖아요."

─알겠습니다. 명분으로 나쁘지 않을 것 같습니다. 날짜는 언제로 할까요?

"빠를수록 좋습니다."

천하건설 노조가 일어섰다.

"차명 계좌 및 정경 유착을 반대한다! 우리는 깨끗한 기업에서 일을 하고 싶다!"

주요 언론은 노조의 시위를 보도하지 않았지만 인터넷의 작은 언론은 보도를 멈추지 않았다. 지켜보던 희아가 희우에게 전화를 걸었다.

"천하그룹이 시끄러워질 거라더니 파업을 이야기했던 거야?"

-응, 난 미리 이야기했었다. 이제 천하그룹 경영진에서 노조에게 등을 떠밀려 정치권과의 유착을 하지 않겠다는 선언을 하면 좋고.

희우의 말에 그녀는 희미하게 웃었다. 그리고 입을 열었다.

"이번 일로 우리 회사는 조태섭의 손아귀에서 벗어날 수 있겠구나? 조금 힘들긴 하겠네."

-응, 그래야지.

"내가 어떻게 할까?"

-오빠를 설득해야겠지?

그녀의 입에서 무거운 한숨이 흘렀다.

전화를 끊은 그녀는 자리에서 일어섰다. 그리고 경호원인 진혁에게 말했다.

"오빠를 만나러 가야겠어요. 그리고 기자회견 준비해 주세요."

"네, 차량 준비하겠습니다."

그녀는 천하그룹으로 향했다.

희아는 천하그룹의 회장인 김용준, 즉 그녀의 오빠의 앞에 앉았다.

"박대호 사장의 차명 계좌에 대한 일을 밝힐 거야. 지금 기자회견 준비 중이야."

그녀의 말을 들은 김용준이 큰 소리로 화를 냈다.

"뭐 하는 거야! 그렇게 되면 조태섭 의원과의 관계가 어긋나!"

"그래서?"

"뭐?"

그녀의 목소리가 담담하게 흘러나왔다.

"어차피 내수 시장은 한계에 왔어. 조태섭 의원과의 관계로 더 성장할 수 있는 구조는 아니야. 그리고 이 이상 조태섭 의원과 가까이 지내는 일은 그룹에 독이야."

"하지 마라. 우리나라에서 정치권의 힘을 받지 못하고 재벌로 산다는 게 뭔지 알아?"

김용준의 목소리가 무섭게 흘러나왔다.

"뭔데?"

"지옥이야. 그러니까 하지 마."

"오빠…… 착각하지 마."

"……!"

"내가 지금 오빠한테 보고서 작성해서 올리고 있는 걸로 보여?"

"뭐?"

"JS건설이 천하홀딩스 주식을 가지고 간 거 알고 있지? 그쪽에서 내 의견에 따르도록 계약되어 있어. 기존에 있던 내 주식에 우호 지분까지 합쳐진다면 어떻게 될까? 나하고 집안싸움 하고 싶어?"

김용준의 분노에 가득 찬 신음 소리가 들리는 듯했다. 희아가 말을 이었다.

"그러니까 이번만 내 의견을 따라 줘. 이번 일이 끝나면 이런 식으로 월권을 행사할 일은 없을 거야."

"……검찰에서 수사가 시작될 거야."

"그건 오빠가 알아서 해야지. 기자회견은 내가 할게."

희아는 김용준과의 대화를 마치고 밖으로 나갔다.

천하그룹 기자회견실에는 수많은 기자가 몰렸다. 희아는 담담한 표정으로 단상에 올라섰다.

"천하홀딩스의 주식 일부가 박대호 씨의 소유라는 사실을 얼마 전 알았습니다. 차명 계좌로 복잡하게 설계되어 있어 그동안 저희도 알지 못했던 사실입니다. 그룹 내에서도 이 조사에 착수하고 있으며 검찰의 조사에도 협조하겠습니다."

그녀는 천하그룹의 책임은 말하지 않았다. 하지만 박대호와의 관계를 끊겠다고 공식적으로 선언했다. 그 선언이 향한 화살은 조태섭의 귀에도 들어갔다.

그리고 그 시각, 희우는 여전히 천장을 바라보고 있었다. 막혀 있는 천장이었지만 희우의 눈에는 하늘이 보이는 듯했다.

"정신없겠네, 조태섭."

희우는 의자를 빙글 돌려 자리에서 일어섰다. 그리고 상만에게 전화를 걸었다.

"여권은?"

－준비되었습니다.

"지나가는 길에 들를게."

－네.

희우는 밖으로 나가며 박대호의 아내에게 전화를 걸었다.

"준비되었습니다."

－네. 빠르네요.

"저녁에 보도록 하죠."

－좋아요.

희우는 그녀와의 전화를 끊었다.

그날 저녁.

희우는 강남의 한 바에서 박대호의 아내와 만났다.

희우는 그녀에게 위조 여권을 보여 주었다. 그녀가 여권을 이리저리 보고 있을 때 희우가 입을 열었다.

"약속대로 모든 준비는 끝났습니다. 일단 출국 전까지 공항 근처 호텔을 예약해 뒀습니다. 거기에서 지내시면 될 겁니다. 자동차는 뒤에 있는 주차장에 있는 차를 타시면 되고, 휴대폰 등 개인 물건 역시 준비해 뒀습니다. 그리고 호텔 근처에 경호원을 둘 테니 출국까지 계속해서 안전을 보장할 겁니다."

희우는 모든 가능성을 원천적으로 봉쇄하고 있었다.

희우가 계속 말했다.

"출국을 할 때까지 웬만해서는 호텔 밖으로 나오지 않으셨으면 합니다."

"그렇게 하죠."

그녀는 다시 희우에게 여권을 건넸다. 여권은 출국을 할 때 주식양도 증서와 함께 교환하기로 약속이 되어 있었다.

희우는 밖으로 나오며 희아에게 전화를 걸었다.

"차명으로 들어간 주식도 거의 손에 넣었어. 이제 회사 합병계약서를 써야겠지? 싫다고 하면 대주주 힘으로 다 집합시킨다."

희우의 장난스러운 말에 그녀는 한숨을 내쉬었다. 어쩔 수 없었다.

그렇게 희우와 전화를 끊은 그녀는 창밖을 바라봤다.

"대단해, 김희우."

김건영 회장이 그렇게 가지고 오고 싶어 했던 지분 30%였다. 하지만 김건영은 결국 끝까지 가지고 오지 못하고 세상을 떠났다. 그런데 희우는 이 모든 일을 한 달 만에 끝내 가고 있었다. 물론 분양 계약금을 횡령하는 불법적인 일을 저질렀지만 시간적 여유가 있었다면 그런 행동 없이 주식을 손에 쥘 수 있었을 것 같았다.

그녀가 중얼거렸다.

"적이었으면 무서울 것 같아."

순간 그녀의 머릿속에 희우와 조태섭이 겹쳐졌다. 어떻게 보면 비슷한 점이 많았다.

그녀가 고개를 저었다.

비슷하다고 해도 조태섭과 연관시키고 싶지는 않았다.

그 시각, 조태섭은 자택에 있었다. 그는 아직 자신이 차명 계좌를 통해 소유한 천하그룹의 지분이 어떻게 되었는지 모르고 있는 상황이었다.

문이 열리고 한지현이 들어와 말했다.

"박상만 대표가 또 거절했습니다."

조태섭의 눈썹이 꿈틀거렸다. 두 번이나 거절당했다는 말에 그 입에서 습한 미소가 흐르기 시작했다. 그리고 그 미소가 큰 웃음소리로 바뀌는 데에는 얼마 걸리지 않았다.

웃음을 뚝 멈춘 조태섭이 한지현에게 말했다.

"내가 우습게 보이는가?"

"네?"

한지현이 두려운 표정으로 눈을 깜빡거렸다.

조태섭이 고개를 저었다.

"천하그룹도 그렇고, 이제 JS건설이라는 하찮은 기업까지도 나를 우습게 보고 있어. 젊은 놈들이라 그런지 나이 먹은 사람을 쉽게 보는 것 같은데……."

조태섭이 의자에서 일어섰다. 그리고 한지현을 향해 말했다.

"황진용 의원 측 비리 자료 모두 뿌려."

"네? 아직 대선 전입니다."

원래는 김희우와 이민수에게 맡겨 놓았다가 대선 후에 흘릴 계획을 가지고 있었다. 하지만 조태섭은 갑작스럽게 계획을 바꿨다. 그가 말했다.

"그런 것을 일일이 신경 쓰다가는 당할 것 같아. 지금 적들이 이빨을 드러내고 있는데 앞뒤 분간을 하며 움직일 수는 없어. 겁을 줘야 해!"

"네, 알겠습니다."

다음 날.

각종 신문 그리고 텔레비전은 국회의원들의 비리로 얼룩졌다.

출근 전, 신문을 펼쳤던 희우는 모두 구겨 버렸다.

조태섭이 움직이기 시작했다.

희우의 눈에 조태섭의 계획이 선명하게 보였다. 국회의원들의 비리로 세상을 어지럽게 하는 것은 사람들의 인식 속에 비리와 불신이라는 단어를 깊숙이 집어넣으려는 거다. 그 후에 조태섭이 직접 나서서 천하그룹을 공격한다면? 사람들은 조태섭을 응원할 게 분명했다. 비리와 불신을 해결해 줄 정치인으로 생각할 게 당연하다.

희우는 전화를 들었다. 전화가 향하는 곳은 희아였다.

"신문 봤어?"

-응, 국회의원들 난리 났더라.

"다음은 천하그룹이야."

-뭐?

"김용준 회장이 잡혀갈 거야."

그녀는 잠시 말이 없었다. 희우가 그녀에게 말했다.

"천하그룹은 네가 가져."

-어? 난 관심 없어! 그렇게 되면 오빠들하고 싸우게 될 거야.

"그럼 조태섭에게 주든가."

하지만 그녀는 깊은 한숨을 내쉬며 말했다.

-일단 오빠가 잡혀가지 않도록 준비할게.

희우는 그녀와의 전화를 끊었다.

지검으로 향하는 버스 안에서도 희우의 머릿속은 복잡했다.

이전의 삶을 기억해 봐도 희아는 천하그룹 권력 구도에서 빠져 있었다. 애초에 그런 것을 싫어하는 그녀였다.

희우는 고개를 저었다. 세상에는 싫어도 해야 할 일들이 있었다.

천하그룹.

김용준 회장실의 문이 열렸다. 김용준은 자리에서 일어나 상석에서 물러섰다. 문이 열리고 들어온 사람은 조태섭이었다. 그의 걸음이 무겁게 움직였다. 그가 자리에 앉자 그제야 김용준이 숙였던 허리를 펴 들었다.

조태섭이 주변을 둘러보며 말했다.

"오랜만에 와 보는데, 나쁘지 않아."

"그동안 평안하셨습니까?"

"일이 바쁜 건 아는데 종종 연락도 하고 그래야 하지 않나?"

"죄송합니다. 정신이 없었습니다."

조태섭은 그의 말을 들으며 태연한 표정으로 다시 주변을 둘러봤다. 그리고 입을 열었다.

"이번에 JS건설에서 천하홀딩스의 주식 15%를 가진 것은 알고 있지?"

"네."

조태섭이 고개를 끄덕이며 계속 입을 열었다.

"내가 곰곰이 생각을 해 봤는데, JS건설이 돈을 준다고 해서 기정에서 쉽게 팔았을까?"

"거기까지는 제가 알지 못하고 있습니다."

조태섭의 눈이 가늘게 뜨였다. 그리고 천하그룹 김용준 회장을 죽일 듯 노려봤다.

"그게 말이 되나?"

"기정기업에서 일방적으로 판매한 것입니다. 저희가 파악한 것은 아마 의원님과 같을 겁니다. 내부적으로 알아보고 있으나 JS건설에서 협조하지 않고 있기에 시간이 조금 걸릴 것 같습니다."

조태섭이 고개를 저었다.

"천하그룹이 주식을 아무에게나 팔고 그러는가? 그것도 천하홀딩스의 주식을?"

김용준은 숨이 막히는 살기를 느꼈다. 하지만 그는 최대한 담담하게 입을 열었다.

"정말 모르고 있었습니다."

조태섭의 눈이 다시 찌푸려졌다. 지금 천하그룹은 그에게 비협조적이었다. 얼마 전 기자회견에서부터 마음에 드는 게 단 하나도 없었다.

잠시 화를 누그러뜨린 조태섭이 입을 열었다.

"오늘 국회의원 몇 명이 언론에 오르내리고 있는 것 알지?"

"……."

"자네의 부친인 김건영 회장도 몇 번이나 검찰의 조사를 받았고."

말을 제대로 듣지 않으면 천하그룹 역시 가만히 놔두지 않을 거라는 협박이었다. 김용준은 자기도 모르게 침을 꿀꺽 삼켰다.

앞에 있는 조태섭이라는 사람은 충분히 그런 힘을 가지고 있었다. 재력은 물론이고 권력이 가진 힘은 대한민국을 덮을 정도였다.

김용준이 천천히 입을 열었다.

"저는 장사꾼입니다. 세상 사람들은 재벌이라고 부르는 조금 큰 장사를 하기는 합니다만, 장사꾼의 아들로 태어나서 돈 버는 법만 배워 왔습니다. 이득이 남지 않으면 일을 하지 말라는 아버지의 가르침이 있었습니다. JS건설이 우리의 주식을 가지고 간 것은 저희에게는 어떤 이득도 남지 않는 일입니다. 이런 것에 제가 의원님께 거짓을 말하겠습니까?"

그의 말에도 조태섭의 인상은 풀리지 않았다.

이득이 없다고? 거짓말이었다. JS건설에서 경영 미참여와 우호 세력으로 남아 준다는 약속만 받아 냈어도 큰 이득이었다. 마음에 들지 않았다.

미간을 찌푸린 조태섭이 자리에서 일어섰다. 그리고 무겁게 입을 열었다.

"천하카드에 대한 압수수색이 시작될 거야."

"네?"

"이건 시작이야. 다음은 천하자동차, 천하호텔, 조선, 화학! 어디까지 조사가 들어갈지 모르겠어."

김용준의 눈이 떨려 왔다. 조태섭이 계속해서 입을 열었다.

"천하그룹이라는 굴지의 대기업이 세계적으로도 이름을 알리고 있는 건 알고 있어. 그 경제적 파급효과 역시 어마하지. 그런데 말이야, 내가 요즘 이런 생각이 들어요. 계속해서 대기업에 퍼 주기만 하는 게 과연 맞는 걸까? 십수년을 정치권에서 생활하며 느낀 점 중의 하나가 우리나라 경제 문제예요. 천하그룹이 더 커져서 우리나라의 산업 전반을 차지하기 전에 중소기업을 키워 내실을 더 다지는 건 어떨까? 그렇게 된다면 사회 불균형도 어느 정도 해소가 될 것 같은데."

"······."

"대기업에 대한 경제적 집중과 집약이라는 말에 요즘 고민을 하고 있는 중이네."

정치적으로 대기업에 대한 모든 규제를 움직이겠다는 말이었다.

정치적으로 죄기 시작한다면 기업은 성장하기가 어렵다. 김용준이 고개를 숙이며 어렵게 입을 열었다.

"알아보겠습니다. JS건설과 기정기업에 대해 알아보겠습니다. 조금만 시간을 주십시오."

"그래, 알아봐야지. 그런데 일단 천하카드에 죄가 없기를 바라야 하지 않겠나? 나는 그것이 우선순위라고 보는데."

"죄송합니다."

"죄송할 게 뭐가 있나? 우리나라 검찰이 죄가 없는데 잡아가고 그러지는 않아요."

조태섭은 자리에서 일어나서 그대로 회장실을 벗어났다.

문이 닫히고, 김용준은 세게 테이블을 내리쳤다. '쾅!' 하는 소리가 홀로 남은 공간을 채웠다. 굴욕적이었다.

국내 최고의 회사 회장으로 있다고 해서 좋을 게 없었다. 김용준은 조태섭의 손아귀에 있는 것이나 다름없었다. 권력이 가지고 있는 무서움은 상상 이상이라는 걸 그는 잘 알고 있었다.

깊은 한숨을 내쉬며 그는 전화를 들었다.

"이쪽으로 와."

-앞이야. 기다리고 있었어.

수화기 속의 목소리와 함께 회장실의 문이 열렸다. 들어온 것은 희아였다. 김용준이 굳은 표정으로 그녀를 바라봤다.

또각또각 그녀의 하이힐 소리가 공간을 울렸다.

그녀가 가까이 오자 김용준이 입을 열었다.

"조태섭은 네가 말한 대로 움직이고 있어."

희아는 어떤 말도 하지 않고 김용준의 맞은편에 앉았다.

그녀는 순간적으로 희우를 떠올리고 있었다. 희우가 말한 대로 조태섭이 움직였다. 그리고 계속해서 희우의 말대로 돌아간다면, 김용준은 아버지 김건영 회장처럼 굴욕적인 조사를 받게 될 것이다.

아니, 이번에는 조사에서 끝나지 않고 구속이 될 수도 있었다. 김용준이 가진 힘은 아직까지 김건영에 비해 한참이나 모자랐다. 정치권의 공격을 막기에는 무리였다.

그녀는 일그러진 김용준의 얼굴을 보며 정말 자신이 저 자리에 가야하는지 생각에 빠졌다.

희우의 목소리가 계속해서 그녀의 머릿속을 울렸다. 희우는 그녀에게 회장의 자리에 오르라고 쉬지 않고 종용했다.

결국 그녀는 지금까지 긴 시간 지루하게 이어 오던 생각을 끝냈다.

그녀의 표정이 차갑게 변했다. 그리고 입을 열었다.

"오빠가 다 가지고 들어가."

"뭐? 뭘 다 가지고 들어가?"

"모든 죄를 오빠가 짊어지라고. 탈세 말고도 몇 가지 있지?"

김용준의 얼굴이 구겨졌다. 그는 이를 꽉 물고 분노에 찬 목소리로 입을 열었다.

"내가 구속되면 회사가 정상적으로 흘러갈 거 같아? 자혁이 그놈은 이 자리를 지킬 수 없어!"

자혁은 둘째의 이름이었다. 희아가 고개를 저었다.

"둘째 오빠에게 그 자리를 주지는 않을 거야."

"그럼?"

"내가 가질래."

"뭐?"

김용준의 눈빛이 떨려 왔다.

지금까지 그녀는 그룹의 자리에 욕심을 낸 적이 단 한 번도 없었다. 그래서 그녀를 경쟁자로 생각하지 않았다. 그녀가 많은 주식을 가졌어도 별 관심을 두지 않았던 이유였다. 그런데 뜬금없이 회장의 자리에 오르겠다니 당황될 수밖에 없었다.

그의 얼굴을 보고 있던 그녀가 아직 식지 않은 찻잔을 바라보며 말했다.

"조태섭은 차가 식기도 전에 오빠의 정신을 흔들리게 만들었어. 오빠는 조태섭을 이길 수 없어."

"……."

김용준이 가만히 그녀를 바라봤다.

그녀가 말을 이었다. 그 목소리는 차가웠다.

"걱정하지 마. 내가 노리는 건 그 자리가 아니야. 그룹의 정상화야."

김용준의 입에서 무거운 한숨이 길게 흘러나왔다.

그녀가 찻잔을 들어 기울였다. 물이 쪼르르 흘러나와 바닥에 흐를 때 그녀가 다시 말을 이었다.

"조태섭의 입이 닿았나? 아니면 손도 대지 않았나? 어쨌든 그놈에게 대접하려고 놓았던 차잖아. 더러워."

"……."

"그때도 말했지? 보고서 작성해서 이야기하는 게 아니라고. 알겠지만 이제 천하그룹의 최대 주주는 나야."

김용준의 시선이 땅으로 떨어졌다. 그와 함께 찻잔에 들어 있던 물이 모두 떨어졌다. 그녀의 나직한 목소리가 다시 흘렀다.

"오빠가 돌아오면, 그 자리 다시 줄게."

"……."

"죄는 오빠가 모두 짊어져. 그리고 날 믿어."

김용준은 힘없이 고개를 끄덕였다.

CHAPTER 48

조태섭이 타고 있는 차량은 그의 자택으로 이동하고 있었다.

창밖을 바라보며 생각에 빠졌던 조태섭이 한지현에게 말했다.

"박상만이라는 놈한테 다시 전화하도록 해. 두 번이나 말을 했는데 듣지 않는다면 어른으로서 혼쭐을 내 줘야지."

"알겠습니다. 다시 전화하도록 하겠습니다."

조태섭의 자택에 도착한 후 그녀는 바로 자신의 사무실로 들어갔다. 상만에게 전화를 하기 위해서였다.

그런데, 전화기 앞에 선 그녀가 무거운 한숨을 내쉬었다.

조태섭은 그녀에게 박상만에 대한 조사를 해 오라고 계속해서 요구를 했었다. 그때마다 그녀가 했던 말은 '며칠 걸린다고 합니다.'였다.

그 이유.

그녀는 서랍을 열었다. 박상만에 대해 조사한 파일이 나왔다.

파일을 들어 본 그녀는 다시 한숨을 내쉬었다.

파일에는 상만의 통화 내역이 적혀 있었다. 그가 전화를 가장 많이 하고 있는 인물이 김희우였다.

그녀는 파일을 한 장 넘겼다. 사진이 보였다. 사진에는 희우와 만나고 있는 상만의 모습이 있었다.

그녀는 언젠가 희우가 '약속은 지키겠습니다.'라고 했던 말을 떠올렸다. 그 말이 어떤 의미인지 그녀로서는 아직까지 알지 못했다. 하지만 왠지 그 말이 그녀가 꿈꾸고 있는 것과 같은 길을 이야기하고 있다는 생각이 들었다.

그녀는 파일을 책상에 올려 둔 후 전화기를 들었다. 그녀의 전화가 향하는 곳은 희우였다.

-네, 김희우입니다.

"한지현입니다."

-말씀하세요. 의원님이 보자고 하나요?

"박상만을 알고 있습니까?"

희우의 목소리가 멎었다.

그녀가 말했다.

"알고 계시군요."

-네.

희우는 사실대로 말했다.

상대가 이 정도까지 이야기했다는 것은 이미 확정을 지었다는 것이다. 이런 때에 거짓을 말한다는 건 도움이 되지 않았다.

그녀가 말했다.

"의원님께서 박상만 대표를 만나고자 합니다. 이번에도 거절한다면 어떤 제재가 가해질지 모릅니다. 아마……."

그녀는 말을 잇지 않았다.

하지만 희우는 그녀가 한 말을 한 번에 이해했다. 상만이 죽을 수도 있다는 것이었다. 희우가 말했다.

-5분 후에 박상만 대표에게 전화해 보십시오. 조태섭 의원님과 만나겠다는 약속을 잡을 겁니다.

"알겠습니다."

그녀가 전화를 끊으려 할 때 희우의 목소리가 들렸다.

-잠시만요.

"말씀하세요."

-조태섭 의원님께는 왜 보고하지 않는 거죠?

그녀는 잠시 어떤 말도 하지 않았다. 그녀는 생각했고, 건조한 목소리로 대답했다.

"저도 모르겠습니다."

전화를 끊은 그녀의 눈동자가 심하게 흔들리기 시작했다.

희우의 계획이 확실해지는 순간이었다.

조태섭을 향해 옥죄 오고 있는 검은 그림자, 그것은 희우였다.

그녀의 입에서는 쉬지 않고 한숨이 흘렀다. 어떻게 움직여야 할지 많은 생각이 머릿속을 울렸다.

시간이 흘러갔다. 희우가 말한 5분이 한참 지난 후에야 그녀는 상만에게 전화를 걸었다.

"조태섭 의원님의 비서실장인 한지현입니다. 의원님이 한번 뵙고 싶어 하는데 시간이 괜찮으십니까?"

-네, 좋아요. 오늘 어떠신가요?

"여쭤본 후에 다시 전화 드리겠습니다."

전화를 끊은 그녀는 조태섭의 서재로 향했다. 그리고 말했다.

"오늘 밤, 만나자는 제의가 왔습니다. 의원님의 저녁 스케줄은 따로 없습니다. 어떻게 하시겠습니까?"

조태섭이 고개를 끄덕였다.

"좋아. 이제야 어떤 놈인지 만나 볼 수 있겠어."

조태섭의 입가에 잔인한 미소가 걸렸다.

그날 저녁.

조태섭의 차량이 서울 외곽의 한식집으로 향했다. 약속 시간보다 한 시간이나 이른 시각이었다.

조태섭은 널찍한 공간에 앉아 홀로 술을 따랐다.

조르륵.

술이 작은 술잔에 채워졌다. 그는 채워진 술잔을 들어 기울였다.

약속 장소에 늦게 가는 것도 일찍 오는 것도 모두 이유가 있었다. 지금 이 자리에 일찍 온 것은 생각을 정리할 시간이 필요했기 때문이다.

조태섭은 작은 잔에 술을 따라 마시며 계속해서 생각에 빠졌다.

박상만은 요즘 들어 조태섭의 행보에 사사건건 거치적거렸다. 의도했는지 의도하지 않았는지는 몰라도, 조태섭보다 한발 앞서 움직이는 것만큼은 칭찬해 주고 싶었다.

하지만 거기까지였다.

만약 자신이 내민 술잔을 받는다면 자신의 자금을 관리하게 하고 박상만의 손에 천하그룹을 쥐어 줄 것이다. 하지만 술잔을 받지 않는다면 박상만이 가지고 있는 모든 것을 빼앗아 밑바닥을 보여 줄 것이다.

조태섭은 그 정도의 힘은 가지고 있었다.

그리고 30분이 지났다. 조태섭이 다시 술잔을 채우고 있을 때 문밖에서 한지현의 떨리는 목소리가 들렸다.

"손님 오셨습니다."

조태섭이 고개를 갸웃거렸다.

목소리가 떨린다? 웬만한 일로는 긴장을 하지 않는 그녀의 목소리가 떨리는 이유가 궁금했다.

그는 의아한 표정으로 문을 바라봤다.

그리고 문이 열렸다. 그런데, 나타난 것은 상만이 아니라 희우였다.

조태섭의 눈빛이 순간적으로 여러 번 변했다.

처음에는 김희우가 왜 나타났는지에 대한 호기심이었고, 두 번째는 모든 것을 이해했다는 눈빛이었다. 그리고 지금 조태섭의 눈빛은 무섭다는 표현 외에는 존재하지 않았다. 말 그대로 불같은 눈빛이었다.

조태섭의 눈동자가 무섭게 희우를 노려봤다. 그리고 노기 띤 목소리로 말했다.

"지금 여기는 어쩐 일이지?"

"박상만을 찾는다기에 왔습니다."

희우는 그의 눈빛을 담담히 정면으로 받으며 그의 앞으로 걸어왔다. 그리고 조태섭의 맞은편에 앉았다.

조태섭이 다시 입을 열었다.

"난 박상만을 보자고 했는데 왜 자네가 온 거지?"

"알면서 왜 물어보세요?"

"……!"

"박상만에게 지시하고 움직인 건 나예요."

"뭐라?"

희우가 계속 입을 열었다.

"그러니까 애꿏은 상만이 건들지 말고 나하고 이야기합시다."

"하하하."

조태섭이 웃기 시작했다. 그 목소리가 조용한 공간을 가득 채웠다. 그리고 한참을 웃던 조태섭의 웃음이 뚝, 하고 끊겼다.

"지금 네가 하는 말이 무슨 뜻인지 알고 하는 소린가?"

"모르고 오지는 않았습니다."

희우의 눈도 매섭게 빛났다. 그 눈빛 역시 조태섭에게 밀리지 않았다.

조태섭이 고개를 저었다. 그리고 다시 입을 열었다.

"기회를 주지. 이 정도까지 했으면 괜찮은 실력을 가지고 있어. 난 지난 과오보다 앞으로 잘할 수 있는 능력을 중시하는 사람이야. 일어나서 무릎 꿇고 반성하도록 해."

"하하하하."

이번에는 희우가 웃기 시작했다. 그리고 웃음을 뚝 멈추며 말을 이었다.

"난 그릇이 작아서 지난 과오를 잊을 수 없겠네요. 당신이 일어나서 무릎 꿇고 반성한다고 해도 봐줄 생각 없어요."

"……!"

"이봐요, 조태섭 씨. 내가 당신한테 편하게 말하고 싶은 걸 참느라 얼마나 힘들었는지 알아요?"

"……."

"그러니까 피차 힘 빼는 일은 그만합시다."

조태섭의 표정은 변화가 없었다.

희우를 적으로 생각한 후부터는 어떤 감정의 변화도 얼굴에 드러내지 않았다. 상대에게 정보를 주는 건 작은 표정이라고 하더라도 손해라는 걸 그는 잘 알고 있었다.

조태섭이 찻잔을 들어 입에 댄 후 다시 말을 이었다.

"좋아, 힘 빼지 말지."

그가 손뼉을 한번 치자 미닫이문이 열리고 한지현이 들어왔다.

조태섭이 그녀에게 말했다.

"로비스트 전투기 사업 관련 문서 있지? 이놈이 국방부 장관하고 장성들 연락처 적어 준 거, 그거 준비해 둬. 검사가 타인의 개인 정보를 함부로 확인했어. 로비스트한테 빠져서 하지 말아야 할 행동을 했지."

희우가 피식 웃었다.

"김세연 말하는 겁니까?"

조태섭이 고개를 끄덕였다.

"요즘에도 만나고 있나?"

"그거 녹음해 뒀습니다. 조태섭 의원님이 시켰다는 말이 또박또박 들어가게 해서."

조태섭의 입가에 미소가 걸렸다. 그가 술잔에 술을 채웠다. 그 행동은 무척이나 여유로워 보였다. 그렇게 조태섭은 채워진 잔을 희우의 앞에 뒀다. 그리고 희우의 앞에 있던 잔을 자신의 앞으로 가지고 와서 다시 술을 따랐다. 그들이 앉아 있는 공간엔 쪼르르 술 따르는 소리만 들려왔다.

술을 다 따른 후에 조태섭은 잔을 들었다.

희우 역시 앞에 있는 잔을 들어 그와 부딪쳤다.

조태섭이 술을 마시고 상에 내려놓으며 입을 열었다.

"아까워, 정말 아까워. 하지만 힘을 빼지 말자고 했으니 더 이상 설득하기는 어려울 것 같고. 어떻게 해 줄까? 옷 벗게 해 줄까? 아니면 무인도에 지청 하나 만들어 줘?"

"사양할게요. 대신 그냥 사양하면 미안하니까, 나는 당신을 안양 교도소로 보내 줄까요? 아니면 특별히 원하는 교도소 있나요? 그런데 나는 높은 사람들이 감옥 가서 호텔처럼 여유롭게 있는 거 보기 싫어하거든요. 다른 죄수들이랑 똑같은 방 쓰게 할 건데, 괜찮죠? 정치 잘하시니까 거기서 방장 하면 되겠네."

조태섭이 피식 웃었다. 그리고 물었다.

"나에게 왜 이러는 거지? 지금 하는 짓을 보고 있으면 나한테 원한이 있는 것 같아."

"있었지요. 그런데 그건 말해도 알아들을 수 없을 거고, 순수하게 법조인으로서 당신에게 이야기하는 겁니다. 당신은 이곳에 있으면 안 돼요. 감옥이 어울려요."

"무슨 말 하는지 알았으니 가 보도록 해. 이야기를 더 듣자니 술맛이 너무 떨어지겠군."

"네, 그럼 나중에 뵙도록 하죠. 술 맛있게 드세요. 조금 있으면 못 먹을 테니까."

두 사람이 지금 나누는 대화의 억양만 듣고 있으면 친근함이 가득 묻어 나오고 있었다.

문밖으로 나가는 희우에게 조태섭이 입을 열었다.

"하나 알려 주지."

"……."

"자네가 박상만이라는 놈을 정말 아끼고 있다면 지금 이 자리에 나왔으면 안 되는 거였어."

"……!"

"자네가 정체를 드러낼 정도로 박상만을 아낀다면 내가 어떻게 하겠나?"

희우의 눈가가 찌푸려졌다.

조태섭이 술잔을 들어 마시며 계속 말했다.

"상대가 가장 아파하는 곳을 건드는 게 정치권의 싸움이라네."

"좋은 거 알려 주셔서 참 감사합니다."

희우는 뚜벅뚜벅 자리에서 벗어났다. 그의 뒷모습을 바라보는 한지현의 눈동자에는 복잡한 심정이 가득했다.

희우가 떠나고, 조태섭의 시선이 한지현에게로 향했다. 그녀는 언제나처럼 문 앞에 서 있었다.

"김희우의 주변인들에 대해 조사해 봐. 이번엔 가족이 아니라 초등학교 1학년 때 짝이었던 놈까지 찾아. 그리고 그 사람들이 가진 치부 하나까지도 모두 조사해 오도록 해."

"알겠습니다."

그녀는 고개를 숙인 후 문을 열고 밖으로 나갔다.

조태섭은 이제야 자신의 앞에 김희우라는 존재가 이빨을 드러내고 있음을 알았다.

"멍청했어."

조태섭은 희우의 능력을 눈으로 보면서도 큰 신경을 쓰지 않고 있었다. 아직 어린놈으로 생각했기 때문이다. 하지만 그 탓에 김석훈과 박대호가 잘려 나갔다. 그리고 천하그룹이라는 큰 먹잇감마저 빼앗길 위기에 처했다. 희우는 조태섭의 앞길을 하나씩 가로막고 있던 거다.

생각하던 조태섭의 눈에 잔인한 기운이 가득 찼다.

조태섭이 다시 한지현을 불렀다. 그리고 입을 열었다.

"김진우 보좌관 불러."

"네, 알겠습니다."

그녀가 조태섭의 곁을 떠나려 할 때 그가 그녀를 멈춰 세웠다.

"중앙 지검의 이민수 검사도 불러."

"네? 이민수 검사는 김희우 검사와 같이 학교를 다닌 적이 있습니다. 그리고 최근까지도 함께 어울렸던 것으로 조사되었습니다."

"불러. 놈이 말하는 게 거짓인지 진실인지만 판단하면 되는 거 아닌가?"

"알겠습니다."

조태섭의 눈이 차가워졌다.

잠시 후, 김진우 보좌관이 도착하기 전 민수가 먼저 들어왔다. 그가 조태섭을 향해 고개를 숙였다.

"안녕하십니까?"

조태섭이 입을 열었다.

"앉아."

"네."

민수는 조태섭의 앞으로 와 앉았다.

그가 자리에 앉자 조태섭이 낮은 목소리로 물었다.

"김희우 검사와 친한가?"

"나쁜 사이는 아닙니다."

"김희우 검사의 수사 스타일을 말해 봐."

"네, 일단 검사 중에는 몇 없는 스타일 중 하나입니다. 직접 현장에서 조사하는 걸 상당히 좋아하니까요."

"그리고?"

"갖가지 방법으로 상대방을 조이는 것 역시 즐겨 합니다."

조태섭의 눈이 가만히 민수를 바라봤다. 그 눈빛은 숨이 막힐 듯 민수를 압박해 왔다. 조태섭이 천천히 입을 열었다.

"자네가 희우와 붙는다면 막을 수 있겠는가?"

민수는 잠시 생각에 빠졌다. 그리고 말했다.

"스타일을 갑자기 바꾸지 않고 지금까지의 형태로 움직인다면 가능할 것도 같습니다. 아무래도 희우가 어떻게 움직일지 그 길을 알고 있기 때문에 큰 어려움은 없으리라고 생각합니다."

"좋아."

조태섭은 민수에게 더 이상 묻지 않았다.

민수가 떠나고, 조태섭이 한지현에게 말했다.

"윤종기 검찰총장에게 조만간 만나자고 연락해."

"네."

그녀가 문을 닫고 전화번호를 누르고 있을 때 조태섭은 다시 찻잔을 들어 입에 대었다.

"상대방을 조이는 걸 좋아한다? 그런 건 나도 상당히 좋아하는 방법이야."

그사이 미닫이문 밖에 서 있던 한지현은 한숨을 내뱉었다.

조태섭이 온 신경을 김희우에게 집중했다. 이렇게 나온다면 희우가 그를 이길 수 있는 방법은 존재할 수가 없었다. 호랑이와 토끼의 싸움이나 마찬가지였다.

그리고 잠시 후, 보좌관인 김진우가 들어왔다.

"부르셨습니까?"

"앉아 봐. 오랜만에 재밌는 적이 나타났어."

"네? 적이라뇨?"

"오랫동안 너무 평화롭지 않았나? 이제 싸워야 할 시간이야."

"상대는 누구입니까?"

"김희우."

548

"네?"

김진우는 눈을 깜박였다.

김희우라는 이름은 그도 익히 알고 있었다. 조태섭이 옆에 두고 중히 쓰려고 했던 인물 중 하나였기 때문이다. 그런데 갑자기 희우가 적이라니 의아할 수밖에 없었다. 게다가 김희우라는 인물은 능력도 좋고 나쁘지 않았지만, 그렇다고 해서 조태섭의 상대가 될 수는 없었다.

김진우가 멍하니 있자 조태섭이 입을 열었다.

"조심하도록 해."

"네, 알겠습니다. 그런데 왜 김희우를 말씀하신 겁니까? 그 정도라면 금방이라도 무너뜨릴 수 있지 않습니까?"

조태섭이 고개를 저었다.

"자네가 잘못 생각하고 있어."

"네?"

"내가 누구를 두려워할 것 같나? 황진용? 아니면 다음 대통령?"

"……."

"난 늙은이들은 두렵지 않아. 나이가 들수록 지켜야 하는 게 많고 체면이란 걸 생각하거든. 하지만 젊은 사람은 아니야. 체면이 없어. 두려운 게 없어. 지켜야 할 게 없어."

"……."

"어린놈이 이를 드러냈네. 철저하게 준비해서 짓밟도록 해."

"네, 알겠습니다."

"그리고 박대호에게서 주식을 되찾아오라 했는데 아직까지 성과가 없나?"

"박대호에게는 그 주식이 지금 의원님과 연결될 수 있는 유일한 고리입니다. 쉽게 포기할 것 같지는 않습니다."

조태섭이 고개를 저었다.

"박대호는 버려. 그 차명 주식을 가지고 있는 사람을 만나서 가지고 오면 되는 거잖아."

"네, 그래서 저도 차명 계좌의 주인을 찾고 있는데……."

김진우가 뒷말을 흐렸다. 동시에 조태섭은 또 불길함을 느꼈다.

그리고 김진우가 입을 열었다.

"사라졌습니다."

"뭐라고? 사라졌다고?"

김진우가 고개를 끄덕였다.

"네, 사라졌습니다. 박대호가 구속된 후에 어디론가 숨은 것 같은데 찾지를 못하고 있습니다."

"당장 찾아!"

조태섭의 목소리가 살기를 가득 담아 터져 나왔다.

기정기업에서 가지고 오려 했던 15%는 사라졌지만 그래도 아직 천하그룹에 자신이 있던 이유가 바로 차명 계좌에 들어 있는 15%의 지분 때문이었다. 그 지분을 가지고 있다면 언제든 분란을 일으키고 형제끼리 싸움을 만들어 낼 수 있었다. 그런데 그 주식이 모두 사라졌다.

조태섭은 이를 꽉 다물었다. 이 일도 김희우와 연관되어 있을 것처럼 느껴졌다. 순간 그가 벌떡 일어섰다. 그리고 김진우에게 말했다.

"김희우와 박상만을 감시해. 아니, 그 주변의 인물들에게도 모두 사람을 붙여 놔. 틀림없이 그놈이다."

"네? 그런데 그렇게 하면 너무 많은 사람을 감시해야 해서 한 사람당 감시하는 인원이 적어지게 됩니다."

"지금 그게 중요한가?"

"알겠습니다."

며칠이 지났다.

황진용 의원은 홀로 앉아 있었다. 그와 함께 정치를 했던 의원들이 단 며칠 사이에 모두 검찰과 언론의 집중포화를 받고 있었다. 그 의원들은 모두 황진용 의원의 측근이었다.

황진용 의원과 함께하면 조태섭에게 당한다는 소문이 의원들 사이에 빠르게 퍼졌다. 그랬기에 누구도 황진용 의원의 옆으로는 다가오지 않았다. 괜히 그의 옆에 갔다가 조태섭의 심기를 건드릴 필요는 없었다.

황진용은 한숨을 내쉬었다. 곁에 사람이 오지 않을 거라는 생각은 하고 있었다. 하지만 이렇게까지 혼자가 될 거라는 생각은 하지 못했다.

가만히 휴게실에 앉아 있던 그는 의자에서 일어섰다. 아무도 반기지 않는 국회에서 더 이상 머무를 필요는 없었다.

그때 그의 핸드폰이 울렸다. 유빈이었다.

"아, 박 기자."

-의원님 어디세요? 잠깐 뵙고 싶어서요.

황진용 의원이 말했다.

"어디서 볼까? 나도 마침 여기서 뒷방 노인 취급받고 있어서 다른 곳으로 이동하려고 했어."

잠시 후, 황진용은 유빈과 여의도의 한 호텔 식당에서 만났다.

유빈이 말했다.

"요즘 어떠세요? 힘드시죠?"

"쉽지는 않지. 내 옆에 남아 있는 사람이 없어."

정치는 세력 싸움이다. 세력이 만들어지지 않는 이상 상대를 이길 수 없는 게 정치판이었다. 유빈이 차를 들어 마시며 입을 열었다.

"희우가 조태섭 의원에게 선전포고를 했다고 합니다."

"뭐? 그게 무슨 말이야?"

황진용 역시 희우에게 확실한 말을 듣지는 못했지만 그가 조태섭을 목표로 삼고 있다는 것은 어렴풋이 알고 있었다. 황진용이 고개를 저었다.

"아까운 친구를 잃게 생겼어."

"그래서 찾아왔습니다. 어렵겠지만 의원님이 조태섭 의원을 막아 주실 수는 없나요?"

"알지 않나? 내가 무슨 힘이 있겠나? 내 옆에 있었다는 이유만으로 의원들이 뭇매를 맞고 있어. 그리고 다음 총선도 어려울 수 있다고 봐."

황진용은 굳은 표정으로 앉아 있었다.

잠시의 시간이 흘렀다. 황진용이 무겁게 입을 열었다.

"그래도 움직이기는 해야겠지."

유빈이 고개를 끄덕였다.

"의원님이 도와주시겠다는 말을 한다면 희우가 말하라고 했습니다."

황진용이 물끄러미 유빈을 바라봤다. 그녀가 말을 이었다.

"희우가 부탁 하나를 해 왔습니다."

"부탁? 뭐지? 또 기자회견을 열어 뭔가를 폭로하라는 건가?"

"아니요. 그런 일이 아니에요. 쉬울 수도 있고 어려울 수도 있는 일입니다."

그녀는 황진용에게 어떤 이야기를 했다.

황진용이 고개를 갸웃거렸다.

"어려운 일은 아닌데, 그게 김희우 검사에게 어떤 필요가 있는 거지? 국회의원 하나를 더 안다고 해서 도움이 될 수는 없지 않나?"

"거기까지는 저도 잘 모르겠어요. 희우가 생각하는 게 어떤 그림인지 잘 보이지 않아요."

희우는 휴게실에서 창밖을 보고 있었다. 바쁜 시간이었지만 지검 자체가 무척 복잡하게 흘러가는 중이었기에 뭔가 일을 하기는 어려웠다.

희우가 조태섭에게 선전포고를 한 이후 지검에는 인사이동의 바람이 불고 있었다. 지성호는 경상도로, 규리는 강원도로 발령을 받았다. 희우와 조금이라도 관련이 있는 사람은 모두 중앙 지검에서 다른 곳으로 발령을 받고 있었다.

희우는 창밖을 바라보며 피식 웃었다.

조태섭이 이런 무리수를 벌일 줄은 몰랐다.

김석훈이 구속되며 검찰의 장악력이 떨어진 조태섭이었다. 물론 지금 검찰총장인 윤종기와 중앙 지검장을 자신의 사람으로 삼았지만 거기까지였다. 아직 검찰의 모든 주요 인사를 손아귀에 넣지는 못했다. 이런 와중의 무리한 인사이동, 이것은 검사들의 불만을 야기할 수 있는 일이었다.

창밖을 보던 희우가 다시 중얼거렸다.

"나는 왜 다른 곳으로 보내지 않지?"

조태섭은 윤종기와 마주 앉아 있었다. 윤종기가 입을 열었다.

"김희우도 다른 곳으로 보내는 게 좋지 않을까요?"

조태섭이 고개를 저었다.

"아니야. 혼자서는 아무것도 할 수 없다는 절망감을 줘야 해. 지금 다른 곳으로 보낸다면 반발심만 생길 뿐이야. 구석에 몰린 쥐 새끼가 이빨을 드러내는 것은 위험하다네. 손자병법에도 나오지 않나? 구석에 몰린 적에게는 도망갈 수 있는 퇴로를 만들어 주라고."

희우는 고개를 저었다.

"미안하지만, 난 조급하지 않아. 넌 내 계획대로 움직이고 있으니까."

희우는 손바닥을 쫙 펴서 바라봤다.

희우의 손바닥에는 천하그룹이 들어왔다. 그리고 조태섭은 자신의 손에 있던 김석훈과 박대호를 잃었다.

희우가 다시 입을 열었다.

"조급한 건 내가 아니라 너다."

희우의 옆으로 지성호가 다가왔다.

"넌 내가 가는데 인사도 안 하냐?"

"조만간 다시 봐요."

"싫어. 안 봐."

지성호가 툴툴거렸다.

희우가 말했다.

"며칠 전 말씀드렸던 거 소문 좀 잘 부탁드릴게요."

"걱정하지 마라. 큰 놈을 잡는다는데 그 정도 도움은 줘야지."

희우는 전화를 들었다. 규리였다.

"강원도에서 소문 좀 내 줘."

-어떤 소문?

"조태섭과 연관이 있는 사람이라면 김석훈 검사처럼 변을 당한다는 말을 흘려 줘. 너도 그렇게 이동한다는 말을 전하고."

규리는 고개를 끄덕였다.

-소문이라도 찔리는 사람들이 많겠네. 김석훈 지검장 이후 여진이 남아 있는 상태에서 또 대대적인 인사이동이 일어나고 있으니까.

희우가 말했다.

"그래, 잘 다녀와."

규리는 빙긋 미소 지었다.

-꼭, 이겨라.

전화를 끊은 희우는 다시 창밖만 바라봤다.

자신 때문에 일어나고 있는 일이었다. 급하게 검찰을 빠져나가는 검사들을 보며 희우는 조용히 한숨을 내쉬었다. 마음이 편할 수는 없었다.

희우의 핸드폰이 울렸다. 한지현이었다.

"네."

-의원님을 바꿔 드리겠습니다. 잠시만 기다리십시오.

"네."

잠시 후, 조태섭의 목소리가 수화기 너머로 흘러나왔다.

-마지막으로 기회를 주려고 전화를 걸었어. 아무리 생각해도 너만큼의 능력을 짓밟는다는 건 아깝거든.

"내 능력을 이렇게 높게 평가해 주는 건 의원님밖에 없습니다. 감사하네요."

-내 아래에서 일을 하도록 해.

"제가 아래에서 일을 하다가 뒤통수를 치면 어떻게 하려고 그럽니까?"

-꼬리를 감춘 개는 무섭지 않아.

그 말에 희우는 피식 웃었다. 꼬리를 감춘 개라는 말은 이전의 삶에서 죽기 직전에 검은 양복에게서도 들은 바 있었다.

조태섭이 계속 말했다.

-지금 자네를 보고 있는 다른 검사들의 눈빛이 어떻지?

중앙 지검에서 희우를 보는 시선은 좋지 않았다. 연관된 모든 사람이 다른 곳으로 빠져나가는 상황에 희우에 대한 인식이 좋을 수는 없었다.

조태섭이 말을 이었다.

-계속 주변 사람들에게 미움을 받고 싶은가?

"이봐요, 조태섭 씨. 유치하게 하지 맙시다. 그 나이에 따돌림을 시키려고 그러세요? 따돌림 이야기하니까 하나가 떠오르는데, 혹시 산타 썰매를 끄는 루돌프 이야기 알고 있나요?"

-······.

"루돌프가 따돌림을 당했는데 나중에 산타가 와서 썰매를 끌게 해 주니까 주변 사슴들이 좋아했다는 이야기요. 거기 보면 루돌프를 따돌렸던 주변 사슴들이 어떤 벌을 받았는지는 안 나오잖아요? 집단 따돌림을 시켰던 장본인들인데 루돌프가 용서를 해 주니까 그냥 아무 일 없던 것처럼 넘어갔어요. 그놈들은 끝까지 사과하지 않았죠."

-지금 하고 싶은 말이 뭐지? 내가 산타라는 건가?

"아뇨. 당신은 따돌림을 주도한 사슴입니다. 난 용서할 생각 없고 합의 볼 생각도 없으니 죄 하나 더 추가되었네요. 그럼 끊겠습니다."

그날 밤, 희우는 일찌감치 퇴근해서 집에 있었다.

잠시 후, 상만이 문을 열고 들어왔다.

희우가 조태섭에게 선전포고를 한 이후 상만은 퇴근하면 항상 희우의 집으로 향했다. 이유는 간단했다. 낮 시간에는 성재와 연석이 가드를 하고 밤에는 희우가 가드를 하기 위해서였다.

"사장님, 저 왔습니다."

"천하그룹하고 합병은 잘되고 있어?"

"네. 그러니까 치킨!"

"잘 자."

희우는 다시 신문을 들고 집중했다.

상만이 침대에 벌렁 누우며 말했다.

"그래도 기업의 대표를 해 보니까 재밌네요."

며칠 후면 JS건설의 대표이사 자리에서 물러나야 할 상만이었다. 상만이 경영진에서 물러나는 조건으로 천하그룹과의 계약이 체결되는 중이었다. 희우가 신문을 보다가 상만에게 말했다.

"연석이도 잠시 동안은 우리 집에 와서 살라고 해. 어머니 간호는 다른 사람 붙여 주고."

"네? 하루 종일 붙어 있는데 그놈 얼굴을 밤에도 또 보라고요?"

"난 네 얼굴을 몇 년이나 보고 있는데 뭐 어때?"

"제 얼굴은 잘생겼잖아요."

"그리고 어서 자. 내일 나머지 주식 들고 오는 날이잖아."

"네! 알겠습니다."

내일은 박대호의 아내에게서 나머지 지분 15%를 받기로 한 날이었다.

다음 날, 박대호의 아내가 출국하는 날이 되었다. 희우는 공항으로 향했다. 운전은 상만이 했고 조수석에 성재가 앉았다. 그리고 성재의 뒤에는 연석이, 상만의 뒤에는 희우가 앉아 있었다. 만약의 사태에 대비해 단단히 준비한 것이었다.

그리고 희우가 생각하는 만약의 사태는 이미 벌어지고 있었다.

뒤를 쫓고 있는 차량이 있었다. 하지만 희우는 아직 누가 뒤쫓아 온다는 것을 알아차리지 못했다.

미행을 하고 있는 것은 15인승 승합차였다. 차량을 꽉 채워 타고 있는 사람들은 모두가 건장한 체격의 사내들이었다. 다행인 것은, 그중에 희우가 알고 있는 검은 양복은 없었다.

조수석에 타고 있던 한 남자가 전화를 들었다. 그리고 김진우에게 전화를 걸었다.

"인천공항으로 향하고 있습니다. 차량에 탄 사람 중 비행기 티켓을 구매한 사람은 없습니다."

-인천공항?

"네. 지금 가는 방향으로 봐서는 인천공항이 확실합니다."

-눈치 못 채게 조심히 쫓도록.

"알겠습니다. 계속 보고하도록 하겠습니다."

전화를 끊은 남자는 다시 희우가 타고 있는 승용차를 주시했다. 차량은 정확히 인천공항을 향해 가고 있었다.

그 시각, 김진우는 조용히 웃으며 고개를 저었다.

"주식을 받고 안전한 국가로 보내려는 생각인가? 너무도 뻔한 생각이야."

김진우는 다시 전화기를 들고 공항에 전화를 걸었다. 그리고 출국자의 명단과 여권 확인을 확실히 할 것을 지시했다.

다음으로 김진우는 조태섭에게 연락했다. 잠시 동안 조태섭에게 모든 것을 전했고 물었다.

"놈들을 잡을 시에는 어떻게 할까요?"

-폭력은 최대한 쓰지 않도록 해. 신사적으로 말하도록. 하지만 놈들이 말을 듣지 않고 만약의 사태로 흘러간다면 끝을 생각하고 빼앗도록 하게. 우리에게 그 지분은 향후 계획을 뒤집을 수도 있을 만큼 중요한 거야.

"알겠습니다."

김진우의 눈빛이 뱀처럼 변했다.

그 시각, 희우는 공항에 도착했다. 그리고 일행은 차량에서 내려 공항 안으로 들어갔다. 희우를 지켜보고 있던 남자들이 다시 김진우에게 연락했다.

"지금 공항에 도착했습니다."

-계속 감시하도록 해. 절대 놓치지 마!

"공항에서 대기하며 김희우를 감시하는 인원만 스무 명이 넘습니다. 그리고 이곳으로 지원을 오는 사람도 십여 명입니다. 걱정하실 필요 없습니다."

-혹시라도 놈들을 놓치게 된다면 큰 벌을 받을 거야.

사내들은 굳은 표정으로 희우를 쫓았다. 그리고 계단과 의자 등 공항 내부의 여러 곳에 흩어져 앉아 희우를 지켜봤다.

그들이 기다리고 있는 것은 단 하나였다. 누군가와 만나 뭔가를 주고

받는 순간, 덮쳐서 모든 걸 빼앗아 올 그 시간. 하지만 희우는 아무것도 하지 않은 채 공항에 가만히 앉아 있을 뿐이었다.

희우는 슬쩍 곁눈질을 했다. 이제는 희우도 자신의 뒤를 쫓는 사람들이 있다는 것을 눈치챘다. 뭔가를 하면서 계속해서 주변을 맴도는 사람들. 희우는 손가락으로 자신의 무릎을 치며 의심스러운 사람들의 숫자를 세었다.

'서른두 명.'

희우는 고개를 절레절레 저었다.

'많이도 끌고 왔다.'

저만큼의 인원이라면 지금 옆에 있는 연석과 성재라고 해도 무리였다.

희우는 손목을 들어 시간을 확인했다. 그리고 다시 핸드폰을 들었다. 어디에서도 연락은 오지 않았다.

의자에 앉아 있던 희우가 상만에게 말했다.

"신문 좀 사 와 봐."

"어떤 신문 가지고 올까요?"

"종류별로 다."

"영자 신문 가지고 와서 단어 맞추기 놀이 할래요?"

"그건 너 혼자 하고."

상만이 신문을 사기 위해 자리에서 일어섰다. 그 순간 사내들의 시선이 모두 상만에게 집중되었다.

시간은 초조하게 흘러가고 있었다.

그 시각, 인천항.

주차장에 차가 섰다. 그곳에서 내린 사람은 박대호의 아내와 어떤 남자였다. 그 남자가 천하그룹 차명 계좌의 주인이었다.

그들의 차량 옆으로 승합차 한 대가 멈춰 섰다. 차량에서 내린 것은 인천 지방법원으로 발령을 받은 전석규였다.

전석규가 입을 열었다.

"안녕하세요? 박상만 대표의 지시를 받고 왔습니다."

전석규의 옆으로 승합차에서 내린 건장한 사내들이 섰다. 그 사내들은 성재의 체육관에서 운동을 하고 있는 격투기 선수들이었다.

전석규가 말했다.

"이 사람들이 중국의 공항까지 동행할 겁니다. 그 뒤에는 어떻게 해야 할지 잘 아실 겁니다."

박대호의 아내는 긴장된 표정으로 주변을 살폈다. 다행히 의심스러운 사람은 없었다. 그녀는 그제야 조금 안심했고 전석규에게 물었다.

"여권은 가지고 왔나요?"

"네."

전석규가 주머니에서 여권을 꺼내 보였다. 그녀가 고개를 끄덕이며 말했다.

"네, 그럼 계약을 체결하도록 하죠."

잠시 후, 신문을 보고 있던 희우는 전화를 받았다. 전석규였다.

-주식양도 계약 끝났다. 그런데 너 도대체 뭘 하고 돌아다니는 거야? 박상만 대표는 뭐고 천하홀딩스 주식은 또 뭐야?

"나중에 설명 드릴게요. 고생하셨습니다."

희우는 전화를 끊었다. 그리고 상만에게 말했다.

"가자."

"끝났대요?"

"응."

상만이 주변을 두리번거렸다.

"그냥 비행기로 보내 주는 게 좋지 않았나요? 괜한 걱정이셨던 거 같아요. 보니까 감시를 당하는 것 같지는 않은데요?"

희우가 피식 웃으며 말했다.

"네가 알아채도록 감시를 하고 있으면 그게 감시냐?"

희우는 공항을 빠져나갔다. 그들을 감시하고 있던 남자들은 그저 멍하니 서 있을 뿐이었다.

남자가 눈을 껌벅거리며 김진우에게 전화를 걸었다.

"그냥 가고 있습니다."

-뭐?

"아무도 만나지 않았습니다."

-그게 무슨 말이야! 공항을 왜 갔겠어?

"……저도 잘 모르겠습니다."

-계속 주시하도록 해.

김진우는 전화를 끊었다. 그리고 끊어진 전화를 멍하니 바라봤다. 뭐가 어떻게 돌아가고 있는 상황인지 추측하기 어려웠다.

그는 입술을 씹으며 사무실을 서성거렸다.

뭔가 느낌이 좋지 않았다. 하지만 그것이 무엇을 의미하는지 알 수 없다는 게 지금 가장 큰 문제였다.

그 시각, 희우는 공항에서 나와 인천 지방검찰청으로 향했다. 미행을 하는 남자들도 검찰청까지 들어올 수는 없었다.

안으로 들어간 희우는 전석규와 만났다.

"청장님, 며칠 안 본 사이에 얼굴이 많이 좋아지셨네요?"

"너 요즘 무슨 짓을 하고 돌아다니는 거야?"

두 사람은 검찰청 안의 휴게실에 앉았다. 전석규가 음료수를 뽑아 희우에게 건네며 말했다.

"지성호는 경상도 쪽으로 갔다며?"

"네."

"요즘 인사이동이 심해졌어."

희우가 어색하게 웃었다. 자신 때문에 일어나고 있는 일이었다.

잠시 생각을 하던 희우가 입을 열었다.

"어떻게 생각하실지 모르지만 전 조태섭을 잡으려고 해요. 박상만이니 천하홀딩스니 하는 것은 다 그 계획의 하나고요."

희우의 목소리는 담담했지만 전석규는 크게 놀랐다.

"뭐? 누굴 잡아?"

"조태섭을 잡으려고요."

전석규의 눈빛이 떨려 왔다.

희우가 계속해서 말했다.

"일단 조태섭 의원에게 선전포고는 했습니다."

"선전포고를 했다고?"

전석규의 놀란 얼굴을 보며 희우가 장난스럽게 말했다.

"네. 옛날의 청장님처럼 저도 물불 안 가리고 권력과 싸워 보려고요."

하지만 희우의 장난스러운 표정과 달리 전석규의 눈빛은 차가워졌다.

그가 말했다.

"어려울 거야."

"쉽지는 않겠죠."

"그래서 JS건설 대표하고 손을 합쳐서 천하그룹 주식을 모으고 있는 거야?"

"네. 일단 조태섭의 자금줄을 완벽히 잘라야 하니까요."

전석규가 자리에서 일어서며 희우에게 말했다.

"잠깐만 기다려 봐."

잠시 사무실에 다녀온 전석규가 희우에게 서류 봉투를 건넸다.

"나도 지금 조태섭 의원을 쫓고 있거든."

"네?"

"관상용 나무가 되었어도 나무는 나무 아니야? 썩지만 않았다면 할 일을 해야지."

중앙 지검을 떠나던 날, 전석규는 말했다.

－흔들렸다는 게 중요해. 구부러지지 않는 나무가 흔들렸다는 건 이미 휘었다는 거야. 휘어진 나무는 관상용으로는 좋을지 몰라도 목재로는 쓰기 어렵지.

그리고 희우와 지성호에게 이렇게 덧붙였다.

－너희는 휘어지지 말고 정의롭게 살아라.

그렇게 말을 했던 전석규는 계속해서 조태섭을 노리고 있었다.

검사 생활을 하면서 단 한 번도 윗선과 타협하지 않았던 전석규가 조태섭의 달콤한 제의에 흔들렸다. 그는 그 흔들렸다는 자체가 부끄러웠고, 못내 마음에 남아 있었다.

전석규가 희우에게 말했다.

"난 조태섭과 한번 싸우고 검사를 그만두려고 했다. 아마 장렬하게 산화하는 걸 꿈꿨던 거 같아. 이길 생각은 하지 않았거든."

"……."

"그런데 너는 이길 생각을 하고 있구나?"

"……."

"내가 지금까지 모아 온 자료야. 나보다 너한테 더 필요할 것 같다. 물론 내가 모은 자료로 조태섭을 무너뜨릴 수는 없어. 정치인이란 존재는 웬만한 죄로는 잡을 수 없으니까."

"감사합니다. 꼭 잡겠습니다."

희우가 자리에서 일어서서 그에게 허리를 숙였다.

자료를 줬다는 게 감사한 게 아니었다. 이런 검사가 남아 있다는 것에 희우는 진심으로 감사했다.

전석규가 입을 열었다.

"더러운 세상이지. 법은 누구에게나 공평하다고 말을 하면서 정작 자신들은 치외법권에서 살고 있으니까."

지검에서 나온 희우는 천하그룹 경제연구소로 향했다. 그리고 희아와 만났다.

"나머지 지분 가지고 왔어."

희아의 눈빛이 떨렸다.

"보면서도 믿지 못하겠어. 어떻게 이렇게 할 수 있는 거지?"

"이제 네가 올라갈 차례야."

그녀는 한숨을 내쉬었다. 그리고 고개를 끄덕였다.

"내가 가진 지분까지 더하면 45%네."

"김용준 회장님의 21%까지 빼앗는다면 66%야. 완벽한 지배 구조가 완성되는 거지."

"오빠 것까지 뺏는다고?"

"네가 위로 올라가지 않는다면 난 네 오빠들의 지분도 빼앗을지 몰라."

"어쩌지? 난 이미 오빠와 이야기를 했어."

"어?"

"내가 영원히 회장의 자리에 앉을 게 아니잖아. 잠시야. 조태섭이 완전히 물러난다면 그룹 정상화를 위해 그 자리를 오빠에게 넘겨줄 거야. 이정도는 너도 괜찮지?"

희우가 물끄러미 그녀를 바라봤다.

희우는 그녀가 어떤 삶을 원하는지 알고 있었다. 복잡한 세력 다툼에서 물러나 평범하고 행복한 인생을 꿈꾸는 그녀였다. 희우가 말을 이었다.

"그래. 이 싸움이 끝나면 네가 원하는 삶을 살도록 도와줄게."

그녀가 가만히 희우를 바라보며 말했다.

"내가 원하는 삶?"

"응."

"약속할래?"

"좋아."

두 사람이 새끼손가락을 꼬았다.

그녀가 배시시 웃었다. 희우가 물끄러미 그녀를 바라봤다.

"왜 웃어?"

"몰라. 내가 원하는 삶에 대해 약속했으니까 나중에 책임이나 져."

"책임?"

희우는 눈만 깜박거렸다.

다음 날.

희아는 45%의 지분을 소유했다는 걸 발표했다. 천하그룹의 지배 구조는 여전히 탄탄하며 아무도 건들 수 없다는 걸 확실하게 공표한 것이다.

그 소식을 신문으로 접한 조태섭은 책상을 쾅! 하고 내리찍었다.

김희우가 어제 공항에서 아무 일도 하지 않고 돌아갔다는 보고를 들은 순간부터 내내 불안했다.

또 당했다.

분명 김희우였다. 이 모든 일의 배후에 김희우가 자리 잡고 있다는 것은 누군가에게 이야기를 듣지 않아도 당연한 일이었다.

그는 검찰총장인 윤종기를 불러들였다.

윤종기는 조태섭의 서재로 들어와 허리를 숙였다.

"부르셨습니까?"

"김희우를 미국으로 보내."

"네?"

"연수 보내라고."

윤종기가 난처한 표정으로 입을 열었다.

"지금도 난립하는 인사이동으로 검찰 내부에 불만이 가득한 상황입니다. 이 상황에서 시기도 되지 않았는데 미국 연수를 보낸다면 그 반발심이 더 커질 것 같습니다."

검찰에는 조태섭의 손을 잡으면 언제든 버림받을 수 있다는 소문이 돌고 있었다. 윤종기가 말을 이었다.

"김산에서 올라온 지성호와 서부 지검에서 온 김규리는 모두 김석훈이 지검장으로 있을 때 중앙 지검에 왔습니다."

그리고 검사들은 김석훈이 조태섭의 사람이었다는 것을 알고 있다.

"그런데, 지성호와 김규리가 좌천됐으니 그 소문의 신빙성은 더 높아지는 중입니다."

물론 그 소문의 근원지는 희우였다. 지성호와 규리가 지검을 떠나던 날, 희우는 그들에게 소문을 확산시켜 달라는 부탁을 했었다. 그 소문은 확산되었고 조태섭이 가진 검찰의 장악력은 흔들리고 있었다.

"그래서 거절한다는 건가?"

조태섭의 말에 윤종기는 대답하지 않았다.

윤종기는 검찰총장에 취임한 지 얼마 되지 않았다. 이 짧은 기간 동안 조태섭의 지시를 받고 희우와 관련 있는 모든 검사를 지방으로 보내 버렸다. 이런 상황에 소문까지 돌고 있으니 피로감이 큰 상황이었다.

윤종기의 거절에 조태섭의 눈썹이 꿈틀거렸다.

하지만 조태섭은 화를 내거나 표정의 변화를 보이지는 않았다. 상대방에게 표정의 변화를 보이는 것은 약점을 내주는 것이나 마찬가지였다.

그리고 윤종기는 아직 확실하게 조태섭의 사람이 아니었다. 총장의 자리에 올리기는 했지만 김석훈의 차선책이었을 뿐이다.

이럴 때 조태섭이 자신의 의견을 밀어붙인다면?

물론 윤종기는 못 이기는 척 조태섭의 지시를 따르기는 할 것이다. 하지만 앞으로 남은 기간 충성심을 기대할 수는 없었다. 조태섭에게는 지금의 상황보다 먼 미래가 더 중요했다.

"알았어. 내려가 보도록 해."

"네, 죄송합니다."

"아니야. 당분간은 내부적으로 단단하게 만드는 것에 힘쓰도록 해."

윤종기는 조태섭에게 인사를 하고 서재를 빠져나갔다.

문이 열리고 한지현이 들어왔다. 조태섭이 말했다.

"청와대에 연락해. 대통령을 만나 봐야겠어."

"알겠습니다."

말을 하고 나가려던 그녀가 잠시 자리에서 멈췄다. 그리고 조태섭에게 물었다.

"그런데 의원님."

"말해."

"김희우 검사에게 이렇게까지 신경을 쓸 필요가 있을까 생각됩니다. 대선이 내일모레입니다. 대선 주자들에게 더 관심을 갖는 편이 좋지 않을까 합니다."

조태섭이 고개를 저었다.

"대통령은 5년짜리야. 나는 그 5년뿐인 자리가 정상이라고 생각한 적이 없어. 정상은 지금 내가 앉아 있는 자리야."

"……."

"그런데 이 정상을 노리는 놈이 나타났어. 호랑이는 토끼 한 마리를 사냥할 때도 최선을 다한다고 했네. 난 김희우를 최선을 다해 죽일 거야."

"네, 알겠습니다. 그럼 청와대에 연락을 하겠습니다. 그리고 김진우 보좌관이 온다고 연락이 왔습니다."

잠시 후, 김진우가 서재로 들어왔다.

조태섭은 못마땅한 얼굴로 그를 바라봤다. 김진우가 잠시 눈치를 보며 말했다.

"저기…… 의원님."

"말해."

"박대호를 만나 봐야 하지 않겠습니까?"

"박대호를?"

조태섭의 눈이 작게 찌푸려졌다.

김진우가 계속해서 조심스럽게 입을 열었다.

"네. 제 불찰이기는 하지만 박대호도 자신이 가지고 있던 차명 계좌의 지분이 모두 넘어갔다는 것을 알았을 겁니다."

"……."

"놈으로서는 그 지분이 유일한 연결책이었는데 상황이 이렇게 되어 버렸으니 의원님과의 끈이 사라졌다고 생각하고 있을 겁니다. 희망이 없는 녀석은 무슨 짓을 할지 예측할 수 없습니다."

조태섭의 입이 꽉 다물렸다.

"여러모로 골치가 아프구나."

다음 날.

대검찰청 조사실.

조태섭은 극비로 대검찰청을 방문했다.

조태섭의 양옆에는 한지현과 김진우가 서 있었고, 조사실의 의자에는 박대호가 앉아 있었다.

박대호는 거대한 덩치를 갖고 있다. 하지만 조태섭 앞에서 어깨를 웅크리고 있는 모습은 결코 거대해 보이지 않았다. 그리고 박대호의 길게 찢어진 날카로운 눈매는 조태섭의 앞에서 비굴하게만 보였다.

박대호가 자리에서 일어서서 조태섭의 앞에 무릎을 꿇었다.

"의원님, 살려 주십시오!"

조태섭은 대답하지 않고 그를 내려다봤다. 박대호가 말을 이었다.

"의원님의 눈에 거슬리는 자들은 모두 제가 처리했습니다. 음주 운전
으로 죽은 자도 있고 우울증으로 자살을 한 사람도 있습니다."

"그래서?"

"네?"

박대호가 고개를 들어 조태섭을 바라봤다.

조태섭이 잔인하게 웃으며 말했다.

"박대호 사장, 박대호 대표, 박대호 씨, 이제 뭐라고 불러야 하나?"

박대호의 눈빛이 떨려 왔다. 조태섭이 말을 이었다.

"머리가 있으면 생각을 해. 지금 자네 덕에 모든 상황이 완벽하게 꼬여
버렸어. 그런데 살려 달라고?"

"아, 아닙니다. 그냥 제가 의원님 아래에서 열심히 일을 했으니까…….
살려 주십시오."

"허허, 자네가 그렇게 말하니 꼭 내가 누구를 죽이기라도 한 것처럼 들
리는구만."

조태섭은 더 이상 볼 것도 없다는 듯 취조실을 벗어나기 위해 걸음을
옮겼다.

그의 등 뒤에서 박대호의 목소리가 크게 들렸다.

"저를 살려 주지 않으시면 같이 죽겠습니다!"

조태섭이 고개를 돌려 박대호를 바라봤다.

"뭐라?"

"……전 사실을 말할 수밖에 없습니다."

"지금 나를 협박하려고 들어?"

박대호는 여전히 비굴한 눈빛으로 조태섭을 바라봤다. 조태섭이 혀를 끌끌 차며 입을 열었다.

"이래서 내가 머리 나쁜 놈들이랑 같이 일하는 걸 싫어했어."

"의원님!"

"하고 싶은 말이 있으면 모두 하도록 해."

"의원님!"

조태섭은 더 이상 말을 하지 않고 취조실을 벗어났다.

대검의 복도를 걸으며 조태섭이 한지현에게 말했다.

"그놈들에게 전화해."

"네."

그놈들이란 검은 양복의 무리를 이야기한다. 그리고 전화하라는 말은, 박대호를 죽이라는 의미였다.

조태섭이 김진우에게 말했다.

"주인을 물려고 하는 개는 죽여야 해."

조용한 복도에 그들의 발소리만 들렸다.

그 시각, 희우는 서부 지검의 구승혁과 만나고 있었다. 중앙 지검에서 일어난 인사이동의 바람은 서부 지검까지 번지지는 않았기에 구승혁은 여전히 그 자리에 있었다.

희우가 말했다.

"위험할 텐데 할 수 있겠어?"

"위험한 일은 원래 내가 전문이잖아."

희우는 서류 봉투 하나를 건네며 말했다.

"박대호. 지금 대검에 잡혀 있어. 재일 교포 출신으로 명동의 큰손이었다가 지하경제의 대부로 올라섰지."

"이미 잡혔는데 이놈을 왜 또 조사해?"

"조태섭 의원의 뒤를 닦아 주고 있었을 수도 있어."

"뒤를 닦아 주다니?"

"살인이나 뭐 그런 더러운 일들."

구승혁의 눈이 찌푸려졌다.

"국회의원씩이나 돼서 그런 일을 하고 있다고?"

희우는 구승혁에게 '네가 만났던 검은 양복이 조태섭의 사람이다.'라는 말을 하려다가 말았다.

희우가 말했다.

"내가 파악한 것은 박대호가 조태섭의 자금을 관리하고 있었다는 거야. 뭔가 촉이 오지 않아? 조태섭이 자신의 자금을 왜 하필이면 그런 놈에게 맡겼을까? 조태섭 정도라면 유능한 자산 관리사를 얼마든지 둘 수 있을 텐데."

구승혁의 눈에 의구심이 들었다. 그는 계속해서 희우를 바라봤다.

희우의 입이 무겁게 열렸다.

"지금부터 내 계획을 말할게. 만약에 누군가에게 잡히면 내가 시켰다고 말해도 좋아."

"그게 무슨 소리야?"

"만약이야."

만약의 사태를 위함이었다. 잡혀서 고문 등을 받는다면 차라리 그 전에 이야기하라는 뜻이었다. 희우의 눈에는 검은 양복을 입었던 사내가 기억되고 있었다. 팔이 부러지는 상황 속에서도 로봇처럼 임무에 충실했던 사내는 지금 생각해도 끔찍한 기억이었다.

희우가 말을 이었다.

"난 조태섭을 끌어내릴 거야."

구승혁이 고개를 저었다.

"힘들걸."

"그래서 하기 싫어?"

"아니. 난 센 놈이랑 붙는 걸 좋아하니까."

"박대호가 들어가고 조태섭의 자금을 관리할 사람이 없어. 내가 파악하기로는 지금 보좌관인 김진우가 관리하고 있는데, 워낙 하는 일이 많아다 처리하지는 못하고 있을 거야."

"……."

"물론 그 자금이라는 것은 사채업이겠지?"

"……!"

현역 의원이 다른 사람의 이름을 빌려 돈놀이를 하고 있을지 모른다는 말에 구승혁의 눈이 떨려 왔다. 하지만 곧 힘차게 물었다.

"그래서 내가 할 일은?"

"일단 조태섭과 박대호의 은밀한 관계를 밝히는 거야. 그리고 박대호의 안전을 보장해야 해."

"박대호의 안전?"

희우가 고개를 끄덕였다.

"박대호는 조만간 살해당할지도 몰라."

"대검에 있는데 어떻게 살해를 당한다는 거야?"

"그건 나도 모르지."

구승혁이 어이없다는 표정으로 고개를 저으며 말했다.

"조태섭 의원이 그런 무리수를 둔다고?"

"산의 정상에 올라가 봤어? 드넓은 산에 비해 정상은 좁지. 그만큼 밀려 내려오기도 쉬운 자리야. 조태섭은 오랜 세월 1인자의 자리에 앉아 있던 사람이야. 그 자리는 산의 정상보다 더 비좁아. 도전자에 대해 민감하고 불안해할 수밖에 없어."

희우의 눈이 차갑게 빛났다. 그리고 구승혁을 향해 속삭이듯 말을 이었다.

"이미 조태섭은 불안해하고 있어."

희우가 조태섭에게 선전포고를 했다. 그리고 조태섭은 희우가 그의 수족을 모두 잘라 냈다는 것을 확실히 알고 있었다. 불안하지 않은 게 더 이상한 일이었다.

거기에 박대호의 차명 주식을 빼앗은 상태였다. 박대호는 조태섭과 연결된 끈이 없어졌다며 자포자기하고 있을 게 분명했다.

이런 상황에 박대호가 취할 행동은? 당연하겠지만 조태섭을 물고 늘어지는 일이었다. 그리고 조태섭이 그 일을 가만히 보고 있을 사람은 또 아니었다.

희우가 계속해서 말했다.

"먼저 대부업체 조사를 시작해 줘. 단순한 실태 조사라도 좋아. 더 불안해질 거야."

"그다음은?"

"조태섭의 돈줄이 잘렸어. 이런 상황에 조태섭이 조금이라도 흔들리는 모습을 보이면 어떻게 될 것 같아?"

가식적으로 충성을 맹세하던 자들이 들고일어날 거다.

희우는 그때 조태섭의 목을 물어뜯을 생각이다.

대통령 선거가 일주일 앞으로 다가왔다.

선거의 분위기는 뜨겁지 않았다. 한쪽 후보로 지지율이 몰리며 이미 판은 기울어져 있었다. 사람들은 대선에 관심을 갖기보다는 휴일이라 생각을 하고 이리저리 여행 계획을 짜기 바빴다.

그 시각, 조태섭은 청와대로 들어가고 있었다.

집무실에 들어서서 대통령과 마주한 조태섭이 입을 열었다.

"그동안 고생 많으셨습니다."

"그동안이라뇨? 저는 아직 대한민국 대통령입니다. 앞으로 남은 기간 동안 국정 운영을 잘해야 하지 않을까요?"

"맞습니다. 당연히 그래야죠."

조태섭과 대통령이 앉아 있는 테이블로 찻잔이 놓였다.

조태섭이 차를 들어 마시며 대통령에게 말했다.

"부탁드릴 일이 있어 왔습니다."

"천하의 조태섭 의원님이 부탁할 일이라니, 무엇입니까?"

대통령은 심드렁하게 답했다. 대한민국의 대통령으로 있는 동안 단 한 번도 의견을 제대로 피력하지 못했다. 사사건건 막아 세운 조태섭 때문이었다. 조태섭에게 좋은 감정이 남아 있을 리 없었다.

조태섭이 말했다.

"어려운 일은 아닙니다. 검찰의 인사이동 때문입니다."

"하하하, 검찰의 인사이동을 왜 내게 와서 말하죠? 그쪽에 대한 힘은 나보다 의원님이 더 크지 않습니까?"

"이미 최근에 제 손으로 한번 만졌습니다. 또 제가 만지작거리기 뭐하니 대통령님께 부탁을 하는 겁니다."

윤종기에게 희우의 미국 연수에 대한 지시를 내렸지만 좋지 않은 결과만 나왔다. 조태섭은 자신이 직접 지시를 내리기보다는 대통령의 손을 빌려야겠다고 생각하고 있었다.

대통령이 고개를 저었다.

"직접 하세요."

"도와주신다면 한 가지 약속을 해 드리겠습니다."

약속이라는 말에 대통령의 눈빛이 변했다.

조태섭이 차를 마시며 다시 입을 열었다.

"아드님이 미국에 가 있죠?"

"……!"

"3억 달러를 뉴욕으로 빼돌려 관리하고 있다는 이야기를 들었습니다."

"……."

"대통령 아들의 부정 축재와 재산 도피. 대통령은 알고 있었을까요?"

대통령의 인상이 굳어졌다. 조태섭이 즐거운 듯 말을 이었다.

"모를 수가 있나요? 그 돈을 빼돌린 당사자가 대통령인데."

"무슨 약속을 할지나 이야기하세요."

"정권이 바뀌어도 감옥에는 가지 않을 겁니다. 대통령님이나 아드님이나 둘 다요."

"약속 지키시오."

그리고 대통령 선거가 있기 하루 전날이 되었다.

유력한 후보의 사무실.

조태섭은 잠시 희우에 대한 생각을 뒤로하고 다음 대통령으로 거의 확실해진 후보를 만나고 있었다.

조태섭이 상석에 앉아 있었고 후보가 그 옆에 앉았다. 두 사람만의 독대였다.

후보가 말했다.

"아직 샴페인을 따기는 이르지만 대통령으로 있을 시간 동안 의원님이 도와주신다면 국정 운영을 잘해 나갈 수 있을 거라고 생각합니다."

"국회의원의 일이 뭐겠습니까? 대통령의 생각이 옳으면 돕는 것이고 옳지 않다면 충언을 해서라도 막는 것 아니겠습니까? 그 때문에 국민 세금으로 월급도 받고 있는 거고요."

"맞습니다. 앞으로 잘 부탁드립니다."

그를 바라보던 조태섭의 눈이 가늘게 뜨였다. 그리고 말했다.

"대통령이 되시면 전임자에 대해서 어떤 조치도 하지 마시기를 바랍니다."

"네? 그게 무슨 소리입니까?"

"현 대통령이 많이 불안해하고 있어요. 자신의 치부를 들킬까 무서운 거죠. 지난 대통령들의 삶을 생각해 보세요. 자리에서 물러난 후 검찰의 조사를 받고 국민에게 손가락질을 받았어요. 심한 경우 구속까지 되었으니, 지금 대통령도 불안한 건 어쩔 수 없겠죠."

"죄가 있다면 그 대상이 대통령이라고 해도 벌을 받아야 하는 게 당연한 거 아니겠습니까?"

조태섭은 고개를 저었다.

"전임 대통령이 검찰의 수사를 받으면 민생이 어지러워집니다. 민생부터 생각하세요."

"의원님!"

"나는 다음 대선에 나갈 생각입니다. 제 이 말이 무슨 뜻인지 잘 알고 계실 겁니다."

조태섭이 대권에 도전하면 100% 당선될 거다. 지금 말은 자신이 대통령이 되어도 전임자를 건드리지 않겠다는 의미였다.

대통령 후보가 고개를 끄덕였다.

"네, 알겠습니다. 말씀하신 내용은 기억하도록 하겠습니다."

"그럼 앞으로 5년 동안 잘해 봅시다."

조태섭이 자리에서 일어나서 떠났다.

대통령 후보는 자리에 앉은 채 주먹을 꽉 쥐었다. 분했지만 조태섭을 어떻게 할 수 있는 방법은 없었다. 이 자리로 올려 준 것 역시 조태섭이었다.

CHAPTER 49

복잡한 시간은 빠르게 흘러가고 있었다.

대통령 선거가 끝나고 2007년의 해가 지났다.

현직 대통령에 대한 이야기는 이제 텔레비전에서 찾아보기 어려웠다. 모든 관심의 초점이 대통령 인수위원회에 쏠려 있었다.

그 시각, 희우는 지검장실에 있었다.

지검장의 말에 희우의 얼굴은 굳어진 상태였다. 희우가 지검장에게 물었다.

"미국으로 연수를 가라고요?"

"그래."

희우가 다시 물었다.

"연수를 신청한 적도 없고 갈 시기도 아니라고 생각합니다."

지검장이 고개를 저었다. 그는 더 이상 말을 하지 않았다. 그 역시 희우의 미국 연수를 이해하지 못했다. 그가 알고 있는 정보는 총장과 장관을 넘어 그 윗선에서 내려온 지시라는 것뿐이었다.

희우는 미국에 가지 않겠다는 대답을 하고 지검장실 밖으로 나왔다.

지검장이 말을 하지 않았지만 누구의 지시에 의한 것일지는 굳이 물어볼 필요도 없었다. 뻔한 일이었다.

지검장실 밖에 선 희우의 입가에 미소가 걸렸다. 그 미소는 쓸쓸했다.

잠시 복도에 서서 웃고 있던 그가 중얼거렸다.

"변한 게 없구나."

이전의 삶, 희우가 조태섭을 쫓던 그 상황, 그때도 이 같은 일이 벌어졌다. 당시에도 조태섭은 대통령을 움직여 희우에게 미국으로 연수를 가도록 압력을 넣었다. 그런데 이번에도 똑같이 미국을 가라는 압력이 들어왔다. 희우가 살고 있는 세상은 변하고 있었지만 저 위에 있는 사람들은 변하지 않은 것 같았다.

희우는 고개를 저었다. 그리고 지검장실로 고개를 돌려 중얼거렸다.

"상황은 같지만 그때와 지금의 나는 다른 사람이야. 쉽지는 않을 거다."

희우는 뚜벅뚜벅 계단을 걸어 내려갔다.

그때 전화가 걸려 왔다. 상만이었다.

-사장님!

"왜?"

-큰일 났어요.

상만의 목소리는 무척이나 다급히, 빠르게 이어져 나왔다.

-검찰에서 JS건설을 압수수색한대요!

"……!"

압수수색?

희우의 눈이 차갑게 변했다. 그리고 희우는 물었다.

"이유가 뭐지?"

-탈세요!

희우는 피식 웃었다. 어떻게 된 게 예상에서 벗어나는 것이 없었다.

걸릴 것은 없었다. 이런 일을 대비해서 세금에 관한 한 철저하게 해결하도록 상만에게 말했었다. 빼돌렸던 분양 계약금 역시 천하그룹의 자금으로 해결해 두었다. 나머지 일은 희우와 상만이 건드린 것이 단 하나도 없었다. 천하그룹의 힘을 빌렸으며, 이전의 것은 그 전의 경영진이 해 놓은 일이었다.

그리고 검찰의 손을 빌렸다면 오직 법적으로 해결하겠다는 뜻이다. 법적인 범위에서 희우가 밀릴 것은 어떤 것도 없었다.

희우가 상만에게 말했다.

"최대한 협조해서 잘 받도록 해."

-네? 그냥 협조 잘해요? 다른 조언 없어요?

"없어. 검찰이 하는 대로 가만히 있어."

전화를 끊자, 이번에는 희아에게서 전화가 걸려 왔다. 그녀의 목소리 역시 상만과 다르지 않았다. 몹시도 다급했다.

-검찰에서 천하그룹을 압수수색한대.

"이유는 탈세고?"

-어? 어.

"오라버니께 조사 잘 받으라고 전해 드려."

그녀의 한숨 소리가 흘러나왔다.

-결국은 이 방법밖에 없구나.

"타깃이야. 빠져나오기 어려워. 죄를 저지른 건 맞잖아? 겸허히 받아야지."

-그래, 그 말도 맞네. 그런데 난 친오빠라서 그런지 너처럼 이성적으로 판단하기 어려워.

뚝! 하고 전화가 끊겼다. 그녀 입장에서는 혈육의 일을 차갑게 이야기하는 희우가 섭섭할 수도 있었다.

희우는 잠시 전화기를 바라봤다. 입가에는 쓸쓸한 미소가 스치고 있었다. 평범한 삶을 원하고 있는 그녀를 이런 전쟁으로 끌어들인 게 조금은 미안했기 때문이다. 하지만 지금은 그녀가 아니라 조태섭에게 집중을 해야 할 때였다. 조태섭은 다방면으로 공격을 시작했다. 모든 것은 희우를 압박하기 위한 방법이었다.

희우는 유빈에게 전화를 걸었다.

"그때 부탁한 건 어떻게 되었어요?"

−의원님이 하겠다고 하셨어. 걱정하지 말고 기다려.

"네, 감사합니다."

얼마 전 유빈은 황진용과 만나 희우의 의견을 전달했다.

황진용은 유빈에게 그 부탁을 듣고 "어려운 일은 아닌데, 그게 김희우 검사에게 어떤 필요가 있는 거지? 국회의원 하나를 더 안다고 해서 도움이 될 수 없지 않나?"라는 말을 했다. 그리고 그 이야기를 허락했다.

황진용이 하겠다고 했다는 말을 들은 희우는 고개를 끄덕이며 말했다.

"그럼 그 일이 가능해지면 바로 연락을 주십시오."

−응, 알았어.

전화를 끊은 희우는 사무실로 들어와 자리에 앉았다.

희우의 시선이 주변을 둘렀다. 많은 인사이동으로 새로운 얼굴들이 보였다. 이제 중앙 지검에 얼굴을 맞대고 술잔을 기울일 사람은 없었다. 모두 지방 한직으로 물러난 상태였다. 지금 중앙 지검에서 희우는 혼자였다.

창밖으로 눈이 내리는 게 보였다. 작게 날리던 눈발은 이내 커져 도로에 쌓여 갔다.

창가로 걸어가 밖을 바라보던 희우는 사무실을 벗어나 밖으로 나갔다.

천하그룹 경제연구소.

희아의 사무실로 김용준이 들어왔다. 그들이 마주 앉아 있는 테이블에 김이 모락모락 오르는 차가 놓였다. 희아가 김용준을 향해 입을 열었다.

"할 말 있어 왔잖아. 말해."

김용준은 굳은 표정이었다. 잠시 그녀를 바라보던 그가 무거운 목소리로 입을 열었다.

"법무 팀과 회의를 했는데 피하기 어렵겠어. 일단 세금으로 2천억 원 이상을 뱉어 내야 할 거 같아."

"......"

"그리고 몇 년 감옥에 다녀올 것 같다."

"예상했던 일이잖아. 이미 내가 이야기했었고. 오빠 자리는 내가 지키고 있을게."

김용준이 고개를 끄덕였다.

"그래, 그랬지. 자혁이한테 뺏기지 마라. 그 녀석은 욕심이 많아."

그녀는 슬픈 눈으로 김용준을 바라봤다.

"오빠."

"왜?"

"우리 어릴 때는 참 잘 지냈는데. 오빠랑 자혁이 오빠가 늦둥이로 태어난 나를 얼마나 예뻐했는지 기억해?"

"어쩔 수 없는 거지. 나나 자혁이나 이 자리를 탐내고 있으니까. 결국 이 자리를 지키는 건 끝까지 원하지 않던 네가 되었지만."

그녀는 고개를 저었다.

"저번에 말한 것처럼 오빠가 돌아오면 자리 비켜 줄게. 다시 말하지만 지금도 난 그 자리에 관심 없어."

김용준의 입꼬리가 슬쩍 올라갔다. 그가 말했다.

"관심이 없는 녀석이 지분을 그렇게 챙겼어?"

"어떻게 생각할지는 모르겠어. 하지만 필요했기 때문에 챙긴 거야."

그녀가 찻잔을 들어 입에 대었다. 그리고 말을 이었다.

"잘 다녀와."

"고맙구나."

김용준이 자리에서 일어섰다. 그리고 무거운 발걸음으로 그녀의 사무실을 벗어났다.

희아는 오빠가 나간 자리를 물끄러미 바라봤다. 찻잔에서는 아직까지 김이 모락모락 오르고 있었다. 김을 바라보며 그녀가 중얼거렸다.

"나도 조태섭과 다를 게 없네."

조태섭 역시 차가 식기도 전에 김용준의 정신을 흩뜨려 놓았다. 그런데 지금 그녀 역시 다를 바가 없는 것처럼 느껴졌다.

김용준에게 몇 마디 차가운 말을 내뱉었다. 지금의 상황에 미련이 남지 않도록, 그래서 조금이나마 마음 편히 다녀올 수 있도록 일부러 그런 것이었다. 그녀의 눈에는 오빠에 대한 미안함이 가득했다.

찻잔을 바라보고 있던 그녀의 핸드폰이 울렸다. 희우였다.

"응. 말해."

-창밖을 좀 봐 봐.

"어? 창밖을 보라니?"

-어서 봐 봐.

그녀는 전화기를 귀에 댄 채 창가로 걸음을 옮겼다.

밖에서는 많은 눈이 내리고 있었다. 그 눈은 푸른 소나무를 하얗게 만들 정도였다. 그리고 그녀의 눈에 작은 눈사람을 만들어 놓은 희우가 들어왔다.

희우가 말했다.

-보여?

"……."

-너 눈사람 안 만들어 봤지?

"아니, 만들어 봤어."

-만들어 봤어? 재벌도 눈사람을 만들어?

희우는 정말 놀라서 물었다. 그녀가 고개를 끄덕였다.

"응, 만들어 봤어."

-하하, 내가 너를 보면서 재벌에 대해 새롭게 배우고 있다. 재벌은 눈사람 같은 거 만들면서 놀지 않는 줄 알았거든. 어쨌든 어서 내려와. 춥다.

그녀는 끊어진 전화기를 들고 가만히 창가에 서 있었다.

희우는 차가워진 손을 호호 불며 연신 뭔가를 만드는 중이었다. 그녀가 희우를 보며 나직하니 말했다.

"멍청이."

잠시 후, 그녀는 희우의 앞으로 걸어갔다. 그녀가 걸음을 움직일 때마다 눈 밟는 소리가 기분 좋게 들려왔다. 오빠 김용준을 감옥에 보내는 상황에 마음이 무거웠던 그녀다. 그 기분을 눈을 밟는 소리가 달래 주고 있었다.

사부작거리는 소리가 들려왔다. 한 발자국 한 발자국, 희우에게 다가가는 그녀의 눈이 촉촉하게 젖어 들었다.

희우가 슬쩍 그녀의 얼굴을 바라봤다. 분명 눈물을 참고 있는 것을 알고 있었지만 희우는 모른 척 입을 열었다.

"눈사람은 만들어 봤어도 이글루는 안 만들어 봤지?"

그녀가 고개를 저으며 말했다.

"겨울이 되면 집 정원에서 얼음 조각을 만들었어. 아버지가 추억 만들어 준다고 여러 가지로 고민하셨거든."

그룹의 회장이라고 해도 아버지는 아버지였다. 자식의 어린 시절을 위해 고민을 하지 않을 사람은 없었다. 게다가 늦은 나이에 얻은 딸이었기에 더욱 애착을 가졌다.

그녀가 말을 이었다.

"이글루는 당연했고 얼음으로 말이랑 표범 그리고 크리스마스트리도 만들었는데?"

"재벌은 역시 스케일이 다르구나. 난 눈사람 만드는 게 전부였는데."

희우가 머리를 긁적였다. 그리고 눈을 뭉쳐 손에 쥐고 바로 앞에 있는 그녀를 향해 던졌다. '퍽!' 하는 작은 소리와 함께 그녀의 옷에서 눈뭉치가 떨어졌다.

희우가 말했다.

"눈싸움은 안 해 봤지?"

그녀가 고개를 저었다.

"그만해. 오늘 애처럼 왜 그래?"

희우가 다시 그녀를 향해 눈뭉치를 던졌다.

퍽!

그녀가 말했다.

"하지 마."

하지만 희우는 다시 던졌다.

퍽!

"하지 마."

퍽!

"하지 말라니까!"

두 사람만의 눈싸움이 시작되었다. 대부분 그녀가 던진 눈을 희우가 맞아 주는 중이었다.

미안함.

자신의 싸움에 끌어들여 힘든 삶을 살게 된 그녀에 대한 마음이었다.

그리고 안쓰러움.

피붙이를 감옥에 보내고 그 자리를 차지해야 하는 숙명을 지닌 여인에 대한 연민이었다.

그녀가 던진 눈을 피해 도망 다니던 희우가 거친 숨을 쉬며 손을 내저었다.

"그만, 정말 미안해. 이제 힘들다. 그만하자. 설마 눈싸움도 해 봤던 거야?"

양손에 눈뭉치를 들고 있던 그녀가 고개를 끄덕였다.

"응. 오빠들이 눈 올 때 이렇게 놀아 줬는데?"

"그래? 다 해 봤네. 그럼 눈 오는 날 국밥은 안 먹어 봤지?"

"국밥?"

"국밥이나 먹으러 가자. 내가 살게."

그녀가 눈뭉치를 땅에 버리며 고개를 저었다.

"그거 설마 데이트 신청이야? 눈 오는 날에 데이트 신청하면서 국밥집이 뭐냐?"

"너 학교 앞에 국밥집 좋아했잖아. 오랜만에 한번 가 보자. 졸업하고 한 번도 못 가 봤네. 추운 날에는 김이 모락모락 나는 국밥이 최고잖아."

그녀는 고개를 끄덕였다.

"그래, 가자. 국밥 먹고 놀이동산도 갈까?"

그녀는 희우와 함께 놀이동산에 갔던 추억도 가지고 있었다.

옛 추억을 떠올리던 희우가 빙긋이 웃었다.

"그러고 보니 정말 놀이동산도 한번 가 보고 싶네."

두 사람은 회사에서 빠져나와 한국 대학교로 향했다.

하얀 김이 오르는 국밥이 앞에 놓이고, 희우가 그녀에게 입을 열었다.

"미안해."

"미안하면 소주도 사. 오늘 마시고 싶어."

그 시각, 조태섭은 한 통의 전화를 받았다. 검찰총장 윤종기였다.

-JS건설 압수수색 끝났습니다. 그런데 박상만 사장에게 문제가 될 만한 건 보이지 않습니다.

"기업을 운영하면서 티끌이 안 묻을 수 있나? 하나씩 묻은 티끌이 먼지가 되고 그 먼지가 죄가 되는 걸세."

-네, 저도 그렇게 생각하고 있었는데 박상만 사장의 경우 분양 두 건을 제외하고 경영에 참여하지 않았습니다. JS건설을 인수하고 천하그룹에 넘긴 이유는 순전히 차액을

통해 돈을 벌려고 한 행동으로 여겨집니다.

"알았네."

조태섭은 전화를 끊었다.

검찰총장 윤종기가 마음에 들지 않았다. 문뜩, 구관이 명관이라는 말이 생각났다. 김석훈이 구속되며 대체 자원으로 총장의 자리에 올려놓은 윤종기였다. 지난 인사이동의 문제도 그렇더니 이번에도 속 시원히 일을 처리하지 않고 있었다. 만약 지금의 일을 김석훈이 했다면?

김석훈은 죄가 없다면 죄를 만들어서라도 끌고 갈 성격이었다. 하지만 윤종기는 어디까지나 자신의 안위를 돌보며 안정적인 것을 추구하고 있었다.

조태섭의 입이 꽉 다물렸다.

희우가 잘라 내 버린 김석훈이라는 존재.

조태섭은 그 존재가 이렇게 아쉽게 느껴지리라고는 예상하지 못했다.

며칠이 지났다.

천하그룹 김용준 회장이 구속되었다는 소식이 뉴스를 통해 알려졌다.

국내 최고의 대기업 총수가 구속되었다는 소식에, 국민들에게서는 두 가지 반응이 나왔다. 하나는 어려워지는 국내 경제에 대한 걱정이었다. 그리고 다른 한 가지는 대기업 총수도 봐주지 않고 구속시키는 검찰에 대한 신뢰였다. 새 정부에 대한 기대감과 함께 검찰의 주가도 올라가며 국민들의 기대감은 더욱 높아졌다.

지검에 있던 희우는 뉴스를 통해 김용준의 구속 소식을 확인했다.

예상하고 있던 일이었기에 놀랄 것은 없었다. 그리고 이미 벌어진 일에 신경을 쓰고 있을 시간 또한 없었다. 빠른 시간 내에 해야 할 일이 있었다.

희우는 자리에서 일어섰다.

희우가 움직이자 다른 검사들이 그를 좋지 않은 눈빛으로 바라봤다.

김석훈의 라인이었으면서도 혼자 좌천되지 않은 사람이었다. 희우를 중심으로 좋지 않은 소문이 흘러나오고 있을 수밖에 없었다.

그러나 그는 다른 사람들의 눈을 신경 쓰지 않고 밖으로 빠져나왔다.

멀리 복도에서 민수가 걸어오고 있었다. 민수가 희우에게 말했다.

"잘되고 있어?"

"나쁘지는 않네요."

"조태섭 의원님이 나보고 널 막아 보라고 하네. 미리 말해 주는 거야. 뭘 할지는 몰라도, 막아 봐야지."

민수는 여전히 장난스러운 눈빛을 가지고 있었다. 희우가 말했다.

"저도 뭘 할지 미리 말해 줘야 하나요?"

"그러면 고맙지."

"미국 연수 가래요."

"응? 미국?"

민수가 이상한 표정으로 희우를 바라봤다. 희우가 말을 이었다.

"네. 제가 거부할 수 없고, 거부하려면 검찰을 떠나야 하죠."

민수가 떨떠름한 말투로 물었다.

"설마 그만둘 거야?"

희우는 어깨를 으쓱했다. 그리고 말했다.

"그만둘지도 모르죠."

"너도 가 버리면 난 누구랑 놀아?"

"조태섭 의원이랑 노세요."

"너랑 노는 게 제일 재밌는데."

희우는 민수에게 가볍게 인사를 한 후 다시 복도를 걸었다.

희우의 시선이 복도의 창밖으로 향했다. 많은 사람들이 오가는 모습이 보였다. 희우의 눈에 아쉬움이 가득했다. 그만둔다는 말, 쉽게 했지만, 그날이 가까워졌다는 것을 느끼고 있었다.

조태섭의 표적이 된 이상 검찰에서 발버둥을 쳐 봤자 이전의 삶과 똑같은 일이 반복될 뿐이다. 그 반복되는 일이란 희우의 패배, 즉 죽음이었다.

주위에 사람이 없는 것을 확인한 희우는 전화를 들었다.

"청장님, 희우입니다."

희우의 전화가 향한 사람은 인천에 있는 전석규였다. 전석규는 조태섭과의 싸움에 전폭적인 지지자가 되어 주고 있었다.

희우가 말했다.

"대검에 잡혀 있는 박대호를 은밀하게 만나고 싶습니다. 가능할까요?"

-박대호?

"네."

전석규는 숨을 골랐다. 대검에서 피의자를 신문하는데 다른 사람의 시선을 피해 은밀히 만나기는 어려운 일이었다.

잠시 생각을 이어 가던 전석규가 입을 열었다.

-내 동기가 있어. 연락해 볼 테니까 기다려.

"네, 알겠습니다."

잠시 후, 전석규에게서 전화가 왔다.

-가서 유주훈 부장을 만나 봐.

"네."

유주훈 부장은 박대호 사건을 맡고 있는 사람이었다.

희우는 지검에서 나와 대검으로 향하며 다시 전화를 들어 구승혁의 번호를 눌렀다.

"뭐 좀 물어보려고 전화했어."

-응, 말해.

"박대호 신변 안전에 대해서 이야기했었잖아? 어떤 식으로 진행하고 있는지 궁금해서."

-대검에 있는 선배에게 살짝 언질을 해 뒀어. 살해당한다는 그런 말까지는 하지 않

고, 자해를 할 수도 있으니까 감시 잘해야 한다고. 솔직히 대검에 있는데 누가 건들 수 있겠냐? 감옥에 가서라면 모를까, 아직까지는 안전하다고 봐.

구승혁의 말을 가만히 듣고 있던 희우가 입을 열었다.

"알았어. 내 생각에도 누가 관심을 가지고 있다는 것 자체만으로도 충분할 것 같다."

희우는 전화를 끊고 다시 대검으로 향했다.

그리고 잠시 후, 희우는 박대호와 마주 앉았다. 유주훈 부장이 박대호를 취조한다는 이야기를 했지만 희우가 대신 취조실에 들어간 거다. 희우와 박대호, 두 사람의 만남은 아무도 모르게 비밀리에 진행되고 있었다.

희우가 말했다.

"녹화나 녹취는 되지 않고 있습니다. 벽 반대편에 사람도 없고요. 당신이 무슨 말을 하든, 그 정도로 조태섭 의원을 끌어내릴 수도 없습니다. 그러니까 편하게 말씀하세요."

"누구시죠?"

희우와 박대호는 한 번도 마주친 적이 없었다. 그래서 박대호는 희우가 누구인지 알지 못했다. 희우가 입을 열었다.

"조태섭 의원이 나에 대해 말을 한 적이 없나 봅니다?"

조태섭이라는 말에 박대호의 눈이 커졌다.

"의…… 의원님이 보내셨습니까?"

조태섭이라는 이름은 박대호에게는 실낱같은 희망이었다.

하지만 희우가 고개를 가로젓는 모습을 보며 그가 가지고 있던 희망은 무너져 버렸다. 희우가 그의 절망적인 표정을 보며 말했다.

"당신 여기서 죽을 수도 있다는 거 알아요?"

"……!"

박대호의 눈이 커졌다. 희우가 계속 말했다.

"설마 죽을 수도 있다는 생각을 못 했나요?"

박대호는 죽음에 대한 생각은 전혀 하지 않고 있었다. 그저 버려졌다고만 생각했을 뿐이다. 희우가 한심한 눈으로 그를 바라봤다.

"당신의 아내가 배신을 해서 지분을 팔아 버렸어요. 그리고 당신은 조태섭 의원의 비리를 알고 있고요. 조태섭 의원이 당신을 살려 둘 거라고 생각합니까?"

박대호가 떨리는 눈으로 희우를 바라보며 물었다.

"여기는 검찰이에요. 그런데, 여기서 어떻게 죽인다는 말입니까?"

희우는 대답하지 않았다. 그저 조용히 미소 지었다.

그 미소만으로 박대호는 검은 양복을 떠올렸다.

사실 박대호는 검은 양복에 대해 잘 알지 못한다. 조태섭의 철두철미한 성격은 최측근 외에 누구에게도 검은 양복의 존재를 알리려 하지 않았기 때문이다. 하지만 오다가다 마주친 적은 있었고, 박대호는 그 섬뜩한 기운을 기억하고 있었다.

박대호가 겁먹은 표정으로 입을 열었다.

"믿어도 되겠습니까?"

"믿으세요. 아니, 지금 박대호 씨가 믿을 수 있는 사람은 나밖에 없습니다. 그러니까 믿어야 합니다."

"살려 주는 겁니까?"

"노력하겠습니다."

박대호는 두려움 가득한 눈동자로 주변을 훑었다.

그러자 희우가 편안한 목소리로 말했다.

"말했듯이 녹화도 되지 않고 뒤에 사람도 없어요. 믿어도 좋습니다. 좋아요. 그럼 이렇게 하죠. 나중에 당신이 빠져나갈 기회가 된다면 지금 내게 한 말이 위증이었다고 말을 해도 좋습니다."

박대호가 고개를 끄덕였다. 하지만 그는 여전히 입을 열지 않았다.

희우가 종이를 꺼내 글씨를 적으며 말했다.

"이 종이는 이 자리에서 찢어 버리도록 하겠습니다. 말을 하기 어렵다면 관련사건만 적어 주세요. 그 사건에 대해 다시 조사를 하다 보면 뭔가가 나오겠죠."

희우가 그의 앞에 종이를 건네자 박대호가 물끄러미 그것을 바라봤다. 그리고 천천히 입을 열었다.

"내가 얻을 수 있는 이득이 무엇입니까?"

"형을 줄이기는 어려워요. 지금 상태로 봤을 때 최소 15년은 살아야 할 겁니다. 하지만 말씀드렸습니다. 안전에 대한 것은 노력하겠다고요."

박대호가 피식 웃었다.

"검사가 감옥에서 죄수의 안전을 보장받을 수 있도록 노력한다고요?"

"독방을 사용하게 해 주겠습니다."

일반 죄수들에게 독방이라고 하면 최악이었다. 하지만 목숨을 부지할 수는 있었다. 희우가 말을 이었다.

"다른 죄수들과 식사 시간 및 행동을 따로 할 수 있게 보장하겠습니다."

박대호가 의심스러운 눈으로 희우를 바라봤다.

"검사가 그런 것을 할 수 있다고요?"

"지금은 나를 믿는 수밖에 없지 않나요?"

"……."

"그리고 당신이 다시 세상에 나왔을 때 먹고살 수 있도록 작은 가게를 차려 주지요."

박대호가 어이없다는 표정으로 고개를 저었다.

아무리 지푸라기라도 잡고 싶은 심정이라지만 희우가 하고 있는 말은 뜬구름 잡는 소리일 뿐이었다. 검사가 무슨 힘이 있어서 독방에, 다른 죄수와 격리된 생활을 하게 만든단 말일까? 게다가 출소 후에 먹고살 수 있도록 작은 가게를 차려 준다고? 검사는 그 정도로 여유 있게 월급을 받는 직업이 아니었다.

박대호가 고개를 저었다.

"검사님, 장난이 심하십니다. 제가 아무리 이 꼴로 있다고 해도 한 은행의 최대 주주였습니다. 똥오줌 가릴 줄은 알아요."

"JS건설 알죠?"

"……!"

박대호의 얼굴이 굳어졌다.

희우가 핸드폰을 들어 상만의 전화번호를 찾아 그의 눈앞에 보였다.

"JS건설의 사장 박상만. 전화까지 해서 확인할 필요는 없겠죠?"

"지금 무슨 말을 하려고 하는 겁니까?"

"한반도은행의 대주주는 박대호 씨였지만 실제 주인은 조태섭이었잖아요. 그거랑 똑같습니다. JS건설의 박상만에게 투자한 사람이 바로 저입니다."

"……!"

"믿고 삽시다. 당신이 나왔을 때 가게 하나 차려 줄 돈은 있어요."

박대호는 가볍게 한숨을 내쉬었다.

녹음도 없고 녹화도 없다. 단지 종이에 적고, 그것마저 찢어 버린다. 박대호에게는 손해 볼 일이 아니었다.

잠시 생각에 빠졌던 그가 천천히 입을 열었다.

"내가 사건을 말해 준다고 해도 조사하는 데 시간이 오래 걸릴 텐데요."

"그건 내가 걱정해야 할 문제지 당신이 걱정할 문제는 아니잖아요."

"좋습니다."

박대호는 다시 크게 한숨을 내쉰 후 몇 가지 사건을 적기 시작했다. 대법원장의 음주 교통사고부터 어떤 국회의원의 자살까지, 한눈에 봐도 어마한 일들이었다.

희우가 그에게 말했다.

"이게 모두 당신이 한 일입니까?"

"조태섭 의원님께 지시를 받고 내가 부하들에게 시킨 일이라고 해 두죠."

잠시 더 종이를 보며 머릿속에 집어넣은 희우가 말했다.

"알겠습니다. 종이는 찢으세요."

수갑을 찬 손으로 박대호가 종이를 찢었다. 희우는 테이블 위에 놓여 있는 라이터를 들어 종이에 불을 붙였다. 그들 사이에 증거는 남지 않았다.

희우가 자리에서 일어서며 말했다.

"그럼, 독방에서 반성 많이 하세요."

밖으로 나선 희우가 향한 곳은 검찰청 자료보관실이었다. 박대호가 알려 준 사건에 대해 바로 확인해 보기 위해서였다.

그렇게 희우는 박대호가 말한 사건을 찾아보기 시작했다.

한참의 시간이 지났다. 희우는 계속해서 사건을 훑었다. 하지만 아무리 살펴봐도 제대로 된 자료는 없었다. 모든 자료가 김석훈의 손을 거쳤기 때문이다. 김석훈의 일 처리는 깔끔했고, 누군가가 다시 사건을 파헤치려 해도 팔 수 없도록 만들어 놨다. 그 실력은 정말 감탄할 정도였다.

김석훈을 만나야 하는가? 희우는 고개를 저었다. 자신의 아들 김석영까지 구속시켜 버린 희우를 김석훈이 도와줄 리 없었다.

희우는 자료를 덮었다. 더 보고 있다고 해도 얻을 것은 없었다.

차라리 김석훈을 조금이나마 빨리 쳐 낼 수 있었기에 다행이라고 생각했다. 만약 지금 윤종기가 아니라 김석훈이 있었다면 희우의 싸움은 더 힘들어졌을 수도 있었다.

그 시각, 누군가 박대호의 앞으로 걸어왔다. 박대호가 두려운 눈빛으로 상대를 바라봤다. 누군가는, 희우가 박대호를 만날 수 있도록 도와준 유주훈 부장이었다.

유주훈 부장은 박대호에게 전화를 건넸다.

“받아.”

박대호가 고개를 끄덕이며 전화를 받았다. 그리고 조심스레 입을 열었다.

“누구⋯⋯십니까?”

수화기에서 건너오는 목소리에 박대호의 얼굴은 점점 심하게 굳어 갔다. 그리고 전화가 끊겼을 때, 박대호는 사시나무 떨듯 떨었다.

유주훈이 입을 열었다.

“오늘 김희우만 만났지?”

박대호가 고개를 끄덕였다.

유주훈이 박대호가 수감되어 있는 방을 두리번거리며 말했다.

“쉽게 죽을 수 있는 게 없을까? 알아서 찾았으면 좋겠는데.”

그는 그 말을 마치고 밖으로 나갔다.

문이 닫힌 어두운 곳에서, 박대호는 여전히 사시나무 떨듯 떨고 있었다.

퇴근 후 집으로 온 희우는 전석규가 줬던 서류를 보고 있었다. 문이 열리고 상만이 들어왔다.

“일찍 오셨네요?”

“응. 연석이는?”

조태섭의 위험에서 피하기 위해 연석이도 집에서 상만과 함께 지내는 중이었다.

“시장 정육점에서 삼겹살 사 오라고 했어요.”

희우는 슬쩍 상만을 바라본 후 다시 전석규가 준 자료에 집중했다.

상만이 옷을 갈아입으며 희우에게 말했다.

“아, 저 결과 나왔어요.”

“결과?”

희우가 자료에서 시선을 떼고 상만을 바라봤다.

"압수수색 받았잖아요. 무혐의 나왔어요. 솔직히 전 사장님이 그때 분양 대금 횡령해서 주식 샀던 거 걸릴까 봐 얼마나 떨었는지 아세요?"

희우는 슬쩍 웃었다. 그리고 말했다.

"흥신소 애들 있지?"

"네."

"조태섭 의원 둘째 아들 조사 좀 해 보라고 해 봐."

"네?"

"군대를 면제받았는데 뭔가 이상해서."

"원래 국회의원이나 재벌 집에서 태어나면 군대 안 가는 거 아니었나요?"

"가야지. 무조건 가야지."

아무도 알지 못했지만 희우는 두 번이나 군대를 갔었기에 면제를 받은 사람들이 더 못마땅했다. 상만이 말했다.

"네, 조사해 보겠습니다."

"여자관계나 재산 은닉도 알아보고."

"넵."

상만의 대답을 듣고 있을 때 문이 열리고 연석이 들어왔다. 희우가 연석을 바라봤다.

"너 대학 합격자 발표 날 시기 아니야?"

"아직, 며칠 남았어요."

"합격할 거 같아?"

연석이 어색하게 웃으며 말했다.

"발표 나 봐야 아는 거죠."

"우리 때는 전화로 합격자 발표 기다렸는데, 요즘은 인터넷으로 확인한다며?"

"전화요? 대학에 전화 걸어서 합격했는지 물어봤나요?"

상만이 피식 웃으며 연석에게 말했다.

"그런 게 있다. 삼겹살 줘. 내가 구워 올게."

"네? 제가 할게요."

"아냐, 사장님은 내가 구운 걸 좋아하셔. 하하."

상만은 연석의 손에서 검은 봉지를 빼앗아 들고 부엌으로 향했다.

그때, 희우에게 전화가 걸려 왔다.

"네, 김희우입니다."

-비상이야. 지검으로 들어와.

"네?"

희우는 무슨 소리인지 이해하지 못했다. 하지만 급한 호출이었기에 서둘러 옷을 입었다.

삼겹살을 굽고 있던 상만이 물었다.

"사장님 어디 가세요?"

"먼저 먹어. 난 지검에 다녀와야 할 것 같아."

희우는 다급히 밖으로 나갔다.

상만이 부엌에서 삼겹살에 소주를 가지고 오며 연석에게 말했다.

"내가 사장님 보면서 검사라는 직업이 얼마나 힘든지 알았다니까. 퇴근이 없어. 밤 10시, 11시에 퇴근하면 그게 일찍 퇴근한 거야. 그러니까 넌 공부 못해서 검사 같은 거 하지 마라."

"네? 그게 무슨 말씀이세요?"

"농담이야."

희우는 택시에 올라 지검으로 향했다.

지검에 도착한 희우는 어이없는 소식에 황당할 뿐이었다.

박대호가 사망했다.

희우가 다른 검사에게 물었다.

"어…… 어떻게 된 일이래요?"

"자살이래."

"자살요?"

말이 안 되는 일이었다. 낮에 봤을 때만 해도 삶에 강한 의지를 보였던 박대호다. 그런데 자살을 했다니?

희우가 다시 물었다.

"박대호가 만난 사람이 있나요?"

"너."

"……!"

"유주훈 부장님에게 이야기 들었다. 박대호를 만난 사람이 너라고 하더라. 뭐, 네가 죽인 것도 아니고 증거도 없으니 심한 일이야 있겠냐? 하지만 윗선에 불려 다니며 조사받는 건 피하기 어려울 거야."

희우는 입을 꽉 다물었다.

유주훈이 이야기를 했다고?

머릿속에서 뭔가가 복잡하게 얽혔다. 분명 희우 말고 박대호를 만난 사람이 있었다. 하지만 그게 누군지 알 수는 없었다.

생각을 하던 희우는 대검찰청 보안실로 달려갔다.

보안실 안으로 들어간 희우가 보안 직원에게 말했다.

"오늘 대검으로 들어온 사람을 모두 찾아 주세요."

"네?"

희우는 자리에 앉아 영상을 확인하기 시작했다.

전체를 훑었지만 나온 것은 없었다. 두 번, 세 번 확인했지만 마찬가지였다. 의심이 가는 사람은 보이지 않았다. 들어온 사람이 없는데 어떻게 박대호와 만날 수 있었을까? CCTV의 영상은 삭제된 곳이 없었다. 창문으로 들어왔나? 말이 안 되는 일이었다.

희우는 고개를 저었다.

어떻게 연락을 취했을까?

순간, 희우는 자리에서 벌떡 일어섰다.

꼭 만나야만 의견을 전달할 수 있는 것은 아니었다. 전화도 있고 편지도 존재했다. 문제는, 전화나 편지가 누구의 손에서 움직였을까?

희우는 시간을 확인했다. 밤 12시가 넘어가고 있었다.

잠시 망설이던 희우는 김산에 있는 오민국 수사관에게 연락을 했다.

"유주훈 부장의 핸드폰 사용 내역을 확인하고 싶습니다."

-이제 부장검사 뒷조사도 시키시는 거예요?

"부탁드리겠습니다."

늦은 밤 전화를 해서 하는 부탁이었다. 오민국은 희우가 느끼고 있는 시급함을 알았는지 더 이상 묻지 않고 알겠다는 말을 했다.

희우가 유주훈 부장을 지목한 이유는 하나다.

유주훈은 희우가 박대호와 만날 수 있도록 만들어 준 사람이다. 박대호가 사망했을 때 가장 놀랐어야 할 사람도 그다.

만약 그가 정말 놀랐다면, 다른 사람에게 희우가 취조실에 들어갔었다는 말을 할까? 아니면 희우에게 전화를 걸어 무슨 일이 있었는지 캐물을까? 당연히 희우에게 전화부터 걸었을 거다.

희우는 지금 유주훈 부장이 뭔가 의심스러웠다.

잠시 후 오민국에게서 전화가 걸려 왔다.

-메일로 보냈습니다.

"감사합니다."

희우는 보안실의 컴퓨터를 사용해 메일을 확인했다.

통화 내역이 보였다. 유주훈은 전석규에게 전화를 받고 나서 바로 누군가에게 전화를 걸었던 흔적이 있었다.

희우가 보안과 직원에게 말했다.

"전화 좀 사용해도 될까요? 제 전화가 지금 배터리가 없어서요."

"네, 여기 있습니다."

희우는 보안과 직원의 핸드폰을 들어 해당 전화번호로 전화를 걸었다.

-여보세요?

낮은 목소리가 흘러나왔다.

희우는 그대로 통화 종료 버튼을 눌렀다. 낮은 목소리의 주인공은 검찰총장 윤종기였다.

희우는 피식 웃었다.

밖에서 들어온 외부인이 없는 이유가 있었다. 이제 윤종기가 박대호에게 무슨 말을 했는지가 궁금할 뿐이었다. 삶에 강한 의욕을 보이고 있던 사람을 자살로 몰아넣을 만큼 두려운 말은 무엇이었을까?

희우가 보안과를 나서서 밖으로 나왔을 때, 전화가 울렸다.

-감찰 본부입니다. 박대호를 만나 무슨 이야기를 했는지 말씀을 해 주셔야겠습니다.

"네, 지금 감찰 본부로 가겠습니다."

희우는 조사실로 들어섰다.

날카로운 눈을 가진 남자가 맞은편을 턱짓으로 가리켰다. 그리고 귀찮은 표정으로 입을 열었다.

"박대호는 왜 만난 거야? 네 담당도 아니고 중앙 지검 일도 아니고, 대검에서 하고 있는 일이잖아?"

그의 목소리는 표정보다 더 귀찮아 보였다.

한밤중에 갑자기 일어난 일이었다. 거기에 지금 벌어진 일은 검찰의 과잉 수사라는 언론의 먹잇감이 될 수도 있었다. 앞으로 벌어질 일을 생각하면 벌써부터 귀찮아질 수밖에 없었다.

희우가 입을 열었다.

"개인적으로 수사를 하는 일이 있었습니다. 그 일로 물어볼 게 있어 만났습니다."

"뭘 하고 있는데?"

"불법 대부업체에 대한 사건을 만지고 있었습니다."

남자의 눈살이 찌푸려졌다. 불법 대부업체를 수사하며 박대호를 물고 늘어질 수는 있었다.

"그럼 정식으로 요청을 해야지? 규정을 따랐다면 네가 이 자리에 있을 필요도 없었어. 왜 유주훈 부장님을 통해 몰래 만난 거야? 그리고 녹음 영상도 없잖아?"

희우가 작게 한숨을 내쉬고 입을 열었다.

"몰래 만난 이유를 말씀드리겠습니다. 지금 지검에서 김석훈 전 지검 장의 라인이었던 사람들이 하나둘 좌천되고 있습니다."

"......!"

남자의 눈이 꿈틀거렸다. 그 이야기는 그 역시 알고 있었다.

희우가 계속 말했다.

"저 역시 김산에서 검사 생활을 시작해서 김석훈 전 지검장의 힘으로 서울까지 왔습니다. 모두가 좌천되고, 저 역시 언제 나가게 될까 전전긍 긍하는 상황입니다. 아시겠지만 1년도 안 되는 기간 동안 김산에서 서울 로 그리고 경기도에 갔다가 다시 서울로 왔습니다. 짧은 시간에 여러 부 서와 지역을 옮긴 이력은 제 미래에 좋을 게 없습니다."

남자는 고개를 저었다.

"그러니까 더 찍히기 싫어서 몰래 했다는 거지?"

"네."

"네 사정은 알겠고, 그럼 박대호와 무슨 이야기를 나눴는지 말해 봐."

"말씀드린 대로 대부업의 생리와 소위 전주라고 알려진 투자자를 찾는 방법에 대해 물어봤습니다. 물론 속 시원하게 나온 답은 없습니다."

희우가 다시 집에 들어간 시간은 새벽 3시가 다 되어서였다.

희우는 잠을 자고 있는 상만을 깨웠다.

"어? 이제 들어오셨어요?"

"응, 잠깐 거실로 나와 봐."

상만은 거실에 앉았다.

부엌에서 커피를 타고 있는 희우를 보며 상만이 말했다.

"식사 안 하셨죠? 삼겹살 드릴까요? 사장님 드실 건 남겨 뒀는데요."

"지금 시간에 무슨 삼겹살이야?"

희우는 커피를 들고 상만의 앞에 앉았다. 그리고 말했다.

"검찰총장을 잡으려고 하거든."

"네?"

"그 전에 대검 부장검사를 잡아야 하고."

"네?"

상만은 눈을 껌벅였다.

아닌 밤중에 홍두깨였다. 검찰총장에 부장검사까지 잡겠다는 말은 앞에서 듣고 있어도 믿기 어려운 말이었다. 잠이 덜 깼는지 허벅지를 꼬집어 보는 상만을 향해 희우가 말했다.

"네가 해야 할 일이 있어."

"뭔데요?"

"해외 계좌로 페이퍼 컴퍼니 만들어 놓은 거 있지?"

"네."

"그 계좌를 통해서 유주훈 부장검사에게 돈을 찔러 넣도록 해. 물론 연기자 한 명 투입하는 거 잊지 말고."

"네, 알겠어요. 윤종기 검찰총장한테도 배우 하나 보낼까요?"

희우가 고개를 저었다.

"아니. 거기는 생각하고 있는 배우가 따로 있어."

다음 날.

희우는 강남의 한 커피숍에서 한 여성과 마주 앉아 있었다. 그 여성은 로비스트 김세연이었다.

희우가 말했다.

"바쁘실 텐데 만나 주셔서 감사합니다."

"한국 떠나기 전에 꼭 한번 뵙고 싶었어요. 전 남자 보는 눈이 있거든요. 김희우 검사님은 평검사에서 머물 사람이 아니에요."

그녀의 말에 희우는 빙긋이 웃었다. 빈말이든 아니든, 칭찬을 듣는 기분은 나쁘지 않았다.

희우가 입을 열었다.

"부탁이 있어서 뵙자고 했습니다."

"뭐지요?"

"윤종기 검찰총장에게 접근할 수 있겠습니까?"

그녀의 눈이 찌푸려졌다. 그리고 말했다.

"난 그런 여자가 아닙니다."

희우가 고개를 저었다.

"아닙니다. 오해하지 마십시오. 훌륭한 로비스트로 보고 있습니다."

희우는 말을 마치고 그녀를 가만히 바라봤다. 어디까지 이야기를 해야 할지 생각을 하는 중이었다.

잠시 생각을 이어 가던 희우가 입을 열었다.

"머리 쓰지 않고 솔직히 말씀드리겠습니다. 저는 윤종기 검찰총장을 끌어내리고 싶습니다."

"네?"

일개 평검사가 검찰총장을 끌어내린다는 말을 하는데 놀라지 않을 수 없었다.

물론 김세연이 다른 사람을 찾아가 지금의 이야기를 한다면 희우의 입장이 곤란해질 수도 있다. 하지만 상관없었다. 이미 희우는 조태섭의 눈에 찍혀 있는 상태였다. 이보다 상황이 더 악화되기는 어려웠다.

희우가 말을 이었다.

"몇 가지 생각을 해 봤습니다. 고위 공직자를 아래로 잡아끄는 데 가장 쉬운 게 도덕적인 부분을 건드는 것이더군요. 특히 청렴해야 할 검찰총장이면 더욱 그렇지요."

김세연이 고개를 끄덕였다. 그리고 입을 열었다.

"뭘 원하는지 알겠습니다. 하지만 전 못 합니다. 저는 회사에 소속되어 있어요. 어떤 사람을 만났는지 어떤 대화를 나눴는지, 모두 공개를 해야 하지요. 오늘 당신과의 만남도 저는 회사에 알려야 할 의무가 있습니다. 어떤 목적이 없으면 다른 사람을 만나는 데 제한이 되어요."

희우가 고개를 끄덕였다.

그녀라면 윤종기를 위태롭게 만들 수 있는 적임자라고 생각했다. 하지만 할 수 없다고 말을 하는 상대에게 더 이상 매달려 질질 끌 필요는 없었다. 희우가 입을 열었다.

"바쁘신데 죄송했습니다."

김세연이 마시던 커피를 내려놓으며 말했다.

"한남동의 A미술관 관장을 만나 보세요."

"네? A미술관 관장요?"

"고위층도 많이 알고, 위험성이 있는 일을 스릴 있어 하며 좋아하는 분입니다. 몇 가지 조건을 제시한다면 충분히 도와줄 거라고 보는데요?"

"조건요?"

김세연이 고개를 끄덕이며 대답했다.

"김희우 검사님이 생각하고 있는 계획을 통해 미술관이 전 국민에게 알려질 거라고 하면 될 겁니다. 그 이미지가 좋은 쪽이면 더 좋겠지요?"

"비련의 여주인공 같은 역할을 좋아할까요?"

김세연이 빙긋 웃었다.

"비련의 여주인공이라면 저도 해 보고 싶네요. 다른 역할이 있어서 하지 못하는 게 아쉽습니다."

김세연과 헤어진 희우는 바로 한남동에 있는 A미술관으로 향했다.

김세연이 미리 연락을 해 두었기에 관장과 만나는 것은 어렵지 않았다.

관장실에는 붉은 립스틱을 바른 단발머리 여성이 붉은 정장을 입고 앉아 있었다. 희우가 들어가자 그녀가 말했다.

"안녕하세요? 말씀 들었습니다. 저는 A미술관 관장 이초현이라고 합니다."

"김희우입니다."

"그래, 내가 어떤 역할을 해 주기를 바란다는 거죠?"

희우는 그녀의 앞에 앉았다. 그리고 입을 열었다.

"윤종기 검찰총장을 불륜남으로 만들어 주셨으면 합니다. 물론 이초현 관장님은 윤종기 검찰총장이 유부남이었다는 걸 몰라야겠죠? 관장님은 미술품만 관심 있어 하는 분이기에 윤종기 검찰총장의 얼굴을 모르는 겁니다. 검찰총장이 누구인지 아는 사람은 많지 않으니까 개연성이 어긋나지도 않네요."

희우의 계획을 가만히 듣고 있던 이초현이 물었다.

"그래서 내가 얻을 수 있는 건 뭐죠?"

"두 가지 또는 세 가지를 얻을 수 있을 겁니다. 첫째, 천재적 미술 평론가이자 그림에 미쳐 있는 관장이라는 이미지입니다. 시사적으로는 아무 관심이 없고 오로지 미술에만 관심이 있는 순수한 분이시기에 윤종기 검찰총장의 마수에 빠져든 거죠."

"좋아요. 두 번째는요?"

"사건이 터지면 윤종기 검찰총장은 관장님을 모른 척할 겁니다. 사랑하는 사람에게서 버림받은 비련의 여주인공이 될 수 있겠네요."

"세 번째는?"

"미술계에서 관장님의 영향력이 커지겠죠. 아무래도 천재적인 이미지를 가지고 있으니까요."

희우가 고개를 들어 주변을 둘러보며 말을 이었다.

"미술품이 더 많이 팔린다고는 말씀을 못 드리겠습니다. 사람들이 관심을 갖는다고 해도 여기 있는 그림은 한두 푼이 아니니까요."

이초현이 생긋 웃으며 고개를 끄덕였다.

"재밌는 말이네요. 그런데 내가 그 정도를 가지고 리스크가 있는 일을 해야 하나요? 잘못하면 전 국민이 나를 가정을 파탄 낸 불륜녀로 생각할 텐데? 위험성이 있는 일은 좋아하지만 이건 얻는 이득이 너무 적네요."

"그럼 조금 더 현실적인 제안을 원하십니까?"

"해 보세요. 현실적인 것은 좋은 일이죠."

희우는 전화를 들었다. 그리고 스피커폰 버튼을 눌러 앞에 앉은 이초현이 들을 수 있도록 했다.

희우의 전화가 향하는 사람은 희아였다.

-어, 희우야.

"부탁할 일이 있어 전화했어."

-응, 말해.

"천하그룹에서 한남동의 A미술관 스폰을 맡아 줄 수 있을까?"

천하그룹이라는 말에 이초현의 얼굴은 순식간에 사색이 되어 버렸다.

희우는 현실적이라고 말을 했지만 지금의 전화야말로 비현실적인 일이었다. 한낱 검사가 천하그룹을 어떻게 알고 있단 말인가?

이초현의 얼굴에서 웃음기가 사라졌다.

핸드폰의 스피커에서는 목소리가 계속 울려 나왔다.

-우리가 가지고 있는 미술관도 있는데 굳이 A미술관을 스폰해야 할 이유가 있을까?

"응, 있어. 앞으로 몇 개월 내에 이 미술관에 있는 모든 작품들의 가치가 세 배 이상으로 뛸 거야."

희우의 말에 스피커폰에서 그녀의 웃음소리가 흘러나왔다.

한참을 웃던 그녀가 겨우 웃음을 참으며 힘겹게 말했다.

-야, 그림도 볼 줄 모르는 네가 가치를 따지고 있냐?

"어?"

-너 지난번에 나한테 뭐라고 했었어?

희우와 희아가 다시 만난 지 얼마 안 되었을 무렵이었다.

그들은 미술관에서 만났었다. 희우는 드가의 그림을 보며 그녀에게 말했다.

"이 그림 보고 있으면 몰래 찍은 스냅사진 같지 않아? 드가는 법학 공부를 하던 청년이었대. 그러다가 앵그르를 만나고 작품에 열중하면서 화가로 전향을 했어."

그때의 기억을 떠올리며 희아가 말했다.

-네가 한 말은 책 보고 공부했다는 게 티가 나.

"티 났어?"

희우는 고등학교 때부터 대학 때까지 오로지 인문학 책만 들여다보며 공부를 했다. 실제로 보고 느낀 게 아니라 책에 있는 내용을 달달 외웠으니 티가 나는 게 당연했다.

그녀가 말했다.

-이상한 그림 사서 손해 볼 생각 하지 말고, 저녁에 잠깐 보자. 붕어빵 사 와.

전화를 끊으려는 그녀에게 희우가 말했다.

"미학적으로 생각하지 말고, 사업적으로 말하는 거야. 이곳에 투자해. 돈 만지게 해 줄게."

-네가 원하면 손해 봐도 되니까 투자할게. 그러니까 붕어빵 사 와.

희우는 전화를 끊었다.

관장 이초현은 멍한 표정으로 희우를 바라봤다. 그리고 떨떠름한 표정으로 물었다.

"지금 전화한 사람이 정말로 천하그룹 김희아 회장인가요?"

"네. 투자한다고 하는데요. 이건 현실적인 이득이 될 수 있을까요?"

희우의 말에 이초현이 멍한 표정으로 고개를 끄덕였다. 그리고 말했다.

"좋아요, 재밌겠네요. 천하그룹하고 연결이 된다는 것은 영광이지요. 그리고 전 근엄한 척하고 다니는 관료들이 마음에 안 들었거든요."

말을 하던 이초현이 희우를 바라보며 말을 이었다.

"물론 이제 막 관료가 돼서 때가 덜 탄 젊은 분들은 제외하고요."

희우가 고개를 숙였다.

"감사합니다."

미술관에서 빠져나온 희우는 지검으로 들어갔다.

지검에 있는 모두가 희우를 좋지 않은 시선으로 바라보고 있었다. 당연한 일이었다. 박대호의 죽음, 그 중심에 희우가 있으니 좋게 보일 리가 없었다. 하지만 희우는 그런 눈초리를 신경 쓸 시간이 없었다. 바로 지검장의 호출을 받고 지검장실로 향해야 했다.

지검장실로 들어가 꾸벅 인사를 한 희우에게 지검장이 말했다.

"미국에 가라. 가지 않으면 박대호 건을 너에게 물린다고 한다."

희우는 잠시 눈을 감았다. 생각을 정리할 필요가 있었다.

다시 눈을 뜬 희우가 천천히 입을 열었다.

"네, 미국으로 가겠습니다."

"그래, 잘 생각했어. 내가 평검사에게 이런 말까지 해야 하는지 모르겠지만 윗선에서 너를 타깃으로 잡고 있는 것 같아. 이럴 때는 윗선이 물갈이될 때까지 밖에 나가 있는 것도 나쁘지 않은 거야. 좋은 기회라고 생각하고, 나가서 잘 배우고 와."

"네. 알겠습니다. 많이 배우고 오도록 하겠습니다."

지검장 역시 조태섭의 사람이었다. 하지만 그는 조태섭이 희우를 노리고 있다는 것까지는 모르는 듯했다.

희우는 고개를 숙여 예를 갖춘 후 지검장실을 빠져나왔다.

희우가 나가는 것을 본 지검장이 어디론가 전화를 걸었다.

"네, 김희우가 미국으로 간다는 말을 했습니다."

-방심하지 말고 끝까지 주시하도록 해. 언제 말을 바꿀지 모르는 놈이야.

"네, 알겠습니다."

복도를 걸어 사무실로 내려가며 희우는 작게 중얼거렸다.

"검사를 그만두기 전에 큰 선물을 해 줘야 할 텐데."

미국에 갈 생각은 없었다. 지검장에게 미국에 간다고 말을 한 이유는 조금이나마 적들의 눈을 피하기 위해서였다.

희우가 사무실 앞에 섰을 때 구승혁에게서 전화가 걸려 왔다.

"어, 말해."

-괜찮아?

박대호의 사망은 구승혁에게도 충격적인 일이었다. 대검에서 무슨 일이 생기겠냐고 호언장담했는데 바로 이런 일이 벌어지자 입이 열 개라도 할 말이 없었다. 하지만 구승혁 역시 대검이 아니라 서부 지검에 있는 상태였으니 한계가 있을 수밖에 없었다.

희우가 말했다.

"괜찮아. 별일은 없을 것 같아."

수화기 너머로 구승혁의 한숨이 무겁게 흘러나왔다.

그리고 구승혁이 본론을 이야기하기 시작했다.

언제까지 박대호의 일로 골치 아파할 수는 없었다. 그들이 상대하고자 하는 사람은 조태섭이었다. 부지런히 움직이지 않고는 이길 수 없는 상대였다.

-대부업체 조사는 얼추 한 거 같은데, 이제 어떻게 할까? 그때 말했던 대로 살짝 흘릴까?

"그거 들고 너희 지검장님한테 가."

-응? 우리 지검장한테?

"그리고 대대적으로 수사하겠다고 이야기해. 새로운 대통령이 서민 경제에 악영향을 끼치는 범죄를 싫어하잖아? 지검장이 그 사건을 밀고 나가면 대통령에게 좋은 점수 받을 수도 있겠네."

-좋아.

구승혁은 알았다고 대답했다.

그 시각, 경기도 하남의 커피숍이었다.

대검찰청 유주훈 부장의 아내는 한 남자를 만나고 있었다. 남자는 상만이 보낸 자였다.

남자가 유주훈 부장의 아내에게 말했다.

"유주훈 부장님께서 다음 검찰총장으로 유력하다는 말을 들었습니다."

"네? 검찰총장요?"

아내는 당황한 표정으로 남자를 바라봤다.

그녀는 자신의 남편인 유주훈 부장이 조태섭 의원의 아래로 들어갔다는 것을 알고 있었다. 그 결과로 대검의 주요 직책을 얻었고, 차기 또는 그 후에 검찰총장이 될지도 모른다는 말을 남편의 입을 통해 들었다. 하지만 어디까지나 남편이 한 말이었지 타인의 입을 통해 들은 적은 없었다.

아내가 물었다.

"그게 정말인가요?"

남자가 말했다.

"저희 정보력이 꽤 괜찮은 편인데, 유력하다고 판단되고 있습니다."

아내의 입가에 순간적으로 미소가 떠올랐다. 남편이 잘된다는데 기쁘지 않을 수는 없었다.

잠시 미소 짓고 있던 그녀가 물었다.

"그런데 어떤 일이신 거죠?"

남자는 통장 하나를 품에서 꺼내 아내에게 건넸다.

"후원금입니다. 훗날 검찰총장이 되시면 저희 잘 좀 봐 달라고 아부하는 겁니다. 물론 이 통장은 대포 통장이기에 걸릴 위험은 없습니다. 현재 들어 있는 돈이 1억 원이고, 앞으로 매달 2천만 원씩 입금될 겁니다."

"1억? 그리고 매달 2천만 원요?"

"검찰총장이 되시면 월 5천에서 1억까지도 가능합니다. 이 돈으로 저희가 뭘 어떻게 하려는 건 아닙니다. 생각해 보세요. 이 통장은 부인의 명의도 아니고 유주훈 부장님의 명의도 아닙니다. 혹시나 저희가 이걸로 트집을 잡으려고 한다 해도 그쪽에서 빠져나갈 길은 얼마든지 있습니다."

아내는 물끄러미 통장을 바라봤다.

남자의 말대로다. 통장은 누구의 명의도 아니니 큰 상관이 없어 보였다. 게다가 매달 2천만 원이라는 큰돈이 입금된다는데 흔들리지 않을 사람은 없었다.

아내가 물었다.

"대가가 무엇인가요?"

"나중에 우리 기업이 표적 수사를 받게 될 경우 미리 언질만 주시면 됩니다. 다른 일은 전혀 없으니 걱정하지 마세요. 언질을 주신 후에 급습해서 압수수색을 한다고 해도 상관없습니다. 저희는 그저 미리 연락을 받고 싶을 뿐입니다."

아내는 다시 물끄러미 통장을 바라봤다. 1억이라는 숫자가 적혀 있는 통장을 보고 있자니 현실감이 느껴지지 않았다.

그녀가 떨리는 목소리로 말했다.

"조금만 생각할 시간을 주세요."

남자는 손목을 들어 시계를 바라봤다.

"10분이면 될까요?"

남자는 아내에게 잠시의 시간을 줬다.

사람들은 정말 깊은 생각을 하기 위해 생각할 시간이 필요하다는 말을 하곤 하지만, 지금 유주훈의 아내는 그런 게 아니었다. 이미 마음속으로는 어느 방향으로 움직여야 할지 확정을 지어 놓고 그 확정된 사안에 대한 변명을 생각하는 중이었다.

이윽고 남자가 말한 10분이 지났다.

"결정하셨습니까?"

아내가 고개를 끄덕였다.

"남편에게 뭐라고 말하죠?"

"편하게 말씀하시면 됩니다."

남자는 품에서 명함을 꺼내 아내에게 건넸다.

아내가 물끄러미 명함을 바라봤다. 처음 보는 회사 이름이었다. 물론 아침에 급조한 명함이니 당연한 일이었다.

남자가 자리에서 일어나 아내에게 고개를 숙여 인사했다.

"그럼 잘 부탁드리겠습니다."

"아? 네."

남자는 커피숍을 빠져나갔다.

유주훈의 아내는 가만히 자리에 있었다.

뭐가 뭔지 잘 이해가 가지 않는 상황이었다. 하지만 통장에 들어 있는 1억이라는 돈은 그녀를 들뜨게 만들었다.

그녀 역시 잠시 자리에 앉아 있다가 곧 일어나서 밖으로 나섰다.

유주훈의 아내가 나가고 잠시 후, 상만이 커피숍 안으로 들어왔다. 그는 곧장 그들이 앉아 있던 자리로 걸어가 천장에 부착되어 있는 CCTV를 손으로 잡아 뜯었다. 그 카메라는 그들의 대화를 녹화하기 위해 상만이 임시로 달아 놓은 것이었다.

남자는 아내에게 통장을 보여 줄 때 일부러 계좌 번호가 잘 보이도록 카메라 쪽으로 향했다. 거기에 보통 CCTV와 달리 말소리까지 모두 녹음이 되었으니 이제 희우의 명령으로 언제든 끝을 낼 수 있는 상황이 되었다.

상만은 커피숍 사장 앞으로 걸어가 품에서 흰 봉투를 꺼내 건넸다. 그리고 말했다.

"그럼 커피 많이 파세요."

그날 저녁이었다. 퇴근을 한 희우는 집으로 향했다.

집에는 상만이 있었다. JS건설을 천하그룹에 매각한 후 딱히 할 일이 없는 상만은 요즘 집에서 빈둥거리는 일이 많아졌다.

들어온 희우가 물었다.

"연석이는?"

"엄마 병원 갔어요."

희우가 상만의 앞에 앉아 말했다.

"유주훈 부장에게 돈은 보냈어?"

"네. 아내한테 보냈어요. 냉큼 받아먹던데요? 영상 떠 왔는데 한번 보실래요?"

"아냐, 알아서 잘 찍었겠지. 한동안 돈 보내 주는 거 잊지 마."

"네, 알겠습니다."

상만이 물끄러미 희우를 바라봤다. 평소에 희우를 보던 눈빛이 아니었다. 옷을 갈아입던 희우가 슬쩍 상만을 보며 물었다.

"왜 그렇게 보고 있어?"

"이번엔 좀 다르게 움직이시는 거 같아서요."

"뭘?"

"보통은 상대가 정말 잘못한 걸 찾아내서 협박하셨잖아요."

"그런데?"

"이번엔 잘못을 만들고 계시니까요."

희우는 씻기 위해 수건을 어깨에 걸치고 화장실로 이동하며 말했다.

"시간이 없어서 그래. 날 함정에 빠뜨린 벌이기도 하고."

"네? 함정요?"

희우가 화장실로 들어가 문을 닫았다. 상만은 눈을 깜박이며 있을 뿐이었다. 검찰에서 일어나는 일을 알지 못하는 상만은 희우가 무슨 말을 하는지 이해할 수 없었다.

희우는 찬물로 세수를 시작했다. 한겨울의 물은 차가웠다. 물기가 얼굴에 닿고 주르륵 흘러 내려가며, 희우의 눈은 그보다 차가워졌다.

상만에게 말한 그대로였다. 이제는 정말 시간이 없었다.

상대는 희우를 미국에 보내려 하고 있었다. 하지만 희우는 그 전에 검찰을 그만둘 생각을 가졌다.

아니, 그 이전에, 검사로서의 끝은 생각하고 있었다. 검사라는 직업을 가진 채 조태섭을 잡기란 무리였다는 것을 깨달았기 때문이다. 제도권 안에서 그 시스템을 움직이는 사람을 잡는 것은 불가능한 일이었다.

희우가 한숨을 내뱉었다. 그만두기로 마음을 먹었다면, 그 안에 이곳에서 할 수 있는 일은 최대한 끝내야 했다.

희우의 얼굴에 다시 찬물이 닿았다. 찬물이 얼굴을 씻어 내려갈수록 정신은 점점 더 날카롭고 또렷해져 갔다.

유주훈의 얼굴이 떠올랐다. 그는 희우를 교묘하게 함정으로 집어넣은 자였다. 전석규에게 연락을 받은 유주훈은 박대호를 만나고자 하는 사람이 있다고 검찰총장 윤종기에게 연락을 했을 것이다. 윤종기는 조태섭에게 연락을 취했고, 희우를 위험에 집어넣기 위해 함정을 만들었다. 그것이 박대호의 자살이었다. 받은 만큼은 돌려줘야 했다.

희우는 수건으로 얼굴을 닦으며 밖으로 나왔다. 상만이 물었다.

"식사하실래요?"

"아니, 나가 봐야 해."

"네? 방금 들어오셨잖아요."

"먼저 먹고 있어."

희우는 옷을 갈아입고 상만에게 말했다.

"차 좀 쓰자."

"네? 어디 멀리 가세요? 운전해 드릴까요?"

"아냐, 혼자 갈 일이야."

희우는 상만에게 열쇠를 받고 밖으로 나왔다. 향하는 곳은 고급 술집의 주차장으로, 비싼 차가 아니면 들어올 수도 없기에 상만의 차를 타고 온 것이었다.

주차를 한 희우는 다른 곳으로 움직이지 않았다. 그저 주차장에 가만히 있을 뿐이었다.

시간은 밤 12시를 넘어서고 있었다. 멀리 누군가 오는 것을 확인했다. 남자는 윤종기 검찰총장의 오른팔이었다. 희우는 차에서 내려 그 검사의 앞으로 걸어가 고개를 숙였다.

"안녕하십니까?"

희우의 낮은 목소리에 검사가 물끄러미 바라봤다.

"누구냐?"

검사의 입에서 술 냄새는 났지만 혀가 꼬이거나 하지는 않았다. 걸음도 괜찮고 발음도 나쁘지 않다면 대화가 가능하다는 말이었다.

희우가 입을 열었다.

"중앙 지검에 있는 김희우 검사입니다."

"김희우? 그런데 무슨 일이야?"

검사도 희우의 이름을 알고 있었다.

희우가 말했다.

"아드님의 한국 대학교 편입 과정과 음대에서 법대로 전과한 과정에서 이상한 점을 발견해서 찾아왔습니다."

"이 새끼가, 지금 나를 수사하겠다는 건가?"

희우의 눈이 날카롭게 변했다.

"협박하는 겁니다. 제 이름은 들어 보셨을 겁니다. 때와 어울리지 않게 미국 연수를 가야 할 운명이니까요."

검사가 노려봤지만 희우는 그 눈빛을 피하지 않고 말을 이었다.

"아시겠지만 가진 것 없는 놈이 제일 무서운 법입니다. 전 한국의 검찰에서 잃을 게 없는 몸이고요."

"원하는 게 뭐야?"

"말이 통하겠네요. 어렵지 않습니다. 총장님의 일정만 제게 알려 주시면 됩니다. 그뿐입니다."

검사의 눈이 찌푸려졌다. 아닌 밤중에 찾아와 검찰총장의 일정을 알려 달라니 뭐 하는 짓인지 예상할 수가 없었다. 그가 물었다.

"일정을 알려 달라고?"

"네. 은밀히 누구를 만나시는 자리까지 알려 줄 필요는 없습니다. 그냥 평범한 일정만 알려 주시면 됩니다."

"그뿐인가?"

"네, 그뿐입니다. 이 일만 해 주신다면…… 둘째 따님이 이번에 한국대학교 편입 면접 보는 것 같던데, 제가 면접 교수들에게 찾아가서 훼방 놓는 짓은 하지 않겠습니다."

검사가 입을 꽉 다물었다. 자식을 걸고넘어지는데 화가 나지 않을 수 없었다.

하지만 희우는 그의 기분이나 표정을 아랑곳하지 않고 말했다.

"일정을 알려 주시겠습니까?"

"……."

"대답하세요."

검사의 고개가 천천히 끄덕여졌다. 그로서는 사실상 선택지가 존재하지 않았다.

희우는 차량으로 이동해 시동을 걸고 술집의 주차장을 빠져나왔다.

다시 집 앞에 도착한 희우가 전화를 들었다. 전화가 향하는 곳은 A미술관 관장 이초현이었다.

-말씀하세요.

"내일부터 총장의 일정을 말씀드리겠습니다. 나머지는 편한 대로 하시면 됩니다."

-빠르시네요?

"관장님도 빨리 해 주셨으면 합니다."

다음 날.

퇴근을 하고 집으로 들어간 희우에게 상만이 말했다.

"조태섭 의원 둘째 아들 병역 비리 관련 자료 찾았는데요. 뭔가 이상해요."

"뭔데?"

"이것 좀 보세요."

희우는 상만에게 종이를 받아 들었다. 종이에는 몇 가지의 사진이 담겨 있었다.

상만이 말했다.

"흥신소 애들이 병무청 애들한테 돈 주고 빼 온 자료예요. 일단 두 가지 이상이 있었어요. 하나는 체중 미달이고요. 게다가 디스크 판정도 받았어요."

희우는 담당 의사의 이름을 확인했다. 그리고 피식 웃으며 상만에게 말했다.

"더 이상 조사하지 마."

"네? 여기서 멈춰요?"

희우가 고개를 끄덕였다. 상만이 다시 물었다.

"정말요? 이거 냄새 나는데요? 저도 조태섭 의원 둘째 아들 알아요. 풍채 좋은 양반이 체중 미달이라니요. 말이 안 되잖아요."

"그러니까 더 이상 파고들지 마."

상만은 희우가 무슨 말을 하는지 몰라 눈만 깜빡였다.

희우는 다시 상만이 건넨 자료를 바라봤다.

적혀 있는 의사의 이름, 그 담당 의사는 희우가 알고 있는 인물이었다.

희우가 경기도 지청으로 발령을 받았을 때였다. 그때 병역 비리를 조사하느라 찾아갔던 의사가 있었다. 희우는 해당 의사가 수사에 협조하는 대신 외국으로 도피할 수 있도록 도움을 줬었다. 아이러니하게도 그 의사가 조태섭의 둘째 아들의 병역 비리를 만들어 낸 담당 의사이기도 했다.

희우가 상만에게 말했다.

"내일 바로 필리핀에 좀 다녀와."

"네? 필리핀요?"

"응, 거기에 이놈이 있을 거다. 병역 비리의 세계가 좁나 봐. 그놈이 그놈이네."

"네?"

상만은 희우가 무슨 말을 하는지 제대로 이해하지 못했다.

희우가 말을 이었다.

"가서 이 의사 만나고 오도록 해. 만약 안 온다고 하면 살고 있는 주소 공개할 거라고 이야기하면 될 거야. 잡혀간 사람들 중에 원한을 가진 자들이 없겠어? 필리핀은 킬러 구하는 것도 어렵지 않은 나라잖아."

"그게 무슨 말씀이세요?"

"그런 게 있어. 일단 가."

CHAPTER 50

다음 날, 상만은 필리핀으로 떠났다.

그리고 희우는 천천히 지검의 복도를 걷고 있었다.

희우는 천천히 지검을 둘러봤다. 검사로서 할 수 있는 일은 끝났다. 더 이상 이곳에 있어 봤자 좋지 않은 일만 생길 것이 뻔했다. 미국으로 보내려는 상부의 압박과 박대호의 죽음으로 둘려 있는 이 길을 해결할 가장 쉬운 방법은 검사를 그만두는 것이었다.

희우의 손이 벽을 스쳤다.

검사로서 할 수 있는 일을 모두 마쳤다고 해도 아쉬울 수밖에 없었다. 평생을 검사로 살고 싶었지만 어쩔 수 없는 일이었다.

터벅터벅, 희우의 발소리가 복도를 울렸다.

피식, 웃음이 나왔다.

이전의 삶에서 검사였던 자신을 기억하는 중이었다.

참으로 열혈 검사였다. 가진 것이라고는 두 주먹밖에 없는 몸으로 희대의 권력자에게 덤볐던 불나방이었다. 그 터무니없는 용기가 이어져 지금까지 왔다. 그 모든 추억이 지검에 녹아 있었다.

희우의 손이 벽에서 떨어져 나왔다.

희우는 가만히 자신의 손을 바라봤다. 지금은 예전과 달랐다. 이전의 삶에서는 빈손이었지만 이제는 아니다. 많은 것을 쥐고 있었다. 이제는 해볼 만하다고 여겨졌다.

희우는 더 이상 미련을 두지 않고 차장검사에게 향했다.

그렇게 희우가 검찰을 떠난다는 소식은 곧장 지검장에게 전해졌다. 지검장은 시간을 두지 않고 바로 그만둬도 좋다고 말했다.

가볍게 짐을 싼 희우는 사무실을 벗어났다.

희우에게 인사를 건네는 검사는 아무도 없었다. 그도 그럴 수밖에 없는 게, 중앙 지검에서 누군가와 친하게 지낼 수 있을 시간은 존재하지 않았다. 거기에 그들은 희우가 좌천되고 있는 김석훈 라인 중 하나이기에 상부의 압력을 버티지 못하고 그만둔다고 생각하고 있었다.

복도의 끝으로 민수가 다가오고 있었다. 그 역시 희우가 그만둔다는 소식을 들은 후였다. 민수가 물었다.

"정말 갈 거야?"

희우가 고개를 끄덕였다. 민수가 아쉬운 표정으로 희우를 바라봤다.

"정말 아쉬워."

그 목소리에는 진심이 담겨 있었다.

그가 말을 이었다.

"그럼 또 보자. 어떤 입장으로 마주할지는 모르겠지만 응원할게."

"네. 그럼 조만간 봬요."

희우는 민수에게 꾸벅 고개를 숙이고 지검을 벗어났다.

건물을 빠져나간 희우는 고개를 들어 하늘을 바라봤다. 추운 겨울의 바람은 마지막까지 기승을 부리는 중이었다.

그때, 핸드폰이 울렸다. 희우는 전화를 들어 발신 번호를 확인했다. 조태섭이었다.

희우가 통화 버튼을 누르고 말했다.

"오랜만입니다."

-미국에 여행을 보내 주려고 했는데 그게 싫었나 보군.

"비행기 오래 타는 걸 좋아하지 않아서요. 가까운 곳으로 보내 준다고 했으면 감사하게 갔을 텐데요."

희우의 여유로운 목소리를 들은 조태섭이 낮은 목소리로 물었다.

-아직도 나에게 덤빌 마음을 가지고 있는가?

"싸워 보기로 했으면 끝까지 가야 하는 게 맞지 않을까요?"

-넌 지금도 검찰에서 나를 피해 도망갔어. 다른 곳에서도 마찬가지일 거야. 그거 아는가? 난 자네처럼 꼬리를 말고 도망친 개는 다시 돌아와 이를 갈아도 우스워 보일 뿐이야.

조태섭의 말에 희우가 '킥!' 하고 웃었다. 그리고 천천히 입을 열었다.

"조태섭 씨? 지금 말 참 많네요. 설마 내가 두렵나요?"

-……!

"뭐, 당신 생각까지 내가 알 필요는 없고, 내 생각을 말해 주자면…….."

-…….

"난 당신이 두렵지 않아요."

조태섭이 입을 꽉 다무는 소리가 수화기 너머로 들렸다.

그 소리를 들으며 희우가 말을 이었다.

"조만간 체포하러 갈 거니까 몸가짐 단정하게 하고 있으세요. 그리고 며칠 후에 선물 도착할 겁니다. 검찰 그만두면서 고민 좀 했거든요. 내 직장을 뺏은 조태섭 씨에게 어떤 선물을 줘야 할까 하고요. 고민해서 만든 선물이니까 기념으로 기분 좋게 받았으면 좋겠네요."

-끝까지 건방진 소리를 하는구나.

"서로 감정 좋지 않은 상태에서 그런 상투적인 말은 그만합시다."

희우는 조태섭과의 전화를 끊었다. 그리고 바로 유빈에게 전화를 걸었다.

"황진용 의원님과 만나고 싶습니다."

-어? 직접 만나려고?

"네, 이제는 직접 만나도 상관없잖아요. 약속 잡아 주세요."

-응, 알았어. 언제가 좋아?

"언제든 상관없어요. 저 이제 무직입니다."

-어? 무직? 그게 무슨 소리야?

그 시각, 구승혁은 서부 지검 지검장실에 있었다.

서부 지검장은 검찰총장이 된 윤종기의 후임자였지만 조태섭의 라인
은 아니었다. 지검장의 이름은 김진환. 그는 지금의 자리가 자신의 검사
생활에서 오를 수 있는 가장 높은 곳이라는 것을 잘 알고 있었다.

서부 지검장 김진환은 책상에 놓인 서류를 물끄러미 바라보며 구승혁
에게 물었다.

"대부업체를 대대적으로 조사할 거라고?"

"네. 개인적으로 할 수 있는 조사는 끝났습니다. 국내에 있는 대부업체
중 조직폭력배와 연관되어 있거나 사업자 등록을 하지 않고 있는 업체를
파악해 두었습니다."

서부 지검장 김진환은 대답하지 않았다. 그는 그저 서류만 바라볼 뿐
이었다. 그의 머릿속에서는 수많은 생각이 오가는 중이었다.

구승혁이 가지고 온 자료는 분명 엄청난 사건이 될 수 있는 일이었다.
하지만 잘못 건들 경우 세상에 파란만 일으킨 채 끝날 수 있는 일이기도
했다. 단지 불법적인 대부업체만 잡는 것이라면 어렵지 않았다. 그러나
돈이 묶여 있는 일이었다. 보통 대부업체들은 전주를 두고 움직이는 경우
가 많다. 문제는 그 전주가 누구인지 모른다는 것. 어쩌면 상상할 수 없는
거물이 끼어 있을 수도 있었다. 그 돈의 주인이 누구인지 알 수 없는 상황
에서 섣불리 움직일 수는 없었다.

구승혁이 입을 열었다.

"건방진 말씀을 드려도 되겠습니까?"

"말해 봐."

"지금 제가 조사하고 있는 불법 대부업체에 관한 일은 지검장님에게
도박과 같은 것이라고 생각됩니다."

"도박?"

"네. 잘못될 경우 제대로 잡지도 못할 거면서 일을 만들었다는 비난을 받을지도 모릅니다. 하지만 도박에는 잭팟이라는 게 존재합니다. 이번 대통령님은 서민 경제에 파탄을 주고 있는 일들을 사회악으로 규정하겠다는 말을 했습니다. 그리고 그 일에서만큼은 매우 확고한 의지를 가지고 계십니다. 불법 대부업체는 대통령님이 생각하시는 서민 경제의 파탄과 같습니다."

구승혁은 더 이상 말을 잇지 않았다.

하지만 여기까지 들은 이상 서부 지검장 김진환도 그가 무슨 말을 하려고 하는지 알 수 있었다. 이 일을 제대로 처리한다면 대통령의 눈에 띌 수도 있다는 말이었다. 그 말은 김진환의 자리가 이곳이 끝이 아니라 조금 더 높은 곳을 바라볼 수도 있다는 희망과 같았다.

생각을 하던 서부 지검장 김진환이 고개를 끄덕였다.

"좋아, 해 봐. 팀을 만들어 주지. 자네 선배들이 팀원이라고 해도 주눅 들지 말고 팀장으로서 움직여 보도록 해."

"네, 감사합니다."

구승혁은 서부 지검장 김진환에게 고개를 꾸벅 숙여 인사를 하고 지검 장실을 빠져나왔다.

세상은 정신없이 흘러가고 있었다.

대통령 이취임식이 끝나고 새로운 대통령이 청와대의 주인이 되었다. 국민들은 무너지고 있는 경제가 다시 살아나기를 바라며 새 정부에 대한 기대감을 높이는 중이었다.

그 시각, 조태섭은 검찰총장 윤종기와 만나고 있었다.

육각형으로 벽이 감싸고 있는 레스토랑이었다. 레스토랑의 창문에는 하얀 커튼이 드리워져 있었고 그 중앙의 원형 테이블에 그들이 앉아 있었다.

조태섭이 말했다.

"윤종기 총장이 대통령 말은 잘 듣는가 봐?"

"……."

윤종기는 입이 있어도 할 말이 없었다.

김희우를 이동시키라는 조태섭의 지시를 받았지만 거부했다. 하지만 그 이후에 조태섭이 대통령을 통해 김희우를 미국으로 연수 보내라는 말을 전하자 그는 따를 수밖에 없었다.

조태섭은 차를 들어 마시며 고개를 숙이고 있는 윤종기를 바라봤다. 그리고 말했다.

"그런 일로 속 좁게 말하려고 부른 게 아니야. 칭찬하려고 불렀어요."

"……."

"박대호 건은 아주 잘 처리했어. 내가 앓던 이가 빠진 기분이야."

윤종기가 조태섭을 향해 고개를 들었다.

"아닙니다. 마땅히 해야 할 일을 했을 뿐입니다."

조태섭이 흐뭇하게 미소 지으며 말을 이었다.

"그럼 일을 하나 더 해 보도록 해."

"말씀하십시오."

"천하그룹에 대한 압수수색을 시작하게."

천하그룹을 압수수색하라는 말에 윤종기는 눈을 깜박거리며 물었다.

"네? 얼마 전에 김용준을 구속시켰는데 또 움직입니까?"

"그래야지. 지금이 상대가 제일 안심하고 있을 때 아닌가?"

"표적 수사라는 말을 들을 수도 있습니다."

"표적 수사고 뭐고, 법을 지키지 않는 곳이 있으면 법을 준수하도록 만드는 게 검찰이 할 일 아닌가? 내가 이번에도 대통령에게 가서 부탁을 해야 움직일 텐가?"

"……."

윤종기는 다시 고개를 숙였다.

조태섭이 다시 말을 이었다.

"생각을 좀 해 봐요. 전대 회장이 죽고 그 아들이 대를 이었어. 다른 나라에서 뭐라고 하는지 듣지 못했나? 세습이라고 해요, 세습."

"……"

"그런데 그 아들인 김용준이가 들어가니까 이번엔 딸이 나서고 있어. 이게 뭔가? 도마뱀 꼬리 자르기나 다름없는 거 아닌가? 검찰이 뭐라고 하든 놈들은 지들 식구끼리 다 해 먹고 있어요. 이게 과연 정상적이라고 생각하나? 검찰이 할 일이 뭐야?"

고개 숙인 윤종기가 나직하니 대답했다.

"알겠습니다. 수사하도록 하겠습니다."

조태섭이 혀를 끌끌 차며 말을 이었다.

"천하그룹 조사는 총선이 끝난 후에 하려고 했어요. 시국이 안정이 된 후에 처리해야 좋은 거니까. 그런데 지난번 김용준의 구속으로 국민들이 아주 통쾌해하고 있어. 이럴 때 국민들이 가려워하는 곳을 긁어 주는 게 공직자가 할 일이네."

"최선을 다해서 노력하겠습니다."

조태섭은 슬쩍 윤종기를 바라봤다. 아직까지는 확실히 그의 사람이 아니었다. 이럴 땐 당근과 채찍을 동시에 주는 게 길들이는 방법 중 하나였다. 조태섭이 천천히 입을 열었다.

"법무부 장관을 새로 선출해야 할 시점이에요."

"네?"

조태섭의 목소리가 그의 귀에 들려왔다.

"나는 다음 법무부 장관은 기업의 불법행위를 찾아내 서민들에게 돌려주는 사람이 되어야 한다고 생각하고 있네. 재력의 탄압에도 물러서지 않고 비리를 찾아내는 사람이 장관을 해야 하지 않겠나?"

"맞습니다."

윤종기가 대답을 했다. 조태섭이 계속해서 말을 이었다.

"난 검찰총장의 임기를 굳이 다 채우지 않아도 된다고 생각하는데 자네는 어떤가?"

윤종기는 힘차게 고개를 끄덕였다.

"저도 그렇게 생각하고 있습니다."

"내가 그럼 윤종기 총장만 믿고 있겠어요."

윤종기의 눈에 욕망이 보였다.

가난한 집안의 자식으로 태어나 개천에서 용 났다는 소리를 들으며 여기까지 기어올라 왔다. 검사로 임관을 했어도 주목받지 못하고 한평생을 일만 해 왔다. 하지만 조태섭과 만난 이후, 그는 말 그대로 승승장구하고 있었다. 거기에 그의 눈앞으로 법무부 장관이라는 직함이 보이기 시작했다.

윤종기는 자리에서 일어서서 조태섭에게 허리를 숙이며 큰 소리로 입을 열었다.

"최선을 다하겠습니다."

윤종기가 떠나고, 조태섭은 넓은 원형 테이블에 홀로 앉아 있었다. 그의 머릿속에 많은 생각이 정리되는 중이었다.

한참 후, 조태섭이 자리에서 일어서자 한지현이 문을 열고 안으로 들어왔다. 조태섭이 그녀에게 말했다.

"집으로 김진우 보좌관 오라고 해."

"네, 알겠습니다."

잠시 후, 조태섭은 서재에 앉아 있었다. 그리고 문이 열리며 그의 보좌관인 김진우가 들어왔다.

허리 숙여 인사하는 김진우를 보며 조태섭이 어서 앉으라고 손짓했다.

그가 책상에서 조금 떨어진 곳에 앉자 조태섭이 입을 열었다.

"천하그룹의 주식을 사 두고 있는가?"

"네, 눈에 띄지 않도록 4%씩 분산해서 사고 있습니다."

"잘하고 있어. 조금 시간이 걸려도 내 물건은 내 손에 넣어야지. 천하그룹이 IMF 때부터 세계로 발돋움하고 지금만큼 클 수 있었던 것은 모두 내 덕이야."

"네, 이제 조금만 있으면 의원님 손에 들어올 것으로 예상됩니다."

조태섭의 입에 흡족한 미소가 걸렸다. 그가 고개를 끄덕이며 말했다.

"기분이 아주 좋아. 앓던 이라고 생각한 김희우와 박대호가 떠났어. 천하그룹은 이번 검찰의 압수수색을 견디기 어려울 거야. 이제야 원하는 대로 세상이 만들어지는 기분이네."

"조금 돌아오기는 했지만 모든 것이 제자리를 찾는 중입니다. 예전에 말씀드렸던 대로 의원님이 심어 놓은 씨앗들이 나라를 뒤덮을 거라고 생각합니다."

그들의 말소리는 즐거웠다.

이제 조태섭은 천하그룹을 손에 쥘 거다. 희우라는 미꾸라지 때문에 잠시 계획이 어긋났지만 모든 것은 순리대로 움직이고 있었다.

하지만 문이 열리는 소리가 그 즐거움을 깼다.

안으로 들어온 것은 한지현이었다. 그녀는 고개를 꾸벅 숙인 후 빠른 말로 입을 열었다.

"말씀 중에 죄송합니다."

조태섭의 눈가가 꿈틀거렸다.

"무슨 일이지?"

한지현은 리모컨을 들어 텔레비전의 전원 버튼을 눌렀다.

긴급 속보가 흘러나오고 있었다.

-서울 서부 지검은 불법 대부업체와의 전쟁을 선포했습니다. 서부 지검 구승혁 검사입니다.

아나운서의 목소리가 지나고 브리핑을 하고 있는 구승혁의 얼굴이 화면에 나왔다. 구승혁이 입을 열었다.

-현재 저희가 파악한 불법 대부업체는 전국 팔백여 곳입니다. 이 중 절반 이상이 검찰 조사 중 사망한 박대호가 운영하던 업체로 파악되었습니다. 검찰은 불법 대부업체를 끝까지 추격·근절하여, 서민 경제에 어려움을 주는 곳을 일망타진할 것입니다.

텔레비전을 보고 있던 조태섭의 눈에 분노가 차올랐다.

박대호가 운영하던 불법 대부업체는 현재 비공식적이지만 조태섭의 수중에 있었다. 그리고 그것을 관리하는 사람은 앞에 앉아 있는 김진우 보좌관이었다. 그런데 검찰이 그곳을 들쑤시겠다는 발표를 하자 조태섭은 분노할 수밖에 없었다. 이대로 불법 대부업체에 시선이 집중되면 천하그룹을 장악할 수 있는 기회가 사라질 수도 있었다.

조태섭이 입을 꽉 다물었다.

박대호가 가지고 있던 천하그룹의 주식이 희우의 손에 들어가며 조태섭은 막대한 손실을 입었다. 그 손실을 가장 빠르게 채울 수 있는 사업이 이른바 돈놀이였다. 100만 원을 빌려주고 단기간에 1천만 원을 얻을 수 있는 사업, 경제가 어려워질수록 돈을 벌 수 있는 사업, 그게 대부업이었다. 그런데, 또 계획이 어긋났다.

조태섭이 숨을 골랐다. 화를 낸다고 해서 해결될 일은 없었다.

잠시 생각에 빠져 있던 그는 계획의 순서에 어긋나지만 조금 더 빨리 일을 처리해야겠다고 결정했다. 조태섭의 시선이 한지현을 향했다.

"언론사 전화해서, 대부업체 건에 대해 더 이상 보도하지 말라고 해. 대신 검찰에서 천하그룹 탈세 혐의와 각종 비리들에 대해 압수수색한다고 발표하라고 해."

"알겠습니다."

"그리고 윤종기 총장에게 전화해서 서부 지검이 하고 있는 짓 그만두게 하라고 전해."

"네, 알겠습니다."

조태섭의 입이 다시 꽉 다물렸다.

그의 시선이 텔레비전을 향했다. 여전히 구승혁이 발표를 하는 중이었다. 구승혁의 얼굴은 조태섭도 알고 있었다. 그가 김석훈을 조사한다는 말을 듣고 검은 양복을 통해 처리하려고 한 적이 있었다.

조태섭이 중얼거렸다.

"역시 죽였어야 해."

순간 조태섭의 머릿속에 문득 희우가 스쳤다.

왜 구승혁을 보며 희우가 떠올랐을까? 어쩐지 지금의 일도 희우와 연관되어 있다는 생각이 들었다.

조태섭의 눈이 김진우를 바라봤다. 그리고 말했다.

"김희우에 대한 감시 수준을 더 높이도록 하게. 아무래도 그놈이 화근이야."

천하그룹에 대한 압수수색이 다시 시작된다는 뉴스가 쉬지 않고 방송되었다.

전 회장인 김용준이 구속되었지만 멈추지 않고 계속되는 수사에 사람들은 불안감을 느끼기 시작했다. 천하그룹은 명실상부 대한민국의 경제를 이끌어 가는 기업이었다. 그런 기업이 흔들리고 있으니 사람들은 걱정을 하지 않을 수가 없었다.

정말 천하그룹에 문제가 있나?

새로운 정권에서 천하그룹을 마음에 들지 않아 하는가?

사람들의 생각을 타고 천하그룹의 주식은 빠르게 떨어지기 시작했다.

그런데, 조태섭은 한숨을 내쉬고 있었다. 뉴스와 달리 천하그룹을 향한 압수수색은 지지부진한 상태였다.

조태섭이 전화를 들었다. 상대는 윤종기였다.

"천하그룹 압수수색을 왜 그런 식으로 하고 있는 거지? 지금 국민이 검찰을 뭐로 보겠는가?"

-대통령님이 막고 있습니다. 경제가 어려운 상황에 천하그룹을 건들면 더 어려워질 수도 있다고 생각하고 계십니다.

"대통령이?"

조태섭의 눈에 분노가 떠올랐다.

대통령이 새로 취임한 지 얼마 되지 않았다. 그리고 새롭게 대권에 오른 자들은 언제나 똑같았다. 정권 초기에 그들은 조태섭의 말을 듣지 않았다. 대한민국의 대통령에 올랐다는 자부심과, 국가를 위해 무언가 해보겠다는 생각이 조태섭과 부딪치게 한 거다.

시간이 지나면 다시 조태섭에게 고개를 숙이지만 아직은 정권 초기였다. 즉, 새로운 대통령이 조태섭의 말을 따를 시기가 아니었던 거다.

조태섭의 굵은 눈썹이 꿈틀거렸다.

"명분을 만들어 주지. 바로 특별 팀 만들어서 압박하도록 해."

전화를 끊은 조태섭의 눈에는 짜증이 가득했다.

선거가 끝났을 때까지만 해도 살살거리던 자가 청와대에 들어갔다고 태도가 돌변했다.

"한 실장."

조태섭의 말에 서재의 문이 열리고 한지현이 들어왔다.

조태섭이 말했다.

"중앙 지검의 이민수 검사 오라고 해."

"네."

잠시 후, 민수가 조태섭의 서재로 들어왔다.

조태섭을 향해 꾸벅 고개를 숙인 민수. 그를 향해 조태섭이 말했다.

"시민 단체를 움직이는 게 자네 특기라고 했지?"

"네, 그렇습니다. 학교를 다닐 때 봉사 활동을 하며 많은 시민 단체들과 쌓은 연을 지금도 이어 오고 있습니다."

"내일 시민 단체 움직이도록 해. 상대는 검찰이며, 시위의 내용은 천하그룹 압수수색이다."

"네, 알겠습니다."

민수가 조태섭을 향해 고개를 숙였다.

다음 날, 대검 앞에서 시민들이 현수막과 피켓을 들고 시위를 시작했다. 재벌에 대한 봐주기 수사를 하느냐는 외침이 큰 소리로 울렸다.

창밖의 시민들을 보고 있던 윤종기의 입가에 비릿한 미소가 걸렸다.

"명분을 만들어 주신다기에 무슨 말인가 했더니 이거였군요."

거대한 유리로 아래를 내려다보던 윤종기는 자신의 책상으로 걸어가 전화를 들었다. 그의 전화가 향하는 곳은 대통령 비서실장이었다.

"네, 실장님. 시민들의 시위가 거셉니다. 인터넷에도 실시간으로 오르고 있는 것 같습니다. 아무래도 천하그룹에 대한 수사를 본격적으로 해야 할 것 같습니다."

비서실장의 한숨이 전화기 밖으로 흘러나왔다.

정권 초기였다. 아니, 극초반이었다. 새로운 정부에 대한 국민의 기대감이 한껏 높아져 있을 때 벌어진 시위는 잔칫상에 물을 끼얹는 것과 마찬가지였다. 비서실장이 말했다.

-그렇게 하세요.

윤종기의 입에 미소가 걸렸다.

그는 바로 대검에 있는 유주훈 부장에게 전화를 걸었다. 유주훈 부장은 박대호가 자살을 했을 때 희우를 함정에 빠뜨리려고 했던 사람이었다.

윤종기가 말했다.

"지금 당장 천하그룹 수사 팀을 구성하도록 해. 팀원 중 일부는 다른 지검에서 파견을 받을 거니까 그렇게 알고 있고."

-네, 알겠습니다.

전화를 끊은 윤종기는 이번엔 서부 지검 김진환 지검장에게로 전화를 돌렸다.

"윤종기입니다."

-네, 총장님.

"대부업 수사 멈추세요."

-네? 그게 무슨 말씀이십니까?

"위에서 연락이 왔습니다. 멈추라고 합니다. 그곳에 팀장으로 있는 어린 친구가 있지요? 구승혁이라고 했나?"

-네? 네.

"유능한 친구인 것 같으니 잠시 좀 빌립시다. 그 친구, 내일부터 당분간 대검으로 출근하라고 말하세요. 이번에 천하그룹 특별 수사 팀에 넣을 거니까요."

서부 지검장 김진환은 이를 꽉 다물었다.

팀장으로 있는 구승혁을 뺀다는 말은 대부업 사건을 여기에서 아예 종결하라는 말이었다. 하지만 어쩔 수 없었다. 명령으로 이뤄지는 집단에서 항명은 검찰 조직 전체를 무너뜨리는 일이었다.

-네, 알겠습니다. 내일부터 구승혁 검사는 대검으로 가라고 하겠습니다.

전화를 끊은 윤종기가 몸을 돌렸다. 그의 앞에는 한남동 A미술관 관장 이초현이 있었다.

그녀가 말했다.

"바쁘신데 제가 여기까지 찾아와서 일을 방해하고 있는 건 아닌가 죄송하네요."

"하하, 아닙니다. 바쁘긴요."

다음 날, 구승혁은 대검으로 향했다. 그리고 부장검사 유주훈을 중심으로 만들어진 팀에 속하게 되었다.

유주훈이 팀원들을 모아 두고 입을 열었다.

"상대는 천하그룹이다. 쉽지 않은 상대야. 지금부터 우리는 천하그룹에 대한 강력한 수사를 시작한다. 비리를 밝혀 깨끗한 기업을 만들어 보자."

그의 목소리가 회의실에 모인 검사들에게 울렸다.

구승혁이 손을 들었다.

"서부 지검에서 파견 온 구승혁 검사입니다. 궁금한 게 있습니다. 제가 하고 있던 불법 대부업에 대한 일은 모든 조사가 끝났고 착수만 하면 됩니다. 그런데 저를 데리고 온 이유가 궁금합니다."

하지만 유주훈은 구승혁의 말을 냉정하게 잘랐다.

"엎어."

그리고 구승혁을 노려보며 말을 이었다.

"지금부터 우리가 할 일은 천하그룹을 탈탈 털어 먼지 하나까지 주워 담는 거다. 이 일로 우리 검찰은 재벌에 휘둘리지 않는 이미지를 만들고 국가에 청렴한 기업이 설 수 있는 장소를 만든다. 대부업은 그 이후에 하도록 해."

구승혁은 더 이상 말을 하지 못하고 고개를 숙였다.

희우의 말이 떠올랐다.

희우는 지금의 상황을 예측했는지, 그에게 절대 무리하지 말고 지시에 따르라고 말을 했었다. 그 말을 기억하며 구승혁은 주먹을 꽉 쥐고 분노를 참았다. 희우의 말을 따르다 보면 이 더러운 상황도 어떻게든 해결될 것이라고 생각하고 있었다.

하지만 구승혁과 달리 유주훈은 조태섭을 믿고 있었다.

조태섭은 명실상부 대한민국 권력의 1인자였다. 그곳은 아무나 오르는 자리가 아니었다. 자격이 없다면 잠시 머물렀다가 금세 밀려나는 그런 곳이었다. 조태섭은 그 자리를 오랜 시간 유지하고 있었다.

거기에 별 볼 일 없던 자신을 등용하여 특별 팀까지 맡게 해 줬다. 어쩌면 정말로 차기, 차차기 총장을 노려 볼 수도 있는 입장이 되었다. 그에게 조태섭은 절대적이었다.

언젠가 조태섭이 이런 이야기를 한 적이 있었다.

−나는 대통령이라는 자리엔 욕심이 없어요. 언젠가 대통령에 오르기는 하겠지만 그 자리가 탐이 나서 오르려는 게 아니야. 국가를 위해 더 많은 일을 할 수 있기에 오르려는 것이에요.

조태섭은 권력을 가지고 있었고, 막강한 인지도와 지지율에 대한 기반이 있었다. 대권에 도전을 했다면 높은 확률로 당선이 유력시되었다.

하지만 그 자리를 노리지 않았다.

조태섭은 대통령이 되었다가 일선에서 물러나는 현실을 바라지 않고 있기 때문이다.

아무리 대단한 사람도 무대에서 사라지면 기억 속에서 잊히는 것이 현실이었다. 조태섭은 그렇게 사라지는 걸 원치 않았다. 전면에 나서지 않고 뒤에서 세상을 휘두르는 영원한 권력자를 꿈꾸고 있었다.

지금 있는 유주훈이나 윤종기, 민수 등이 조태섭이 영원한 권력자가 될 그날을 위한 씨앗이었다.

어찌 되었건 유주훈은 그런 조태섭이 무너질 거란 생각은 조금도 가지고 있지 않았다. 조태섭도 정치 생활을 하며 몇 번의 위기를 겪었다. 하지만 모두 이겨 낸 사람이었다. 앞으로도 계속해서 승승장구할 것이라고 믿어 의심치 않았다.

그 시각, 희우는 유빈과 만나기 위해 이동하는 중이었다.

전화가 걸려 왔다. 구승혁이었다.

"어, 말해."

-넌 백수지? 난 출세했다.

"출세?"

-대검에 들어왔어. 천하그룹 특별 수사 팀.

희우가 피식 웃으며 말을 이었다.

"특별 수사 팀은 또 뭐야? 특검 따라 하는 거야?"

-모르겠다.

구승혁의 목소리에는 불만이 가득했다.

희우가 천천히 입을 열었다.

"팀장은 유주훈 부장이겠네?"

-어? 어떻게 알았어?

구승혁은 자신이 말하지도 않은 정보를 이야기하는 희우에게 깜짝 놀랐다. 검사를 그만둔 사람이 검찰 내부의 일을 손바닥 보듯 하고 있으니 놀랄 수밖에 없었다.

희우가 말했다.

"그 나물에 그 밥이니까. 쉬엄쉬엄 시키는 대로 일하고 있어. 어차피 그 팀은 엎어질 거야."

-엎어진다고?

희우는 고개를 끄덕이며 입을 열었다.

"내가 조태섭 의원에게 줄 선물이야. 국회의원이 계속 검찰을 쥐락펴락하고 있으면 기분이 나쁘잖아? 너처럼 출세한 검사가 계속 출세할 수 있는 길을 막을 테니까."

구승혁이 한숨을 내쉬며 말했다.

-조태섭 의원한테 줄 선물이 뭔지는 몰라도, 빨리 좀 줘라. 나 대검에 있기 싫다.

"기다리고 있어."

-그런데 넌 변호사 하려는 거야?

"변호사도 나쁘지 않겠네."

전화를 끊은 희우가 도착한 곳은 국회의사당 근처의 한식집이었다.

미리 와 있던 유빈에게 인사를 하고 자리에 앉은 희우가 입을 열었다.

희우의 말을 듣고 있는 그녀의 눈은 동그랗게 뜨였고, 입은 크게 벌어
졌다. 그가 말을 마치자 그녀는 떠듬거리며 물었다.

"진짜 하려고?"

희우는 고개를 끄덕였다.

"네."

그리고 빙긋 웃었다.

"진짜?"

"네."

희우는 지금 유빈에게 정치를 하겠다는 말을 했다.

뜬금없는 말에 유빈은 당황하고 있었다. 그녀가 다시 물었다.

"왜? 왜 하려고?"

"알잖아요? 검사로는 조태섭을 잡기 어렵더라고요."

그녀의 놀란 표정은 금세 어이없다는 얼굴로 변했다. 정치를 하기에는
터무니없이 어린 나이였다.

희우가 물었다.

"선배가 생각하기에는 어려울 것 같나요?"

유빈은 찬찬히 희우를 훑어봤다.

희우를 바라보는 그녀의 눈은 지금까지의 선배가 후배를 보는 눈빛이
아니었다. 정치부 기자의 날카로운 눈빛이었다.

잠시 희우를 바라보던 그녀가 천천히 입을 열었다.

"나이가 어리긴 하지만 더 일찍 의원이 된 사람도 있긴 했어. 물론 지
금처럼 체계화되기 전의 일이니까 비교는 어렵지만."

"……."

유빈은 한숨을 내쉰 후 말을 이었다.

"국회는 똥이야, 똥. 아무리 깨끗한 사람도 정치판에 들어가면 물들어."

희우는 말없이 웃기만 했고 그녀는 조심스럽게 말을 이었다.

"말린다고 들을 것 같지는 않네. 그런데 정치인이 되어서 조태섭 의원을 잡고 싶었으면 애초에 검사가 아니라 정치 쪽에 발을 넣었어야 하는 거 아니야?"

"검사로서 잡고 싶었어요. 그런데 어렵네요. 그래서 해 보려고요."

그녀가 고개를 저었다.

"정치를 하고 싶으면 조태섭 의원을 찾아갔어야 하는데. 여야를 막론하고 우리나라 실세잖아. 그 사람이 도와줬다면 국회의원 배지 다는 건 쉬웠어. 조태섭 의원이 밀어줬다면 네 나이는 걸림돌이 되지 않았을 테니까."

"……."

"상대방의 아래에 들어가서 배지를 달고 싸웠어도 되는 거 아니야?"

희우가 웃으며 답했다.

"선거에서는 국민의 표로 결정 나는데 왜 조태섭 눈에 잘 보여야 하나요? 그게 이상한 말 아닌가요?"

"그 선거에 나갈 사람을 결정하는 게 조태섭 의원이야."

희우는 고개를 저었다.

"황진용 의원님도 그 선거에 나갈 수 있는 사람을 결정하는 역할이 있는 걸로 아는데요."

그녀는 다시 한숨을 내쉬었다.

"황진용 의원님은 이제 힘이 없어."

그때, 황진용 의원이 들어왔다.

"오래 기다렸나?"

그는 반가운 목소리로 희우를 바라봤다. 실제로 얼굴을 마주하고 이야

636

기하는 건 꽤 오랜만의 일이었다.

황진용이 희우의 앞에 앉았다. 희우가 입을 열었다.

"그때 말씀드렸던 일 있지 않습니까?"

유빈을 통해 황진용에게 원하는 바를 전한 적이 있었다. 그 원하는 바는 공천권을 줄 수 있는 권한을 하나라도 가지고 있어 달라는 말이었다.

황진용이 고개를 끄덕였다.

"그래, 그래서 공천권 하나는 내가 가지고 있어. 누굴 주면 되겠나?"

"저를 주십시오."

단도직입적인 이야기였다.

황진용의 눈에 의아함이 차올랐다.

"자네를 공천해 달라고?"

그의 질문에 희우가 답했다.

"네."

황진용이 너털웃음을 터뜨렸다. 그리고 옆에 앉아 있는 유빈을 바라봤다. 희우의 말이 농담이라고 생각한 거다. 그런데, 유빈은 웃지 않고 있었다. 황진용의 웃음도 천천히 멎었다. 황진용의 시선이 다시 희우를 향했다. 그리고 물었다.

"정말인가?"

"네, 진심입니다."

"자네는 나이가 너무 어려. 공천을 받는다고 해도 선거에서 이겨 의원직을 하기는 어려워. 비례대표라면 알아봐 줄 수도 있지만……."

황진용이 차를 들어 마신 후 다시 말했다.

"지금부터 천천히 준비한다면 10년 안으로 정치인이 될 수 있을 거야. 하지만 정치를 하려면 끌어 줄 수 있는 사람 아래로 가야 해. 나는 김희우 검사를 올려 줄 힘이 없어."

황진용은 솔직하게 자신을 드러내고 있었다.

희우가 조심스럽게 말했다.

"아시지 않습니까? 조태섭 의원 및 그 휘하가 우리나라를 장악하고 있습니다."

"......!"

"저는 단지 그 판이 마음에 들지 않습니다. 의원님이 보기에 제 나이가 아직 어리다고 느껴질 것은 잘 알고 있습니다. 아니, 실제로 어리지요. 하지만 어리기 때문에 겁 없이 붙어 보고 싶습니다. 그리고 전 의원직을 하고 싶은 게 아닙니다."

"그럼?"

"조태섭 의원과 같은 지역구에 넣어 주십시오."

그 말에는 유빈도 놀라 버렸다.

조태섭이 있는 지역구에서 조태섭과 붙겠다고?

불을 보고 날아드는 불나방이 따로 없었다. 이건 반드시 실패할 일이었다.

황진용의 눈빛이 희우를 뚫을 듯 바라보았다. 그리고 무거운 목소리로 입을 열었다.

"지금 장난치는 건가?"

그 눈빛을 담담하게 받으며 희우는 계속 말을 이었다.

"고등학교 2학년 초반까지는 학교에서 거의 꼴찌를 했습니다. 하지만 이후로는 전교 1등을 했습니다."

희우는 황진용에게 자신의 이야기를 하기 시작했다.

맞벌이로 야간에 일하는 부모님과 반지하에서 살았던 일. 그리고 경매로 돈을 벌었고, 검사가 되었다는 말. 거기에 JS건설을 매수하고 천하그룹에 매각한 이야기까지, 타인의 이야기를 하듯 순서대로 읊었다.

"이 모두가 제가 해낸 일입니다. 저는 조태섭 의원이 만들어 놓은 판을 깰 수 있다고 생각합니다."

희우의 말을 들은 황진용의 눈빛이 진지하게 변했다.

"자네는 자신을 너무 믿고 있구만. 국회에는 더욱 드라마틱한 삶의 이야기를 가진 사람이 많아."

두 사람 사이에는 무거운 기운이 흘렀다. 희우의 눈과 황진용의 눈이 허공에서 쉼 없이 부딪치고 있었다.

잠시 후 황진용이 고개를 끄덕이며 입을 열었다.

"어렵게 일어난 사람은 많았지. 하지만 판을 깨고자 한 사람은 없었어. 나도 그랬고."

그의 눈빛이 희우를 향해 강렬하게 쏘아지기 시작했다. 조태섭과 맞붙어 싸우던 시절의 눈빛이었다.

그가 말을 이었다.

"난 그들과 싸울 생각을 해 본 적이 없네. 너무 강력하거든. 그들의 힘을 알면 절대 싸울 수 없지. 하룻강아지가 왜 범을 무서워하지 않는 줄 아는가?"

"두려운 줄 모르기 때문이지요."

황진용이 고개를 끄덕였다.

"맞아. 무서운 줄 모르기 때문이야. 그래, 김희우. 어디 하룻강아지가 되어 범과 싸워 보겠는가?"

"감사합니다."

희우는 자리에서 일어서서 그에게 허리를 숙여 인사를 하고 자리에 앉았다.

황진용이 물었다.

"그런데 처음에는 조태섭을 피하는 게 좋지 않을까? 다른 자리에서 시작해도 어차피 만날 사람이야."

희우는 잠시 황진용을 바라봤다. 그리고 낮게 입을 열었다.

"조태섭 의원의 정치 인생에서 가장 약한 순간이 다가올 겁니다. 그 시기가 지나면 조태섭 의원은 다시 붙잡을 수 없을 정도로 강해지겠지요. 전 지금을 놓칠 수 없습니다."

"그래서 처음부터 조태섭과 맞붙겠다는 건가?"

희우는 고개를 끄덕였다.

"조태섭 의원의 지역 공천은 쓸모없는 카드를 집어넣는다고 들었습니다."

각 당은 조태섭이 선거를 치르는 지역에 주요 인사를 공천하지 않았다. 조태섭이 당선되는 데 걸림돌이 없어야 하기 때문이었다.

희우가 말을 이었다.

"제가 들어간다고 해서 반대할 사람은 없다고 생각합니다."

"좋아, 그 정도는 내가 해 줄 수 있어. 그리고 또 어떤 일을 해 주면 되겠어? 필요한 걸 말해 봐."

"조태섭 의원에게 선을 대고 있는 자들의 마음이 흔들릴 때 그들을 포섭해 주시면 됩니다. 의원님은 국회의 원로이시니 충분히 가능할 겁니다."

황진용은 고개를 끄덕였다.

"좋아. 어떻게 그들을 흔들지는 모르겠지만 내 그렇게 해 보지. 그 전에 자네가 해야 할 일이 있어."

"말씀하십시오."

"텔레비전 프로그램에 나가게."

"······?"

"요새 사람들은 뉴스를 보지 않아요. 누가 자신의 지역구 의원인지도 모르는 사람이 태반일 거야. 선거 전에 인지도를 만든다면 조태섭에게 비벼 볼 정도는 될 것이네."

두 사람의 말을 듣고 있던 유빈이 입을 열었다.

"학벌도 좋고, 나이 빼고는 빠지는 게 없잖아. 내가 적당한 프로그램에 끼워 줄게. 나가서 이미지를 만들어 봐."

유빈은 다시 희우를 위아래로 훑어보며 말을 이었다.

"젊고 패기 넘치는 검사. 그리고 어렵게 살았던 유년 생활도 있고. 서민을 우선으로 생각하는 이미지로 포장하면 좋을 거 같은데?"

그녀의 말에 희우가 웃으며 답했다.

"연기 학원부터 다녀야겠네요."

미디어의 파급효과는 컸다. 이미지를 만들고 사람들의 기억에 강렬하게 남을 수 있는 좋은 기회였다.

다음 날.

상만이 필리핀에서 돌아왔다. 옆에는 병역 비리를 만들어 낸 의사가 있었다.

커피숍에서 만난 그들. 희우가 의사를 보며 인사했다.

"외국에서 살다 오셔서 그런지 신수가 훤하십니다."

의사가 못마땅한 얼굴로 희우를 바라봤다.

"이제 만날 일 없다고 하지 않았나요? 분명 원하는 건 다 들어줬던 것 같은데."

희우가 고개를 저었다.

"왜 그러세요. 그 자료에 한 사람 빠져 있었잖아요."

"……!"

"조태섭 의원의 둘째 아들요."

의사의 얼굴이 굳어졌다.

희우는 의자를 바짝 끌어당겨 상대의 앞으로 이동했다. 그리고 낮은 목소리로 입을 열었다.

"검사 결과 원본을 주세요."

"어…… 없어요."

"거짓말하지 마세요. 내가 살면서 브로커가 증거 없었다는 말은 들어

본 적이 없어요.”

의사는 희우의 눈을 피했다. 마주 앉아 있어도 두려운 눈빛이었다.

그럴 수밖에 없는 것이, 희우는 목숨을 걸고 조태섭에게 다가가는 중이었다. 한 번 죽었던 목숨이니 아깝지 않다? 아니었다. 이미 한 번 죽었으니 죽음이 더욱 두려울 수밖에 없었다. 하지만 희우는 다시 그 불길로 뛰어들고 있었다.

앞에 있는 의사는 달랐다. 그는 살기 위해 피하는 중이었다.

죽음까지 생각하는 희우와 살려고만 하는 의사의 눈빛이 같을 수 없었다.

희우가 말했다.

“내가 원하는 건 원본뿐입니다. 원본을 주시면 살던 곳으로 얌전히 보내 드리지요.”

의사의 눈이 흘끗 희우를 바라봤다. 그의 눈은 만약 말을 따르지 않으면 어떻게 할 거냐는 의문을 담고 있었다.

희우가 웃으며 의사의 옆에 가만히 앉아 있는 상만을 바라봤다.

“말씀 안 드렸어?”

“네? 뭘요?”

“이분 사시는 곳 주소 공개할 거라는 말.”

“아, 했죠.”

“그럼 필리핀에서 킬러 구하기 쉽다는 말은?”

의사의 얼굴은 점점 굳어 가고 있었다.

그가 희우에게 건넨 명단 덕에 몇 명이나 위태로워졌는지 알 수 없었다. 거기에 그 명단에 있는 사람들은 하나같이 대한민국에서 힘이 있다고 알려진 사람들이다. 그런 사람들이 필리핀에 도피해 있는 의사 하나 죽이는 걸 어려워할까?

희우가 말했다.

"제가 원하는 것은 원본입니다. 그리고 더 이상 당신의 주소지를 추적하지 않겠습니다."

의사가 천천히 고개를 끄덕였다.

"제발 그렇게 해 주세요. 마음 편히 잠을 자고 싶습니다."

"죄를 짓고도 편히 주무시려고 했어요? 그건 욕심이죠. 그러니까 다음에는 찾지 못하게 꼭꼭 숨어 계세요."

상만이 원본을 가지러 가기 위해 의사를 따라 커피숍을 나갔다.

희우는 여전히 자리에 앉아 핸드폰을 만지작거리며 생각에 빠져 있었다.

텔레비전에 출연할 날은 잡아 둔 상태였다. 선거법에 위반되지 않는 범위 내에서 최대한 선거 날과 가깝도록 일정을 조율해 뒀기에 문제는 없었다.

하지만 지금 희우가 하고 있는 생각은 그게 아니었다. 조태섭에게 줄 선물의 전달 날짜였다. 그리고 그 선물을 줘야 할 시기는 걸려 온 전화와 함께 결정되었다.

전화를 건 사람은 희아였다.

"응, 무슨 일이야?"

─검찰에서 너무 사소한 것까지 잡고 늘어지네. 유주훈 부장이란 사람 원래 그래? 수십 개의 계열사가 있는데 완벽할 수는 없잖아. 그 정도는 배려해 줘야 하는 거 아냐? 모든 것에 다 법의 잣대를 들이밀면 어떻게 사업을 해?

그녀는 불만을 들어 줄 사람을 찾기 위해 희우에게 전화를 건 것이었다. 하지만 희우는 그녀의 말을 들으며 미소 지었다.

"유주훈 부장 마음에 안 들어?"

─너 같으면 마음에 들겠어?

"알았어. 오늘부로 천하그룹에 대한 압수수색은 끝날 거야."

─뭐? 오늘부로 끝난다고? 그게 무슨 말이야?

"언제 줘야 하나 고민하고 있었는데 오늘 줘야겠네."

-어? 나한테 뭐 주려고?

그녀는 희우의 말을 이해할 수 없었다. 희우는 지금 검사도 아니었다. 그런데 어떤 근거로 오늘 끝난다는 말을 하고 있을까?

그녀와의 전화를 끊은 희우는 구승혁에게 연락을 했다.

"바쁘지? 전화 받을 수 있어?"

-바쁘긴. 네 말대로 난 쉬엄쉬엄하는 중인데.

"너도 유주훈 부장 마음에 안 들어?"

-무슨 말이야? 그럼 마음에 들겠냐?

그의 목소리를 들으며 희우가 나직하니 입을 열었다.

"그럼 유주훈 부장 보내 버리자."

-어?

"지금 영상 하나 보낼 테니까 대검 들어가면 브리핑실 가서 기자들한 테 보여 줘. 아주 좋아할 거야."

구승혁과의 전화를 끊은 희우는 자리에서 일어섰다. 그리고 그가 향하는 곳은 한남동의 A미술관이었다.

A미술관에 도착한 희우는 관장실로 들어가 이초현과 마주 앉았다. 두 사람 사이에 고급 커피 잔이 놓였다.

커피를 들어 마시며 희우가 그녀에게 물었다.

"짧은 기간 동안 뜨겁게 사랑하셨나요?"

그녀는 빙긋이 웃으며 말했다.

"검찰총장실도 가 봤고 간지러운 문자도 주고받았어요. 아, 70년대 느 낌의 연애편지도 받아 봤네요. 그럼 이제 비련의 여주인공이 될 차례인 가요?"

말을 마친 그녀가 가방에서 핸드폰을 꺼내 주고받은 문자를 희우에게 보여 줬다. 검찰총장 윤종기가 그녀에게 보낸, 사랑한다는 말과 여행을 가고 싶다는 이야기로 가득한 문자들이었다.

그녀는 가방 속에서 편지지도 몇 장 꺼내 테이블 위에 올렸다. 그녀의 말처럼 '그대의 호수 같은 눈동자에 사랑을 느꼈습니다.'라고 시작되는 70년대 느낌의 연애편지였다.

희우가 편지를 읽으며 입을 열었다.

"이 정도면 충분하겠네요."

희우는 편지를 테이블 위에 올려 두고 전화기를 들어 유빈에게 전화를 걸었다.

"선배, 혹시 검찰총장의 사랑에 대한 기사를 작성할 생각은 없으신가요?"

-어? 그게 무슨 말이야?

"정치부 기자라고 해서 검찰총장 스캔들 기사 쓰지 말라는 법 없잖아요?"

전화를 끊은 희우가 이초현에게 말했다.

"금방 온다고 합니다."

이초현이 찻잔을 들어 마시며 입을 열었다.

"한동안 미술관 앞에 기자들이 많이 있겠어요. 어떤 작가의 그림을 눈에 띄게 해야 값이 올라갈까요?"

희우가 자리에서 일어나 그녀에게 말했다.

"값이 비싸지기 전에 그림 하나는 제가 미리 사 둬도 되겠죠?"

이초현이 밝게 웃었다.

"그럼 그 그림은 기자들 카메라가 우선적으로 찍게 만들어 드리죠."

"아니요. 지금 바로 가지고 갈 겁니다."

희우는 관장실에서 나와 계단을 걸어 그림이 걸려 있는 1층으로 내려갔다.

많은 그림들이 눈에 보였다. 희우는 천천히 그림을 감상했다. 그림에 대해서는 이론적으로 외우기만 했지 이렇게 집중해서 본 적은 없었다.

잠시 후, 유빈이 미술관으로 들어왔다. 희우가 반갑게 그녀를 맞이했다.

"아, 선배."

"무슨 말이야? 검찰총장의 스캔들이라니?"

"조태섭 의원의 일이 아니니 기사를 낼 수 있겠죠?"

"아무리 그래도 기습적으로 내야겠지? 일단 나가면 조태섭 의원이라고 해도 걷잡을 수 없을 거야. 총장 후보자였던 김석훈 지검장의 혼외 자식에 이어서 이번엔 현직 검찰총장의 불륜이니까. 사람들이 관심을 가질 수밖에 없어."

사람들은 자극적인 내용을 좋아했다. 검찰총장이 몇억을 은닉했다는 말보다 불륜을 했다는 이야기가 그들의 궁금증을 더 자극하기 마련이었다.

희우가 말했다.

"위에 올라가 보세요. 관장실에 주인공 있으니까요."

유빈은 고개를 갸웃거리며 위로 올라갔고, 희우는 여전히 그림을 보는 데에 열중했다.

그날 밤, 희우는 그림을 들고 천하그룹으로 향했다.

회장실로 들어가자 몹시 초췌한 얼굴의 희아가 그를 반겼다. 그녀는 계속되는 검찰의 수사에 지쳐 가고 있는 중이었다. 그녀가 물었다.

"어쩐 일이야?"

"아, 그림 감상하면서 텔레비전도 보려고."

"응? 텔레비전?"

희우는 소파에 앉아 테이블 위에 그림을 올려 두고 포장된 종이를 뜯었다. 그리고 그녀에게 물었다.

"이 그림 어때? 네가 내 그림 보는 안목을 무시했잖아? 그래서 직접 골라 봤는데."

하얀 눈밭에 보라색 점퍼를 입은 꼬마 아이가 서 있는 그림이었다.

물끄러미 그림을 보던 그녀가 말했다.

"분위기 있네."

"선물이야. 벽에 걸어 둬."

"선물?"

"응, 너한테 주는 선물은 그거고…….".

희우는 전화를 들었다. 전화는 조태섭의 비서인 한지현에게 향했다.

한지현이 전화를 받자 희우가 입을 열었다.

"조태섭 의원에게 선물 갔다고 전해 주세요."

-선물요?

"네."

전화를 끊은 희우가 희아에게 말했다.

"텔레비전 틀어 봐."

그녀는 무슨 상황인지 모른 채 리모컨을 들어 전원 버튼을 눌렀다.

아나운서의 빠른 목소리가 흘러나왔다.

-천하그룹을 수사하고 있는 수사 팀의 유주훈 부장이 해외에 있는 페이퍼 컴퍼니로

부터 1억 2천만 원의 현금을 받은 사실이 드러났습니다. 대검찰청에 있는 구승혁 검사

는…….

놀란 표정을 짓고 있는 희아를 보며 희우가 말했다.

"유주훈 부장이 마음에 안 든다며?"

"어? 어."

"아직 끝이 아니야."

아나운서의 목소리가 이어졌다.

-윤종기 검찰총장이 불륜을 저질렀다는 의혹이 일어났습니다. 내연녀는 한남동에서

미술관을 운영하고 있는 이 모 씨입니다. 이 모 씨는 상대가 유부남인 줄 몰랐다며 윤종기 검찰총장을 사기 혐의로 고소한 상황입니다.

연이어 두 개의 사건이 터져 버렸다. 국민들이 가지고 있던 검찰에 대한 신뢰는 땅으로 곤두박질치고 있었다.

희우가 앞에 앉아 멍하니 있는 희아에게 말했다.

"이제 네가 할 차례야."

"뭘?"

"청와대에 연락 넣어서 수사 그만해 달라고 말해. 대통령도 짧은 시간에 벌어지는 일에 피로감을 느끼고 있을 거야. 경제도 어려워지고 있으니 여기서 덮기를 바라고 있을 거고. 적당히 세금 낸다고 말하고 타협해."

그 시각, 조태섭은 아무 말도 못 하고 주먹만 파르르 떨고 있었다.

김석훈이 구속되고 무너진 검찰 장악력을 살리기 위해 많은 노력을 쏟아부었다. 한번 무너진 장악력을 회복하는 건 쉬운 일이 아니었다. 그래서 윤종기에게는 법무부 장관 자리까지 약속하며 당근을 준 상태였고, 유주훈에게도 미래를 보여 주며 충성을 받아 냈다. 그게 끝이 아니었다. 이제 막 임관한 초임 검사들까지 신경 쓰며 조금씩 아래에 두는 중이었다.

그런데 이번 일로 또다시 무너져 버렸다.

조태섭이 분노에 찬 목소리로 중얼거렸다.

"김희우."

그의 주먹이 꽉 쥐였다. 그리고 책상을 내리찍었다.

쾅!

거친 소리가 그의 서재를 울렸다.

며칠이 지났다.

윤종기 검찰총장의 불륜과 유주훈 부장의 비리 소식이 아직 식기 전, 희우는 유빈의 도움으로 한 토크쇼에 나갔다. 동시간대 최고의 시청률을 기록하고 있는 토크쇼였다.

이름 없는 한 일반인인 희우가 토크쇼에 나온다고 했을 때 담당 PD는 거절했다. 하지만 그가 천하그룹의 대주주 중 한 명이라는 말에 태도를 바꿔 출연을 적극 종용했다.

MC의 힘찬 소개와 함께 희우는 무대로 등장했다.

희우가 의자에 앉자 MC가 입을 열었다.

"꼴등이 전교 1등이 되고 한국 대학교 법학과에 들어가고 거기서 검사까지 되었습니다. 그게 전부가 아니었지요? 지금은 우리나라 최고의 기업인 천하그룹의 대주주 중 한 분으로 계십니다. 이렇게 될 수 있었던 원동력이 무엇입니까?"

희우가 천천히 입을 열었다.

"제가 학교에서 전교 꼴찌를 하고 있을 때입니다. 학교를 마치고 집에 돌아왔는데 어머니가 일을 하다가 손을 다치신 거예요. 크게 다치신 건 아니었지만 아픈 내색을 하지 않고 그 손으로 밥을 해 주시더라고요. 그때 저는 공부를 해야겠다고 생각했습니다. 다른 재능도 없는 저에게 야간 일을 하시는 부모님을 편안히 모실 수 있는 유일한 방법이었으니까요. 그래서 남들보다 조금 더 공부를 많이 했어요. 노력해서 안 되는 일은 없다는 말만 믿고 했을 뿐입니다."

희우는 부끄러운 듯 말을 했다.

희우는 순진한 사람이며 효자라는 이미지를 만들고 있었다.

MC가 계속 입을 열었다.

"제가 듣기로 김희우 씨는 돈을 벌어서 JS건설의 투자자가 되셨어요. 그 전에 돈을 모았던 방식이 대학 때 부동산을 하셔서라고 했는데, 이거 이상하지 않습니까? 건설 회사의 투자자가 되었던 이유가 무엇입니까?"

MC의 질문에 희우는 부끄러운 듯 웃었다.

"큰 이유는 없어요. 저희 부모님도 노동자셨잖아요. 뉴스에서 나오던, JS건설 비정규직 노동자들이 회사 사정으로 해고가 되고 밖으로 내몰리는 현실이 슬펐습니다."

희우의 말에 무대는 경건해졌다. 비정규직 노동자들을 위해 투자를 했다는 말은 아무도 들어 본 적이 없었다.

MC가 물었다.

"그래서 대주주의 힘으로 비정규직을 모두 복귀시키신 겁니까?"

"네. 아, 물론 검사 생활을 하는 동안에 회사 경영에 참여한 적은 없습니다. 매일 밤늦게 퇴근하는데 제가 다른 곳에 신경 쓸 여유가 없었죠."

"그런데 갑자기 JS건설이 천하건설과 합병을 했습니다. 이에 대해 장사꾼이라고 욕을 하는 분들도 계시던데요. 이때도 김희우 씨의 의견이 들어갔습니까?"

희우가 말했다.

"당시 JS건설 대표이사로 있던 박상만 대표가 찾아왔어요. 그분도 저와 뜻이 같아서 단순히 비정규직 노동자들을 복귀시키기 위해 투자를 했었거든요. 그래서 회사를 매입하고 비정규직 노동자분들을 복귀시키기는 했지만 문제가 있었어요."

희우의 말은 텔레비전을 보고 있는 사람들을 집중하게 만들었다.

MC가 물었다.

"문제가 뭐였습니까?"

"운 좋게 분양은 성공했지만 경영에 대해서는 깜깜했습니다. 저희는 경영을 해 본 사람들이 아니니까요. 그래서 전문 경영인을 찾던 와중에 천하그룹 김희아 회장님과 연결이 되어 합병하게 된 것입니다. 물론 김희아 회장님께 우리 직원들을 해고하지 않겠다는 방침을 약속받았고요."

MC가 놀란 표정으로 물었다.

"스스로 경영직에서 내려왔다는 말씀인가요?"

"제가 내려온 건 아니고요. 전 그때 검사 생활로 정신이 없었고, 의견만 제시했을 뿐이에요. 박상만 대표가 스스로 내려왔죠."

"하하, 공을 자꾸 다른 분에게 넘기시는 거 보니까 겸손하기까지 하십니다."

희우는 고개를 저으며 다시 입을 열었다.

"단지 비정규직을 복귀시키겠다는 생각만으로 시작한 일이었으니까요. 장기적으로 회사가 튼튼해지고 전문적으로 경영되기 위해서는 천하그룹만큼 좋은 기업이 없다고 생각했습니다."

MC가 장난스럽게 물었다.

"얼마 받고 파셨습니까?"

희우가 눈을 깜박이며 되물었다.

"그런 거 말해도 되나요?"

"말씀해 주세요. 다들 궁금해하는 일입니다."

"돈은 받지 않았는데요."

"네?"

이번엔 MC가 눈을 껌벅였다.

돈을 받지 않고 회사를 넘겼다? 비정규직을 위해 회사를 샀다는 말보다 더 말이 안 되는 말이었다.

희우가 말했다.

"지분에 대한 약속만 받았습니다. 그 지분도 돈을 받고 팔거나 하지는 못하도록 계약했고요. 일단 지분을 받은 이유가, 천하그룹이 회사를 받고 알맹이만 빼낼 수도 있잖아요. 그래서 함부로 할 수 없도록 장치해 둔 거죠."

그의 말에 희우를 향한 MC의 눈은 마치 성인을 보는 듯했다.

MC가 천천히 물었다.

"돈을 안 받았다고요?"

희우는 빙긋 웃음 지었다.

"먹고살 돈은 있어요. 그리고 아주 안 받았다고 하면 거짓말이죠. 주식 배당금도 나오고 할 텐데요."

무일푼으로 시작해 검사가 되고 이제는 재벌의 반열에 오른 젊은 남자.

시청률은 대폭 상승했고 다시 보기와 다운로드를 합산하면 국민의 절반 이상이 시청했다고 기록되고 있었다.

집에 앉아 있는 희우에게 황진용 의원의 전화가 걸려 왔다.

─지금 난리야. 김희우 신드롬이라고 불리고 있어. 이 정도 인지도라면 선거에서 조태섭과 한판 붙어도 되겠어.

"감사합니다. 계속 부탁드리겠습니다."

전화를 끊은 희우는 말없이 천장을 바라봤다.

희우에게 인기 같은 것은 관심 밖이었다. 희우는 오직 조태섭만 생각하고 있었다.

그때, 초인종이 울렸다. 희우가 현관으로 나가며 말했다.

"상만이냐?"

문밖에선 아무 대답도 없었다. 희우가 다시 물었다.

"술 마셨어?"

여전히 아무 말도 들리지 않았다.

희우는 문을 열지 않았다. 조심스럽게 현관문의 렌즈 구멍을 통해 밖을 확인했다. 어쩌면 조태섭이 보낸 사람들이 있을 수도 있었다.

렌즈를 통해 밖을 보던 희우가 피식 웃었다. 앞에는 희아가 서 있었다.

희우가 문을 열며 말했다.

"왜 말도 안 하고 왔어?"

"지나가는 길에 들른 거야. 깜짝 놀라게 해 주려고. 그런데 들어와서 차 한잔 마시라는 소리 안 해?"

"들어와."

희우가 주전자를 가스레인지에 올려 물을 끓일 때 그녀는 집 안으로 들어와 책상과 여러 가지를 둘러봤다.

"옛날에 왔을 때랑 다를 게 없네?"

"그런가?"

"응, 돈을 벌었는데도 똑같이 사는 거 보니까 역시 김희우란 생각이 들어."

"난 이렇게 살아와서 이게 제일 편할 뿐이야."

희우는 물이 끓는 주전자를 들어 컵에 따르며 말을 이었다.

"믹스 커피 괜찮지?"

"응, 좋아. 그런데 갑자기 선거에 나간다니, 무슨 생각이야?"

희우가 커피를 저으며 그녀를 물끄러미 바라봤다.

"어떻게 알았어?"

"말했잖아, 우리 회사 정보력이 국정원보다 위라고."

희우가 컵을 들어 그녀가 앉은 책상 위에 놓으며 말했다.

"대놓고 네거티브할 수 있잖아."

"어? 네거티브?"

"조태섭 만나서 욕하려고. 선거에서 만나면 서로 욕하고 그러잖아."

그녀는 어이없다는 표정으로 고개를 저었다.

"그게 이유의 전부야?"

"아니, 몇 가지 이유가 있어."

"이유?"

희우가 그녀의 맞은편에 앉으며 말을 이었다.

"조태섭을 잡으려면 정말 동등한 입장이 되어야 한다는 게 첫 번째."

"……."

"국민들이 더 이상 잘못된 정치인을 선택하지 않았으면 하는 게 두 번째야. 뽑아서 힘을 줬으면 뺏어야 할 사람도 국민들이잖아."

희우의 말에 그녀가 손으로 입을 가리고 웃었다. 희우가 고개를 갸웃거리며 물었다.

"왜 웃어?"

"국민이라고 말하는 거 보니까 네가 정말 정치를 하려고 하는구나?"

희우가 고개를 저었다.

"정치엔 관심 없어."

다음 날. 희우는 서부 지검 앞 커피숍에서 구승혁과 만나는 중이었다. 대검 수사 팀이 해체되며 구승혁은 다시 서부 지검에 와 있었다.

희우가 말했다.

"내가 신호를 주면 대부업에 대한 대대적인 조사를 발표해 줘."

"위에서 또 막으면?"

"막지 못할 거야."

"무슨 자신감이냐?"

"유명인의 자신감이지."

희우의 말에 구승혁이 크게 웃었다.

"그래, 너 유명인 맞다. 그럼 유명인 믿고 또 브리핑 룸 습격 한번 해 볼까?"

그 시각, 조태섭은 불안한 걸음으로 서재를 서성이고 있었다. 그 역시 희우가 선거에 나온다는 소식을 들은 후였다.

"선거에 나와? 텔레비전에서 시시덕거리더니 정치판이 우스워 보였나?"

조태섭은 선거에서 인지도 있는 사람을 상대해 본 적이 오래되었다. 오랜 기간 인지도가 높은 상대는 전무했다고 봐도 좋았다. 그가 다시 중얼거렸다.

"황진용이가 공천했다고?"

그는 김희우와 황진용의 이름을 번갈아 부르고 있었다. 그리고 이를 꽉 물었다.

희우는 정치판에 들어오기에 어린 나이였기에 이런 식의 전개는 전혀 예상하지 못하고 있었다. 예측에서 벗어나는 공격이 들어오면 골치가 아플 수밖에 없었다.

작게 한숨을 내쉰 조태섭이 생각에 빠져들어 갔다.

희우가 공천을 받아 자신의 지역구에 들어온 것은 누구를 탓할 수 없는 일이었다. 황진용이 아무리 장악력이 없다고 하지만 원로였다. 다른 의원들은 황진용이 추천하는 희우를 예의상 공천에 집어넣었을 것이다.

그리고 당시는 희우가 토크쇼에 나와 인기를 얻기 전이었다. 그 어떤 사람도 희우라는 인물이 조태섭의 상대가 될 수 있을 거라고는 생각할 수 없었다. 그들은 희우가 선거에 처음 등장하는 인물이었고 국민의 공감을 얻기에는 어린 나이라고 판단해 버렸다. 그리고 별다른 이견 없이 조태섭의 지역구에 김희우를 넣었다.

이게 사건의 전말이었다.

조태섭이 고개를 저었다.

어찌 된 일인지는 상관없었다. 선거에서 진다는 생각은 할 수가 없었다. 상대가 아무리 욕을 하고 난리를 쳐도 그에게는 절대적인 지지층이 있었다. 그 절대적인 지지층은 조태섭이 아무리 바보 같은 정책을 내놓아도 응원할 사람들이었다.

게다가 조태섭은 해당 지역구에서 오랜 시간을 군림해 왔다. 패배란 없었다.

생각을 끝낸 조태섭의 입가에 미소가 걸렸다.

조바심을 내는 건 쫓기는 자, 또는 뭔가가 다급한 사람들의 심리였다.

조태섭은 아니었다. 상대가 누구라고 해도 이길 자신이 있었다.

그가 문밖에 있는 한지현을 불렀다. 그녀가 서재로 들어와 고개를 숙였다.

"부르셨습니까?"

"김희우에게 연락해. 밥이나 먹자고."

"네."

그녀는 밖으로 나가 희우를 향해 전화를 걸었다.

희우는 구승혁과 계획을 짜고 있던 중이었다. 진동이 울리는 핸드폰을 보며 희우가 통화 버튼을 눌렀다.

-의원님께서 식사를 하자고 말씀하셨습니다.

"좋습니다. 언제가 좋을까요?"

-오늘 저녁 어떠십니까?

"좋습니다."

그날 밤, 한 한식집에서 희우와 조태섭은 마주 앉았다.

희우가 말했다.

"선거 포기하고 단일화하자는 이야기면 하지 마세요."

조태섭이 피식 웃었다.

"내가 왜 자네하고 단일화를 해야 하지?"

"불안하니까요."

"자네 지지율이 몇 %인지 알고 그러는가?"

희우가 고개를 저었다.

"선거 전이잖아요. 선거가 시작되면 모르는 겁니다. 지금의 지지율을 믿지 마세요."

CHAPTER 51

장난스럽게 말을 하는 희우를 보며 조태섭의 눈이 차갑게 변했다. 그리고 무거운 목소리로 입을 열었다.

"선거까지 나오다니 도가 지나쳤어. 장난은 그만 치도록 해."

"장난이라뇨? 장난 아니에요."

"왜 나를 노리고 있는 건가?"

"정말 몰라서 물어보는 겁니까? 당연히 범죄자니까 노리고 있는 거죠."

조태섭의 얼굴이 굳어졌다.

희우가 말을 이었다.

"검사로 잡으려고 했는데 잡을 수 없는 걸 어떻게 합니까? 그래서 고민을 하다 보니 이렇게 되어 버렸네요."

"나를 잡을 수 있다고 생각하는가?"

"못 잡을 건 또 뭡니까?"

조태섭의 입가에 비릿한 미소가 걸렸다. 그가 말을 이었다.

"자네는 나랑 참 닮았어."

"다행이네요. 당신을 잡으려면 당신처럼 되어야 한다고 생각했으니까."

말을 하던 희우가 피식 웃었다. 그리고 어깨를 으쓱거리며 말을 이었다.

"다른 건 있네요. 그쪽은 입 냄새가 심해요. 마주 앉아만 있어도 구역질이 나올 것 같아요."

희우의 이죽거림에도 조태섭은 아랑곳하지 않았다.

잠시 희우를 노려보던 조태섭이 입을 열었다.

"정치인이 되기로 했다니까 궁금한 게 있네. 자네의 정치는 무엇이지?"

희우가 어이없다는 표정으로 고개를 저었다.

"정치할 생각 없다고 계속 말하지 않았나요? 머리가 나쁘신가요?"

"뭐?"

"난 그냥 너를 잡고 싶다고요."

조태섭의 굵은 눈썹이 꿈틀거렸다. 그가 무거운 목소리로 말했다.

"자네가 정의라고 생각하지 마. 사람들은 자신의 가치관을 세워 두고 거기에 다른 의견을 피력하면 정의롭지 못하다, 틀리다라는 말을 하곤 하지. 하지만 틀리거나 정의롭지 못한 게 아니야. 다른 거야. 상대의 다름을 인정하도록 해."

희우의 눈이 빛났다. 그가 말했다.

"이봐요, 조태섭 씨. 난 내가 정의라고 생각 안 합니다. 그러니까 그냥 법에 적힌 대로 합시다. 그리고 당신의 행동은, 다른 게 아니라 틀린 겁니다."

"장난하는가?"

"장난 아니라니까 계속 장난이라고 하시네. 좋을 대로 생각하세요."

희우가 다시 조태섭을 슬쩍 바라봤다. 그리고 말을 이었다.

"나한테 좋은 소리 못 들을 건 알고 있었잖아요? 나를 부른 이유가 뭐죠?"

조태섭의 입가에 미소가 걸렸다. 그 미소에는 살기가 가득 담겨 있었다. 그가 조용히 입을 열었다.

"총선에 나오는 건 자네의 자유야. 하지만 더 이상 헛짓을 한다면 목숨을 잃을 수도 있을 거야."

"음주 운전으로 가장한 교통사고나 뭐 그런 건가요?"

조태섭의 눈에 순간적으로 당혹스러움이 일었다. 하지만 그것은 금세 사라졌다. 그는 희우가 박대호를 만났다는 걸 알고 있었다.

조태섭이 여유롭게 말했다.

"그래, 그런 거지. 잘 알고 있으면 몸가짐 잘하도록 해. 음주 운전하지 말고."

"걱정해 주셔서 감사하네요."

식사를 마친 희우는 자리에서 일어섰다.

문밖으로 나가자 한지현이 서 있었다. 희우가 그녀에게 나직하니 말했다.

"아직도 만나려면 더 기다려야 하나요?"

예전에 희우는 그녀에게 따로 시간을 빼어 보자는 말을 한 적이 있었다. 그녀는 알았다는 대답을 했지만 그 시간은 아직까지 오지 않았다.

희우의 말에 그녀가 조용히 입을 열었다.

"며칠 후에 의원님께서 봉사를 가십니다. 그날, 경기도 서부에 있는 고아원으로 올 수 있으십니까?"

희우가 고개를 끄덕였다.

"백수라 시간이 남아도네요."

며칠 후.

희우는 경기도 서쪽의 고아원으로 향했다. 한지현에게 전화가 걸려 왔다.

-시내에 있는 커피숍으로 가 계십시오.

"네, 알겠습니다."

희우가 커피숍에 앉아 있자 잠시 후 한지현이 들어왔다. 그녀가 앞에 앉자 희우가 말했다.

"커피는 제가 사지요. 뭐 드시겠어요?"

두 사람 사이에 커피가 놓였다.

희우가 그녀에게 물었다.

"시간도 많지 않으니 바로 여쭤보겠습니다. 조태섭에게 어떤 원한을 가지고 있나요?"

원한이라는 단어에, 무표정으로 일관하던 그녀가 당황했다. 눈동자는 흔들렸고, 찻잔을 든 손은 심하게 떨려 왔다.

그 모습을 바라보며 희우는 잠시 이전의 삶을 기억했다.

지난 삶에서 희우는 내후년에 검사가 되었다. 그리고 10년 가까운 시간 동안 조태섭과 인연을 맺어 왔다. 직접적으로 조사를 시작한 건 그 기간보다는 짧았지만 어쨌건 오랜 기간 알아 왔던 사이다.

중요한 것은, 그의 기억에 한지현은 없었다.

이전의 삶을 통해 지금을 예측해 본다면 그녀는 올해 또는 내년에 죽음에 이르게 된다. 그래야 희우가 조태섭을 조사하면서도 그녀를 모르고 있었다는 게 말이 되었다.

그리고 그녀는 죽은 후 저승사자가 되어 희우에게 말했다.

─저승에서 받을 벌도 있지만 이승에서도 지옥을 보여 주세요.

모든 걸 종합해 봤을 때 그녀는 조태섭에게 어떤 원한을 가지고 있다는 걸 알 수 있었다.

희우가 다시 그녀에게 물었다.

"혹시 조태섭 의원을 끌어내릴 계획을 가지고 있으신가요?"

조태섭의 측근으로 있던 그녀가 살해를 당했다는 것, 그것은 그녀가 조태섭과 맞붙었을 가능성을 말하고 있었다.

희우의 말을 들은 그녀는 굳은 표정으로 반문했다.

"그게 무슨 말이죠?"

희우가 피식 웃었다.

"저는 제가 조태섭이 싫다고 말을 했습니다. 그리고 모든 걸 빼앗을 생각입니다.”

이미 같은 지역구에 상대 후보로 이름을 올렸다. 더 이상 발톱을 숨길 필요는 없었다.

희우의 말에 그녀는 침을 꿀꺽 삼켰다. 마주하는 눈빛만으로 그가 조태섭에게 가진 적대감이 얼마나 큰지 알 수 있었다. 그녀의 눈동자가 떨렸다.

그녀가 뭐라 입을 열려고 할 때, 그녀의 전화벨이 울렸다.

“네, 지금 시내에 있는 편의점입니다. 필요한 물품이 있어 구입하러 왔습니다.”

전화를 끊은 그녀가 희우에게 말했다.

“다시 연락을 드리지요.”

한지현은 일어서서 그에게 인사를 하고 도망치듯 커피숍을 빠져나갔다.

그녀는 방금 희우의 분위기에 압도되어 실언을 할 뻔했던 것을 생각하며 가슴을 쓸어내렸다. 그녀는 아직 희우를 믿을 수 없었다.

거리를 걸어 고아원으로 향하는 그녀의 옆으로 희우가 섰다. 그녀의 걸음 속도와 맞춰 걸으며 희우가 말했다.

“저를 못 믿지요? 무엇을 못 믿을까요? 조태섭에게 고자질할까 봐? 아니면 이기지 못할까 봐?”

그녀는 횡단보도 앞에서 걸음을 멈춰 섰다. 그리고 차갑게 희우를 바라봤다.

“둘 다요. 김희우 씨는 어떻게 사람을 잘 믿는지 모르겠습니다. 그렇게 믿다가 발등을 찍히는 곳이 정치판입니다.”

“저는 정치 안 한다니까요.”

희우는 그녀의 귀로 입을 가져다 댔다. 그리고 정말 작은 목소리로 속삭이며 말을 이었다.

“저를 믿어 주세요. 나를 믿어야 한지현 씨가 살 수 있습니다. 저는 진심으로 한지현 씨를 구하고 싶어요."

말을 마친 희우의 얼굴이 다시 제자리로 돌아왔다. 그리고 싱긋 웃었다.

횡단보도의 불이 초록색으로 변했다. 그녀가 멍한 표정으로 서 있을 때 희우가 그녀에게 손을 흔들었다.

"그럼 연락 주세요."

희우가 자리를 떠났다.

그녀는 멍한 눈으로 횡단보도를 건넜다.

김희우와 조태섭이라는 두 이름이 번갈아 그려졌다. 조태섭을 생각하던 그녀는 이를 꽉 깨물었다.

그녀가 어린 시절, 조태섭은 공안 검사였다. 하찮은 공명심으로 간첩이라는 죄를 씌워 그녀의 아버지를 잡아갔던 조태섭. 결국 그녀의 아버지는 죽고 어머니는 정신병에 걸렸다. 그렇게 그녀는 고아원으로 보내졌다.

시간이 지나고, 조태섭은 검사를 그만두고 정치권에 들어섰다.

정치인이 된 조태섭은 고아원을 돌아다니며 많은 후원을 시작했고 그녀와 다시 만나게 되었다. 조태섭은 그녀를 기억하지 못했지만 그녀는 조태섭을 똑똑히 기억했다. 그리고 그녀는 언제가 될지 모를 복수의 시간을 기다리며 그의 옆에 머물렀다. 하지만 조태섭의 힘을 알면 알수록, 느끼면 느낄수록 두려웠고 무서웠다.

한지현은 옛일을 생각하며 고아원으로 걸어갔다.

희우는 그녀의 모습을 먼발치에서 바라보고 있었다. 그리고 유빈에게 전화를 걸었다.

"네, 잠시 만나 뵐 수 있을까요?"

전화를 끊은 희우의 눈이 차가웠다.

한지현이 자신을 믿지 못하고 있다면 믿게 만들어 주면 될 일이었다. 그 방식은 희우가 조태섭을 이길 수 있다는 가능성을 보여 주면 된다고 생각했다.

희우의 집 앞 근처에는 시장이 있었고 그 안에는 곱창으로 유명한 집이 있었다. 희우와 유빈은 그곳에 마주 앉았다.

유빈이 말했다.

"우리 후배님은 선배를 오라 가라 하는 정말 좋은 후배님이세요."

"여기 곱창이 맛있잖아요."

그녀는 가게 안을 둘러봤다.

"고등학교 때도 여기는 안 와 봤던 거 같아. 어쨌든 내가 정치부 기잔데 세간의 관심이 집중된 김희우 후보님이 부르시면 친히 와야지요."

선거 후보자가 발표되었다. 사람들의 시선은 서울의 한 지역구의 싸움에 집중되어 있었다. 바로 정치 9단이라 불리는 조태섭 의원과 김희우의 대결이었다.

그녀의 말에 희우가 어색하게 웃었다.

"선배의 예전과 다른 모습이 아직까지도 익숙하지 않아요."

"말했잖아. 기자 생활이 녹록지는 않더라. 그리고 예전에도 이런 성격이었다면 내가 너를 확!"

"확? 뭐요?"

그녀가 고개를 저은 후 소주의 뚜껑을 열며 답했다.

"아니다. 말해 뭐 하냐. 빨리 하고 싶은 말이나 해. 어서 일하고 밥이나 먹게."

"조태섭의 둘째 아들 있잖아요?"

"응."

"병역 비리가 있네요. 당시 원본 사진을 제가 가지고 있어요."

그녀는 뚜껑을 딴 소주를 잔에 채우지 않고 테이블에 올렸다. 그리고 말했다.

"한가롭게 곱창 먹으면서 소주 마실 분위기는 아니네."

조태섭은 고아원에서 봉사를 마치고 서울로 향하고 있었다. 한지현이 입을 열었다.

"황진용 의원이 선거가 끝나기 전까지는 만나고 싶지 않다고 했습니다."

조태섭은 인상을 찌푸렸다.

희우와 만난 후 조태섭은 황진용에게 연락하라고 지시했다. 그런데 만남을 거부했다는 말에, 조태섭은 짜증 섞인 목소리로 말했다.

"건방진 놈이야. 내가 아직까지 자기와 같은 급이라고 생각하고 있는 건가?"

잠시 창밖을 바라보던 조태섭이 한지현에게 말했다.

"김희우의 선거를 돕고 있는 주변 인물들에 대한 조사는 하고 있나?"

그녀는 고개를 끄덕였다.

"사람을 붙여 놨습니다. 조만간 만나는 모든 인물에 대한 조사 자료가 들어올 겁니다."

"좋아. 발가벗겨진다는 말이 어떤 의미인지 알려 줘야겠어."

조태섭의 눈이 싸늘해졌다.

그때 그녀의 주머니 속에서 진동 소리가 울렸다.

"잠시 전화 좀 받겠습니다."

수화기 속에서 들려오는 목소리를 듣고 있던 그녀의 표정이 굳어졌다. 그녀가 조태섭에게 다급히 말했다.

"둘째 아드님의 병역 비리 문제가 불거지고 있답니다."

"그게 무슨 소리야?"

"엑스레이 원본 사진이 공개되었다고 합니다."

조태섭이 중얼거렸다.

"김희우……."

이런 일을 터뜨릴 수 있을 사람은 김희우밖에 없다고 생각했다.

굳어졌던 조태섭의 얼굴에 조금씩 미소가 걸렸다. 그리고 큰 소리로 웃기 시작했다.

오랜만에 도전자다운 도전자가 나타났다. 그에게 도전하는 모든 사람들은 철저하게 짓밟혔었다. 죽였고 죽이는 피의 시간. 그 시간이 다시 돌아왔다. 그의 앞에서 송곳니와 발톱을 보이며 으르렁대는 하룻강아지는 제법이었다. 나름 조태섭이 구석으로 몰리는 중이었다.

조태섭이 창밖을 바라보며 중얼거렸다.

"너무 오랜 시간 평화로웠어."

생각해 보면 긴 평화의 시간을 보내며 나태해질 대로 나태해져 버리고 말았다. 그래서일까? 김석훈도 박대호도 새로 들인 윤종기까지도, 모두 목이 베어 버렸다. 평화에 길들여진 장수는 전시에 써먹을 수 없었다.

도전자는 필요한 존재였다. 뼈와 살을 잔인하고 강하게 찢어 버릴수록 충성심은 강해지고 결속력도 단단해졌다. 도전자의 머리를 잘라 성 밖에 걸어 공포심을 심어 주는 행위로 다른 자들의 역모를 막을 수 있었다.

"정말로 잘된 일이야. 총선이 끝나고 앞으로 대선을 준비할 5년 동안의 시발점이 될 거야."

그의 입에 날카로운 이빨이 보이는 듯했다.

조태섭은 자택에 도착했다.

그가 서재로 들어가자 복도에 서 있던 한지현은 가슴을 쓸어내렸다. 그녀의 머릿속에 희우가 했던 말이 떠올랐다. 그리고 어쩌면 김희우가 조태섭을 정말로 무너뜨릴 수도 있다는 생각이 들었다.

그녀는 희우에게 전화를 걸었다.

"돕겠습니다."

딱 한마디였다.

-알겠습니다.

그 역시 단 한마디로 대답했다.

본격적으로 선거운동을 할 시간이 되었다.

조태섭의 둘째 아들이 검찰의 조사를 받기 시작했다.

선거를 앞두고 일어난 조태섭 둘째 아들의 조사.

정치인들은 조태섭의 검찰 장악력이 예전만 못한 상황을 지켜보며 고민하기 시작했다.

조태섭이 심어 놓은 검찰총장이 불륜 스캔들에 휘말리고 있는 중이었다. 현재 조태섭의 검찰 장악력은 거의 없다고 봐야 했다. 게다가 천하그룹과 조태섭의 관계가 어긋나 버렸고, 대부업체가 조사를 받으며 그가 움직일 수 있는 자금은 묶여 버린 상태였다. 절대 균열이 없다고 생각했던 조태섭의 힘은 미세하지만 금이 가고 있었다.

또한 지금까지 적수가 없던 그의 지역구에서는 엄청난 인기몰이를 하는 김희우라는 상대까지 생겼다. 국회의원들의 머릿속에 어쩌면 조태섭이 낙마할 수도 있다는 의심이 파고들기 시작했다.

의심이라는 놈은 한번 생기면 걷잡을 수 없이 퍼지는 법이다. 그것은 의심에 의심을 더한 또 다른 의심을 만들어 냈다. 그리고 그것은 계속해서 다른 억측을 파고들어 분란을 일으켰다.

정치는 혼자 할 수 있는 일이 아니었다.

조태섭이라는 거인이 흔들리면 어디에 끈을 대야 할까?

머리를 조아리는 조건으로 자신들의 안위를 지켜 줄 수 있는 사람은 누구일까?

그들의 옆으로 황진용 의원이 다가왔다.

국회의원들이 하나둘 황진용 의원과 손을 잡고 있다는 것은 조태섭 역시 알고 있었다. 하지만 그는 크게 개의치 않았다.

조태섭은 일식집에 앉아 누군가를 기다리고 있었다.

노크 소리와 함께 문이 열리고 한지현이 들어왔다.

"김진우 보좌관과 이민수 검사가 도착했습니다."

"들라 해."

낮은 목소리에 김진우와 민수가 들어왔다. 조태섭은 평온한 얼굴로 그들을 바라봤다.

"이민수 검사, 오랜만이야."

"그동안 안녕하셨습니까?"

"그래. 요즘 검찰의 분위기가 좋지 않지?"

"항상 사건 사고가 있는 곳이니 그러려니 하고 있습니다."

김진우와 민수는 조태섭의 맞은편에 앉았다.

김진우가 입을 열었다.

"이민수 검사가 대학 시절부터 김희우와 단짝이었다고 합니다."

조태섭의 눈이 민수에게 향했다.

"그러니까 이민수 검사는 김희우에 대해 잘 알고 있다는 건가?"

민수는 고개를 숙여 조태섭에게 예를 표한 후 입을 열었다.

"저도 딱히 지적할 사항은 없습니다. 하지만 희우에게 들었던 말이 있습니다. 요즘 학교 폭력에 대한 관심이 지대하지 않습니까? 김희우는 앞에서 선량한 척하지만 학교에서 가장 싸움을 잘했다고 합니다. 즉, 요즘 말로 일진이었다고 합니다."

조태섭의 눈에 이채가 떠올랐다. 민수가 계속 말을 이었다.

"그때의 동창들을 찾아보면 김희우에게 원한을 가졌던 사람들이 있을 겁니다. 그들을 찾아 약점을 공략하면 어떨까 생각됩니다."

조태섭의 입에 흡족한 미소가 걸렸다.

"등잔 밑이 어둡다고 하더니 그 말이 사실이었어. 자네한테 물어볼 생각을 하지 않고 달리 알아보고 있었으니 쓸데없는 시간만 낭비했구만."

이어 김진우가 입을 열었다.

"천하그룹 주식을 매수했던 일에 석연치 않은 점이 있습니다. 집중적으로 파고들겠습니다. 그리고 토크쇼에 나와 했던 말을 보면 경매로 돈을 벌었다고 했습니다. 그 과정에서 불미스러운 일은 없었는지 확인해 보겠습니다."

조태섭이 고개를 끄덕이며 말했다.

"시작해."

조태섭의 허락이 떨어졌다. 그들은 본격적으로 희우를 파고들기 시작했다.

조태섭은 느긋하게 찻잔을 들어 마셨다.

조태섭은 희우의 공세가 강할수록 즐거웠다. 머릿속에 진다는 생각은 조금도 없었다. 조태섭에게 지금 정도의 위기는 오랜 정치 생활 중 일부일 뿐이었다. 그리고 그는 지금의 일이 자신의 제국을 더욱 견고히 만들 수 있는 기회라고 생각했다.

희우는 집 근처에 사무실을 얻었다. 몇 평 되지 않는 작은 공간이었다.

소파에 희우와 유빈이 앉았고 테이블에는 많은 종이가 너저분하게 놓여 있었다. 유빈이 말했다.

"조태섭의 첫째 아들은 죽었고, 둘째 아들은 지금 병역 문제로 조사를 받고 있어."

희우가 고개를 끄덕였다.

"우선적으로 병역 문제를 파고들면 되겠네요."

커피를 타며 그들의 대화를 듣고 있던 상만이 투덜투덜 입을 열었다.

"이런 선거 지겹지 않아요? 맨날 다른 사람 헐뜯고 욕하고. 우리는 그러지 말고 정책 싸움을 하죠."

희우가 피식 웃었다.

"상만아, 선거에서 이기려면 내가 좋은 놈이고 내가 잘난 놈이니까 뽑아 주세요. 하는 게 아니야."

"네?"

"저놈의 정책은 실패할 게 분명하고, 저놈은 정말 나쁜 놈입니다. 그러니까 저 나쁜 놈을 뽑으면 대한민국이 잘못될지 몰라요, 라는 상상을 하게 만들어야 선거에서 이길 수 있는 거야."

"그게 뭐예요?"

상만이 이해가 안 간다는 듯 입을 내밀자 이번엔 유빈이 입을 열었다.

"어렵게 생각할 필요 없어요. 선거는 최선이 아니라 차악을 뽑는 거예요. 후보가 다 좋은 사람일 때는 투표율도 낮아요. 하지만 후보가 모두 악하다면 투표율은 높아지죠. 최악이 당선되는 걸 막기 위해서요. 희우 같은 경우의 반짝 지지율은 실제 선거에서 어떻게 작용될지 몰라요."

그녀의 말을 들은 상만이 물었다.

"왜요?"

"정치에 대한 경험이 없으니까요. 선거가 가까워질수록 능력에 대한 의심이 높아질 거예요. 그러니까 상대를 나쁜 놈으로 만들어야죠."

희우의 목소리가 담담히 흘러나왔다.

"어차피 저놈들도 내가 나쁜 놈이라고 선전을 할 거야. 맞불은 놔야지."

상만이 그들의 앞에 커피를 놓고 고개를 저었다.

"상대가 욕을 하면 그게 아니에요, 라고 진실을 알려 주면 되지 않나요?"

희우가 피식 웃으며 말했다.

"진실을 알려 주는 변명은 내 대변인인 네가 할 거다. 난 공격만 할 거고."

"제가 대변인이라고요?"

"응."

"언제부터요?"

"지금부터."

"하하."

상만이 어색하게 웃었다. 희우가 상만에게 종이 뭉치를 건네며 말했다.

"그러니까 나의 좋은 점을 지금부터 찾아봐."

"사장님 좋은 점 있다니까요."

"뭔데?"

"겉과 속이 다른 거요."

그 말에 희우는 그를 째려봤다.

그때 희우의 전화벨이 울렸다.

"네, 여보세요?"

한지현이었다.

-잠시 밖으로 나와 주시겠습니까?

"알겠습니다."

희우는 자리에서 일어나서 정장 상의를 집어 들었다.

"잠깐 나갔다 올 테니까 상만이 너는 유빈 선배 도와서 큰 그림을 완성시켜 놔."

"어디 가세요?"

많은 일을 떠넘기고 자리를 뜨는 희우를 향해 상만의 볼멘소리가 나왔다. 하지만 희우는 대답하지 않고 밖으로 나섰다.

희우의 핸드폰이 다시 울렸다.

"네."

한지현의 목소리가 들렸다.

-선거운동이 가열되면 전화로 통화를 할 기회도 몇 번 없으리라고 생각됩니다. 천하마트로 가서 25번 물건 보관함을 열어 주세요.

선거가 가열될수록 보안에 철저해야 했다.

조태섭은 선거 기간 측근들의 움직임을 세밀하게 통제하는 행동을 보여 왔다. 더군다나 이번 선거는 김희우라는 적을 만난 상황이었다. 그 통제가 더 심해질 것이 분명했기에 한지현은 조금 빨리 희우를 돕기로 결심했다.

희우는 그녀의 말대로 근처의 천하마트로 향했다.

그가 마트 안으로 들어갈 때 어떤 꼬마 아이가 달려와 열쇠를 주었다.

"이거 아저씨 주래요."

25번이라고 적힌 키였다.

희우는 꼬마 아이에게 키를 받으며 주변을 둘러보지 않았다. 바로 물건 보관함으로 걸어가 키를 꽂고 문을 열었다. 두꺼운 황토색 서류 봉투가 나왔다.

전화벨이 울렸다. 그녀였다.

-봉투 안에는 조태섭 의원의 무수한 비리에 대한 증거자료가 있습니다. 하지만 지금 터뜨린다면 실패할 가능성이 높습니다.

"알고 있습니다. 자료 공개 시점은 제가 결정하겠습니다."

조태섭과 줄을 대고 있는 경제계와 검찰 그리고 정치인들까지 흔들리고 있었다. 하지만 호랑이의 이빨이 빠졌다고 해서 위험하지 않은 건 아니었다. 마지막까지 힘을 뺀 후 목을 물어야 했다.

희우가 그녀에게 물었다.

"지금 어디십니까?"

-……?

그녀는 지금도 혹시 감시가 있을지 몰라 대답을 하지 못했다.

희우가 입을 열었다.

"걱정 마십시오. 저는 이대로 사무실로 돌아갈 겁니다. 위치만 간략히 알려 주십시오."

-저는 마트 안으로 들어가 물건을 사려고 합니다.

그녀가 마트로 들어가 빈손으로 나온다면 의심의 화살이 그녀에게 향할 수 있었기에 그녀는 필요 없는 물건을 산 후 나올 생각을 하고 있었다.

"알겠습니다."

희우는 통화 종료 버튼을 누른 후 성재에게 전화를 걸었다.

사무실로 돌아온 희우는 상만 그리고 유빈과 함께 선거 전략 수립에
박차를 가했다.

늦은 밤이 되었다. 유빈이 떠나고, 상만도 자리에서 일어섰다.

"사장님, 안 가세요?"

"먼저 들어가 있어. 볼일 좀 보고 갈게."

"네, 그럼 먼저 들어가겠습니다."

"밖에서는 연석이랑 같이 다니는 거 잊지 마."

상만이 고개를 저었다.

"저는 애가 아니에요."

"애 맞아."

희우는 그렇게 말을 하고도 안심이 되지 않았는지 연석에게 전화를 걸
었다. 조태섭이 주변 인물들에 대해 어떻게 나올지 예측할 수 없었기에
조심성은 더욱 컸다.

"어디야?"

연석은 현재 대학에 다니는 중이었다.

-거의 다 왔습니다. 한 정거장 남았어요.

"사무실로 올라와서 상만이랑 같이 집으로 들어가도록 해."

-네, 알겠습니다.

상만이 웃으며 다시 소파에 앉았다.

"저야 혼자 안 가면 안 심심하고 좋지요, 하하."

잠시 후, 연석이 사무실로 들어왔다.

상만이 사무실을 벗어나며 희우에게 말했다.

"차 키 두고 갈까요? 우리는 걸어가도 되거든요."

"아냐. 알아서 갈 테니까 들어가기나 해."

모두가 돌아가고 난 후 희우는 사무실의 문을 잠갔다. 그리고 천천히
한지현에게서 받은 봉투를 뜯어 열어 봤다.

"……!"

희우의 눈에 힘이 들어갔다. 앞에 놓인 자료는 그가 이전의 삶에서 찾아냈던 증거들이었다.

그때는 우연히 이 자료들을 찾았었다. 조태섭이 나쁜 놈이라는 사실은 알고 있었지만 증거가 없었다. 모든 건 심증일 뿐 명확하게 보이는 사실은 없었다. 뿌연 안개 속을 걷는 느낌이었다. 그러다가 검찰의 자료보관실 구석에 놓인 이 자료를 찾았었다.

누군가 폐기하지 않고 숨겨 둔 자료.

물론 지금만큼 자료가 많지 않았고, 훼손된 내용도 많았다.

희우는 그 자료를 찾자마자 크게 기뻐했었다. 잡을 수 있을 줄 알았다. 자료를 숨겨 둔 자가 왜 몰래 보관하고 있었는지 생각했어야 했다. 하지만 거기까지 생각을 하기에는 너무 들떠 있었다.

증거를 확보한 희우는 당시 김석훈 지검장에게 보고를 했다. 그리고 그 내용은 그대로 조태섭의 귀로 들어갔다.

그 끝은 희우의 죽음이라는 엔딩이었다.

'원래 이 자료를 검찰에 넘겼었나?'

작은 녹음기와 각종 서류들은 각종 살인과 비자금, 투기 등에 대한 범인을 조태섭이라고 지목하고 있었다.

희우는 가만히 소파에 몸을 파묻고 생각에 빠졌다.

확실하지는 않지만 뭔가 그림이 그려지고 있었다.

한지현은 이 자료를 누군가에게 줬고, 그 검사는 살해당했다. 그리고 그녀 역시 살해당했다. 그 당시 의문의 죽음을 당한 검사, 알 수 있었다. 아마도 구승혁일 거다. 조태섭과의 지긋지긋한 인연은 구승혁에게도 이어져 오고 있었다.

희우는 고민을 하기 시작했다.

이 증거자료를 구승혁에게 넘긴다?

아니면 규리?

또는 유빈?

희우는 고개를 저었다. 그들 또한 위험에 처하게 될 수 있었다.

조태섭에게는 검은 양복을 입었던 그자가 있었다. 사람이 죽어도 사람을 죽여도, 눈 하나 깜짝하지 않던 로봇 같은 남자. 법이란 존재를 생각하지 않던 남자. 최후의 순간에는 다시 그가 나타날 것이다. 또다시 싸운다면 이길 수 있을까?

희우는 가만히 눈을 감았다.

선거는 가열되고 있었다.

인터넷에서는 희우의 일진설이 순식간에 떠올랐다. 그뿐만이 아니었다. 경매를 하며 쫓아냈던 사람들을 찾아 인터뷰한 영상이 인터넷에 나돌기 시작했다. 그들은 모두 똑같이 말하고 있었다.

―사람 좋아 보이는 거 가면이에요. 생각해 보세요. 어린 나이에 그렇게 많은 돈을 번 건 이유가 있어요.

"사장님!"

상만이 문을 열고 들어왔다. 그는 리모컨을 들어 텔레비전을 틀었다.

텔레비전의 한 방송사가 희우의 고등학교 친구를 찾은 내용이 방송되고 있었다.

―저희는 이번 총선의 스타로 떠오른 김희우 씨의 의혹을 풀고자 실제 고등학교 친구를 만나 보기 위해 왔습니다.

화면이 전환되고 익숙한 얼굴이 나타났다. 고등학교 시절 가장 싸움을 잘한다고 소문이 났던 종일이었다.

성재와 희우가 싸움을 하도록 거짓말을 했던 녀석, 그놈이 인터뷰를 하고 있었다.

-일진 맞아요. 저희 때리고 그랬어요. 그런 생활을 하고 뻔뻔하게 국회의원이 된다고 하니 세상이 웃지요. 그 녀석이 국회의원 되면 전 그 지역 안 살아요. 아니다, 이민 가야겠네요.

희우는 어이가 없어 웃었다. 상만이 물었다.

"어쩌지요? 지지율이 빠르게 떨어지고 있어요. 지금 가식 그만 떨라는 댓글이 실시간으로 올라오고 있어요."

종일의 인터뷰로 희우의 지지율은 곤두박질치기 시작했다. 네티즌들에게 희우는 희대의 살인마처럼 표현되고 있었다.

"여기서 끝낼 수는 없지. 하나 더 터뜨려."

조태섭은 비열한 웃음을 지으며 의자에 등을 대고 앉았다.

검사 K양이라는 이름으로 규리의 가정사가 인터넷에 떠오르기 시작했다. 양녀로 들어가 엄청난 사교육비를 들여 한국 대학교에 입학. IMF의 여파로 집안이 망했지만 이기적으로 공부를 포기하지 않음. 지금은 양부모님과 인연을 끊은 상태.

모두가 거짓이었다. 하지만 사람들은 진실에는 관심이 없었다. 그녀를 향한 비난 여론이 들끓기 시작했다.

규리는 충격을 받았다. 세상 모든 사람들이 자신에게 욕을 한다는 느낌을 받았다. 그녀의 부모는 아니라고 해명을 하고 싶어 했지만 어디에도 기회는 없었다. 아니, 누구도 들어 주지 않았다.

서재에 앉아 있던 조태섭이 자리에서 일어나 창가로 걸어가며 중얼거렸다.

"너 하나 때문에 주변의 사람들이 힘들어지고 있어."

조태섭의 입가에는 잔인한 미소가 가득했다.

희우는 선거 사무실에 앉아 있었다.

건물 밖에서는 후보 사퇴를 촉구하는 시위가 열리고 있었다. 사람들은 불량 학생이 국민들의 지지를 받으며 국회의원이 되는 것을 원하지 않았다. 괴롭힘을 당했을 피해자를 생각해 보라며 사퇴를 요구했다.

"사장님, 어떻게 하지요?"

상만이 창가의 블라인드를 내리며 희우에게 물었다.

"뭘 어떻게 해?"

"여론이 너무 안 좋아요."

"그럴 수도 있는 거지. 피곤하니까 난 좀 잔다."

희우가 눈을 감으려고 할 때 사무실의 문이 열리고 유빈이 들어왔다. 그녀가 다급한 목소리로 입을 열었다.

"이거 봐 봐. 내일자 신문인데 보고 깜짝 놀라서 가지고 왔어."

그녀는 희우에게 신문을 넘겼다.

김희우 후보의 수상한 거래. 수백억대 회사를 팔아서 수천억의 주식을 샀다?

그녀의 말에 희우는 빙긋 웃으며 딴소리를 했다.

"하버드를 갈 걸 그랬나? 여기 학력에 한국 대학교 법학과는 너무 흔하지 않아요? 후보들 보니까 다 한국 대학교 법학과야. 동문회야, 뭐야?"

희우는 농담을 했지만 유빈은 그 장단에 맞춰 주지 않았다. 유빈이 희우의 앞에 앉으며 다급히 물었다.

676

"대책이 있어? 깨끗한 척했던 이미지가 금이 가면 회복하기 힘들어."

희우는 하품을 하며 자리에서 일어섰다. 그리고 상만을 보며 말했다.

"차 좀 쓰자. 앞에 사람들 시위하고 있어서 걸어서 나가기 힘드네."

"네?"

희우의 시선이 유빈에게 향했다.

"회사 들어가 보셔야죠? 모셔다 드릴까요?"

"어?"

유빈은 여전히 멍한 표정으로 희우를 바라봤다.

희우는 지나칠 정도로 느긋했다.

잠시 후, 희우는 유빈을 신문사 앞에 내려 주고 전화를 들었다. 전화가 향하는 곳은 희아였다.

"바빠?"

-아니, 안 바빠. 바쁜 건 너 아니야?

"나도 한가하네. 드라이브할래?"

-드라이브?

희우는 희아의 사무실 앞으로 차를 몰았고 곧 희아가 차에 올랐다. 그녀가 물었다.

"선거 중인데 바쁘지 않아? 유세하러 다녀야지."

"바쁜 건 내가 아니라 조태섭이지."

희우는 액셀을 밟아 차를 움직였다.

서울을 빠져나가자 그녀가 물었다.

"어디 가려고?"

그녀의 말에 희우가 대수롭지 않게 답했다.

"집에."

"집?"

희우는 더 이상 말을 하지 않았다.

차량은 양평으로 들어서고 있었다. 그녀의 표정은 점점 굳어졌다. 그리고 어색하게 웃었다. 희우에 대해 이것저것 조사를 한 그녀였다. 양평에 누가 살고 있는지 그녀는 잘 알았다. 그곳에는 희우의 부모님이 살고 있었다.

집 앞에 차를 주차하며 희우가 그녀에게 물었다.

"부담스러워?"

그녀는 말없이 고개를 저었다. 희우가 말했다.

"선택할 수 있게 해 줄게. 차 빼서 서울로 돌릴까?"

"그게 무슨 소리야?"

"내 나름의 프러포즈야."

"……."

그녀는 고개를 저었다.

이런 게 프러포즈라니, 정말 생각할수록 멋대가리 없는 남자였다.

그녀가 한숨을 내쉬고 차 문을 열며 말했다.

"내리자."

희우 역시 차 문을 열고 내렸다.

그리고 두 사람은 집 안마당으로 들어갔다. 마당이 있는 깔끔한 농가였다. 안으로 들어간 희우가 큰 소리로 외쳤다.

"어머니, 아버지, 저 왔어요!"

아직 농사를 할 시기가 아니었기에 희우의 부모님은 집에 있었다.

방문이 열리고 희우의 어머니 미옥이 고개를 내밀었다.

"아들 왔어? 바쁠 텐데 일 안 하고 이 시간에 웬일이야?"

그녀의 눈은 희우를 지나 뒤에 있는 희아를 바라봤다. 그리고 움직임이 정지되었다. 굳어 있는 미옥을 보며 방에 있던 희우의 아버지 찬성이 말했다.

"왜 그러고 있어? 왔으면 어서 들어오라고 하지."

하지만 그의 말에도 미옥은 아무 말 없이 바위처럼 굳어 있었다.

찬성이 무슨 일인가 싶어 문을 열고 마루로 걸어 나왔다. 그리고 그 역시 희우의 뒤에 서 있는 희아를 보고 그대로 굳었다. 텔레비전에서 보던 천하그룹 회장이 서 있었다.

그들을 보며 희아가 고개를 숙였다.

"안녕하세요? 김희아라고 합니다."

"……."

대답은 돌아오지 않았다.

희우가 희아를 보며 말했다.

"올라가자."

두 사람은 마루로 올라갔다. 그때까지도 두 부부는 굳어 있었다.

집에 갑자기 천하그룹의 총수가 찾아온 것, 일반인이라면 감당하기 어려운 순간이었다.

정신을 먼저 차린 것은 찬성이었다. 그가 자신의 아내 미옥의 옆구리를 쿡쿡 찌르며 말했다.

"어서 가서 차라도 내와."

"네? 네."

미옥은 서둘러 부엌으로 달려갔다.

잠시 후, 작은 동그란 상을 중심으로 네 사람이 앉았다. 찬성과 미옥은 어서 어떤 연유인지 말을 하라는 표정으로 희우만 바라보고 있었다.

희우가 희아를 보며 입을 열었다.

"이번 일이 끝나면 결혼하고 싶어요."

미옥이 물었다.

"겨…… 결혼? 누…… 누구랑? 설마 옆에 있는 분이랑?"

희아가 자리에서 일어나서 희우의 부모님에게 다시 허리를 숙여 인사했다.

"다시 인사드리겠습니다. 김희아라고 합니다."

찬성이 멍한 표정으로 말했다.

"우리 집은 가난해요."

결혼을 하면 남자가 뭘 해 가야 하고 얼마가 있어야 한다는 말이 있었다. 찬성은 비록 부유한 삶은 아니었지만 아들이 장가갈 때 기본적인 것은 해 주고 싶어서 돈을 모으고 있었다. 그런데 상대가 천하그룹의 총수라니…….

찬성이 생각했던 모든 것이 어그러지는 중이었다.

아버지와 희아의 당황한 표정을 보며 희우가 웃기 시작했다.

"아버지, 걱정하지 마세요. 돈은 얘가 많아요."

희우가 가진 자산을 현금으로 환산하면 어마했지만 그는 굳이 그런 말을 입 밖으로 꺼내지 않았다. 사람에게 돈이란 필요한 만큼만 있으면 되는 것이었다. 그 이상이 되어 버리면 돈이라는 존재는 불행을 만드는 씨앗이 될 수 있었다.

찬성과 미옥에게는 지금이 가장 행복한 순간이었고 희우 역시 그런 부모님을 지켜보는 게 행복했다.

여전히 무슨 상황인지 이해하지 못하는 부모님을 보며 희우가 말했다.

"아이는 아들딸 구별 없이 열 명만 낳을까요? 다섯 명은 아버지가 보고 다섯 명은 어머니가 보면 딱 좋을 거 같은데요."

희아가 희우의 말을 받았다.

"힘닿는 데까지 낳도록 하겠습니다. 예쁘게 봐주세요, 아버님."

찬성이 눈을 껌뻑였다.

"아버님? 아버님이라고?"

찬성이 큰 소리로 웃기 시작했다. 즐겁지 않을 수 없었다.

그가 말했다.

"아버님이래, 하하하하하! 그럼 이제 손주가 열 명이 되는 거야? 하하하하하하."

그의 웃음소리가 이어지고 있을 때 희아는 이번엔 미옥을 보며 입을 열었다.

"솔직히 말씀드리면 음식 할 줄 아는 게 없어요. 그래도 잘 배울 수 있으니까 많이 가르쳐 주세요."

미옥은 아직 상황이 제대로 파악되지 않았다. 그녀는 멍한 시선으로 고개를 끄덕였다.

"네? 네."

희아가 다시 미옥에게 말했다.

"빨래도 가르쳐 주셔야 해요."

"빨래요?"

"다림질도 가르쳐 주셔야 해요."

"다림질요?"

"청소도 가르쳐 주셔야 해요."

미옥의 표정은 이제 굳어 가고 있었다.

아들이 며느리가 될지 모를 아가씨를 데리고 왔는데 하나도 할 줄 모른다고 하니 마음에 들지 않았다. 미옥의 눈은 독한 시어머니의 눈빛으로 변해 가고 있었다. 하지만 이어진 희아의 말.

"열심히 배우겠습니다. 어머님한테 잘 배워야 제가 희우를 잘 내조할 수 있지요."

자신의 아들을 내조하기 위해 천하그룹의 총수가 집안일을 배우겠다는 말에 미옥의 얼굴에도 역시 환하게 웃음꽃이 피었다.

양평에서 다시 서울로 돌아가는 길, 희우가 희아에게 물었다.

"그런데 정말 음식 하나도 할 줄 몰라?"

"응. 해 본 적 없어."

"아침밥 못 얻어먹겠네."

"해 줄게. 소금 왕창 넣고 간장 잔뜩 부어서 맛있게 해 줄게."

"하하."

그녀는 운전을 하고 있는 희우의 얼굴을 가만히 바라봤다.

그녀의 시선에 희우가 물었다.

"왜?"

"신기해서."

"뭐가?"

"부모님 앞에 가니까 표정도 달라지고 말투도 달라지는구나?"

"그랬어?"

그녀가 살짝 고개를 끄덕인 후 말을 이었다.

"용준이 오빠가 나오면 난 더 이상 그룹에 있지 않을 거야. 그때가 되면 남들처럼 살고 싶어."

운전을 하던 희우가 슬쩍 그녀를 바라봤다.

그녀가 하는 말의 의미를 그 누구보다 그는 잘 알고 있었다. 그것은 그가 살았던 이전의 삶부터 그녀가 꿈꿔 오던 일이었다. 희우가 말했다.

"나도 이번 일이 끝나면 내 인생을 살아 볼까 하는데."

"네 인생?"

희우가 고개를 끄덕였다.

"응, 내 인생."

다시 인생을 살며 그가 걸어온 길은 오로지 조태섭을 잡기 위한 길이었다. 그것은 자신이 행복하기 위한 인생은 아니었다.

희우는 이전의 삶에서 행복하지 못했다. 괴롭힘을 당하고 부모님을 일찍 여의고, 살해까지 당했다. 그럼 지금의 삶에서는 행복할 수 있을까?

희우는 조태섭이라는 목표를 이루면 이제 자신이 행복할 길을 찾기 위해 움직일 생각이었다.

며칠이 지났다.

선거의 날은 가까워져 오고 있었지만 희우는 어떤 행동도 하지 않았다. 그저 선거 사무실에 앉아 눈을 감고 있을 뿐이었다.

전화를 받고 있던 상만이 희우에게 말했다.

"사장님, 조태섭 쪽에서 TV 토론을 계속 거부하고 있다는데요?"

"아직은 그럴 거야. 신경 쓰지 마. 어차피 하게 될 거니까."

"그런데 정말 아무것도 안 하셔도 괜찮아요? 저쪽에서는 계속 우리 욕을 하고 있잖아요. 사장님도 기자님이랑 이것저것 준비 많이 하셨는데 왜 가만히 계세요?"

희우는 대답하지 않았다. 때를 기다리고 있을 뿐이었다.

눈을 감고 있던 희우의 핸드폰이 울렸다. 민수였다.

-보자.

"네."

희우는 통화 종료 버튼을 누르고 자리에서 일어섰다. 상만이 물었다.

"또 어디 가세요?"

"놀러 간다."

"네?"

"차 좀 쓸게."

희우는 밖으로 나갔다. 그리고 민수와 한강 다리 아래에서 만났다.

"오랜만이다."

민수가 희우를 보며 말했다.

봄기운이 만연했지만 한강의 바람은 아직 차가웠다.

희우가 입을 열었다.

"추운데 왜 여기서 보자고 하셨어요? 따뜻한 데 많구만."

"폼 나잖아. 영화 보면 중요한 얘기는 보통 한강 다리 아래에서 하지 않아?"

"그건 영화고요."

희우의 말에 민수는 피식 웃으며 말했다.

"그런데 이렇게 하면 되냐?"

"네, 충분히 잘해 주고 계세요."

민수가 머리를 긁적였다.

"이중간첩이라는 게 쉬운 일이 아니야."

민수가 조태섭의 아래로 들어간다고 말했을 때였다. 희우와 민수는 얼마 후 만나 정말 많은 술을 마셨다. 그때, 희우가 민수에게 제의한 게 이중간첩이었다.

─조태섭의 아래에 있으면서 뒤통수를 치는 게 더 재밌지 않을까요? 겉으로는 저를 공격하면서요.

희우의 말에 민수는 동의했고, 조태섭이 어떻게 움직일지 들었던 이야기를 전해 주었다. 희우 역시 조태섭이 건들 만한 자신의 일을 민수에게 알렸다.

민수가 희우의 고등학교 이야기를 알 리가 없었다. 희우가 스스로 싸움을 잘한다고 떠벌리고 다닌 적도 없었고 누구를 괴롭힐 성격도 아니었다. 민수가 조태섭에게 한 희우의 고등학생 때 이야기는 모두 희우의 전략이었다. 그리고 텔레비전에 나와 희우의 과거를 떠벌린 종일이 역시도 희우가 민수에게 알린 계획 중 하나였다.

조태섭이 어떻게 움직일지 예측할 수 있다면 싸움에 유리하게 작용될 수 있었다. 적을 알고 나를 알면 위태롭지 않다는 손자병법의 말. 희우는 손자병법의 말처럼 조태섭이 자신의 손아귀에서 움직일 수 있도록 만들어 놓은 상태였다.

민수가 말했다.

"이제 윤종기 총장 찾아가 봐도 좋아."

윤종기는 불륜 스캔들로 인해 지검장들에게 용퇴하라는 압박을 받고 있는 중이었다. 민수가 말을 이었다.

"윤종기 총장이 그만두는 건 기정사실이야. 지금이면 지푸라기라도 잡으려고 할 테니 네 손을 잡을 거야."

희우가 고개를 끄덕였다.

"감사합니다."

짧은 만남이 끝나고 차량에 오르는 희우에게 민수가 말했다.

"그런데 난 너 검사 그만둔 거 정말 아쉽다."

"저도 아쉬워요."

"그러니까 국회의원 되고 대통령 되면 날 총장으로 올려."

"네? 대통령요?"

"지금 말고 내가 그 끗발쯤 되었을 때 올리라고. 네가 없는 검찰은 내가 지켜야 하지 않겠냐?"

"하하하."

민수의 야망을 듣고 말았다. 희우는 그만 웃어 버렸다.

민수가 주머니에서 작은 녹음기를 꺼내 희우에게 건넸다.

"김건영 회장 사망에 대한 내용이야."

희우는 녹음기를 만지작거린 후 주머니에 넣었다.

김건영 회장은 희아의 아버지였다. 그를 죽이기 위한 계획에 동참했던 민수. 민수는 그 일을 고스란히 녹음해 뒀었다. 희우가 민수에게 말했다.

"감사합니다."

"꼭 성공해라."

민수와 헤어져 한강을 벗어난 희우는 윤종기에게 전화를 걸었다.

"김희우입니다. 스캔들에서 벗어날 수 있는 방법을 알려 드릴 수 있습니다."

－방법을 알려 준다고?

윤종기는 믿지 못하겠다는 목소리였다.

하지만 윤종기는 지금 똥오줌을 가릴 처지가 아니었다. 그가 말했다.

－우리 집으로 오도록 해.

"네, 알겠습니다."

희우는 윤종기의 집으로 향했다. 지금 시점에서 가장 안전하게 이야기를 나눌 수 있는 곳이었다.

윤종기의 서재.

티 테이블을 사이에 두고 두 사람이 마주 앉았다. 테이블에는 찻잔이 놓여 있었다.

희우가 슬쩍 윤종기의 얼굴을 바라봤다. 그동안 마음고생이 심했는지 그의 얼굴은 몹시 초췌해져 있었다. 희우가 말했다.

"이럴 때 김석훈 지검장이 잘 쓰던 방법이 있습니다."

"뭐지?"

"더 큰 사건으로 덮는 겁니다."

윤종기가 고개를 저었다. 당사자가 느낄 때는 지금 자신의 불륜을 덮을 만한 큰 사건은 보이지 않았다.

그가 낮은 목소리로 중얼거렸다.

"그런 건 없어."

희우가 말했다.

"있습니다. 박대호가 죽던 날, 총장님이 그놈에게 했던 말이 무엇입니까?"

"……!"

윤종기의 눈빛이 떨려 왔다.

그는 두려운 눈빛으로 희우를 바라봤다. 그가 박대호와 통화를 했다는 걸 알고 있는 사람은 유주훈 부장뿐이었다. 그런데 어떻게 희우가 알고 있을까?

희우는 아무렇지 않은 표정으로 말을 이었다.

"아마도 자살하지 않으면 노모를 잔인하게 살해하겠다는 등의 이야기였겠지요?"

윤종기는 자기도 모르게 고개를 끄덕였다. 희우가 말했다.

"박대호와 조태섭이 연관되어 있다는 자료를 서부 지검 구승혁 검사가 가지고 있습니다. 그 자료를 가지고 수사에 착수해 주십시오."

물론 지금 구승혁에게 제대로 된 자료는 없었다. 대부업체를 조사하며 생긴 의혹만 있을 뿐이었다. 하지만 희우에게는 그 정도면 충분했다.

희우가 눈을 껌벅이며 바라보는 윤종기를 향해 말을 이었다.

"조태섭 의원이 총장님의 뒤를 계속 봐줄 거라고 생각하시는 건 아니죠?"

"……."

"이왕 이렇게 되었다면 더 큰 바람으로 지금 가지고 계신 스캔들을 엎어야 하지 않겠습니까?"

"……!"

"그 일을 해 주신다면 저도 정말 총장님을 도와드릴게요."

"뭘 도와준다는 거지?"

희우가 찻잔을 들어 차를 마시며 입을 열었다.

"미술관 관장에게 사기죄로 고소당하셨잖아요. 그 고소 취하해 드리죠. 2천여 명의 검사들에게 떳떳하지는 못해도 가족들에게는 당당해야 할 거 아닙니까?"

윤종기가 떨리는 손으로 찻잔을 쥐었다. 지금 희우가 하는 말을 듣고 있으면 뭔가가 이상했다. 그가 메마른 입을 열어 물었다.

"고소를 어떻게 취하한다는 거지?"

그 고소로 인해 윤종기가 구속이 되고 하는 건 아니었다. 하지만 윤종기의 명예는 땅으로 처박힌 상태였다. 그래서 고소를 취하하기 위해 그렇게 애를 썼지만 돌아오는 것은 묵묵부답이었다. 그런데 고소를 취하해 주겠다고? 어떻게?

희우가 조용히 미소 지으며 입을 열었다.

"박대호와 조태섭이 연관되어 있다는 소문을 흘려 주신다면 고소는 자연스럽게 취하될 겁니다."

윤종기는 입을 꽉 다물었다. 자세한 말을 듣지 않았지만 이 일을 희우가 계획했다는 것을 알 수 있었다.

하지만 어쩔 수 없었다. 그가 할 수 있는 일은 고개를 끄덕이는 것뿐이었다.

"그래, 알았다."

희우는 다시 자신의 선거 사무실로 돌아왔다. 사무실에는 유빈과 상만 그리고 연석이 앉아 있었다.

희우는 들어오자마자 그들의 표정을 살폈다.

그들의 눈에 의지는 보이지 않았다. 선거 주인공인 희우가 아무것도 하지 않고 가만히 있으니 그들의 입장에서 의욕이 있을 수 없었다.

외투를 벗어 옷걸이에 걸으며 희우가 말했다.

"선거까지 며칠 남지 않았습니다. 이제 총공세를 퍼붓습니다. 준비했던 상대의 비리를 단기간에 모두 쏟아 낼 겁니다."

유빈이 고개를 저었다.

"이제야? 지금 상태로 물어뜯는 싸움을 해 봤자 타격 입는 건 너야. 조태섭 의원이 지금까지 쌓아 온 지지 세력을 우습게 보지 마. 거기에 네 지지율은 이미 곤두박질쳤어. 뭘 해 봤자 욕만 먹을 거야.”

희우가 유빈을 보며 입을 열었다.

“제가 조태섭을 우습게 본다니요? 아마 이 세상에서 조태섭을 가장 두려워하는 건 다른 사람이 아닌 저일 거라고 생각합니다.”

희우는 블라인드 앞으로 걸어가 손으로 블라인드를 걷어 창밖을 내다봤다.

건물 앞에 모인 군중, 그들은 여전히 희우의 후보 사퇴를 요구하며 시위를 하고 있었다. 그들을 바라보는 희우의 입에 시린 미소가 걸렸다.

“상만아.”

“네, 사장님.”

희우가 피식 웃었다.

“이제 후보님이라고 불러야지.”

“네? 네.”

“경매하면서 정말 갈 곳 없어서 도와줬던 분들 있지?”

“네.”

“연락해라. 도움을 요청해.”

“알겠습니다.”

그리고 희우는 품에서 접은 종이를 꺼내 그에게 건넸다.

“이 종이에 적혀 있는 분들도 찾아가서 도움을 요청하고.”

“네!”

상만의 표정이 밝아졌다. 오랜만의 지시였다.

가만히 있던 희우가 움직이기 시작하니 위기를 탈출할 수도 있다는 느낌이 들었다. 희우는 언제나 극단적으로 행동했고 그 위기를 돌파해 온 사람이었다. 상만은 희우를 믿고 있었다.

상만이 말했다.

“그럼 바로 시작하겠습니다.”

"응. 그리고 조태섭 측과 할 TV 토론도 준비하고."

"네? 그쪽에서 토론을 거부하고 있다고 들었는데요."

"하게 될 거야."

상만은 옷을 입으며 고개를 갸웃거렸다. 그리고 유빈에게 말했다.

"기자님이신데 우리 사장님 좋은 기사 하나 써 주세요."

"희우에게 유리한 기사는 나갈 수가 없어요. 하지만 지금보다 더 이슈가 된다면 가능할 겁니다. 그때는 조태섭의 눈치를 보는 게 아니라 특종을 잡으려고 혈안이 될 테니까요."

"제가 이슈 되게 만들겠습니다."

상만은 기세등등하게 말을 하고 연석과 함께 사무실을 빠져나갔다.

희우의 시선이 유빈을 향했다.

"오늘 밤에 박대호와 조태섭이 연관되어 있다는 검찰 브리핑이 뜰 겁니다. 그 일을 대대적으로 써 주셨으면 좋겠어요."

"어? 조태섭과 박대호의 연관?"

희우는 고개를 끄덕였다.

그날 밤.

조태섭의 선거 사무실.

그곳에 있는 사람들은 텔레비전의 뉴스를 보며 굳은 표정을 짓고 있었다. 텔레비전에서는 조태섭이 대부업을 운영했다는 의혹이 검찰의 발표를 통해 흘러나오는 중이었다.

조태섭은 책상을 쾅! 하고 내리찍었다.

조태섭의 무서운 눈빛이 주변을 파고들었다.

김진우가 조태섭의 옆으로 다가왔다.

"TV 토론을 하라고 계속 연락이 오고 있습니다."

"지금 이 상황에 무슨 토론이야!"

조태섭의 말에 김진우는 고개를 잠깐 숙여 예를 표했다.

"저도 그렇게 생각합니다. 하지만 TV 토론을 끝까지 하지 않을 수는 없습니다. 어쩔 수 없이 해야 한다면 마지막까지 버티는 게 좋다고 생각합니다. 우리의 지지 기반은 이미 결정이 되어 있고, 그들은 우리가 어떤 행동을 하더라도 배신을 하지 않습니다."

김진우의 말을 듣고 있는 조태섭의 눈빛은 몹시도 언짢아 보였다. 김진우는 잠시 말을 멈춘 후 숨을 가다듬고 계속 이었다.

"지금 검찰에서 발표한 박대호와의 일은 어디까지나 의혹일 뿐입니다. 우리가 어떤 해명도 하지 않고 가만히 있으면 더 이상 번지지는 않을 거라고 생각됩니다. 하지만 토론에 나가서 저들의 장단에 맞춰 주게 된다면 부동표가 움직일 확률이 높아집니다."

부동표란 선거 때에 지지하는 후보나 정당이 확실하지 않은 사람들을 의미했다. 김진우가 계속 말했다.

"지금 파악하기로 부동표의 대부분은 특별한 문제가 없다면 선거 날 놀러 갈 계획을 잡을 걸로 예상되고 있습니다. 그들의 스케줄이 정해진 마지막 때에 토론에 참여함이 어떨까 합니다. 그동안 새로운 자료도 확보를 하겠습니다."

조태섭이 자리에서 일어나며 말했다.

"그러니까 마지노선을 잡아 TV 토론을 하자 이건가?"

"네."

"알아서 준비하도록 해."

조태섭 측이 박대호와의 연관으로 골머리를 썩고 있을 때 인터넷을 통해서 희우의 영상이 전파되고 있었다.

그 영상에는 희우가 방을 얻어 줬던 사람들이 나왔다. 그들 중에는 할머니도 있었고 어린 소년 소녀 가장도 있었다. 정말 갈 곳 없던 사람들.

희우는 그들만큼은 내치지 않았다.

영상의 조회 수는 순식간에 오르기 시작했다.

사람들은 편을 나누어 싸우기 시작했다. 영상이 조작되었다는 측과 진실이라는 쪽의 싸움이었다.

싸움이 커지면 이슈가 된다. 인터넷의 각 포털 사이트는 김희우라는 이름으로 도배가 되었다.

주요 방송사들은 조태섭의 압박을 이기지 못하고 그 영상을 내보내지 않았었다. 하지만 결국에는 내보낼 수밖에 없게 되었다. 하루라도 늦게 올리면 다른 방송국에 비해 시청률이 떨어졌기 때문이다. 그랬기에 조태섭의 압박이 있다고 하더라도 더 이상 멈출 수 있는 상황이 아니었다.

그 시기에 맞춰 인터넷에는 하나의 글이 올라왔다. 친구 살인 사건의 용의자였던 박상욱이었다. 그는 모두가 거부하던 자신을 강민석 변호사가 맡았는데 그 뒤에 고등학생이었던 희우가 있었다고 전했다.

여론은 심하게 들썩이고 있었다.

그리고 한 사내가 김희우에 대한 진실을 알리고 싶다고 각 방송사에 제보를 했다.

이제 조태섭의 영향력이 문제가 아니었다. 김희우라는 이름이 주는 시청률과 파급력은 엄청났다. 언론은 특종을 잡기 위해 그 사내를 향해 모여들었다.

그리고 제보를 했던 남자가 몹시 긴장된 모습으로 나타났다. 셔터가 눌리고, 카메라가 돌아갔다.

"안녕하십니까."

그는 기자들을 향해 고개를 숙였다.

"제 이름은 이태훈이라고 합니다."

고등학교 때 희우를 괴롭히던 자였다. 그는 떨리는 목소리로 입을 열었다.

"희우에게 사과하고 싶어서 나왔습니다. 고등학교 때 희우는 말없고 조용한 친구였습니다. 저는 그 친구를 괴롭혔습니다."

종일이 인터뷰했던 내용과 상반된 이야기가 흘러나오고 있었다.

"부모님이 맞벌이하신다는 걸 알고 때려도 티가 안 나리라고 생각했습니다. 그 친구는 맞으면서도 정말 미련할 정도로 참았습니다. 그러다가 어느 날 제가 희우의 부모님 욕을 했습니다."

그는 잠시 말을 멈췄다. 잠시 후 그는 힘을 내서 다시 말을 이었다.

"그때 희우는 처음으로 싸움을 했습니다. 그리고 학교에서 불량 학생들이 다른 학생들의 돈을 갈취했던 일이 있었습니다."

태훈은 종일과 그 일당이 일일 카페로 돈을 빼앗던 일을 이야기했다.

"그때 희우는 두 번째로 싸움을 했습니다. 단지 친구들의 돈을 돌려주기 위해서요. 그리고 다른 친구들을 괴롭힌 적은 없습니다."

그는 숨을 크게 들이마셨다.

"불량 학생이 사라진 우리 반은 정말 텔레비전에서나 나올 법한 화기애애하고 장난스러운 분위기의 교실이 되었습니다."

태훈이 말을 마쳤다.

한 기자가 손을 들었다.

"그 이야기를 왜 지금에 와서 하는 겁니까?"

태훈은 잠시 눈을 감았다. 그리고 용기를 내어 떴다.

"사실, 고등학교 때도 희우에게 사과를 했습니다. 희우는 그렇게 괴롭히고 못된 짓을 했던 저를 용서해 줬습니다. 그래서 전 지금 떳떳하게 살 수 있게 되었습니다. 아마, 그때 희우가 용서를 해 주지 않았다면 전 다른 인생을 살고 있었을 겁니다. 그에 대한 고마움이라고 말씀드리고 싶습니다."

태훈은 모르고 있었지만 그가 한 말은 사실이었다.

희우가 있던 이전의 삶에서의 태훈은 도박판을 전전하다가 빚에 쪼들려 결국 목숨을 던졌다. 하지만 지금은 많은 월급은 아니지만 회사를 다니며 열심히 인생을 살고 있었다.

태훈은 기자들을 향해 고개를 숙이고 회견실을 빠져나갔다.

그가 떠남과 동시에 인터넷에서는 작성된 기사가 빠르게 올라갔다.

김희우 진실은 무엇인가?

정책 선거 하자더니 네거티브 난무

김희우 지지율 엄청난 상승

희우가 상만에게 물었다.

"지지율이 얼마야?"

"아슬아슬해요. 오차 범위 내 접전으로 예상되고 있어요. 그런데 토론회 준비 안 하세요?"

희우가 빙긋 웃었다.

"이미 준비되어 있어."

다른 지역 후보들의 TV 토론이 하나둘씩 이어지고 있었다. 그리고 희우와 조태섭의 방송이 다가왔다.

선거를 일주일 앞둔 날이었다.

희우와 조태섭이 자리에 앉고 가운데에 사회자가 앉았다. 사회자는 처음부터 조태섭에게 유리하게 진행하도록 교육을 받았다.

"먼저 조태섭 후보님부터 시작해 주십시오."

조태섭이 자료를 들고 희우에게 물었다.

"김희우 후보님은 천하홀딩스의 주식을 어떻게 보유하게 되었습니까? 그 시가만 해도 JS건설의 총액에 비할 바가 안 되는데요."

조태섭의 질문은 쉬지 않고 계속되었다. 그는 희우와의 토론을 위해 그동안 준비한 자료를 어마하게 가지고 있었다.

"김희우 후보님은 검사 생활을 하면서 짧은 기간에 많은 지역을 돌아다니셨어요. 보통 문제가 있는 경우에 잦은 전근을 하지 않나요?"

조태섭이 또 물었다.

"가지고 온 정책이라는 게 뜬구름 잡고 있다는 걸 아세요? 김희우 후보의 정책을 보고 있으면 반장 선거가 떠오릅니다. 아직은 너무 어린 나이 아닌가요? 그 나이에는 사회 경험을 더 쌓아야지, 나랏일 하기에는 미숙하지요."

토론의 전체적 분위기만 본다면 조태섭의 압승이었다. 희우가 하는 말은 변명으로밖에 들리지 않았다.

그렇게 토론의 끝에 사회자가 입을 열었다.

"조태섭 후보님, 마지막으로 하실 말씀이 있으시다면 3분 안에 말씀해 주시기 바랍니다."

조태섭은 카메라를 보고 결의에 찬 눈빛으로 입을 열었다.

"정치는 아무나 하는 일이 아닙니다. 잠깐의 인기로 뽑혀 나라를 망칠 수도 있습니다."

그의 목소리가 텔레비전을 통해 전국으로 방영되고 있었다.

마지막 말을 마친 조태섭의 두 눈이 희우를 바라봤다. 그 눈빛은 희우를 가소롭게 보는 기색을 가득 담고 있었다.

사회자가 희우를 바라봤다.

"김희우 후보님, 3분 드리겠습니다."

희우는 손목을 들어 시간을 확인했다. 그리고 입을 열었다.

"앞으로 일주일 후면 선거가 시작됩니다. 저는 궁금합니다. 검찰이 움직이는 게 빠를까요, 아니면 낙선하는 게 빠를까요?"

뜬금없는 말에 모두 희우의 얼굴을 바라봤다.

희우는 자신의 책상 위에 가지고 온 자료를 꺼내기 시작했다. 그 행동이 뭔가 심상치 않다고 느낀 조태섭의 얼굴이 굳어졌다.

희우가 꺼낸 것은 새끼손가락 크기의 작은 녹음기였다. 민수가 건네줬던 것이다. 잠시 카메라를 바라보던 희우가 녹음기의 버튼을 눌렀다.

조태섭의 목소리가 흘러나오기 시작했다.

－김건영이가 없다면 쉽지 않을까? 천하그룹 후계자들이 뛰어나다고는 하지만 아직 애송이야.

－처리하겠습니다.

희우의 손이 다른 녹음기를 들어 올렸다. 이번에는 한지현이 건넨 녹음기였다. 녹음기에서 조태섭의 목소리가 흘러나왔다.

－그 전투기보다는 이게 좋지 않을까 하네.

희우는 다시 버튼을 눌러 녹음기를 정지시켰다. 그리고 카메라를 바라봤다.

"첫 번째 내용은 천하그룹 김건영 회장이 심장마비가 아니라 다른 의문사를 당했을지도 모른다는 추측을 가능하게 해 줍니다. 그리고 두 번째는 국내에 들어오는 차세대 전투기의 로비 현장입니다."

희우는 다른 녹음기를 다시 들어 올리며 말했다.

"그리고 이 녹음기에는 살인 교사에 대한 내용이 있습니다."

동시에 조태섭이 외쳤다.

"모함하지 마! 그런 자료가 실제로 존재한다면 검찰에 보냈어야지 왜 이곳에 가지고 왔지? 어떤 방법으로 내 목소리를 흉내 냈는지는 몰라도 명예훼손으로 고소하겠어!"

조태섭의 얼굴이 붉게 상기되었다.

희우가 여유롭게 웃으며 답했다.

"고소하세요. 죄가 없다면 당연히 무혐의일 텐데 왜 그렇게 흥분하세요?"

"넌 지금 토론을 하러 나온 거야. 소설을 쓰러 나온 게 아니야."

희우가 고개를 저었다.

"몇 번이나 말했잖아요, 난 정치할 생각 없다고. 당신만 잡으면 됩니다, 조태섭 씨."

"난 이런 식의 말도 안 되는 토론은 할 수 없어."

조태섭은 인상을 구기며 카메라 밖으로 빠져나갔다.

무대에서 내려온 조태섭은 주변을 둘러보기 시작했다.

증거자료를 빼돌리고 녹음한 유력한 용의자! 한지현을 찾기 위해서였다. 그녀 말고는 디테일한 상황을 녹음할 수 있는 사람이 없었다. 하지만 그의 눈에 그녀는 보이지 않았다. 그녀는 토론 시작 전 희우에게 언질을 받고 이미 사라진 후였다.

조태섭이 전화를 걸었다.

"한지현을 찾아! 죽여!"

그의 목소리는 낮지만 살기가 지독하게 흘러나왔다.

그녀가 죽어 사라진다면 희우는 어디서 그 증거자료를 찾아냈는지 증명하지 못한다. 그렇게 된다면 자신의 목소리와 녹음기에서 나온 음성 일치 정도는 얼마든지 조작할 자신이 있었다.

그가 다시 전화를 들어 올렸다. 이번에는 보좌관 김진우였다.

"인터넷 포털 사이트고 언론이고 전화해서 다 내리라고 해! 윤종기에게도 전화해서 수사 진행 멈추라고 하고! 만약 말을 듣지 않으면 우리가 가지고 있는 비리를 모두 세상에 공개할 거라고 협박하도록!"

-네, 알겠습니다.

김진우와의 전화를 끊은 조태섭의 입에서 긴 한숨이 흘러나왔다.

희우는 토론장을 빠져나가 지하 주차장에 있는 차량에 올랐다.

그때, 전화가 울렸다. 성재였다.

─지금 인천입니다. 한지현 씨를 쫓는 차량이 생겼습니다.

"정말 위험한 상황이 아니라면 절대 나서지 마세요. 계속 뒤를 쫓으며 위치만 확인해 주세요. 저도 그쪽으로 바로 가겠습니다."

한지현이 마트에서 자료를 전해 주던 날이었다. 희우는 성재에게 그녀를 쫓아 스물네 시간 감시하도록 지시했다.

희우가 운전석에 앉아 있는 상만에게 말했다.

"상만아."

"네."

"내려."

"네?"

"무슨 일 있을 수도 있으니까 연석이랑 꼭 같이 있어라."

희우는 운전석에 있는 상만을 끌어내린 후 액셀을 강하게 밟았다. 지하 주차장에는 타이어가 도는 소리가 요란하게 울리기 시작했다.

"사장님!"

상만은 눈만 크게 뜨고 달리는 차의 뒤를 보며 소리쳤다.

백미러를 통해 상만을 보던 희우의 시선이 천천히 정면으로 향했다. 상만과 함께 가기에는 위험한 장소일 수도 있었다. 그렇다고 설명을 해 주기에는 시간이 부족했다.

엔진은 굉음을 내며 도로를 질주했다. 신호를 무시했고, 갓길로 달렸다.

다시 전화벨이 울렸다. 성재였다. 그 목소리는 다급했다.

─한지현 씨의 차량이 잡혔습니다. 위치는 섬으로 향하는 다리 건설 현장입니다.

희우는 최대한 차분하게 말하려고 노력했다.

"몇 명입니까?"

─일곱 명입니다.

여자 하나를 잡는데 일곱 명이나 움직이고 있었다.

"직접 나서지 마시고 우선 경찰에 연락하세요."

자칫하면 성재도 위험할 수 있었다. 그 자리에 검은 양복이 있다는 느낌이 들었다.

엔진의 과부하를 이기지 못하고 핸들이 떨기 시작했다.

'다리 건설 현장.'

희우의 입에 잔인한 미소가 걸렸다. 그곳은 희우가 죽었던 자리였다.

다시 전화벨이 울렸다. 또 성재였다. 그의 목소리는 더욱 다급해져 있었다.

－경찰이 오지 않습니다. 괴한들이 한지현 씨의 차량을 부수는 중입니다!

희우는 한숨을 쉬었다.

전국으로 방영되는 토론회에 나섰다. 그리고 조태섭의 비리를 알렸다. 그럼에도 공권력은 조태섭의 명령을 어기지 못하고 있었다.

"최대한 움직이지 마세요. 거의 다 왔습니다."

－알겠습니다.

가로등 하나 없는 거리에 희우가 모는 차량의 헤드라이트가 흰 선을 남기며 사라지고 있었다. 엔진의 회전을 나타내는 계기판은 이미 붉은색의 가장 끝에서 격하게 흔들리고 있었다.

인천에서 섬으로 넘어가는 다리 건설 현장.

공사가 끝난 시간에는 아무도 없었다.

하지만 육지에서 교각으로 진입하는 곳에서 차량의 유리 깨지는 소리와 함께 여자의 비명이 들렸다. 닫혀 있던 차량의 문이 열린 거다. 사내들이 한지현의 머리를 움켜잡고 끌어내고 있었다.

그들은 그녀를 땅에 아무렇게나 내동댕이쳤다.

한 남자가 땅에 쓰러진 그녀의 얼굴을 발로 걷어찬 후 다시 머리를 쥐었다. 그리고 한 사내의 앞으로 질질 끌고 갔다.

사내는 앞에서 차량이 부서지고 폭력이 일어나도 무관심하게 담배만 피우고 있었다. 그는 희우가 알고 있는 검은 양복이었다.

한지현이 앞에 무릎 꿇려지자 검은 양복은 전화를 꺼내 들었다.

"네, 잡았습니다."

조태섭에게 보고를 하고 있었다.

-죽여.

수화기 너머로 들리는 소리에 검은 양복이 다시 입을 열었다.

"네. 바로 처리하겠습니다."

그는 자신의 앞에 서 있는 남자들을 보며 바다를 향해 턱을 까딱 움직여 보였다. 던져 버리라는 뜻이었다.

그녀는 코에서 피를 흘리며 겁에 가득 차 몸을 떨고 있었다.

남자들은 허리를 숙여 그에게 인사를 한 후 한지현을 끌고 공사 중인 다리로 올라갔다.

그녀가 발버둥 치는 모습을 보며 검은 양복은 다시 담배를 입에 물었다. 사람이 죽는 현장이었지만 그의 눈빛에 감정은 보이지 않았다.

그때 한지현을 끌고 가던 한 남자가 퍽 소리와 함께 쓰러졌다. 더 이상 참지 못한 성재가 그의 턱을 주먹으로 가격한 것이었다.

남자들이 물었다.

"누구냐!"

성재는 거기서 멈추지 않고 몸을 날려 한 사람의 허리를 잡아 중심을 무너뜨렸다. 성재의 주먹이 넘어진 남자의 얼굴을 가격하기 시작했다. 아스팔트를 뒤로 두고 성재의 주먹을 얼굴로 받아 내던 남자는 이내 몸을 축 늘어뜨리고 말았다.

성재는 빠르게 일어나 다른 남자의 어깨를 잡고 팔을 꺾었다.

우두두둑!

뼈가 어긋나는 소리가 요란하게 들렸다.

그 모습을 지켜보던 검은 양복이 담배를 물고 천천히 걸었다.

남자들과 싸우던 성재가 한지현에게 외쳤다.

"도망가세요!"

"네? 저만 어떻게……."

"여기 있으면 거치적거려요!"

그녀는 후들거리는 두 다리를 일으켰다.

성재의 말대로였다. 이곳에 있어 봤자 그녀는 도움이 될 수 없었다. 하지만 그녀는 도망가지 못했다. 대신 고통에 찬 비명을 질렀다.

검은 양복의 발이 일어나려던 그녀의 허벅지를 찍어 버렸기 때문이다.

검은 양복이 무심한 눈으로 성재를 바라봤다.

그 눈에 성재는 침을 꿀꺽 삼켰다. 링에서 만날 수 있는 그런 눈빛이 아니었다. 성재는 지금 뱀 앞에 선 쥐와 같았다. 겁을 먹어 움직일 수 없는 상태!

그리고 둔탁한 소리가 들리며 성재의 얼굴이 흔들렸다.

검은 양복의 주먹이 그의 얼굴을 향해 사정없이 들어왔다.

성재의 얼굴은 부어올랐고 몸은 들썩였다. 마지막 주먹을 맞으며 성재의 몸이 땅에 뒹굴었다.

"커헉."

부어오른 얼굴의 성재, 그의 입에서 걸쭉한 핏물이 흘러내렸다.

검은 양복이 부하들을 향해 말했다.

"이놈도 던져."

"네."

부하들도 성재에게 당해 정상인 상태는 아니었다. 하지만 그들은 검은 양복의 말에 움직이기 시작했다.

그때 그들을 향해 번쩍이는 불빛이 보였다. 그 빛은 굉음과 함께 달려오고 있었다. 아니, 정확히 검은 양복을 향했다.

검은 양복이 피하려고 했지만 늦었다. 터엉! 소리와 함께 그의 몸이 공중으로 솟았다가 떨어져 내렸다. 차는 끼이이이이익 소리를 내며 브레이크를 잡았다. 바닥에서는 연기가 흘렀고, 타이어 자국이 선명하게 남았다.

적막해졌다.

공격하던 남자들은 당황했고, 검은 양복은 움직이지 않았다.

한지현과 성재는 피가 흐르는 얼굴로 차량을 보고 있었다.

문이 열리고 희우가 내렸다. 희우는 아무 일도 아니라는 듯 성재에게 말했다.

"얼굴 보니까 많이 맞은 건 알겠어요. 그래도 저기 서 있는 남자들을 잡을 수는 있죠?"

희우는 다른 사람들은 관심 없다는 듯 검은 양복만 바라보며 걸어가고 있었다. 검은 양복이 꿈틀거리며 일어나려 했다.

"이것 봐, 차랑 박아도 살았잖아."

희우가 혀를 내두르며 말했다.

검은 양복이 인상을 구기며 희우를 노려봤다.

"지금 뭐 하는 짓이냐!"

희우가 피식 웃었다.

"미안. 아무리 생각해도 너를 이길 방법이 떠오르지 않았어."

희우의 발이 반쯤 일어선 검은 양복의 얼굴을 사정없이 차 버렸다.

그렇게 몇 번을 더 걷어찼다. 피가 튀었고, 치아가 떨어져 나갔다. 하지만 멈추지 않았다. 검은 양복의 머리를 잡고 아스팔트 바닥에 쉬지 않고 내려쳤다.

검은 양복은 팔이 부러져도 상관하지 않았었고, 빠르게 달리는 차량에 부딪히고도 움직였다. 희우는 그가 다시는 움직이지 못하게 할 작정으로 공격했다.

검은 양복의 몸이 축 늘어졌을 때 다른 사람들을 끝내고 온 성재가 희우의 팔을 잡았다.

"이미 의식을 잃었어요. 그만하세요."

거친 숨을 몰아쉬던 희우의 눈이 검은 양복을 바라봤다. 검은 양복의 몸은 멈춰 있었다.

희우는 검은 양복의 품을 뒤져 담배를 꺼냈다. 그리고 입에 물었다.

이전의 삶에서는 흡연을 했던 기억이 있었다. 하지만 새로운 삶을 살면서 담배를 물었던 적이 있나? 아마 없었던 걸로 기억한다.

희우는 담배에 불을 붙인 후 검은 양복의 앞에 놓았다.

담배에서 흐르는 연기가 마치 향을 태우는 것 같았다.

그 행동은 검은 양복이 희우를 살해했을 당시 했던 것과 흡사했다.

희우의 눈이 흩날리는 연기를 바라보고 있을 때 검은 양복의 가슴팍에서 벨이 울렸다. 희우는 그의 주머니에서 전화를 꺼내 들었다.

"조태섭이냐?"

희우가 물었다.

수화기 너머에서는 아무 소리도 들리지 않았다.

희우는 비아냥거리는 목소리로 말했다.

"알겠지만 여기 있는 놈들 모두 현행범이야. 이 중에 진실을 말할 사람이 한 명도 없을 거라고 믿는 건 아니지? 딱 한 명의 입만 열려도 넌 끝이다."

ㅡ……!

"너는 변호사를 선임할 수 있다. 그런데 누가 너를 변호할지는 모르겠다. 국선변호인이 있기는 한데, 귀찮아할 가능성이 높다. 묵비권도 행사할 수 있고…… 또 뭐가 있었지? 그래, 지금부터 하는 모든 증언은 법정에서 불리하게 작용할 수 있다."

그런데, 수화기 너머에서 습하게 웃는 목소리가 들려왔다.

-네가 날 잡을 수 있다고 생각하나?

"어."

-넌 날 잡을 수 없어. 내게 죄가 있다면 이 나라를 바꾸지 못했다는 거야.

그 말을 끝으로 '뚝!' 전화가 끊겼다.

희우는 잠시 전화기를 보다가 바닥으로 던졌다. 그리고 자신의 전화를 꺼내 구승혁에게 걸었다.

"이쪽은 해결이야. 이제 시작해 줘."

검찰의 조사가 시작되었다.

검찰에서는 더 이상 조태섭의 조사를 미룰 명분이 없었다.

일주일 후, 선거가 시작됨과 동시에 희우가 있는 지역의 투표율은 무섭게 올라가고 있었다. 하지만 희우는 선거 방송을 보지 않았다. 그는 오로지 조태섭에 관한 뉴스만 확인하는 중이었다.

-조태섭 후보의 행방이 오리무중입니다.

-토론회를 끝으로 조태섭 후보를 본 사람이 없다고 전해지고 있습니다. 이에 대해 검찰은 조태섭 후보의 출국 금지를 신청했다고 전해졌습니다.

-병역 비리로 조사를 받고 있는 조태섭 후보의 둘째 아들 조현상 씨에게 탈세 혐의가 추가되었습니다.

희우는 텔레비전을 껐다.

희우는 압도적인 표로 국회의원에 당선되었다. 전국에 조태섭의 얼굴과 현상금 포스터가 걸렸고, 언론에서는 그를 잡지 못하는 경찰과 검찰의 무능함을 욕했다.

한지현을 비롯, 조태섭의 아래에서 일을 했던 모든 사람이 구속되었다. 그중에는 김건영 회장의 주치의도 있었다. 구속된 사람의 숫자만 오십여 명에 달했다. 하지만 조태섭은 나타나지 않았다.

며칠이 더 지났다.

조태섭의 신발이 발견되었다. 희우가 죽었던, 그 완성되지 않은 교각이었다.

그의 시신은 발견되지 않았다.

희우는 한지현의 면회를 갔다.

그녀는 1심에서 방조죄 등의 혐의로 형을 선고받았지만 항소하지 않고 죄를 인정했다. 김진우 등 다른 사람들이 계속 항소해서 형을 줄이려고 하는 것과 대조되었다.

한지현의 얼굴은 밝아 보였다. 그녀는 희우에게 말했다.

"지금까지 저는 조태섭에게 휘둘려 살았습니다. 하지만 이제는 제 삶을 살 겁니다. 비록 옥살이지만 기분은 너무 좋아요."

그녀의 미소에 희우도 웃었다.

"형을 끝내고 나오시면 멋지게 살 수 있도록 제가 도와드리겠습니다."

면회 장소에서 나오며 희우에게 희아가 물었다.

"너 요즘 왜 이리 우울해? 조태섭도 끝났고 넌 국회의원이 되었잖아. 좋아해야 하는 거 아니야?"

"그런가?"

하지만 그는 기뻐 보이지 않았다. 그가 희아에게 물었다.

"조태섭이 정말 죽었을까? 정말 끝일까?"

EPILOGUE

2012년.

총선을 앞두고 희우의 사무실로 의원들이 찾아왔다.

"정말 총선에 나가지 않을 생각이십니까?"

"네."

희우는 대수롭지 않게 답했다.

의원들은 난처한 표정으로 서로를 마주 보고 있었다.

희우는 어린 나이였지만 막강한 부를 거머쥐고 있었고 조태섭이 빠진 자리를 채운 황진용 의원과 긴밀한 대화를 나누는 사이였다. 거기에 국민들의 신뢰까지 매우 높았다. 누구도 함부로 할 수 없는 인물이었고, 정치권에는 꼭 필요한 인물이었다. 그런데 그 모든 영화를 버리고 출마하지 않겠다니 그들은 난처해할 수밖에 없었다.

한 의원이 말했다.

"다시 생각해 주십시오."

"네, 깊게 생각해 보겠습니다."

물론 이미 결정된 사항이었지만 예의상 말한 답변이었다.

그들이 떠나고 희우는 다시 사무실 자리에 앉았다.

막강한 권력을 쥐고 있었지만 희우는 더 이상 이 자리에 머무르면 안된다는 생각을 가지고 있었다. 계속 국회에 남아 있다가는 자기도 모르게 조태섭 같은 괴물이 될지도 모른다는 생각이 들어서였다.

희우에게 전화가 걸려 왔다. 민수였다.

-야! 너 출마 안 할 거야?

"하하, 네."

-그럼 나를 검찰총장으로 올려 줄 사람은 누구야? 흘흘흘.

조태섭의 사건이 끝난 후 민수는 다시 예전의 웃음을 되찾았다.

민수와 전화를 끊었을 때 다시 전화벨이 울렸다.

핸드폰을 들어 확인하자 발신자 번호는 86-×××-×××-××××. 중국에서 오는 전화였다.

"말씀하세요."

희우의 말에 수화기 너머에서 한 남자의 목소리가 들렸다.

-조태섭을 찾았습니다.

희우의 얼굴에 잔인한 미소가 걸렸다.

며칠 후.

희우와 희아는 서울의 한 국밥집에서 밥을 먹고 있었다.

"오랜만의 데이트인데 꼭 이런 데서 밥을 먹어야 해? 이미 결혼했으니까, 잡은 물고기라고 막 대하는 거야?"

그녀는 인상을 찌푸리며 물었다. 희우가 당연하다는 듯 고개를 끄덕였다.

"나 아직은 국회의원이야. 밥은 국밥집에서 먹어야 해."

희아가 고개를 저었다.

"오늘은 다른 거 먹고 싶었는데. 나 밥 먹고 디저트는 맛있는 거 사 줘."

"디저트? 어떤 거?"

"신 거."

"신 거? 너 신 거 싫어하잖아."

희아는 어이없다는 표정으로 고개를 저으며 중얼거렸다.

"내가 저런 눈치 없는 남자랑 결혼한 게 죄지, 죄야."

그때 국밥집 텔레비전에서 속보가 흘러나왔다.

-중국 북경에서 지난 2008년 실종되었던 조태섭 의원이 변사체로 발견되었습니다. 정부는 중국 공안 당국과 협의해 시신을 인계받기로 합의했습니다.

뉴스의 보도에 희아가 놀란 표정으로 희우를 바라봤다. 하지만 그는 뉴스 소식에 놀라지 않고 그녀에게 말했다.
"밥 먹자."

《어게인 마이 라이프》 마칩니다